日本の漢詩

鎌倉から昭和へ

例言

宇野　直人

本書は鎌倉時代から昭和時代、すなわち日本人の漢詩が独自の歩みを始めてから全盛をきわめるまでの時期の作品二五四首を、ほぼ年代順に収録し、解説を加えたものである。永く愛誦された名作はもとより、有名ではなくても心にのこる作、独自の意義を有する作（たとえば「詞《ツー》」や「狂詩」）なども多く収められている。

以下、本書の体裁上の事項について述べることとしたい。

記

一、作品ごとの細目は〔原詩〕〔書き下し文〕〔通釈〕〔語釈〕〔補説〕の各項より成る。ただし、参考詩（二段下げによって示される）の場合には、それらの項目を適宜省略している。

一、表記上の方針として、まず書き下し文の文体は、明治四十五年三月二十九日付官報所載の報告「漢文の句読・返点・添仮名・読方法」を基準とした。

一、漢字の字体は、常用漢字の字体を基準とした。ただし「燈（灯）」「螢（蛍）」などのように、常用字体が正字体といちじるしく異なる場合、また固有名詞の場合、常用体を用いていないものもある。

一、仮名遣いは、漢詩文の書き下し文、ならびに日本語の文語体に正仮名遣いを用い、ほかは原則として現代仮名遣いを用いた（「うなづく」「くれなゐ」のような例外もある）。書き下し文の漢字の振仮名も、字訓・字音ともに正仮名遣いによっている。

一、〔語釈〕〔補説〕に現れる漢詩文の題名も正仮名遣いとした。それらは「江村《かうそん》」「菊花《きくくわ》」などのように名詞のものもあるが、「書《しよ》を買《か》ふこと能《あた》はず」「郷《きやう》を思《おも》ふ」のように、書き下し文で示される場合が多いからである。

一、字音の正仮名遣いについては、カ行以外に現れる「ui」（ゐ）を「い」と表記する立場もあるが、本書ではすべて「ゐ」としている。「唯《ゐ》」「水《すゐ》」「累《るゐ》」など。

一、今日、漢詩文の書き下し文を現代仮名遣いで表記する風潮がある。が、わが国の中学校・高等学校の教育の場では、日本語の文語文は正仮名遣いで教授されている。そのことを無視して文語文を現代仮名遣いにするのは教育的見地からも混乱を招き、非常に好ましくない。

　とりわけ漢詩の書き下し文の場合、正仮名遣いで表記することによってこそ、漢詩らしい風姿が保たれる。新しい世代の読者諸賢には、ぜひこの表記に慣れ親しんでいただきたい。はじめは取りつきにくい印象を持たれるかも知れないが、いったん慣れてしまえば、漢詩を読む楽しみと充実感の一半がこの表記法に負っていることをしかと実感される筈である。

一、〔通訳〕〔語釈〕〔補説〕に現れる動植物名は、分類学上の種目としてしるす場合のみ片仮名で表記し、それ以外は漢字もしくは平仮名とした。

一、原詩には、一部の古体詩を除き、押韻字に符号を施した。平韻が●・○・◎、仄韻が▲・△・◬。

換韻がある場合には、これらを適宜交代させることによってそれを示した。韻目は近体詩に限り、次頁の〈平水韻目表〉によって示した。古体詩と詞《ツー》については韻目を省略した。

一、本書の表紙は、抒情画の巨匠蕗谷虹児《ふきやこうじ》画伯の「真間手児奈《ままのてこな》」によって飾られる光栄に浴した（→本文三二九・四七七ページ）。また、中扉の多くも同画伯の作によって飾らせていただいた。これらの転載をお許し下されました蕗谷虹児記念館元館長蕗谷龍夫《ふきやたつお》様に、謹んで御礼を申し上げます。

一、本扉の題字は、元熊本県農業改良普及員野村《のむら》　連《むらじ》様の妙筆による。御揮毫賜りました御年九十六歳の野村様、また野村様を御紹介下されました、熊本大学名誉教授柏木《かしわぎ》　潤《ひろし》先生にも、深い感謝の思いをささげたく存じます。

平水韻目表

	平声		仄声		
	上平声	下平声	上声	去声	入声
一	東	先	董	送	屋
二	冬	蕭	腫	宋	沃
三	江	肴	講	絳	覚
四	支	豪	紙	寘	質
五	微	歌	尾	未	物
六	魚	麻	語	御	月
七	虞	陽	麌	遇	曷
八	斉	庚	薺	霽	黠
九	佳	青	蟹	泰	屑
十	灰	蒸	賄	卦	薬
十一	真	尤	軫	隊	陌
十二	文	侵	吻	震	錫
十三	元	覃	阮	問	職
十四	寒	塩	旱	願	緝
十五	刪	咸	潸	翰	合
十六			銑	諫	葉
十七			篠	霰	洽
十八			巧	嘯	
十九			皓	效	
二十			哿	号	
二十一			馬	箇	
二十二			養	禡	
二十三			梗	漾	
二十四			迥	敬	
二十五			有	径	
二十六			寝	宥	
二十七			感	沁	
二十八			琰	勘	
二十九			豏	豔	
三十				陥	

日本の漢詩　鎌倉から昭和へ　目次

序 —— 日本漢詩独自の世界へ

模倣から応用・展開の時代へ

日本人は早くから中国の文物を享受し、みずからの糧《かて》にしていましたが、漢詩についても既に飛鳥《あすか》時代後半（七世紀ごろ）から創作を始めています。そして平安時代（八～十二世紀）の特に前半、漢文学は隆盛をきわめ、漢詩はこの時期に日本の詩歌の一形式として定着しました。

その後、本書の前半でご紹介する鎌倉時代から江戸時代の中ごろにかけて、日本の漢詩は中国の作風を学んで模倣する時期から一歩進み、しだいに日本独自の情緒や思想を詠み始めた、つまり漢詩の基礎固めの時期から、日本人による応用・展開の時期に入ったと言えます。

これを過ぎて、後半でご紹介する江戸の中期以降、日本漢詩の大発展の時期に入ります。

禅宗の影響を受ける

平安から鎌倉に入ると、日本の政治や文化の担い手は宮廷の貴族たちに代わって、武士となりました。政治の中心地も関西から関東の鎌倉に移りましたが、幕府は鎌倉という地域を、政治の中心であるとともに、文化の中心にもしようという意図を持っておりました。

そこに育《はぐく》まれた新しい文化は、当然、それまでの貴族文化と異なり、お武家様の好みに合ったものになったわけですが、この場合は特に、仏教の禅宗の影響の濃いものになりました。武家たちは、みずからの精神的なよりどころを禅宗に求めたのです。

遣唐使が九世紀の終わり（八九四）に廃止されてから三〇〇年ほどの間にも、僧侶たちはしきりに中国に渡り、仏教研究の成果やその他の情報・知見を日本に持ち帰りました。それが日本の為政者たちの参考になり、政治に大きく影響しましたが、それと同時に、当時の宋王朝のさまざまな新しい文化・文物も輸入されています。

そういう中で、彼ら僧侶たちは漢詩文の研究や漢詩の創作も行い、その活動は鎌倉の後期から室町時代にかけて最高潮となりました。その中心となったのは、京都の五つのお寺と鎌倉の五つのお寺でした。いずれも幕府から〝格式が高い〟と認められた五つのお寺で、京都・鎌倉にそれぞれ五つあり、「京都五山」「鎌倉五山」と呼ばれました。そして、そこを中心として禅僧たちが展開した文化活動の成果を「五山文学」「五山文化」と呼んでいます。この五山文学、五山文化、およびその影響はその後、室町時代全体、さらにその次の安土桃山時代くらいまでをおおうものであったと考えてよいと思います。

まずはこの五山文学の先駆けとなった、鎌倉時代の人々からご紹介してまいりましょう。

一、鎌倉時代から南北朝へ

蕗谷虹児「いくさの物語」　昭和14年（1939）

歴代の合戦や武将たちの活躍は、講談・芝居などの芸能や、その内容を子供向けに書きなおした歴史物語によって受けつがれ、私たちの心の糧になっている。それらはもちろん、漢詩に詠まれることも多い（→53、207、342、346、422、576ページなど）。

鎌倉時代に入ると、禅僧たちが武家の信頼を得て活動した。宋に学び、日本に曹洞宗を伝えた道元禅師は、禅の教えのほか、開拓者らしい覚悟と信念、そして意外にも繊細な心の揺れを詩に詠んでいる。また五山文化の先がけとなる無学祖元《むがくそげん》の堂々たる気迫、夢窓疎石《むそうそせき》の前向きに生きる心がまえ、虎関師錬《こかんしれん》の深い学殖と詩型別の作風の変化、雪村友梅《せっそんゆうばい》の故事活用の巧みさなど、まことに鮮明な印象を与える。

平安時代の人々が白居易《はくきょい》を愛好したのに対し、鎌倉以降は李白《りはく》・杜甫《とほ》や北宋の蘇軾《そしょく》・黄庭堅《こうていけん》が人気を博し、五山の詩には、蘇・黄の作風の影響が特に大きい。

五山の詩情（一）——その先がけ　道元・無学祖元・夢窓疎石

道元（一二〇〇〜一二五三）

道元《どうげん》は日本の曹洞宗《そうとうしゅう》の開祖です。十三歳のとき比叡山《ひえいざん》で出家、栄西《えいざい》の門に入り、ついで中国の宋王朝（九六〇〜一二七九）に渡って禅を学び、日本に帰ってからは初め深草《ふかくさ》（京都市伏見区北部）で禅仏教を広めたのですが、その人気が高まるにつれて仏教の古い勢力から圧迫・迫害され、お寺を焼かれる危険にまで直面しました。そのような中、越前《えちぜん》（福井県中・北部）の大名に招かれてそちらに渡り、永平寺を開きます。これが曹洞宗の大本山となりました。

道元禅師の教えは、言葉をあまり重視しません。言葉で説明・議論するのではなく、ひたすら座禅することを重んじ、たいへん厳しい修行を求められたようです。その一方で仏様の正しい教え、そのあり方を伝えるために言葉も活用し、著書もいろいろ残しておられます。とくに『正法眼蔵《しょうぼうげんぞう》』は、仏教の教えについてのみならず、日常生活の中での随想を述べ、日本人の書いた哲学書の代表作の一つに教えられています。そういう中で、詩も作られているわけです。

七言絶句（上平・十灰）

山居十五首　其七

久在人間無愛惜
文章筆硯既抛来•
看花聞鳥風情少
一任時人笑不才•

道元（一二〇〇〜一二五三）

山居十五首《さんきよじふごしゆ》　其《そ》の七《しち》

久《ひさ》しく人間《じんかん》に在《あ》つて　愛惜《あいせき》無《な》し
文章《ぶんしやう》　筆硯《ひつけん》　既《すで》に抛来《はうらい》す
花《はな》を看《み》　鳥《とり》を聞《き》くも　風情《ふうじやう》少《まれ》に
一《ひとへ》に任《まか》す　時人《じじん》の　不才《ふさい》を笑《わら》ふに

長いこと俗世間で暮らし　もはや未練はない
詩や文章を作る興味も　筆や硯《すずり》などの文房具も　もうどうでもよくなって来た
きれいな花を見　鳥のさえずりを聞いても心ははずまず
世の人々が私のふがいなさを笑うのに　任せておくのだ

語釈　○山居―山の住まい。　○人間―漢詩文では人間《にんげん》の意味ではなく〝人と人との間。人間関係によって作られる社会や世間〟の意。　○文章―ここでは詩も含む。　○風情―ふつうの日本語では「ふぜい」と読んでいるが、漢詩文では「ふうじょう」。意味は〝味わい、面白み〟ということ。　○不才―謙遜語としてよく使うが、〝才能がない、物にならない、不名誉〟という意味。

「山居十五首」は、五言絶句の連作です。「山居」の「山」がどこかはわかりませんが、修行生活がかなり進んでから作られたもののようなので、すでに京都から移って永平寺を建てた、越前の山であろうと思います。

「山居十五首」は全体として、仏様の教えを広める覚悟のもとに生活している、その折々の感慨を綴っています。この「其《そ》の七」は、修行に専念する環境の中で、ふと心に浮かぶ感慨を述べた詩ですが、道元禅師のちょっと人間らしい、親しみやすい一面が伺われるかと思います。

第二句「文章　筆硯《ひつけん》　既に抛来《はうらい》す」は、今の感覚で読むと何と言うこともありませんが、当時は〝詩や文章を作る〟というのはたいへん貴重な才能でしたし、そのための筆や硯や紙なども貴重品でした。〝それらを放棄する〟と言えば、一般社会の価値観に用がなくなったことをはっきり示すことになるのです。「抛来《はうらい》」の「来」は〝……になって来る〟。動作の方向や展開を表します。

後半二句が見どころで、一般と隔絶された生活環境から生じた、ちょっと屈折した心境を正直に告白します。第三句「花を看《み》　鳥を聞くも　風情少《ふうじやうまれ》に」で、春の代表的な風物、花と鳥が出て来ます。そういう、皆が喜ぶ春の風物に興味を感じなくなった。なんだか無風流な人生になってしまったようだが、それでいいのだ、ということで第四句に行きます。「一《ひとへ》に任《まか》す　時人の　不才を笑ふに」。〝世の人々はこういう私の不風流、不調法を笑うかも知れないが、まあ笑わせておこう〟。

この詩で言っているのは、表面的には〝座禅による修行の前には、文章を書くことも、自然に心を寄せることも重要ではない〟ということなのですが、そう言いつつも、そういう心境になってしまった自分をちょっと苦笑いしているような結びだと思います。

実際には、道元は自然に対する感受性も豊かな人でした。思い出しますのは、道元の和歌に「春は花　夏ほととぎす　秋は月　冬　雪さへて　冷《すず》しかりけり」という名作があることです。日本の四季の美しさを詠み、〝そのように人の心をなごませ、安らかにしてくれる自然も仏様のはたらきである〟と、そのありがたさを述べたものでしょう。

右の七言絶句の第四句やこの和歌を考え合わせますと、道元禅師は決して堅苦しいだけの、四角四面の人ではなかったような気がするのですが、いかがでしょうか。

七言絶句（上平・一東）

道元（一二〇〇〜一二五三）

山居十五首　其九
三秋気粛清涼候
纖月叢蟲萬感中•
夜静更闌看北斗
暁天将到指於東•

山居十五首《さんきよじふごしゆ》　其《そ》の九《きう》
三秋《さんしう》 気《き》は粛《しゆく》たり 清涼《せいりやう》の候《こう》
纖月《せんげつ》 叢蟲《そうちゆう》 萬感《ばんかん》の中《うち》
夜静《よしづ》かに 更闌《かうた》けて 北斗《ほくと》を看《み》れば
暁天《げうてん》 将《まさ》に到《いた》らんとして 東《ひがし》を指《さ》す

秋の季節は　大気が引きしまって涼しい時
夜空には細い月　地上の草むらには虫の声　わきあがるさまざまの思い
秋の夜は静かに深まり　じっと北斗七星を眺めていると
夜明けになろうとする今　北斗七星が東の方を目指しているように見えた

語釈　○三秋—秋三ヶ月、旧暦では七月・八月・九月が秋になるので、その三ヶ月を言う。　○纖月—糸のように細い月。　○更—夜の時間帯を示す。本来は日暮れから夜明けまでを五分し、それぞれ「初更・二更・三更・四更・五更」と呼んだ。

秋の詩で、作者は秋の夜、屋外に一人佇《たたず》んでいます。

前半二句は秋の夜の描写から始まります。たいへん感覚的にゆたかな表現で、涼しさ、月の光、虫の声──つまり、触覚、視覚、聴覚がすべて詠みこまれていますね。

第三句〝私のさまざまな思い、思い悩む私とともに月や虫がある〟というのは、おやっと思います。「万感 胸に迫る」という言葉がありますが、道元禅師もこういうときには、いろいろな悩みがわき起こって来るのだろうかと、ちょっと心惹《ひ》かれる詠みぶりです。

後半に入ると気を取り直し、〝仏法を伝えるぞ〟という覚悟、信念の表明となります。いつの間にか時間が経って、明け方が近づく。それが第四句です。

この北斗七星はもちろんたとえですが、何のたとえでしょうか。

北斗七星という星は、中国では尊いもの、尊敬されるもののたとえになっています。中国の民間宗教で道教というものがありますが、道教ではこの星が神格化されて神様になっています。北斗の神様です。ここではそれをもうひとひねりして、北斗七星を仏様の教えにたとえたのではないでしょうか（→一六五ページ）。仏様の教えが東へ東へと伝わって来ていることをたとえていると思います。その中には、〝仏法が東へ広まるについては、自分も一定の役割を果たしているのだ〟という自負の思いもあるでしょう。

無学祖元（一二二六～一二八六）

無学祖元《むがくそげん》という人は、もともと中国人です。中国南宋王朝の人だったのですが、鎌倉時代に北条時宗《ほうじょうときむね》（一二五一～一二八四）に招かれ、日本に帰化しました。

その後、時宗の顧問のような役を果たしましたが、やがて元寇《げんこう》に見舞われます。元王朝のモンゴル軍が日本に二回攻めて来たのですが、その折に北条時宗が、〝元寇で戦死した敵味方の兵隊さんたちの霊を慰めよう〟と提案します。それを受けて、無学祖元は北鎌倉に円覚寺《えんかくじ》を開きました。円覚寺の開山（お寺を創始した人。第一代住職）となったのです。その後も日本のお坊様たちへの指導を懇切丁寧に行い、詩文の添削もして、五山文学の恩人に数えられる人です。

七言絶句（上平・一東／二冬）

示　虜

乾坤無地卓孤笻●
喜得人空法亦空●
珍重大元三尺剣
電光影裡斬春風●

虜《りよ》に示《しめ》す

乾坤《けんこん》 地《ち》の 孤笻《こきよう》を卓《た》つること無《な》し
喜《よろこ》び得《え》たり 人《ひと》 空《くう》にして 法《はふ》もまた空《くう》なるを
珍重《ちんちよう》す 大元《たいげん》 三尺《さんじやく》の剣《けん》
電光影裡《でんくわうえいり》 春風《しゆんぷう》を斬《き》る

広い天と地の間に　私の杖《つえ》一本を立てる場所すらない
私は喜んでいる　人の存在も　仏法さえも空《くう》であるということを
ありがたいのは　あなたがた　偉大な元王朝の兵士どのの　三尺の剣
稲妻《いなづま》の瞬間のきらめきの中で　春風《はるかぜ》を斬《き》る

語釈　○虜―異民族。敵。　○乾坤―天地の別名。『易』の卦名による。　○電光―稲光《いなびかり》。

詩題は「敵の元《げん》の兵士たちに示す」という意味になります。この詩は無学祖元が日本に来る前の作です。

時に徳祐元年（一二七五）。もう五十歳になっていましたが、南宋王朝がモンゴルの元軍に攻められ、追いつめられている時期、温州（浙江省《せっこう》）の能仁寺というお寺で元の兵士に囲まれ、刀を突きつけられました。そのとき彼は少しも慌《あわ》てず、この詩を唱《とな》えたと伝えられています。

第一句で、〝私という人間はこの世にいられないようだ、私の命もそろそろ終わりだな〟ということを示したわけです。しかし、〝それならそれでいい。今、私はむしろ喜んでいるのだ〟というのが第二句です。〝人の存在は空《くう》であり、仏法もまた空《くう》だ。そのことを実感させてくれるあなたがたの剣は、ありがたいものなのだ〟。

それを受けて後半、目の前の元《げん》の兵隊たちへの呼びかけになります。第三句では「大元《たいげん》」という敬語を使っています。〝それで私を斬ろうというのか。どうぞお斬りなさい。私は恐れないよ。すべて空《くう》だから〟。あなたがたの剣が私を斬るというのは、次のようなあっけないものなのだ、ということで第四句に行きます。〝稲妻が一瞬ひらめく中で春風《はるかぜ》を斬るような、さわやかなものだ〟と。これを聞いて元の兵士たちは殺意を失い、無学祖元に挨拶をして去って行ったと言います。

豪傑は豪傑を知ると言いますか、作者の生き方の潔さ、信念の重み、胆力というものが元の兵士たちにも伝わったということでしょう。胸のすくようなエピソードです。

夢窓疎石（一二七五～一三五一）

夢窓疎石《むそうそせき》は九歳で仏道に志し、十八歳で出家しています。諸国を巡《めぐ》って修行しましたが、やがて後醍醐《ごだいご》

夢窓疎石（一二七五〜一三五一）

天皇や足利尊氏《あしかがたかうじ》をはじめ、多くの人々から尊敬され、室町の禅文化の主流になった人です。多くの優秀な弟子が育っております。仏教の他に朱子学を重んじ、孔子・孟子を尊びました。また和歌や書道に巧みで、造園にも造詣の深かった人です。「国師」という称号を授かっていますので、「夢窓国師」という呼び方もあります。

七言絶句（上平・十灰）

開爐示衆
秋光一変小春回●
寒暑何曾属往来●
不奈潙山千古錯
今朝又撥旧炉灰●

開爐《かいろ》 衆《しゅう》に示《しめ》す
秋光《しうくわう》 一変《いっぺん》 小春《せうしゅん》回《めぐ》る
寒暑《かんしょ》 何《なん》ぞ曾《かつ》て 往来《わうらい》に属《ぞく》せん
奈《いかん》ともせず 潙山《ゐさん》 千古《せんこ》の錯《さく》
今朝《こんてう》 又《また》 撥《はら》ふ 旧炉《きうろ》の灰《はひ》

秋の景色がふと変わり　春の陽気がまためぐる
寒さ暑さは　必ずきちんと律儀に交代するものでもあるまい
唐の潙山どのの　昔のあやまちはどうしようもないが
私は今朝もまたこうやって　古い炉の灰を払っている

語釈　○小春—陰暦十月の異称。日本の小春《こはる》に当たる。小春日和。

詩題に「開爐《かいろ》」とありますのは爐開《ろびら》きのことです。これは禅宗のお寺の行事として行われていて、陰暦の十月一日に、冬に備えてお寺のお堂の爐《いろり》を開きます。その折に、住職に当たるお坊様が人々に法話、説法をする習慣がありました。たぶん、この詩はその折に居合わせた人々に披露した詩だろうと思います。

前半はまず、陰暦十月の気候の描写から始まります。

〝春はいつも暖かい、秋はいつも涼しい〟と単純に決めつけてはいけない。天候というのはもっと微妙なものだ。現に今、十月の涼しい秋の中に、春のような気分も感じられるではないか。物事はもっと細かく、深く見極める必要がある。それは季節のことに限らず、物事はすべてそうだ、ということで後半に行きます。

後半には故事があります。故事の主人公は第三句の潙山《いさん》（七七一〜八五三）という人。この人は中国の唐代の禅のお坊様で、潙仰宗《いぎょうしゅう》の祖とされる人ですが、次のエピソードがあります。

或るとき潙山がお師匠様と会話をしました。お師匠様は囲炉裏《いろり》を前に潙山に質問をします。「この炉に火の気《け》はあるか」。潙山は囲炉裏をよく見て「ございません」と答える。そこで、お師匠様が火箸《ひばし》で炉をかき混ぜると、わずかな火の気が見えた。「これは火ではないか」とおっしゃった。

これは教訓で、物事はよく見る、深く考えることが大切。角度を変えて見る、かかわり方を工夫する。そうすると、〝無い〟と思っていたものが〝有る〟こともあるし、新しいものが見えて来ることもある。充実した人生を送るための心がまえを示した故事であると思います。後半はこれを踏まえて〝昔の人のあやまちを教訓として、新たな気持ちで前へ進もう〟という思いをこめたのです。〝ここにお出《い》での皆さんもそういう気持ちで、いつも努力して新しい積極的な人生を送ってゆきましょう〟という、呼びかけの気持もあるでしょう。

五山の詩情（二）――虎関師錬

虎関師錬（一二七八～一三四六）

虎関師錬《こかんしれん》は、鎌倉の末から室町時代の前半（南北朝時代）にかけて活動した学僧です。仏教史の研究者としても重要な位置を占める、五山文学の草創期の代表者ということになります。

京都に生まれ、十歳で出家して禅僧となり、京都の南禅寺、鎌倉の円覚寺で禅を学びます。さらに儒学をはじめ多方面の学問を修めましたが、彼自身は当時一般の流行であった〝外国から学ぼう、外国をまねよう〟という風潮に強い疑問を持ち、この日本にも博学多才の者がちゃんといるのだということを外国に示そうということで、みずからそれを証明すべく、当時の中国、元王朝に渡ろうとします。外国かぶれではなく、自分の見識を発信してゆこうという立派な見識です。

ところが当時、年老いたお母さんがおられたので、お母さんのお世話をするほうを優先し、元に渡ることをやめました。その後も勉学を続け、やがて皇室の人々や足利将軍家から深く尊敬されます。その後は京都、鎌倉を初め諸国を巡《めぐ》って活動しました。

著書に『元亨釈書《げんこうしゃくしょ》』という重要な本があります。元亨は当時の年号（一三二一～一三二四）ですが、日本仏教の通史の本です。また、詩文集『済北集《さいほくしゅう》』が残っています。これは五山文学の最初期の代表的著作ですが、特に注目すべき特色は、一巻を割いて『詩話』という項目が立てられていることです。詩話というのは宋代の中国から始まった、詩の評論や批評を記すものですが、この中で虎関師錬は、唐の時代の詩人を批評、論評しております。その中には李白《りはく》、杜甫《とほ》や韋応物《いおうぶつ》、韓愈《かんゆ》という大詩人の名が見えます。こういう唐のいろいろな詩人を並べて批評するということは、平安時代にはあまりありませんでした。平安時代は何と言っても、ひたすら白楽天をお手本として詩を作るという感じでしたので、今やその段階を超え、新たな局面に入ったということを、この『済北集』の「詩話」は示していると思います。

また、虎関師錬は「風月主人」の号を持っておりました。「風月」は漢詩文の中によく出て来る語で、〝自然の美しい風景や、それを理解する風流人〟という意味もありますが、その他に〝男女の愛情、親密な関係〟の意味にもなります。そういう語を号にしたということは、ちょっと柔らかい感じがして、虎関師錬という人は案外垢抜けた面もあるのかなという予感もあるのですが、その辺が詩風に関係があるかないか、それを含めて見てゆきたいと思います。

七言律詩（上平・七虞）

春望

暖風遅日百昌蘇•
独対韶光恥故吾•
水不界天倶碧緑
花難辨木只紅朱•
游車征馬争馳逐

春《しゆん》望《ばう》

暖風《だんぷう》遅日《ちじつ》 百昌《ひやくしやう》蘇《よみがへ》る
独《ひと》り韶光《せうくわう》に対《たい》して 故吾《こご》を恥《は》づ
水《みづ》は天《てん》を界《さかひ》せずして 倶《とも》に碧緑《へきりよく》
花《はな》は木《き》を辨《わか》ち難《がた》くして 只《ただ》紅朱《こうしゆ》
游車《いうしや》征馬《せいば》 争《あらそ》うて馳逐《ちちく》し

虎関師錬（一二七八〜一三四六）

舞燕遷鶯恣戯娯•
堪愛遠村遙靄裡
鎖煙行柳幾千株•

舞燕《ぶえん》 遷鶯《せんあう》 恣《ほしいまま》に戯娯《ぎご》す
愛《あい》するに堪《た》ふ 遠村《ゑんそん》 遙靄《えうあい》の裡《うち》
煙《けむり》に鎖《と》ざさる 行柳《かうりう》 幾千《いくせん》の株《しゅ》

あたたかい春風《はるかぜ》 ゆったりとした日ざし 生きものたちは生命を取り戻す
私ひとり 春の美しい眺めを前に 変わりばえのない自分を恥かしく思う
川の水は水平線の彼方で大空と溶け合い ともにみどり色
花々は木の枝や幹をおおうほどに咲き誇り ひとえにくれなゐ色
馬車や馬は きそうように先を急ぎ
飛び交《か》う燕や 鶯《うぐいす》 は 心のままにたわむれている
いたく心ひかれる 遠くのあの村 はるかにたなびくもやの中
もやに包まれた柳並木 どこまでもつづく木々

語釈 ○遅日―春の日。昼が長く、日暮れが遅い意。春のうららとした日差しを示す。 ○百昌―〝もろもろの生き物〟という意味。この第一句は、春になると草や木は芽を出し、小動物や虫は冬ごもりから出て来る、それを「百昌 蘇《よみがへ》る」と言った。「百昌」は『荘子《そうじ》』在宥《ざいゆう》篇に見える。 ○韶光 のどかな春の日の光。 ○故吾―これまでの自分。『荘子』田子方《でんしほう》篇の語。 ○天―漢詩文では〝大空、天空〟を意味する。 ○碧緑―「碧」と「緑」は厳密には別の色であり、「碧」が透明なつやのある青緑色、エメラルド色で、「緑」はふつうの緑色。 ○紅朱―微妙に異なる二つの色。「紅」は中国ではピンク色であり、「朱」は赤。 ○游車征馬― 〝進んでゆく馬車と人を乗せて歩む馬〟という意。両方を合わせて「車馬」という熟語がある。○煙―もや。霞。

詩題の「春望」で、反射的に杜甫《とほ》の同名の七言律詩を思い出します（国《くに》破《やぶ》れて山河《さんが》在《あ》り／城《しろ》春《はる》にして草木深《さうもくふか》し）。杜甫の場合は生涯の中でも特に苦しい時期の作品で、安禄山《あんろくざん》の乱のさなか、杜甫自身は安禄山軍に捕《つか》まって都の長安に幽閉されていた時期です。彼の家族は戦乱を避けて北のほうに疎開していました。そういう中で、杜甫は〝これから中国はどうなるのだろうか、自分や家族はどうなるのだろうか〟という非常に深刻な嘆きを詠んでおりました。ちょっと例外的な極限状況、非常事態の中での作品です。ただ、「春望」という詩の題名そのものは、唐の前の南朝時代からありました。だいたい内容にパターンがあり、〝良い季節の春、高いところに登って春景色を見渡して描写し、その後で春景色から触発された自分の気持ちを述べる〟というものが南朝時代に確立していましたが、虎関師錬のこの詩も、南朝時代の一般的な詩のパターンを踏襲していると思います。

全体の基調としてはきれいな春景色、賑《にぎ》やかな行楽シーズン、しかし自分はそれに溶け込めない、という対立の発想が基調になっていると思います。そのことが最初の一・二句で端的に示されています。この美しい自然に自分は溶け込めない、その対立が、以下の伏線になっていると思います。

律詩は中間の三・四・五・六の四句が作者の腕の見せどころになりますが、この詩では描写が主になっています。

三・四句は自然界の眺めで、色彩が強調されています。碧・緑・紅・朱と四色も出て来て、まぶしいほどきらびやかです。色をこれほど並べる作り方というのは中国の漢詩でもそんなにはないと思うのですが、作者はどういう意図で色をきつく強調しているのか、そのことをちょっと頭に置きたいと思います。三・

四句は自然界の眺めですが、五・六句は人間界、町なかの眺めに移ります。「游車」は馬の引く車、「征馬」は人を乗せた馬の意味ですが、そこから転じて〝往来の激しさ、町の賑《にぎ》わい、雑踏《ざっとう》〟の象徴になります。それがさらに転じて〝俗世間の騒がしさ〟という意味でも使われていますが、ここでもそういう含みがあるのではないでしょうか。大いに賑わっている町の描写です。

これが第六句になりますと、町中《まちなか》を自由自在に飛び回る鳥の描写に移ります。いかにも華やか、賑やかですね。特に五・六句の「争《あらそ》うて」「恣《ほしいまま》に」という語も、そういう側面を強調しているように思います。

このような環境の中で、〝今の私はどうもこの賑やかさ、繁栄になじめない〟という心境を述べるのが七・八句。〝この私は春の美しい自然やにぎやかな町よりは、他のものが望ましいのだ〟。

ここは作者の願望です。〝はるか彼方にある静かな村を私は慕う、そこでおだやかに暮らしたい〟。この詩が作られた時期、背景がわかりませんので、このとき作者の中にどういう気持ちが見え隠れしていたかわかりませんが、何か満足できないものがあったのでしょう。

春の眺めを詠みながら、そこに内省的な気分を導入しています。環境と自分の対比、春の季節に生ずる自分の疎外感が鋭く強調されている、そこがこの詩の特色ですが、同じような手法を使った詩の先例として、やはり杜甫の詩を思い出します。春の華やかさ、それに溶け込めない自分を強調して詠んだ作品として、五言絶句「絶句二首」其の二がありました。「江《かう》 碧《みどり》にして 鳥 逾〻《いよいよ》白く／山 青くして 花 然《も》えんと欲す／今春 看〻《みすみす》又 過ぐ／何《いづ》れの日か 是れ帰年ならん」。前半で春景色を描写し、後半で悲しい自分を描いています。前半は「今　春の川は鮮やかなエメラルド色　その上を飛ぶ水鳥はひたすら白い／春の山は青々として　ところどころに咲く花は燃えるように赤い」と色彩を非常に強調し、後半はそれを受けて、

〝それに溶け込めない自分。ずっと異境を旅するままだ。いつになったら故郷に帰れるのだろうか〟と詠んでいました。あれと同じ対比の感覚ですね、色彩ゆたかな自然界、それに対して寂しい自分、杜甫が描いたそういう対立を、虎関師錬は七言律詩という大きな器の中で、拡大して再現して見せた、そういう印象を受けます。

乗月泛舟六首　其三　　七言絶句（上平・六魚）

泛月僧船遶葦蘆•
僕呼潮退促帰廬•
村民誤認釣舟至
争就沙頭索買魚•

月《つき》に乗《じよう》じて舟《ふね》を泛《うか》ぶ六首《ろくしゆ》　其《そ》の三《さん》
月《つき》に泛《うか》ぶ　僧船《そうせん》　葦蘆《ゐろ》を遶《めぐ》る
僕《ぼく》　潮退《てうたい》を呼《さけ》んで　廬《ろ》に帰《かへ》らんことを促《うなが》す
村民《そんみん》　誤《あやま》つて認《みと》む　釣舟《てうしう》の至《いた》るかと
争《あらそ》つて沙頭《さとう》に就《つ》いて　魚《うを》を買《か》はんことを索《もと》む

月光の中　僧侶の私が乗った舟は　水草の生い茂る岸辺近くをゆく
船頭さんが「そろそろ引き潮ですよ」と叫び　庵《いおり》に帰るよう促《うなが》す
村人たちは　漁師の舟が帰って来たと勘違いして
われもわれもと浜べに集まり　捕れた魚を買おうとした

語釈　○葦蘆―水べに茂る宿根草。あし。よし。出たてのものを「葭《か》」、のびたものを「蘆《ろ》」、成長し終えたものを「葦《い》」と表記する。

或る晩、月明かりの中で舟を浮かべたときに作ったもの。お月見をしております。明るい月、湖に浮かぶ月の光、きらめく水面、そういう美しい眺めに見とれて帰るのを忘れていたのでしょうか。そこに船頭さんが声をかけるのが第二句です。

「僕」は一人称の〝私〟という意味ではなく、「下僕」などと言うように〝使用人〟の意味でしょう。ここでは船頭さんです。船頭さんの提案を聞いて〝それではそろそろ帰るか〟ということで、舟は岸に向かいます。すると、思いがけないことが起こります。村人たちがおおぜい集まって来た、そして口々に〝捕って来た魚を売ってくれ〟と言う、それが三・四句です。作者たちは漁師と間違えられてしまったのでした。

お月見のときに体験したハプニングを詠み込んだ、しゃれた詩になっております。律詩とは違う、飄逸な味があります。ここでは〝舟に乗っている作者に船頭が意見を言う〟という設定が取り入れられていますが、これも唐の詩に似た設定があったのを思い出します。

李白《りはく》の七言絶句にこんなものがありました。「横江館前《わうかうくわんぜん》 津吏《しんり》迎《むか》ふ／余《われ》に向つて東に指せば 海雲生ず／郎《らう》 今 渡らんと欲するは何事《なにごと》に縁《よ》るや／此《かく》の如《ごと》き風波 行《ゆ》く可《べ》からず」（「横江詞《わうかうし》六首」其の五）。李白が或るとき舟に乗ろうとすると、係官の人が近寄って来て東の空を指さし、〝だんな、ご覧なさい。空模様が怪しいよ〟と言うのです。〝こんな天候のときに舟を出すのは危険です。よくありません〟。こういうちょっとした体験を李白は詠んでいるのですが、これがヒントになって、虎関師錬の詩が作られたのではないかという気がします。

これは興味深いですね。李白と杜甫《とほ》は唐代の二大詩人ですが、李白が得意とした詩の形式は絶句であるという定評があります。一方、杜甫が得意とした形式は律詩である。すると虎関師錬は、李白・杜甫という唐の二大詩人がそれぞれ得意とした形式をお手本にして、絶句・律詩を作ったということになる、これも、この人の見識の高さを示していると言えるのではないでしょうか。

七言律詩（上平・二冬）

江　村

江村漠漠水溶溶•
沙篆縦横鳥印蹤•
独釣皤翁竿在手
双遊緑鴨浪衝胸•
断頭小艇任風漾
曲角痩牛有犢従•
葦渚蘆湾茅屋上
団団初日爨烟濃•

江《かう》　村《そん》

江村漠漠《かうそんばくばく》　水溶溶《みづようよう》
沙篆《さてん》　縦横《じゆうわう》　鳥《とり》　蹤《あと》を印《しる》す
独《ひと》り釣《つ》る皤翁《はをう》は　竿《さを》　手《て》に在《あ》り
双《なら》び遊《あそ》ぶ緑鴨《りよくあふ》は　浪《なみ》　胸《むね》を衝《つ》く
断頭《だんとう》の小艇《せうてい》　風《かぜ》に任《まか》せて漾《ただよ》ひ
曲角《きよくかく》の痩牛《そうぎう》　犢《とく》有《あ》りて従《したが》ふ
葦渚《ゐしよ》　蘆湾《ろわん》　茅屋《ばうをく》の上《ほとり》
団団《だんだん》たる初日《しよじつ》　爨烟濃《さんえんこま》やかなり

川べの村はどこまでも続き　水はゆったりと流れている
砂浜の篆書《てんしょ》があちこちにある　それは鳥が飛んで来て　足跡をしるしたのだ
一人で釣りをする白髪の翁《おきな》　釣り竿がその手にある
つがいで泳ぐ水鳥《みずとり》の鴨《かも》　波がしきりに鳥たちの胸にかかる
舳先《へさき》がこわれた小舟《こぶね》は　風のままに岸べにただよい

虎関師錬（一二七八〜一三四六）

曲がった角《つの》の痩《や》せた牛が　子牛を従えて遠くのほうに歩いて行く
葦《あし》の生い茂る波打ち際《ぎわ》や入り江は　茅葺《かやぶ》き屋根の家のすぐ近く
まるい朝日の光の中　岸べの家々の屋根から　炊事の煙が濃く立ちのぼっている

語釈　○江村―川べの村。　○溶溶―水が豊かに流れる形容。　○漠漠―広々として大きいようす。果てしないようす。　○沙篆―砂浜にしるされた、篆書《てんしょ》のような跡。篆書は、古代中国の漢字の書体のこと。　○皤―白い意。　○葦・蘆―ともに、水べに生える草のあし（→三十五ページ）。　○渚―波打ち際。なぎさ。　○湾―水が陸地の中まで入り込んだ入り江。　○初日―朝日。　○爨烟―炊事のけむり。

最初の一・二句が導入。川べの村全体を見渡し、特に砂浜に注目しています。

次に見どころの三・四・五・六句になりますが、三・四句は水上、川の水面の眺めになります。魚がかかるのをじっと待っている、のんびりした情景です。五・六句は、岸べから岸沿いの道へと視点を移します。「断頭」は、一説によると〝舳先《へさき》が平らになっている〟意味のようですが、文字どおりに〝舳先がこわれている〟と取ってもいいのではないでしょうか。ちょっとうらぶれた情景です。

最後の七・八句で、岸べの家に注目します。岸べにいくつか茅葺《かやぶ》き屋根があると。最後の句は、朝日の輝く金色と煙の白が、まことに印象的な色彩を示して結んでいます。

あくまでのんびりした情景描写で、特に寓意はないと思いますが、最後のところで朝日が昇って来るということは、それまでは薄暗がりの中にいることになります。そうなると、第二句で砂浜の足跡が見えたとか、水鳥に波がかかるのが見えたとか言うのはちょっとおかしな気がします。

そう考えるとこれは、作者の実体験ではないかも知れません。川べのいろいろな景色を箇条書き風に並べている詠みぶりもあわせて考えますと、この作品は川べの村を描いた水墨画か南画かの絵を見ながら、その画面を詩に再現して絵の画面の片隅に書きつけた「題画詩」である可能性が大きいと思います。

虎関師錬の詩は全体として、学識、教養の豊かな人の作品という印象があります。いろいろな詩人の作例、故事を引用し、それを詩に溶け込ませている。そして律詩は密度の高い詠みぶりですし、絶句はそれとは違う、ちょっと気の利いた雰囲気である。つまり、詩の形式によって詩の詠みぶりが変わっている、形式の差がきちんと区別されている、ということで、作詩の姿勢が本格的な段階に入って来たことが感じられます。

五山の詩情（三）――雪村友梅

雪村友梅（一二九〇～一三四六）

雪村友梅《せっそんゆうばい》は日本人ですが、当時の中国の元王朝に二十一、二年ものあいだ暮らしておりました。その間、元の名士たちと盛んに交遊し、書家として、また詩人として名高かった趙孟頫《ちょうもうふ》（一二五四～一三二二）とも親交を結んだという記録があります。

ただ、滞在中に迫害されたこともあります。雪村友梅が生まれる少し前に元寇《げんこう》がありました。元軍が大軍を率いて海を渡って日本に攻めて来たわけですが、逆に返り討ちにあって元のほうが負けました。そういう元寇が二回あったので、どうしても元王朝の、日本人に対する感情が複雑になります。友梅はそのあおりで迫害され、初め長安に軟禁され、その後はるか南西の蜀《しょく》（四川省）に追放されるという目に遭《あ》いました。しかし、十数年後に赦《ゆる》されてまた北に戻って優遇され、最後は日本に戻り、足利尊氏《あしかがたかうじ》の弟、足利直義《ただよし》に招かれて京都のお寺の住職となっております。

仏教のほか、儒教や老荘思想にも造詣の深かった人で、特に老荘思想の言葉が詩の中に現れているのが特色かと思われます。

出関　七言絶句（下平・十蒸）

函谷関西放逐僧•
生涯善以拙為能•
千鈞弩発籬辺雀
驚落搏風化海鵬•

出関《しゆつくわん》

函谷関西《かんこくくわんせい》 放逐《はうちく》の僧《そう》
生涯《しやうがい》 善《よ》く 拙《せつ》を以《もつ》て能《のう》と為《な》す
千鈞《せんきん》 弩《ど》は発《はつ》す 籬辺《りへん》の雀《すずめ》
驚落《きやうらく》 風《かぜ》を搏《う》つて 海鵬《かいほう》と化《くわ》す

函谷関《かんこくかん》の南西　蜀《しょく》の地に追放される僧侶の私
これまでの生涯は見事なまでに　愚直なことを取りえとしていた
巨大な石弓のような元《げん》の国家権力は　垣根の雀《すずめ》のような私を容赦なく攻め立てなさるが
この雀は驚いて落下しても　すぐに風に乗って羽ばたき　海を渡る　鵬《おおとり》となるのですぞ

語釈　○千鈞―非常に重いこと。「鈞」は、重さの単位。　○弩―大弓。石ゆみ。矢または石を発射する大じかけの弓。　○海鵬―海を渡る鵬。「鵬」は、伝説上のおおとり。ひと飛びで海を越えると言われた。

「出関」は、関所《せきしょ》を出て辺境地区に行くことを詠むときに、詩題に採用されます。関所の中でも、特に函谷関がテーマになることが多いのです。長安を出て東に行くときは必ず函谷関を通ったので、「出関」という詩題の中国の詩は長安から東に出ることを詠むものが多いのですが、雪村友梅のこの詩の場合は、北からはるか南西の蜀に向かう時のことを詠んで、それに「出関」という詩題をつけております。

絶句なので、前半と後半に分かれます。

長安に軟禁され、これから蜀に追放されるに当たって作った詩ですが、そういう逆境に直面して自分を省みています。〝自分は結局こういう人間なんだ〟と改めて自己認識しているのですね。「函谷関西　放逐の僧／生涯　善く拙《せつ》を以《もつ》て能と為す」。

不器用であることを認識し、これからもそれで徹底しよう、この「拙」を以《もつ》て正面から逆境に対応しよう、ということで後半に行き、逆境に立ち向かう覚悟を述べます。「千鈞《せんきん》　弩《ど》は発す　離辺《りへん》の雀《すずめ》／鷲落　風を搏《う》つて　海鵬《かいほう》と化《くわ》す」。

たとえが二つ出て来ます。三句目の「千鈞《せんきん》の弩《ど》」は、圧倒的に強いものが、弱い小さなものを容赦なく攻めるときに使います。『史記』穰侯《じょうこう》伝に、〝千鈞の弩《いしゆみ》を以て体のできもの、、、をつぶす〟という表現がありますが、ここでは雪村友梅を迫害する元王朝の国家権力のたとえになっています。そして「籬辺の雀《りへんのすずめ》」、垣根のそばの雀が、雪村友梅のたとえです。〝これくらいのことではへこたれない〟という不屈の精神を述べて結んでいます。

この「雀」は第四句の「鵬」と呼応していて、そこにもう一つの故事があります。『荘子《そうじ》』逍遥遊《しょうようゆう》篇に出て来る故事で、〝燕や雀のような小さい鳥には、鵬の大きな志は理解できない〟ということを言っているのですが、雪村友梅のこの詩ではこれをひとひねりして、〝弱く小さく見える私は、実は不屈の意志の持ち主なのだ〟と啖呵《たんか》を切っています。

さらに第二句の「拙」、愚直さも、老荘思想に関係があります。『老子』第四十五章に「大巧《たいかう》は拙《せつ》なるが如《ごと》し」とあり、〝真の巧妙さというのは、小細工を使っていないから一見、下手に見える。しかし、本当は非常にうまいのだ〟という、味わいの深い言葉です。「拙」は老荘思想ではそういう重みのある語になっており、それが作者の頭にあったかと思われます。

五言律詩（上平・五微）

宿鹿苑寺
索莫唐朝寺
昔人今已非•
短綃千畳嶂
浮世幾残暉•
塔影揺嵐側
鐘声咽吹微•
客窓休自恨
華表会仙帰•

鹿苑寺《ろくをんじ》に宿《しゆく》す
索莫《さくばく》たり　唐朝《たうてう》の寺《てら》
昔人《せきじん》　今《いま》　已《すで》に非《ひ》なり
短綃《たんせう》　千畳《せんでふ》の嶂《しやう》
浮世《ふせい》　幾《いくば》くの残暉《ざんき》ぞ
塔影《たふえい》　嵐《あらし》に揺《ゆ》られて側《そばだ》ち
鐘声《しようせい》　吹《かぜ》に咽《むせ》んで微《かす》かなり
客窓《かくさう》　自《みづか》ら恨《うら》むことを休《や》めよ
華表《くわへう》　会《かなら》ず仙帰《せんき》せん

ひっそりと静かな　唐代のお寺
主《あるじ》だった王維　出入りした人々　みな別の世界の人になった
短い絹のとばりのように　うっすらと見える向こうの山脈
この世で　私はあと何回　この美しい夕日を眺めることができるのだろう
お寺の塔は靄《もや》の中で　ゆらめくように傾いて見え
鐘の音《ね》は風の音に遮《さえぎ》られ　くぐもって聞こえて来る

雪村友梅（一二九〇〜一三四六）

宿《やど》の窓から外を眺め　勝手に感傷にひたるのはやめよう
故郷の町の門に　必ず私は仙人となって帰るのだ

語釈　○索莫—ものさびしいさま。　○非—仏教語で、人間世界ではなく、天上世界や冥界にいる人々のことを指す。「非」とか「非人」という言い方をする。　○幛—屏風。詩ではしばしば山脈のたとえになる。　○残暉—夕日。　○塔影—「影」には〝かげ〟の意味と〝姿形《すがたかたち》〟の意味があり、ここでは姿形のほう。　○嵐—詩では暴風雨の嵐ではなく、〝山のもや、濃霧〟のことを言う。　○客窓—客舎の窓。旅先での宿を言う。　○華表—昔の中国で、建築物の前に建てた装飾用の巨大な柱。宮殿やお城、お墓などいろいろな建物に設置した。

制作年代がよくわかりませんが、題名の鹿苑寺というのが長安の近郊にある古いお寺ですので、元の時代の中国滞在中の作であることは確かかと思います。

鹿苑寺《ろくおんじ》は長安（陝西省西安市）近郊の藍田《らんでん》県にあった古い名刹《めいさつ》で、盛唐の詩人王維《おうい》の別荘だった場所ですが、王維はお母さんが亡くなった後、この別荘を鹿苑寺というお寺に改めたと伝えられています。作者はそこに泊まった折に、夕暮れ時の心境をこの詩に託して述べました。

律詩ですので、二句ずつ見てまいります。最初の一・二句は鹿苑寺の第一印象。唐の時代から今まで五百年も経っている、その長い時の流れ、それに対して人間の生命は本当に短いことに思い至って、ちょっとむなしい感じに打たれています。そのむなしい気持ちで目の前の景色を眺めるということで、景色の描写にも無常観が投映されていると思います。

中間の四句では、お寺から眺められる風景やお寺のありさまを描写してゆきます。律詩の見どころは中間の四句です。三・四句は目の前の眺め。第三句で山脈、第四句で夕日を取り上げます。だんだん気分が落ち込んで来るような感じですが、五・六句は、今宿泊しているお寺のそばにある鐘楼を、視覚・聴覚の両面から描写します。

見るものも聞くものも無常観を強めるようですが、作者は最後の七・八句に至って気を取り直します。〝異国のお寺に泊まって無常観にひたるのはよそう〟と。

第八句の「華表」は、「華表の鶴」の故事。漢の時代、或る人が仙人になる修行をしてやがて亡くなりますが、亡くなってしばらく経ってから鶴に変身して故郷に久しぶりに帰って来た。そして故郷の町の入口の華表（柱）に止まります。するとそれを見つけた若者が弓で射ようとした。鶴は飛び立ち、上空を飛び回りながら歌を歌います。「私は家を出て久しぶりにここに帰って来た。町は元のままだが、住む人は随分変わってしまったなあ。皆さん、さあ一緒に仙人になる修行をして、天上世界へ行きましょう」。そう歌って去っていったという故事です。

ここでは「華表の鶴」は作者自身のたとえで、〝いつかは必ず故郷に帰れるのだから、めそめそするのはやめよう〟という決意を示していることになります。

お坊様の詩なのに仏教ではなく、仙人の思想のことばで結んでいるのはちょっと不思議ですが、詩の世界ではしばしば仏教と道教、神仙思想は同居しております。

以上の二首は〝迫害されても鵬になってやる〟とか、〝異郷の寂しさに耐えて必ず故郷に帰るぞ〟とか、強気の詠みぶりで結ぶところに特色があると言えるでしょう。

五山の詩情（四）――別源円旨・中巌円月

別源円旨（一二九四〜一三六四）

別源円旨《べつげんえんじ》は越前《えちぜん》（今の福井県）の生まれ。二十七歳で当時の中国、元王朝に渡り、十一年間滞在しました。それから、後醍醐《ごだいご》天皇の時に日本に帰って来て、鎌倉の円覚寺、建長寺、それに越前、肥後（今の熊本）などのいろいろなお寺の住職を勤められました。

次の中巌円月《ちゅうがんえんげつ》とも親しく、詩のやりとりなどもしています。雪村友梅《そっそんゆうばい》や良寛《りょうかん》と合わせて「北越の三詩僧」と称せられる詩人僧侶ですが、ここで紹介する詩では〝早く隠居して安らぎたい〟ということを詠んでいます。

題可休亭　　七言律詩（上平・十四寒／十五刪）

孤松三尺竹三竿•
招我時時来倚欄•
細雨随風斜入座
軽煙籠日薄遮山•

可休亭《かきゅうてい》に題《だい》す

孤松《こしょう》三尺《さんじゃく》竹三竿《たけさんかん》
我《われ》を招《まね》けば　時時《じじ》来《きた》つて欄《らん》に倚《よ》る
細雨《さいう》風《かぜ》に随《したが》つて　斜《なな》めに座《ざ》に入《い》り
軽煙《けいえん》日《ひ》を籠《こ》めて　薄《うす》く山《やま》を遮《さへぎ》る

沙田千畝馬牛痩
野水一渓鷗鷺閒•
自笑可休休未得
浮雲出岫幾時還•

沙田《さでん》 千畝《せんぽ》 馬牛《ばぎう》痩せ
野水《やすゐ》 一渓《いつけい》 鷗鷺《おうろ》閒《かん》なり
自《みづか》ら笑《わら》ふ 休《きう》す可《べ》くして 休《きう》すること未《いま》だ得《え》ざるを
浮雲《ふうん》 岫《しう》を出《い》でて 幾時《いくとき》か還《かへ》る

一本の松の木　高さ三尺　それに竹の木も三本
絵のようなその眺めが私を招くので　私は始終ここへ来て　欄干にもたれる
細かい雨粒が風に乗り　斜めに座敷に吹き込んで来る
薄くたなびくもやは太陽を包み込み　遠くの山をうっすらと遮っている
水べの畑ははるばるとひろがり　農作業を続ける馬や牛がほっそりと見える
野原を流れる川一筋　舞い降りるかもめやさぎはのどかな様子
われながら可笑《おか》しい　私は隠居してのんびりするほうがいいのに　まだその暮らしに踏み切れないのだ
空の浮き雲は山のほら穴から出て行って　いつここに帰って来るのだろう

語釈　○竹三竿―〝竹三本〟の意。竹竿三本を縦につないだ長さ。「三丈」という長さを示すこともある。
○千畝―広さの単位。はるかに広いようす。　○閒―のどかでのんびりしているようす。　○岫―山中のほら穴。岩穴。

可休亭《かきゆうてい》は亭《あずまや》の名ですが、どこにあるのかは正確にはわかりません。別源円旨《べつげんえんじ》は中国から帰ってまず鎌倉に住んだのですが、それから故郷の越前に帰って善応寺を始めました。一説によると、この善応寺にあった亭《あずまや》が可休亭でした。その後、京都の南禅寺に移ることが決まり、いよいよ南禅寺に引っ越すときに可休亭に来て、はなむけのような意識でこの詩を作って皆に贈った、とされています。中国でも日本でも〝名所を訪れて、その場で感じたことを詠む、それをすぐに同行の人々に示す、そうしてその場の雰囲気を高める〟というのが漢詩の社交的な役割でした。

まず一・二句は、可休亭の前の松と竹から詠い起こします。松と竹は、可休亭の象徴です。

それを受けて中間四句では、今、自分の目に見える可休亭からの眺めを描写します。

三・四句では視線が上のほうを向いて、遠景が描かれます。これは景色の描写であると共に、寓意があると思います。〝雨、風、もや、太陽〟と出て来ましたが、たとえば第三句の〝雨、風〟は、漢詩では伝統的に〝不安定な世の中、混乱する世の中の兆し〟として使われていました。中国最古の歌謡集の『詩経』のころからすでにそういう使われ方が見られます。

第四句の〝もやが太陽を覆い隠す、雲やもやが太陽を隠してしまう〟というのは、〝邪《よこしま》な臣下、つまらない連中が王様の前に立ちはだかって、いい政治の邪魔をする〟たとえになります。雲やもやが邪《よこしま》な臣下のたとえ、太陽は王様のたとえというわけです。

この詩が作られた鎌倉の終わりから南北朝の初めは、鎌倉幕府の権威が落ちて世の中が不安定になっていたので、これから世の中がどうなるのかという不安感が、情景描写の背後に隠れているのだと思います。不安感を景色に託して述べたのでしょう。

次の五・六句では視線が下に向かい、見下ろす情景の描写になります。

第五句の馬や牛はあくせくし、第六句のかもめやさぎはのんびりしている、と対照的ですが、これも寓意があるのでしょう。「馬牛」があくせくしているのは世俗の暮らしの、「鷗鷺」がのんびりしているのは隠遁生活のたとえ。そこから作者は我が身を省み、七・八句に進みます。「休す可《べ》くして休すること未だ得ず」――のんびりと隠遁したいと思っていながら、世の中の情勢を心配したりして雑念から離れられない。そこで「自《みづか》ら笑ふ」、自分で自分を笑ってしまうということになる。最後は〝気の向くままに流れてゆく、あの浮き雲を見習いたいものだなあ〟と結んでいます。

この詩全体に、中国の東晋《とうしん》時代の陶淵明《とうえんめい》の心境、境地を慕う傾向が見られると思います。そもそも詩題の可休亭の「休」は、陶淵明の「帰去来《ききょらい》の辞」の中に使われています。「吾が生の行〻《ゆくゆく》を休せんとするに感ず」（私の人生がいずれ終わることに心を打たれる）。可休亭というのは〝ここで休むにふさわしい亭〟という意味でしょう。それから第一句に出て来る「孤松」、一本松も、陶淵明がしばしば自分自身のたとえとして詩に詠みました。松の木というのは、秋から冬、他の木々が葉っぱを落としたり枯れたりするのに、その間も葉を繁らせている常緑樹です。そこから松の木は〝いつまでも信念を変えない、節操のある人〟にたとえられ、陶淵明はそういう松を自分のアイドルにしたのですが、作者の別源円旨もそれに倣いたいという心境があるのでしょうか。最後の第八句の〝浮雲が山のほら穴から出て行く〟というのも、陶淵明の「帰去来の辞」の中にあります。「雲は無心にして 以て岫《しう》を出《い》づ」。これは自由自在でとらわれのない生き方のたとえになるのですね。このようなことから、全体として陶淵明を仰ぎ慕う心境が感じられます。

詩の見どころとしては中間の四句、緻密な対句の中にいろいろの情景が描かれていて、それらの情景にこめられた寓意を読み取ることが一つのポイントになるかと思います。

中巌円月（一三〇〇〜一三七五）

中巌円月《ちゅうがんえんげつ》は臨済宗《りんざいしゅう》の名僧で、詩・文章・哲学、いずれも五山随一とされていました。その学識は虎関師錬《こかんしれん》を感嘆させたとも言われております。虎関師錬のほうが二十二歳年上になりますが、中巌円月も二十六、七歳のときに当時の中国、元《げん》に渡り、六年後に帰国いたしました。

鎌倉周辺で活動しましたが、その後、各地のお寺の住職を勧めております。

後醍醐天皇に政治的な意見を上奏するなど、社会への関心、世直しの理想をはっきり示したという点、五山僧の中できわ立っております。仏教によって国を護《まも》り、国を安泰にするという考え方は「鎮護《ちんご》国家」と言い、平安時代には盛んでしたが、鎌倉以降はお坊さんたちがそれを詩の中に詠むことは少なくなったと言われていますので、奇特なお方であったと申せましょう。

熱　海　　七言律詩（下平・七陽）

中宵夢破響琅琅•
応是巌根湧熱湯•
筧筧分泉煙繞屋
家家具浴客除房•
海涯地暖冬無雪

熱海《あたみ》

中宵《ちゅうせう》 夢破《ゆめやぶ》れて 響《ひび》き琅琅《らうらう》
応《まさ》に是《こ》れ巌根《がんこん》 熱湯《ねったう》を湧《わ》かしむるなるべし
筧筧《けんけん》 泉《いづみ》を分《わか》つて 煙《けむり》 屋《をく》を繞《めぐ》り
家家《かか》 浴《よく》を具《そな》へて 客《かく》 房《ばう》を除《おぎの》る
海涯《かいがい》 地《ち》 暖《あたた》かにして 冬《ふゆ》に雪《ゆき》無《な》く

山路天寒暁踏霜•
遠嶼涳濛雲霧黒
紅潮送月落微茫•

山路《さんろ》天《てん》寒《さむ》くして　暁《あかつき》に霜《しも》を踏《ふ》む
遠嶼《えんしょ》涳濛《こうもう》として　雲霧《うんむ》黒《くろ》く
紅潮《こうてう》月《つき》を送《おく》つて　微茫《びばう》に落《お》つ

真夜中に夢から覚めると　何やらおどろおどろしい響き
これはきっと大岩の根元が　湯を湧き出させる音に違いない
温泉宿それぞれの筧《かけひ》は湯を分けて引き入れ　煙がそれぞれの建物をとりまいている
それぞれの宿が浴場を設け　お客はそれぞれ部屋を借りている
海沿いの地区は大地が暖かく　冬にも雪が降ることはないが
山道の方面では空もさむざむしく　夜明けに歩けば霜を踏むことになる
遠くの初島《はつしま》はぼんやりと　もやに覆われて黒くうずくまり
朝日に赤く染まった海水が沈む月を見送るように流れ　月はうす暗い西の空に沈んでゆく

語釈　○応―確実性の強い推量。〝きっとこれは～に違いない〟。　○筧―かけひ。「かけい」とも読む。長い竹の節《ふし》を抜いて、または木の芯をくりぬいてかけ渡し、水や湯を通すもの。　○賖―つけ買いする。現金を払わず、かけで買う。ここでは、お金を払って借りる意。　○涳濛―小雨《こさめ》などのためにうす暗いさま。　○紅潮―朝日が当たって赤く見える海面。　○微茫―はっきりしないさま。ぼんやりしたさま。うす暗いこと。

熱海は、伊豆半島の東北部にある日本有数の温泉街です。この名前の由来は奈良時代、天平勝宝《てんぴょうしょうほう》三年（七四九）に海の中から熱湯がわき上がったことによるとのことで、それからこの詩の時点まで、すでに六〇〇年近く経っています。この詩は何かの折に熱海に宿泊し、たぶん出発間際《まぎわ》に、お世話になった宿の人々に記念として作って贈ったものでしょう。或る晩の夜更《よふ》けから明け方にかけて、見たもの、聞いたものを詠んでいます。

こういう詩を壁に飾っておけば、その温泉はさぞ箔がついたことでしょう。全体として、熱海の温泉宿を紹介するような内容になっています。

一・二句は導入で、真夜中に熱湯のわく音で目をさますようす。三・四句は、目が覚めた作者が窓から外を見、そこで目にした温泉旅館のたたずまいを述べています。五・六句は、同じ熱海でも、海岸地区と山岳地区では気候がだいぶ違うということを述べています。第六句からすると、作者は滞在中、早朝散歩でもしていたのでしょうか。そうすると、季節は冬ということになります。七・八句は明け方の情景。遠くを見ると初島が見える。熱海の東南一〇キロほどにある海中の小島で、有名な景勝地となっています。最後の「微茫《びぼう》に落《お》つ」は「落《お》ちて微茫《びぼう》なり」とも読めるかも知れません。〝沈む月がだんだん低くなり、光を失ってゆく〟と。

動乱の中で
——児島高徳・細川頼之・如瑶

児島高徳（？～？）

児島高徳《こじまたかのり》は南北朝時代（一三三六～九二）、わが国の皇室が南北に分かれてしまった時代に、南朝の後醍醐《ごだいご》天皇にまごころを尽くした武将として有名です。

後醍醐天皇は鎌倉幕府を倒し、「建武《けんむ》の新政」（建武の中興）を行った帝《みかど》で、悲劇の天子として『太平記』の中心人物になっております。

帝が鎌倉幕府打倒の計画を進めていた時期のこと、密告によって計画が幕府側に知られてしまい、帝は身柄を隠岐《おき》（島根県）に移されることになります。それを知った高徳は一族の者たちとともに帝を救出すべく、途中で待ち伏せしますが、帝の一行が予定とちがう道を通ったため、不首尾に終わります。

高徳はその直後、後醍醐天皇が院の庄《いんしょう》（岡山県津山市）の行在所《あんざいしょ》（仮御所《かりごしょ》）に入られてからの或る晩、そのお庭に潜入し、桜の木の幹を削って詩を書きつけました。

白桜十字詩　　白桜《はくあう》の十字《じふじ》の詩《し》　　**五言古詩**（十字詩）

天莫空勾践　　天《てん》　勾践《こうせん》を空《むな》しうすること莫《なか》れ

児島高徳（？～？）

時非無范蠡

時《とき》に范蠡《はんれい》無《な》きにしも非《あら》ず

天よ　越王勾践をお見捨て下さるな
今　忠臣范蠡が　ここにたしかに居るのですから

語釈　○勾践―？～前四六五。中国の春秋時代、越《えつ》の国君。一度は呉《ご》に敗れたが（「会稽《かいけい》の恥《はぢ》」）、十年耐えしのび、范蠡や西施《せいし》の協力のもとに国力を充実させ、報復を果たした。春秋最後の覇者に挙げられる。○范蠡―前五〇〇ごろ在世。勾践に仕えた功臣。呉王夫差《ふさ》に敗れた勾践を助け、呉を打ち破るために尽力した。また美女西施を呉の国に送り込み、その国力を内側から疲弊させた。

この詩は中国の歴史故事に託しつつ、天に呼びかける形でみずからの忠誠心を表したものです。

中国の春秋時代、東南部の呉国と越国は長く抗争を続けていました。まず呉が越を攻め、呉王闔閭《こうりょ》が負傷して没すると、あとをついだ子息の夫差《ふさ》は、安眠できない薪《たきぎ》の上に寝て復讐心をかき立て、次の戦いで越を破ります。敗れた越王勾践《こうせん》は会稽山《かいけいざん》にかくれ、命《いのち》からがら帰国しますが、その後は常に苦《にが》い胆《きも》をなめて敗北の味を思い出し、十年のあいだ富国強兵につとめ、ついに呉を滅亡させて覇者《はしゃ》となったのでした。

この故事は「臥薪嘗胆《ぐわしんしやうたん》」という四字熟語となって有名ですが、勾践を助けた功労者が范蠡《はんれい》でした。右の高徳の詩では、越王勾践が後醍醐天皇に、范蠡が高徳自身にたとえられているわけです。

さて、高徳は桜の幹にこの詩を書いて立ち去り、翌朝、警護の武士たちがこれを発見しますが、意味がわからない。しかし〝ともあれ帝のお耳に〟ということでご報告しますと、帝はすぐその意味をさとり、〝心強い味方がいるのだ〟と喜ばれたということです。

やがて楠木正成《くすのきまさしげ》、足利尊氏《あしかがたかうじ》、新田義貞《にったよしさだ》らの活躍によって北条氏の鎌倉幕府は倒され、後醍醐天皇は京都に入って「建武の新政」を始めました。ところが公家《くげ》側の方針と武家側の希望が合わず、武士や農民の不平が高まり、ついに足利尊氏《あしかがたかうじ》が兵を挙げ、京都に入って光明《こうみょう》天皇を擁立しました。これが北朝となります。後醍醐天皇は吉野に逃れて南朝を立て、以後六十年あまり「南北朝時代」が続くのです。

高徳自身は足利尊氏がそむいたあとも南朝側につき、各地を転戦します。しかし尊氏の軍にはばまれ、最後は信濃で出家しました。

もっともこの人の事跡は主として軍記物語の『太平記』によって伝えられ、ほかの歴史記録による確認ができません。そこでその実在を疑う説もありますが、文部省唱歌の「児島高徳」によって歌いつがれ、歴史上の偉人としてたいへん親しまれて来た人であることは動かす余地がありません。

一　船坂山《ふなさかやま》や　杉坂《すぎさか》を／御《み》あと慕《した》ひて　院《ゐん》の庄《しやう》／微衷《びちゆう》をいかで　聞《きこ》えんと／桜の幹に　十字の詩／
「天《てん》　句践《こうせん》を空《むな》しうすること莫《なか》れ／時《とき》　范蠡《はんれい》無きにしも非《あら》ず」

二　御心《みこころ》ならぬ　いでましの／御袖露《みそでつゆ》けき　朝戸出《あさとで》に／誦《ず》じて笑《ゑ》ます　かしこさよ／桜の幹の　十字の詩／
「天《てん》　句践《こうせん》を空《むな》しうすること莫《なか》れ／時《とき》　范蠡《はんれい》無きにしも非《あら》ず」

（『尋常小学唱歌』（五）、大正三年〔一九一四〕）

後半に十字の詩がそのまま引用されていますが、この読み方によって愛誦している人も多いことでしょう。

細川頼之（一三二九〜一三九二）

細川頼之《ほそかわよりゆき》は足利氏の大切な武将で、三河《みかわ》（愛知県東部）の人。文武両道で、学問にも秀でておりました。足利尊氏に従って戦功をあげ、その子息で第二代将軍の義詮《よしあきら》（一三三〇〜六七）に信頼を寄せられます。義詮は亡くなる時、十歳の子息義満《よしみつ》（一三五八〜一四〇八）と三十九歳の頼之を枕許《まくらもと》に呼び、義満に〝これからは頼之を父と思え〟と言い残したとのことです。

その後、頼之は義満をよく導き、ときに率直な諫言《かんげん》を行いました。義満は三代将軍として、幕府の体制の確立、南北朝の統一、また足利氏の勢力基盤を拡張するなど功績をあげますが、その一面、わがままで派手好きのところもあったようです。京都室町の花の御所《ごしょ》、北山《きたやま》の金閣寺などはその象徴と申せましょう。そのような義満のもとでいわゆる「北山文化」が栄え、五山文学、水墨画、能楽などが興隆することになりますが、そのような状況を、頼之はいくぶん眉をひそめて見ているところもあった。義満はしだいに頼之の人望と権勢の大きさをうとんずるようになり、頼之も義満に失望感を強めてゆきます。そこに守護大名や侍臣の策謀も加わり、とうとう頼之は失脚いたしました。これはこの時期の大きな政変として記録されております（「康暦の政変」）。

しかし数年後に義満は考えを改め、頼之はふたたび幕府に迎えられ、重鎮として大きな役割を果たしました。頼之が亡くなった時、義満はみずから写経にいそしみ、冥福を祈ったということです。

海南行

人生五十愧無功•
花木春過夏已中•
満室蒼蠅掃難去
起尋禅榻臥清風•

七言絶句（上平・一東）

海南行《かいなんかう》

人生《じんせい》 五十《ごじふ》 功《こう》無《な》きを愧《は》づ
花木《くわぼく》 春過《はるす》ぎて 夏《なつ》 已《すで》に中《なか》ばなり
満室《まんしつ》の蒼蠅《さうよう》 掃《はら》へども去《さ》り難《がた》し
起《た》つて禅榻《ぜんたふ》を尋《たづ》ねて 清風《せいふう》に臥《ぐわ》せん

この世に生きて五十年　大した功績のないことが恥かしい
花の咲いていた木々も　その春らしい姿はうつろって　今は夏ももう半ば
部屋いっぱいの青蠅《あおばえ》がうるさく飛んで　何度追い払っても出てゆかない
立ち上がって長椅子を探し出し　外のすずしい風の中で横になるとしよう

語釈　○海南―ここでは讃岐《さぬき》のこと。　○禅榻―座禅用の長椅子。「榻」は、長椅子。

北朝の康暦元年（一三七九）、作者五十一歳。職を辞して讃岐《さぬき》（香川県）に向かう折、旧暦の閏《うるう》四月の作とされています。

夏の或る日のちょっとした体験に託し、失脚して隠棲する心境を詠んでいます。

前半二句は、功績もないまま年を重ねてゆくのを恥じる心境。義満を十分に補佐できなかった無念の思いがこめられているでしょう。

夏の虫と言えば蠅《はえ》。そこで第三句に蠅が出て来ます。〝うるさく群がる蠅がいっこうに部屋から出てゆかない〟。そこで第四句、〝それなら自分が出てゆこう〟と結んでいます。

蠅は『詩経』以来、こびへつらう人、つまらない人のたとえ。ここでは、義満の周囲に群がるよこしまな臣下たちを暗示している筈です。すると第四句は、義満のもとを去る作者の決意を述べていることになります。

頼之は詩文を愛好し、絶海中津や義堂周信とも親交がありました。中国の詩人では特に杜甫を好んだとされています。

この詩の詠みぶりも、禅に深く傾倒した人らしく、達観の心境が前面に出ていますが、第三句の騒々しさと第四句のすがすがしさの対比がことのほかあざやかで、彼はここに、俗物たちへの憤りの情をこめたのかも知れません。

ところで、三代将軍足利義満の事跡で忘れられないのは、明王朝との国交を結んで貿易を始めたことでしょう（「日明《にちみん》貿易」）。

当時、明では倭寇《わこう》による被害が大きく、初代皇帝の洪武帝（朱元璋《しゅげんしょう》）はたびたび幕府に取り締まりを要請していました。そこで義満はそれを承諾するとともに、明との貿易を始めたのです。その利益が幕府の財政をうるおし、文化興隆の役にも立つこととなりました。

明と正式に貿易を始めるとなれば、倭寇の存在はますます邪魔になります。倭寇は元末明初より盛んに活動していましたが、基本的に、〝武装した密貿易集団〟ですので、その存続は幕府の、国の利益をさまたげることになる。そこで以降、倭寇の取り締まりがいっそうきびしくなってゆきました。

次の詩は、洪武帝の時代の作になります。

先ほども触れましたように、洪武帝は天下を統一するとすぐ日本に使節を送り、倭寇の取り締まりを要請しました。使節たちは九州の太宰府（福岡県）に到着します。太宰府は当時、外交を担当する機関となっており、その責任者が懐良親王《かねなが(よし)》でした（親王は後醍醐天皇の子息で、墓所が熊本県八代《やつしろ》市にあります）。さらに翌年、もう一度、要請の使節団が訪れました。そこでその次の年、北朝の応安四年（一三七一＝明の洪武四年）に、懐良親王はこちらから遣明使を派遣したのです。

左の詩はその遣明使団に加わっていた人が作ったもので、作者については異説もあります。一同が明の宮廷で洪武帝と謁見した際、帝から〝日本というのはどのような国か〟と尋ねられてお答えし、あわせてこの詩を献上した、と伝えられています。

如瑶（？〜？）

如瑶《じょよう》は南朝の懐良親王《かねなが(よし)》に仕えた僧侶ですが、くわしいことはわかりません。

答大明皇帝問日本風俗　**五言律詩**（上平・十一真）

大明皇帝《だいみんくわうてい》の　日本《にっぽん》の風俗《ふうぞく》を問《と》ふに答《こた》ふ

国比中原国　国《くに》は中原《ちゅうげん》の国《くに》に比《ひ》す
人同上古人•　人《ひと》は上古《じゃうこ》の人《ひと》に同《おな》じ
衣冠唐制度　衣冠《いくわん》は唐《たう》の制度《せいど》
礼楽漢君臣•　礼楽《れいがく》は漢《かん》の君臣《くんしん》

如瑤（？〜？）

銀甕篘清酒
金刀膾素鱗
年年二三月
桃李自陽春

銀甕《ぎんをう》 清酒《せいしゅ》を篘《しう》し
金刀《きんたう》 素鱗《そりん》を膾《なます》にす
年年《ねんねん》 二三月《にさんぐわつ》
桃李《たうり》 自《おのづか》ら陽春《やうしゅん》

私どもの国は　あなた様のお国に劣らぬよい国で
民《たみ》は上古の人々のように　素朴で情にあつうございます
服装や冠《かんむり》は　唐王朝のきまりにならい
礼儀作法や音楽は　漢王朝の君臣のようなけじめをもたらしています
銀《しろがね》のかめに　透明な酒を漉《こ》し
金《こがね》の庖丁《ほうちょう》で　白身《しろみ》の魚をなますにします
毎年　二月三月ともなれば
桃や李《すもも》が　おのずと春の趣を盛り上げます

語釈　○中原国—ここでは中国を指す。　○篘—酒をこす。酒を酒かすと分離させて注ぎ入れる。　○素鱗—銀のうろこの魚。ここでは、白身の魚か。

詩題の意味は〝偉大な明の皇帝陛下が日本の国情をおたずねあそばされたのにお答え申し上げます〟。〝日本というのはこういう国です〟と、詩の形で紹介しているのですが、かなり大きく出ています。第一句から〝日本は中国にひけを取りません〟と、見得《みえ》を切るような詠い出しです。第二句は、中国の伝統的な尚古主義に即した発想でしょう。〝古《いにしへ》を尚《たっと》ぶ〟、古い物事を大切にし、たっとぶ姿勢ですが、それに沿う形で〝中国の上古の時代と同じようによい人々が、今でも日本にはおおぜいいます〟と言うわけです。

三・四句は日本の制度やしきたりのよさを述べていますが、中国の歴代王朝の中でもひときわ繁栄した漢と唐を挙げて、〝わが国は中国の二大王朝の美点をしっかり受けついでいます〟とアピールしています。

五・六句は日本の食生活の一端として、お酒とお刺身を紹介しています。

中国の人々は昔も今も、基本的には生ものを口にしません。水の質にめぐまれていないので、野菜でも魚でも、火を通すのが原則なのですね。それに対して〝日本は水にめぐまれていますから、お酒は良質だし、生の魚も平気でいただいていますよ〟と、ちょっと自慢する気分もあるかも知れません。

七・八句は日本の自然、とくに春のすばらしさを強調しています。〝わが国は自然にもめぐまれたよい国です〟と。

全体として日本を理想化しており、当時の国内事情、混乱した情勢には触れておりません。また、明と対等にふるまうような、不遜と思われかねない点もあります。実際、洪武帝はこの詩に接してやや機嫌をそこねた、との話も伝えられています。

ともあれこの詩は、日本と明との交流の一端をしのばせるとともに、遣明使の人々の心意気を垣間見せてくれる作品と申せましょう。

なお、正式に明との通商が始まったのは応永八年（一四〇一＝明の第二代皇帝恵帝《けいてい》の建文三年）で、この日明貿易には五山の僧侶たちが大きく関与し、さまざまの交渉を担当することとなります。

二、五山文化の時代

蕗谷虹児「西堀通り」　昭和四十八年（一九七三）

画の中の少年のまなざしは、母とともにいるのに安らいでおらず、むしろ今の幸福が失われることを予感するような不安・恐れを宿している。それは蕗谷画伯の原体験であり、一休禅師の心の原風景でもあるように思われてならない（→八十三、八十五ページ）。

禅宗の僧侶たちは中国からさまざまな文物を輸入するとともに、漢詩文の創作・研究も行った。その中心となったのは、京都・鎌倉の五山であった。夢窓疎石の門下から義堂周信《ぎどうしゅうしん》・絶海中津《ぜっかいちゅうしん》が現れ、五山文化は最盛期を迎える。義堂周信の深い内省と斬新な着眼をもつ絶句、絶海中津の情熱的で雄渾な律詩は、とりわけ印象深い。

やや後に現れた一休宗純《いっきゅうそうじゅん》は、混乱した世相の中で破戒僧をよそおいつつ、世俗化した禅宗や無力化した幕府を批判する詩を作り続けた。その一方、彼自身の母への思慕の情を禅の悟りへ昇華させた作品、晩年の伴侶森女《しんにょ》に寄せた愛情深い作品は、読者の心に強く訴えかけて来る。

五山の絶頂
――義堂周信・絶海中津

義堂周信（一三二五～一三八八）

義堂周信《ぎどうしゅうしん》は土佐（高知県）の人で、三代将軍足利義満《あしかがよしみつ》の禅の先生でした。十七歳で夢窓疎石《むそうそせき》の門下生になり、その後しばらく鎌倉にいました。円覚寺などの住職を勤め、二十年以上滞在しましたが、その後京都に移り、そこでも建仁寺、南禅寺という有名なお寺の住職を勤めております。足利義満に禅を教授するなど功績も大きかったので、義堂周信の時代に南禅寺が五山の筆頭のお寺として認められたということです。

広く深く学問を積んだ人で、仏教はもとより、儒教の思想哲学・歴史学・詩文に深い造詣を有しておられました。ただあまり健康に恵まれなかったようで、結局中国大陸に行くことはなかったのですが、たとえば彼の文章が中国の当時の明《みん》王朝に伝わると、明の人々は、〝これは中国人の作ではないのか〟と疑ったという話も残っています。

詩を作るにあたっては宋・元の詩を模範とし、かたわら少しさかのぼって中晩唐の詩風も導入しました。彼自身は〝詩は小さな技である〟と言っていたようですが、幅広い題材を取り上げており、多様な作風がうかがわれます。

中国には行かなかったのですが、中国の僧侶とは交流が多い人でした。

義堂周信（一三二五～一三八八）

対花憶旧

紛紛世事乱如麻•
旧恨新愁只自嗟•
春夢醒来人不見
暮檐雨洒紫荊花•

花《はな》に対《たい》して旧《きう》を憶《おも》ふ　　七言絶句（下平・六麻）

紛紛《ふんぷん》たる世事《せいじ》　乱《みだ》れて麻《あさ》の如《ごと》し
旧恨《きうこん》　新愁《しんしう》　只《ただ》　自《みづか》ら嗟《なげ》く
春夢《しゅんむ》　醒《さ》め来《きた》つて　人《ひと》見《み》えず
暮檐《ぼえん》　雨《あめ》は洒《そそ》ぐ　紫荊《しけい》の花《はな》

ごたごたと混乱した世の中　まるでもつれた麻糸のようだ
以前からの嘆き　新たな悲しみ　ただもう私一人だけで嘆くしかない
春の昼寝の夢から目覚めた今　私のそばには誰もいない
夕暮れの軒端《のきば》から　雨のしずくがとめどなく滴《したた》っている　庭に咲く花蘇芳《はなすおう》の上に

語釈　○紛紛―入り乱れるようす。　○世事―世間の事柄。社会問題や政治的な事情など。　○暮檐―夕暮れ時の家の軒端《のきば》。

「花《はな》に対《たい》して旧《きう》を憶《おも》ふ」と、ちょっと情緒的な詩題になっております。この花は第四句に「紫荊《しけい》の花《はな》」とあることから、花蘇芳《はなすおう》の花です。紫荊《しけい》の「紫」は、漢詩文では日本で言う紫色と違い、赤茶色を示します。花蘇芳は赤紫色ですので、字の使い方がまことに適切です。だいたい新暦の四月くらいに咲くので、春の詩であることがわかります。

何か悲しげな作風で、花を眺めながら昔のこと、古い友だちのことを思い出し、ちょっと思いに沈んでいるというふうな作品です。義堂周信は南北朝時代という乱世に生きた人で、乱世の中で争いに巻き込まれて亡くなった知人もおおぜいいたようですので、そういうことに対する感慨が込められているでしょう。前半二句は世の中の乱れたようす、その中で悲しむ自分を概括的に出し、後半二句ではそういう暮らしの中でのひとこまを切り取った、という作りになっています。

ちなみに、第四句に出て来た〝雨だれがいつまでもしたたり落ちる、そこに自分の気持ちを託す〟という手法は、楊萬里《ようばんり》（一一二七〜一二〇六）という中国南宋初期の大詩人の詩に、似たものがありました。それは七言絶句の「細雨」という作品——

孤悶《こもん》 言《げん》無《な》く 独《ひと》り門《もん》に倚《よ》る／梅花《ばいくわ》 細雨《さいう》 黄昏《くわうこん》たらんと欲《ほっ》す／憐《あはれ》む可《べ》し 簷滴《えんてき》 脱灑《だつさい》ならず／点点《てんてん》 何《なん》ぞ曽《かつ》て旧痕《きうこん》を離《はな》れんや

〝私はただ一人苦悩にとらわれ　無言のまま家の戸口に立っている／梅の花に霧雨《きりさめ》が降りかかって　時はもう夕暮れ／せつないのは軒端《のきば》から絶えずしたたり落ちる　雨のしずく／しとしとと　どうしていつも同じ場所にばかり落ちるのだろう〟。この雨だれは自分の心境のたとえなのでしょうね。嘆きや悲しみにとりつかれて、それがいっこうに解決しない。あたかも雨だれがいつもいつも同じ場所に落ち続けるように、主人公も同じ嘆きをずっと胸に抱いている、そういうたとえとして雨だれが使われている。義堂周信はこの楊萬里の詩にヒントを得て、後半二句を作ったかも知れません。宋・元の詩を模範にした彼の詩風の一例と言えましょうか。

ちなみにこの南北朝時代、南朝と北朝が合流したのは足利義満の後期の時代ですが、義堂周信が亡くなってから四年経っておりました。ですから、義堂周信自身は、ずっと南北朝の対立の中で人生を送ったことになります。

題芳上人扇
蘆花漠漠水如煙•
翡翠窺魚眼欲穿•
日落波心魚不見
翻身啄破水中天•

芳上人《はうしやうにん》の扇《あふぎ》に題《だい》す　七言絶句（下平・一先）
蘆花《ろくわ》 漠漠《ばくばく》として 水《みづ》 煙《けむり》の如《ごと》し
翡翠《ひすゐ》 魚《うを》を窺《うかが》つて 眼《まなこ》 穿《うが》たんと欲《ほつ》す
日《ひ》落《お》ちて 波心《はしん》 魚《うを》見《み》えず
身《み》を 翻《ひるがへ》して 啄《ついば》み破《やぶ》る 水中《すゐちゆう》の天《てん》

義堂周信（一三二五〜一三八八）

岸辺の葦《あし》の花は一面に咲きほこり　川の水はもやのようにぼんやりとひろがっている
一羽のかわせみが魚を狙《ねら》い　そのまなざしは水を射抜《いぬ》くように鋭い
やがて日は沈み　波の底に魚の姿は見えなくなる
次の瞬間　かわせみはふと身を翻《ひるがえ》して飛びかかり　水中の天上を突き破った

語釈 ○煙—漢詩文では〝もや、霞《かすみ》〟の意。 ○翡翠—かわせみ。

扇《おうぎ》に描かれた絵について詠んだ詩で、漢詩の重要なジャンルである「題画詩」に属する作品です。義堂周信の描写の力がよく表れた詩だと思います。

詩題の「芳上人《ほうしょうにん》」は、義堂周信の弟子筋にあたるお坊様です。正式には玉畹梵芳《ぎょくえんぼんぽう》という名で、京都の南禅寺の住職を務め、周信に詩を教わっています。かたわら水墨画の名人としてもよく知られていて、蘭の花を描いた絵などが残っています。足利義満に重く用いられるのですが、義堂周信が亡くなった後に義満の怒りに触れて隠居してしまいました。その芳上人が扇に描いた絵の印象を述べたのがこの詩です。

前半二句では、その絵の画面を文字で再現しています。夕暮れ時の川べに立って景色を眺めているような設定の画面、その中に一羽のかわせみがいる――これは岸べの石の上にとまっているのでしょう。後半に入ると想像の世界に入り、絵の画面から作者が想像を巡《めぐ》らせます。〃かわせみのようすから見て、これからこういう場面が展開されるであろう〃と。絵を描写するだけではなく、そこから触発された想像を詠むというのは題画詩の伝統で、その伝統を義堂周信も忠実に受け継いでいます。

「水中《すゐちゅう》の天《てん》」は、〃水中世界の天井《てんじょう》〃ということ。作者の視点が水の底から上のほうの水面を見ているような、まことに斬新な視点で、義堂周信は実際に素潜《すもぐ》りの経験があるのだろうかと、そんなことも考えてしまいます。ウイットの利いた一面が窺われる作品です。

竹雀三首　其三　　五言絶句（上平・十四寒）

風枝栖不穏
露葉夢応寒●
莫近高堂宿
公孫挟弾丸●

竹雀三首《ちくじやくさんしゅ》　其《そ》の三《さん》
風枝《ふうし》 栖《す》むこと 穏《おだ》やかならず
露葉《ろえふ》 夢《ゆめ》 応《まさ》に寒《さむ》かるべし
高堂《かうだう》に近《ちか》づいて 宿《しゅく》すること莫《なか》れ
公孫《こうそん》 弾丸《だんぐわん》を 挟《わきばさ》む

風に吹かれる竹の枝　そこはねぐらにしても落ち着かない
露を帯びた竹の葉　その中で眠っても　見る夢は寒々しく寂しかろう

が　高くそびえる立派な建物に近づいて宿ってはならぬぞ
貴公子たちがおもしろ半分に　弾丸を小脇《こわき》に抱え　そなたたちを狙うであろうから

語釈　○高堂―高くそびえる立派な建物。権力や富貴、お金持ちのたとえ。○公孫―国君や王侯の孫。諸侯の孫。そこから、貴公子の意となる。○弾丸―当時、鉄砲はないので、鉄砲の弾《たま》ではなく、弾《はじ》き弓《ゆみ》の玉。弾き弓は矢の代わりに玉を射《い》る弓で、昔の遊び道具。おもしろ半分に小鳥を撃ったりするのに使った。

「竹雀」は竹藪《たけやぶ》の雀《すずめ》。この詩は「詠物詩」になります。詠物詩も漢詩の重要なジャンルで、或る物事をテーマに取り上げてその物の性質や形を描写する、その中に作者自身の風刺の気持ちや寓意を込める、という作風を取ります。

前半二句では〝竹藪の雀が居心地が悪そうだ〟というところに注目して詠み、後半で教訓を導き出します。竹藪の雀を詠みながら、権力や富貴などに近づかないことが人生の智恵だという教訓を詠んでいるのでしょう。多少の不便があっても、長い目で見て安全な生き方をとるほうがいい、あまり高望みをしないほうがいい、ということです。

〝雀を弾丸が狙う〟というのは故事があって、前漢末の劉向《りゅうきょう》（前七七〜前六）という大学者が編集した説話集『説苑《ぜいえん》』の中の話にもとづいています。楡《にれ》の木の枝にせみが止まって夢中で樹液を吸っている。ところが、せみはすぐそばでかまきりが身をかがめて自分を狙っていることに気づかない。かまきりはかまきりで、自分のすぐそばで雀が自分を狙っていることに気づかない。ところが、その雀もかまきりを捕まえようとすることに気をとられて、すぐ下で弾き弓の玉が自分を狙っていることに気づかない。みな目の前の利害にとらわれて、その利益に伴う弊害や落とし穴に気づかない、それへの教訓を示した逸話ですが、義堂周信はそれを取り入れて後半を作ったと思います。

ユーモラスな雰囲気の中に、現代にも通じる警告が含まれた面白い詩です。

以上、義堂周信の詩を三首見ましたが、いずれもこまやかな心配りを感じさせます。その心配りには、ものを観察するときにも、思索をめぐらすときにも働くようです。最初の「花《はな》に対《たい》して旧《きう》を憶《おも》ふ」と三首目の「竹雀《ちくじやく》三首」其《そ》の三では、雨に打たれる花や風に吹かれる雀から〝乱れた世の中への嘆き〟をさそわれる感受性がうかがわれますし、二首目の「芳上人《はうしやうにん》の扇《あふぎ》に題す」では、扇の絵をじっと鑑賞するうちにゆたかな想像が羽ばたいていきます。

絶海中津（一三三六〜一四〇五）

絶海中津《ぜつかいちゆうしん》は義堂周信《ぎどうしゆうしん》と同じ土佐の人で、義堂周信より十一歳年下《としした》です。十三歳で京都に上《のぼ》って夢窓疎石《むそうそせき》に師事し、その後、義堂周信に兄事《けいじ》（後輩として仕える）しました。三十三歳で中国大陸に渡りますが、その年がちょうど明《みん》の太祖洪武《こうぶ》帝が即位した年で、その八年後くらいに、洪武帝にじきじきに面会しています。その折に洪武帝から、秦《しん》の始皇帝の時の探検家徐福《じよふく》のことを尋ねられました。徐福は始皇帝の命令で、東の海に船出して日本に来たと伝えられている人です。その徐福について話し合い、二人で応酬した詩が残っております。

明に滞在して九年後に帰国し、その後将軍足利義満《あしかがよしみつ》や細川頼之《ほそかわよりゆき》にたいへん尊敬され、幕府の政治にも関与しました。ところが、いささか熱血漢で直言をする傾向があったため、やがて義満に疎《うと》まれ、四十九歳で引退を余儀なくされました。その時、細川頼之に招かれて阿波《あわ》（今の徳島県）にお寺を建て、そこの住職になったりもしていますが、六十六歳でまた幕府に請われて京都に戻っております。

義堂周信とともに五山文学の最高峰となった人で、義堂周信は学問の蓄積という面で勝《まさ》り、絶海中津は詩の才能で勝るという定評がありますが、二人の詠みぶりがどう違うかにも注目していただきたいと思います。

絶海中津（一三三六〜一四〇五）

七言律詩（上平・一東）

多景楼

北固高楼擁梵宮●
楼前風物古今同●
千年城塹孫劉後
萬里塩麻呉蜀通●
京口雲開春樹緑
海門潮落夕陽空●
英雄一去江山在
白髪残僧立晩風●

多景楼《たけいろう》

北固《ほくこ》の高楼《かうろう》　梵宮《ぼんきゆう》を擁《よう》す
楼前《ろうぜん》の風物《ふうぶつ》　古今《ここん》同《おな》じ
千年《せんねん》の城塹《じやうざん》　孫劉《そんりう》の後《のち》
萬里《ばんり》の塩麻《えんま》　呉蜀《ごしよく》通《つう》ず
京口《けいこう》　雲《くも》開《ひら》いて　春樹《しゆんじゆ》緑《みどり》に
海門《かいもん》　潮《うしほ》落《お》ちて　夕陽《せきやう》空《むな》し
英雄《えいゆう》　一《ひと》たび去《さ》つて　江山《かうざん》在《あ》り
白髪《はくはつ》の残僧《ざんそう》　晩風《ばんぷう》に立《た》つ

北固山にそびえるこの高楼《たかどの》は　お寺を支えるように建っている
ここから眺められる風物は　昔から今まで少しも変わっていない

千年も経ったかのような古い城壁　それは呉《ご》の孫権《そんけん》や蜀《しょく》の劉備《りゅうび》の時代の名残《なごり》であろうか
一万里も離れた二つの国の間で塩と麻がやりとりされ　呉と蜀とは交易をしていたのだ
京口の町では上空で雲が晴れ　日に照らされる春の木々は緑色
海門の町では海の潮がしだいに引き　夕日もだんだんと光を失ってゆく
孫権や劉備をはじめ　歴史を彩《いろど》った英雄たちはもはやいなくなり　山川《やまかわ》の自然だけがしかと存在している
白髪頭《しらがあたま》の老いた僧侶　この私は　夕暮れの風に吹かれて立ち尽くすばかり

語釈　○梵宮―仏教のお寺。甘露寺という、三世紀ごろに建てられた禅宗の古いお寺。　○千年―長い時間。
多景楼は中国の有名の高楼《たかどの》で、南中国の三大名楼の一つ。あとの二つは黄鶴楼と岳陽楼で、それらを詠んだ唐の有名な詩が残されています。多景楼は、今の江蘇省鎮江市にあります。鎮江は長江の下流の南岸沿いの町で、古くから港町として栄えていました。その鎮江の反対側の岸が、繁華街として有名な揚州でした。

三世紀、中国の三国時代に、呉の国の王様の孫権（一八二～二五二）がここに都を移し、ますます有名になりました。そのころから景色のよい観光名所としても栄えています。

鎮江には三つの山「鎮江三山」があり、その一つがこの詩の第一句に出て来る北固山です。山と言っても高さが五十二メートルほどですので、丘と言ってもいいのですが、その頂上に甘露寺という、禅宗の古いお寺がありました。それらを含めながら、この詩は詠まれております。

明のお坊様たちとの会合か何かがあったのでしょうか。多景楼に上《のぼ》り、上からの眺めを描き、そこから触発された思いを詠んでおります。特に三国時代の呉と蜀――呉は地元の江蘇省、蜀ははるか西のほうの四川省になりますが――呉と蜀の故事を思い起こして詩に詠み込んでおります。

最初の一・二句は、多景楼を訪れた時の第一印象。「北固の高楼　梵宮《ぼんきゅう》を擁す／楼前の風物　古今同じ」。〝高楼からの眺めは変わらない。しかし人間の歴史はどうか？〟という流れで中間の四句にまいります。

三～六句は高楼からの眺めの描写ですが、眺めているうちにわき起こった感慨も投影されているような趣があります。

三・四句は眼前にひろがる眺めに触発され、広大な時間と空間への連想を詠んでいます。はるか昔の三国時代、呉と蜀は一万里くらい隔たっていた。その間をつなぐ長江で、呉と蜀は交易を行っていた。〝スケールの大きな事業が行われていたんだなあ〟という感慨です。多景楼に上って眺めていると、そういういろいろなことが偲《しの》ばれて来る。

呉と蜀が盛んに往来することになったきっかけは「赤壁の戦い」（二〇八）です。当時、北中国は曹操《そうそう》が魏《ぎ》という国を建てて支配していました。南中国の東方は呉の孫権、西方の奥地は蜀の劉備が押さえていたのですが、〝曹操が天下統一の野望をもって南下して来る〟という情報が南に伝わります。

南中国は大騒ぎになり、呉の孫権と蜀の劉備が同盟を結ぶことになりました。そして、南下して来た北の魏の軍を南の連合軍が迎え撃ち、それまで連戦連勝だった曹操が大敗します。そして天下統一をあきらめて北中国に帰った。その戦いを「赤壁の戦い」と言いますが、それ以後、北は曹操、東南部は孫権、南西部の奥は劉備と、三つの国が鼎立《ていりつ》する「三国時代」が始まりました。

「赤壁の戦い」に先立って、呉と蜀とが同盟を結んだ、それが他ならぬ京口《けいこう》の町。かつて塩の名産地であった海門の町も見えます。

そこで次の五・六句では、多景楼から臨まれる京口の町と海門の町のようすを描き出します。ここは目の前の近景の描写で、前の三・四句との対照があざやかです。

そして最後の七・八句は自分の感慨の表出となり、夕闇《ゆうやみ》の中に一人残された作者が胸の思いを打ち明けて結んでいます。

この詩を作ったとき、絶海中津は四十代をちょっと過ぎたところでしょう。今の日本でも、四十歳のことを「初老」と呼ぶことがあります。〝そろそろ老いる〟ということですが、江戸時代には四十代なかばにもなると、仕事を息子や弟子筋にゆずって隠居するのが普通だったようですので、それよりさらに前のこの時代、「白髪の残僧」という表現で四十代を描写しても違和感はなかったと思います。

お坊様たちと山に登ったときの社交の詩だと思いますが、「懐古詩」に似た詠みぶりになっています。絶海中津は、歴史上有名な場所を実際に訪れて感慨を述べる懐古詩に名作が多くあります。「多景楼」は七言律詩の懐古詩として、この人の代表作に数えることができます。

七言律詩（上平・七虞）

銭唐懐古次韻
天目山崩炎運徂●
東南王気委平蕪●
鼓鼙声震三州地
歌舞香消十里湖●
古殿重尋芳草合

銭唐懐古《せんたうくわいこ》 次韻《じゐん》
天目《てんもく》 山崩《やまくづ》れて 炎運徂《えんうんゆ》き
東南《とうなん》の王気《わうき》 平蕪《へいぶ》に委《まか》す
鼓鼙《こへい》 声《こゑ》は震《ふる》ふ 三州《さんしう》の地《ち》
歌舞《かぶ》 香《かう》は消《せう》す 十里《じふり》の湖《みづうみ》
古殿《こでん》 重《かさ》ねて尋《たづ》ぬるも 芳草合《はうさうがふ》し

絶海中津（一三三六〜一四〇五）

諸陵何在断雲孤・
百年江左風流尽
小海空環旧版図・

諸陵《しょりょう》何《いづ》くにか在《あ》る　断雲孤《だんうんこ》なり
百年《ひゃくねん》の江左《かうさ》　風流《ふうりう》尽《つ》き
小海《せうかい》　空《むな》しく環《めぐ》る　旧版図《きうはんと》

天目山は破壊され　盛んだった漢民族の運勢も消え去った
銭塘《せんとう》を中心とする東南地区にみなぎっていた王者の気も　荒れた草原におおわれてしまった
モンゴル軍が南下して来たときの陣太鼓　その重々しいひびきはこの土地の三つの州をゆるがして
南朝の王族以来の歌舞のにぎわい　その残り香《か》も　十里の湖のあたりではかなく消えた
いにしえの王室をもう一度訪ねてみても　すっかり若草におおわれて見る影もなく
帝王たちのお墓はいったいどこにあるのか　見上げればちぎれ雲がただ一つ　空を流れてゆくだけ
南宋が元に滅ぼされて百年後の江南地区　美しい自然も　芸術の香りもまったく失われ
今は川の流れだけが　むなしく同じ場所を流れている

語釈　○次韻—詩をやりとりするときの手法。相手から送られて来た詩と同じ韻字を、同じ順番で使って韻をふむこと。　○天目—山の名。浙江省の名山である。　○炎運—「炎」は〝火が燃えさかる、火の光が上にのぼってゆく〟ということで、盛んであるときの形容に使う。　○鼓鼙—戦《いくさ》の太鼓。「鼙鼓《へいこ》」とも言う。　○十里湖—玄武湖を指す。直径が十里ほどある。　○江左—江南と同じ。長江の南側、銭塘近辺のことを言う。　○風流—自然の美しい眺めや詩歌文芸など、美しいものを愛する心。転じて、歌や踊りなど芸術・演芸を愛好する心にも使う語。ここではそれら全体を指している。

これも懐古詩になります。詩題に「懐古」と出ております。銭唐《せんとう》はふつう「銭塘」と書き、今の浙江省《せっこう》杭州市《こうしゅう》で、南宋《なんそう》王朝の都であったところ。いま絶海中津《ぜっかいちゅうしん》がいるのは明王朝の中国ですが、その前がモンゴルの元《げん》王朝で、その前が漢民族の南宋王朝でした。その南宋王朝の古寺を中心に思いをめぐらせてこの詩を作っています。

一・二句は、長く繁栄して来た銭塘近辺も、南宋末、モンゴル軍によって破壊されてしまった、その嘆きから始まっています。

天目山は文化的な雰囲気に恵まれた山で、古くは中国の南北朝時代、有名な作品集『文選』を編集した梁王朝の昭明太子《しょうめいたいし》蕭統《しょうとう》（五〇一～五三一）が読書した書斎がありました。また禅宗の寺院がたくさんありましたが、それらがすべて、南宋の末から元の初めにかけてモンゴル軍によって破壊されてしまいました。第一句はそのことからうたい起こしています。

そして、南中国全体を領有していた南宋王朝も、北からモンゴル軍が攻めて来ると圧迫され、最後は銭塘を中心とする東南地区を本拠地として戦いましたが、武運つたなく滅びてしまいました。第二句はそのことを念頭に置いた表現でしょう。

一・二句で述べた内容をさらに詳しく述べたのが中間の四句。三・四句は「鼓鼙《こへい》」と「歌舞《かぶ》」の対比が鋭く、かつ痛ましいのですが、ここは白居易の「長恨歌《ちやうごんか》」の一節「漁陽《ぎよやう》の鼙鼓《へいこ》 地《ち》を動《うご》かして来《きた》り／驚破《きやうは》す 霓裳羽衣《げいしやううい》の曲《きよく》」が作者の頭にあったかも知れません。五・六句は少し角度を変え、無常観をかもし出します。第五句の〝はびこる若草〟は『楚辞』以来、人の訪れのないことのたとえ、第六句の〝ただよう雲〟は『論語』以来、はかないもの、たよりないもののたとえ。

最後の七・八句もまた無常観を強調し、川の流れに時間の流れを重ね合わせ、悠久の歴史、その中での人の行いのむなしさをにじみ出させて終わっています。有名な史実のある場所、名勝古跡を訪ね、昔の繁栄と今の寂しさを対比させて無常観を出すというのは「懐古詩」の典型的な作風でした。

この詩は絶海中津の師匠にあたる、明《みん》の全室和尚というお坊様の詩に次韻した作品。以下に示すものが全室和尚の詩です。

銭塘懐古　　七言律詩（上平・七虞）

欲識銭塘王気徂●
紫震宮殿入青蕪●
朔方鉄騎飛天塹
師相楼船宿裏湖●
白雁不知南国破
青山還傍海門孤●
百年又見城池改
多少英雄屈壮図●

銭塘懐古《せんたうくわいこ》　　全室《ぜんしつ》

識《し》らんと欲《ほっ》す 銭塘《せんたう》 王気《わうき》の徂《ゆ》くを
紫震《ししん》 宮殿《きゆうでん》 青蕪《せいぶ》に入《い》る
朔方《さくはう》 鉄騎《てつき》 天塹《てんざん》に飛《と》び
師相《しさう》 楼船《ろうせん》 裏湖《りこ》に宿《しゆく》す
白雁《はくがん》 知《し》らず 南国《なんごく》の破《やぶ》るるを
青山《せいざん》 還《ま》た傍《そ》ふ 海門《かいもん》の孤《こ》なるに
百年《ひやくねん》 又《また》 見《み》る 城池《じやうち》の改《あらた》まるを
多少《たせう》の英雄《えいゆう》ぞ 壮図《さうと》を屈《くつ》する

全室和尚は明の僧侶として優秀な方で、詩を作る僧、詩僧としては随一でした。明の第一の詩人として有名な高啓（一三三六〜七四）はこの人の弟子です。絶海中津が全室和尚の下についたときは、残念ながら高啓は和尚様のもとを去っていましたので、両人が面会することはありませんでした。また、絶海中津が明の太祖光武帝に面会できたのも、全室が紹介してくれたおかげです。

このように全室和尚は、その門下から明王朝随一の詩人高啓と、日本有数の大詩人絶海中津の両方を出していることになります。そして、明の高啓と絶海中津の詩風はよく似ているという定評があります。このことからも、絶海中津はかなり中国的な詩風の人であったと言えましょう。特に情熱的で雄大なスケールを持っているところが印象に残りますが、右の二首には、そのような彼の詩風がよくうかがわれると思います。

風狂の高僧 ―― 一休禅師

一休宗純（一三九四〜一四八一）

一休宗純《いっきゅうそうじゅん》は室町時代前期の禅のお坊様で、義堂周信《ぎどうしゅうしん》、絶海中津《ぜっかいちゅうしん》など、五山文学全盛期の人たちよりも後の世代、六、七十年年下です。生まれが高貴で、後小松《ごこまつ》天皇の御子《みこ》にあたる方でした。お母さんは、南朝系の藤原氏に属する家の出身の女官だったと伝えられています。

一休が生まれる前の年に、五、六十年続いた南北朝時代が終わり、南朝と北朝が合体して一つの朝廷になったのですが、南北朝統一の直後ということで、対立の余波が残っていました。帝《みかど》とその周辺は北朝系であったため、お母さんは南朝系の家の者として、宮中で不如意な思いをすることが多かったようです。しかもその後、告げ口を受け、宮中から追放されてしまいました。そこで、一休さんを産んだのも京都の町から離れたところで、或る農家の納屋《なや》でお産をしたとのことです。

そういうことで、一休自身、幼いころからお寺に預けられて成長しましたが、小さいころから利発な子でした。江戸時代になりますと、とんち話の主人公としてたいへん有名になるのですが、それはまったくのフィクションでもなかったようです。ときに頭の良さで周囲を驚かせたり、ときには頭が良すぎて閉口されたり煙たがられたり、簡単に言えばませた子だったと言えるでしょうか。

お母さんは一休さんが二十歳すぎまでは確実に存命で、ときどき一休と会うこともあったようですが、それでも、幼いころからお母さんと一緒に暮らせなかったこと、そしてお母さん自身の不幸な境遇、その原因となった北朝系の人々と南朝系の人々との対立、こうしたことが、すべて一休さんの人間形成、もしくは成人してからの一見非常識な、突飛な発言・行動の大きな要因になったことは間違いないと思います。

ともあれ一休は、青少年期には京都五山の中で仏教のお経、詩や文章を学びますが、三十五歳のときに大切なお師匠様が亡くなり、以後は堺や京都の辺りを中心にあちこち移り住み、布教に努めて一生を過ごしました。一定のお寺に長くとどまることはなく、小さな庵を転々として暮らす日々でした。

一休の宗教的な姿勢としては、当時、禅宗がかなり権威主義化・俗化していたことへの憤りが根柢にあるようです。たとえば、ありがたい仏様の名を借りて貧しい農民からむりやりお布施をとるとか、或いは一定のお金を払いさえすれば禅の修行が終わったことを認める修了証を出してしまうとか、とんでもないことが行われており、一休はそれに強く反発していた。その一方で、武士や町人と自由に交際し、人間らしさを失わない禅を模索しました。

たとえばお酒が飲みたいとか、おいしいものが食べたいとか、男女の愛、それらを否定しないで包み込むような禅を追究した、そんなふうにまとめられるかと思います。

詩については、十三歳のときに絶海中津の弟子に当たるお坊様について学び始め、その二年後くらいには一人前の詩人僧侶として認められたと言われています。詩は千六十首くらいのこされています。ほとんどが七言絶句です。

一休宗純（一三九四〜一四八一）

七言絶句（下平・一先）

無題

秀句寒哦五十年●
愧泥乃祖洞曹禅●
秋風忽洒小時涙
夜雨青燈白髪前●

無題《むだい》

秀句《しうく》 寒哦《かんが》 五十年《ごじふねん》
愧《は》づらくは 乃祖《だいそ》の洞曹禅《とうそうぜん》に泥《なづ》みしことを
秋風《しうふう》 忽《たちま》ち洒《そそ》ぐ 小時《せうじ》の涙《なんだ》
夜雨《やう》 青燈《せいとう》 白髪《はくはつ》の前《まへ》

すぐれた詩句を求め　寂しい暮らしの中でうたい続けて五十年
恥かしいのは　わが先祖というべき別源円旨師《べつげんえんじ》の曹洞の禅の教えになれ合ってしまったこと
秋風《あきかぜ》の中　私はふと　幼く純粋だったころをなつかしみ　涙をこぼした
夜の雨に降りこめられる部屋の中　青白い灯火《ともしび》は　白髪頭の私の前でさびしくゆらめく

語釈　○寒哦―寒は〝寂しい、貧しい〟の意、哦は〝口ずさむ〟意。　○乃祖―祖先。祖父。　○青灯―ともしびの青い光。暗く寂しい灯影《ほかげ》を言う。

題のついていない作品ですが、寛正四年（一四六三）十月、一休七十歳のときの詩です。この年は、一休にとっても禅宗にとっても記念すべき年で、別源円旨（→四十六ページ）が亡くなって百年経った百年祭が開催されました。その記念祭にちなんで作られたのがこの詩です。

一休は小僧さんだったときに先輩のお坊様から〝別源円旨は大変えらいお方だ、禅のほうでも詩のほうでも奥義《おうぎ》を究めた方だ〟と聞いて以来、ずっと別源円旨に私淑《ししゆく》し、実際に会ったことはないけれども尊敬し続けて晩年に至った、その自分の人生を総括するような作品になっています。

前半二句は、詩のほうでも禅のほうでも不徹底だった自分を恥じているような内容です。禅のことをちっともわかっていないのに、わかったような気になっていい加減にあしらってしまった。禅も詩も一流だった別源円旨様に比べて自分はいかにも中途半端、それが恥ずかしいというわけです。

後半二句でも同じ内容が続きます。晩年になっていろいろなことを思い出して感傷的になり、また謙虚になっている一休さんの姿ですが、いったいどんな人生を送ったのでしょうか。その片鱗を次から見てゆきたいと思います。

七言絶句（下平・十二侵）

長門春草

秋荒長信美人吟●
径路無煤上苑陰●
栄辱悲歓目前事
君恩浅処草方深●

長門《ちやうもん》の春草《しゆんさう》

秋荒《しうくわう》の長信《ちやうしん》　美人《びじん》吟《ぎん》ず
径路《けいろ》煤《ばい》無《な》くして　上苑《じやうゑん》陰《いん》たり
栄辱《えいじよく》　悲歓《ひくわん》は目前《もくぜん》の事《こと》
君恩《くんおん》　浅《あさ》き処《ところ》　草《くさ》　方《まさ》に深《ふか》し

秋のように寂《さび》れているこの長信宮の中　美しい人が歌を口ずさんでいる
朝廷の御殿につづく道に　お迎えはなく　御所《ごしよ》の庭は遠い彼方《かなた》
愛される幸せと見捨てられる惨《みじ》めさ　その悲しみと喜びとは　ほんとうに隣り合わせのこと
天子様のご恩がうすれ　寂しく暮らす今　庭には草だけが深々と生い茂っている

語釈　○長門—前漢の宮殿の名。前漢の武帝に陳皇后というお后《きさき》がおり、初めは愛されていたがやがて武帝の愛情を失って、長門宮に退いて隠居した。そこから「長門宮」と言えば、愛を失ったお后が住む御殿の意になる。

○荒―すさぶ。寂《さび》れる。　○長信―これも前漢の宮殿の名。武帝より少し時代が下った成帝の時代、お后の班婕妤《はんしょうよ》が、やはり愛を失って隠居生活を送った宮殿。

一休が十三歳のときに詩を学び始めた、その最初期の習作とも言うべき作品。愛を失い、退けられた女性をテーマにしています。

題名が春なのに、出だしに「秋」の字を使っています。〝春なのに秋のように寂《さび》れている〟ということです。後半もその悲しみについてうたい続けます。

漢詩の世界では〝生い茂る草〟には決まったイメージがあり、〝愛する人、親しい人が外へ出て行ってしまったままちっとも戻って来ない、そして草がぼうぼうと茂ったままになっている〟ということで、愛を失った悲しみ、親しい人と会えない寂しさを表現するたとえになります。ここもそういう意味で使われています。

漢詩の伝統から言うと「閨怨詩」に属する詩です。不幸な女性を主人公にして悲しみを詠むものですが、そこに重ね合わせるように作者自身の嘆きもうたい込める。〝自分は才能もあるし努力もしているのに、ちっとも天子様や目上の人に認めてもらえない〟、その嘆きを重ね合わせる、それが閨怨詩です。つまり閨怨詩は結局、社会人の感情を詠むもので、このとき十三歳であった少年の一休さんが取り上げるのには違和感があります。これは一休さんが個人的に、閨怨詩の設定や内容に強い思い入れがあったということでしょう。

なぜそうなったかを考えてみますと、やはり一休のお母さんのことに思い当たります。お母さんは宮廷の中で必ずしも幸せではなかった、しかもやがて追放されてしまった。そのことと、この詩に出て来る前漢の時代のお后たちの境遇とはぴったり一致します。つまりこの詩を通して、一休は間接的に、不幸な境遇を強いられたお母さんへの同情、いたわりのような感情を表そうとしたのだと思います。

春衣宿花　**七言絶句**（下平・八庚）

吟行客袖幾詩情•
開落百花天地清•
枕上春風寐耶寤
一場春夢不分明•

春衣《しゆんい》にて花《はな》に宿《やど》る
吟行《ぎんかう》の客袖《かくしう》　幾《いく》ばくの詩情《しじやう》ぞ
百花《ひやくくわ》　開落《かいらく》して　天《てん》地《ち》清《きよ》らかなり
枕上《ちんじやう》の春風《しゆんぷう》　寐《い》ねたるか　寤《さ》めたるか
一場《いちぢやう》の春夢《しゆんむ》　分明《ぶんめい》ならず

詩を口ずさみつつ旅する私の衣《ころも》の袖《そで》　胸にあふれる詩心はいかばかり
色とりどりの花々が咲いては散り　大空も大地もすがすがしい
夜　枕《まくら》もとに春のそよ風　それを私は夢うつつのうちに感じ取った
ひとしきりの春の夢　はっきりと覚えてはいない

語釈　○寐耶寤―〃寝ても覚めても〃の意。「寐」は眠る、「寤」は目覚める。『詩経』周南―関雎《かんしよ》に、すばらしい女性に思いこがれる心情を詠んで「窈窕《えうてう》たる淑女／寤寐《ごび》に之《これ》を求む」とある。

一休十五歳、春に旅をしたときの作品です。詩題は「春着《はるぎ》を着て花の中に宿る」という意味で、花の咲き乱れる庭を持つ宿屋に泊まったときの体験と感慨をうたっています。

前半は楽しい春の旅の描写から始まります。衣《ころも》の袖が春風の中にひらひらとゆれ、詩心があとからあとから湧き上がってやまない。ああ、春はたのしい——と、春の季節を満喫しています。

その楽しさの名残《なご》り、余韻が、夜寝るとき、夜中まで続くというのが後半です。謎めいた展開ですが、夜寝ていると、部屋の戸がすうっと開いて春の夜風《よかぜ》が入って来た、風といっしょに何かが入って来てくれたような気がした。しかしそれは夢の中だったような気もするし、どうもはっきりしない、というわけです。花の精、花の化身の妖精が入って来たような雰囲気です。

花は、中国の最古の歌謡集『詩経』のころから、女性のたとえとして普通に使われます。ここにも女性の雰囲気があり、二句全体で〝夢うつつのうちに美しい女性を探した〟ということを言っているように思います。

どういうことかと言いますと、実はこの詩と同じように「春風」「枕上」「春夢」という語を使った、よく似た雰囲気の詩があるのです。「洞房　昨夜　春風起《おこ》る／遥《はる》かに憶《おも》ふ　美人　湘江《しやうかう》の水／枕上《ちんじやう》　片時　春夢の中《うち》／行《ゆ》き尽《つく》す　江南　数千里」（岑参《しんじん》「春夢」）。「花《はな》　花《はな》に非《あら》ず／霧　霧に非ず／夜半《やはん》に来《きた》り／天明《てんめい》に去る／来《きた》るは春夢の如く　幾多《いくた》の時ぞ／去るは朝雲に似て　覓《もと》むる処《ところ》無し」（白居易「花《はな》　花《はな》に非《あら》ず」）。「酷《はなは》だ風月を憐《あはれ》むは　多情なるが為《ため》なり／還《ま》た春時に到つて　別恨《べつこん》生ず／柱に倚《よ》つて尋思《じんし》すれば　倍〻惆悵《ますますちうちやう》／一場の春夢分明ならず」（張侹《ちやうてい》「人に寄す」）。これらはいずれも、〝すばらしい女性の面影を追う〟という内容を詠んでいる。特に張侹の詩の第四句は右の詩の第四句と全く同じで、一休が張侹の詩を意識していたことは確かでしょう。

そうなりますと、この詩は前の「長門の春草」を受ける形で、別れたままのお母さんの面影を夢うつつのうちに求める心情を詠んだものなのではないか。幼いころ、寝る前にお母さんがおとぎ話を語ってくれるとか、布団がちょっとずれてしまったのを直してもらうとか、そういう経験が全然なかった一休さんですが、そういうものへのあこがれ、それに似たものを求める気持ちを、この詩に込めたのではないかという気がします。

「花に酔う」という語がありますが、昼間の楽しい花に囲まれた旅、その余韻がこういう夜の気持ちとなって表れて来た。考えてみると、ちょっと悲しい詩でもあります。

こういう女性への憧れ、賛美という感情は、一休さんの一生につきまといます。次の「無題」という詩にも出て来ます。

無　題　　　　七言絶句（上平・八斉）

老婆心為賊過梯●
清浄沙門与女妻●
今夜美人若約我
枯楊春老更生稊●

無《む》題《だい》

老婆心《らうばしん》 賊《ぞく》の為《ため》に　梯《かけはし》を過《わた》す
清浄《しやうじやう》の沙門《しやもん》に　女妻《によさい》を与《あた》ふ
今夜《こんや》 美人《びじん》 若《も》し我《われ》に約《やく》せば
枯楊《こやう》 春老《はるお》いて 更《さら》に 稊《ひこばえ》 を生《しやう》ぜん

このお婆さんの心は　泥棒が逃げやすいようにはしごをかけてやったようなもの
清く正しい青年僧に　すぐさま若い奥さんを世話するとは
今夜　美しい女人《にょにん》がもし私に抱きついてくれたなら

枯れた柳が春だというのに干からびているようなこの私も　もう一度ひこばえを出すことができるだろうなあ

語釈　○約―結ぶ。束ねる。　○稊―わき芽。根本や切り株から生えて来る新芽。

何歳くらいのときの作品かわかりませんが、第四句に「枯楊《こやう》 春老《はるお》いて」と言っていますので、晩年に近い作かとも思われます。

禅の教えともかかわるむつかしい詩ですが、「婆子焼庵《ばすせうあん》」という有名な公案をテーマにして、公案に対する答えを詩の形で出したものです。公案は禅宗のほうで、道を悟るために考えるべき課題、問題のことを言います。

「婆子焼庵」は、むかし或るお婆さんがいた。そのお婆さんは、一人の若い僧侶の世話をしておりました。その青年僧は庵《いおり》を結んで修行をして二十年経ちます。二十年というのは禅のほうの修行期間なのですが、その二十年が経った或る日、お婆さんは、いつも食事の世話に行かせている十六歳の娘に「今日いつものように食事を持って行ったら、お坊様にひしと抱きついて、〝さあ、今日こそは〟と言いなさい」と耳打ちします。娘は言われたとおりに実行しました。ところがその時、青年僧は娘を拒んでしまいます。据え膳を食わなかったのですね。そして「今の私は、冬の季節に枯れた木が、岩の上に立っているような心境なのだ。若い娘など相手にしない」と言って、娘を帰しました。娘がお婆さんにそのことを報告します。するとお婆さんは、「なんだ、私は二十年もそんな俗物の世話をしていたのか」と怒ってしまい、青年僧を追い出して、彼が修行していた庵を焼いてしまいました。

そういう話なのですが、このお婆さんの行動をどう見るか、青年僧の反応をどう見るか、ということが課題になっていると思います。お婆さんの気持ちとしては、修行の期間が二十年、それがいったん終わっても、そこで止まってはいけない。一段上の段階へ行くべきである。それは男女の問題という難しい、一生つきまとうような問題にも正面から取り組むべき段階、そこから逃げてはいけない。それなのに青年僧はそれを拒んだからだめだ、ということだと思います。それに対して一休さんはどういう答えを出したでしょうか。

まず前半二句では、〝このお婆さんの行動はどうも感心しない〟と言っています。泥棒というのは、逃げにくい状況でいろいろ工夫して逃げることでテクニックが向上してゆく。はしごをかけてやるということは、その機会を奪うことではないか、泥棒は今の自分の現状に満足するだけで、修行にならない、ということです。同じように、修行が終わって達成感いっぱいの青年僧にすぐ奥さんを世話しようとしても、それはタイミングが悪い。ストレートすぎて工夫が足りない。青年僧は心を閉ざすだけだ。

後半二句は〝私自身はもっと修行がずっと上に進んでいるので、青年僧のような野暮《やぼ》な対応はしない〟と続けます。お婆さんに対しても青年僧に対しても、辛《から》い評価を与えているわけです。青年僧は二十年の修行で満足して、その先に待っている難しい男女の問題から逃げている、それはいけない。私は違うぞ。若返ってさらにその若い妻と修行を積むぞ、というプライド、自負のような感情を示して結んでおります。

第四句に見える「枯楊《こやう》稊《ひこばえ》を生《しやう》ず」は『易経《えききよう》』の〈大過〉の頃に見える語です。これはたとえで、すぐ次に〝年取った男が若い妻を迎えるのはまことにめでたいことだ〟という文句が続きます。一休さんとしては〝自分はそのようにして、もう一段上の段階に入ってゆくぞ〟ということで、ちょっとユーモラスな趣も感じられます。

この詩の中で一休が打ち出した自負、抱負、実はこれが晩年の一休さんに、現実となって現れてまいります。一休さんは七十代後半になってから、盲目の美女、森女《しんにょ》という女性と親しくなり、七十七歳から八十八歳で亡くなるまで、十一年ほど生活を共にいたしました。

森女はもともと日本各地を回りながら歌を歌って報酬を得ていた、いわゆる瞽女《ごぜ》だったのですが、一休さんが六十代、京都にいるころから何となく一休さんのことを慕っていた。一休さんもそのことをうすうす知りながら、ずっと年月が経っていたわけです。ところが七十七歳のときに、大阪の住吉の薬師堂で森女に再会し、新たなご縁が始まった。そのときの感情を詠んだのが次の二首であります。

七言絶句（下平・七陽）

住吉薬師堂并叙　其一

優遊且喜薬師堂•
毒気便便是我腸•
愧慚不管雪霜鬢
吟尽厳寒秋点長•

住吉《すみよし》の薬師堂《やくしだう》 叙《じよ》を并《あは》す　其《そ》の一《いち》

優遊《いういう》 且《しばら》く喜《よろこ》ぶ 薬師堂《やくしだう》
毒気《どくき》 便便《べんべん》たり 是《こ》れ我《わ》が腸《ちやう》
愧慚《きざん》す 雪霜《せつさう》の鬢《びん》に管《くわん》せずして
吟《ぎん》じ尽《つく》す 厳寒《げんかん》 秋点《しうてん》の長《なが》きに

ぶらりと訪れ　しばしくつろいだ　この薬師堂で
悪意　意地悪　ひねくれた心がいっぱい詰まっているのが私の腹の中だ
気恥ずかしいことだ　白髪頭《しらがあたま》のこの身だというのに
寒い夜　秋の夜長のあいだじゅう　君への思いに悶々としていた

語釈 ○住吉―今の大阪府大阪市住吉区。応仁の乱の戦火が拡大し、一休は難を避け、文明元年（一四六九）に京都の薪村《たきぎむら》（↓「其の二」の語釈を参照）住吉の松栖庵《しょうせいあん》に住《じゅう》した。○優遊―気ままにゆったりとしたさま。ここでは、あてもなく住吉の薬師堂にやって来たこと。○便便―ふとって腹が張り出ているさま。○秋点―秋の時刻。夜の長いことを指す。○吟尽―悩み抜く。「吟」は、うめく、なやむ。「尽」は、動作を徹底させることを表す。

文明二年（一四七〇）、一休七十七歳、大阪の住吉の薬師堂を訪れたときの、森女との再会の様子です。第二句は〝不幸な生い立ち、禅宗への反発、そういうものから来るねじけた心がいっぱい私の中に渦巻いているのだぞ〟ということです。いささか露悪的な自己認識と言いましょうか、それともすばらしい女人に再会し、ひるがえって自分の小ささ、至らなさを恥じずにはいられないという表現でしょうか。いずれにしても、この強烈な表現のため、後半のしみじみとした心境があざやかに印象づけられます。後半は、森女に対する感謝の気持ちでしょう。「愧慚《きざん》す」は二句全体にかかります。〝ひねくれた私も、君と再会してすっかり心があたたかくなった。夜は寒いが、私の心はあたたかい。森女という人は、ひねくれた私の心もすなおにし、あたたかくしてくれる〟。

これが一休さん七十七歳の秋のことですが、それから二、三ヶ月してもう一回、森女に再会します。一度目の再会では一休さんは、自分の気持ちを言い出せませんでした。二回目のときに本心を打ち明け、森女がそれを受け止めて、庵に一緒に暮らすことになるというわけです。その一緒に暮らすようになった直後の気持ちを述べたのが、次の「其の二」です。

七言律詩（下平・四支）

其　二

憶昔薪園居住時•
王孫美誉聴相思•
多年旧約即忘後
更愛玉堦新月姿•

其《そ》の二《に》

憶《おも》ふ昔《むかし》 薪園《しんゑん》 居住《きよぢゆう》の時《とき》
王孫《わうそん》の美誉《びよ》 聴《き》いて相思《あひおも》ふ
多年《たねん》の旧約《きうやく》 即《すなは》ち忘《わす》るるの後《のち》
更《さら》に愛《あい》す 玉堦《ぎよくかい》 新月《しんげつ》の姿《すがた》

思い起こせば以前　私が薪村《たきぎむら》に仮住まいしていたときから
王孫と言うべき私の評判を君は聞いて　心を寄せていてくれた
そのような前々からのご縁を　すっかり忘れてしまっていたその後
あらためて胸をいっぱいにしている　玉のきざはしに立つすがすがしい君の姿に

語釈　○薪園—今の京都府京田辺《きようたなべ》市薪《たきぎ》。一休は応仁の乱に際して、薪村に難を避けていた。　○王孫—天子の子孫。　○新月—あざやかな月。三日月。ここでは清らかな美女にたとえる。

前半二句は〝薪村に住んでいた六十代のころからあなたは私を慕っていてくれたんだねえ〟という、一休の感謝の気持ちになります。

第三句は一休さんの照れでしょうね。本当は一休さんのほうも森女のことが気になっていたのでしょう。こうして一休さんは、晩年、森女との幸せな生活を続けます。一休さんも晩年には、森女のおかげで少し心穏やかになったかと思います。

最後に、一休禅師の反俗的な個性と、そこに潜在するさびしさ、人なつかしさをよく示す例を二首挙げてみましょう。
自　賛七言絶句（上平・一東）
風狂狂客起狂風•
来往婬坊酒肆中•
具眼衲僧誰一拶
画南画北画西東•
自《じ》賛《さん》
風狂《ふうきやう》の狂客《きやうかく》　狂風《きやうふう》を起《お》こす
来往《らいわう》す　婬坊《いんばう》　酒肆《しゆし》の中《うち》
具眼《ぐがん》の衲僧《なふそう》　誰《たれ》か一拶《いつさつ》せん
南《みなみ》を画《くわく》し　北《きた》を画《くわく》し　西東《せいとう》を画《くわく》す
何者にもとらわれず　理想を求めて突き進むこの私は　激しい風を巻き起こす
何しろ私が行き来するのは　歓楽街や酒場の中
見識の高いお坊様でも　そんな私をどなたがとがめられようか
のらりくらりと　こんにゃく問答　かんたんにはまゐりませぬぞ

語釈　○客―さすらい人。　○婬坊―遊郭。　○酒肆―居酒屋。　○具眼―しっかりした見識のあること。
○拶―迫る。攻める。　○画南画北画西東―禅語で「指東劃西」（東を指し　西を劃す）と言えば〝東を指したり西を指したりして、いいかげんにその場をごまかす。お茶を濁す〟の意（入矢義高・古賀英彦『禅語辞典』）。

詩題の「賛」は、ここでは絵の画面の脇に、絵に関係のある内容の詩や文章を書きつけること。この詩は一休が自分の肖像画の脇に書いた自賛です。絵を描いたのは、一休の弟子筋にあたる墨谿《もつけい》という人でした。

第一句の「風狂」は一休のキーワードのようなもので、彼の詩にたびたび出て来ます。「風」は〝風が吹く、大気が動く〟ということで、〝とらわれがない〟とか〝自由〟とかの意味になります。「狂」は日本語では病的な、悪い意味に使われますが、漢詩文ではそうではなく、理想が高く、それに向かってどんどん突き進む、時に滑稽になることもあるが、積極的な、勢いの強い人生のことを示すことが多い字なのです。

禅宗の現状を厳しく批判し、酒が飲みたければ飲むし、魚も肉も食らう、女性に対しても自由に接する、毀誉褒貶が激しい自分の生き方を〝狂風を巻き起こす〟と表現しています。

第二句は〝破戒僧と呼ばれてもしようがない〟と、苦笑いしているような、居直っているような表現。「来往《らいわう》す 婬坊《いんぼう》 酒肆《しゅし》の中《うち》」は、公案の中の語です。〝文殊菩薩《もんじゅぼさつ》が婬坊酒肆の中でくつろいだ〟という公案で、むつかしい語ですが、基本的には大乗仏教の修行の一つの型であるととらえられます。人里離れた山の中でたった一人で悟っても、それはまだ十分な悟りではない。広い世の中に出て、いろいろな人々の中に入って、人々とともに仏様の教えに近づいて行く、それが本当の悟り、大乗の悟りである、というテーマであると思いますが、文殊菩薩にかかわるこの語をはめこんで、一休さんは、〝自分は大乗の悟りに励んでいるのだ〟と自己主張していることになります。

七言絶句（上平・十一真）

病　中

多病難為安老身●

世間世外共風塵●

病《びやう》　中《ちゅう》

多病《たびやう》 為《な》し難《がた》し 老身《らうしん》を安《やす》んずるを

世間《せけん》 世外《せぐわい》 共《とも》に風塵《ふうぢん》

冷腸寂寞清高客
林下何曾見一人●

冷腸《れいちやう》 寂寞《せきばく》たり 清高《せいかう》の客《かく》
林下《りんか》 何《なん》ぞ曾《かつ》て 一人《いちにん》を見《み》ん

病気がちの私にはむつかしい　老いたこの身を安らかに落ち着かせることは
今の世は　一般社会も禅僧の社会も　どちらも俗っぽくわずらわしい
失望して　冷めたこの心　実は寂しいのだ　気位《きぐらい》の高いさすらい人の私は
禅宗のお坊様たちの中に一人でも　私が心を許せる人がいただろうか　いや　いなかった

語釈　○世間―一般社会。　○世外―禅のお坊様の社会。　○風塵―風とちり。転じて、俗世間。わずらわしい世の中の苦労。また、世間の騒ぎ。○冷腸―情愛のない心。不親切な心。　○清高客―気高くプライドの高い、さすらい人。一休自身のこと。　○林下―禅宗寺院の中。

制作年代はわかりませんが、たぶん晩年、病の床に伏しているときの作品だと思います。

第一句は、また何かの病気に倒れるかも知れない、心が安まらないことを言っています。これは単に自分の病気のことだけではなく、堕落した当時の世相への批判、風刺の意味が込められているように思います。それは第二句を見るとわかります。「風塵」は〃俗事〃や〃世間的な苦労〃を言いますが、騒乱や戦乱のことも指します。一休七十四歳のとき（一四六七）に応仁の乱が起こり、十一年ほど続いた。そうなるとこの「風塵」は、応仁の乱のことも指しているかも知れません。

後半二句は、そういう俗っぽい世の中で生きる自分の心境が、たいへん孤独で寂しいことを強調しています。

「無題」（→八十二ページ）と同じような、晩年になって自分の人生を思い出し、まわりの社会を見回して、得たものは孤独感だけという、ちょっと気の毒な一休さんの姿が浮かんでまいります。いささか弱気になった一休禅師。それだけに、七十七歳のころから森女を庵に迎え入れ、亡くなるまで一緒に過ごすことができたことに安心いたします。

森女自身は一休さんの死を看取《みと》った後、一休さんとの思い出に生き、やがて出家しました。一休さんの三十回忌に莫大なお布施を寄進したという記録が残っております。

三、室町末期から戦国時代へ

蕗谷虹児「菊のたより」昭和二十二年（一九四七）
「好《よ》し　西施《せいし》が旧脂粉《きうしふん》を把《と》つて／淡粧《たんしやう》　濃沫《のうまつ》　東籬《とうり》に上《のぼ》さん」（直江兼嗣《なほえかねつぐ》「菊花《きくくわ》」↓一一〇ページ）。

室町時代の後半から戦国時代となり、世は混迷の度をますます深めるが、その中にあってなお、学問・詩文の道を忘れない人々はいた。

一条兼良《いちじょうかねよし(かねら)》は朝廷に仕えた貴族で並はずれた学識をもち、また武田信玄《たけだしんげん》や伊達政宗《だてまさむね》、直江兼続《なおえかねつぐ》など、有名な武将たちの中にも詩文をよくする人々がいたことは注目されよう。特に直江兼続の学問・教育上の業績はきわ立っている。

戦国の世に

一条兼良（一四〇二〜一四八一）

戦国時代に入ると、五山の僧侶たちは別として、武人たちは東奔西走の日々となり、当然ながら学問の機会をほとんど失ってしまいます。しかし、さすがに名将と呼ばれる人々はその間にも学問、学芸の心得《こころえ》を忘れることはありませんでした。

彼らはおおむね禅僧と交友が深かったので、作品も五山文学の影響下にあると言えます。

一条兼良《いちじょうかねよし(かねら)》は、朝廷に仕えた貴族の歌人です。室町後期の貴族にして大学者、たいへん博学多才な人でした。二十代から栄達し、摂政、太政大臣、関白となっております。

六十六歳で応仁の乱に遭い、邸宅と書庫が焼かれてしまいました。そこで奈良の興福寺に避難し、それから十年間奈良にいて、学問芸術に専心しました。その間、七十二歳のときに出家しております。その後、京都に戻り、亡くなるまで著述・教育を精力的に行いました。

乱世において学問・芸術が軽んじられるのを非常に残念がり、強い使命感を持って、著述や教育を一生続けました。日野富子《ひのとみこ》（一四四〇〜九六）に『源氏物語』を講義したこともあります。

八十歳で亡くなったときにはいたく惜しまれ、〝我が国では五百年このかた、これほどの才能・学識のある人はいなかった〟とまで言われました。著書の数も膨大です。二十六人の子だくさんでもありました。

一条兼良（一四〇二〜一四八一）

乱後出京到江州水口　　　七言絶句（下平・一先）
憶得三生石上縁•
一庵風雨夜無眠•
今朝更下山前路
老樹雲深哭杜鵑•

乱後《らんご》 京《きやう》を出《い》でて江州《かうしう》の水口《すゐこう》に到《いた》る
憶《おも》ひ得《え》たり 三生《さんしやう》 石上《せきじやう》の縁《えん》
一庵《いちあん》の風雨《ふうう》 夜《よ》 眠《ねむ》る無《な》し
今朝《こんてう》 更《さら》に下《くだ》る 山前《さんぜん》の路《みち》
老樹《らうじゆ》 雲深《くもふか》くして 杜鵑《とけん》哭《な》く

しみじみと思う　唐《とう》の時代の李源《りげん》と円沢《えんたく》和尚の故事を
この小さなお寺に吹きつける風まじりの雨　昨夜《ゆうべ》はろくろく眠れなかった
今朝《けさ》　私たちはさらに　お寺の前の道を下って進んでゆく
年経た老木の上に雲が深く垂れこめ　ほととぎすが鋭い声で鳴いているであろう

語釈　○江州—近江《おうみ》（滋賀県）の国。○水口—東海道五十番目の宿場町。今は滋賀県甲賀市に属する。○風雨—『詩経』以来、苦境のたとえになっている。○杜鵑—ほととぎす。

一条兼良は応仁の乱に直面したとき京都を逃れ、今の滋賀県の近江に避難します。水口のお寺の本堂に身を寄せて一晩過ごし、翌朝作ったのがこの詩です。同行の人々に示した七言絶句だと思います。

第一句の「三生《さんしやう》　石上《せきじやう》の縁《えん》」には故事があります。「三生」は〝前世・現世・後世〟。「石上の縁」は、唐の時代の李源と円沢和尚の故事です。李源はお父さんを悪人に殺され、長く悲しみの歳月を送っていましたが、或るとき円沢和尚に出会います。円沢和尚はそのとき、石の上でじっと正座して黙想していた。その和尚様と問答を交わし、三生の因果をつくづくと悟った……という故事ですが、それを引いて〝自分の逆境を乗り越えよう、むしろこれをバネにして向上しよう〟という心境を示しています。第二句では泊まっているお寺をわざわざ「一庵《いちあん》」――〝小さなお寺〟と表現し、乱世の中の心もとない自分を強調しています。

後半二句は、自分たちのこれからの行動を先取りして想像したもの。第四句で〝雲が深い〟というのは、自分の心境が重苦しく晴れない、前途が多難だということのたとえでしょう。「杜鵑《ほととぎす》」は詩の世界では、血を吐くような鋭い声で鳴く、その声が「不如帰《プールークイ》」（帰《かへ》るに如《し》かず＝帰りたいなあ、帰ろうよ）と聞こえる、とされています。そこで、ここでも〝一刻も早く京《きよう》へ帰りたい〟という心をほととぎすが作者に代わって訴えている、という含みがあると思います。ほととぎすが鳴くことを「哭《な》く」と、〝大声をあげて泣く〟意味の字で表現し、その心の痛切さを強めています。

武田信玄（一五二一～一五七三）

室町時代の後半、応仁の乱の後を特に「戦国時代」と呼んでいますが、その戦国時代も後半になって、武田信玄《たけだしんげん》と上杉謙信《うえすぎけんしん》という二人の武将が出ました。有名な「川中島《かわなかじま》の戦い」（↓二四六ページ）で前後五回も戦いましたが、結局引き分けに終わったというこの二人、まずは武田信玄から取り上げます。

武田信玄は「風林火山」の旗指物《はたきしもの》で有名な人です。戦略・民政に優れましたが、当時の武将の中では一、二を争う学問好きでもありました。早くから禅を深く修めておりましたが、詩のほうでは七言絶句十七首が残っております。

武田信玄（一五二一〜一五七三）

新正口号　　七言絶句（上平・四支）

淑気未融春尚遅•
霜辛雪苦豈言詩•
此情愧被東風咲
吟断江南梅一枝•

新正《しんしやう》の口号《こうがう》
淑気《しゆくき》 未《いま》だ融《とほ》らず 春《はる》 尚《な》ほ遅《おそ》し
霜辛《さうしん》 雪苦《せつく》 豈《あに》 詩《し》を言《い》はんや
此《こ》の情《じやう》 愧《は》づらくは 東風《とうふう》に咲《わら》は被《れ》んことを
吟断《ぎんだん》す 江南《かうなん》の 梅一枝《うめいつし》

春のおだやかな大気はまだゆきわたらず　春の季節はなかなか訪れてくれない
霜や雪の　きびしいつらさ　どうして詩を語れようか
いや恥ずかしい　そんな弱気な心ばせでは　春風《はるかぜ》に笑われてしまう
さあ思い切り吟じよう　江南の梅一枝の詩を

語釈　○口号―気軽に口ずさむ。即興で作った詩につけられる。　○淑気―春のおだやかな気配を言う。　○咲―「笑」に同じ。　○吟―詩を詠む、口ずさむ。　○断―動詞の後について、動詞を強める働きをする。断ち切る意味ではない。

お正月の有名な作品で、詩題は「新年のお正月に口ずさむ作」という意味です。制作年代はよくわかりませんが、新年の祝賀の宴席で発表したものでしょう。

第四句の「江南《かうなん》の 梅一枝《うめいっし》」は、中国の南朝、宋王朝の陸凱《りくがい》の故事。南中国の建康《けんこう》（南京）に赴任していた陸凱《りくがい》は、はるか北の長安に遠征している知人の范曄《はんよう》に、詩一首を贈りました。詩は〝私は花を手折《たお》って手紙を運ぶ役人に託そう／はるか北にいる君に こうして春のきざしをお送りしたいのだ〟というものでした（花《はな》を折《を》って駅使《えきし》に逢《あ》ひ／隴頭《ろうとう》の人《ひと》に寄与《きよ》す／江南《かうなん》 有《いう》する所無《ところな》く／聊《いささ》か一枝《いっし》の春《はる》を贈《おく》る）。この陸凱の詩をみんなでうたって、春を呼ぼうよということですね。

武田信玄は豪快な人だったと言われていますが、この詩は、人なつこい大らかな気分に満ちています。特に第三句の〝寒いから詩ができないなどと言っていては、春風に笑われて恥ずかしい〟というところは印象に残ります。

上杉謙信（一五三〇～一五七八）

上杉謙信《うえすぎけんしん》は武田信玄《たけだしんげん》のライバルで、北陸の雄《ゆう》でした。関東にも出兵し、その足跡は小田原にまで及んでいます。川中島《かわなかじま》の戦いは戦国時代で最も有名な合戦《かっせん》でしたが、その後、武田信玄が先に亡くなり、いよいよ織田信長《おだのぶなが》の最大の敵として対峙《たいじ》するようになります。そこで信長と決戦すべく、京都に上《のぼ》ろうとし、その途中、急逝したということです。

武田信玄と同様、謙信も武術のみならず、禅・儒学・詩・和歌・茶道・謡曲・書道をたしなみ、笛の名手でもありました。

上杉謙信（一五三〇～一五七八）

九月十三夜陣中作
霜満軍営秋気清
数行過雁月三更
越山併得能州景
遮莫家郷憶遠征

七言絶句（下平・八庚）

九月十三夜《くぐわつじふさんや》　陣中《ちんちゆう》の作《さく》
霜《しも》は　軍営《ぐんえい》に満《み》ちて　秋気《しうき》清《きよ》らかなり
数行《すうかう》の過雁《くわがん》　月《つき》　三更《さんかう》
越山《ゑつざん》　併《あは》せ得《え》たり　能州《のうしう》の景《けい》
遮莫《さもあらばあれ》　家郷《かきやう》　遠征《ゑんせい》を憶《おも》ふ

霜はわれわれの陣営に満ち満ちて　秋の大気はすがすがしい
幾《いく》列か　空《そら》を渡る雁が横切って　月はこの真夜中　さえざえとかがやいている
越後・越中の山に加え　この能登《のと》の美しい眺めも手に入りそうだ
まずは忘れておこう　ふるさとの家の者たちが　われわれの遠征を心配しているであろうことを

語釈　○九月十三夜―陰暦九月十三日の夜で、十五夜（陰暦八月十五日の夜）についで月の美しい晩とされる。中国では十五夜を「仲秋節」と呼んで月見を行う風習があり、これが奈良時代に日本に伝来した。十三夜は「あとの名月」と呼ばれ、中国にはない日本独自の行事であるが、奈良時代の文献にすでに見える。十三夜はこの時期にとれる豆や芋を供えるので「豆《まめ》名月」「栗《くり》名月」と呼び、十五夜はその時期にとれる里芋など芋類を供えるので「芋《いも》名月」と呼ぶ。○三更―「更」は夜の時間帯を五つに区切る中国特有の数え方で、三更は午後十一時から午前一時まで。ちょうど真夜中である。○遮莫―〝以下のことを忘れておこう。まあよろしい〟という意。○能州―能登《のと》の国（石川県）。

この詩は、すでに武田信玄が亡くなって織田信長との勢力争いの段階に入り、能登《のと》の七尾《ななお》城を包囲していたとき、陣中の宴席で発表したもの。九月十三日ですから、名月を観賞する宴会で作った詩で、十三夜の名月を詠んだ、ごく初期の例です。

前半二句は目の前の夜景。第一句は秋の冷気を「霜」「清」に凝縮させて描き出し、第二句は秋らしい風物を二つ並べて雰囲気を高めています。後半二句は心中の感慨。〝いくさもうすぐ終わるから、今はこの名月を存分に眺めて英気を養おう〟ということでしょう。

このときもう戦《いくさ》の大勢は決していたので、心なしかゆとりのある詠みぶりになっており、事実この二日後に七尾城は陥落しております。

足利義昭（一五三七〜一五九七）

足利義昭《あしかがよしあき》は、室町《むろまち》幕府の第十五代、最後の将軍になった人です。幼いころからお寺に入って仏道修行をしていましたが、織田信長《おだのぶなが》に擁立《ようりつ》されて将軍の位につきました。ところが後に信長と仲が悪くなり、日本各地の反信長勢力に声をかけて兵を挙げますが、破れて京都を追われました。この時、二百三十六年にわたって続いた室町幕府が終わったわけです。

義昭はその後も勢力挽回を図って画策しますがうまくゆかず、信長の没後、豊臣秀吉《とよとみひでよし》が天下を統一すると大坂に招かれて一万石を授かり、保護を受けました。ついで出家し、大坂で亡くなっています。

足利義昭（一五三七〜一五九七）

避乱泛舟江州湖上

七言絶句（下平・十一尤）

落魄江湖暗結愁•
孤舟一夜思悠悠•
天公亦怜吾生否
月白蘆花浅水秋•

乱《らん》を避《さ》け 舟《ふね》を江州《かうしう》の湖上《こじやう》に泛《うか》ぶ
江湖《かうこ》に落魄《らくたく》して 暗《あん》に愁《うれ》ひを結《むす》ぶ
孤舟《こしう》一夜《いちや》 思《おも》ひ悠悠《いういう》
天公《てんこう》亦《また》 吾《わ》が生《せい》を怜《あは》れむや否《いな》や
月《つき》は白《しろ》し 蘆花《ろくわ》 浅水《せんすゐ》の秋《あき》

うらぶれて民間をさまよい　人知れず悲しみにとらわれている
一艘《そう》の小舟の中で　一晩中　悩みが尽きない
天の帝《みかど》はまだ　私の人生をあわれに思《おぼ》し召《め》してくださるだろうか
月がかがやき　その光の中で　蘆《あし》の花が浅瀬に咲き乱れている　この秋の夜

語釈 ○江湖—川や湖。朝廷に対して〝民間、地方、世間〟の意。 ○落魄—落ちぶれる。ラクタクと読む。「落拓」とも表記する。 ○悠悠—憂える。心配する。また、果てしなくひろがる。 ○天公—万物の主宰者である天を擬人化した表現。天帝。

詩題にある「乱《らん》を避《さ》け」は、義昭《よしあき》が二十九歳のとき、兄の十四代将軍足利義輝《あしかがよしてる》が殺害されたため、義昭がお寺から近江《おうみ》（滋賀県）に逃れたことを言っています。

義昭は幼いころ奈良の興福寺で仏門に入っていましたが、この事件をきっかけに近江で還俗《げんぞく》し、一般人に戻ります。そして三年後に信長の助けによって仇討ちを果たし、第十五代将軍になりました。

この詩は近江《おうみ》の湖で船泊りの夜を過ごしたときの作品で、最初から最後まで絶望感におおわれております。特に前半二句は、「落魄《らくたく》」「暗《あん》に」「愁《うれ》ひ」「孤舟《こしう》」「思《おも》ひ悠悠《いういう》」と、言葉遣いがひたすら悲しく寂しい。〃これから自分はどうなるのか、幕府はどうなるのか〃という心境です。

豊臣秀吉（一五三七〜一五九八）

豊臣秀吉《とよとみひでよし》は、織田信長《おだのぶなが》の後を受けて戦国時代を終結させ、幕藩体制の基礎を作った豪傑です。秀吉の漢詩と言われるものが一首伝わっています。

自詠　　七言絶句（去・四寘／八霽）

吾似朝霞降人世▲
来去匆匆瞬即逝▲
大坂巍巍気勢盛
亦如夢中虚幻姿▲

自詠《じえい》　（伝　豊臣秀吉）

吾《われ》　朝霞《てうか》の似《ごと》くにして　人世《じんせい》に降《くだ》る
来去《らいきよ》　匆匆《そうそう》　瞬《また》いて即《すなは》ち逝《ゆ》く
大坂《たいはん》　巍巍《ぎぎ》として　気勢《きせい》盛《さか》んなり
亦《また》　夢中《むちゆう》　虚幻《きよげん》の姿《すがた》の如《ごと》し

私は朝もやのように　人の世に降り立って
あわただしく駆け回り　あっという間にもう去りゆく
大坂城は高く大きく　その勢いはまことにたくましい
が　今となってはそれもまた　夢の中の　はかない姿のようだ

豊臣秀吉（一五三七〜一五九八）

語釈 ○朝霞—朝もや。 ○匆匆—慌《あわ》ただしいさま。 ○大坂—大坂城のこと。 ○巍巍—高く大きくそびえるさま。

辞世の詩に近いものです。

秀吉は晩年、朝鮮出兵がうまくゆかず、その行く末、ならびに豊臣家の将来について悩みながら亡くなったと伝えられますが、この詩ではあきらめや無常観が強く出ております。

大坂城は天正十一年（一五八三）、秀吉五十歳のとき、それまであった小さいお寺（本願寺の別院）を大規模に修築したもので、彼は同じ年に内大臣になり、関白となっております。また、五奉行を置いて全国支配の基礎を固めた年でもあります。さらにこの翌年には太政大臣になりました。秀吉の生涯が一番輝いていたときに築城した大坂城でした。

秀吉は専制君主的な残虐さ、横暴さも持っていましたが、基本的に率直で豪放、贅沢《ぜいたく》好み、遊興好みの気風をそなえており、大坂城も建てた当初はいたるところに金箔が使われていたと伝えられます（今の大坂城は、昭和六年〔一九三一〕に再建されたものです）。

他の業績としては、朱印船による海外貿易の推進、明王朝征服の野望と朝鮮半島への出兵、文化面では絢爛豪華な桃山文化の牽引役になるなど、右の性格が十分に反映されたものと申せましょう。もちろん内政面でも、江戸時代の基礎となる種々の業績を残した豪傑でした。

低い身分から頭角を現して天下を統一したということで、立志伝中の人物の典型として人気が衰えません。或る意味で男のロマンを体現したような人物なので人気がなくならないわけですが、そういう人の最後に行き着いた心境がこの詩であるということです。

実はよく素性のわからない詩で、日本には伝わっていません。主として中国で伝えられたのですが、いつ最初に文献に出たかということも、今のところ調査がついておりません。どうやら、秀吉の有名な辞世の和歌を、後になって誰かが七言絶句に改作したもののようです。

露《つゆ》と落ち　露と消えにし　我が身かな　浪速《なには》のことは　夢のまた夢

直江兼続（一五六〇〜一六一九）

直江兼続《なおえかねつぐ》は、安土桃山から江戸前期にかけての武将。お父さんは越後《えちご》の国の城主でした。兼続ははじめ、十代で晩年の上杉謙信《うえすぎけんしん》に仕え、謙信の没後は、謙信の養子の景勝《かげかつ》に仕えました。やがて関ヶ原《せきがはら》の戦いの直前には石田三成《いしだみつなり》と話し合って、徳川家康《とくがわいえやす》を東と西から挟《はさ》み撃ちにすべく、金沢へまいります。ところがそれがうまくゆかず、負け戦《いくさ》となって、関ヶ原の敗戦後は家康に罪を謝し、家老となりました。そして、上杉家の米沢《よねざわ》藩の藩政を全力で助けました。上杉家がその後も滅亡を免れたのは、ひとえに兼続の尽力によると言えます。

一方でたいへん読書を好み、膨大な蔵書を有し、「米沢文庫」は兼続の蔵書が基礎になって作られたものでした。出版にも手を染め、『文選《もんぜん》』を出版しています。『文選』はご承知のとおり、中国の南朝時代に編集された、後漢から南朝時代にかけての中国の詩や文章の名作集ですが、平安時代に入って大いに読まれました。これを銅活字で印刷して出版したのです。〝直江版『文選』〟と呼ばれ、重要な文化事業として伝えられています。

また、米沢藩に学問所を創設するなど、学問、教育の方面にも貢献した人でした。

直江兼続（一五六〇〜一六一九）

七言絶句（上平・四支）

菊花

菊逢秋日露香奇•
白白紅紅華満枝•
好把西施旧脂粉
淡粧濃沫上東籬•

菊花《きくくわ》

菊《きく》は秋日《しうじつ》に逢《あ》うて　露香奇《ろかうき》なり
白白《はくはく》　紅紅《こうこう》　華《はな》　枝《えだ》に満《み》つ
好《よ》し　西施《せいし》が旧脂粉《きうしふん》を把《と》つて
淡粧《たんしやう》　濃沫《のうまつ》　東籬《とうり》に上《のぼ》さん

菊は秋の日の光を浴び　香《かぐ》わしい露《つゆ》の玉はますます引き立つ
白い花　うすくれなゐの花　それぞれ枝先に咲き誇っている
よし今こそ　西施ありし日のお化粧を思わせる花を摘み取って
うす化粧　丹念な化粧　いろいろのあで姿を　東の垣根に飾るとしよう

語釈　○秋日―秋の日の光。　○紅―〝くれなゐ、べに〟と読むが、本来はピンク色。中国では桃の花を「紅」の字で形容する。　○好―〝〜にちょうどいい、今まさに〜だ〟。間投詞ではないが、この語に深い感嘆の気分がこめられることを重んじて「よし」と読む伝統がある。　○東籬―東の垣根。陶淵明が菊の花を摘《つ》んだ場所。彼の「飲酒二十首」其の五の五・六句「菊《きく》を采《と》る　東籬《とうり》の下《もと》／悠然《いうぜん》として南山《なんざん》を望《のぞ》む」による。

菊の花を褒《ほ》めたたえた「詠物詩」です。菊の花は、他の花が散ってしまった秋にただひとり咲くことから、節操《せつそう》の固い人、筋を通す生き方のたとえになり、また、寒さによく耐える生命力の強さから、漢方薬の材料としても重宝されております。

特に中国の重要な節句、旧暦の九月九日の「重陽の節句」とかかわりがあります。親戚・友人がおおせい集まって楽しく過ごす日ですが、この日に菊の花を浸したお酒、菊酒を飲んで邪気を払い、健康を祈る習慣がありました。この詩はそういう菊のイメージを織り込みながら、そこに新たな意見、問題提起も行っている、面白い詩であると思います。

中国の詩人で菊を好み、好んで詠んだのは陶淵明《とうえんめい》ですが、陶淵明も生き方の筋を通した人として知られています。この詩にも陶淵明のことが詠み込まれています。

ところがちょっと不思議なことには、第三句で西施《せいし》のことも詠み込んでいるのです（この後半二句は、北宋・蘇軾の七言絶句「湖上に飲《いん》す　初め晴れ　後《のち》に雨ふる二首」其の二の後半二句「西湖を把《と》って　西子（＝西施）に比せんと欲さば／淡粧　濃抹　総《すべ》て相宜《あひよろ》し」をふまえています）。西施は中国の春秋《しゅんじゅう》時代の美女で、女スパイです。彼女はもともと、南中国の越《えつ》の国の村娘だったのが抜擢され、訓練を受けて、宿敵の呉《ご》の国に送り込まれました。呉王夫差《ふさ》に気に入られ、仲良く過ごしながら、呉の国を内側から弱らせるような画策をした人です。つまり二心《ふたごころ》、裏表を持って生きた人ですから、菊の花にはふさわしくないのですが、これはどういうことでしょうか。

第四句の「東籬《とうり》に上《のぼ》さん」は、〝東の垣根《かきね》に飾ろう〟という意味とともに、〝東籬で菊を採った陶淵明先生に献上しよう〟という含みもあるかも知れません。つまり、菊の花について、陶淵明先生に質問があるというのでしょう。

考えますに、節操を保つ姿勢、筋を通す生き方は立派ではありますが、戦国の世の武将たちはそれだけでは生きられません。そういうことをしていると、愚直の生き方で、生命の危険につながります。家臣、家族たちの平安・幸福のためには、ときには融通性ある生き方が求められることがある。兼続《かねつぐ》自身、関ヶ原において石田三成《いしだみつなり》と語らったり、そのあとでは家康の側についたりしておりました。
菊の花にしても、よく観察してみれば、単純な咲き方ではなく、環境や種の個性によって、花の色・形・咲き方が違っております。人間も同じではないか。人それぞれの考え方、価値観があって当然であり、〝こうでなくてはならぬ〟と型にはめるものではない。

西施は越の人でありながら呉に仕えた、つまり相手によって態度を変えるという生き方を続けていました。そういう建て前と本音を使い分けるような生き方は、兼続自身もそうでした。ここでは陶淵明に向かって〝そういう生き方も、ときには求められるのではありませんか〟と問いかけているように感じられます。まことに独創的な、斬新な詩であると思います。直江兼続の、通り一遍ではない読書、学問の深さをうかがわせると思います。

雪夜囲爐　　七言律詩（下平・七陽）

雪夜囲爐情更長•
吟遊相会古今忘•
江南良策無求処
柴火煙中煨芋香•

雪夜《せつや》 爐《ろ》を囲《かこ》む

雪夜《せつや》 爐《ろ》を囲《かこ》んで 情《じやう》 更《さら》に長《なが》し
吟遊《ぎんいう》 相会《あひくわい》して 古今《ここん》忘《わす》る
江南《かうなん》の良策《りやうさく》 求《もと》むる処《ところ》無《な》く
柴火《さいくわ》 煙中《えんちゆう》 芋《いも》を煨《や》いて香《かんば》し

雪の降る今宵《こよい》　囲炉裏《いろり》を囲んでいると　君たちとの友情はさらに深まる
詩をやりとりしながら過ごしていると　これまでのいきさつも　もうどうでもよくなる

大坂城と豊臣家を守るためのはかりごとは　もはや求めるときではなくなりいいい、
たきぎを燃やす火のけむりの中　芋を焼く香りがかぐわしい

語釈　○江南—中国の長江以南の地を言う。また、大きな川を長江にみたて、その南側を「江南」とも呼ぶ。ここでは日本に当てはめており、「江」は淀川《よどがわ》、「江南」は大阪の旧市街区を言う。　○煨—熱い灰の中に埋《うず》めて焼く。埋《うず》み焼きのこと。

雪の降る冬の夜に、友人たちと囲炉裏《いろり》を囲んでひとときを過ごした折に作った詩です。関ヶ原の戦いの後、上杉家が米沢三十万石に移されたのに伴い、兼続は家老として六万石を受けた、その直後の作であろうと思います。

第二句では、戦国時代から安土桃山、江戸初期といろいろなことがあったが、〝もう昔のいきさつは忘れたい〟と言っています。が、それでも〝どうしても思い出してしまう〟ということで第三句に行きます。第三句の「江南の良策」は、〝大坂を根拠地にしていた豊臣家を守るための良いはかりごと〟の意。関ヶ原の戦いにおいて、石田三成とはかりごとを巡らしたことを思い出しているのです。この句は一見、第二句を受けて〝世が平和になった今、もう豊臣家を守る方策を求める必要はなくなった〟と、過去を振り捨てようとしているかに読めますが、実はその裏に〝求めることができなかった〟ことへの心残りがこめられているように感じられます。

いろいろないきさつを忘れるとは言ってみたものの、天下分け目の関ヶ原の戦いについての苦《にが》い思い出がつい甦《よみがえ》ってしまう、慙愧《ざんき》の念、悔恨の思いの表れた作品です。

七言絶句（下平・十一尤）

洛中之作

独在他郷憶旧遊•
非琴非瑟自風流•
団団影落湖辺月
天上人間一様秋•

直江兼続（一五六〇〜一六一九）

洛中《らくちゆう》の作《さく》
独《ひと》り他郷《たきやう》に在《あ》つて 旧遊《きういう》を憶《おも》ふ
琴《きん》に非《あら》ず 瑟《しつ》に非《あら》ず 自《おのづか》ら風流《ふうりう》
団団《だんだん》として影《かげ》は落《お》つ 湖辺《こへん》の月《つき》
天上《てんじやう》 人間《じんかん》 一様《いちやう》の秋《あき》

ひとり異郷にあって　過ぎし日々の遊覧を思い出す
身辺には琴《こと》もなく　瑟《おおごと》もないが　ひとりでに雅《みやび》やかな心持ちになる
まるいその姿がうつる　湖の水面の月
天空も　地上も　すべて秋の気配につつまれている

語釈　○瑟—大型の琴。　○団団—丸いさま。ここでは満月を形容している。　○天上人間—天上界と地上界。どうにもならないほどへだたっていることを表す。

元和《げんな》五年（一六一九）、作者晩年の六十歳、亡くなる数ヶ月前の作品です。主君の上杉景勝に従って京都に滞在中の、或る秋の晩、宴席で作られた詩であろうと思います。

兼続はもともと越後の人で、今は米沢藩にいます。花の都京都《みやこ》も、兼続にとっては「他郷」です。第一句では、これまでにも何度か京都に来たことがあった、そのことを思い出しています。京都は自分にとっては異郷ではあるが、それでもこうしていると楽しくなって来るという、京都への褒めことばでしょうか。第四句の「天上人間」は、白楽天《はくらくてん》の「長恨歌《ちやうごんか》」の終わり近く、楊貴妃《ようきひ》のことばの中に出て来るものです。

安禄山《あんろくざん》の乱で非業《ひごう》の死を遂げて仙女となった楊貴妃が、生前お世話になった、この上ない愛情を受けた地上の玄宗皇帝に、次のようなあいさつを贈ります。

但だ心をして金鈿《きんでん》の堅きに似《に》教《し》めば／天上《てんじやう》人間《じんかん》会《かなら》ず相見《あひみ》ん

〝私たち二人がお互いを思う心、それが黄金や螺鈿《らでん》のように固くしっかりしていさえすれば、いま私たちは天上世界と地上世界に隔《へだ》てられていても、いつかきっと、またお会いできるでしょう〟。

兼続の詩では、今までの波乱に満ちた人生の中で出会い、そして死に別れていった多くの人々、上杉謙信や石田三成《いしだみつなり》、その他多くの人々が天上界にいる、という含みがあるでしょう。一方、この自分は「人間《じんかん》」、地上界にいる。

つまりこの詩では、作者は京都にいながら、京都のことより、昔の思い出や天上世界のほうに心が向かっているのですね。そして数ヶ月後、兼続は、天上世界に先に行った人々に呼ばれるように、この世を去ってゆきます。ほとんど辞世の作のような詩です。

伊達政宗（一五六七〜一六三六）

伊達政宗《だてまさむね》は、やはり安土桃山から江戸初期にかけての武将。江戸幕府の成立後、仙台藩六十二万石の大名となった人でした。幼いころ疱瘡《ほうそう》にかかったために右目を失明しますが、たくましく成長し、「独眼竜《どくがんりゅう》」と呼ばれて恐れられました。十八歳で家督を継ぎ、勢力の拡大に専念します。やがて秀吉の命令で朝鮮出兵にも参加し、秀吉が亡くなってからは家康について関ヶ原の戦い、そして大坂冬の陣、大坂夏の陣にも徳川方について戦いました。

文武両道で、和歌・茶道・書道にも秀《ひい》で、秀吉の桃山文化を仙台に移植したような趣のある人でした。

伊達政宗（一五六七〜一六三六）

酔餘口号　　五言絶句（下平・五歌）

馬上青年過
世平白髪多•
残軀天所赦
不楽是如何•

酔餘《すゐよ》の口号《こうがう》

馬上《ばじやう》　青年《せいねん》過《す》ぐ
世《よ》　平《たひら》かにして　白髪《はくはつ》多《おほ》し
残軀《ざんく》は　天《てん》の赦《ゆる》す所《ところ》
楽《たの》しまずして　是《こ》れ如何《いかん》せん

馬に乗って駆け回るうち　私の若い日々は過ぎ去った
世の中が収まったときには　もう白髪ばかりの年齢になっていた
年老いて衰えた身は　天がお情《なさ》けでくださったもの
楽しく過ごすのでなければどうしようというのだ　これからは楽しもう

語釈　○口号―口ずさむ。心に浮かんだままを詩に詠む。　○残―損われる、衰える。

「酔い心地の勢いで口ずさむ」という詩題の、晩年の詩です。第四句は、「楽しからず 是《こ》れ如何《いかん》せん」とも読めます。〝平和な世の中になった。しかしどうも楽しくない。どうしたらいいか〞。根っからの武将で戦場を駆け回って来た。平和な世の中になったが、かえって気が抜けてしまって楽しくない。この読み方のほうが、修羅場をくぐった武将の詩の文句としてはふさわしいと思うのですが、いかがでしょうか。

四、江戸初期

蕗谷虹児「お七」（「日本むすめ　幻想五景」より）　昭和十三年（一九三八）

八百屋《やおや》お七《しち》（一六六八?～一六八三）の哀話は井原西鶴によって小説化されてより、浄瑠璃や歌舞伎の好箇の題材となった。お七の火付けは天和二年（一六八二）の暮れのことと伝えられる。この年、木下順庵が徳川綱吉の侍講となり、山崎闇斎、朱舜水が没している。

徳川幕府は儒教を支持し、朱子学を官学とした。儒者にとって、人の心を見つめ、その働き方を解き明かすことは重要な務めである。それにはまず自分自身の心を清め、感受性をみがかなくてはならない。そのための実習として、彼らは折にふれて詩を作った。

江戸初期には藤原惺窩《ふじわらせいか》・林羅山《はやしらざん》が、描写主体の中にしゃれた言い回しや奇抜な比喩をまじえ、意外な親しみやすさを感じさせる。つづいて石川丈山が想像力ゆたかな詩を、釈元政《しゃくげんせい》・独菴玄光《どくあんげんこう》が詩僧として深い思索や教訓を詠む。伊藤仁斎《いとうじんさい》・東涯《とうがい》父子も繊細な心を詩に託した。

元禄の時代に活躍した木下順庵《きのしたじゅんあん》は彼自身、詩文の才にめぐまれた上、教育家としてすぐれ、門下から「木門《ぼくもん》の五先生」（榊原篁洲《さかきばらこうしゅう》・新井《あらい》白石《はくせき》・室鳩巣《むろきゅうそう》・祇園南海《ぎおんなんかい》・雨森《あめのもり》芳洲《ほうしゅう》）をはじめ、多くの詩人学者を輩出した。

江戸儒学のあけぼの（一）――藤原惺窩・林羅山

藤原惺窩（一五六一～一六一九）

藤原惺窩《ふじわらせいか》は藤原定家《ていか》十二世の子孫。播磨《はりま》（兵庫県）の生まれで、七歳からお寺に入って修行し、十八歳のときには戦乱のために、京都に移ることを余儀なくされました。京都で五山文学を修めるわけですが、二十四歳のときには早くも五山随一の学識をうたわれました。しかし、その後間もなく朝鮮使節の人との交流の機会があり、それをきっかけに、朱子学に急速に傾倒してゆきます。

やがて三十三歳のとき、徳川家康に招かれて江戸に入り、そこで講義をしながら当時の朝鮮朱子学を学び続け、四十歳のときには儒者を自認するようになりました。〝これから自分は仏門ではなく、儒教・儒学のほうで身を立ててゆく〟と公《おおやけ》に宣言したことになります。そして関ヶ原の戦いの後、家康に仕官を求められますがそれは受けず、代わりに門弟の林羅山《はやしらざん》を推薦し、その後、京都で隠棲の生活に入りました。

学問上は朱子学が中心であったのですが、それ以外の陽明学や仏教・神道を必ずしも退けなかった。それらすべてを包み込む包容力のある思想を目指した、寛大な人でした。晩年には中風に悩み、五十九歳で亡くなっております。

弟子の林羅山は、徳川家康の許可を得て京都に学校を設立する企画を立て、学長として藤原惺窩を予定していましたが、実現する直前に大坂冬の陣や夏の陣があり、続いて家康も亡くなったために延び延びになりました。二代将軍の秀忠もこの企画に乗り気だったのですが、やがて惺窩が亡くなってしまい、この計画は実現しませんでした。

藤原惺窩（一五六一〜一六一九）

遊和歌浦　　七言絶句（下平・七陽）

遨遊諸客海城傍●
瀲灧水光連彼蒼●
出網跳魚新潑刺
一声欸乃逐斜陽●

和歌《わか》の浦《うら》に遊《あそ》ぶ
遨遊《がういう》す 諸客《しよかく》 海城《かいじやう》の 傍《かたはら》
瀲灧《れんえん》たる水光《すゐくわう》 彼《か》の蒼《さう》に連《つら》なる
網《あみ》を出《い》づる跳魚《てうぎよ》 新《あら》たにして潑刺《はつらつ》
一声《いつせい》の欸乃《あいだい》 斜陽《しややう》を逐《お》ふ

くつろぎ楽しむ観光の人々でにぎわう　海辺の町
さざ波の立つ海の面《おもて》は日の光にきらめいて　水平線のかなたで大空につづいている
網から出されて飛び跳ねる魚たちは　ぴちぴちと活《い》きがよい
漁師たちの舟歌《ふなうた》は　沈む夕日を追いかけるようにひびいている

語釈　○遨遊―遊び歩く。　○瀲灧―さざ波が立つ、または、水が流れあふれる様子。　○彼蒼―大空を言う。　○新―いきいきしている形容。　○潑刺―魚が勢いよく飛び跳ねる形容。　○欸乃―漁夫が舟をこぎながら歌う歌。舟歌。

制作時期はよくわかりませんが、和歌山県にある名所の和歌の浦を訪れたときに、そのにぎわいを詠んだものです。海岸地区のようすを、昼から夕方にかけて描写した作品で、前半が昼の情景、後半が夕方の情景。前半二句は和歌の浦に着いたときの第一印象でしょうか、和歌の浦全体のようすを大きくとらえています。後半二句では、漁師たちが漁を終えて帰って来るようすに焦点を合わせます。印象的なひとこまをクローズアップした感じです。飛びはねる魚と漁師たちの歌、動きと音声で余韻を残します。

前半の遠景も後半の近景も、映像が浮かんで来るような詠みぶりで、第二句の海の蒼《あお》い色、波のきらめき、第四句の夕日の赤と、色合いの変化も印象に残る詩です。

林羅山（一五八三〜一六五七）

林羅山《はやしらざん》は藤原惺窩《ふじわらせいか》の抜擢を受け、徳川家康以後、将軍家四代に仕えました。幕府の儒官を勤め、朱子学が栄える基礎を作った恩人です。

京都に生まれ、十二歳から京都の建仁寺で儒教と仏教を修めました。十八歳から朱子学に傾倒し、二十一歳、江戸幕府が開かれた一六〇三年のことですが、朱子の論語解釈を町で講義しました。当時、儒教の本について講義をするにはお上《かみ》の許可を得なくてはいけなかったのですが、林羅山は無許可で講義をしてしまった、そこで物議をかもしましたが、徳川家康の保護で事なきを得ました。もともと羅山は強気な、エネルギッシュな人だったようです。翌年、二十二歳のときには藤原惺窩と論争をしておりますが、論争の結果、藤原惺窩の人物と見識にすっかり心打たれて門弟となったのでした。

二十三歳で家康に招かれ、面会の場で博識を盛んに披露し、家康に仕えることとなります。その後、二代将軍秀忠、三代家光、四代家綱と四代にわたって仕えました。その間、講義を行うほか、法律・外交・儀式・式典など、幕府の諮問《しもん》に応《こた》え、古い書籍を収集して出版する企画も推し進め、それらの活動を通じて朱子学を幕府が認める学問、幕府が国民に奨《すす》める官学としました。

四十八歳のときに上野の忍岡《しのぶがおか》に私塾を建てましたが、これが後に神田の湯島に移されて拡大され、昌平黌《しょうへいこう》（のちに昌平坂学問所、湯島聖堂とも呼ばれた）となりました。

学風は藤原惺窩とはかなり違い、朱子学、儒学以外の仏教やキリスト教や陽明学を退けます。そして朱子学の重視を徹底させ、その中で人の道を究めてゆくという方法を取りました。ところが晩年、明暦の大火という大火事があったときに、神田にあった自分の屋敷と書庫を焼かれてしまい、羅山自身は忍岡に避難したのですが、避難して四日目に七十五歳で亡くなりました。これはやはり、自分の蔵書や膨大な原稿を全部焼かれてしまった落胆が大きかったのでしょう。まことに痛ましいことです。

多方面にわたる、百七十種類もの著書が残っています。講義も精力的に行って朱子学の普及に努め、幕府の教育政策を大いに盛り上げました。その学風が子や孫に引き継がれ、やがてはその子孫が代々大学頭《だいがくのかみ》となって、幕府の学問を支える大きな役を果たすことになります。詩もきわめて多作で、五千首近くも残しております。

七言律詩（上平・一東）

夜船渡桑名　　夜船《やせん》 桑名《くはな》を渡《わた》る

扁舟乗霽即収篷●　　扁舟《へんしう》 霽《はれ》に乗《じよう》じて 即《すなは》ち篷《とま》を収《をさ》む

一夜桑名七里風●　　一夜《いちや》 桑名《くはな》 七里《しちり》の風《かぜ》

天色相連波色上
人声猶唱櫓声中•
衆星閃閃如吹燭
孤月微微似挽弓•
漸到尾陽眠忽覚
臥看朝日早生東•

天色《てんしよく》 相連《あひつら》なる 波色《はしよく》の上《うへ》
人声《じんせい》 猶《な》ほ唱《うた》ふ 櫓声《ろせい》の中《うち》
衆星《しゆうせい》 閃閃《せんせん》として 燭《ともしび》 を吹《ふ》くが如《ごと》く
孤月《こげつ》 微微《びび》として 弓《ゆみ》を挽《ひ》くに似《に》たり
漸《やうや》く尾陽《びやう》に到《いた》つて 眠《ねむ》り忽《たちま》ち覚《さ》む
臥《ふ》して看《み》る 朝日《てうじつ》の 早《つと》に東《ひがし》に生《しやう》ずるを

私の乗った船は雨がやんだのを幸い　さっそく篷《とま》を取り払った
今夜一晩《ひとばん》　桑名の宿から　七里のあいだを風に送られて進むのだ
夜空のながめは　波のうねる海面につらなって黒一色
聞こえる歌声は　櫓をこぐ音の中で　夜中にもまだ船員たちはうたうのだ
夜空に散らばる星はぴかぴかとまたたいて　ろうそくの火を風が吹いているかのよう
たった一つかかる月はほそい三日月で　弓を引きしぼったさまにも似ている
いよいよ熱田に着こうとするころ　私の眠りはふいに覚めた
横になったままじっと見る　朝日が早くも東の空に昇って来たのを

語釈　○扁舟―小さい舟。旅の詩で、自分の乗った船のことを言う。○霽―雨がやむ。雲や霧が晴れる。ここでは風のやむことを言う。○篷―竹や葦《あし》や茅《かや》などを編んで作った、船を覆《おお》うもの。船のおおい。○波色上―波だつ海の表面。「色」は、ようす。ありさま。○櫨声―船をこぐ音。○尾陽―熱田の別名。

夜の船旅の折に作った律詩で、船の上で見たもの、聞いたものを描写することが主になっております。旧東海道において、桑名宿《くわなじゅく》から宮宿《みやじゅく》（愛知県名古屋市熱田）に至る、伊勢湾の海上の渡しがありました。これが「宮《みや》の渡し」で、距離が大体七里（二十八メートル）だったことから「七里の渡し」とも言われております。

制作時期はわかりませんが、目的地の熱田に着いたときに、同行のメンバーに示した作品と思われます。律詩ですので二句ずつ見てまいります。

最初の二句は導入で、〝これから七里の船旅が始まるのだ〞ということを述べます。

続いて律詩の見どころの中間四句に入ります。

三・四句は、舟のとまを取り払って見えて来た夜景。〝夜空、海、舟歌〞、と見たもの、聞いたものを詠んでいます。対句になっています。第三句は夜空と海面という上下の組み合わせ、第四句は舟人の歌声と櫓の音で、言わば音声の横のひろがりに着目しています。

次の五・六句では、晴れた夜空をいろどる星と月とに注目します。ここも対句ですが、星のまたたきを風に吹かれるろうそくに、ほそい三日月を引きしぼられた弓にたとえており、まことに警抜です。

そして七・八句は、夜明け方に目的地に着いたときのようすを描いております。

海を詠んだ詩は中国では比較的珍しいのですが、日本では特に江戸時代から増えてまいります。この詩はその初期の例と言えるでしょう。

武野晴月

七言絶句（下平・一先）

武陵秋色月嬋娟
曠野平原晴快然
輾破青青無轍迹
一輪千里草連天

武野《ぶや》の晴月《せいげつ》
武陵《ぶりよう》の秋色《しうしよく》　月《つき》　嬋娟《せんけん》
曠野《くわうや》　平原《へいげん》　晴《は》れて快然《くわいぜん》
青青《せいせい》を輾破《てんぱ》するも　轍迹《てつせき》無《な》く
一輪《いちりん》　千里《せんり》　草《くさ》　天《てん》に連《つら》なる

武蔵野の丘の秋のけはい　月のなまめかしいかがやき
どこまでも広がる平野は　晴れわたってまことにさわやかだ
濃紺色の夜空を渡り尽くしても　そのあとかたはまったくなく
一輪の月は千里のかなたの地平線　草原が大空につながるあたりまでをくまなく照らしている

語釈　○武野─武蔵野。○武陵─もと、中国の地名。湖南省常徳県。陶淵明の「桃花源の記」の舞台で「武陵桃源」という語がある。○秋色─秋らしい雰囲気、おもむき。「色」は、ようす。たたずまい。「秋の景色」と取ると、イメージが限定されすぎる。○嬋娟─あでやか、つややかで美しいさま。○快然─さっぱりと爽快なさま。○輾破─「輾」は、車輪がめぐる。回転する。ここでは月が夜空をわたること。「破」は強調の助字で、〝……しつくす、……しぬく〟。

慶安四年（一六五一）、羅山六十九歳の折の作品です。宮中の高官（式部大輔）を務めていた松平忠次が武州の湯島（今の東京都文京区湯島）に別荘を持っており、たいへん眺めのよいところでした。その別荘の見どころを十ヶ所選んで詩に詠んだうちの一首です。

武蔵野は、東京都中西部と埼玉県南部にまたがる台地。東側は東京の下町まで含みます。台地面はところどころ階段状の地形になっており、表面は関東ローム層でおおわれています。地下水が深いところにあるため開発が遅れ、承応三年（一六五四）六月に玉川上水が開かれて、やっと新田開発が進められることになりました。ですからこの詩が作られたのは、その玉川上水が開通する三年前ということになります。

詩題は「武蔵野を照らす、晴れた夜の月」という意味で、当時の武蔵野の広大な夜の眺めを詠んでいます。前半二句は、別荘から眺められる月夜の武蔵野の平原の全景。武蔵野の丘を「武陵」と言っていますが、「武陵」はもともと桃花源（桃源郷＝理想的な別天地）のある土地の名ですので、ここでも〝武蔵野はすばらしいところだ〟というほめことばのはたらきを含ませているでしょう。後半二句は、夜空をわたる月のようすを、月を車輪にたとえて描いたものです。

第一句で夜空の月を出し、第二句ではその月に照らし出される武蔵野の丘を詠みます。「曠野《くわうや》平原《へいげん》晴《は》れて快然《くわいぜん》」、いかにも雄大な光景です。後半に入ると、前半の静かなたたずまいから転じて動きが生じますが、第四句「一輪《いちりん》千里《せんり》草《くさ》天《てん》に連《つら》なる」によって、やはり武蔵野の大きさが強調されています。当時の湯島はこんなにも見晴らしがよかったのですね。

以上、二人の儒者先生の詩を見ました。いずれも堅実な詠みぶりで、奇抜な技巧を使ったり、むつかしい哲学的表現を取り入れたりせず、描写主体になっています。題材が身近なものであるだけに、大先生たちが気さくに世間話をして下さるような、なごやかな印象があります。

江戸儒学のあけぼの（二）——中江藤樹・山崎闇斎・安東省庵

中江藤樹（一六〇八～一六四八）

中江藤樹《なかえとうじゅ》は近江《おうみ》（滋賀県）の人。はじめ朱子学に傾倒しましたが、三十代後半くらいから陽明学を深く研究し、それ以後、特に〝人間は内面的にはみな平等なのだ〟ということを強調し、武士や一般庶民の人々に講義を続けました。その影響は農民たちにも広く及び、その感化力、人徳は絶大で、やがて「近江聖人《おうみしようにん》」と呼ばれるようになりました。

或るとき泥棒のグループに出くわした藤樹先生は、泥棒たちに諄々と人の道を説き、そのおかげで、泥棒たちはみな改心した、と言う話もあるくらいです。

残念ながら四十一歳で亡くなりました。それでも日本の陽明学の祖と仰がれる人であります。高弟に熊沢蕃山《くまざわばんざん》（一六一九～一六九一）という、りっぱな学者になった人がいました。次の詩にある「熊沢子《くまざわし》」は熊沢蕃山のことです。半年ほど藤樹と生活を共にし、教えを体得しました。

送熊沢子還備前　　五言律詩（下平・九青）

熊沢子《くまざわし》の備前《びぜん》に還《かへ》るを送《おく》る

旧年無幾日　　旧年《きうねん》　幾日《いくじつ》も無《な》し

中江藤樹（一六〇八〜一六四八）

何意上旗亭•
送汝雲霄器
羞吾犬馬齢•
梅花鬢辺白
楊柳眼中青•
惆悵滄江上
西風教客醒•

何《なん》ぞ意《おも》はん 旗亭《きてい》に上《のぼ》らんとは
汝《なんぢ》が雲霄《うんせう》の器《うつは》を送《おく》り
吾《わ》が犬馬《けんば》の齢《よはひ》を羞《は》づ
梅花《ばいくわ》 鬢辺《びんぺん》に白《しろ》く
楊柳《やうりう》 眼中《がんちゆう》に青《あを》し
惆悵《ちうちやう》す 滄江《さうかう》の上《ほとり》
西風《せいふう》 客《かく》をして醒《さ》め教《し》む

今年も　あとわずか
思いがけず　この酒楼に上《のぼ》って見送りの宴《うたげ》を開く
君のような　雲にも届く高い才能　大きな器《うつわ》の持ち主を見送る今
私のほうは　いたずらに重ねた年齢　何もできないまま年とったことが恥かしい
梅の花びらは　私たちの頭上近くに白く飛び舞い
柳の若芽は　私たちの目の前であおあおと芽吹いている
これから旅に出る君は　さぞ気落ちしてしまうだろう　水の青い川のほとりで
西から吹く風が　旅立つ君に吹きつけて　君の酔いを醒《さ》ましてしまうから

語釈　○旧年―過ぎ去りつつある今年。　○何意―思いも寄らず。　○旗亭―旅館。料亭。宴会場。店の前に旗を掲げる習慣があったのでこのように言う。　○雲霄―雲や霞。高い地位のたとえになる。　○犬馬―自分のことを謙遜して言う。〇客―旅人。〇惆悵―失望して嘆く。がっかりする。〇滄江―碧《あお》い水をたたえた川。

おそらく、私塾藤樹書院のかたわらを流れる安曇川《あどがわ》（滋賀県）を指す。

熊沢蕃山《くまざわばんざん》が二十九歳のとき、岡山藩に仕えることが決まり、中江藤樹《なかえとうじゅ》の塾を出発することになりました。その別れの際に、熊沢蕃山に贈った詩です。送る中江藤樹は四十歳、亡くなる一年前の作ということになります。

一・二句は〝思いがけず君を送ることになった〟という、残念な気持ち。三・四句はそれを受けて蕃山をほめ、期待と励ましの思いをこめています。

五・六句は目の前の風景ですが〝これから季節は春になる。君の人生もこれから春になるだろうね〟という祝福の意味もあるでしょう。最後の七・八句は、旅立つ蕃山相手の気持ちを思いやって結んでいます。

「滄江」については、藤樹の塾の前を流れる川とする説と、琵琶湖とする説がありますが、おそらくは前者で、その岸べに、熊沢蕃山が乗って行く船が舫《もや》ってあるのだと思います。「西風」は、蕃山がこれから行く備前《びぜん》から吹いて来る風。これが君の酔いを醒ましてしまうだろう、つまり、君も私との名残りを惜しんでいるだろう、という気持ちが言外にあります。

送別をテーマとして律詩を作る場合には約束事がありますが、それがこの詩にも取り入れられています。たとえば三・四句で、相手のことと自分のことを交互に詠むというやり方。もう一つは、続く五・六句で、別れようとしているその場所の風景を、記念写真を撮るような感覚でしょうか、記録として詠み込む習慣。これらが両方とも取り入れられています。

熊沢蕃山も学者として大成し、特に学問を現実の政治・経済活動に生かす実践の面に秀でていました。のちのち治水政策や飢饉《ききん》対策で業績を挙げます。

蕃山の作と言われる和歌で、忘れられない作品があります。

憂《う》き事の　なほこの上に　積《つも》れかし　限りある身の　力《ちから》ためさん

人間、嫌《いや》なこと、辛《つら》いことでも、どうしてもしなくてはいけないことがある。それから目をそむけないで積極的に立ち向かおうではないか、そういうたくましい姿勢で人生を送ろうではないか、という歌です。そうやって、自分がどこまでできるか試してやろうということです。

山崎闇斎（一六一八〜一六八二）

山崎闇斎《やまざきあんさい》は闇斎学派の祖で、後世にたいへん影響の大きかった人です。

十一歳で仏門に入ります。少年時代は腕白すぎたのでお寺に預けられた由ですが、そこで禅を修行します。しかし二十五歳のときに、むしろ儒者として身を立てることを決意し、京都に上りました。儒者、特に朱子学者としてやってゆこうと決心し、間もなく京都で講義を開始します。三十代後半になると名声が大いに高まり、闇斎の講義を聴いた人々はその時点で六千人以上、やがては日本全国の学生、学者の三分の一は闇斎の講義を聴いた、と言われています。

しかしその後、日本の神道を深く研究し、日本の神道と儒教を一体化しようと試みます。儒教の日本的発展の一つの型を形作った人です。これが後世、尊王論として受け継がれ、明治維新の思想的原動力となりました。しかも、門下生から藩の儒者になった人の数は、林羅山《はやしらざん》の子孫、林家《りんけ》の門下に次いで多いという、まことに大きな足跡を残した人です。

有感　　七言絶句（上平・十一真）

坐憶天公洗世塵•
雨過四望更清新•
光風霽月今猶古
唯缺胸中洒落人•

感《かん》有《あ》り
坐《そぞ》ろに憶《おも》ふ 天公《てんこう》 世塵《せいぢん》を洗《あら》ふを
雨《あめ》過《す》ぎて 四望《しぼう》 更《さら》に清新《せいしん》
光風《くわうふう》 霽月《せいげつ》 今《いま》 猶《な》ほ 古《いにしへ》 のごとし
唯《ただ》 缺《か》く 胸中《きようちゆう》 洒落《しやらく》の人《ひと》

しみじみと思う　天の帝《みかど》はうまく世の中の塵《ちり》ほこりを洗い流してくれるものだと
今　雨があがり　四方の眺めは前にもましてすがすがしい
光を帯びたようなさわやかな風　さえざえと照る月　この景色は今も昔に変わらない
ただ　胸の中がさっぱりとこだわりのない大人物は　今の世にはいないようだ

語釈　○坐—しみじみと。じっと。　○天公—万物を主宰する天を擬人化した表現。天帝。　○光風霽月—「光風」は、雨が晴れたあとに吹く風。草木が日を受けて光ることからこのように言う。「光風霽月」で、雨あがりのさわやかな風とすがすがしい月。心がさっぱりとして気高いことにたとえる。　○洒落—さっぱりとして、わだかまりのないさま。

雨あがりの月夜、景色を見ているうちに生じた感慨を詠んだもの。すがすがしく明るい月夜、そこから、そのようにさわやかな人柄だったと伝えられる昔の偉人を連想し、その偉人への敬意を新たにする、という詩です。知的な詠みぶりの作品です。

前半二句は、すばらしい雨あがりの夜景、それをもたらす天のはたらきのありがたさに思いをはせます。

後半に入ると、このような景色のすばらしさは昔も今も同じ、しかし人の世は移ろってしまい、昔のすばらしい人が今はいないことを残念がっています。

「光風霽月《くわうふうせいげつ》」と「胸中洒落《きようちゆうしやらく》」がキーワードになっています。中国北宋《ほくそう》の学者周敦頤《しゆうとんい》（一〇一七〜一〇七三）が、「光風霽月」「胸中洒落」という語でたとえられる人でした。

人品 甚だ高く、胸懐灑落《きようくわいしやらく》にして光風霽月の如し。（『宋史』周敦頤伝）

闇斎はこの人を尊敬しており、ここであらためて敬意を表明したという趣です。周敦頤は北宋の初めにあって儒教を再構成した人で、儒教の考え方に仏教や道教を取り入れたとも言われますが、それに基づいて天地と世の中のしくみを体系的に説明し、そこからさらに道徳観や政治観を築きました。朱子によって賞賛され、宋代の新しい儒教の祖、恩人と言われるようになりますが、山崎闇斎としては、周敦頤のスケールの大きさ、学問の総合性、仏教や道教までも含めた集大成的な性格を尊重したのでしょうか。闇斎自身、儒教と神道の融合を目指すことと言い、後世への影響の大きさと言い、周敦頤先生に恥じない学者先生になったと思います。

読論語　　七言絶句（下平・一先）

読尽魯論二十篇●
徳音如玉自温然●
箪瓢未味巷顔楽
掩巻永嘆燈火前●

『論語《ろんご》』を読《よ》む

読《よ》み尽《つく》す 魯論《ろろん》 二十篇《にじふぺん》
徳音《とくいん》 玉《ぎよく》の如《ごと》くにして 自《おのづか》ら温然《をんぜん》
箪瓢《たんぺう》 未《いま》だ味《あぢは》はず 巷顔《かうがん》の楽《たの》しみ
巻《くわん》を掩《おほ》ひて永《なが》く嘆《たん》ず 燈火《とうくわ》の前《まへ》

すっかり読み終えた　魯の国に伝わった『論語』二十篇を
孔子様の深いありがたいお言葉は宝石のようにきらめいて　そこにおのずとおだやかなお人柄があらわれる
竹で作ったわりごの飯とひさごの飲みものだけを横に　学問に熱中し　裏町で質素に暮らした顔回の楽しみを実感するには至らないが
それでも読み終えたあとは書物を閉じ　感歎久しうしているのだ　ともしびの前で

語釈 ○魯論―中国の春秋時代の魯国（孔子の出身地）で伝えられた『論語』の系統。他にも斉論《せいろん》・古論《ころん》などがあるが、今伝わる『論語』はだいたい魯論に基づいていると言われ、二十章からなる。○徳音―仁徳の現れたすばらしい語。善言。○温然―おだやかなさま。思いやりがあってあたたかい。○箪瓢―竹製のわりごと、ひょうたんの実を乾燥させて作ったひさご。飯と飲みものを入れる容器。○巷顔―陋巷《ろうこう》（貧しくむさ苦しい裏町）に暮らす顔回。

『論語』に対する尊敬と共感の思いを詠んだ七言絶句。

前半は『論語』の読後感を率直に述べています。

第二句の「徳音　玉《ぎよく》の如くにして　自《おのづか》ら温然」は『論語』の特色をよく表した名句で、「温然」は『論語』の中の、孔子の人柄について述べられた語「夫子《ふうし》は温良恭倹譲《をんりやうきようけんじやう》」（学而《がくじ》第一）「子《し》は温《をん》にして厲《れい》」（述而《じゆつじ》第七）などを念頭に置いているでしょう。

後半になると、孔子三千人の弟子の中で一番と言われた顔回のことに触れております。

「箪瓢《たんぺう》」「巷顔《かうがん》」は、清貧の暮らしを続けつつ学問に倦《う》むことのなかった顔回を誉《ほ》めた孔子の語に基づいています。

子曰《しいは》く、賢なるかな回《くわい》や、一簞《いったん》の食《し》、一瓢《いっぺう》の飲《いん》、陋巷《ろうかう》に在《あ》り。人は其の憂ひに堪《た》へず、回や其の楽しみを改めず。賢なるかな回や（『論語』雍也《ようや》第六）

――賢明な男であるなあ、顔回は。竹で作ったお鉢《はち》のご飯、瓢簞《ひょうたん》で作った器《うつわ》の飲みもの、それだけの食事と共に路地裏《ろぢうら》で貧しい暮らしをしている。そんな暮らしだったら他の人はとても耐えられないだろうに、顔回は読書、学問の楽しみを変えることがない。本当に賢者であるなあ、顔回は。

顔回という人は学問一筋だったのですが、残念なことに若くして、孔子に先立って亡くなりました。

「簞瓢 未《いま》だ味はず 巷顔の楽しみ」は「未だ味はず 簞瓢 巷顔の楽しみ」と置き換えて読んだほうがわかりやすくなります。平仄を合わせるために「簞瓢」が上に置かれているのですが、そのほうが表現に屈折が生じ、味が深くなります。これも漢詩のおもしろさの一つです。

安東省庵（一六二二～一七〇一）

安東省庵《あんどうせいあん》は、筑後《ちくご》（福岡県南部）の人。藩儒《はんじゅ》（藩の儒者）として教育文化に貢献しました。たまたま長崎にいたときに、中国から亡命して来た朱舜水《しゅしゅんすい》（一六〇〇～一六八二）という大先生に心酔し、亡命したばかりで困っていた朱舜水の生活を、自分の給料の半分を差し出して手助けしました。

安東省庵は朱子学が中心ですが、詩文にも巧みで、名声は大陸のほうにも伝わっております。

五言律詩（上平・十一真）

夢朱先生

泉下思吾否
霊魂入夢頻•
堅持魯連操
実得伯夷仁•
没受廟堂祭
生為席上珍•
精誠充宇宙
道徳合天人•

朱先生《しゆせんせい》を夢《ゆめ》む

泉下《せんか》 吾《われ》を思《おも》ふや否《いな》や
霊魂《れいこん》 夢《ゆめ》に入《い》つて頻《しき》りなり
堅《かた》く魯連《ろれん》が操《さう》を持《じ》して
実《じつ》に伯夷《はくい》の仁《じん》を得《え》たり
没《ぼつ》しては廟堂《べうだう》の祭《まつ》りを受《う》け
生《い》きては席上《せきじやう》の珍《ちん》と為《な》る
精誠《せいせい》 宇宙《うちう》に充《み》ち
道徳《だうとく》 天人《てんじん》に合《がふ》す

あなたは黄泉《よみ》の国にあっても　まだ私をお心にかけてくださっているのでしょうか
あなたの魂が　私の夢の中にしきりに出て来てくださいます
あなたはいにしえの魯仲連のように　筋道を通す生き方をしかと全《まつと》うなさいました
伯夷叔斉《はくいしゆくせい》の兄弟のように　人として最も大事な親孝行の実行　暴力の否定など　大切な心を確かに保っ
　ておられました
亡くなられてからはお廟《たまや》の祭りをお受けになり　依然として敬《うやま》われておられます
ご存命の日々には人々の集まる席上で　常に敬われる人徳をお持ちでした
あなたの純粋なまごころは世の中全体に行きわたり　いついつまでも伝わってゆくでしょう

あなたがお説きになった世の中の真理　人として学ぶべきこと　それは天の道にも人の道にも合致していたのですから

語釈　○泉下―地下にあると伝えられる黄泉《よみ》の国。あの世。　○席上珍―人の集まる席上で珍重されるもの、珍しいもの。宝石などの宝物や、ごちそう。人から尊敬される学識、人徳にたとえる。　○精誠―純粋なまごころ。○宇宙―「宇」は、天地・四方・上下の六つの方角の空間全体を指す。「宙」は、時間。　○道徳―人が世の中で皆といっしょに暮らしてゆくための知恵、約束事。「道」は、真理、本質。「徳」は、学んで身につける知恵。

朱舜水《しゆしゆんすい》が亡くなって五年ほど経ってから、夢に朱先生が出て来た感慨を詠んだものです。

朱舜水は明王朝末期の人で、明《みん》が女真族の清《しん》に滅ぼされると、それを嫌って日本の長崎に亡命して来ました。初めの五、六年は安東省庵に生活の援助を受けましたが、その後水戸光圀《みとみつくに》に招かれて江戸に移りました。その後は十年以上、本郷の水戸藩の屋敷に住んで講義を続けました。当時、江戸在住の学者たちで面会しなかった者はほとんどいなかったというくらいに、たいへん敬慕された人でした。

朱舜水が徳川光圀に招かれるについても、安東省庵の尽力が大きかったと伝えられております。日本でいろいろ業績をあげましたが、たとえば水戸に招かれた際、釈奠《せきてん》（孔子祭）を実施しました。それが今、湯島聖堂《ゆしませいどう》で続けられている釈奠の式次第に影響を与えたとも言われます。もっと身近なところでは、東京都文京区小石川にある後楽園《こうらくえん》の造園に関与し、「後楽園」という名も朱舜水がつけたものです。

最初の一・二句は導入で、尊敬してやまない朱先生が夢に出ていらっしゃったうれしさを述べます。続く中間の四句で朱先生のお人柄を偲びます。三・四句では中国の二人の偉人、魯連と伯夷の名前を出し、二人に朱先生をなぞらえています。

「魯連」は魯仲連、戦国時代の斉国《せい》の高潔の人でした。仕官はしなかったのですが義侠心に富み、戦国時代の乱世にあって常にいろいろの地方国家を回り、紛争・もめごとを解決していました。しかし報酬を求めることはなかった。特に戦国末期、秦が天下統一をしそうになって来ると、〝秦が天下を取るくらいならば私は東の海へ逃れる〟と言ったのですが、〝東の海に逃れる〟という行動が、明王朝の滅亡とともに東の海に逃れて日本に来た朱舜水に重なります。

「伯夷」は、殷《いん》王朝末期の義人、筋を通した人です。弟の叔斉《しゅくせい》と一緒に「伯夷叔斉」と呼ばれることが多いのですが、周の武王が武力によって直前の殷王朝を討伐しようとした。そのとき武王は、お父さんの喪《も》が明けていなかった。それで、〝そういう行動は親孝行の筋に反します、また、いかに暴虐な王朝であろうと、暴力で滅ぼすのは人の道に反します〟と言っていさめました。ところが武王はそれを聴かず、出兵して殷を滅ぼしたので、伯夷叔斉は周に仕えるのを恥じて山中に隠れたまま生活し、やがて餓死した。節操の高い人の代名詞になっているわけです。

五・六句では、生前も没後も敬われつづける先生への敬意を新たにしています。

最後の七・八句は朱先生への最高の賛辞となります。

以上、この章は〝師弟愛〟が共通のテーマとなりました。

中江藤樹の詩は師の立場から、優秀な門人を見送ったもの。山崎闇斎の詩は、みずからが私淑《ししゅく》する（じかに会ったことはないが尊敬する）古《いにしえ》の偉人への思いを述べたもの。そして安東省庵の詩は、親炙《しんしゃ》した（じかに教えを受けた）りっぱな先生をしのぶものでした。

江戸初期の詩宗 —— 石川丈山

石川丈山（一五八三〜一六七二）

江戸初期の詩は学者先生の詩が多いのですが、学者先生の本分は研究と教育、それを社会に還元する政治活動、社会活動です。詩が中心ではありませんでした。そういう中にあって、詩の専門家になった人として注目されるのが石川丈山です。

石川丈山は、林羅山《はやしらざん》（↓一二一ページ）と同じ年の生まれです。専門詩人のはじまりと言われる人ですが、はじめは武士でした。石川家は曾祖父《ひいおじい》さんの時から徳川家に仕えており、武功が高かったので、家康に見込まれておりました。丈山も十代のころから家康に仕え、いろいろ活動したのですが、三十代の初めに大坂夏の陣があり、従軍します。そのときに抜け駆けのような行動をして、軍の規約に違反したということで問題となり、家康の機嫌も損ねてしまって職を辞しました。そして剃髪して京都に隠居することになります。

その後は若いころから興味を持っていた禅を学び、藤原惺窩（↓一一九ページ）に儒学を学び、詩を作って過ごしますが、五十九歳のときに京都の北の一乗寺に有名な詩仙堂が落成し、以後はそこで作詩の日々を送ります。

九十歳の長寿を保った人で、作品もたくさん残っております。林羅山とは詩友として終生、交流を続けました。丈山の詩は奇抜なたとえを使い、奔放な想像力を発揮したところに特色があるかと思います。

富士山　　**七言絶句**（下平・一先）

仙客来遊雲外嶺
神龍棲老洞中淵•
雪如紈素煙如柄
白扇倒懸東海天•

富士山《ふじさん》
仙客《せんかく》 来《きた》り遊《あそ》ぶ 雲外《うんぐわい》の 嶺《いただき》
神龍《しんりよう》 棲《す》み老《お》ゆ 洞中《どうちゆう》の淵《ふち》
雪《ゆき》は紈素《ぐわんそ》の如《ごと》くにして 煙《けむり》は柄《え》の如《ごと》し
白扇《はくせん》 倒《さかしま》に懸《かか》る 東海《とうかい》の天《てん》

旅する仙人が訪れてそぞろ歩む　雲にとどかんばかりのいただき
ふしぎな龍がずっと住みついている　頂上のくぼみの深い水たまり
高嶺《たかね》に積もる雪はまっ白のねりぎぬのよう　頂上から立ちのぼる煙は扇《おうぎ》の取《と》っ手にも似ている
白い大きな扇がさかさまにかかっているのだ　東の海上　この日本の上空に

語釈　○雲外―「外」は、漠然とその周辺を指す。○紈素―白い練《ね》り絹《ぎぬ》。しろぎぬ。○煙―漢詩ではふつう〝霞、もや〟を指すが、ここでは文字どおり、富士山の頂上からたなびく噴煙。

元和九年（一六二三）、丈山四十一歳の作。富士山は、和歌の世界では『萬葉集』以来多くの例がありますが、漢詩のほうでは江戸時代になって、盛んに詠まれるようになりました。この詩は江戸時代に流行した富士山の詩の早い例です。

前半二句では富士山の神々《こうごう》しい美しさを、たとえを用いて述べております。〝富士山を眺めていると、こんなイメージが浮かぶ〟ということで仙人や龍を登場させ、世俗を超越した魅力を強調しています。後半二句ではまた別のたとえを使い、遠くから見た富士山の全景を描き出しています。

この詩が作られてから八十四年後（宝永四年〔一七〇七〕）、富士山は噴火を起こし、宝永山と宝永火口が作られました。

石川丈山（一五八三〜一六七二）

白牡丹

七言絶句（下平・六麻）

不是姚家不魏家•
玉杯承露発光華•
誰将天上十分月
化作人間第一花•

白牡丹《はくぼたん》

是《こ》れ姚家《えうか》ならず 魏家《ぎか》ならず
玉杯《ぎよくはい》 露《つゆ》を承《う》けて 光華《くわうくわ》発《はつ》す
誰《たれ》か天上《てんじやう》 十分《じふぶん》の月《つき》を将《もつ》て
化《くわ》して人間《じんかん》 第一《だいいち》の花《はな》と作《な》す

姚《よう》の家の黄色い牡丹ではないし 魏《ぎ》の家の赤紫の牡丹とも違う
白玉《はくぎょく》の 杯《さかづき》 のようなその花は露を宿《やど》し 輝くばかりに美しい
いったい誰が 大空のまん丸の月を地上に持って来て
手を加え 地上の人間界の第一の花にしたのだろうか

語釈 ○十分月―満月。

牡丹の花を詠んだ「詠物詩」です。

前半二句は白牡丹の紹介。第一句の「姚家」「魏家」は、中国で牡丹を愛した人々の代名詞です。「姚黄《ようこう》」「魏紫《ぎし》」という語があり、〝姚家の牡丹〟と言えば黄色の牡丹、〝魏家の牡丹〟と言えば赤紫色の牡丹でした（漢詩文の「紫」は、赤みがかったむらさき色、赤茶色になります）。第二句では、白牡丹の世俗を超えた神々しい美しさが、白玉《はくぎょく》の杯《さかづき》と露のたとえによって、まばゆいばかりに表現されています。

後半ではその神々しさをさらに強調し、〝天上界の月を地上に持って来て、牡丹の花に作りかえたのは誰か〟と、奇抜なイメージを羽ばたかせています。全体としてまことに幻想味ゆたかな、ファンタスティックな詠みぶりで、石川丈山の面目が躍如としております。

江戸初期の学僧
——釈 元政・独庵玄光

釈元政（一六二三〜一六六八）

江戸時代に入ると儒学者の人々が、それまでの五山の僧侶たちに代わって学問や文化・政治の中心になり、やがては国学という学問も盛んになります。が、もちろんその間にも、僧侶たちは文化や学問の一翼《いちよく》を担《にな》い、僧侶詩人の系譜も存在し続けておりました。

釈元政《しゃくげんせい》もそのひとりで、京都の深草《ふかくさ》山に住んでいたことから「深草の元政」とも呼ばれます。

京都生まれで、四十六年という短い人生でしたが、詩人としては石川丈山とともに江戸初期を代表する人です。早くも十三歳のときに彦根《ひこね》藩（滋賀県）に仕えましたが、十九歳のときに病気になり、長い療養の生活に入ります。以後ずっと病弱であったようですが、療養生活に入って間もないころ、日蓮上人《にちれんしょうにん》の像を拝む機会がありました。そのときたいへん強い印象を受けて、いろいろと深く考えるところがあり、二十五歳で彦根藩から引退の許可を受け、二十六歳で出家しております。

三十三の時に京都の深草山に隠棲し、その後は修行の生活に入りました。幅広い人々から尊敬され、ときには〝如来の化身〟という最高の誉め言葉を受けています。多彩な人々と交友を続け、熊沢蕃山《くまざわばんざん》、石川丈山《いしかわじょうざん》とも親交が深かった人です。

詩作の面では、まず何よりも〝まごころのあらわれた詩〟というものを重んじます。これは、明王朝の後半に出た詩人袁宏道《えんこうどう》（一五六八〜一六一〇）の影響が強かったと言われています。袁宏道は、〝別にお手本に学ぶ必要はない。自分の個性とまごころを詩に表さなくてはいけないのだ〟という人でした。日本で初めて袁宏道を読み、紹介した人として位置づけられます。

和歌にも造詣が深く、『源氏物語』を愛読してやまない一面もありました。

線　香　　七言絶句（下平・七陽）

糸頭乱緒白雲芳●
変態百興終不常●
清話濃時尺還短
安禅倦処寸猶長●

線《せん》　香《かう》

糸頭《しとう》　緒《しよ》を乱《みだ》して　白雲芳《はくうんかんば》し
変態《へんたい》　百興《ひやくこう》　終《つひ》に常《つね》ならず
清話《せいわ》　濃《こま》やかなる時《とき》　尺《せき》　還《ま》た短《みじか》く
安禅《あんぜん》　倦《う》む処《ところ》　寸《すん》　猶《な》ほ長《なが》し

糸すじのように立ちのぼる煙　その先端をまわりにひろげ　白い雲のようにたなびいて　まことにかぐわしい
さまざまに変化する姿が次から次へと　まったく一定しない
お坊様のありがたい法話が聞き手の心を満たしているときは　線香の一尺の長さが燃える時間さえも短く
じっと座禅を組んで　心が持ちこたえられなくなっているときは　ほんの一寸の長さが燃えるのも長く感じられる

語釈 ○糸頭—線香のけむりの、糸のように細い先端。 ○緒—端《はし》っこ。きっかけ。 ○変態—さまざまに様態を変えること。ここでは線香の煙のこと。 ○清話—俗世を離れて気高い談話。お坊様の法話。 ○尺—長さの単位で、一尺はだいたい手首からひじまでの長さ。明治八年（一八七五）の度量衡取締役条例によって、三〇・三〇三センチメートルに統一された。 ○寸—一寸は、手首の筋から脈（寸脈）の搏動《はくどう》を感じる箇所までの長さ。前記の条例によって、一尺の十分の一、つまり三・〇三〇三センチメートルに統一された。

線香を題材にした「詠物詩」です。

前半二句は、線香が焚《た》かれ、煙が立ちのぼっている描写。線香の煙に寓意を感じます。初めはまっすぐ静かに立ちのぼり、やがて千々に乱《みだ》れてゆく、これは人の心そのものではないのか。人の心はとらえがたいものだ。

これを受けて後半二句では、〝こちらの心のあり方によって、線香の燃える速さが違って感じられる〟ことを述べます。時間というもののふしぎさに着目しながら、人の心の定めなさをじっと見つめています。

夏日作　　七言絶句（下平・七陽）

夏日炎炎無奈長•
手揮団扇到斜陽•
火雲一片不消尽
月在緑蔭深処涼•

夏日《かじつ》の作《さく》

夏日《かじつ》 炎炎《えんえん》 長《なが》きを奈《いかん》ともする無《な》し
手《て》づから団扇《だんせん》を揮《ふる》つて 斜陽《しややう》に到《いた》る
火雲《くわうん》 一片《いつぺん》 消尽《せうじん》せず
月《つき》は 緑蔭《りよくいん》の 深《ふか》き処《ところ》に在《あ》つて涼《すず》し

夏の日のかんかん照り　どうしようもないこの長さ
わが手にうちわを動かし続け　そのまま日の沈む時刻に至った
夕日に照り映える入道雲は一面に広がって　いっこうにうすれてゆかない
昇って来た月が　空の低いところ　緑の木陰《こかげ》の奥に姿を見せ　ふと涼しいたたずまいを感じさせた

語釈　○団扇―うちわ。　○火雲―暑い夏の雲。入道雲《にゅうどうぐも》。　○一片―平らなものが一面に広がっているようす。

わかりやすい詩です。京都の夏の日の、昼間から日暮れまでを詠んでおります。

前半二句は、暑さに辟易《へきえき》しているようす。後半二句は、そんな夏の夕暮れにふと、ほんの一瞬、涼しさを感じさせるものを見つけた、そのちょっとした発見を書き留めています。

第三句の「火雲」の輝くような赤さ、第四句の「月」の金色と「緑蔭」の緑色、こういう色彩の対照も印象に残る詩です。

以上、釈元政の絶句二首は身近な物事を題材にしながら、深い思索や意外な発見を詠んでいます。柔軟な感受性と機知を感じさせる詠みぶりと言えるでしょう。

独庵玄光（一六〇三～一六九八）

独庵玄光《どくあんげんこう》は肥前《ひぜん》（佐賀県）の人。曹洞宗《そうとうしゅう》の禅僧で、禅の世界の堕落を嫌い、禅僧の意識の向上、改善に努めました。その一方で儒者とも交流が多く、儒教にも造詣の深い人でした。長崎のお寺の住職をずっと務めましたが、四十四歳のときに病気になって引退し、その後は著述に専念しております。

詩人としては江戸初期の四人の大詩人（他は藤原惺窩《ふじわらせいか》、石川丈山《いしかわじょうざん》、釈元政《しゃくげんせい》）の一人に数えられます。情熱家で激しい人だったようですが、それが詩の中にどうあらわれているでしょうか。

七言絶句（上平・八斉）

隠池打睡菴四首　其一　晩眺

雲帰山矣鳥帰棲•
風景悉皆堪品題•
名利酔人濃於酒
百年不覚夕陽低•

隠池打睡菴《いんのいけだすゐあん》四首《ししゆ》　其《そ》の一《いち》　晩眺《ばんてう》

雲《くも》は山《やま》に帰《かへ》り　鳥《とり》は棲《すみか》に帰《かへ》る
風景《ふうけい》　悉《ことごと》く皆《みな》　品題《ひんだい》に堪《た》へたり
名利《めいり》の　人《ひと》を酔《ゑ》はしむること　酒《さけ》よりも濃《こま》やかに
百年《ひやくねん》　覚《おぼ》えず　夕陽《せきやう》の低《た》るるを

夕暮れとともに　雲は流れて山へ帰り　鳥は飛んでねぐらに帰る
こういう眺めはすべて　じっくり味わうに値する
この世の名声や利益が人を酔わせ　迷わせることは　酒の酔いよりも深刻で
迷った人々は人生百年ずっと迷い　人生のたそがれ時が近づいているのにも気がつかないのだ

語釈　〇品題―じっくりと眺めて批評する。味わう。鑑賞する。　〇人―詩の中の「人」は作者自身を指すことが多いが、ここでは〝世の人一般〟の意。　〇百年―人の一生を言う。

「隠池打睡菴」は、筑前《ちくぜん》（福岡県北西部）にあった独庵玄光《どくあんげんこう》の隠居所の名前です。その後引っ越していますが、引っ越した先の隠居所にも「隠池打睡菴」と名づけておりました。
この詩は延宝四年（一六七六）、玄光四十七歳のころ、筑前の隠居所で病気の療養をしている時に詠んだものです。

前半二句は夕暮れの眺めの描写。雲も鳥も、ただ自然の法則、定められた自分の本性に忠実に行動している、素直な生き方をしている。そこからわれわれ人間はいろいろのことを学ぶことができるのだ、というわけです。″しかし実際にはどうか″ということで後半に行きます。

後半二句は、夕暮れの眺めから導かれた感慨。″お酒は人を酔わせて良い気分にさせる反面、理性を失わせ、中毒に至ることもある。ところが世俗の名誉、名声の魅力というものは、酒よりももっと弊害が大きい″と、そのあさましさを痛嘆しています。

七言絶句（上平・十四寒）

詠雪二首　其一

起舞乗風因勢謾

華枯掩翠蓋其端

白金満目雖如富

明日不堪徹骨寒

雪《ゆき》を詠《えい》ず二首《にしゅ》　其《そ》の一《いち》

起舞《きぶ》 風《かぜ》に乗《じょう》じ 勢《いきほ》ひに因《よ》つて謾《あざむ》く

枯《かれき》に華《はなさ》かせ 翠《みどり》を掩《おほ》つて 其《そ》の端《たん》を蓋《おほ》ふ

白金《はくきん》 満目《まんもく》 富《と》めるが如《ごと》しと雖《いへど》も

明日《みやうにち》 堪《た》へざらん 徹骨《てつこつ》の寒《かん》

降り始めて風に吹かれ　その勢いに乗って舞い散り　われわれの目をくらませる

やがては枯れ木に花を咲かせるように枝に積もり　常緑樹にもおおいかぶさって　その梢《こずえ》を隠してしまう

銀《しろがね》の眺めが一面に広がって　何やら裕福になった気分だが

明日になれば　骨にしみる寒さに耐えがたくなるだろう

語釈 ○謾―あざむく。ここでは目をくらませること。 ○華枯―ここでは、雪が枝に積もったため、枯れ木に花が咲いたように見えるさま。 ○翠―ここでは、常緑樹のみどり色を指す。 ○白金―銀。 ○満目―見わたす限り。 ○徹骨寒―骨までとおる寒さ。厳しい寒さ。

雪をテーマにした「詠物詩」。

前半二句は、雪が降りしきって地上のものをすっかりおおい尽くすまでのいきさつを描写しています。見わたす限り銀世界になりますが、そのありさまから感じたことが後半二句です。

そこでは雪景色がもたらす二つのことについて述べ、遠回しに教訓の意味を持たせております。雪のことから一般化して、物事には必ず両面があるのだということで、〝良いこと、すばらしいことの中には、良からぬこと、ありがたくないことが潜んでいるのだ。だから人生、慎重に生きなくてはいけない〟という省察・警告を読み取ることができます。

独庵玄光の絶句二首は、物事に対する鋭い観察、深い考察を感じさせる、理性的・知性的な詠みぶりです。そしてそれぞれの二首の後半で、考察から導かれた警告・教訓をはっきり打ち出している――詩としての余韻をいくぶん減殺しても、そうせずにはいられないというところに、彼の情熱的な側面が表れていると言えましょうか。

江戸初期の二人の詩僧釈元政《しゃくげんせい》（↓一四二ページ）と独庵玄光《どくあんげんこう》の詩は、五山のお坊様と比べると日常に近づき、親しみやすくなっている気がいたします。たとえば一休禅師の詩に見られたような、禅問答のような難しさ、背後に仏教のお経が控えているようなわかりにくさはなかったと思います。

これは一つには、室町以降、戦乱を経過して時代が変わったということもありますが、もう一つ指摘すべきは明の文化人の影響です。

釈元政は、深草に引退する前に、明の戦乱を避けて日本に来ていた陳元贇《ちんげんぴん》（一五九五～一六七一）と面識を得て影響を受けています。袁宏道を尊敬するようになったのも陳元贇の影響でした。また独庵玄光は、やはり明からやって来た道者超元《どうしゃちょうげん》に深く影響を受けております。道者超元は隠元和尚に少し遅れて日本に入った人ですが、独庵玄光はその人から多くを学びました。そのようにして明の新しい文化を取り入れたことも、彼らの詩風に影響があったと思います。

古義の詩情

――伊藤仁斎・伊藤東涯

伊藤仁斎（一六二七〜一七〇五）

当時江戸に住んでいた儒者たちは、江戸幕府の儒教保護政策のもと、幕府に仕えるという立場で活動を続けておりました。しかし伊藤仁斎《いとうじんさい》・東涯《とうがい》父子は、いろいろの大名の招きを謝絶して出仕せず、民間にあって、純粋に学術と教育に生きました。

伊藤仁斎は京都の人です。十代初めから儒学を学び、はじめ朱子学に傾倒しましたが、三十代の後半あたりから朱子学に疑念を抱き始めます。南宋の朱子が言っていることは、孔子、孟子の本来の教えと違うのではないか。朱子と言えば世の中の法則、しくみを「理」と「気」に区分して「理気二元論」という抽象的な理論を築いた人ですが、それは本来の教えとは違うのではないか。では孔子・孟子の本来の教えを究《きわ》めるにはどうするか。それにはじかに孔子・孟子の著書から学ぶしかない、ということで、孔孟の著書から直接に学ぶ「古学」（古義学《こぎがく》）を提唱いたしました。

そのころから京都堀川の自宅に塾を開いて「古義堂」と名づけ、若者を教育することに熱意を傾けます。学風としては、細かい字句の解釈にあまりこだわらず、むしろ世の中や日常生活によく役立つ学問を目指しました。

学識豊かな人ですので、肥後《ひご》熊本の細川公や紀州徳川公などに招かれましたが仕えることはなく、民間の儒者として四十年以上、研究と講義の日々を送りました。

門弟は日本全国から三千人以上集まったと言われ、仁斎は弟子たちによって「古学先生」と呼ばれました。忠臣蔵《ちゅうしんぐら》で有名な大石内蔵助《おおいしくらのすけ》も仁斎の弟子にあたります。

仁斎は物静かで温厚な人柄だったようで、みずからの学説に反対する人が現れても決して反論しませんでした。それについて問われると、〝他の学者先生はいろいろなことをおっしゃる。もしその人のおっしゃることが正しいならば、その人は私を教えてくださる恩人であるし、間違っているならば、その人はいずれ自分で自分の間違いに気づくであろう。だからこの私が何か言う必要はない〟と言われました。まったく襟を正させるエピソードです。

一方、節分の豆まきを毎年きちんと行うという一面もありました。そのような、子どもたちが喜ぶ行事に参加する場合も、服装を改め、正装で参加したということです。

儒学の著書以外に、詩集や和歌集も残しています。

七言絶句（上平・十四寒）

題詩箋画漁夫

長把巌頭一釣竿●
龐眉白髪暮江寒●
只知敲火焼魚飯
勿作斉州男子看●

詩箋《しせん》に画《ゑが》ける漁夫《ぎょふ》に題《だい》す

長《とこし》へに把《と》る　巌頭《がんとう》　一釣竿《いってうかん》
龐眉《ほうび》　白髪《はくはつ》　暮《ぼ》江《かう》寒《さむ》し
只《ただし》知る　火《ひ》を敲《たた》き　魚《うを》を焼《や》いて飯《はん》するを
斉州男子《せいしうだんし》の看《かん》を作《な》すこと勿《なか》れ

じっとかまえる岩のそば　一本の釣《つ》り竿《ざお》
その人は大きな太い眉　白い髪　夕暮れの川はさむざむと冷たそう
火をおこし　魚を焼いて　食卓に供することしか考えていない
だから　あの　古《いにしえ》の斉州男子と同じように見てはならない

語釈 ○詩箋―詩を書きつける短冊形《たんざくがた》の用紙。○題―書きつける。○龐眉―大きく豊かな眉。○敲火―火打ち石で火を取るので「敲《たた》く」と言っている。○斉州男子―太公望呂尚《たいこうぼうりょしょう》のこと。

「詩箋に描かれた、年老いた漁師の絵にちなんで作る」という詩題の「題画詩」です。第一句は、ひっくり返して「巌頭　長《とこし》へに把《と》る　一釣竿」と読むとわかりやすくなります。

漁師のイメージは、詩ではしばしば太公望呂尚《たいこうぼうりょしょう》に結びつきます。この人は、周の文王に抜擢されて武功をあげた人でした。文王が狩りに出かけた時、釣りをしている呂尚に出会い、「わが祖父太公（＝古公亶父《ここうたんぽ》）の時代から、あなたを待ち望んでいました」（「吾《わ》が太公　子《し》を望むこと久し」）と言い、「太公望」と名づけて連れて帰り、重く用いました。以後、呂尚は次の武王が殷《いん》王朝を討って周王朝を建てるのに大いに貢献しました（『史記』斉太公《せいたいこう》世家）。現代の日本で釣りの好きな人を「太公望」と言いますが、もともと実在の人物です。

この詩では太公望呂尚のことを、手柄や名声をあげようとする野心家としてとらえているようで、〝この絵の漁師は、太公望のような世俗の功名にとりつかれた俗人ではないぞ〟と言っています。これはつまり、この漁師に仁斎自身のことを重ねて言っているのです。〝しばしば幕府から招かれたけれども、私はそういう世界には入って行かない。自分はあくまで学問の道を行き、その立場から世の中に対して発言し、行動してゆくのだ〟という表明を、遠回しに行った詩であると思います。

学問須従今日始　　　　　　　七言律詩（下平・十一尤）

学問須従今日始
算前顧後莫悠悠•
寸苗逐作蒼蒼樹
原水還為㶁㶁流•
知識開時八荒闊
工夫熟処一毛輶•
六経元自儂家物
何必区区向外求•

学問《がくもん》須《すべか》らく今日《こんにち》従《よ》り始《はじ》むべし

学問《がくもん》須《すべか》らく今日《こんにち》従《よ》り始《はじ》むべし
算前《さんぜん》顧後《こご》悠悠《いういう》たること莫《なか》れ
寸苗《すんべう》遂《つひ》に蒼蒼《さうさう》の樹《き》と作《な》り
原水《げんすゐ》還《かへ》つて㶁㶁《くわくくわく》の流《なが》れと為《な》る
知識《ちしき》開《ひら》く時《とき》八荒《はつくわう》闊《ひろ》く
工夫《くふう》熟《じゆく》する処《ところ》一毛《いちまう》輶《かろ》し
六経《りくけい》元《もと》自《おのづか》ら儂家《どうか》の物《もの》
何《なん》ぞ必《かなら》ずしも区区《くく》として外《そと》に向《むか》つて求《もと》めん

学問は　ぜひとも今日からすぐに始めなさい
前を見たり後ろを見たり　あれこれ考えてぐずぐずしてはなりません
小さな苗も　やがては鬱蒼《うつそう》と茂る大樹《たいじゅ》となり
水源の小さな流れも　めぐりめぐって激しく流れる大河《たいが》となります
学んだ知識が役立つときこそ　世界が大きく広がります

学ぶための修行・努力が完成されると　いかなる問題もかろやかに乗り越えられます
六経《りくけい》はもともと当然　私たちの目の前にあるもの
どうしてこせこせと　ほかの人に教えを請《こ》うことがあるでしょう　自分で究《きわ》めなさい

語釈　○須―必要性の強調を示す。〝ぜひとも〜でなくてはいけません〟。○悠悠―ここでは、〝ぐずぐずしている、いつまでも取り組まない〟という意。南宋の朱子は、学ぶ者が真剣に取り組まないことを「悠悠」と評して戒めた。○滮滮―水が激しく流れる音。○八荒―八方の果て。全世界。○工夫―日本語の「工夫」よりもう少し重々しい、〝修行、努力〟という意。○処―漢詩文では「時」と同じように使われる。○一毛輶―物事が、細い毛を動かすようにたやすくできるという意。○六経―儒教の大切な古典六種。『易経《えききょう》』『書経』『詩経』『春秋』『礼記《らいき》』『楽経《がくけい》』（佚書）。○儂家―わたし。やや俗語ふうの一人称。○区区―努力すること。

門人たちを励まし、教訓を与える内容の律詩で、詩題は「学問はぜひ今日から始めなくてはいけません」というもの。一説によると、比較的若い三十五歳ごろの作です。

第一・二句は詩題を受けて、弟子たちへの呼びかけ。中間四句では学問の大切さを述べるのですが、特に三・四句では学問を〝続けてゆく〟大切さに重点がかかっています。はじめは初歩的なささやかなことでも、それを長く続けてゆくと、続ければ続けるほど大きな成果があらわれる、ということです。五・六句では、そのようにして成り立った学問の功徳、学問が達成されたときのすばらしい境地を詠んでおります。「八荒闊《はっくわうひろ》く」――〝世界が大きくひろがる〟とは、つまり学問によって世の中はよくなるのだと言っているのでしょう。仁斎自身、世直しに役立つ学問を目指しているという表明にもなっています。

最後の七・八句は学問をするときの心構えですが、学問をすると言ってもただ闇雲《やみくも》に調べたり読んだりすればいいというものではない、心構えのこつがある。第七句の意味は、「六経《りくけい》」は昔の本ではあるが、今、手元に置いて読むことができる。つまり、自分で取り組むべきもの、自分の力で理解すべきものである、ということです。それを受けて第八句になります。今の世の中、儒学を学ぶと言って、儒学・儒教についていろいろ議論をしたり、理屈を展開したりすることがはやっているが、そういうやり方に惑わされてはなりません。自分でじかに、最も基本的な六経を読んで究めてゆきなさい。すなわち、伊藤仁斎が始めた古義学の大切さを説いて結んでいることになります。

伊藤東涯（一六七〇〜一七三六）

伊藤仁斎《いとうじんさい》より五十年ほど後に生まれた太宰春台《だざいしゅんだい》という学者詩人（→二〇四ページ）は、〝伊藤仁斎には三つの幸せがある。第一に初めて古義学《こぎがく》を提唱したこと、二番目には宮仕えしなかったこと、三番目には伊藤東涯《とうがい》という息子を授かったことだ〟と言っています。

伊藤東涯は仁斎の五人の息子の長男でした。下の四人の兄弟はみな仕えておりますが、東涯はいろいろな大名に招かれても仕えず、仁斎と同様、民間の儒者として一生を送りました。そして、伊藤仁斎の学問を継ぎ、他の学派が理論に傾くのに同調せず、あくまで自分自身で経典を究める、そして実践道徳に持って行くことを重視しました。他の学者との論争を好まなかったことも、仁斎と同様です。

たいへん博学の人で、その著書は江戸の儒者全体の中でも抜きん出て多く、初めて本を書いたのが十七歳ですが、その後生涯にわたって「五十三部（種類）二四二巻」という数字が記録されています。内容も

伊藤東涯（一六七〇～一七三六）

多岐《たき》にわたり、漢字の研究、制度・式典の研究、歴史学、さらには随筆集なども出しております。先ほどの太宰春台と同世代の服部南郭という学者詩人（→二一一ページ）は、〃伊藤東涯の学問は、お父さんの仁斎の二倍である〃と褒《ほ》めたたえています。門弟の育成にも熱意を示し、その中には、日本にさつまいもを普及させた甘藷《かんしょ》先生こと青木昆陽《あおきこんよう》（一六九八～一七六九）などもいます。

詩を作るにあたっては、唐代の杜甫を尊びました。亡くなった後、門弟たちによって「紹述先生《しょうじゅつ》」と呼ばれております。「紹述」とは、〃先達《せんだち》の後をよく受け継いで、いっそうはっきりさせる〃という意味です。お父さんの始めた古義学を大成した人でした。

五言律詩（上平・五微）

秋郊閑望
一村桑柘暗
千畝稲粱肥●
藍水流紅日
白雲住翠微●
世途栄願薄
今古賞音稀●
尚愧機心在
山禽驚却飛●

秋郊《しうかう》の閑望《かんばう》
一村《いつそん》 桑柘《さうしやく》暗《くら》く
千畝《せんぽ》 稲粱《たうりやう》肥《こ》ゆ
藍水《あゐすゐ》 紅日《こうじつ》を流《なが》し
白雲《はくうん》 翠微《すゐび》に住《とど》まる
世途《せいと》 栄願《えいぐわん》薄《うす》く
今古《きんこ》 賞音《しやういん》稀《まれ》なり
尚《な》ほ愧《は》づ 機心《きしん》の在《あ》るを
山禽《さんきん》 驚《おどろ》いて却飛《きやくひ》す

村全体に　桑の木が暗い木陰《こかげ》を作り
はるかにひろがる畑地には　稲や穀物がゆたかに実っている
藍色の川は　水面に映る赤い日の光を押し流そうとするように流れ
見上げれば白い雲が　山腹の上のほうにじっとしている
私は世間を渡る旅の途中　栄達を願う心はない
今も昔も　ものの本質を深く追求する心の持ち主は稀である
そうは思っていても恥かしい　私にはまだ雑念が残っている
山鳥《やまどり》が私が近づくのに驚いて飛び去ったではないか

語釈　○郊—町の外囲い。日本の郊外の「郊」にあたる。○桑柘—桑の樹。「柘」はやまぐわ。ともに農村に植える樹木で、その葉を飼料としてかいこを飼い、絹糸を取る。○翠微—青い山に、もやがたちこめている形容。特に、高山の八合目あたり（ふもとから八割がた登ったあたり）を指す。○世途—世渡りの道。「世路《せいろ》」に同じ。○賞音—音楽を愛好する。風流を解すること。ここではもう一歩進んで、物事の本質を考える態度があること。○機心—たくらみのある心。俗な心。雑念。○却飛—おそれて飛び去る。「却」は、しりぞく。

詩題は「秋の郊外の静かな眺め」で、作者の人柄がよくあらわれた代表作と言われています。前半は風景描写、後半は感慨を述べています。

一・二句は農村の豊かなようすで、〝そういう中で自分は暮らしている〟と言っています。三・四句は風景描写で、川の流れと空の雲。藍《あゐ》・紅《くれなゐ》・白・翠《みどり》と、色あざやかです。五・六句は自分の生き方について。名声名誉を目指す人たちに混じって世間を渡って行くよりも、私は私の道を行くことを選ぶのだ、と言っています。ところが七・八句では、そういう自分の態度もまだ不徹底だった、という反省の態度を示して結んでいます。

第八句は、邪心・雑念がなければ鳥たちは人に懐《なつ》いて近づいて来るが、邪心・雑念があると逃げて行ってしまうものだ、という『列子』湯問《とうもん》篇の故事を取り入れたもの。学識豊かでありながら謙虚な作者の人柄があらわれています。

海上の人に、鷗鳥《おうてう》（＝鷗《かもめ》）を好む者有り。毎旦《まいたん》 海上に之《ゆ》き、鷗鳥に従って遊ぶ。……其の父曰く「吾《われ》 聞く、鷗鳥 皆《みな》 汝《なんぢ》に従つて遊ぶと。汝 取り来《きた》れ。吾 之《これ》を 玩《もてあそ》ばん」と。

明日 海上に之《ゆ》くに、鷗鳥 舞つて下らざるなり。

七言絶句（上平・十一真）

早春慢書

歳晩吾非奔走人•
春回不是拝趨身•
図書三百六十日
喚做清時一逸民•

早春《さうしゆん》 慢《まん》に書《しよ》す

歳晩《としく》るるも 吾《われ》は奔走《ほんそう》の人《ひと》に非《あら》ず
春回《はるめぐ》れども 是《こ》れ拝趨《はいすう》の身《み》ならず
図書《としよ》 三百六十日《さんびやくろくじふじつ》
喚《よ》び做《な》す 清時《せいじ》の一逸民《いちいつみん》

年の暮れ　あわただしい時期でも　私は忙しく走り回る境遇の者ではない
年が明けて新春がめぐって来ても　あちこちに挨拶をして回る立場でもない
ひとえに書籍とともに 一年三百六十日

そんな自分をみずから呼ぶ　太平の世の　一人の隠遁者と

語釈　○早春―春の始まりの時。旧暦なので、年明けにあたる。　○拝趨―先方に出向くこと。ここでは、年賀の挨拶。

晩年の作でしょう。「年明けに臨んで何となく書き記した」という詩題です。前半二句は対句。四句全体で、自分の今の境涯を端的に述べています。自分の人生を簡明に総括して、新春の集まりで皆に披露したものではないでしょうか。

一般に、人は何かを得ると何かを失うものだ――何かをなしとげたその背後では、何かが失われているものだ、と言われます。東涯先生の場合も、波瀾の少ない人生、りっぱな学問上の業績が達成されましたが、その一方では先生自身あきらめたもの、うしろ髪を引かれる思いをしたものがあったかも知れません。〝しかしそれでよいのだ〟と、ご自分を納得させようとしている。そんな心境を告白したのがこの詩であるようにも思われるのです。

元禄の文運 —— 木下順庵・榊原篁洲

木下順庵（一六二一〜一六九八）

木下順庵《きのしたじゅんあん》は元禄《げんろく》時代（一六八八〜一七〇四）以降、特に詩の方面で影響を与え、貢献した人として忘れられない人です。

儒学者ですが、特に教育家として大きな功績をあげました。京都の出身で、幼いころから聡明さをうたわれ、公家や五山のお坊様たちと交遊しております。十三歳の時に書いた文章が、当時の天皇陛下のお褒めにあずかったという話も残っております。

江戸で朱子学を学んだ後、京都に帰り、読書生活三昧を二十年続けました。四十歳で加賀藩の前田公に招かれ、それ以後、江戸と加賀を往復する生活になります。その間、徳川光圀《みつくに》や朱舜水《しゅしゅんすい》、林家《りんけ》の人々とも親交を持ちました。そして六十二歳にして幕府に招かれ、綱吉《つなよし》の侍講《じこう》（おそばについて書物の講義をする役）になります。

教育家として門弟の教育に力を入れましたが、自分の価値観や方法を押しつけるのではなく、門下生の個性を尊重して伸ばすことに重点を置いたと言われています。門下生には、新井白石《あらいはくせき》・室鳩巣《むろきゅうそう》・雨森芳洲《あめのもりほうしゅう》・榊原篁洲《さかきばらこうしゅう》・祇園南海《ぎおんなんかい》などがおり、それぞれが詩人としても有名な学者たちでした。『養生訓《ようじょうくん》』

で有名な貝原益軒《かいばらえきけん》（一六三〇～一七一四）も一時、木下順庵の教えを受けておりました。

稚松《ちしょう》　五言律詩（下平・十二侵）

稚松《ちしょう》三四尺《さんししゃく》
直立《ちょくりつ》　影《かげ》　森森《しんしん》
谿《たに》を昂《あふ》いで　勢《いきほ》ひ無《な》しと雖《いへど》も
雲《くも》を凌《しの》がんとして　自《おのづか》ら心有《こころあ》り
相期《あひき》す　霜幹《さうかん》老《お》いて
歳寒《さいかん》の侵《をか》すを受《う》けざるを
嘉樹《かじゅ》　封植《ほうしょく》に勤《つと》め
会《かなら》ず君子《くんし》の林《はやし》と成《な》る

稚松

稚松三四尺
直立影森森•
昂谿雖無勢
凌雲自有心•
相期霜幹老
不受歳寒侵•
嘉樹勤封植
会成君子林•

若い松の木　その高さは三、四尺
まっすぐ伸びて　木陰《こかげ》はゆたかに広がっている
山の谷間に立って上を向き　力強さはまだないが
大空の雲を突き抜ける　その志はもちろん持っている
この若木《わかぎ》は目指しているのだ　冬の霜に打たれる幹《みき》が　長い年月に鍛えられ
冬の寒さが襲って来ても　びくともしなくなることを

良い樹木は　心して手厚く養えば
必ず立派な木立《こだち》に成長するものなのだ

語釈　○稚松—松の若木《わかぎ》。「稚」は〝若い、幼い〟の意。　○森森—樹木がゆたかに生い茂るさま。　○凌雲—志が高いこと。向上心が強いことを示す。　○歳寒—冬の寒さ。人間の困難な境遇、乱世のたとえ。　○封植—生物や人を育成するさま。　○君子林—松の別名として。「君子樹」という語がある。特に南朝から初唐時代によく使われた。

若い松の木を詠んだ「詠物詩」です。前半四句が松の木の描写、後半四句で作者の感慨を述べています。一・二句は松の若木《わかぎ》のすがたの描写。若い松なので弯曲することなくまっすぐに伸びているが、木陰は大きく広がっている。将来の可能性を感じさせる表現です。つづく三・四句ではその印象を繰り返し、「雲を凌《しの》がんとして自《おのづか》ら心有り」で可能性を強調しています。

この第四句のあたりから、松を擬人化する詠みぶりが感じられますが、五・六句ではこれを受け、松の志を推《お》し量《はか》っています。この二句は対句なのですが、第五句の「相期《あひき》す」は五・六句全体にかかっており、二句がひとつづきの意味になっている。こういう対句を「流水対」と呼びます。第六句の「歳寒」という語からは、反射的に『論語』子罕《しかん》第九の有名な章句が思い浮かびます。

子曰《しいわ》く、歳寒《としさむ》うして、然《しか》る後《のち》に松柏《しょうはく》の彫《しぼ》むに後《おく》るるを知る。

〝寒い季節になり、他の草木がしぼんで枯れたあと、はじめて、松や柏《ひのき》がしぼまず、変わらぬ姿を保ちつづけることがわかる〟。同じように、世の中が平穏無事なときには君子と小人の違いはわかりにくいが、世の中が混乱して来ると初めて君子のりっぱさがわかるのだ、と。つまりこの二句には、若者たちに対し、

〝苦しい修行を重ね、乱れた世の中にあっても右往左往しない、確乎とした自己を築きたまえ〟と励ます意味が隠されていると思います。

最後の七・八句は、表面は樹木のことを詠んでいながら、その裏に人の才能のことが暗示されています。〝人も樹木と同じだ。手厚く指導すれば、必ずそれに応えてりっぱになってくれるであろう〟と。教育家としての信念、喜びを詠んだものと言えるでしょう。大教育者の順庵先生にふさわしい詩です。

人の才能は一般に樹木にたとえられ、日本でも「人材」という語の「材」は材木の材です。中国の漢詩文では木扁《きへん》がついたままの「材」という字で、人間の才能を示す働きをしております。特に松の木は、中国では伝統的に固い信念や節操の代名詞にもなりますので、りっぱな人格のイメージに結びつきやすいのです。

早秋郊行遂過僧寺　　五言律詩（上平・一東）

郊村蕭寺静
涼気満簾櫳●
老樹千年緑
名花百日紅●
詩成午天雨
香燼晩檐風●
方外交如水
共憐塵慮空●

早秋《さうしう》の郊行《かうかう》　遂《つひ》に僧寺《そうじ》に過《よぎ》る

郊村《かうそん》　蕭寺《せうじ》静《しづ》かに
涼気《りやうき》　簾櫳《れんろう》に満《み》つ
老樹《らうじゆ》　千年《せんねん》　緑《みどり》に
名花《めいくわ》　百日《ひやくじつ》　紅《くれなゐ》なり
詩《し》は成《な》る　午天《ごてん》の雨《あめ》
香《かう》は燼《じん》す　晩檐《ばんえん》の風《かぜ》
方外《はうぐわい》　交《まじ》はり　水《みづ》の如《ごと》く
共《とも》に憐《あはれ》む　塵慮《ちんりよ》の空《むな》しきを

木下順庵（一六二一〜一六九八）

郊外の村　お寺はひっそりと静か
すずしい大気が　格子窓《こうしまど》のあたりに充《み》ちている
年経《としへ》た樹木は　千年も続く深い緑色をひろげ
きれいな花は　百日のあいだうすくれなゐに咲く百日紅《さるすべり》
詩はできあがる　真昼の雨音《あまおと》の中で
お香は燃え尽きる　夕暮れの軒《のき》ばを吹く風に吹かれて
世間から離れての僧侶たちとの交流は　水のようにさわやか
私たちは強く共感する　うき世の名声や富貴を求める心がないことに

語釈　○郊―町の外囲《そとがこ》い。郊外。　○過―ここでは「過《よぎ》る」と読み、〝訪問する。立ち寄る〟意。「過《す》ぐ」になると〝通過する〟意。「過」の字に両方の意味があるので、このように読み分ける。　○蕭寺―「蕭」は南朝梁の武帝蕭衍《しょうえん》を示す。仏教を篤く信じ、生涯にたくさんのお寺を建てた。日本に仏教が伝わったのも武帝の時代であった。　○午天雨―昼どきの雨。　○簾櫳―簾《すだれ》のかかる格子窓。　○檐―軒端《のきば》。　○方外―うき世の外。世俗を超越した世界。また、僧侶を指す。　○憐―強く心を動かされることを示す。　○塵慮―世俗のわずらわしい人間関係に対する心遣い。世間の名誉を求める心。

詩題の意味は「初秋の時期に郊外を散策し、やがてお寺を訪れた」。このお寺を訪れた記念としてお寺のお坊様に贈ったもので、お坊様との談話の折に作って発表したものだろうと思います。

最初の一・二句は、訪ねたお寺の全体の印象です。静かな雰囲気と、秋らしいすずしげな気配。次の三・

四句で境内《けいだい》に入ります。第三句は境内の老木と花で、深い緑色と薄い紅《くれなゐ》色の対比がきれいです。第四句は「百日紅」という語に二重の意味を持たせているのがおもしろいですね、一種の洒落《しやれ》です。

五・六句はお寺で過ごした数時間のうち、印象に残ったことを記録しています。雨の日は内省的になって詩心がわく、詩ができやすい、と言われますが、そのイメージを取り入れております。七・八句はお坊様たちへのあいさつで結んでおります。「方外」は〝俗世から離れた空間、世間から遠ざかった世界〟で、「方外 交《まじ》はり 水の如《ごと》く」は、出典のあることばです。中国戦国時代の思想書『荘子《そうじ》』山木《さんぼく》篇の中に「君子の交はりは、淡《あは》きこと水の若《ごと》し」とあり、〝立派な人間の交際というのは、あっさりしていて水のように心地よい〟と言っています。この句の後に、「小人《せうじん》の交はりは、甘きこと醴《れい》の若《ごと》し」（逆に俗人の交わりはべたべたしていて甘酒《あまざけ》のようにしつこい）と続くのですが、水のようにさわやかなのは「君子の交はり」ということで、お坊様たちへの誉め言葉になります。

仏教のお寺に行って作った詩に、老荘思想の本の語を用いているのですが、こういうことはふつうに行われていました。中国の詩でも同様で、お寺を訪問して仏教の教えやお坊様を誉めるときに老荘思想の語をよく引用しています。〝仏教と老荘思想は違うではないか〟というような偏狭な考えは、詩を作る時には起こらなかったようです（↓二十五ページ）。

榊原篁洲（一六五六～一七〇六）

榊原篁洲《さかきばらこうしゆう》は和泉《いづみ》（大阪府の南）の生まれ。幼くして両親に死別して孤児となり、母方の家で育てられたため、榊原の名字になりました。木下順庵に学び、その推薦で紀州和歌山の徳川家の儒官となりました。たいへん博学な人で、制度、文物、天文学・測量学など理科系の学問、槍や弓の武術、書道の篆刻《てんこく》、お茶やお花、囲碁にまで詳しかったと言われています。

学問の流派にこだわらず、学派を立てることを好まず、むしろいろいろの学説をよく検討し、その長所を取り入れてゆく立場をとったのですが、それに共鳴する人たちがだんだん増え、亡くなった後はその立場自体が折衷《せっちゅう》学派という学派になってしまいました。

篁洲の書いた文章は中国の人々にも絶賛されたという話も残っております。あまり詩を作るのを好まなかったとも言われていますが、良い作品もいろいろ残されています。

九月十二夜小飲　　七言絶句（上平・十四寒）

雨霽秋天爽気寒
金風吹老葉声乾
窓頭一片梧桐月
静照清樽至夜闌

九月十二夜《くぐわつじふにや》の小飲《せういん》

雨霽《あめは》れて　秋天《しうてん》　爽気寒《さうきさむ》し
金風《きんぷう》　吹《ふ》き老《お》いて　葉声乾《えふせいかわ》く
窓頭《さうとう》　一片《いつぺん》　梧桐《ごとう》の月《つき》
静《しづ》かに清樽《せいそん》を照《てら》して　夜《よる》の　闌《たけなは》なるに至《いた》る

雨のあがった今　秋の夜のさわやかな空気はうすら寒いほど
秋の夜風《よかぜ》はいつまでも吹いてやまず　舞い散る落ち葉はかわいた音をひびかせる
窓べから望み見れば　一面に広がる　梧桐《あおぎり》の木をつつみこむ月の光

それはしずかに部屋の中の　清酒の入った酒樽《さかだる》を照らし出し　時はいつしか真夜中に至る

語釈　○秋天―秋の天候。秋の日。　○金風―秋風。木・火・土・金・水の五つの元素が世の中のいろいろなものを動かしてゆくという、中国の五行説に基づく表記。五行を四季にあてはめると「金」が秋にあたるので、秋風のことを「金風」と言う。　○一片―一面に広がる意。

詩題のとおり、九月十二夜、つまり十三夜の前の晩に、月を見ながら杯を傾けたようすをうたったものです。「小飲」とありますので、一人で飲んだか、数人の気の置けない仲間と飲んだかの、ささやかな酒盛りでしょう。

前半二句は雨あがりの夜の描写。風が吹いて、肌寒いほどの涼しさ、落ち葉の音。

後半二句では十二夜の月に注目します。第三句のあおぎりは、もう葉が落ちてしまっているでしょう。この木は秋になると、ほかの木に先んじて葉を落としますし、第二句に、舞い散る木の葉の音が出ていました。そこで、木の向こうから照らす月の光がよく透る情景が浮かびます。第四句は李白の「酒を把《と》つて月に問ふ」の最後の二句を思い起こさせます。「唯《た》だ願はくは　歌に当《あた》り　酒に対するの時／月光　長《とこし》へに金樽《きんそん》の裏《うち》を照《てら》さんことを」――〝人生ははかない。それに対して、今も昔も月の光は変わらない。せめて酒を飲んでいる時は、酒がめを美しい光でいろどって、興をそえてもらいたい〟。

篁洲のこの詩はたいへん綿密な詠みぶりによって、デリケートな境地が形づくられています。一句ごとに鋭敏な感覚が反映されており、第一句は秋の夜の寒さ（触覚）、第二句は風に吹かれる葉の音（聴覚）、第三句はお月様の光（視覚）、第四句はお酒（味覚）。緻密なすばらしい作品だと思います。

木門の俊傑（一）――新井白石・室鳩巣

新井白石（一六五七～一七二五）

新井《あらい》白石《はくせき》は室鳩巣《むろきゅうそう》とともに、木下順庵《きのしたじゅんあん》門下（木門《ぼくもん》）の双璧《そうへき》と称《たた》えられた逸材でした。儒学者ですが、むしろ政治家として有名かも知れません。江戸の生まれで、家は千葉の久留里《くるり》藩士だったのですが、十九歳のときにお父さんが浪人となって家が困窮し、苦学をしました。

三十歳のころから木下順庵の門に入りますが、三十七歳のとき順庵の推薦により、まず甲府の徳川綱豊（のちの家宣《いえのぶ》）に仕えます。それから五十二歳のとき、家宣《いえのぶ》が六代将軍になると、家宣の信頼を受けて、幕府の政治を力強く補佐いたしました。側用人《そばようにん》だった間部詮房《まなべあきふさ》（一六六六～一七二〇）と協力して推し進めた善政のことを、当時の年号によって「正徳《しょうとく》の治」と言っております。六代将軍家宣が亡くなると、その後家継《いえつぐ》がわずか五歳で七代将軍の位につき、やはり白石が間部詮房と協力して幕政を補佐しました。ところがその三年後に家継がわずか八歳で亡くなり、次に八代将軍吉宗になると方針が変わり、白石はなかば追われる形で引退、後は隠遁の生活を送って生涯を終わっております。

政治家としてはいろいろの改革を実行しましたが、特に経済面、貿易面での業績が大きく、おかげで物価が安定し、日本の金銀が海外に流出することが防止された、と賞賛されております。学者としても幅の広い人で、歴史学、地理学、言語学と多くの分野で業績をあげ、数々の著書を残しました。当時の人としては珍しく自伝、日記も著《あらわ》しております。
小さいころから優秀で、わずか三歳で字を書き、九歳でお父さんから〝一日三千字の漢字の書き取りをしなさい〟と言われてそれを日課にし、やがてお父さんの手紙の代筆を務めるようになったということです。堅物《かたぶつ》の印象がある人ですが、若い頃は俳諧を好んで作り、松尾芭蕉《まつおばしよう》ともやりとりをしておりました。

七言絶句（上平・十一真）

自題肖像
蒼顔如鉄鬢如銀●
紫石稜稜電射人●
五尺小身渾是胆
明時何用画麒麟●

自《みづか》ら肖像《せうざう》に題《だい》す
蒼顔《さうがん》は鉄《てつ》の如《ごと》くにして　鬢《びん》は銀《ぎん》の如《ごと》し
紫石《しせき》　稜稜《りようりよう》　電《でん》　人《ひと》を射《い》る
五尺《ごしやく》の小身《せうしん》　渾《すべ》て是《こ》れ胆《たん》
明時《めいじ》　何《なん》ぞ用《もち》ひん　麒麟《きりん》に画《ゑが》かるるを

青黒いかんばせは　鉄《くろがね》のように硬く　髪の毛は　銀《しろがね》のようにきらめく
紫水晶《むらさきずいしよう》にも似た瞳《ひとみ》は鋭く光り　稲妻が人を射《い》るように力強い
身の丈《たけ》五尺の小柄なわが身は　すべて気迫と勇気の固まりだが
今は明るい太平の世　麒麟閣の壁に飾られることなど必要ではない

語釈　○蒼顔―「蒼」は灰色がかった青、または青黒い色。　○紫石―紫水晶。紫石英《しせきえい》。アメジスト。　○稜稜―角が立っているようす。鋭いようす。　○電射人―（視線が）稲妻のように人を射《い》る。眼光の鋭いさま。　○五尺―約一五〇センチメートル（→一四四ページ）。　〇胆―気迫。勇気。度胸。　〇明時―太平の世。

詩で書いた自画像とも言うべき絶句で、詩題は「自分で自分の肖像画に書きつける」という意味です。宝永七年（一七一〇）、五十四歳、長い苦学の時間が終わっていよいよ幕府に抜擢された、これから大いに活躍しようという時の作です。ちょうどこのとき、新しい天皇陛下が即位されることになり、白石は将軍家宣《いえのぶ》の命《めい》を受けて、その式典に参加するために江戸から京都に向かいました。江戸を出発した直後にこの詩を作ったと言われています。

自分のために書かれた肖像画を目にして、その印象と、これからの抱負を語った詩で、白石の代表作です。

前半二句では自分の人相の特徴を描写しております。鉄や銀を使って、いかめしく近寄りがたい印象です。後半は前半を受け、抱負を語っています。

「麒麟《きりん》に画《えが》かる」の句には故事があります。前漢の武帝が麒麟閣という高楼《たかどの》を建てた際、その壁に、漢王朝を建てるのに功績のあった十一人の功臣たちの肖像を描かせて飾った、というものです（『漢書《かんじょ》』蘇武《そぶ》伝）。しかし白石が言うには〝今は国づくりの時代ではない。あとはこの国をしっかり保つこと、そしてさらに発展させる仕事が残されているのだ、私はそれをこれからやってゆこう〟ということになります。強面《こわもて》の自己認識と言いますか、六代将軍家宣の信頼にこたえようとする非常に強い決意が感じられます。家宣はこの半年前に将軍となり、学問を尊重し、白石を信用して政治の刷新を図りました。家宣のあとつぎも白石の提案によって、家継《いえつぐ》に決まったのでした。

それとともに、この詩は才気と自負心にみなぎっていて、老中たちから大いに恐れられ、対立することもあったという人物像がよく伝わって来るように思います。

五言律詩（下平・七陽）

白牡丹

奇葩出洛陽•
素艶皎如霜•
羅幙春光淡
珠簾午影長•
梨花留月色
桂子借天香•
十五盧家婦
凭欄愧靚粧•

白牡丹《はくぼたん》

奇葩《きは》 洛陽《らくやう》に出《い》づ
素艶《そえん》 皎《かう》として霜《しも》の如《ごと》し
羅幙《らばく》 春光《しゆんくわう》淡《あは》く
珠簾《しゆれん》 午影《ごえい》長《なが》し
梨花《りくわ》 月色《げつしよく》を留《とど》め
桂子《けいし》 天香《てんかう》を借《か》る
十五《じふご》 盧家《ろか》の婦《つま》
欄《らん》に凭《よ》つて 靚粧《せいしやう》を愧《は》づ

すばらしくきれいなこの花は　中国の古都洛陽《らくよう》からやって来た
白くつややかで　輝かしいことは霜のようだ
うすぎぬのとばりの向こうで　春の名残りの日ざしをうっすらと受けていた
真珠を連ねたすだれに替えてみると　真昼の影がほっそりと映る
白い梨の花が　月の光を受け止めているような　あざやかな白さ
木犀《もくせい》の実が　天上世界の妙なる香りを加えたような　得《え》も言われぬ香り
年十五でお嫁入りした　盧の家の裕福な奥様でさえ

欄干《らんかん》に寄りかかったまま　お化粧をした自分の姿を恥かしく思うだろう

新井白石（一六五七〜一七二五）

語釈　○奇葩—すばらしい花。「葩」は花びら。「奇」は〝珍しい、優れている〟という意味で、日本語のように悪い意味はない。　○素艶—「素」は白い色。「艶」はつややかなようす。牡丹の白い花びらを言う。　○皎—白く美しいさま。　○羅幙—うすぎぬで作ったカーテン。　○珠簾—真珠を連ねたすだれ。　○月色—月のひかり。月光。　○桂子—木犀《もくせい》の実。香りがよい。　○馮—もたれかかる。よりかかる。「憑」に同じ。「欄《らん》に馮《よ》る」は、思いにふけるさまを表すことが多い。　○靚粧—美しく化粧すること。

初夏の花、白牡丹の「詠物詩」になります。詠物詩は、物のありさまを描写しながら、そこに作者自身の考え、意見を封じ込めてゆくような作り方をするのですが、この詠物詩は珍しく花の描写に徹しております。描写の手腕を鑑賞するのが主眼になるでしょうか。

一・二句は、白牡丹の原産地と花の第一印象を述べます。ただ白いだけではなく、〝光りかがやくような雰囲気がある〟と言っています。三・四句は、すだれに映る白牡丹のようす。ちょうど衣替《ころもが》えの季節なので、すだれを春物から夏物に替えるということも詠い込まれています。

五・六句ではさらに、花の白さと香りとを述べてゆきます。第五句には、白い花として有名な梨の花を出し、〝それにまさるとも劣らない魅力がある〟と言いたげです。月の光になぞらえていますが、月と言えば月の植物、木犀が連想される。そこで第六句に木犀が出て来ます。

最後の七・八句は、〝盧の家の奥様でさえ、牡丹の花に向かい合うと、その美しさに気おくれがしてしまうだろう〟と、白牡丹の美しさを強調して結んでいます。第七句の「十五　盧家の婦《つま》」は、南朝梁の時代、盧家《ろか》に嫁入りした莫愁《ばくしゅう》のこと。盧家は南朝以来の名門貴族の家で、梁の武帝の「河中《かちゅう》の水《みづ》の歌《うた》」に、莫愁が盧家の妻として栄華をきわめるようすが描かれ、その中に「十五にして嫁《か》して盧家の婦《つま》と為る」とあります。また、初唐の沈佺期《しんせんき》の「古意《こい》」という七言律詩の第一句に「盧家《ろか》の少婦《せうふ》　鬱金堂《うつこんだう》」とあり、〝盧の家の若い妻〟は、あでやかで裕福な貴婦人の代名詞のようになってまいります。

そのような表現を含め、この詩は牡丹の花の色、香り、魅力と、褒めたたえる描写に徹底しております。

ところで、三・四句で〝すだれを通した花の姿〟に注目するのは面白い美意識です。これについては、中国北宋の初めの蘇舜欽《そしゅんきん》という詩人にざくろの花をうたった七言絶句があり、その中に、〝夏の真昼時、ざくろの花の真っ赤な色がすだれを通してはっきりと見える〟という描写がありますが、それに触発されたのではないかと思います。

別院　深深《しんしん》として夏簟《かてん》清らかなり／石榴《せきりう》　開くこと遍《あまね》くして　簾《れん》を透《とほ》して明らかなり／樹陰　地に満ちて　日《ひ》午《ご》に当《あた》り／夢覚《ゆめさ》めて　流鶯《りうあう》　時に一声《いつせい》（「夏意《かい》」）

そう言えば蘇舜欽には、白石の「自《みづか》ら肖像に題《だい》す」とよく似た、詩で描いた自画像、鏡に映った自分の容貌を描写した七言律詩があります。

鉄面《てつめん》　蒼髯《さうぜん》　目《め》に稜有《かどあ》り／世間の児女　見れば須《すべか》らく驚くべし／……（「覧照《らんせう》」）

〝自分はごつごつして強面《こわもて》で気迫十分だ〟という内容で、白石の詩にも同じ語句が見られますので、白石は蘇舜欽の詩を愛読していたのではないかと思います。蘇舜欽は北宋期前半の革新派官僚で、激しい人だったと言われ、詩にもその性格がよく表れていますが、白石はそういう蘇舜欽に自分を重ねていたかも知れません。

七言絶句（下平・七陽）

九日示故人
黄金不結少年場●
独対寒花晩節香●
十載故人零落尽
故園秋色是他郷●

新井白石（一六五七〜一七二五）

九日《きうじつ》 故人《こじん》に示《しめ》す
黄金《くわうこん》 結《むす》ばず 少年場《せうねんぢやう》
独《ひと》り対《たい》す 寒花《かんくわ》 晩節《ばんせつ》の香《かう》
十載《じふさい》 故人《こじん》 零落《れいらく》し尽《つく》し
故園《こゑん》の秋色《しうしよく》 是《こ》れ他郷《たきやう》

有り余るお金で豪遊する　若者らしい場面には　私は恵まれなかった
今やただひとり　菊の花が　一年も終わりの季節に高い香りを放つのに向かい合っている
ここ十年の歳月のあいだに　友人たちはみないなくなった
ふるさとの秋のたたずまいも　どこか知らない他郷のように　よそよそしくわびしい

語釈　○故人―漢詩文では〝亡くなった人〟ではなく、〝古い知人、友人〟を指す。○少年場―年若い人が集まる繁華なところ。○寒花―寒い季節の花。ここでは菊を指す。○晩節―晩年、老年。また、末の世。ここでは、一年の終わりに近い秋を表している。○零落―落ちぶれる。草や木が枯れしぼむ。人が亡くなることも言う。

「九日」は旧暦九月九日で、重陽の節句の日。「重陽節」「菊の節句」とも言い、菊の花を飾ったり、花びらを浸《ひた》した酒を飲んで長寿を祈ったりする、重要な年中行事でした。親戚や知人と連れだって高い所に登り、菊の花を眺めてお酒を飲んで邪気を払い、健康を祈るという行事です。詩題は「重陽の節句に知人、友人たちに示す」という意味になります。
引退後、享保《きようほう》年間（一七一六〜一七三六）の作でしょう。八代将軍徳川吉宗《よしむね》の時代になっております。その時期に重陽の節句を迎え、知人たちに披露した詩であろうと思います。

前半二句は、若いころの思い出と今の状況を対比させています。ずっと勉強していた、或いは家が傾いて苦学していた思い出です。第二句は重陽節ゆかりの菊の花ですが、「晩節」には〃人の晩年〃の意味もあるので、白石自身の晩年のたとえにもなっているかも知れません。

後半二句は晩年の孤独感を詠んでいます。晩年の孤独感を詠んだ詩人としてすぐに連想されるのが、北宋前半の欧陽脩《おうようしゅう》です。蘇舜欽《そしゅんきん》（↓一七三ページ）とも親しく、政治改革に尽力した人ですが、この欧陽脩の、晩年の寂しい作品群が連想されます。

たとえば、生涯最後の作と言われる次の五言絶句の寂しさはいかばかりでしょう。

冷雨《れいう》 焦陂《せうひ》に漲《みなぎ》り／人去つて 陂《つつみ》 寂寞《せきばく》／惟《た》だ霜前《さうぜん》の花のみ有つて／鮮鮮 高閣に対す（「絶句」）

白石は唐の詩の影響を強く受けていると言われていますが、宋の詩の影響もかなり強いのではないでしょうか。

室鳩巣（一六五八〜一七三四）

室鳩巣《むろきゆうそう》は、江戸の谷中《やなか》の生まれ。十四歳で加賀藩の前田綱紀《つなのり》公に仕えました。前田公に見込まれ、その計らいで京都の木下順庵の門に入ります。後、金沢で二十五年間、読書・教育に専念しますが、五十四歳にして新井白石の推薦で幕府の儒官となりました。続いて八代将軍吉宗の侍講（読書係）となり、信任を得て「享保の改革」の、特に民衆教化の面で尽力しました。新井白石は五代、六代、七代将軍に仕え、室鳩巣は八代将軍に仕えたという役割になっています。詩は名作が多くあります。

室鳩巣（一六五八〜一七三四）

富士山

七言絶句（上平・十灰）

上帝高居白玉台
千秋積雪擁蓬萊
金鶏咿喔人寰夜
海底紅輪飛影来

富士山《ふじさん》

上帝《じやうてい》の高居《かうきよ》 白玉《はくぎよく》の台《だい》
千秋《せんしう》の積雪《せきせつ》 蓬萊《ほうらい》を擁《よう》す
金鶏《きんけい》 咿喔《いあく》 人寰《じんくわん》の夜《よる》
海底《かいてい》の紅輪《こうりん》 影《かげ》を飛《と》ばして来《きた》る

天帝が住まわれる 白玉《はくぎよく》の高楼《たかどの》さながらに
千古の昔から変わらない頂上の雪は 蓬萊山のようなこの山をつつみこんでいる
天界の金のにわとりの声が 下界の夜の暗闇《くらやみ》にひびくとき
海の中に潜んでいた 紅《くれなゐ》の車輪は 光を発しつつ昇って来る

語釈 ○蓬萊—中国の伝説で、東の海にあり、仙人・天女たちが住むと言われる山。ここでは富士山になぞらえて言う。 ○金鶏—天上に棲む 鶏《にわとり》。 ○咿喔—鶏の鳴き声。擬音語。 ○人寰—人間世界。 ○紅輪—赤い車輪。太陽にたとえたもの。 ○影—光のこと。日本語でも「入り日かげ」「月かげ」の「かげ」は光の意味であり、漢字でも「影」は「光」の意味になることがある。

富士山頂の日の出のようすを描写したもの。実際に目で見たのか、イメージで想像したのかわかりませんが、富士山頂のご来光を詠んでいます。全体として、ご来光を受けている富士山の神々しさに焦点を合わせており、まことに絢爛豪華な作品です。

前半から既に「上帝」「白玉台」「蓬萊」と、神話・伝説のイメージをちりばめ、後半ではそれを受けつつ、金鶏のときの声、海中から現れる日輪《にちりん》を描き、いっそう躍動感を増しています。
前半二句の「白玉台」「積雪」のかがやくような白色、後半二句の「金鶏」の黄金色、「紅輪」の紅《くれなゐ》色、いずれも非常に鮮やかでまぶしいほどですが、富士山の神々しさをそういう色彩面でも強調していると言えます。

琵琶湖上作　　　**七言律詩**（上平・一東）

琵琶湖上水連空
萬里虛無目擊中
畳波涵天迭高下
群山分地各西東
孤村遠樹迷図画
百尺長橋飛彩虹
独覚芳洲生逸興
不知此意幾人同

琵琶湖上《びはこじやう》の作《さく》

琵琶《びは》の湖上《こじやう》 水《みづ》 空《くう》に連《つら》なる
萬里《ばんり》 虚無《きよむ》 目撃《もくげき》の中《うち》
畳波《でふは》 天《てん》を涵《ひた》して 迭《たが》ひに高下《かうげ》
群山《ぐんざん》 地《ち》を分《わか》つて 各々《おのおの》 西東《せいとう》
孤村《こそん》の遠樹《ゑんじゆ》 図画《とぐわ》に迷《まよ》ひ
百尺《ひやくせき》の長橋《ちやうけう》 彩虹《さいこう》を飛《とば》す
独《ひと》り覚《おぼ》ゆ 芳洲《はうしう》 逸興《いつきよう》を生《しやう》ずるを
知《し》らず 此《こ》の意《い》 幾人《いくにん》か同《おな》じき

琵琶湖の水面ははるかに続き　水平線のところで天空と溶け合う
万里の果てまでひろがる空間が　私の目の前にひろがっている

寄せ来る波は　天空をひたそうとするように高く低くうねり
湖のそばの山並みは　土地を区切り　それぞれ西と東に分けている
たった一つの村里に立つ遠い木々は　絵に描いたのかと見まがうほど
すらりと長い瀬田《せた》の唐橋《からはし》は　いろどりあざやかな虹《にじ》をかけているかのよう
とりわけ心を打ったのは　香り草の生い茂る湖畔がすばらしい感興をもたらすということ
この私の心持ちに　どなたが共感してくださるだろうか

語釈　○百尺長橋―日本三名橋に数えられる瀬田《せた》の唐橋《からはし》。琵琶湖から流れ出る瀬田川にかかっている。○芳洲―かぐわしい香草の生えたみぎわ。○逸興―ひときわすぐれた興趣。面白さ。○不知―下に疑問詞が来ると、疑問を強調する副詞のはたらきをする。〝いったい。さても〟。

琵琶湖に浮かんで船遊びをした折に、一緒に遊んだ同行の人に示した詩です。

一・二句は、琵琶湖の大きさからうたい起こしています。湖の広さ、その上空の広さ、どちらも一万里のかなたまで広がるように広い、と言っています。三・四句では、寄せ来る湖の波と湖畔の山並みに注目しています。船に乗っていますので、空も波も揺れ動いているように見えるわけです。

この二句には杜甫の影響があるのではないでしょうか。第三句の、天空を巻きこまんばかりに激しい波浪は「秋興《しゅうきょう》八首」其の一の第三句「江間《こうかん》の波浪《はろう》　天を兼ねて湧《わ》く」を、第四句の、大地が自然物によって区切られるという描写は「岳陽楼に登る」の第三句「呉楚《ごそ》　東南に拆《さ》く」を、それぞれ思い起こさせます。

五・六句は視線を転じて、湖畔の遠景。村里の木々と、有名な橋に注目しています。最後の七・八句は、向こう岸に着いたときのふとした発見を述べています。少しわかりにくいのですが、船が向こう岸に着いて安心したということを述べているのでしょう。〃船に乗って眺める琵琶湖の雄大な眺めも、回りの景色も確かにいい、船が揺れながら進んで行くスリリングな感じもけっこうだが、こうして岸に着いて香り草のみぎわを目にすると、やはり親しみやすく、ほっとする。文字通り地に足のついた美しさだ、やれうれしや、命《いのち》なりけり〃——という感情を、最後の二句で表しているのだと思います。

木門の俊傑（二）――祇園南海・雨森芳洲

祇園南海（一六七七〜一七五一）

祇園南海《ぎおんなんかい》は木下順庵《きのしたじゅんあん》門下の中でも、詩人として特に名声が高かった人です。紀州藩の医者の家の生まれで、お父さんが江戸詰めであったのか、幼いころから父上と共に江戸に生活しておりました。そして十四歳で順庵の門下に入りました。その時期、順庵門下の先輩として榊原篁洲《さかきばらこうしゅう》や新井白石《あらいはくせき》、雨森芳洲《あめのもりほうしゅう》などの人々がおりました。榊原篁洲は南海より二十一年年上、新井白石は二十年、雨森芳洲は九年年上、そういう先輩たちに囲まれていました。

才気煥発の人で、入門直後に雨森芳洲のお屋敷で詩の会がありましたが、その際にさっそく新井白石から才能を称えられたと言われ、十七歳のころには、半日のうちに五言律詩を百首作る試みを、春と秋に一回ずつ実践しております。やがて二十一歳でお父さんが亡くなると紀州に帰り、紀州藩の儒官となりました。儒学のほうで採用されたわけですが、二十五歳のとき、行いが悪いと言うことで追放されてしまいました。自由奔放過ぎて協調性がないと見なされたようです。それから十年、紀伊の国の東方にある小さな村で、習字の先生などをしながら貧しい生活を送りましたが、その間にますます詩の腕を磨きました。と言うより、詩におのれを託さざるを得ないような環境に追いやられたのです。

十年後に復帰しますが、これには新井白石の力が大きく働いていたようです。復帰後間もない三十五歳の折に、朝鮮通信使の一行が来日しました。江戸時代の朝鮮は李氏朝鮮という王朝国家でしたが、この時は六代将軍家宣《いえのぶ》が将軍の位についたのをお祝いするために、五百人近くのおおぜいの人々が来日しました。この時、南海は白石の抜擢によって、接待役の一人となります。この通信使は将軍が替わるたびに日本を訪れることが習わしになっており、その折の行事として、日本の学者・知識人と筆談で問答をする、詩のやりとりをすることが定例で、当時の日本の重大な外交行事でした。当時の朝鮮は儒教を基礎にしており、朝鮮通信使の人もみな、科挙に及第した超エリートと言うべき優秀な人々でしたから、そういう人々と対等に詩のやりとりができなくてはいけない。まことに責任が大きかったのですが、祇園南海はその大任を見事果たします。

その後は紀州藩の藩儒として日々を送り、紀伊の国、和歌山近辺の漢詩が発展するのに大いに貢献しました。さらに五十歳ごろから水墨画に打ち込んで水墨画の大家になり、池大雅《いけのたいが》（一七二三〜七六）に影響を与えたとされています。このように、詩や文人画のほうで大きな功績をあげた人でした。

雑言古詩（韻目省略）

金龍台　酔後作
忽傾三百杯•
直上金龍台•
不窮千里目
何消萬古哀•

金龍台《きんりゅうだい》　酔後《すゐご》の作《さく》
忽《たちま》ち傾《かたむ》く　三百杯《さんびゃくはい》
直《ただ》ちに上《のぼ》る　金龍台《きんりゅうだい》
千里《せんり》の目《め》を窮《きは》めずんば
何《なん》ぞ消《せう》せん　萬古《ばんこ》の哀《かな》しみ

祇園南海（一六七七〜一七五一）

下視天下士
賢愚渾塵埃•
名利良微物
鐘鼎非我才•
匹夫抱璧良其罪
禍福徇人因自媒•
朝取封侯夕菹醢
躡珠之客為誰来•
牢那石那何累累
土山漸台作死灰•
況復我生非松喬
白日西飛難再回•
百年開口一大笑
身後鴻名何在哉•
当歌意気乍奔逸
傍人莫怪玉山頽•
唯願手弄雲間月
萬古千秋照金罍•

下《しも》　天下《てんか》の士《し》を視《み》るに
賢愚《けんぐ》　渾《すべ》て塵埃《ちんあい》
名利《めいり》は　良《まこと》に微物《びぶつ》
鐘鼎《しようてい》は　我《わ》が才《さい》に非《あら》ず
匹夫《ひつぷ》　璧《へき》を抱《いだ》けば　良《まこと》に其《そ》れ罪《つみ》あり
禍福《くわふく》　人《ひと》に徇《したが》ふは　自《みづか》ら媒《ばい》するに因《よ》る
朝《あした》に封侯《ほうこう》を取《と》るも　夕《ゆふべ》に菹醢《そかい》
珠《たま》を躡《ふ》むの客《かく》　誰《た》が為《ため》に来《きた》るや
牢《らう》や　石《せき》や　何《なん》ぞ累累《るゐるゐ》
土山《どさん》　漸台《ぜんだい》　死灰《しくわい》と作《な》る
況《いは》んや復《ま》た我《わ》が生《せい》　松喬《しようけう》に非《あら》ず
白日《はくじつ》　西《にし》に飛《と》べば　再《ふたた》び回《かへ》し難《がた》きをや
百年《ひやくねん》　口《くち》を開《ひら》いて　一《ひと》たび大笑《たいせう》
身後《しんご》の鴻名《こうめい》　何《いづ》くに在《あ》りや
歌《うた》ふに当《あた》つて　意気《いき》　乍《たちま》ち奔逸《ほんいつ》す
傍人《ばうじん》　怪《あや》しむ莫《なか》れ　玉山《ぎよくざん》の頽《くづ》るるを
唯《ただ》　願《ねが》ふ　手《て》づから雲間《うんかん》の月《つき》を弄《ろう》して
萬古《ばんこ》　千秋《せんしう》　金罍《きんらい》を照《てら》さんことを

いつの間にか　さかづき三百杯を空《から》にしてしまった
こうなったら　いざ金龍の高台《たかだい》　待乳山《まつちやま》の丘に上《のぼ》ろう
千里ものかなたに続く　広い眺めを見尽くさなければ
古今も変わらぬ人の哀しみを　どうして消せようか
そこから見下ろして　世間の男たちをじっと見ていると
賢いとか愚かとか　そんな区別は　ちりほこりのようにどうでもよくなる
世俗の名声や利益は　まことにちっぽけなもので
鐘を合図に　鼎《かなえ》を食器とするような豪勢な暮らしは　私の気質にはそぐわないのだ
取りえのない男が　なまじ宝石を手に入れたりすると　それはまったく罪作りなことになる
不幸や幸せが人の上に訪れるのは　その人自身がきっかけを作ったことによるのだ
或る朝　高い身分と名誉を与えられても　その夕べには罪を得て塩漬けにされることだってある
真珠で飾ったはきものの客人は誰のためにおいでくださるのか　私は用はない
古《いにしえ》の牢《ろう》どの　石《せき》どの　あなたたちの子分はなんとおおぜいいたことか　しかし今はどちらに？
土山《どざん》　漸台《ぜんだい》　どちらの建物も　今はつめたい灰のようなあとかただけ
ましてふつうの人間であるこの私の人生は　仙人の赤松子《せきしょうし》や王子喬《おうしきょう》のような長寿を保てず
かがやく太陽が西へ傾いてしまったら　もうそれを戻すことはできない
となれば　人生百年　口を開いて思い切り笑うに限る

自分が死んだ後の大きな名声など　どこにあろうか　どこだっていいではないか
酔うに任せて歌うとき　わが心意気はみるみる駆《か》けめぐる　これぞ人生の充実のひととき
この宴《うたげ》の同席の人々よ　責めないでくれ　上品なこの私が深酒《ふかざけ》をして酔いつぶれてゆくことを
私が願うのはただひとつ　雲間《くもま》から照らす月の光をこの手でつかみとり
その光でいついつまでも　われわれの目の前にある酒がめを照らしつづけること

語釈　○忽ち―いつの間にか。ふいに。　○萬古哀―昔から今までまったく変わらない人間の哀しみ。生きているうちに誰もが経験せざるを得ない哀しみ。李白の「将進酒《しやうしんしゆ》」の末句に出て来る語。　○名利―名誉と利益。
○鐘鼎―食事の合図に鳴らす鐘と、食事をよそう三本足の贅沢な食器（鼎《かなえ》）。おおぜいの人に食事の合図として鐘を鳴らし、鼎に盛ったごちそうをたらふく食する豪奢な生活。　○才―生まれつき持っている性質。　○匹夫―「匹」は〃ただ一人〃という意味から、〃地位や身分がない、教養がない〃という意味になる。「匹夫」は、取り柄のない無能な男。　○璧―装身具の一つで、ドーナツ状の佩《お》び玉《だま》。　○媒―もたらす。招く。　○封侯―「封」は、土地を与えられること。「侯」は、高い地位を授かること。　○葅醢―「葅」は、塩漬け。「醢」は、干し肉を刻んで麹《こうじ》と塩を混ぜて酒に漬けること。ともに料理用語だが、「葅醢」で、人を殺して肉を切り刻んで塩漬けにする刑罰の意味になる。受刑者の肉は前線にいる兵隊たちに供したと言う。　○躡珠之客―真珠の飾りのある履《は》き物を履いたお客。高貴の人。地位のある人。　○松喬―二人の仙人、赤松子《せきしようし》と王子喬《おうしきよう》のこと。不老長寿の象徴である。　○白日―かがやく太陽。　○身後―死後。　○鴻名―大きな名誉、名声。「鴻」は巨大な鳥の名。転じて、大きい意。　○怪―非難する。責める。　○玉山頽―「玉山」は、容姿端麗な上品な人。「玉山頽」は、上品な人が深酒をしてつぶれてしまうことを言う。　○金罍―黄金製の酒だる。

元禄六年（一六九三）、わずか十七歳の時の作品です。詩題の「金龍台」は、東京浅草《あさくさ》の浅草寺《せんそうじ》の近くにある高台《たかだい》。浅草の観音様についての伝承に、観音様の霊験《れいげん》が高いので、この近辺の大地が盛り上がり、そこに黄金の龍が住み着いた、というものがあります。これに基づき、浅草寺《せんそうじ》の山号は「金龍山」と言います。金龍台はその金龍山浅草寺の東北にある高台で、ちょうど待乳山《まっちやま》の丘にあたります。隅田川に臨み、上野の大地に続いている待乳山は、聖天堂《しょうてんどう》があることで有名です。その高台にたぶんおおぜいで登り、お酒を飲む会をやったのでしょう。その後で詩を作り、皆に披露したのがこの詩であると思います。多くの典故（よりどころとなっている故事）を引いて、豪快に詠んでいます。

さて、長篇の詩は、作る側も〝四句一段〟という感覚で作っていますので、四句ごとに区切ると内容が摑みやすくなります。全二十二句から成るこの詩も正にそうで、まず最初の一～四句＝第一段は、〝大酒を飲んで待乳山の高台に上って心の憂さを晴らそう〟という提案から始まっています。

第一句は李白の「襄陽《じやうやう》の歌《うた》」に「一日 須《すべか》らく三百杯を傾くべし」、同じく「将進酒《しやうしんしゅ》」に「会《かなら》ず須《すべか》らく一飲 三百杯なるべし」とあるのに基づくでしょう。また第三句「千里の目を窮《きは》めずんば」は、盛唐・王之渙《おうしかん》の「鸛鵲楼《くわんじやくろう》に登《のぼ》る」に「千里の目を窮めんと欲して／更に上《のぼ》る 一層の楼」をふまえています。

次の五～八句＝第二段では、哀しみが生じる原因について述べています。それはすなわち、世の中一般の価値観と自分の価値観や個性が合わない、そこに原因があるのだということです。一般に、高い所に登って下を見ますと、気分が大きくなり、地上のものがみな小さく、同じように見えますが、その感覚であろうと思います。

つづく九～十二句＝第三段は、身分に合わないことをやっていると禍《わざわ》いを呼ぶ、という主張です。以上が前半で、全体として、人々に共通する哀しみ、その原因、それを解き明かしています。

それを受ける後半は、悲観的な人生観を述べる方向に傾いてゆきますが、十三〜十六句＝第四段では、身分相応の繁栄・贅沢でもやはりだめであるということを述べます。世俗の価値観に沿って成功し、栄華を極めた人々も、それを永久に続けられるわけではない。時間が経てば、自分の寿命が終われば、それらの贅沢・繁栄・名声・名誉などは跡形《あとかた》もなくなるではないか、となります。

第十三句の「牢や石や」は、前漢の時代の牢梁《ろうりよう》、石顕《せきけん》という二人の政治家。彼らは徒党を組み、自分たちに愛想良く近づいてくれる人々をどんどん高い官位につけ、一種の派閥を作ったので、部下たちがおおぜい集まり、大いに繁栄しました。第十四句の「土山《どざん》・漸台《ぜんだい》」はともに、王侯貴族の繁栄の象徴です。「土山」は南京《ナンキン》にあった山で、東晋の大富豪謝安《しやあん》の別荘がありました。「漸台」は前漢の武帝が建てた建章宮《けんしようきゆう》（陝西省西安市）の楼台。そのような、〝名声・名誉を極めた人の業績でさえ、今となっては跡形もない、空《むな》しいではないか。ましてや、ふつうの人間である私はなおさらだ〟というのが十五・十六句＝第四段の後半です。〝自分には名声、名誉も財産もない。与えられた時間も短い〟というわけです。すべてはかない、あきらめよう、というふうに進んでゆきます。

それならばと、多少自暴自棄の発言をするのが次の十七〜二十句＝第五段です。〝短い人生、楽しくやろう。歌・踊り・酒の日々、それがいい〟と、なかばあきらめから出た人生観ということになります。

ここまでで作者の言いたいことは終わり、結びの二十一・二十二句＝第六段は、おちのようなものです。

〝結局、心の憂さを晴らしてくれるのはお酒だ。せめてそれを美しい月の光で照らしたい〟という、ささやかな願いをもって結びます。

全体に勢いの強いエネルギッシュな詠みぶりですが、十七歳の作ということもありますし、作者の実感と言うよりは習作的な傾向が強いかも知れません。この詩の主題となっている〝名声・名誉は空《むな》しい、人生は短いから酒と踊りで過ごそう〟という主張は、中国の詩によくあります。特に唐の詩にはよく現れて来ます。祇園南海はこの詩において、唐詩の豪快な面、とくに全体として李白の詩風を学ぼうという意欲があったのではないでしょうか。たとえば第一段の「三百杯」も「萬古の哀しみ」も、前述のとおり、李白《りはく》の詩に出て来る語です。また、末尾二句の〝月の光が酒がめを照らす〟というのも、李白の「金樽《きんそん》をして 空しく月に対せ使《し》むること莫《なか》れ」（「将進酒」）、「唯《ただ》 願はくは歌に当《あた》り 酒に対するの時／月光 長《とこしへ》に金樽《きんそん》の裏《うち》を照《てら》さんことを」（「酒を把《と》つて 月に問ふ」）の面影を感じます。

ほかにも、第四・五段あたりはやはり李白の「襄陽《じようやう》の歌《うた》」の中の句「誰《たれ》か能く 彼《か》の身後《しんご》の事を憂へんや／金鳧《きんぷ》 銀鴨《ぎんあふ》 死灰《しくわい》に葬《はうむ》らる」「玉山 自《おのづか》ら倒《たふ》る 人の推《お》すに非ず」と、共通の語句をちりばめています。

南海は詩論にも一家言あり、『詩学逢原《しがくほうげん》』という詩論書を残しておりますが、その中で、〝詩を作るには特に雅《みやび》やかなことが大事だ〟と言っております。たとえば、〝うれしいことをうれしいとじかにうたわない、悲しいことも悲しいとじかにうたわない。表現を工夫して含蓄や余韻を尊ぶところに詩の妙味が表れて来るのだ〟という考え方です。ただこれは、彼が中年から晩年に至ってたどり着いた詩の理論であり、十七歳の詩はひたすらエネルギッシュであります。

雨森芳洲（一六六八〜一七五五）

雨森芳洲《あめのもりほうしゅう》は、李氏朝鮮との外交、朝鮮語を中心とする外国語の教育法に大きく貢献しました。近江の人。一説には京都の人とも言いますが、医者であるお父さんについて、十七歳くらいまでは京都で暮らしていました。十八歳で江戸に出て木下順庵《きのしたじゅんあん》の門に学びます。江戸の藩邸で暮らしていましたが、芳洲の邸《やしき》で詩の会が行われるのが恒例でした。二十二歳のとき順庵の推薦で対馬《つしま》藩に仕え、その後六十年以上を対馬で過ごすことになります。対馬藩は、日本が当時正式の国交を結んでいた李氏朝鮮との交流の窓口になっており、芳洲は特にその朝鮮との外交に功績がありました。しばしば公用で釜山《ふざん》に滞在しておりますが、その経験から朝鮮語を深く学び、朝鮮語の教科書や辞書、語学教育のカリキュラムを綿密に作り上げて実践しました。

もともとことばに関心の深かった人のようで、二十二歳からは中国語の会話の学習もずっと続けておりました。当時、外国語教育の方法や教科書などもほとんどない時代で、たいへんな苦労があったと思いますが、それを生涯実践しています。

詩については自分では〝あまり得意ではない〟と言っていますが、若いころから晩年に到るまで十一年ほど、先輩の新井白石の添削指導を受けて精進しております。

梅

千林揺落逼窮冬•
満目寒雲淡又濃•
梅蕊応憐渓水上
含香的皪伴蒼松•

七言絶句（上平・二冬）

梅《うめ》

千林《せんりん》 揺落《えうらく》して 窮冬《きゆうとう》 逼《せま》る
満目《まんもく》の寒雲《かんうん》 淡《あは》くして 又《また》 濃《こま》やかなり
梅蕊《ばいずゐ》 応《まさ》に憐《あはれ》むべし 渓水《けいすゐ》の上《ほとり》
香《かう》を含《ふく》み 的皪《てきれき》として 蒼松《さうしよう》に伴《ともな》ふ

多くの木立の葉や枝は落ち尽くし　一年の終わりの冬も　あとわずかになった
目の前いっぱいに広がる冬の雲は　或いは淡く　或いは濃く　たれこめている
梅のつぼみに　誰もが心ひかれるであろう　谷川のほとり
花の香りを内に秘め　かがやくような白さで　青黒い松の林のそばにある

語釈　○揺落―木や草の葉が枯れて落ちる。　○梅蕊―梅の花のつぼみ。　○的皪―白く光ってあざやかなさま。
○応―推量を示す。〝きっと……の筈だ〟。

「詠物詩」です。梅の花は、漢詩の世界では中国の南朝時代からおなじみです。

前半二句では「揺落」「窮冬」「寒雲」という語を並べ、冬の森の、いかにも陰鬱な冬景色を描写しています。〝そんな時、ふと心ひかれるものを見つけた〟というのが後半。来るべき春に備えてじっと待っている梅のつぼみに、かすかな希望を見出しているようです。

端正な、まじめな詠みぶりの詩です。前半で徹底的に強調される冬の寒さ、暗さ。後半ではその中にたった一つ、白くかがやく、春を予感させる梅のつぼみ。作者はここで、暗い、つらい環境にあっても希望を失わない、未来を信じる心構えを大切にしよう、と呼びかけたかったのではないでしょうか。

さらに考えてみますと、後半に出て来る梅も松も、漢詩文の世界では、苦難に耐える強い信念、固い節操のたとえとなります。作者はそのような人生態度に共感し、〝私自身もそうありたい〟という思いをここにこめているようにも思えるのです。

雨森芳洲（一六六八〜一七五五）

五、江戸中期

蕗谷虹児「窓」　昭和十二年（一九三七）
「梨花《りくわ》　深院《しんゐん》の窓《まど》／低《ひく》く誦《しよう》す　鶯鶯伝《あうあうでん》」（梁田蛻巌《やなだぜいがん》「小姑《せうこ》」↓二三二ページ）

江戸中期に至り、荻生徂徠《おぎゅうそらい》の「古文辞学派」が現れる。徂徠は朱子学の空論に走る側面を是正すべく、孔子本来の教えを学ぶことを主張し、また儒学者のつとめとして人の心を見つめ、人情の機微に通じるため、漢詩文のみならず、読本《よみほん》・戯曲や芸能の分野まで視野に入れることを奨励した。この主張によって、儒者の読書範囲・研究対象は大きく広がり、詩の作風にも転換期が訪れた。門下からは、太宰春台や服部南郭ら、多くの文人儒者を輩出している。

古文辞学の精華（一）――荻生徂徠

荻生徂徠（一六六六～一七二八）

荻生《おぎゅう》徂徠《そらい》は江戸時代の漢文学の面目を大きく変えた、重要な人物です。それは、儒学のあり方と詩文のあり方の両方の側面で言えることです。

江戸の生まれで、お父さんは館林《たてばやし》藩の医官として、館林藩主松平《まつだいら》綱吉《つなよし》（一六四六～一七〇九。のちの五代将軍徳川綱吉）に仕えていました。徂徠は初めはお父さんに漢文を学び、ついで十代初めぐらいから林家《りんけ》の塾で朱子学を学びます。ところが、間もなくお父さんが罪を得て罰せられ、上総《かずさ》の国（千葉県）に流されてしまいました。徂徠も同行し、十四歳から二十五歳という大事な時期を千葉の村で生活することになります。その間、読書に熱中しつつ、『訳文筌蹄《せんてい》』という一種の辞書を完成させました。

十二年後に許されて江戸に戻り、二十七歳で芝《しば》の増上寺のそばに塾を開いて講義をする、教育の道に入りました。お寺のそばに間借りをしていたのですが、たいへん苦しい生活でした。これに同情したのが近所の豆腐屋さんでした。目の高い人で、徂徠の才能を鋭く見抜き、徂徠に毎日おからを贈って援助したのです。そこで徂徠は後、幕府に仕えるようになってから恩返しをした、という美談が残っております。

そのようにして四年がたち、有名な柳沢吉保《やなぎさわよしやす》（一六五八～一七一四）に仕えることになりました。間もなく将軍綱吉にも面会がかない、次第に認められて昇進してゆきます。柳沢吉保や将軍綱吉に儒教の講義をしたという記録も残っています。四十四歳のときに綱吉が亡くなると、柳沢吉保の計らいで日本橋の茅場町《かやばちょう》に新たに塾を始め、ますます名声が高まってゆきました。

荻生徂徠の思想や詩を考える上で重要なのは、中国の明代の「古文辞運動」という文学運動です。徂徠は四十歳のころに家財道具を売り払い、或る蔵書家の蔵書を一括購入しました。その中に明の古文辞派の人々の著作が揃っており、それを読んで大いに感銘を受けたのです。

古文辞運動とは、明の心ある詩人官僚たちが、当時の詩や文章が形式や技巧にとらわれすぎていることを嘆き、それをやめて昔の内容本位の詩や文章に帰ろうとしたものです。〝詩については盛唐時代の詩を模範にしよう、文章については紀元前の秦漢時代の古文を尊重して学ぶべきである〟という運動を力強く展開しました。

荻生徂徠はその運動にヒントを得て、儒学のあり方を改革しようとしました。江戸時代に重んじられていた朱子学は、物の本質、筋道を追究するあまり空論になり、〝世直しをする〟という儒教本来の実用の面がおろそかになっていました。徂徠が考えるに、それは孔子様本来の教えではない、孔子の教えを学ぶにはまず朱子学ではなく、いちばん根本的な「四書五経」から学ぶべきである。原点に帰ろう、というわけです。明の古文辞運動から、そういう考え方を編み出したわけです。

かつ、江戸時代の儒学者たちは朱子学を学ぶあまり世間離れしており、また、物の筋道や本質のわかる聖人君子を目指すあまり、お高くとまっている。そういう彼らによれば、文学や芸術は、人の道としては脇道のもので、時に有害でさえある。たとえば彼らは『源氏物語』などは退けます。『源氏物語』は結局色恋の手引きの本、姦淫を勧める本ではないか、と。

荻生徂徠は朱子学者のそういう面を嫌います。〃朱子学は人の自然の心を道徳や理念によって窮屈にしてしまう〃と反発し、文学や芸術をむしろ重視しました。さらには芸能のほうにも注目し、重んじております。文学や芸術、芸能だって、世の中のこと、世間や人情を知る助けになるではないかと。実際に徂徠は近松門左衛門《ちかまつもんざえもん》の『曾根崎心中《そねざきしんじゆう》』を愛読していたという記録も残っています。

そうしたことから、荻生徂徠によって、当時の儒学者の読書範囲、研究対象は大きく広がりました。諸子百家をはじめ、儒教以外の中国の思想 国文学、町人文化まで、儒者が関心を持つべき対象になったのです。これによって、江戸時代の儒学者は、それまでの〃道を求める、求道《ぐどう》精神ひとすじに生きる〃というイメージから、風流人のイメージ、儒者文人の性格をあわせ持つようになったのでした。

その結果、荻生徂徠やその弟子たちの作る漢詩にも、当然そういう新しい立場、特色が表れて来ます。

寄題豊王旧宅　　七言絶句（下平・八庚）

絶海楼船震大明•
寧知此地長柴荊•
千山風雨時時悪
只作当年叱咤声•

豊王《ほうわう》の旧宅《きうたく》に寄題《きだい》す
絶海《ぜつかい》の楼船《ろうせん》 大明《だいみん》を震《ふる》はす
寧《いづく》んぞ知《し》らん 此《こ》の地《ち》 柴荊《さいけい》を長《ちやう》ぜんとは
千山《せんざん》の風雨《ふうう》 時時《じじ》に悪《あ》しく
只《ただ》 作《な》す 当年《たうねん》 叱咤《しつた》の声《こゑ》

海を渡るやぐら船は　広大な明王朝を恐れおののかせた

荻生徂徠（一六六六～一七二八）

ところが何と　秀吉公ゆかりのこの土地が　今や雑木《ぞうき》が伸び放題
まわりの山なみに吹きつける雨風《あまかぜ》は　たえず激しく荒れ狂い
ひたすらあの時の秀吉公の　部下たちを叱咤激励する声を思わせる

語釈　○寄題―「寄」は、その場所に実際に行かずに、その場所をテーマにして詩を作ること。「題」は、書きつける意。　○豊王―豊臣秀吉。　○絶海―海を渡ること。「絶」は横に切ることから〝横切って渡る〟意。　○楼船―水上の戦《いくさ》で使うやぐら船。秀吉が朝鮮半島に出兵したときのいくさ船を想像している。　○寧知―思いもよらず。　○柴荊―しばやいばらなど、丈《たけ》の低い雑木。　○時時―いつも。しじゅう。　○当年―その当時。秀吉の在世時のこと。

「懐古詩」に属します。懐古詩は昔の人物や事件にゆかりのある名所を実際に訪れ、心に生じた感慨を述べるもので、その内容は多くの場合、昔の繁栄と今のさびれた状況を比較して嘆く、というものになります。詩題の意味は「豊臣秀吉公の元のお屋敷に寄せて詩を作る」です。旧宅があった場所は、北九州の肥前《ひぜん》（佐賀県）の名護屋《なごや》。徂徠は、秀吉が天正十九年（一五九一）、朝鮮出兵の下準備のためにここを訪れて建てた城、名護屋城と、その近辺のことを想像しながらこの詩を作りました。

四句はそれぞれの句ごとに「昔→今→昔→今」という内容になっています。

前半二句は、朝鮮出兵から明王朝征服を目ざす秀吉の壮大な計画から詠い起こし、一転、その拠点となった名護屋の現状に目をやります。すっかりさびれてしまっていました。

後半二句は、嵐の情景の想像になります。台風の時期にこの詩を作ったのでしょうか。今日では北九州は台風の通り道になっていませんが、当時は台風がよく来たのかも知れません。暴風雨のイメージに、明を征服しようという秀吉の気魄、覇気を重ねています。

これは単に昔の秀吉公の史実をなつかしみ、思い出すというだけでなく、〝今の日本にも秀吉のような強力な政治家が出て来てもらいたい〟という願望を託しているように思われます。徂徠自身、この詩をいちばんの会心の作として気に入っていたと言われています。

峡遊雑詩十三首　其八　城西竹林中謂是昔時美人所居　七言絶句（上平・八斉）

峡遊《けふいう》雑詩《ざつし》十三首《じふさんしゅ》　其《そ》の八《はち》　城西《じやうせい》の竹林《ちくりん》の中《うち》　是《こ》れ昔時《せきじ》　美人《びじん》の居《を》りし所《ところ》と謂《い》ふ

蕭然竹樹故城西•
小路縈廻野鳥啼•
且訝百年留遺艶
石間紅葉使人迷•

蕭然《せうぜん》たる竹樹《ちくじゅ》　故城《こじやう》の西《にし》
小路《せうろ》　縈廻《えいくわい》して　野鳥《やてう》啼《な》く
且《しばら》く訝《いぶか》る　百年《ひやくねん》　遺艶《ゐえん》を留《とど》むるかと
石間《せきかん》の紅葉《こうえふ》　人《ひと》をして迷《まよ》は使《し》む

ものさびしい竹《たか》むらが　信玄公ゆかりのお城の西にある
小さな山道が曲がりくねって続き　名も知らぬ野の鳥が鳴く
ふと疑った　信玄公の時代から百年　ここは当時の女性たちの色香《いろか》をいまだにとどめているのかと
道の左右につづく岩また岩　その間に現れる紅葉が　私の心をあやしくときめかせたのだ

語釈　○峡遊―「峡」は訓読みで「かひ」。〝山と山との間。山間の土地〟という意味で、山の多い甲斐《かひ(い)》の国（山梨県）のこと。「峡遊」で、甲斐の国を歩き回る意。　○縈廻―曲がりくねったさま。　○且―わかりにくいが、ここでは〝とりあえず。かりそめに〟という意味に近く、下の「訝《いぶか》る」の意味をやわらげているのであろうか。

宝永三年（一七〇六）九月、四十一歳の徂徠は、柳沢吉保の命《めい》で甲斐の国に赴き、武田信玄公が住んでいた甲府城の西に立ち寄ります。甲府城の西は信玄ゆかりの女性たち――お后《きさき》、お姫様、女官たちの屋敷があったところで、そのことにちなんでこの詩を作りました。

前半二句は山の中の竹林、篁《たかむら》のありさまから、うねうねと続く小みち、野鳥の声を点出し、ひっそりと寂しい雰囲気です。それが後半になると、あでやかな空気が立ちのぼります。どこまでも続いている緑色の竹林の中に、紅葉の赤が点々と現れて来る、つまり〝竹林の中の岩かげから、ふいに華やかに着飾った女性が出て来たような錯覚を覚えた〟と言っています。ちょっとなまめかしいようなロマンチックな詩ですが、このあたり、それまでの儒者先生のお堅いイメージとはたしかに違うようです。

荻生徂徠（一六六六〜一七二八）

東都四時楽　其一　　　七言絶句（上平・十二文）

東叡山頭花似氛●
東叡山下雪紛紛●
笙歌千隊斉声唱
那得暫時停白雲●

東都四時《とうとしいじ》の楽《がく》　其《そ》の一《いち》
東叡山頭《とうえいさんとう》　花《はな》　氛《ふん》に似《に》たり
東叡山下《とうえいさんか》　雪《ゆき》　紛紛《ふんぷん》
笙歌《しやうか》　千隊《せんたい》　声《こゑ》を斉《ひと》しうして唱《うた》ふ
那《なん》ぞ　暫時《ざんじ》　白雲《はくうん》を停《とど》むるを得《え》んや

上野の山の頂上では　桜の花が　あや雲のように咲きほこっている
上野の山のふもとには　雪がちらほらと降るように　花びらが散っている

笛の音《ね》に合わせて歌う人々が　あちらでもこちらでも　声をそろえて歌っているが
それらの歌声は一瞬たりとも　流れる雲を止めることはできないだろう

語釈　○東叡山―江戸の上野にある寛永寺の山号。ここでは、寛永寺の広大な敷地がある山全体を指す。○氛―彩《いろど》りあざやかな雲。「雰囲気」の「雰」も、昔はこの「氛」の字を書いた。○笙歌―笙の笛の音《ね》と歌声。ここでは、花見客が管絃の調べに合わせて歌うこと。○千隊―あちこち至るところで。「隊」は、人々の一団。一群。○那得―反語。〝どうして〜ができるだろう、いやできないだろうなあ〟。

詩題の「東都」は江戸のこと、「四時《しいじ》」は春夏秋冬の四季のことで、全体で「江戸の四季の音楽」となります。連作の四首それぞれ、季節にふさわしい音楽に合わせて歌うように作った歌詞である、ということを詩題に示しています。「其の一」から「其の四」まで、春夏秋冬の江戸の風物を詠んでまいります。

まず「其の一」は、春のお花見の情景。場所は上野です。一・二句は素朴な対句で、絵のような描写です。「東叡山」は、上野のお山。第一句の「花《はな》氛《ふん》に似《に》たり」というのは、咲き誇る桜の花を遠くから見ると、うす紅《くれなゐ》色の雲のように見える、そのことを言っています。前半二句の情景描写を受け、後半二句は花見のにぎやかなようすを、花見客たちの歌声に焦点を合わせて描きます。

第四句の「白雲《はくうん》を停《とど》む」は、紀元前の有名な歌い手、秦青《しんせい》の故事（『列子』湯問《とうもん》）。〝彼が歌うと森の木がふるえ、空ゆく雲は動きを止めた〟というのですが、これをひねって取り入れています。お花見の場ではみんなお酒が入り、酔いに任せて歌うので音が外《はず》れている、〝こういう声では雲を止めることはできまいなあ〟と、苦笑いするように結んでいます。

其　二

両国橋辺動櫂歌•
江風涼月水微波•
怪来岸上人声寂
恰是扁舟仙女過•

荻生徂徠（一六六六〜一七二八）

其《そ》の二《に》

両国《りやうごく》橋辺《けうへん》　櫂歌《たうか》動《どよも》す
江風《かうふう》　涼月《りやうげつ》　水《みづ》　微《すこ》しく波《なみ》だつ
怪《あやし》み来《きた》る　岸上《がんじやう》　人声《じんせい》の寂《せき》たるを
恰《あたか》も是《こ》れ　扁舟《へんしう》　仙女《せんによ》過《す》ぐ

七言絶句（下平・五歌）

両国の橋のたもとに　船頭さんたちの歌声がひびく
川の水面をわたる風　すずしい光を投げる月　川面《かわも》の水にはさざ波が立つ
ふと　おやと思った　岸べで人々の声がぴたっとやんだのだ
見ればちょうど舟に乗って　仙女のような遊女たちが通り過ぎて行くところだった

語釈　○両国橋—東京の隅田川に架かる橋。現在は中央区東日本橋と墨田区両国を結んでいる。かつては武蔵《むさし》の国と下総《しもふさ》の国を結ぶので「両国橋」と称した。　○櫂歌—船頭さんたちが舟を漕《こ》ぎながら歌う、一種の仕事歌。舟歌《ふなうた》。　○怪来—「怪」は〝不思議に思う〟。「来」は動詞の後について、その動作が発生する、進んで行くという意味を加える。　○恰是—〝まさにこれ、まことにこれ〟という強調。　○仙女—仙界の美しい女性。ここでは遊女のこと。

夏の夕涼みの情景。場所は両国で、江戸の動脈とも言える隅田川が舞台になります。両国橋は隅田川にかかるいくつもの橋の中でも重要なものです。第四句に出て来る遊女は、江戸の町人文化の発展に大きく貢献した人々です。風俗営業の女性と同じではありません。歌舞音曲、演芸などによってお客をもてなす芸能人の女性、或いは文化人と言ったほうが近いでしょう。和歌や弁舌に巧みで見識も高く、お客も中途半端な気持ちでは対面できなかった、という遊女も多くいたのです。

其の三《そのさん》　七言絶句（上平・十四寒）

其　三

秋満品川十二欄
東方千騎簇銀鞍
清歌一闋人如月
笑指滄波洗玉盤

秋《あき》は満《み》つ　品川《しながは》　十二欄《じふにらん》
東方《とうはう》　千騎《せんき》　銀鞍《ぎんあん》簇《あつ》まる
清歌《せいか》　一闋《いつけつ》　人《ひと》　月《つき》の如《ごと》し
笑《わら》つて指《さ》す　滄波《さうは》の　玉盤《ぎよくばん》を洗《あら》ふを

秋の気配はみちみちている　品川の妓楼の欄干に
東の国のおおぜいの若者たちが　銀の鞍《くら》の馬に乗って集まっている
きよらかな歌声で一曲　歌うその人は月のようにきれいだ
やがてにっこりと指さす　川波《かわなみ》が水面《みなも》の月を洗うようすを

語釈　○品川―東海道第一の宿で、江戸の南の門戸。岡場所（幕府未公認の遊郭街）があった。　○十二欄―幾重《いくえ》にも折れ曲がった欄干。ここでは、欄干が多く設けられた遊郭を指す。　○銀鞍―裕福な貴公子のこと。銀《しろがね》の鞍を置いた馬に乗る、遊び好きの若者。　○一闋―一曲の歌を、はじめから終わりまで一回歌うこと。「闋」は、楽曲を数える数詞。　○玉盤―玉《ぎょく》で作った大皿。ここでは水面に映った月を言う。

秋の品川、妓楼の夕べ。妓楼は「遊女屋」とも言い、遊女たちをたくさんかかえている家のことです。前半二句はまず、妓楼の外のにぎわいから詠い起こします。後半二句は座敷の中の情景で、歌姫が歌を歌い、そのあとで見せた魅力的なしぐさをとらえています。

荻生徂徠（一六六六〜一七二八）

其　四

七言絶句（上平・五微）

澄江風雪夜霏霏
一葉双槳舟似飛
自是仙家酒偏酔
無人能道剡渓帰

其《そ》の四《し》
澄江《ちようかう》 風雪《ふうせつ》 夜《よる》 霏霏《ひひ》たり
一葉《いちえふ》 双槳《さうしやう》 舟《ふね》 飛《と》ぶに似《に》たり
自《おのづか》ら是《こ》れ 仙家《せんか》 酒《さけ》 偏《ひとへ》に酔《ゑ》ひ
人《ひと》の 能《よ》く剡渓《せんけい》より帰《かへ》るを道《い》ふこと無《な》し

澄んだ水の隅田川に風まじりの雪が　今宵《こよい》しきりに降りそそぐ
一枚の木《こ》の葉のような舟　二本の櫂《かい》　その小舟は飛ぶように進む
もちろんこれから仙女たちの館《やかた》へ行って　酒に心ゆくまで酔うのだ
彼らの中には古《いにしえ》の王徽之《おうきし》のように〝興味が失せた、さあ帰ろう〟などと言える人はいない筈である

語釈　○澄江─隅田川。　○霏霏─雪や雨などが盛んに降るさま。　○一葉─一艘《いっそう》の舟。　○双槳─二つの櫓《ろ》（かい）。隅田川を往来した猪牙舟《ちょきぶね》のこと。吉原へ通うためにさかんに用いられた。　○仙家─仙人の家。仙人が暮らすような理想郷。ここでは吉原の遊郭を指す。　○能道─言うことができる。

冬の隅田川。風まじりの雪の中を舟が行きます。その舟は吉原に向かう猪牙舟《ちょきぶね》です。一人か二人で漕ぐ

小型の舟で、屋根がついておらず、船足《ふなあし》が速い。舟の先端の水を切る部分が上に長くなっていて、猪《いのしし》の牙《きば》のように見えることから名前がつきました。猪の牙は下あごから上にのびていますね。

第四句には故事があります。南朝時代初め、東晋の王徽之《おうきし》という風流人が、或る大雪の晩に突然、友人の戴逵《たいき》という人に会いたくなり、その家まで舟で行きます。ところが戴逵の家の前まで来たところで急に興が冷め、〝会いたくなくなった〟と言って、そのまま舟の向きを変えて帰ってしまった（『世説新語《せせつしんご》』任誕《じんたん》）。おかしな行動ですが、当時はこういうちょっと変わった行動を〝風流である、個性的であっぱれである〟とほめたたえる風潮があったため、この故事はたいへん有名になり、その後あちこちで引用されています。ここでは、〝吉原に行った人はみな楽しくて、王徽之のように帰るどころか時の過ぎるのを忘れてしまい、どんどんお金を使ってしまう〟と言っています。

以上の四首はお花見、遊女、吉原を詠み、それまでの詩に比べて俄然くだけた詠みぶりになって来ました。漢詩の世界が江戸の町人文化に近づいて来たことをよく示していると思います。

古文辞学の精華（二）——太宰春台・高野蘭亭

太宰春台（一六八〇〜一七四七）

太宰春台《だざいしゅんだい》は、信濃（長野県）飯田《いいだ》の生まれ。飯田藩士の家です。お父さんは兵法家として有名でしたが、何かの理由で浪人となり、春台はそのお父さんに従って江戸に出ます。十五歳で但馬《たじま》の国（兵庫県）の出石《いづし》藩に勤め、かたわら朱子学を学び始めました。ところが間もなく処罰されて追放され、その後十年ほどは医者として、京都・大阪方面で暮らすことになります。この間、伊藤仁斎に面会したこともあったようです。三十二歳で、朱子学を学んでいたときの同級生、安藤東野の紹介で江戸に戻り、荻生徂徠の門に入りました。その後は幕府に仕えることをほとんどせず、在野の儒者として暮らしました。

晩年には徂徠の学問に疑問を持っていたとも言われます。礼儀を重んじ、沈着で寡黙な人であったようですが、一方の荻生徂徠は豪快で、人の悪口を言うのが何より好きだったと伝えられていますので、その辺のパーソナリティの違いが影響したかも知れません。

春台の両親は共に和歌が得意でした。春台自身も少年時代から和歌をたくさん作り、漢詩のほうは十四、五歳から作り始めました。やがて彼は、〝和歌の腕前は、結局お公家《くげ》様を越えられないのではないか〟と考えるようになり、漢詩に専念します。それから二十年くらい経《た》った三十代のなかばごろ、〝やっと詩の道がわかった〃と述懐しております。「懐古詩」を得意とし、好評を博しました。

七言律詩（下平・八庚）

寧楽懐古

南土芒芒古帝城•
三条九陌自縦横•
籍田麦秀農人度
馳道蓬生賈客行•
細柳低垂常惹恨
閑花歴乱竟無情•
千年陳迹唯蘭若
日暮呦呦野鹿鳴•

寧楽懐古《ならくわいこ》

南土《なんと》 芒芒《ばうばう》たり 古帝城《こていじやう》
三条《さんでう》 九陌《きうはく》 自《おのづか》ら縦横《じゆうわう》
籍田《せきでん》 麦秀《むぎひい》でて 農人《のうじん》度《わた》り
馳道《ちだう》 蓬《よもぎ》 生《しやう》じて 賈客《こかく》行《ゆ》く
細柳《さいりう》 低垂《ていすゐ》 常《つね》に恨《うら》みを惹《ひ》き
閑花《かんくわ》 歴乱《れきらん》 竟《つひ》に情無《じやうな》し
千年《せんねん》の陳迹《ちんせき》 唯《ただ》 蘭若《らんにや》
日暮《にちぼ》 呦呦《いういう》 野鹿《やろく》鳴《な》く

京のみやこの南にひろがる　古《いにしえ》の奈良の都《みやこ》
三筋《みすじ》の大通り　九本の都大路《みやこおおぢ》は時の流れとかかわりなく　今も縦横に伸びている
かつての天子様の畑地《はたち》には麦の穂がのびて　農家の人々が出入りしており
とうとい人々専用の通り道には雑草が茂って　行商の人々が歩いて行く
細い柳の枝は低くしだれて　たえず嘆きを引きずるように風になびき
野の花はあちこちに咲き乱れて　まったく人の世の移り変わりを悲しむ心がなさそうだ

太宰春台（一六八〇～一七四七）

千年前をしのばせる古い建物は　ただお寺だけ
夕暮れともなれば呦呦《ゆうゆう》と　野生の鹿が鳴いている

語釈　○南土―南の地。京都の南にあったことから、奈良のことを言う。○九陌―都大路《みやこおおち》。「陌」は東西の道。都の大通りが九条あることから言う。○自―〝ほかはほか、それはそれ、他とかかわりなくそれは存在している〟という意。○籍田―天子みずから耕作をなさる畑地《はたち》のこと。○馳道―王侯貴族専用の通り道。○蓬―よもぎぐさ。ここでは、雑草の代名詞。○閑花―しずかに咲く花。野の花の意。人に栽培される花のように、見る人がいるわけではなく、ひっそり咲くということ。○歴乱―ごちゃごちゃに乱れる。ばらばらになる。ここは、花が乱《みだ》れて咲くさま。○陳迹―古跡。「陳」は、古いこと。○蘭若―お寺のこと。サンスクリット語の「阿蘭若《あらんにゃ》」の略。東大寺、薬師寺、般若寺などを指すのであろう。○呦呦―鹿の鳴く声。『詩経』小雅―鹿鳴之什《ろくめいのじふ》―鹿鳴に「呦呦《いうい う》として鹿鳴《しかな》き／野《や》の苹《へい》を食《は》む」とある。

「懐古詩」です。季節は春。制作年代はよくわかりませんが、何かの折に奈良の都の故地を訪れ、かつての平城京《へいじようきよう》をしのんで作った詩です。

最初の一・二句は導入で、むかし奈良の都だった土地のようすを大きく描き出します。

三・四句で、当時と今との対比に入ります。奈良時代当時は王侯貴族専用の場所だったところが、今は一般庶民に開放されているということです。五・六句は目の前の植物、柳と花。それぞれを擬人化し、〝柳は昔をなつかしむようになびき、花は何も知らぬげに咲いている〟と。

七・八句が結びになります。第八句の「野鹿鳴《やろくな》く」は、ここでは特に、かつて繁栄した町で野生の鹿が鳴いている、亡国のイメージを感じさせます。春秋時代、楚の伍子胥《ごししよ》が呉王に重要な忠告をしたが聞き入れられなかった、そのとき子胥が「私は今に、麋鹿《びろく》が姑蘇《こそ》の台で歩き回るのを目にするだろう」と言った故事（『史記』淮南衡山《わいなんこうざん》列伝）が、あわせて連想されるのです。

亡国のイメージと言えば、第三句の「麦秀《ばくしゅう》」もそうです。中国の古い歌謡に、殷《いん》の箕子《きし》が、王朝の滅亡後、宮殿の跡が空《むな》しく麦畑になっているのを見て亡国の嘆きに襲われる、というものがあります（『史記』宋微子世家《そうびしせいか》）。それは「麦秀之嘆《ばくしゅうのたん》」という四字熟語にもなっています。

このように、この詩は第三句と第八句に亡国のイメージを持つ語を取り入れて、詩の内容に厚み・深みを増し、格調の高い、典型的な懐古詩になっていると思います。

七言絶句（下平・五歌）

稲叢懐古

沙汀南望浩煙波•
聞道三軍自此過•
潮水帰来人事改
空山迢逓夕陽多•

稲叢懐古《いなむらくわいこ》

沙汀《さてい》南《みなみ》に望《のぞ》めば　煙波《えんば》浩《ひろ》し
聞道《きくな》らく　三軍《さんぐん》　此《ここ》自《よ》り過《す》ぐと
潮水《てうすゐ》　帰来《きらい》して　人事《じんじ》改《あらた》まり
空山《くうざん》　迢逓《てうてい》　夕陽《せきやう》多《おほ》し

砂浜に立って南を眺めると　もやにおおわれた波がどこまでも続いている
言い伝えによれば　あの新田義貞《にったよしさだ》の大軍は　ここから海を渡って進軍して行ったのだ
潮《うしお》の水はいったん引いてもまた戻って来るが　人の世の中のできごとは　移ろってゆくばかり
人けのない山が遠くにそびえ　夕陽《ゆうひ》の光があふれるようにそそいでいる

太宰春台（一六八〇～一七四七）

語釈 ○沙汀―みぎわの砂原。砂浜。 ○聞道―伝聞を示す。〝聞くところでは〟。 ○三軍―中国周代の兵制に関わる語で、一軍は一万二千五百人。ここでは新田義貞の率いる大軍を言う。 ○人事―人の世のことがら。人の力でできること。 ○迢遞―はるかに遠いさま。

文部省唱歌「鎌倉」の一番の歌詞に出て来て有名な「稲村《いなむら》ヶ崎《さき》」。

七里ヶ浜の　いそ伝《づた》ひ／稲村ヶ崎　名将の／剣投《つるぎとう》ぜし　古戦場

名将新田義貞《にったよしさだ》（一三〇一～三八）が剣を投じた古戦場です。新田義貞は、鎌倉末期から後醍醐《ごだいご》天皇の「建武の中興」（→五三ページ）にかけての武将でした。鎌倉時代末期に北条氏に反旗を翻《ひるがへ》し、鎌倉を攻めて北条氏を滅ぼし、建武の中興の時期に朝廷に仕え、やがて足利尊氏と戦うことになります。その義貞が鎌倉を攻める時に稲村ヶ崎まで来ると、満ち潮で軍勢が渡れなかった、そこで海に自分の剣を投じて海神をなだめると、潮が引いて軍勢が渡れたという伝承があります。

前半二句は、第一句が今の眺め、第二句はそれから触発されて昔の故事を思い起こし、後半はさらにその故事から感慨に入ります。〝義貞は剣を投じて潮を引かせたが、その潮はまた戻って来た。しかし人の世は、昔に戻すことはできない〟と、変わらない自然の風物と、はかない人事との対比になっています。第四句ではまた我に返り、目前の夕暮れの眺めを描いて、余韻を残して結んでいます。

この詩も昔の有名な事件を思い出して、〝その事件にゆかりの人物はあとかたもない、人生は空《むな》しい〟という、ちょっとセンチメンタルな気持ちをかもし出す、典型的な懐古詩の詠みぶりになっています。

高野蘭亭（一七〇四～一七五七）

高野蘭亭《たかのらんてい》は、盲目の大詩人です。先祖は下野《しもつけ》（栃木県）の人で、足利時代には喜連川《きつれがわ》近辺を治めていたこともありました。しかしやがて武士の位を捨て帰農し、千葉に移ったのですが、蘭亭のお祖父《じい》さんが江戸に出て商売を始め、莫大な富を築きました。その息子、蘭亭のお父さんは幕府御用達《ごようたし》の魚問屋で、俳句や連歌《れんが》の大家でもありました。

蘭亭は幼いころから聡明で、早くも十代半ばで荻生徂徠《おぎうそらい》に弟子入りしたのですが、十七歳で突然失明してしまいました。失意のどん底にあったところを徂徠に励まされ、詩の研究に没頭しました。中国最古の歌謡集の『詩経』から、唐、宋、元、明に至る名作はほとんどすべて暗唱したと言われています。いろいろな場で講義を行い、自身でも一万首以上の漢詩を作りました。しかし晩年、病に倒れたときに、それらをほとんど焼いてしまいます。そのため今日では千首くらいしか残っていませんが、その詩は清朝時代の中国にも伝わり、絶賛されておりました。

お酒が強く、決して乱れなかったが、どういうわけかどくろの杯で飲んでいたと言われています。また、奥さんを前後六人迎えたけれども子宝《こだから》に恵まれなかったとか、困っている人がいると率先してお金を出して援助する義侠心の持ち主であったとか、いろいろの話が伝えられています。人望があり、交友関係も広かったようです。鎌倉の土地を好んで定住し、お墓も鎌倉の円覚寺にあります。五十四年の生涯でしたが、詩については、荻生徂徠門下の中でも第一流と言われる人でありました。

月夜三叉江泛舟

高野蘭亭（一七〇四～一七五七）

七言絶句（下平・十一尤）

三叉中断大江秋•
明月新懸萬里流•
欲向碧天吹玉笛
浮雲一片落扁舟•

月夜《げつや》 三叉江《さんさかう》に舟《ふね》を泛《うか》ぶ

三叉《さんさ》 中断《ちゆうだん》す 大江《たいかう》の秋《あき》
明月《めいげつ》 新《あら》たに懸《かか》つて 萬里流《ばんりなが》る
碧天《へきてん》に向《むか》つて 玉笛《ぎよくてき》を吹《ふ》かんと欲《ほつ》すれば
浮雲《ふうん》 一片《いつぺん》 扁舟《へんしう》に落《お》つ

小名木川《おなぎがわ》が流れこむ三叉《みつまた》は　秋の隅田川を三つに区切っている
明るい月が空にかかったばかりの今　その光を浴びて　隅田川は万里のかなたまで流れてゆく
晴れた夜空にとどけとばかり横笛を吹こうとした　その時
流れる雲がふわりとひろがって　私たちの舟に舞い降りて来た

語釈　○三叉江―隅田川の中流にある三叉《みつまた》。現在は三叉というよりT字型になっている。　○新―～したばかりという決まった言い方。

月の明るい晩に、三叉江に舟を浮かべたときの作品。「三叉江」は隅田川の、今の新大橋《しんおおはし》と清洲橋《きよすばし》の間の小名木川《おなぎがわ》が流れこむあたりで、江戸時代は見晴らしがたいへんよく、上野の東叡山《とうえいざん》や愛宕山《あたごやま》、富士山などを見わたすことができました。月の名所でもあり、近辺では遊女たちを交えた舟遊びが行われたようです。この詩も、そういう舟遊びの場所で発表されたのでしょう。

前半二句は秋の月夜、三叉《みつまた》あたりの眺めの描写。後半二句は美しい景色に触発され、興に乗じて笛を吹こうとする、そのときの雲の動きを描写します。

第四句はイメージの世界でしょうが、独創的・幻想的な、美しい境地を作り出しています。

この詩を読んでいると、「ホフマンの舟歌」の歌詞を思い起こしてしまいます。

舟足《ふなあし》しづかに　すべりゆき／たのしき舟歌《ふなうた》　ただよへば／月さへのぼりて　はるかなる／島山《しまやま》おぼろに　うかぶなり／……きらめく星かげ　さえわたり／やさしき歌声　すみわたる／あはれ今宵《こよひ》　たのし今宵／舟はゆく　ああ……

（訳詞者不詳）

ジャック・オッフェンバック（一八一九〜一八八〇）のあの優麗なメロディーさえ浮かんで来ます。と言うことは、右の高野蘭亭の詩には、きわめて普遍的な詩情が表現されていることになるでしょう。

服部南郭（一六八三〜一七五九）

服部南郭《はっとりなんかく》は、教養ある町人の家の出です。お父さんは和歌や連歌の名手で、蒔絵《まきえ》にも堪能《たんのう》でした。お母さんの実家は歌人の家でした。

南郭は幼いころから「四書」、漢詩のほか、和歌や絵も学びましたが、十三歳でお父さんを亡くし、十四歳で江戸に出ました。十代後半から柳沢吉保《やなぎさわよしやす》に仕え、歌の会や詩の会に出て腕を磨きます。柳沢吉保が亡くなると後継者とうまくゆかなくなり、三十代後半で退職しました。それから荻生徂徠《おぎうそらい》の門に入り、やがて上野の不忍池《しのばずのいけ》のそばに、自分で塾を開きます。これが大いに気を博し、入門者が続々と現れます。これは、服部南郭がこだわりのない人なつこい性格で、先生ぶらない人だったことも幸いしたと思います。

服部南郭（一六八三〜一七五九）

四十四歳で『唐詩選』を校訂出版し、これがその後の『唐詩選』大流行のきっかけとなりました。四十八歳のときに荻生徂徠が亡くなると、その詩文集の編集、出版に力を尽くしました。以後も年々名声は高まり、各地の大名たちと頻繁に交友しています。特に名君として有名な肥後熊本藩主の細川重賢《しげかた》公（一七二〇〜八五）は、政治や文学についてしばしば南郭に相談したと伝えられています。

晩年には老荘思想にも傾倒していたようです。家庭では三男五女に恵まれましたが、三人の息子がいずれも早逝《そうせい》してしまい、養子を迎えて家を継がせました。

夜下墨水　　七言絶句（下平・十一尤）

金龍山畔江月浮•
江揺月湧金龍流•
扁舟不住天如水
両岸秋風下二州•

夜《よる》墨水《ぼくすゐ》を下《くだ》る
金龍山畔《きんりゆうさんぱん》 江月浮《かうげつうか》ぶ
江揺《かうゆら》ぎ 月湧《つきわ》いて 金龍流《きんりゆうなが》る
扁舟《へんしう》 住《とど》まらずして 天《てん》 水《みづ》の如《ごと》く
両岸《りやうがん》の秋風《しうふう》 二州《にしう》を下《くだ》る

金龍山にほど近い　隅田川の水面に月の光が映っている
川波《かわなみ》はゆらめき　月の光は水中から湧き上がるようにきらめいて　まるで黄金の龍が泳いでいるようだ
私たちの小舟《こぶね》はどこまでも進み　夜の大空《おおぞら》は透明な水のように晴れわたり
両側の岸に吹く秋の夜風《よかぜ》の中　私たちは二つの国のはざまを下《くだ》ってゆく

語釈　○墨水―隅田川の中国ふうの呼び名。お茶の水を「茗渓《めいけい》」、小石川を「礫川《れきせん》」と呼ぶのと同様である。

○金龍山─江戸の東北、隅田川の西岸にある待乳山《まっちやま》の高台（↓一八五ページ）。 ○月湧─江面《かわも》に映った月の光が、水面に湧き出るようにきらめいている。杜甫の五言律詩「旅夜書懐」の第四句「月は大江に湧いて流る」に基づくであろう。 ○天如水─よく晴れてすがすがしいようす。昼にも夜にも使う。 ○二州─二つの国。当時、隅田川は武蔵《むさし》・下総《しもふさ》両国の国境《くにざかい》になっていた。

江戸の詩の中でも代表作に数えられる名品です。或る秋の月夜の晩、隅田川で、お月見の舟下りをしたときに詠んだ詩です。

前半が月夜の隅田川の眺め。月に照らされて流れる隅田川の水面を、黄金の龍が泳ぐさまにたとえています。この前半二句は面白い作りで、第一句の頭に出て来る「金龍」という語が第二句の終わりにもう一度出て来て、第一句の下の方に出て来る「江月」という語が、第二句では分割されて出ています。遊び心からこういう句作りをしたのでしょうか。

後半になると作者が登場し、隅田川を下ってゆく舟の描写になります。その舟に作者とその仲間たちが乗っているわけです。

絢爛豪華でスケールの大きい詩です。中国の盛唐の雄大な詩に、似ていると言えば似ています。高野蘭亭も隅田川を描いて、「大江《たいこう》」「萬里流《ばんりなが》る」など、大きな表現を行っておりました（↓二一〇ページ）。

こういう表現を単に〝唐の詩を真似した空虚な誇張である〟〝盛唐詩の詠みぶりを取り入れただけで実感に合わない〟と見るのは妥当ではありません。考えてみますと、隅田川はいろいろな意味で江戸の中心、住む人々の誇りでした。物資の運搬（物流）が行われたのはもちろんのこと、漁業も行われておりました。あさり・しじみ・白魚・浅草海苔があり、周辺には繁華街や花柳界を含めた遊興施設、お寺や神社も多く、桜の名所でもありました。
　つまり隅田川を中心として、神聖なものと世俗的なものが並んでひしめきあうような空間が形成されていたわけです。隅田川近辺は芸能や文化の中心地であり、当時の和歌・謡曲・歌舞伎の舞台としても頻繁に取り上げられております。こうした、言わば江戸の象徴としての隅田川に対する尊敬の気持ち、褒めたたえる気持ち、誇らしい気持ちというのが自然に雄大な表現を生み出したのであり、特に唐詩と結びつける必要はないと思います。

服部南郭（一六八三〜一七五九）

夏日閑居八首　其五　　七言律詩（下平・七陽）

夏日清風臥草堂•
無端牽睡到羲皇•
思玄昔夢崑崙上
遺世還遊華胥郷•
窓下寤来仍撫枕
庭陰浴罷更移牀•
暑天不厭昏時促
回首園林已夕陽•

夏日閑居八首《かじつかんきよはつしゆ》　其《そ》の五《ご》

夏日《かじつ》　清風《せいふう》　草堂《さうだう》に臥《ぐわ》す
端《はし》無《な》くも　睡《ねむ》りを牽《ひ》いて　羲皇《ぎくわう》に到《いた》らしむ
玄《げん》を思《おも》ひ　昔《むかし》より夢《ゆめ》む　崑崙《こんろん》の上《うへ》
世《よ》を遺《わす》れ　還《ま》た遊《あそ》ぶ　華胥《くわしよ》の郷《きやう》
窓下《さうか》　寤《さ》め来《きた》つて　仍《な》ほ枕《まくら》を撫《ぶ》し
庭陰《ていいん》　浴《よく》し罷《をは》つて　更《さら》に牀《しやう》を移《うつ》す
暑天《しよてん》　厭《いと》はず　昏時《こんじ》の促《せま》るを
首《かうべ》を回《めぐ》らせば　園林《ゑんりん》　已《すで》に夕陽《せきやう》

夏の或る日　涼風《すずかぜ》の中　家の座敷で横になった

思いがけず眠りにみちびかれ　羲皇《ぎこう》の理想の世界にたどりついた
かねてより老荘の深い思想に心を惹《ひ》かれ　崑崙《こんろん》山の頂上へ行くことを夢見ていたが
今　現実を忘れ　夢の中で　やはり黄帝の理想国家をそぞろ歩きしたのだ
窓の下で目が覚《さ》めてからも　しばらくの間　枕に頭をつけたままでいた
庭の木陰《こかげ》で水浴びが終わると　あらためて涼しいところに腰掛けを移した
暑い夏の日にはうれしいものだ　夕暮れ時のおとずれは
振り返って西を眺めると　庭の木々はもう夕陽《ゆうひ》の光に照らされていた

語釈　○草堂―草葺《くさぶ》きの家。粗末な家。自分の家の謙遜表現になるが、このときの南部の家は実際に藁葺《わらぶ》きであったらしい。　○羲皇―太古の伝説上の聖天子伏羲《ふっき》の治めた理想の世。　○思玄―深い真理を思う。特に老荘思想について思うことを言う。「玄」は『老子』に出て来る語で、奥深い道理、老子・荘子《そうじ》の道徳の意。　○崑崙―崑崙山。中国の西にある、仙人仙女が住む山。　○遊ぶ―さまよい歩くこと。　○華胥郷―黄帝が夢の中で訪れた理想の国（『列子』黄帝）。黄帝は太古の伝説上の天子であり、医学の始祖と言われる。　○撫―なでる。抱える。　○牀―長椅子。ここでは、夏向きの腰掛けのこと。　○園林―庭の木立《こだち》。「園」は庭の意。中国で「園林」と言うと広い宮廷の庭園を連想するが、ここでは南郭の家の庭を指す。

南郭六十二歳の夏の作と言われています。このころは赤羽《あかばね》に住んでいました。夏の日の体験で、昼寝のときに夢を見たことと、その後目が覚《さ》め、夕涼みをして夕方を迎えるまでのいきさつを詠んだものです。最初の一・二句は〝夏の昼寝の時間に、よい夢を見た〟という詠い出しです。三・四句は夢の中で、大昔の理想の国を訪れたことを述べます。「羲皇《ぎくわう》」「思玄《しげん》」「崑崙《こんろん》」「華胥《くわしよ》」と、神話伝説や老荘思想ゆかりの語を並べ、幻想的な雰囲気に満ちています。時間と空間を自由に移動するような、スケールの大きな境地ですが、そこで夢が覚め、後半に行きます。

五・六句は目覚めてからの行動。やがて夕暮れになったときの感慨が七・八句です。

この詩もあえて唐詩とのかかわりを考える必要はありますまい。夏の詩というのがそもそも唐詩では珍しい。後半の〝水浴びをした〟とか〝椅子を移した〟とかの描写も、強いて言えば唐の半ば以降、中唐以後の白楽天の詩にこういう描写がありますが、肝腎の『唐詩選』には中唐・晩唐の詩は少なく、白楽天の詩は一首も採られていません。『唐詩選』を編集した人は中唐・晩唐の詩を、白楽天を含めてあまり評価していませんでした。結局この詩も唐詩に結びつける必要はなく、南郭の個性を見るのがよいと思います。

山荘栽松樹子　七言絶句（上平・十灰）

欲移松樹此徘徊•
八十山翁手自栽•
遅暮祇応憐楚楚
何須長待棟梁材•

山荘《さんさう》に松樹子《しようじゆし》を栽《う》う

松樹《しようじゆ》を移《うつ》さんと欲《ほつ》して　此《ここ》に徘徊《はいくわい》す
八十《はちじふ》の山翁《さんをう》　手自《てづか》ら栽《う》う
遅暮《ちぼ》　祇《ただ》　応《まさ》に楚楚《そそ》たるを憐《あはれ》むべし
何《なん》ぞ須《もち》ひん　長《なが》く棟梁《とうりやう》の材《ざい》を待《ま》つを

松の木を移し植えようと　このあたりを歩いて廻る
齢《よわい》八十に近い山住まいの私が　この手で植えるのだ
年をとったがゆえに　ひとえに　松の若木《わかぎ》のすがすがしさに心惹かれるのだろう

この木が大きく成長し　家を建てる材料になるのを待ちつづける必要はあるまい

語釈　○山翁―ここでは〝中央を離れた田舎住まいの老人〟という意。　○遅暮―年をとること。『楚辞』離騒の中に出て来る語。　○応―推量を表す。〝きっと……であろう。……にちがいない〟。　○楚楚―さっぱりとしたさま。○何須―〝どうして必要であろうか、いや、必要ない〟。　○棟梁―家屋の棟木《むなぎ》と梁。

南郭七十六歳、亡くなる前の年の作品です。自分の家に松の若木《わかぎ》を植えたことを詠み、最晩年の心境を吐露しております。「松樹子」は松の若木で、詩題は「辺鄙《へんぴ》な別荘に松の若木《わかぎ》を植える」という意味。

南郭は七十五歳のとき、今の渋谷にあたる場所に別邸を建てました。その後亡くなるまでの二年間をそこで暮らしています。引っ越しの多かった人で、先に不忍池《しのばずのいけ》で塾を開いた後、七回転居しておりますが、最後だいたい今の港区の中を転々としていたのですが、最後がこの渋谷の山荘でした。がこの渋谷の山荘でした。「山荘」となっていますが、実際には山の中ではなく、敷地の三分の二くらいは畑だったと伝えられます。山荘の「山」は、〝中央部を離れた、ひなびた〟という意味で使っているのでしょう。

詩全体に、あきらめも含まれた、さっぱりとした達観の心境が描かれていると思います。松の木は『論語』以来、変わらぬ信念、高潔な心情の象徴でした。しかし作者は、ここではそのような伝統を離れ、〝松の苗木の若々しさ、愛らしさをめでよう〟と言っています。前に出て来た木下順庵の「稚松《ちしょう》」（↓一六一ページ）と比べるのも一興でしょう。

第四句には、自分の老い先についての思いがかすかに影を落としているかも知れません。

古文辞学の精華（三）——秋山玉山・湯浅常山

秋山玉山（一七〇二〜一七六三）

秋山玉山《あきやまぎょくざん》は、熊本の学問・教育の恩人と言うべき人です。豊後《ぶんご》鶴崎（大分市）の人で、お父さんは当時鶴崎を領地としていた肥後熊本藩の、お抱えの大工の棟梁《とうりょう》を務めていました。玉山は幼いころ、叔父《おじ》さんにあたる秋山氏の養子となりました。叔父上が藩医を務めていたので、はじめは医学を修め、かたわら学問に勤《いそし》みました。

二十代初めに肥後藩主の細川氏に仕え、その命《めい》に従って江戸に出ました。そして昌平黌《しょうへいこう》で十年間学びます。ですから、玉山の基盤は朱子学ということになります。当時昌平黌の当主であった林鳳岡《はやしほうこう》（一六四四〜一七三二）の下で学問を磨きました。大いに見込まれ、林鳳岡の代講を務めることもあったと言われます。鳳岡はよほど玉山に期待をかけたと見えて、玉山が酒好きだと知ると、毎日酒一升をプレゼントしたとも伝えられます。

三十代初めに熊本に帰り、藩主の侍読《じとう》（読書係）となり、ここでも重用されます。その時の藩主が八代目の細川重賢《しげかた》（一七二〇〜八五）でした。この人は江戸時代全体の中で屈指の名君とされ、学問・教育を重んじ、自身も儒学・武術・絵画・書道に秀でていました。

玉山は四十代の終わりに細川公の江戸の藩邸で服部南郭《はっとりなんかく》と出会っています。また、高野蘭亭《たかのらんてい》とも親交を結んでいます。つまり朱子学を基盤にしながら、徂徠の古文辞学にもよく通じていた、幅の広い人だったわけです。

五十三歳の時に玉山の詩集が出版されると序文を服部南郭が書き、あとがきを高野蘭亭が古体詩の形で寄せています。同じころ、「時習館」という藩校を創設し、初代の学長にもなっています。この校名が『論語』学而《がくじ》第一の「学んで時に之《これ》を習ふ」から出ていることは言うまでもありますまい。それ以後、熊本藩では詩を作ることが大いに流行し、続々と詩集が出されています。江戸時代を通じ、どこにもそういうことはなかったようで、その気風が現代にまで受けつがれています。今でも熊本の市内だけで九十以上の作詩の会（詩社）があります。

人と語り合うのを好み、訪れるお客さんがあると必ずお酒と食事を出して、長い時間談笑して少しも倦《う》むことがなかった。その一面では詩作に強い自負心を持ち、〝世の中に詩人は多いが、私ほど熟慮に熟慮を重ねて作る人はいないだろう〟、練り上げられた詩を作ったのだということを、みずから語っておられます。

雑言古詩　（韻目省略）

鴻門高

鴻門高　高且雄•
天暦数　指顧中•
謀臣不語目屡動
剣舞双双闘白虹•

鴻門高《こうもんかう》

鴻門高《こうもんたか》し　高《たか》くして且《か》つ雄《ゆう》なり
天《てん》の暦数《れきすう》　指顧《しこ》の中《うち》
謀臣《ぼうしん》　語《かた》らず　目《め》　屡〻《しばしば》動《うご》き
剣舞《けんぶ》　双双《さうさう》　白虹《はくこう》を闘《たたか》はす

秋山玉山（一七〇二〜一七六三）

屠児一入四座傾◦
卮酒彘肩腥風生◦
君不見俎上之肉飛生翼▲
却望天際成五色▲

屠児《とじ》一《ひと》たび入《い》つて　四座《しざ》傾《かたむ》く
卮酒《ししゆ》　彘肩《ていけん》　腥風《せいふう》生《しやう》ず
君見《きみみ》ずや　俎上《そじやう》の肉《にく》　飛《と》んで翼《つばさ》を生《しやう》ずるを
却《かへ》つて天際《てんさい》を望《のぞ》めば　五色《ごしき》を成《な》す

鴻門《こうもん》の地は坂の上に　高く　かつ堂々とひろがっている
あのとき　天の定めた運命はまさしく目の前にあった
宴会の最中　范増《はんぞう》は何も言わず　ただしきりに目配せをし
劉邦を殺そうとして剣《つるぎ》の舞《まい》を舞う范増の部下　それを妨げようとしてやはり剣の舞を舞う劉邦の部下
　その二人はかがやく虹のような刃《やいば》をひらめかせた
そこに劉邦の護衛樊噲《はんかい》が闖入《ちんにゅう》するや　並《な》み居《い》る人々はいっせいにそちらに注目した
項羽が与えた大杯《おおさかづき》　豚の生肉《なまにく》　樊噲はそれを立ったまま飲み干《ほ》し　刀で肉を切ってむさぼり食い
　あたりには生臭い風が吹き起こった
君は見て知っているだろう　まな板の上の肉のようだった劉邦が部屋を飛び出し　羽が生えたように
　味方のもとへ帰って行った
その方角を振り返って空の彼方を望み見ると　五色《ごしき》のあや雲がたなびいていたのだ

語釈　○雄―強くて勇ましい。規模が大きい。　○暦数―運命、宿命。ここでは、天子の位につくべき運命のこと。　○指顧中―指さし、ふりむく。〃ほんの目の前にある。近くにある〃意。　○白虹―輝く虹。漢詩文では

「白」はいわゆる白色ではなく、輝かしく透明な感じ。○卮酒―大杯《おおさかづき》の酒。○彘肩―豚の肩肉。○俎上之肉―まないたの上に載せられた肉。運命が尽きたたとえ。ここでは、項羽にいつ殺されてもおかしくない劉邦にたとえた。

「鴻門高」は、一種の楽府題《がふだい》です。中国では古代より、宮廷に音楽を取り扱う役所が設置され、それを「楽府《がふ》」と呼んでおりました（秦代に設置され、前漢のとき拡充されました）。そこに集められて伝承された民歌・民謡のことも「楽府」「楽府詩」と呼び、そういう楽府詩の題名を「楽府題」と言います。言ってみれば「楽府詩」は民謡の歌詞、「楽府題」は歌詞を乗せる曲の名、ということになります。一つの楽府題に、作者を異《こと》にする複数の作例が残されている場合が多いのですが、それらは替え歌のようなものです。

楽府詩は後漢ごろからのものがたくさん残されていますが、この「鴻門高」は最初の作例が明代のもので、作者は李東陽《りとうよう》という古文辞派の詩人です。つまり「鴻門高」は、李東陽が新たに作り出した新民謡で、言わば「擬古楽府」ということになるでしょう。その新しい楽府詩のスタイルに倣って秋山玉山がこの詩を作った、すなわち「鴻門高」の替え歌を作ったということになります。

「鴻門高」は、「鴻門の会」の故事にちなんでいます。始皇帝《しこうてい》の秦《しん》王朝が崩れてから次の王朝を建てるまでの混乱期、項羽と劉邦の争いにかかわる歴史故事で、司馬遷《しばせん》の『史記』項羽本紀に生き生きと伝えられております。

始皇帝が建てた秦王朝が崩れると世は乱世となりますが、やがて楚の項羽と劉邦が天下を争うこととなった。結局、劉邦が勝ちますが、劉邦ははじめは大将軍項羽の部下だったわけです。

秦の都咸陽《かんよう》（陝西省）を落とした時、劉邦は項羽の機嫌を損ねてしまった。そこで〝いま争うのはまずい〟ということで、小人数の部下といっしょに項羽にお詫びをしに行くのですが、その面会の場が今の北中国の陝西省にある鴻門の地でした。項羽は劉邦を許して宴会を開きます。

ところが、項羽の老練な参謀の范増《はんぞう》は、劉邦が危険人物であり、近いうちに必ず項羽のライバルになるであろうと察知し、何とかこの宴席の場で殺してしまおうと画策します。部下に命じて剣の舞を舞わせ、その剣で劉邦を刺し殺させようとするのですが、不穏な空気を察した劉邦の部下たちがいろいろな形で劉邦を助け、劉邦は危ういところで窮地を脱し、陣地へ逃げ帰ることができた。その故事をこの詩で詠んでいます。

最初の、三言《さんごん》（一句あたり三字）の四句が導入で、鴻門の会を大きく総括して詠い起こしています。鴻門の地は坂の上にあるので、「鴻門高《こうもんたか》し」となります。つづく五・六句で、劉邦殺害の策略である剣の舞のことを出します。「謀臣《ぼうしん》」は、范増。剣舞ですから斬り合っているわけではありませんが、二人が向かい合って緊張感に満ちて踊っているようすがそのように見えたということで、「闘《たたか》はす」という語を使っております。そこに劉邦の護衛をつとめる樊噲《はんかい》という豪《ごう》の者が、劉邦の危機を聞いて乱入して来ました。それが七・八句。第七句の「屠児《とじ》」は樊噲のことで、劉邦に仕える前に屠殺業に携わっていたのでこう呼んでいます。宴席の主人、項羽は一目見て樊噲のことが気に入り、その場で大杯《おおさかづき》の酒と豚の生肉を与えました。それが第八句です。

九・十句は結びで、〝天は劉邦のほうに微笑《ほほえ》んだ〟となります。『史記』項羽本紀の名科白《せりふ》が二つ引用されています。

まず「俎上《そじやう》の肉《にく》」は、からくも宴席を脱した直後、樊噲が劉邦に耳打ちしたことば。「今、先方は庖丁《ほうちよう》と俎《まないた》、私たちは魚か肉。一刻も早く逃げましょう」。
もう一つは「五色《ごしき》」。五色（青・黄・赤・白・黒）は天子の気ですが、この面会に先立って、范増が項羽に忠告し、「私が劉邦のことを占わせたところ、劉邦のいる場所の上空に五色の雲がたなびいていました。あれは天子の気です。だから一刻も早く劉邦を殺さなくてはいけません」と発言したことをふまえています。

全体に『史記』の名場面を巧みに織り込み、緊迫感に富んだ詩になっています。

七言絶句（下平・九青）

夜聞落葉

千林霜葉夜飄零•
蕭瑟秋声不可聴•
夢裡忽疑風雨至
開窓残月満中庭•

夜《よる》 落葉《らくえふ》を聞《き》く

千林《せんりん》の霜葉《さうえふ》 夜《よる》 飄零《へうれい》
蕭瑟《せうしつ》たる秋声《しうせい》 聴《き》く可《べ》からず
夢裡《むり》 忽《たちま》ち疑《うたが》ふ 風雨《ふうう》の至《いた》るかと
窓《まど》を開《ひら》けば 残月《ざんげつ》 中庭《ちゆうてい》に満《み》つ

森の数知れぬ木々　そのもみじ葉が　この秋の夜　風に吹かれて舞い散っている
さびしい秋特有の音は　じっと耳を傾けているのがつらい
私は夢の中でふと気になった　風まじりの雨になったのかと
起き出して窓を開けてみたら　沈みかけた明けがたの月の光が　中庭いっぱいにふりそそいでいた

語釈　○霜葉―霜によって色づいた木《こ》の葉。紅葉。もみじ。　○飄零―木の葉がひらひらと落ちること。　○秋声―秋の季節特有の音。秋らしい音。風の音、落葉の音、虫や鳥の声など。　〇残月―沈みかけた月。また、その光。「残」は、〝そこなわれる。欠《か》ける〟意。

秋の夜、落ち葉の音を耳にして詠んだもの。

前半と後半が一種の倒置のようになっています。作者ははじめ夢路《ゆめぢ》をたどっていますが、やがて落ち葉が風に吹かれる、ざわめくような音が夢の中に入り込んで来ます。夢うつつの作者はそれを雨音と勘違いして〝外は嵐になったのかと起き出してみたら、月の光が照っていて、晴れた夜だった〟――ということで、前半に移るわけです。時間の流れをあえてひっくり返して詩的効果を高めた詩で、玉山先生のちょっとお茶目な一面も感じられると思います。

湯浅常山（一七〇八〜一七八一）

湯浅常山《ゆあさじようざん》は、備前（岡山県）岡山藩士の家の人です。お祖父《じい》さん、お父さんともに学問を好み、清廉潔白で有名な人たちでした。常山も早くから読書を好み、十代半ばで『保元物語』『平治物語』『源平盛衰記』『太平記』など、いずれも軍記ものですが、ほとんど暗唱していました。そのころから荻生徂徠《おぎゅうそらい》の古学に傾倒し、二十代半ばで服部南郭《はっとりなんかく》に入門し、太宰春台《だざいしゅんだい》にも教わっております。

武術にも優れ、寺社奉行・町奉行を勤めました。貧しい人々の救済や犯罪の摘発に力を尽くしたのですが、直言居士で、あまり当局に直言を繰り返すので、ついに謹慎を命ぜられてしまいます。その後は読書・著述に専念しました。国史、とりわけ古来の武将たちの伝記に詳しく、戦国時代の武将の言行を記した

『常山紀談』がたいへん有名です。

讃海帰舟　遭風悪浪猛　慨然賦之　　七言絶句（下平・五歌・六麻）

讃海《さんかい》の帰舟《きしゅう》 風悪《かぜあ》しく浪猛《なみたけ》きに遭《あ》ひ 慨然《がいぜん》として之《これ》を賦《ふ》す

南溟奉使使臣槎•
直破長風萬里波•
忽値怒濤似奔馬
起提雄剣叱黿鼉•

南溟《なんめい》 使《つかひ》を奉《ほう》ず 使臣《ししん》の槎《いかだ》
直《ただ》ちに破《やぶ》る 長風《ちやうふう》 萬里《ばんり》の波《なみ》
忽《たちま》ち値《あ》ふ 怒濤《どたう》の 奔馬《ほんば》に似《に》たるに
起《た》つて雄剣《ゆうけん》を提《さ》げ 黿鼉《げんだ》を叱《しつ》す

南国の海の向こうに使いのお役目をおおせつかり　使節として乗りこんだこの舟
帰りの舟はまっしぐらに蹴破《けやぶ》って進んだ　遠くから吹く風に吹かれてどこまでも続く波を
しかし思いがけず見舞われた　暴れ馬のように猛《たけ》り狂う大波に
そこで私はやおら立ち上がり　わが太刀《たち》を差し出して　水中に住むうみがめやわにどもを叱りつけた

語釈　○讃海—讃岐《さぬき》の海。瀬戸内海を指す。　○慨然—いきどおり、なげく。　○南溟—南方にある暗い海。『荘子《そうじ》』逍遥遊《しょうようゆう》に見える語。　○黿鼉—「黿」は大きなすっぽん、或いはあおうみがめ。「鼉」はわに。

寛延三年（一七五〇）、四十三歳の時、常山は藩の命令で香川を訪れました。その帰りに舟で瀬戸内海を通っていたところ、嵐に遭《あ》い、舟が転覆しそうになったのです。舟に乗っていた人々はみな恐れおののきましたが、常山は少しも慌てずこの詩を作り、泰然自若《じじゃく》としていたと伝えられます。

詩題の意味は、「讃岐の海から帰る船旅の途中、風がひどく、波が荒れる嵐に見舞われ、心の高ぶりを覚えてこの詩を作った」ということです。

瀬戸内海は回りを閉ざされた海域で、古くから海上交通の要所でした。気候はおだやかで、雨も少なく暖かい、いわゆる「瀬戸内《せとうち》式気候」ですが、このように荒れ狂うこともあったのでしょうか。

第一句では南国の海を「南溟《なんめい》」、つまり巨大な暗い海にたとえ、それに対して自分たちの舟を「槎《いかだ》」――小さいいかだにたとえる、その対照があざやかです。暴風雨に巻きこまれる心ぼそさを表現したものでしょう。第二句は李白の「行路難《かうろなん》三首」の「其の一」の末尾二句「長風 浪《なみ》を破る 会《かなら》ず時有り／直《ただ》ちに雲帆《うんぱん》を掛《か》けて滄海《さうかい》を済《わた》らん」にもとづいていると思います。

後半二句は猛《たけ》り狂う海を馬や水棲動物たちにたとえ、これに剣を抜いて立ち向かう作者の姿。大自然の暴威も鎧袖一触《がいしゆういつしよく》と言わんばかりの豪壮さで、胸のすくような余韻を残します。

享保の両雄——梁田蛻巌・桂山彩巌

梁田蛻巌（一六七二〜一七五七）

この章では、享保《きょうほう》（一七一六〜一七三五）のころ、木下順庵・荻生徂徠の門の外にあって名をはせた二人の詩を見てゆきます。

梁田蛻巌《やなだぜいがん》は、前橋（群馬県）藩士の家の人でした。生まれは江戸神田の小川町にあった藩邸で、十代初めから朱子学を学び、続いて儒教の日本的発展を目指した山崎闇斎（↓一三〇ページ）の学問に傾倒しました。十代のうちに充実した教育を受け、儒教の古典はもとより、中国の歴史書、中国の古文などを広く学んでおりました。

当然、将来は立派な藩士になる筈だったのですが、その後二十代初めからいくつかの藩に仕えたものの、いずれも長続きせず、江戸で貧しい生活を余儀なくされます。藩に仕えるという暮らしが性に合わなかったようです。血気盛んで感情に流されやすい人だったようで、兵法、戦《いくさ》の話をするのを大いに好み、そういう話を人とするたびに心を高ぶらせ、腕を振り上げたり刀を抜いたりする勢いだったと言われます。もともと梁田の家が武をたっとぶ家系だったので、それを意識していたかも知れません。

その一方で当時の豪商と親しくなり、風流の遊びに夢中になった時期もあって、遊郭などにも始終出入りしたようです。俳句を好んで作ったり、『源氏物語』『枕草子』など平安時代の仮名文学、女流文学に関心を寄せたり、なかなか多情多感な人生行路を進んでいましたが、四十代半ばくらいからようやく生活が安定しました。四十一歳でやっとお嫁さんを迎えましたので、そのことも影響しているでしょう。

そして、四十八歳で播磨《はりま》（兵庫県南西部）の明石《あかし》藩の藩儒となりました。これには、当時幕府の儒官であった桂山彩巌《かつらやまさいがん》（→二三三ページ）の力が大きかったとのことです。その後は蛻巌は明石に定住し、八十六歳の長寿を保ちました。晩年には、それまでとは打って変わって穏やかな人柄になったと言われています。

蛻巌の学問は朱子学を中心としながら、闇斎学の影響か、仏典や神道にも詳しかった。詩風は、波乱の多い人生を反映しているのでしょうか、たいへん多様なものです。

七言律詩（上平・五微）

不能買書

奎壁無光接少微●
茅斎徒下読書幃●
十年夜雪背窓坐
一瞥風花閲市帰●
何処痴人宜久借
吾家宿蠹耐長饑●
恵車鄴架満天地
誰信空拳猶突囲●

書《しよ》を買《か》ふこと能《あた》はず

奎壁《けいへき》 光《ひかり》の 少微《せうび》に接《せつ》する無《な》く
茅斎《ばうさい》 徒《いたづ》らに下《くだ》す 読書《どくしよ》の幃《ゐ》
十年《じふねん》 夜雪《やせつ》 窓《まど》に背《そむ》いて坐《ざ》し
一瞥《いちべつ》 風花《ふうくわ》 市《いち》に閲《けみ》して帰《かへ》る
何《いづ》れの処《ところ》の痴人《ちじん》か 久《ひさ》しく借《か》すに宜《よろ》しき
吾《わ》が家《いへ》の宿蠹《しゆくと》 長《なが》く饑《う》うるに耐《た》へたり
恵車《けいしや》 鄴架《げふか》 天地《てんち》に満《み》つ
誰《たれ》か信《しん》ぜん 空拳《くうけん》 猶《な》ほ囲《かこみ》を突《つ》くことを

二つの文運の星　奎《けい》と壁《へき》　どちらも　少微《しょうび》の星のもとにある私に光を投げてはくれず
私はこの茅葺《かやぶ》きの質素な書斎で　ただ空《むな》しく幃《とばり》を下ろしている
これまでの十年　せっかくの雪明かりの晩も　窓に背中を向けたまま坐り
ふと見つけた詩集や文集　それらも町中で立ち読みしただけで帰らざるを得ない
どこの物好きなお人であろうか　長い間この私にご本を貸してくださるのは
わが家に住みついている　本を食う虫たちも　もう長いことひもじさに耐えているのだ
恵施《けいし》や鄴県侯《ぎょうけんこう》のような蔵書家たちは　今の世にもいくらでもいるだろうが
その中で誰が信じてくれるだろう　書物を持たないまま　なお学問に励んでいる私のことを

語釈　○茅斎—かやぶきの粗末な書斎。○風花—風に舞う花びら。転じて、詩文のたとえ。特に美文調の作品のたとえになる。○痴人—おろかな人。ここでは、自分に書物を貸してくれるような奇特なお人。○宿蠹—住みついている蠹《しみ》（紙魚《しみ》）。蠹《しみ》は節足動物の昆虫で、体長は〇・八～一センチメートル。書籍・人絹《じんけん》・でんぷん質の糊《のり》などを喰う。全身、銀白色の鱗片《りんぺん》におおわれ、屋内の暗所を好む。○空拳—武器を持たない握りこぶし。ここでは手元にまったく本がないことを言う。○突囲—もとは軍隊用語で、〝囲みを突破する、苦しい境遇を抜け出す〟。ここでは学問に励むことを言う。

正徳三年（一七一三）、蜺巌四十二歳の作。江戸にいましたが出仕しておらず、貧乏していました。前の年に奥さんを迎え、この年に初めての子を授かりますが、奥さんが大病に倒れてしまい、物入りが多くなり、暮らしがますます苦しくなった時期でした。蔵書を売り払い、お経の講義、他人の恋文の代筆、芝居小屋の店番までして謝礼をもらい、日々をしのいでいたと伝えられます。そういう生活の中でも〝学問への志は失わないぞ〟という覚悟を述べたのがこの律詩です。

「書物を買うことができない」という、何か身も蓋もない詩題です。

まず最初の一・二句は、不如意な自分の生活を総括的にうたい起こします。第一句に出て来る「奎」「壁」「少微」はいずれも星の名前で、「奎」はとかきぼし、「壁」はやまめぼし。この二つは人の文運、学問・文学の運勢を司る星。「少微」は「処士星」とも言い、処士（＝処子。民間で生活し、仕官していない人）の運命を司る星。文運を司る星の光が自分の星までとどかない、つまり〝今の自分は学問や文学の世界から見放されてしまっている〟ということになります。

第二句の「幃《ゐ》を下《くだ》す」は、「幃」はカーテン。中国の昔の習慣として、家で読書をするときにはカーテンを下ろしたので、〝読書をする、若者を教える、塾を開く〟という意味になります。〝いたずらにとばりを下ろしたままにしている〟ということは、読む本もない、塾を開くこともままならない、形だけカーテンを下ろしている、ということです。

真ん中の四句は、〝本を読みたくてたまらないが、それがどうしても叶《かな》わない〟ということを、いろいろの角度から述べます。

三・四句はそれぞれ読書にまつわる故事を引いておりますが、第三句は東晋の孫康《そんこう》という書生の故事（『晋書《しんじょ》』孫康伝、『蒙求《もうぎゅう》』孫康映雪《そんこうえいせつ》）。〝孫康は貧乏で灯《ともしび》の油が買えず、窓の雪あかりで本を照らして勉強に励んだ〟というもの。〝しかし彼に比べて、今の私はそれさえできない、なぜなら読むべき本そのものがないから。それで私は窓に背を向けて坐っているのだ〟という悲しい描写です。

第四句は後漢の王充《おうじゅう》という人の故事（『蒙求』王充閲市《おうじゅうえつし》）。〝王充は若いころ貧乏で本が買えなかったので、いつも洛陽の町の本屋さんの本を立ち読みし、その場で全部覚えてしまった〟というものですが、ここでは記憶力のよさを誇るよりも、本が買えない悲しみを強調しています。

五・六句は、〝どこかに本を貸してくださる奇特な方はおられないか〟という願望を示したあと、〝私は本に飢えているが、飢えているのは私だけではない。家に巣くっている、本を食う虫たちも飢えている〟と、ちょっとユーモラスな表現に転じています。

七・八句でも故事が出ます。「恵車《けいしゃ》」「鄴架《げふか》」がそれで、いずれも蔵書の多いことを言います。「恵車」は戦国時代の蔵書家恵施《けいし》の車。恵施は五台の馬車に書物をいっぱいに積むほど、たくさんの書譜を所有していた。「鄴架」は唐の時代の鄴県侯李泌《りひつ》の書棚。書物がぎっしり詰まっていた。〝そのような蔵書家たちの中から理解者が出て来てくれないかな、援助してくれないかな〟という切実な願望で結んでいます。

この詩は、いろいろの故事やたとえが全体に所せましと詰め込まれている感じです。読書もままならない暮らしの中で、せめて詩を作ることに熱中して充実感を感じようとしている作者の苦しい状況が、この詠みぶりからよく窺われるように思います。

しかし調べてみますと、蜆巌先生はまったく同じ時期に、遊郭で遊べないことを嘆く詩も作っていますので、案外、根は明るい楽天的な人だったのかも知れません。めでたく明石藩に就職するのは、この六年後のことでした。

五言絶句（去・十七霰）

小姑

小姑僅十三
慧情満嬌面▲
梨花深院窓
低誦鶯鶯伝▲

梁田蛻巌（一六七二～一七五七）

小姑《せうこ》

小姑《せうこ》僅《わづ》かに十三《じふさん》
慧情《けいじやう》 嬌面《けうめん》に満《み》つ
梨花《りくわ》 深院《しんゐん》の窓《まど》
低《ひく》く誦《しよう》す 鶯鶯伝《あうあうでん》

若い娘　年はまだ十三
利発そうなようすが　かわいらしい顔立ちにあらわれている
梨の白い花が咲く　中庭の窓べで
小声であの有名な　鶯鶯の恋物語を読んでいる

語釈　○小姑─若い娘。「姑」は娘の意。　○十三─当時は数え年なので、満年齢で言うと十一か十二。　○慧情─「慧」は利発、「情」は様子の意。　○嬌面─「嬌」は、〃美しい、きれい〃というよりかわいらしい感じ。小さい男の子や鳥の声などを形容する。　○鶯鶯伝─中国の中唐・元稹《げんしん》が著した伝奇（文語体の中編小説）。才色兼備の美女崔鶯鶯《さいおうおう》と書生張生《ちようせい》との、曲折に満ちた恋愛物語。

文学好きの娘さん――文学少女を詠んだ作品。

主人公の娘は明るい窓べで小説を読みふけっています。庭に咲く白い梨の花、それに囲まれたような窓の中に、利発そうな彼女の姿。一幅の絵のような境地ですが、もしかすると、読書する娘を描いた絵に書きつけた「題画詩」かも知れません。

第四句に「低《ひく》く誦《しょう》す」（小声で読む）とありますが、本を黙読する習慣は中国でも日本でも新しく、日本で黙読することが定着したのは二十世紀になってからではないでしょうか。江戸時代には当然、声を出して読んでいました。

第三句の梨の花は、楊貴妃に関係があります。白楽天の「長恨歌《ちやうごんか》」に、悲しみに沈む楊貴妃の美しさをたとえて、「梨花一枝《りくわいつし》　春《はる》雨《あめ》を帯《お》ぶ」（ひと枝の梨の花が　春　雨にぬれているようだ）という描写があるので、ここに梨の花が出て来ると、この女の子がきれいだ、かわいい、というイメージになります。

江戸時代、日本の都市部の識字率が五〇パーセントに達していたという説があることも思い出され、なかなかいい詩だと思います。

桂山彩巌（一六七九～一七四九）

桂山彩巌《かつらやまさいがん》は江戸の生まれ。林家《りんけ》の林鳳岡《はやしほうこう》に師事し、朱子学を中心に修めました。早くも十六歳で幕府に仕え、しだいに重用されて、五十代半ばに書物奉行に任命されました。書物奉行は幕府所蔵の書物を管理し、校訂するのが職務で、自由に閲覧することもでき、ますます学問が進みました。荻生徂徠もしばしば彼に手紙を送り、いろいろと質問などをしていたようです。

詩のほか、音楽や書道、特に草書・隷書《れいしょ》に優れていました。梁田蛻巌《やなだぜいがん》（→二一七ページ）が明石《あかし》藩に勤められるよう、斡旋してくれた恩人でもあります。蛻巌も桂山彩巌を尊敬し、以後ずっと交友が続きました。

桂山彩巌（一六七九〜一七四九）

人柄は梁田蛻巌とは対照的に慎み深い人で、名声が上がることをまったく欲《ほっ》しなかった。亡くなる時の遺言にも、〝私には人徳もないし、学問もない。仕えていたときの業績もない。だから墓碑銘などを作って私を誉めてはいけない〟とあります。まことにゆかしいお人です。

しかし詩文の分野では新井白石、梁田蛻巌、秋山玉山とともに「享保の四大家」に数えられております。今日伝わる詩が少ないのが残念ですが、特に律詩に巧みであったと言われております。

七言律詩（下平・八庚）

八島懐古　其一

海門風浪怒難平•
此地曾屯十萬兵•
金鏑頻飛魚鼈窟
楼船空保鳳凰城•
宋帝遺臣迷北極
周王君子尽南征•
不識英魂何処所
月明波上夜吹笙•

八島懐古《やしまくわいこ》　其《そ》の一《いち》

海門《かいもん》の風浪《ふうらう》 怒《いか》り平《たひ》らぎ難《がた》し
此《こ》の地《ち》 曾《かつ》て屯《とん》す 十萬《じふまん》の兵《へい》
金鏑《きんてき》 頻《しき》りに飛《と》ぶ 魚鼈《ぎよべつ》の窟《くつ》
楼船《ろうせん》 空《むな》しく保《たも》つ 鳳凰城《ほうわうじやう》
宋帝《そうてい》の遺臣《ゐしん》 北極《ほくきよく》に迷《まよ》ひ
周王《しうわう》の君子《くんし》 尽《ことごと》く南征《なんせい》す
識《し》らず 英魂《えいこん》 何《いづ》れの処《ところ》の所《ところ》ぞ
月明《げつめい》 波上《はじやう》 夜《よる》 笙《しやう》を吹《ふ》く

八島の海峡の入口で風に吹かれる波　その激しさはとうてい収まるまい
ここでかつて　源氏と平家十万の大群が　陣営を張って向かい合ったのだ

戦《いくさ》の始まりを告げる金の鏑矢《かぶらや》は　魚たちのすみかの上空を飛び
いくさ船は空《むな》しく守ることになってしまった　安徳天皇のおわします宮城を
南宋の遺臣たちのような平家の人々は　よりどころとなる天子様を失って途方に暮れ
周の大王古公亶父《ここうたんぽ》の臣下たちにもなぞらえられる平家の生き残りの人々はみな　南の九州地区にのがれて行ったのだ
八島のいくさを戦った英霊たちは　今どこにいるのか
彼らに思いをはせながら　月明かりのもとの波に向かい　私は今宵《こよい》　笙の笛を吹くことにしよう

語釈　○八島—屋島《やしま》のこと。香川県高松市にある島山《しまやま》。源平合戦の古戦場として名高い。　○金鏑—戦いの始めに射《い》る金製のかぶら矢。　○魚鼈窟—魚やすっぽんの棲《す》む深い穴。　○楼船—大きな船。二階造りの船。やぐら船。水上の戦いや遊覧に用いる。ここは前者。　○鳳凰城—宮城。「鳳城」とも言う。中国の漢代、宮城の門に銅製の鳳凰を飾ったことから。ここでは、平家が戴いていた安徳天皇の仮御所を指す。　○宋帝—中国の南宋王朝最後の皇帝趙昺《ちょうへい》のこと。　○周王—中国の周王朝の太王古公亶父《ここうたんぽ》。周の文王の祖父にあたる。

平清盛の時代、藤原氏を圧倒して政権を樹立した平家は武家政治の端緒を開きましたが、やがて源氏に圧倒されて壇《だん》ノ浦《うら》で滅んで行きます。木曾の義仲《よしなか》が上京して平氏が都落ちし、一《いち》ノ谷《たに》の戦い、八島の合戦《かっせん》から壇ノ浦に至《いた》る。そのいきさつは『平家物語』後半の頂点になりますが、ここではその中の八島の合戦が主題になっています。八島に赴いた際、この合戦のあとさきを思い浮かべて作った「懐古詩」です。全体として、明らかに平家の側に立って詠んでいるのが特徴と申せましょう。

日本の寿永《じゅえい》三年（中国の淳熙《じゅんき》十一年。一一八四）、一ノ谷で敗れると、平宗盛《たいらのむねもり》は安徳天皇を奉じて屋島に移ります。一ノ谷の戦いによって源氏の優位が明らかになりましたが、水軍の力にまさる平家を完敗させるには至らず、九州では平家が勢力を盛り返して来ました。そこで源頼朝《みなもとのよりとも》は弟の義経《よしつね》に屋島征討を命じ、義経は暴風雨の中、平家の陣を奇襲します。平家は不意を突かれて敗退し、一ヶ月後、壇ノ浦で全滅することとなるのです。

まず一・二句は八島の第一印象から。悪天候の日だったのでしょうか、そこからただちに源平の激しい合戦を連想します。三・四句は合戦のいきさつを総括しています。

五・六句では、この合戦に敗れた平家一門の運命を思いやっています。

五句の「北極」は北極星のこと。北極星は常に中心にあって動かず、他の星がそのまわりを回ることから、よりどころとなる天子様の位にたとえます。「宋帝の遺臣」は、中国の南宋王朝がモンゴルの元軍に敗れ、遺臣たちは多く入水《じゅすい》してしまい、付き添っていた最後の皇帝趙昺《ちょうへい》も臣下に背負われて入水しました。そのとき数えで八歳。これを、壇ノ浦の戦いで入水された安徳天皇にたとえたわけです。偶然にもそのとき、安徳天皇も八歳でした。

六句の「周王の君子」は、周の太王古公亶父を指します。彼が異民族に追われて南の山に逃れたことを、壇ノ浦以後の平家の生き残りの人々が九州へ落ち延びていったことにたとえました。

最後の七・八句は、〝平家の人々を弔《とむら》い慰めるため、笛を吹こう〟ということで結びます。

重厚でおごそかな、格調の高い律詩です。吹きすさぶ風、荒れ狂う波の描写から始まって、月明かりの夜、笛の音《ね》がひびく場面で終わる、〝動〟から〝静〟への構成上の工夫も印象に残ります。

六、詩社の興隆——新たな詩風へ

蕗谷虹児「川びらき」 昭和二十七年（一九五二）
「寒星《かんせい》 忽《たちま》ち落《お》とす 半空《はんくう》の雨《あめ》／火樹《くわじゅ》 能《よ》く開《ひら》く 満架《まんか》の花《はな》」（大窪詩仏《おほくぼしぶつ》
「烟花戯《えんくわぎ》」→二九一ページ）

明和・安永（一七六四〜八一）以降、京都・大坂・江戸をはじめ、各地に多くの詩社が結成される。彼らはそれまでの詩風にあきたらず、詩の新たな可能性を模索・提唱した。

片山北海《かたやまほっかい》の混沌詩社からは頼春水《らいしゅんすい》・葛子琴《かつしきん》・尾藤二洲《びとうじしゅう》、市河寛斎《いちかわかんさい》の江湖詩社からは柏木如亭《かしわぎじょてい》・大窪詩仏《おおくぼしぶつ》・菊池五山《きくちござん》ら、新しい詩風を備えた詩人たちが出、禅僧や儒家たちとともに、その後の詩の隆盛をはぐくむ土壌を形成していった。

京都の詩社 —— 江村北海・龍草廬

詩社とは〝詩人たちの結社、詩人の団体〟ということで、定期的に集まって詩を作り合い、批評し合って詩の腕を磨いてゆく、言わば作詩サークルです。江戸時代中期、漢詩が日本各地にすっかり定着したことの現れとして、詩社がたくさんできてまいりました。

顧みますと、江戸時代の関西地区の詩壇は、初めは京都が中心でした。藤原惺窩《ふじわらせいか》の門下の人々によってその基礎が作られ、その代表が、林羅山と松永尺五《まつながせきご》（一五九二〜一六五七）です。羅山は江戸に赴いて徳川家康に仕え、江戸官学の創始者となりました。一方、松永尺五は京都にとどまって教育に専念しますが、門下生数千人と言われ、京都の詩壇・学問の発展に重要な役を果たしました。尺五のお弟子さんに木下順庵《きのしたじゅんあん》、安東省庵《あんどうせいあん》、貝原益軒《かいばらえきけん》がいます。特に木下順庵の門下から多くの優れた人々が出て、全国に赴任しました。また、藤原惺窩《ふじわらせいか》の門下には石川丈山《いしかわじょうざん》もおり、詩人として名声を博し、詩仙堂を建てました。その他、山崎闇斎《やまざきあんさい》や伊藤仁斎《いとうじんさい》・東涯《とうがい》父子も、それぞれ一つの学派を作ることになります。

それが江戸中期になりますと、江戸で荻生徂徠《おぎうそらい》の古文辞派が大人気を博し、その影響がしだいに日本全国に及んでゆきます。古文辞派の勢いは、十八世紀後半までは続いておりました。しかしそのころから、これとは違う新しい詩風を目指す動きも起こり始めます。江村北海《えむらほっかい》・龍草廬《りゅうそうろ》の両人も、古文辞派とは違う詩風を目指そうとした人の中に位置づけられるでしょう。

江村北海（一七一三〜一七八八）

江村北海《えむらほつかい》は、越前（福井県）藩儒の家の人でした。兵庫県の明石《あかし》の母方の家に生まれ、そこで育てられていましたが、少年期に、明石の藩儒になっていた晩年の梁田蛻巌《やなだぜいがん》（↓二二七ページ）に才能を認められています。学問・武術両方に精進し、早くも二十二歳で、お父さんに代わって儒教の本や歴史書を講義するまでになりました。その二十二歳の時に丹後《たんご》（京都府の北部）の宮津藩に迎えられ、五十一歳まで勤めます。

五十一歳で辞職すると、京都で塾を開いて教育の道に進みました。それと同時に詩社を結成し、詩人としての活動にも力を入れ、やがて京都詩壇の中心となってゆきます。詩を作るだけではなく、詩の研究にも造詣の深かった人で、たとえば『日本詩史』は古代以来の日本の詩の歴史を書いた本で、今でも日本漢詩を学ぶには必読の書であります。また『日本詩選』は、彼が編集した江戸時代の名詩集です。これらは大いに流布し、彼の影響は全国にひろがってゆきました。

五言律詩（上・二十一馬）

有　感
小蟹生江浦
営穴蘆岸下
穴中不盈寸
自以為大廈

感有《かんあ》り
小蟹《せうかい》 江浦《かうほ》に生《しやう》じ
穴《あな》を営《いとな》む 蘆岸《ろがん》の下《もと》
穴中《けつちゆう》 寸《すん》に盈《み》たざるも
自《みづか》ら以《もつ》て 大廈《たいか》と為《な》す

朝慮沙岸崩
夕怕江潮瀉
物小識亦微
営営何為者

朝《あした》に 慮《おもんぱか》る 沙岸《さがん》の崩《くづ》れんことを
夕《ゆふべ》に怕《おそ》る 江潮《かうてう》の瀉《そそ》がんことを
物《もの》 小《せう》にして 識《し》ることも亦《また》 微《び》なり
営営《えいえい》 何為《なんす》る者《もの》ぞ

小さな蟹《かに》は 川のほとりに生まれ育ち／巣穴《すあな》を 葦《あし》の茂る岸べに作る
巣穴の中は さしわたし一寸にも満たないが／自分ではそれを大きな屋敷と思っている
朝には気づかう 砂浜がくずれて巣をうずめはしないかと
夕べには恐れる 川の波が押し寄せて巣を浸《ひた》しはしないかと
蟹の体は小さく 物の見方もまた小さい／毎日あくせく働いても 何ほどのことがあろう

語釈 ○江浦―海や川などのほとり。 ○営穴―穴を掘って住むこと。穴住まい。 ○蘆岸下―あしの根元。 ○大廈―大きな家屋。 ○沙岸―砂浜。 ○営営―盛んに往来するさま。せっせと働くさま。

蟹を主題にした「詠物詩」です。「感有り《かんあ》」は〝思うところがある〟ということです。蟹のことを憐れんでいますが、顧みて人間たちのことも考えています。人間だってこの小さい蟹と同じようなものではないか。大自然、歴史の流れに比べれば小さい人間、そういう自分の小ささを自覚してはどうだろう。われわれはとかく自分へのこだわり、執着、プライドに振り回される。すべての悩みの根本はそれである、ということでしょう。〝自分は所詮小さな存在なのだと自覚すれば、少しは楽になるだろう〟という、自戒をこめた教訓の詠物詩です。

この詩のモデルになった作品が、中国北宋時代の梅堯臣《ばいぎょうしん》の「蚯蚓《きゅういん》」です。梅堯臣（一〇〇二〜一〇六〇）は北宋の詩風を確立した大詩人で、それまでの飾りの多い王朝ふうの作風にあきたらず、わかりやすい言葉遣いで、それまでになかった新しい題材を詠もうと工夫を重ねました。その結果、それまで詠まれることのなかった犬や猫、小動物の河豚《ふぐ》や蛇《へび》、蠅《はえ》や虱《しらみ》、蜘蛛《くも》や蛆虫《うじむし》まで詩に詠みました。

「蚯蚓」はみみずの生態を詠みながら、反省と教訓を導き出しています。

蚯　蚓　　梅堯臣《ばいげうしん》　　五言古詩（韻目省略）

蚯蚓在泥穴
出縮常似盈•
龍蟠亦以蟠
龍鳴亦以鳴•
自謂与龍比
恨不頭角生•
螻蟈似相助
草根無停声•
聒乱我不寐
毎夕但欲明•
天地且容畜

蚯蚓《きういん》

蚯蚓《きういん》 泥穴《でいけつ》に在《あ》り
出縮《しゆつしゆく》 常《つね》に盈《み》つるに似《に》たり
龍《りゆう》 蟠《わだか》まれば 亦《また》 以《もつ》て蟠《わだか》まり
龍《りゆう》 鳴《な》けば 亦《また》 以《もつ》て鳴《な》く
自《みづか》ら謂《い》ふ 龍《りゆう》と比《なら》ぶと
恨《うら》むらくは 頭角《とうかく》の生《しやう》ぜざるを
螻蟈《ろうくわく》 相助《あひたす》くるに似《に》て
草根《さうこん》 声《こゑ》を停《とど》むる無《な》し
聒乱《くわつらん》 我《われ》 寐《い》ねず
毎夕《まいせき》 但《ただ》 明《めい》を欲《ほつ》す
天地《てんち》 且《しばら》く容畜《ようちく》す

憎悪唯人情● 憎悪《ぞうを》するは 唯《ただ》 人情《じんじやう》

みみずは 泥土《どろつち》の穴に住み／出たり入ったり いつも満ち足りているようだ
龍が丸くなれば 自分も丸くなり／龍が鳴けば 自分も鳴く
自分では自分を龍の仲間と思っているが／恨めしいのは 龍のようにつのが生えないこと
けらが声を合わせて助けてでもいるのか／みみずは草の根元で ひっきりなしに鳴き続ける＊
やかましくて 私は眠れず／毎晩ひたすら 夜の明けるのを待ち焦がれる
しかし広大な天地は そのような憎まれ者のみみずも とりあえず認めて受け入れている
みみずを憎く思うのは 単なるちっぽけな人の感情に過ぎない

＊昔は中国でも日本でも、みみずは鳴く虫と考えられていました。

この詩はみみずを、つまらない自分に満足して力のある者に媚びへつらう、つまらない者どうしで意気投合して騒いでいる、そんな人々にたとえ、〝そういう俗物たちに負けないで、大きな心で生きてゆこう〟という結論を導いていると思います。

この詩が先ほどの江村北海の詩にそっくりです。梅堯臣はそれまでの詩風に不満を持ち、革新的な詠みぶりを開拓した人でしたが、そういう人の詩をお手本にして作っているということは、北海自身が新しい詩の詠みぶりを模索していたことの証拠になるかも知れません。

龍 草廬（一七一四〜一七九二）

龍《りゅう（たつ）》草廬《そうろ》は山城（京都府）伏見の人。十二歳でお父さんを失って窮乏しましたが、十三歳のときに京都の文房具店のご主人の厚意によって、その養子となりました。それ以後そのお店で働きながら、毎月、故郷のお母さんに仕送りをし、そのかたわら、読書や学問に励みます。特に中国の唐代と明代の詩を愛読したようです。また、荻生《おぎう》徂徠《そらい》や太宰春台《だざいしゅんだい》の古文辞学をほとんど独学で研究し、二十五歳で京都に家塾を開いています。

若いころから博識だったので、たくさんのお弟子さんが集まりました。三十七歳で近江《おうみ》（滋賀県）の彦根藩に招かれて藩儒となり、優遇されてしばしば儒教の書物の講義を行っています。六十二歳で辞職し、京都に出て詩社「幽蘭社」を設立しました。

いろいろなエピソードが残っている人で、たとえば、京都で書画の展示即売会を開いたところ、それが人気を博し、以後、江戸と大坂で定期的に書画の即売会が催されるようになった、また、嵯峨《さが》（京都市左京区）の或る酒場で主人に請《こ》われ、対句を書いて授けますと、主人はそれを入口にかけて看板代わりにした、これがきっかけになって、全国の酒場や茶店が、対句や気の利いた文句をしるした看板を掛けるようになった、などと伝えられています。

思郷　　七言絶句（下平・七陽）

総角辞家客洛陽
秋風一望白雲長
帰心不為蓴鱸美
衰白慈親在故郷

郷《きやう》を思《おも》ふ
総角《そうかく》 家《いへ》を辞《じ》して 洛陽《らくやう》に客《かく》たり
秋風《しうふう》 一《ひと》たび望《のぞ》めば 白雲《はくうん》長《なが》し
帰心《きしん》は 蓴鱸《じゆんろ》の美《び》なるが為《ため》ならず
衰白《すゐはく》の慈親《じしん》 故郷《こきやう》に在《あ》り

あげまきの年ごろで家を出て　京の都《みやこ》に仮住まい
秋風《あきかぜ》の中　見わたせば　大空に白い雲がたなびいている
わき起こる里心《さとごころ》は　ふるさとの名物がなつかしくなったからではない
年を重ねて白髪《しらが》になられた母上様が　ふるさとにおられるからにほかならないのだ

語釈 ○総角—あげまき。別名つのがみ。小さい子が髪を束《たば》ねて頭の左右に角《つの》のように結ぶ髪型。幼い年ごろを言う。○洛陽—ここでは京都を指す。○帰心—故郷に帰りたいと思う心。○蓴鱸—「蓴」は、食用の水草（じゅんさい）、「鱸」は、すずき（はぜに似た淡水魚）。なつかしい故郷の味の代名詞。○衰白—年老《お》いて衰え、白髪になったさま。

十三歳のときの作品と言われています。文房具屋さんの養子になったばかりのころの作品で、故郷の、特にお母さんをなつかしんで作った詩です。

第三句の「蓴鱸《じゅんろ》の美《び》」は、中国西晋《せいしん》時代の張翰《ちょうかん》（二五八?〜三一九?）の故事です。西晋時代は恐怖政治と権力闘争のつづく、暗い時代でした。張翰はこの王朝に仕えていて心が休まらない中、やがて大きな戦乱が起こる兆《きざし》を感じ、「私は故郷の蓴菜《じゅんさい》の羹《あつもの》や鱸魚《ろぎょ》の膾《なます》が食べたくなった」と言って、辞職して帰ってしまった。〝戦乱が怖いから帰る〟と言わず、〝故郷の名物が食べたいから帰る〟とちょっとしゃれた言い方をしたので、有名な故事になって伝わっているわけです。

龍草廬はこれを少しひねって詩に取り入れています。〝私が故郷に帰りたいのは、張翰のように戦乱の兆《きざし》を感じたとか、今の環境に不満があるとかいうことではない。ひとえにお母さんがなつかしいからだ〟。故事を使いながら、少年のすなおな気持ちをこめた詩、ということになるでしょう。

江戸中期の禅僧 —— 売茶翁

仏教は江戸時代、それまでに比べて勢いを失ったと言われますが、その中で唯一、禅宗の一派として新しく形成された宗派が黄檗宗《おうばくしゅう》でした。今回はこの黄檗宗の僧侶たちの中から、売茶翁《ばい(まい)さおう》の作品を見てまいります。

黄檗宗はそもそも、中国明末の隠元隆奇《いんげんりゅうき》（一五九二〜一六七三）が、江戸時代のはじめに日本に渡来して開いたものでした。隠元和尚はかねてより、唐の禅僧・黄檗希運《おうばくきうん》の宗風の復興に力を尽くしていたのですが、それを聞いた長崎の崇福寺《すうふくじ》の逸然《いつねん》の願いにより、承応《しょうおう》三年（一六五四）、長崎に渡来、時あたかも四代将軍家綱《いえつな》の時代でした。隠元はやがて家綱に謁見、家綱の保護を得、山城宇治（京都府）に萬福寺を創建して黄檗宗を開きました。隠元の門人たちによって、黄檗宗は江戸や大坂に広められてゆきます。

黄檗宗の宗風は臨済宗《りんざいしゅう》に少し似ていまして、往生浄土を説き、念仏を含めた修行を行います。黄檗派の精進《しょうじん》料理は「普茶《ふちゃ》料理」と呼ばれ、永平寺や高野山の料理とともに有名です。またいんげんまめについて、隠元和尚が中国から伝えたものという伝承があることも御承知でありましょう。

売茶翁（一六七五?〜一七六三）

売茶翁《ばい(まい)さおう》は、前半生は黄檗宗《おうばくしゅう》のお坊様として修行にいそしみ、後半生は、それまでの抹茶《まっちゃ》に代わる煎茶《せんちゃ》

売茶翁（一六七五？〜一七六三）

を広めた人です。日本特有の茶の湯が盛んになったのは足利時代ですが、江戸の初期に至るとますます普及し、東海道の途中のお茶屋でも、茶筅《ちゃせん》と茶碗一式を備え、抹茶を点《た》ててもてなすというのが普通になっていました。ところが、やがて中国の明王朝の時代、抹茶に代わって煎茶が興隆して来ますと、その影響が日本にも現れて来ました。これを積極的に体現したのが売茶翁ということになります。

肥前《ひぜん》（佐賀県）の生まれで、お父さんはお医者様だったようですが、茶翁が九歳のときに亡くなり、茶翁は間もなく仏門に入り、黄檗山で学びました。二十二歳から全国を行脚《あんぎゃ》し、その後、故郷の肥前に帰って修行します。六十過ぎくらいから京都に戻り、煎茶を売る仕事に移ります。また、茶道具を携《たずさ》えて茶の席を設け、お金をとって人々をもてなしました。そこから「売茶翁」と呼ばれるようになりました。茶の湯というのが、もともと仏様にお茶を供え、そのお余りを人に施すという行事だったので、お茶と仏道は本来、近いところにあったと申せましょう。

売茶翁は、人柄と学識によって人々から尊敬され、支持者が多くありました。七十歳になると肥前に帰り、還俗《げんぞく》してしまいます。晩年にはまた京都に戻り、そこで亡くなっております。二十年ほど経った寛政年間（一七八九〜一八〇一）以降、煎茶が大流行することになります。売茶翁が亡くなってから農村部に至るまで、茶器を備えない家はなくなったということです。

売茶偶成三首　其三　　**七言絶句**（上平・五微）

祖道無功垂古稀●
風狂被髪脱緇衣●

売茶偶成三首《ばいさぐうせいさんしゅ》　其《そ》の三《さん》

祖道《そだう》　功《こう》無《な》くして　古稀《こき》に垂《なんな》んとす
風狂《ふうきやう》　髪《かみ》を被《かうむ》つて　緇衣《しい》を脱《だつ》す

世間出世放過去
唯此売茶足拯饑●

世間《せけん》 出世《しゆつせ》 放過《はうくわ》し去《さ》つて
唯《ただ》 此《こ》の売茶《ばいさ》 饑《き》を拯《すく》ふに足《た》る

祖師様の禅のことわり　それを悟らないまま　古稀の年齢になろうとしている
野放図に髪を振り乱し　墨染《すみぞ》めの僧衣も着るのをやめた
俗世に生きるか　俗世を出て仏道を究《きわ》めるか　どちらも放り出し
ただこうしてお茶を売るだけで　自分の暮らしを立てるのに十分なのだ

語釈　○祖道―祖師から伝えられた禅の道。　○古稀―七十歳。杜甫の七言律詩「曲江」の第六句「人生七十《しちじふ》古来稀《まれ》なり」による。　○緇衣―墨染《すみぞ》めの衣《ころも》。お坊様の僧衣。　○出世―俗世を棄てて仏道を求めること。　○放過―放り出す。捨て去る。　○拯饑―飢餓から救う。つまり生計を立てるということ。

「偶成」は〝たまたまできた。ふとできた〟という意味で、即興の作であることを強調した詩題です。

「売茶偶成」は〝お茶を売る日々の中でたまたまできた詩〟という意味。寛保三年（一七四三）、六十九歳の作で、前の年に還俗《げんぞく》しています。新しい人生に踏み出す心境を詠み込んだ作です。

まず前半二句は、これまでの人生への反省。第二句の「風狂《ふうきやう》」と「髪《かみ》を被《かうむ》って」は、似たような雰囲気をもつ語です。「風狂《ふうきやう》」は〝常識を離れた気ままな生活態度〟という意味で、かつて一休禅師（↓八十ページ）が自分の代名詞のように使っていましたが、売茶翁も今後の自分の人生を「風狂」と形容しています。「髪《かみ》を被《かうむ》る」は、髪を結《ゆ》わないでざんばらにしている姿、これも世俗を離れた好き勝手な生き方のたとえです。

後半二句は、今後に向けた覚悟。〝自分の人生、これでよいのだ〟という、開き直ったような言い方の中で、自分をじっと見つめ、今後への覚悟を噛みしめるような詠みぶりになっています。

売茶翁（一六七五？〜一七六三）

舎那殿前松下開茶店　　**七言絶句**（上平・十一真）
松下点茶過客新•
一銭売与一甌春•
諸君莫笑生涯乏
貧不苦人人苦貧•

舎那殿前《しゃなでんぜん》の松下《しょうか》に茶店《さてん》を開《ひら》く
松下《しょうか》 茶《ちゃ》を点《てん》じて 過客《くわかく》新《あら》たなり
一銭《いっせん》 売与《ばいよ》す 一甌《いちおう》の春《はる》
諸君《しょくん》 笑《わら》ふこと莫《なか》れ 生涯《しやうがい》の乏《とぼ》しきを
貧《ひん》 人《ひと》を苦《くる》しめずして 人《ひと》 貧《ひん》に苦《くる》しむ

松の木《こ》かげでお茶を点《た》てていると　客人が次々とやって来る
私は一銭の代金でお分けする　一杯の春の風味を
諸君よ　笑うには及ばないぞ　この私の人生が貧しいことを
貧しいこと自体は人を苦しめはしないのに　人間のほうが　貧乏を苦にしているのだ

語釈　○舎那殿―方広寺（京都市東山区）の大仏殿。方広寺は天台宗のお寺で、天正《てんしょう》十四年（一五八六）、豊臣秀吉が奈良の東大寺にならって大仏殿を造営し、木造の盧舎那仏《ろしゃなぶつ》を安置して、大徳寺の古渓宗陳《こけいそうちん》を開山としたのに始まる。　○一甌春―一杯の春のお茶。「甌」は、小さなかめ。はち。ここは茶碗の意に転用していようか。

方広寺の舎那殿の前の松の木《こ》かげで、簡素な茶の席を設けた折の詩です。第二句の「一甌《いちおう》の春《はる》」は〝一つのかめの春〟ですが、〝一杯の春の風味〟、つまり春のお茶のことです。「春茶」、もしくは「春茗《しゅんめい》」とも言い、春の風物詩の一つで、晩唐以降、詩によく出て来ます。〝春のお茶を味わいながら花を愛《め》でよう〟〝春のお茶を飲むためにどの山に登ろうか〟などという詩句がよく見られますが、そうしたのどかな雰囲気を帯びた語です。

後半二句は〝すべては気の持ちよう〟という一種の教訓、或いはアフォリズム（警句）でしょうか。売茶翁のちょっとしゃれた一面を示している例として取り上げました。

江戸中期の儒学者 ―― 細井平洲

細井平洲（一七二八〜一八〇一）

細井平洲《ほそいへいしゅう》は、尾張《おわり》の国（愛知県）知多《ちた》郡の人です。遠い祖先は武士だったのですが、江戸時代になる少し前に帰農し、平洲が生まれた頃は豪農になっておりました。平洲は十六、七歳で故郷を出、遊学の生活に入りました。京都・名古屋・長崎にも立ち寄っています。長崎では特に中国語を学んだようです。

二十五歳のころ、江戸に出て家塾を開きます。そこで教育活動を二十年ほど続けるうちにしだいに名声が高まり、いくつかの藩に招かれまして、それぞれ藩政に協力したり、藩儒となったりして勤めました。特に米沢《よねざわ》藩（山形県東南部）の上杉鷹山《うえすぎようざん》（一七五一〜一八二二）に信頼されて何度も招かれ、米沢藩政の改革に尽力しています。

特に教育を重視した人で、〝国を治めるのは政治・経済、その基礎は教育にある〟ということを強調しております。塾での講義には難しいことばを使わず、抽象的な話を避け、具体的な実例を交えてわかりやすく説き進めたため、町人や農家の人々を含めて幅広く支持されていました。特に米沢藩では藩政の改善の功績もあり、「生《い》き如来《にょらい》」と呼ばれてほめたたえられております。

夢親

芳草萋萋日日新•
動人帰思不勝春•
郷関此去三千里
昨夢高堂謁老親•

七言絶句（上平・十一真）

親《しん》を夢《ゆめ》む
芳草《はうさう》 萋萋《せいせい》 日日新《にちにちあら》たなり
人《ひと》の帰思《きし》を動《うご》かして 春《はる》に勝《た》へざらしむ
郷関《きやうくわん》 此《ここ》を去《さ》ること 三千里《さんぜんり》
昨夢《さくむ》 高堂《かうだう》 老親《らうしん》に謁《えつ》す

香りのよい草が盛んに茂り　日に日に色あざやか
その眺めは私の望郷の思いをかき立てて　春のうれいに耐えがたくさせる
私の故郷は　ここから離れること三千里
ゆうべの夢の中で　私は故郷の実家の座敷にいて　老いた父母《ちちはは》にお会いしたのだ

語釈　○萋萋—草がさかんに茂るさま。　○人—漢詩の中の「人」は作者自身を指すことが多い。ここも、細井平洲自身のことである。　○高堂—りっぱな部屋。広間。転じて〝両親の部屋〟という意味になる。

二十代前半、遊学時代に京都で学んでいたころ、故郷の両親を夢に見たことから、両親への思いを素直に詠んだ詩です。

第一句の「芳草萋萋《はうさうせいせい》」は、若草が青々と生い茂る情景。詩の世界では、旅する人に望郷の思いを催させるものとなります。中国戦国時代の歌謡集『楚辞』以来、頻繁に出て来ています。ここでも〝季節は春というよい季節なのにそれを楽しめない、心がそれになじめない〟という状況。それを受けて第二句へゆくと、〝故郷がひとえにしのばれて、胸が苦しくなるほどだ〟、春を楽しめない、その原因は里心《さとごころ》にある、というわけです。

後半二句は〝ゆうべの夢の中で遠い故郷に帰り、両親に再会することができた、それはせめてもの幸いであった〟というもの。

お里《さと》の両親をしのぶという心をはっきり詠んだ詩は、中国では稀です。妻や兄弟を詠んだものはたくさんありますが、両親を詠むものは意外なことに、ほとんどありません。その点、この詩は日本ならではの漢詩の例と言えるかも知れません。前に見た龍草廬《りゆうそうろ》の「郷《きやう》を思《おも》ふ」(→二四五ページ)とともに、漢詩の日本化の流れの中にあるものと申せましょう。

細井平洲（一七二八〜一八〇一）

七言絶句（下平・一先）

江楼聞笛
夜坐江楼水若煙●
誰家玉笛月明前●
数声偏破還郷夢
吹送関山萬里天●

江楼《かうろう》に笛《ふえ》を聞《き》く
夜《よる》 江楼《かうろう》に坐《ざ》せば 水《みづ》 煙《けむり》の若《ごと》し
誰《た》が家《いへ》の玉笛《ぎよくてき》ぞ 月明《げつめい》の前《まへ》
数声《すうせい》 偏《ひと》へに破《やぶ》る 郷《きやう》に還《かへ》るの夢《ゆめ》
吹《ふ》き送《おく》る 関山《くわんざん》 萬里《ばんり》の天《てん》

こよい川べの高楼《たかどの》の座敷から眺めると　川の水面《みなも》はもやにつつまれてかすんでいる
だれが吹く玉笛であろうか　明るい月を前に美しい音色《ねいろ》をひびかせているのは
何曲かの笛のしらべは　無情にも目ざめさせた　故郷に帰る私の夢を
それは私を吹き飛ばしてしまったのだ　故郷から一万里も離れた　空のかなたに

語釈 ○水若煙―川面《かわも》にもやがたちこめているさま。 ○偏―〝かたよる〟という意味から、〝正当ではない、不本意、意地悪〟という意味が加わる。 ○関山―郷里の境にある山、転じて故郷そのものを指すようになった。

川べの高楼《たかどの》で、笛の音《ね》を耳にして作った詩。制作時期はわかりませんが、その高楼《たかどの》に宿泊したときに望郷の思いを詠んだものです。

前半二句は、夜中に笛の音で目ざめ、座敷に起き直っている情景。

後半二句は、〝せっかく夢の中で遠い故郷に帰った私、しかし夢から覚めると、一挙に一万里も離れたこの異郷の地に引き戻されてしまった〟と詠んでいます。

この詩には別の解釈もあります。それによりますと、作者ははじめから座敷に座って笛を聴いている、やがて笛のしらべにつられて故郷を思い出しますが、やがて笛の別の曲によって我に返ってしまう。しかしほんのいっときにもせよ、笛の音《ね》は私の心を、ふるさとの遠い空のほうへ送ってくれたのだ、という内容になります。

混沌詩社 —— 葛子琴・頼春水

葛子琴（一七三九〜一七八四）

葛子琴《かっしきん》は、大坂で結成された詩社「混沌詩社《こんとんししゃ》」の詩人。京都では江村北海《えむらほっかい》、龍草廬《りゅうそうろ》という人々が詩人のサークルである詩社を創立し、各地から人が集まって来ましたが、それにつづく形で大坂でも詩社が結成されました。

混沌詩社は、「浪華《なにわ》混沌詩社」や「混沌社」と呼ぶこともあるようです。主宰者は片山北海《かたやまほっかい》（入江北海《いりえほっかい》、江村北海とともに「三北海」と呼ばれる）で、越後（新潟）の出身で京都に学び、大坂の豪商に招かれて同地に住み、教育に従事していました。人望が高く、教えを請《こ》う人が多かったため、要望に応える形で詩社を結成しました。頼春水《らいしゅんすい》の記録によると、毎月十六日に月例会を開き、詩の題名を決めて、その同じ詩題のもとに皆で詩を作る、一種の競作をしました。お酒や食事を前にしたにぎやかな会合で作り合い、語り合う、楽しい会だったようです。

江戸時代の中期も終わりになると、各地に詩社が作られるようになりました。それと同時に、作詩のための入門書、手引き書が続々と刊行され、流行いたしました。それらによって漢詩が普及し、漢詩を作る人の数もどんどん増えていったのです。

混沌詩社の場合、詩作の普及に貢献しただけではなく、社の同人の中に朱子学を学ぶ人が多く、のちに「寛政の三博士」となる人々も含み、寛政の改革に大きくかかわることになってゆきます。葛子琴と頼春水は、混沌詩社の中でも有力な二人でした。

葛子琴は、本来の名字は葛城《かつらぎ》と言い、それを中国風に一文字で表して「葛《かつ》」と名乗りました。代々大坂のお医者様の家の生まれで、本人も大坂で開業医をしていました。やがて混沌詩社に参加し、特に白楽天の詩を愛読していたと言われています。また笛が巧みで、笙《しょう》、篳篥《ひちりき》を巧みに吹いたほか、書道や篆刻《てんこく》にも優れ、風雅な文化人でした。

頼春水と親しく、葛子琴の詩集や残された原稿は頼春水によって伝えられました。葛子琴は作詩に非常に熱中する人で、そのためでしょうか、四十六歳で世を去っております。混沌詩社の例会が終わって帰宅するともう真夜中でしたが、そのあとも一晩中、詩の添削や研究を続けていたということで、そういう生活が寿命を縮めたかも知れません。しかし、頼春水は「子琴どのがいないと詩の会が楽しくない」と書き残していますし、江村北海《えむらほっかい》の『日本詩選』の中には「浪華《なにわ》の詩では、葛子琴が第一である」とはっきり記されています。

冬日遊野寺　　**七言絶句**（下平・七陽）

寒郊古刹樹蒼黄
幽径無人午有霜
一局手談何処熟
山茶花下小禅房

冬日《とうじつ》 野寺《やじ》に遊《あそ》ぶ
寒郊《かんかう》の古刹《こさつ》 樹《き》 蒼黄《さうくわう》
幽径《いうけい》 人《ひと》無《な》くして 午《ひる》に霜《しも》有《あ》り
一局《いつきよく》の手談《しゆだん》 何《いづ》れの処《ところ》にか熟《じゆく》する
山茶花下《さんちやくわか》の 小禅房《せうぜんばう》

葛子琴（一七三九～一七八四）

わびしい町はずれの古いお寺　木々の葉は黄色や緑
森の奥に続く小道に人影はなく　真昼時なのにもう霜が降りている
一局のお手合わせは　どこで盛り上がっているのだろう
山茶花《さざんか》の花が咲いているそばの　小さな禅房での対局であった

語釈　○遊―ふらりと訪れる。歩き回る。○寒郊―「寒」は〝寒い、涼しい〟の他に〝さびしい〟という意味がある。「郊」は、町の外側。郊外。○幽径―「幽」は〝静か、奥深い〟。「径」はこみち。○手談―碁を打つこと。手で碁石を打って相手の心と対話することから。○熟―盛り上がる。たけなわ。○禅房―禅寺《ぜんでら》の僧房。

詩題は「冬の日に野の寺をふらりと訪れて」。町はずれの古いお寺に着くまでの、山中の道行きの描写から始まります。

前半二句は、その山中のさびしい情景。第一句の「寒」、第二句の「幽」「霜」が〝さびしさ、肌寒さ〟を強調しています。それを受けて後半二句に行くと、お寺に着いた時に聞こえたもの、見えたものの描写になります。第三句は、碁石を打つ音が聞こえて来るので〝どれどれ……〟ということでそちらへ近づいてゆくのですね。そして第四句で対局の場所が明らかになります。

密度の高い詩です。全体に時間の経過に沿って詠まれていますが、前半の静かな道行きから、後半、人の気配がして、囲碁のようす、山茶花《さざんか》の赤い花、と少し華やいでまいります。一般に絶句という形式は、物事の或る側面をさっと切り取ったような、一筆《ひとふで》書きのようなあっさりしたものが多いのですが、この詩はたいへん綿密に構成され、起承転結もあざやかです。よく練られた詩であると思います。

頼春水（一七四六〜一八一六）

頼春水《らいしゅんすい》は、頼山陽《らいさんよう》（↓三三八ページ）の父。出身は安芸《あき》の国（広島県）竹原で、家はもともと領主だったのですが、曾祖父《ひいおじい》さんは農業に従事し、お祖父《じい》さんとお父さんは紺屋《こうや》（染物屋《そめものや》）を営んでおりました。春水自身は二十一歳で大坂に遊学し、その折に混沌詩社に入り、やがて大坂で自分の塾を開きます。三十代半ばには広島藩主に認められ、儒官となりました。これは、広島藩で藩校が設立されたのに伴うものだったようです。当時は日本各地に藩校が続々と設立された時期でもありました。のちには江戸の藩邸に赴き、昌平黌《しょうへいこう》でも講義をしました。

ただ、江戸の詩壇にはあまり共感できなかったようです。教育を重視し、学問としては元禄以来の荻生徂徠《おぎゅうそらい》の古文辞学よりも朱子学を重んじ、やがて「寛政異学の禁」に協力する立場となりました。まじめで正義感が強く、不正や悪を見て黙っていられないタイプの人で、やましいところのある人は、頼春水の名前を聞くのもいやがったと言われています。一面、心を許せる知人には本当に打ち解け、くつろいで楽しく語り合ったということです。書もたいへんすばらしいものでした。

牡丹　七言絶句（下平・六麻）

錦幄彫欄豪貴家•
李唐当日競紛華•

牡《ぼ》丹《たん》

錦幄《きんあく》彫欄《てうらん》　豪貴《がうき》の家《いへ》
李唐《りたう》　当日《たうじつ》　紛華《ふんくわ》を競《きそ》ふ

頼春水（一七四六〜一八一六）

東方別有桜花在
未許渠儂王百花•

東方《とうはう》 別《べつ》に桜花《あうくわ》の在《あ》る有《あ》り
未《いま》だ許《ゆる》さず 渠儂《きよのう》の 百花《ひやくくわ》に王《わう》たるを

錦《にしき》のとばり 彫刻を施した欄干《らんかん》 裕福な屋敷
唐の時代 牡丹の花はあちこちの花園《はなぞの》で あでやかな美しさを競っていた
が 東のわが日本にはそれとは別に 桜の花がある
なかなかむつかしかろう 牡丹の花が 日本でも花の王者となることは

語釈 ○錦幄―花壇にめぐらす錦《にしき》の幕《とばり》。 ○李唐―中国の唐王朝（六一八〜九〇七）。唐の皇帝の名字が李だったので、王朝名の頭に冠している。 ○紛華―はでで、はなやか。にぎやか。 ○渠儂―かれ。牡丹のこと。 ○王百花―もろもろの花の頂点に立つ。中国では北宋以降、牡丹を「花王」と呼んだ。

寛政九年（一七九七）、五十二歳の作。牡丹は初夏の花ですから、その時節の作品でしょうか。牡丹の絢爛豪華な美しさと、桜のすがすがしい美しさを比べ、桜のほうがよい、と詠んでいます。牡丹と桜を比べるという着想がおもしろいですね。

牡丹は、中国では唐以来、栽培が盛んになりました。唐の全盛期の玄宗皇帝が初めて宮中に牡丹を植え、よくお花見の会を開きましたが、玄宗のそばにはいつも楊貴妃がいて、宮廷詩人の李白、宮廷歌手の李亀年《りきねん》もいた、そういう豪奢な雰囲気を牡丹の花は背負っています。

詩はまず、牡丹が唐代の中国で栽培されていたようすを思い浮かべることから始まります。後半は、中国伝来の牡丹と日本の桜とを比較します。

これは牡丹の花をテーマとした「詠物詩」ですが、当時、京都や大坂では特に詠物詩が流行しておりました。「詠物」という主題は、同じ場でおおぜいの人が詩を作り、内容を比較して評論し合うのに適していたのだと思います。

松島　　七言絶句（下平・五歌）

一碧瑠璃澹不波
平湾無数点青螺
月明宛似龍燈出
分付光輝夜色多

松《まつ》島《しま》
一碧《いっぺき》の瑠璃《るり》　澹《たん》として波《なみ》たたず
平湾《へいわん》　無数《むすう》　青螺《せいら》を点《てん》ず
月明《げつめい》　宛《あたか》も似《に》たり　龍燈《りゅうとう》の出《い》づるに
光輝《くわうき》を分付《ぶんぷ》せられて　夜色多《やしょくおほ》し

一面紺碧色《こんぺき》にきらめく海原《うなばら》は　おだやかで波ひとつ立たない
平らな松島湾には数知れず　青い螺《たにし》のような島が浮かんでいる
水面に映る月の光は　まるで竜宮城《りゅうぐうじょう》の灯火《ともしび》が現れたよう
湾内に惜しみなく光を投げかけ　夜景の趣はますますゆたかになっている

語釈　○松島―奥州《おうしゅう》松島（宮城県）の名勝。「日本三景」の一つに数えられる。○瑠璃―紺碧色《こんぺき》（黒みを帯びた紺色）の宝玉。仏教で言う七宝《しっぽう》の一つ。○澹―静かで安らか。○点青螺―青い巻き貝のような島が点在していること。湖の中の島をたにしにたとえるのは、中唐の劉禹錫《りゅううしゃく》の七言絶句「洞庭《どうてい》を望《のぞ》む」の後半二句「遥《はる》かに洞庭《どうてい》を望《のぞ》めば　山翠小《さんすゐせう》に／白銀盤裏《はくぎんばんり》　一青螺《いちせいら》」に基づくもの。○龍燈―海の中の燐《りん》が灯火のように連なって見える現象を、龍宮の灯火にたとえる。　○分付―分け与える。　○夜色多―夜景に一段と風情《ふぜい》が加わること。「多」は、風情や感興などが深まること。

明和七年（一七七〇）、二十五歳のときに東北地方を旅行し、日本三景の一つ、奥州の松島を遊覧した折の絶句。夕刻から晩にかけての時間帯です。

前半二句は夕刻の情景。まだ少し明るく、全体が見わたせています。後半は日没後、月下の夜景の描写。一句目の瑠璃《るり》、第二句の青いたにし、第三句の龍宮の灯火と、たとえが次から次へと出て来て幻想的な面白みがあります。

寛政の朱子学者（一）――柴野栗山・西山拙斎

田沼時代から寛政の改革へ

江戸時代の区切りとしては、寛政（一七八九〜一八〇一）の少し前くらい、つまり十八世紀後半あたりから後期に入ったと考えてよいと思います。この時期、いよいよ日本の漢詩は全盛期に入ります。江戸時代後期にさしかかるころというのは田沼意次《たぬまおきつぐ》（一七一九〜一七八八）の改革、そしてその後を継ぐ形で始まった「寛政の改革」の時期でした。これらの改革を促《うなが》すきっかけとしては、商品経済が発展し、それが農村にも及んで来たため、農村本来のあり方が崩れて来た、ということがあります。

農家で商品作物を手がけるようになりますと、それまでの自給自足的な農村のあり方が変わってまいります。商品作物を扱ってうまく行くこともあるし、失敗することもある。立ちゆかなくなる農家も出て来ます。その結果、農村の中での貧富の差が広がり、たくさんの貧農とわずかな豪農とに分離してしまいます。或いは農民が農業を捨てて都会に働きに出てしまうということにもなり、農村が荒廃します。そうなると当時、武士の生活は農民からの年貢《ねんぐ》によって支えられていましたので、武士の財政も危うくなりかねません。

そこで、十代将軍家治《いえはる》のときに老中となった田沼意次は、成長発展期にあった商業の力を利用し、これに依存するような形で経済の安定を図りました。しかし、そのために役人と商人との癒着が進み、賄賂が横行するなど、全般的に社会のモラルが低下するということになって来ました。また一方では、商人・町人という階層の好み・価値観が社会の前面に出て、華やかな開放的・享楽的な気分が世の中に広まります。

〝めんどうな道徳や伝統、歴史はどうでもよい、とにかく現世の面白さを満喫しようではないか〟という気風が蔓延したのでした。

こうした世の中の気風・文化を象徴するのが浮世絵ではないでしょうか。遊郭や歌舞伎界など、いわゆる浮世の風俗を描いたもので、美人画や役者絵がこの時期、たいへんもてはやされました。このような気風の影響で、武士たちも儒者たちも、軟弱・軽薄に流れがちでありました。

これを修正しようとしたのが、田沼意次の次に老中となった松平定信《まつだいらさだのぶ》（一七五八～一八二九）です。定信による「寛政の改革」は十一代将軍家斉《いえなり》の時代でしたが、商業資本と政治の関わりを断ち切り、幕府の収入を商業資本に頼らずに、農村からの年貢徴収に戻そうとしました。それには農村を復興させる必要がありますし、そのためにはそれまでのぜいたくや派手なことを控え、質素倹約に徹する必要がある。そのための思想的な支えとして、当時少し衰えていた朱子学を重視したわけです。特に朱子学の中心である昌平黌の改革と充実を図りました。

そのため定信は、大阪の混沌詩社の人々に注目します。混沌詩社の詩人たちは朱子学を学びつつ、詩文にも巧みだったのです（→二五七ページ）。そこで今回の二人が登場するのですが、幕府はまず柴野栗山《しばのりつざん》を儒官として招きました。すると西山拙斎《にしやませつさい》は栗山に書状を送り、「異学の禁」を提案します。栗山はこれを受けて、定信に「異学の禁」を建言したのでした。

昌平黌の復興を中心課題とする改革の精神は全国に波及し、儒学のみならず、人々の生活態度、ものの考え方にも影響してゆきます。そうした流れへの反対運動もありましたが、それは追いおい述べてまいりましょう。

柴野栗山（一七三六～一八〇七）

柴野栗山《しばのりつざん》は讃岐《さぬき》（香川県）高松の生まれ。幼いころから高松藩の儒官後藤芝山《ごとうしざん》（一七二一～八二）に学び、十八歳で江戸に出て昌平黌に入学します。十年余りして京都、それから阿波《あわ》（徳島県）に移り、その間、皆川淇園《みながわきえん》（一七三四～一八〇七）などと詩社を結成し、詩作の活動も始めています。五十三歳で松平定信に招かれ、幕府の儒官となります。昌平黌で教え、寛政異学の禁の推進役となりました。

一方では豪放磊落な面もあり、著書を出さない人でした。頼春水が〝なぜですか〟と聞くと、〝著作というのは人々に利益を授けるもので、私のような未熟な者が著書を作ると、かえって人々に害を与えます。私が著書を作らないことが人々に利益を与えるのだから、それは私に著書が多いのと同じことです〟と、ちょっと人を食ったような答えをしています。

また、朝鮮国に対する儀礼・式典の問題について昌平黌で会議が行われた折、途中で激して来たのか、栗山が大声で持論を展開した。議長が〝これは国家にかかわる重大な事柄だから、もう少し声を低くなさってください〟と言いますと、栗山先生は、〝いっこうにかまいません、いくら声が大きくても朝鮮までは聞こえませんから〟と答え、みな笑ってしまった、という逸話も残されています。

五言律詩（上平・二冬）

詠富士山　　富士山《ふじさん》を詠《えい》ず

誰将東海水　　誰《たれ》か東海《とうかい》の水《みづ》を将《もつ》て

柴野栗山（一七三六～一八〇七）

濯出玉芙蓉•
蟠地三州尽
挿天八葉重•
雲霞蒸大麓
日月避中峰•
独立原無競
自為衆岳宗•

濯《あら》ひ出《いだ》す　玉芙蓉《ぎよくふよう》
地《ち》に蟠《わだかま》つて　三州《さんしう》尽《つ》き
天《てん》に挿《さしはさ》んで　八葉《はちえふ》重《かさ》なる
雲霞《うんか》　大麓《たいろく》を蒸《む》し
日月《じつげつ》　中峰《ちゆうほう》を避《さ》く
独立《どくりつ》　原《もと》　競《きそ》ふ無《な》く
自《おのづか》ら衆岳《しゆうがく》の宗《そう》と為《な》る

だれが　東の海の水で／すすぎ清めたのだろう　玉のような芙蓉《はす》の姿を
大地にしかとうずくまって　三つの国の領土がここできわまり
天空に刺し入るばかりに　八枚の花びらに似た峰がそびえる
雲やもやが　広いふもとを蒸《ふか》すように立ちのぼり
太陽や月は　頂上の中央の高い峰を避けて進む
ひとりすっくと立って　もともと並び立とうとする山などなく
ひとりでに　すべての山岳の王者となっているのだ

語釈　○芙蓉―蓮《はす》の花の異名。富士山の頂上に八つの峰があることから蓮の花にたとえ、富士山を「蓮岳《れんがく》」とも呼ぶ。　○蟠―とぐろを巻く。かがむ。積む。　○中峰―中央の高い峰。　○宗―宗主。本家。

富士山を詠む詩は江戸の中ごろから増え始めましたが、この詩はその中でも代表的な名作です。

一・二句は富士山の全景。たとえを使ってそのすがすがしさ、神々《こうごう》しさを強調しています。「誰《たれ》か」は二句全体にかかります。

三・四句は富士山の大きさについて、麓《ふもと》の広さと峰の高さに焦点を合わせています。「三州」は甲斐《かい》（山梨県）・相模《さがみ》（神奈川県）・駿河《するが》（静岡県）の三国。それらの領土がここで「尽き」ると言うのは、つまり富士山がこの三つの国の中心にある、ということ。五・六句は富士山のまわりの自然現象に注目し、〝富士山のほうが、雲や太陽・月よりも高い〟と強調しています。最後の七・八句は富士山への最高の誉めことばで締めくくっています。

気宇壮大な詠みぶりで、栗山先生の豪快な気性もここに現れているような気がいたします。

西山拙斎（一七三五〜一七九八）

西山拙斎《にしやませっさい》は、備中《びっちゅう》（岡山県）の人。お祖父《じい》さん、お父さんともに医師で、彼自身は十六歳で大坂に出、医学と儒学を学びます。三十九歳で備中に塾を開き、教育に従事しました。優秀な人なのでいくつかの藩から招かれましたが、いずれにも応ぜず、生涯出仕しないまま教育に専念しました。

しかし、柴野栗山《しばのりつざん》に手紙を送って寛政異学の禁を勧めたことからうかがえるように、国の行く末には関心を持ち続けていました。また、京都にも詩社を開いておりました。

辞人贈錦衾　　　　七言絶句（下平・十一尤）

西山拙斎（一七三五～一七九八）

平生慣著木綿裘•
寒暖適身還自由•
錦被奇温非我好
莫教高士減風流•

人《ひと》の錦衾《きんきん》を贈《おく》るを辞《じ》す
平生《へいぜい》 著《ちやく》するに慣《な》る 木綿《もめん》の裘《きゆう》
寒暖《かんだん》 身《み》に適《かな》うて 還《ま》た自由《じいう》
錦被《きんぴ》の奇温《きをん》は 我《わ》が好《この》みに非《あら》ず
高士《かうし》をして 風流《ふうりう》を減《げん》ぜ教《し》むること莫《なか》れ

私はふだん着慣れています　木綿《もめん》の着物に
寒いときも暖かいときも　体によく合い　また動きやすいのです
錦《にしき》の着物のすばらしい温かさは　私の好みには合いません
志の高い隠者の私に　浮世離れした個性を弱めるようなことをさせないでくださいませ

語釈　○慣著―着慣れる。　○衾―〝掛け布団〟の意味にもなるが、ここでは〝着物、上着〟の意。　○裘―本来は〝皮衣《かわごろも》〟。ここでは、ふつうの着物ととってよい。　○奇温―「奇」は〝すぐれている。珍しい〟という意。

或る年の冬、寒い冬だったのでしょう、裕福な門人が錦《にしき》の豪華な着物を贈ってくださろうとした、それを辞退するために作った詩です。もしかすると着物は実際に届けられてしまい、送り返す時に着物に同封して、謝絶の意を示したのかも知れません。

前半二句は、〝自分はふだんから木綿の着物に慣れていて、気に入っている〟と詠んでいます。

後半に入ると、第三句ではっきりと辞退の意を示しています。

第四句の「高士」は、志を高くもって世の中と一線を画《かく》している、世俗的・政治的なことにかかわらないで自分自身と家族の人生を重視するような、見識の高い人のことで、ここではもちろん、各藩の招きを断った西山拙斎自身にたとえています。「風流」も、政治的・社会的な事柄よりは、自然の眺めや詩歌・芸術に興味を持つような感受性を持った人のことを言います。

この詩には〝身に過ぎた高級なもの、ぜいたくなものは人を堕落させる〟という思いもこめられているかも知れません。

寛政の朱子学者（二）——尾藤二洲・古賀精里

十八世紀も終わりに近い寛政（一七八九〜一八〇一）の時代、朱子学者たちは寛政の改革（一七八七〜一七九三）の一環として行われた「寛政異学の禁」とかかわりをもつことになりました。実はこのことが、その後の詩のありかたに影響してゆく、重要なできごとだったのです。

寛政の改革（↓二六三ページ）は、十一代将軍家斉《いえなり》のとき、老中松平定信《まつだいらさだのぶ》が中心となり、基本的に倹約、緊縮政策を行って農村を保護し、その復興を進めましたが、質素倹約、贅沢排除を目ざすいろいろの統制が、学問や風俗にも及びました。

たとえば洒落本《しゃれぼん》の禁止、遊郭や女芸人の取りしまり、また『海国兵談』を著した林子平《はやししへい》（一七三七〜九三）が処罰されたのもこの時期ですが、そうした統制があまりにもきびしすぎたため、民間、さらには将軍家や大奥《おおおく》からも批判が出、老中定信が職を退いて改革は終わりました。定信は以後、風雅の道と著述に専念したということです。

この改革の一環として「寛政異学の禁」が断行されました。改革の主目的は倹約・勤勉の奨励、その精神的な支えとして朱子学を重んじた、と言えます。

この背景にあるのは、一つには当時、昌平黌の権威が低下していたことへの危機感。大学頭《だいがくのかみ》をつとめるのは林家《りんけ》の世襲でしたが、初代の林羅山以後、はじめの三代を過ぎると必ずしも学問は深くなく、また短命の人が続きました。その一方ではむしろ民間、しかも江戸以外に大儒者が続々と現れています。

細井平洲《ほそいへいしゅう》、皆川淇園《みながわきえん》、伊形霊雨《いがたれいう》……。

もう一つは、儒者内部の問題。元禄（一六八八〜一七〇四）以後、荻生徂徠の門下生あたりから、あまり品行のよくない儒者が増えてしまったのです。早くも太宰春台《だざいしゅんだい》（→二〇四ページ）が徂徠先生門下のそういう傾向を嘆いています —— 〝道徳をきわめず、文芸をたしなみ、言葉をかざり、名誉や富《とみ》に執着する。軽薄な者どうし徒党を組んで闊歩している〟と。

このような当時の儒学界の傾向を改善し、精神を正す、道徳意識を高めるには、朱子学の復興が第一である、というわけです。それにしても「寛政異学の禁」は〝朱子学以外の学問をやってはいけない〟という、きびしく過激な禁令です。他の儒教の学派からの反発も大きかったのですが、幕府はそういう反発を一切相手にせずに改革を進めてまいりました。

尾藤二洲（一七四五?〜一八一三?）

尾藤二洲《びとうじしゅう》は、改革を進めた側の人です。伊予《いよ》（愛媛県）に生まれ、お父さんは船頭さんだったようですが、二洲は五歳で足を悪くし、家の仕事を継げませんでした。そしてお祖父《じい》さんから勉学に専念するよう勧められ、二十歳で大坂に出て片山北海《かたやまほっかい》に学んでいます。片山北海の創設した混沌詩社にも入り、頼春水《らいしゅんすい》と親交を結び、共に朱子学を研究しました。松平定信が寛政異学の禁を発令するのとほぼ同時に、昌平黌《しょうへいこう》の先生になっています。足が不自由なので、特に許されて昌平黌の中で生活を続けていたようですが、以後江戸で暮らし、寛政異学の禁のあとの教育や学問を指導する立場になってゆきました。

尾藤二洲（一七四五？～一八一三？）

五言古詩（韻目省略）

示塾生

君曹欲為士
須先成男子▲
男子貴剛正
陽道斯為爾▲
何乃今世人
一与児女似▲
孳孳務言貌
不務却為恥▲
男子有当行
可恥豈在此▲
須去妾婦態
速会剛正字△
良馬不在毛
為士在其志△

塾生《じゆくせい》に示《しめ》す

君《きみ》が曹《ともがら》　士為《した》らんと欲《ほつ》すれば
須《すべか》らく先《ま》づ男子《だんし》と成《な》るべし
男子《だんし》は　剛正《がうせい》を貴《たつと》ぶ
陽道《やうだう》　斯《これ》を爾《しか》りと為《な》す
何《なん》ぞ乃《すなは》ち　今世《きんせい》の人《ひと》
一《いつ》に　児女《じぢよ》と似《に》たる
孳孳《じじ》として　言貌《げんばう》に務《つと》め
務《つと》めざるを　却《かへ》つて恥《はぢ》と為《な》す
男子《だんし》　当《まさ》に行《おこな》ふべきこと有《あ》り
恥《は》づ可《べ》きは　豈《あに》　此《ここ》に在《あ》らんや
須《すべか》らく妾婦《せふふ》の態《たい》を去《さ》るべし
速《すみや》かに剛正《がうせい》の字《じ》を会《くわい》せよ
良馬《りやうば》は　毛《け》に在《あ》らず
士為《した》るは　其《そ》の　志《こころざし》　に在《あ》り

君たちよ　一人前の人間になろうと思うならば／ぜひともまず　男と呼べる男になりたまえ

男は　強い意志で筋を通すことが大切である／陽の気の能動性が　そのことを証明している
どうしてまた　今の世の人々は／誰も彼も　おさない子どものようなのか
ひたすら　ことばつきや見栄えを気にかけ
気にかけないことを　むしろ恥じている
男には　当然行うべきことがある／恥じなくてはならないことは　ことばや見栄えなどではない
使用人の女性のような態度を　きっぱりやめたまえ
一日も早く　強い意志と　ゆるぎない価値観を身につけたまえ
良い馬の価値は　毛並みでは決まらない／男らしさも　その抱負・目標によるのだ

語釈　○男子―男一匹。ますらお。　○剛正―意志が強くてすじを通すこと。　○児女―男の子と女の子。ここでは未熟な子ども。幼児。　○孳孳―ひたすら努めること。　○妾婦―人の愛人や使用人となっている女性のこと。　○志―方向性を持った心、抱負、目標。

これは塾の学生たちに示した教訓の詩です。どこの塾であったかはわかっていませんが、作られた年が四十五歳ということで、ちょうど昌平黌に招かれた前後の作であることは確かのようです。

この詩は四段落から成りますが、まず第一段（一～四句）は〝男というのはこうあるべし〟という総論です。第四句の「陽道」は、陰陽説に基づく考え方です。陰陽説では、この世のあらゆる出来事を陰の要素と陽の要素に分け、それぞれの要素が互いに働きかけ合う、その繰り返しによって世の中が運営されてゆく、と考えます。たとえば天体で言うなら、太陽が「陽」で月が「陰」、太陽は自力で光り輝く、月はその日の光を受けて光り輝く。このように、だいたい陽の側が陰の側に働きかけるという仕組みになっていて、天地で言うと、天が「陽」で地が「陰」になります。天は大地にいろいろ働きかける。晴れた日には日の光を降り注がせ、雨の日には雲を集めて雨雲《あまぐも》から雨を降らせ、土地をうるおす。大地はそういう天の恵みを受け止めて草木をはぐくみ、作物を実らせ、花を咲かせるというわけです。それが人間に応用されると、男の側が「陽」になり、女は「陰」になります。つまり男子は「陽」であって、〃働きかけることと、積極性や実行力が大事なのだ〃と、ここで言っているのです。

次の第二段（五〜八句）は、今の世の男たちの現状。情けなく軟弱であると。「乃《すなは》ち」「一《いつ》に」は共に強調です。

次の第三段（九〜十二句）では〃男は表面を気にしてはいけない、それよりも第一にすべきことがある〃と展開します。第十句の「此《ここ》」は、漢詩では前の内容を大きく指しますが、ここでは第二段の後半、「言貌《げんばう》に務《つと》め」ることを指します。第十一句の「妾婦《せふふ》」は、立場上あまり自主性・主体性を持つことができない、主人のご機嫌を窺い、命令を聞かざるを得ない弱い立場の人を指します。そして第四段（十三〜十四句）、「剛正《がうせい》」の大切さについて、たとえを交えて強調しております。

この最後の二句が結論で、〃何がいちばん大切か〃ということをはっきり出しております。良い馬の価値は毛並みや毛の色などではなく、中身、走る速さやスタミナ、持続力などで決まる。人間の価値も、見かけだけではなく中身。だから抱負や目標をしっかり持って、積極的・建設的に生きてゆきなさい、という結論に達しているのです。

この詩は今の時代から見ると堅苦しく感じられるかも知れませんが、当時の時代背景に照らすと、まことに切実な訴えであることを感じさせます。実はこの詩が作られる直前まで、六年ほどにわたって天明の大飢饉（一七八二〜一七八七）が続いていました。それが田沼意次の失脚を早めたのですが、日本各地で大きな被害が続いているのに、人々は太平の世を謳歌し、世相が浮わついていた。喜多川歌麿の浮世絵が大流行したのもこの時期であり、出逢茶屋《であいぢゃや》が増えていました。

もともと茶屋は、宿場《しゅくば》と宿場の間に設けられた旅人の休憩所であったのですが、しだいに町中《まちなか》に進出し、料理やお酒を出すようになり、給仕女という存在が出て来ます。その中には、大飢饉のため生活に行きづまり、身売りをした未亡人や娘たちも多かったのですが、そのようにして、茶屋が社交場、遊興施設のようになっていったのです。そういう出逢茶屋は江戸中期以降ますます発展し、時代の享楽的傾向を示す事象の一つとなりました。茶屋の給仕女の中には、喜多川歌麿の浮世絵のモデルになる娘も多くありました。そんな風潮の中で、男たちも軟弱になっている。これは朱子学者の二洲先生ならずとも〝このままでいいのか〟と心配にならざるを得ない世相でありました。したがってこの詩には、寛政の改革を詩の形で鼓吹するという側面もあったと思います。

古賀精里（一七五〇〜一八一七）

古賀精里《こがせいり》は佐賀藩士の家の生まれで、曾祖父《ひいおじい》さん以来、ずっと佐賀藩に仕えていました。古くから武道を重んずる家柄でしたが、精里自身は幼いころから読書を好んでおりました。両親はそういう傾向をあまり歓迎しなかったようですが、やがて彼も佐賀藩に仕えるようになり、藩の命令を受けて大坂に遊学に出、尾藤二洲《びとうじしゅう》や頼春水《らいしゅんすい》たちと親交を結びました。つづいて京都に学びます。精里はもともと学問好きで、儒教はもとより、仏教や老荘思想まで広く学んでいましたが、大坂・京都の滞在の時期を通じて、しだいに朱子学を中心として学ぶようになりました。そして佐賀藩に帰って重用されます。佐賀藩の藩校である弘道館の創設に力を尽くし、教授となっております。

弘道館は幕末から明治にかけて、江藤新平《えとうしんぺい》、副島種臣《そえじまたねおみ》など、いろいろな人材を出しています。大隈重信《おおくましげのぶ》も一時在学しておりました。弘道館の教育方針は徹底的に朱子学に基づいていて、荻生徂徠《おぎゅうそらい》や伊藤仁斎《いとうじんさい》の学問を退けておりました。

古賀精里は四十七歳のときに寛政の改革の一環として抜擢され、昌平黌《しょうへいこう》の儒官となっております。朱子学の本拠地である昌平黌の改革、その教育の充実に貢献することになりました。昌平黌が官立となり「昌平坂学問所」と言われるようになったのは古賀精里の時代からなので、この改名には精里の働きかけもあったかと想像されます。六十歳を過ぎると対馬へ赴き、朝鮮通信使の接待役を務めています。江戸時代、朝鮮通信使の接待というのは学者最高の名誉、晴れ舞台であり、このように、精里先生はその晩年、学界の中心となった感がありました。

精里先生は大柄な人で、衣服や靴は特注品だったそうです。また、風邪を引くと、米俵《こめだわら》を担いでせっせと動き回り、汗をかいて治してしまった、というエピソードもあります。

詩を作ることに関しては、あくまで遊びと見なしています。のちに弘道館の教授となった長男の穀堂《こくどう》が若い時、亀田鵬斎や菊池五山、大窪詩仏などの詩人たちと隅田川で船遊びをして詩を作った、すると精里はそれをきつく叱った、という話も残っています。精里は自分や家族が文人と見なされることをたいへん嫌いました。しかし、その詩は決して遊びや手抜きという感じを見せず、幅広い作風を示しています。

画猴　　七言絶句（下平・七陽）

踞石看雲天趣長●
山中芧栗足糇糧●
游嬉莫近人間世
恐被加冠弄一場●

画《ぐわ》猴《こう》

石《いし》に踞《うづくま》つて 雲《くも》を看《み》れば 天趣長《てんしゆなが》し
山中《さんちゆう》の芧栗《ちよりつ》 糇糧《こうりやう》足《た》る
游嬉《いうき》して 近《ちか》づくこと莫《なか》れ 人間《じんかん》の世《よ》
恐《おそ》らくは 冠《かんむり》を加《くは》へて 一場《いちぢやう》を弄《ろう》するを被《かうむ》らん

石の上にうずくまって大空の雲を眺めていると　大空のたたずまいは飽きることがない
山の中のどんぐり　木《こ》の実　食糧は十分にある
ふらふらとさまよい　おもしろがって人の世に近づくのはやめたまえ
きっと冠をかぶせられ　ひとしきりの見せ場を演じさせられるはめになるから

語釈　○猴―猿。　○芧栗―どんぐり。「芧」は、くぬぎの実。　○糇糧―食糧。　○游嬉―さまよい、たわむれる。「游」は、ふらふら出歩く。さすらう。　○被―受身形を作る。「冠を加《くは》へ」「一場を弄する」の両方にかかる。　○一場―わずかの間。しばらくの間。

「画《え》の中の猿」という題名で、猿の絵から触発された心情を詠んだ「題画詩」です。

前半二句は画中の猿の姿や、まわりの絵柄の描写。後半二句は、絵を見ているうちに心に生じた教訓に移ります。〝人の世に近づいたら、猿回しに捕まって芸を教えられ、人々の慰みものにされてしまうぞ〟。

この詩は猿への警告という形をとりながら、当時の俗っぽい人間たちを風刺しているのではないでしょ

古賀精里（一七五〇〜一八一七）

うか。人間社会の見かけのおもしろさ、はなやかさに惹《ひ》かれてしまう猿。それは人間社会の世俗の富・娯楽・名声・名誉に心を奪われる一般の人々のたとえになっていて、〝そんな世俗の価値に目がくらんで行動するのは道化のように滑稽である〟と、現世の楽しみ、繁栄に浮かれる人々を風刺しているのですね。

するとこの詩も、寛政の改革の方針、浮わついた世を引き締める方針に共鳴する心境を詠んだものであるように思えます。

江湖詩社（一） ── 市河寛斎・柏木如亭

寛政異学の禁と詩風の変化

江戸時代は儒学者たちが文化の担い手でしたから、漢詩も主として儒学者が作り手となりました。前期は幕府の朱子学尊重の方針を反映し、格調の高い詩が多かったのですが、中期に至って荻生徂徠《おぎうそらい》とその門人が現れ、変化がもたらされます。彼らは〝儒教は世直しの学問なのだから、朱子学のようにただ頭の中だけで物事の本質・理を追究するのでは不十分である、それより実際の身近な世相・人情をよく見つめることが、儒教を学び、究《きわ》める糧《かて》となる筈だ〟という考えのもとに、日常の身近な事柄をいろいろ詩に詠んでまいりました。

この〝身近なことを詠む〟ということで、漢詩の日本化が進んでゆきます。こうした詠みぶりは当然、親しみやすいものですので、ますます詩が普及する。そうした動きの中で、詩作のサークルである詩社が結成されるようになります。それらの詩社はそれぞれ、詩作の方針や主張が違うので、詩社が増えるということは、詩が多様化し、個性的になってゆくことでもありました。現世に目を向ける、身辺を見つめる、或いは個性を謳歌する──この一連の動きは、当時の町人階層の興隆による、大らかで開放的な気風と一致しています。理想を追い、本質を究めるより、あくまで現世的・実利的に生きようとする気風が関与しているのです。

そういう傾向が昂《こう》じて、江戸中期に社会全体が散漫・放漫に流れて来た。これを是正しようとしたのが寛政の改革であり、寛政異学の禁でした。これにより、儒教の多様性、活発さ、多彩な学派による活動は失われてしまいましたが、これは一面では、詩や文章に注目する気運を強めるということにもなりました。

すなわち、寛政異学の禁に反対する人々は、その心境を詩や文章に託するようになります。彼らは朱子学を研究することを拒み、それを離れた発想によって詩や文章を作りました。その結果、この時期から、儒教を学ぶ学者と詩を作る詩人とが分離する、という現象が起こって来ました。寛政年間（一七八九〜一八〇一）がその一大転機となった時期と考えられるのですが、この〝詩人と学者の分離〟を大きく推進したのが、市河寛斎と江湖詩社の詩人たちでした。

市河寛斎（一七四九〜一八二〇）

市河寛斎《いちかわかんさい》は、江戸の生まれ。お父さんは川越藩《かわごえ》士でしたが、寛斎が十代半ばのときに亡くなり、寛斎は十代後半から川越藩に出仕しました。ところがその直後から、辞職、引越し、結婚、離婚という、苦労の多い十代後半期を送ることになります。

やがて二十八歳で昌平黌《しょうへいこう》に入学、優秀だったので、学生のまとめ役の立場である員長（学頭）となります。三十代の終わりから神田（東京都千代田区）のお玉が池《たまいけ》に「江湖詩社」を開き、学業と詩作を両立させていました。ところが四十二歳の時に寛政の改革が行われ、辞職を余儀なくされます。市河寛斎の恩師が田沼意次と親しかったこと、寛斎自身が朱子学以外の本を取り上げて授業を行ったことが当局の忌諱《きき》に触れ、辞職に追い込まれたのでした。その後、寛斎はますます詩社の活動に力を入れるようになります。

しかし、詩社の活動だけで家族を養うことはできませんので、四十三歳で、富山藩の藩校である公徳館の教授となりました。以後、江戸と富山を往復する生活を二十年間続け、六十三歳で辞職しました。その後は長崎に赴き、一年ほど滞在しております。長崎は当時、海外との唯一の窓口で、異国情緒に満ちた町でした。寛斎も長崎で、当時の清朝時代の中国の人々と交流しております。

このように、昌平黌《しょうへいこう》に勤めていた前半生と、異学の禁に触れた後半生とで大きく人生行路が変わった人です。学者としての業績も高い人ですが、それはもっぱら寛政の改革以前、昌平黌に勤めていた時に成し遂げられております。重要なのは『日本詩紀《にほんしいき》』。日本の王朝時代の漢詩の名作集で、三千首を超える奈良・平安時代の漢詩の名作が収められております。今日でも、その時期の漢詩を研究するには必読の文献です。また『全唐詩逸』は、日本の文献から、本国で失われた唐詩を集めたもの。唐詩の中には、中国では失われ、日本だけに伝わっている作品が結構あるのです。この本も清朝以来、中国で賞賛され、活用され続けております。

他に注目すべき著作としては、『北里歌《ほくりのうた》』という詩集があります。「北里《ほくり》」は遊郭のことで、つまりこの詩集は、江戸の吉原を題材とした絶句三十首の連作集なのです。浮世絵の挿絵をつけて単行本としております。その時はまだ田沼意次の時代ですが、それにしても、昌平黌の朱子学の先生が遊郭を詠んだ詩集を出すというのはどう見ればよいでしょうか。寛斎先生はもともと反骨精神が強い人だったのかも知れません。

五言律詩（下平・十四塩）

於玉池新居

市河寛斎（一七四九～一八二〇）

園小池居半
此間宜養恬
淙潺分水引
活撥買魚添
洗竹窓還浄
澆苔階自霑
清涼殊有味
初月上茅簷

於玉《おたま》が池《いけ》の新居《しんきよ》
園《えん》小《せう》にして 池《いけ》 半《なか》ばに居《を》る
此《こ》の間《かん》 宜《よろし》く恬《てん》を養《やしな》ふべし
淙潺《そうせん》 水《みづ》を分《わか》つて引《ひ》き
活撥《くわつぱつ》 魚《うを》を買《か》つて添《そ》ふ
竹《たけ》を洗《あら》へば 窓《まど》 還《ま》た浄《きよ》らかに
苔《こけ》に澆《そそ》げば 階《きざはし》 自《おのづか》ら霑《うるほ》ふ
清涼《せいりやう》 殊《こと》に味《あぢ》有《あ》り
初月《しよげつ》 茅簷《ばうえん》に上《のぼ》る

新しい家の庭は小さくて　池が庭の半分ほどを占めている
こういう環境は　心の安らかさを養うのにちょうどよい
耳に聞こえるせせらぎの音　それは近くの川の水を池に引き入れているのだ
池の水面に勢いよく飛び跳ねる姿　それは私が魚を買って来て放《はな》しているのだ
竹の枝葉《えだは》にはさみを入れれば　窓べのあたりはまたすっきりとする
庭の苔に水を打てば　飛び石もおのずとしっとりとする
すがすがしさが　とりわけおもむきを増すのは
三日月が　茅《かや》ぶきののきばにのぼる眺めである

語釈 ○於玉池—お玉が池。もと「桜が池」と呼ばれ、江戸の神田（東京都千代田区）にあった。この池の近くに茶店があり、お玉という娘が働いていた。ところがお玉は二人の男性から求愛されて悩み、とうとう池に身を投げてしまった。それ以来、この池は「お玉が池」と呼ばれるようになったと言う。○居半—〝半分ほどの広さを占めている〟という意味。○間—空間。○養恬—おだやかな心をはぐくむ。「恬」は、やすらか。のんびりしたようす。○淙潺—せせらぎの音。○洗竹—水で竹を洗うのではなく、伸びすぎた竹の枝や葉を剪定《せんてい》すること。○階—階段。ここは庭の飛び石のことか。

すでに昌平黌を辞任して詩社の活動に専念する中、お玉が池に新しい屋敷を建てて引っ越した時の感慨を述べています。

律詩は二句ごとに視点を転換して作る決まりなので、二句ごとに見てゆきましょう。最初の一・二句は、新しい家の環境の良さを述べてうたい起こしています。中間の四句は新居のありさまを具体的に述べますが、三・四句ではまず、聞こえるものと見えるもの。池に流れこむ水の音と、元気よく飛び跳ねる魚のようすを描き、つづく五・六句は、庭の植物に注目します。作者が小まめに庭の世話をするようすが描かれ、庭や屋敷を気に入っている雰囲気が伝わります。最後の七・八句は〝味わい深い庭の眺めがいろいろある中で、一番いいのはこれ〟ということで、軒端《のきば》にのぼる三日月を挙げて結んでいます。律詩らしい構成の中に詠まれた内容は素直で、肩の凝らない詠みぶりになっています。

〝反骨精神の強い人〟と申しましたが、詩の詠みぶりは穏やかなものが多いようです。

柏木如亭（一七六三〜一八一九）

柏木如亭《かしわぎじょてい》は、江戸の神田三河《みかわ》町の生まれ。幕府に仕える大工の棟梁《とうりょう》の家の出身でした。裕福だったのですが、幼いときにお父さんが亡くなり、家の仕事を弟に譲って詩文書画の道に進みました。これは田沼意次《たぬまおきつぐ》の時代に成長し、開放的・享楽的な風俗に強く影響されたところが大きいようです。田沼意次が失脚したのは如亭が二十七歳の時でしたので、青年時代は田沼時代の享楽的な空気にどっぷりと浸かっていた、ということになるでしょうか。

やがて市河寛斎《いちかわかんさい》の江湖詩社に学び、実力を発揮してその中心となりました。しかし放浪癖があって都《みやこ》に留まることができず、自分の絵や詩を売りながら日本各地を回る生活に入ります。せっかく絵や詩を売りながら、その売り上げのほとんどを遊興費に使ってしまい、日々の生活はかなり窮乏していました。

その後は京都に住み、大詩人の頼山陽《らいさんよう》や梁川星巌《やながわせいがん》と交友を結び、東山《ひがしやま》の麓《ふもと》あたりで世を去っております。家庭面では恵まれず、二人のお子さんも若くして亡くなりました。如亭のお葬式は頼山陽が司《つかさど》り、残した遺稿は梁川星巌が編集・刊行しております。

木母寺　七言絶句（下平・五歌）

隔柳香羅雑沓過•
醒人来哭酔人歌•

木母寺《もくぼじ》
柳《やなぎ》を隔《へだ》てて　香羅《かうら》　雑沓《ざつたふ》して過《す》ぐ
醒人《せいじん》は来《きた》り哭《こく》し　酔人《すゐじん》は歌《うた》ふ

黄昏一片蘼蕪雨
偏傍王孫墓上多•

黄昏《くわうこん》　一片《いつぺん》　蘼蕪《びぶ》の雨《あめ》
偏《ひとへ》に　王孫《わうそん》の墓上《ぼじやう》に傍《そ》うて多《おほ》し

柳並木《やなぎなみき》の向こうに　着飾った美女たちが　にぎやかに歩いて行く
お酒に酔っていない人々はお墓の前に来て涙にくれ　すでに酔った人々はただ歌うばかり
夕暮れ時　あたり一面に　春の若草をうるおす雨が降る
その雨はことさらに　悲運の貴公子のお墓の上にたくさん降りそそぐ

語釈　○香羅―香気ただよう綺羅の美服。転じて、これを着た美女。○哭―声を上げて泣く。弔いをするという意味にもなる。○一片―〝あたり一面〟という、広がりのある意味。○蘼蕪―薬用の香草。芳草。○偏―ひたすら。せつに。○王孫墓―梅若塚《うめわかづか》。「王孫」は貴公子のことで、梅若丸を言う。

木母寺は隅田川のほとりにあるお寺で、梅若丸のお墓があることで有名です。謡曲の「隅田川」で知られる「梅若伝説」の主人公です。

梅若丸は京都の身分の高い家の息子でしたが、五歳でお父さんを失い、十二歳のとき、奥州《おうしゅう》から来た人さらいにさらわれます。そして、関東の隅田川あたりまで連れて来られたところで病に倒れ、置き去りにされて亡くなってしまいます。それを憐れんだ人々が梅若丸を葬りました。一方、梅若丸のお母さんは、梅若丸の行方を探してあちこちを放浪し、梅若丸が亡くなってちょうど一年目に隅田川近辺までやって来ました。渡し舟の船頭さんに〝今日が一周忌〟と教えられ、梅若丸のお墓に詣《もう》でて念仏を唱えると、梅若丸の亡霊が現れます。しかしお母さんが抱きしめようとするとその姿は消え、あとはお墓の回りに生い茂る草だけがあった……という悲しい話です。

柏木如亭（一七六三〜一八一九）

この如亭の詩は文化二年（一八〇五）、四十三歳の作。梅若丸の忌日《きにち》（回向《えこう》をする日）に木母寺に赴いて参拝し、作ったものです。

季節は春、お花見のシーズン。隅田川は桜の名所として有名でした。前半二句は、お花見に訪れた人々のにぎわいと、時を同じくして梅若丸のお墓に詣でている人々のようす。後半は梅若丸に思いをはせ、降り始めた雨を涙にたとえて梅若丸を悼《いた》んでいます。〝雨は私の涙、そして梅若丸を悼む人々の涙である〟。やさしい心を感じさせる作品です。

大刀魚

吶喊声銷天日麗
波濤海静太平初
折刀百萬沈沙去
一夜東風尽作魚

七言絶句（上平・六魚）

大刀魚《たちうを》

吶喊《とつかん》声《こゑ》銷《せう》して　天日麗《てんじつうらら》かに
波濤《はたう》海《うみ》静《しづ》かなり　太平《たいへい》の初《はじ》め
折刀《せつたう》百萬《ひやくまん》沙《すな》に沈《しづ》み去《さ》り
一夜《いちや》東風《とうふう》尽《ことごと》く魚《うを》と作《な》る

いくさの鬨《とき》の声はもはや聞かれず　大空の太陽がうららかにかがやく
大波の立ち騒いだ海も今は静まり　太平の御代《みよ》の始まりである
戦乱の中で折れた刀は百万もあろうか　すべて海底の砂の中に沈んで行き
或る晩　春風《はるかぜ》とともに　すべて魚に変化《へんげ》したのだ

語釈 ○吶喊―戦場で、突撃・攻撃の際にあげるかけ声。鬨《とき》の声。 ○東風―春風。

大刀魚《たちうお》をテーマとした「詠物詩」です。大刀魚の素性《すじよう》について詠んだものですが、たいへんファンタスティックな詠みぶりです。

前半二句は今の世の平和なありさま。後半二句で大刀魚が現れます。〝今の平和な世の中を享受すべく、折れた刀も黙っていられずに魚となって泳ぎ始めた。それが大刀魚なのだ〟と、おとぎ話のような趣です。自由な境涯を求め続けた如亭の奇想天外な想像力を表す、彼の面目躍如とした作品です。

なお、この詩ができた事情につき、如亭自身、次のように述べています。

東海に大刀魚有り。即ち閩《びん》（福建省）中の帯魚なり。春夏の交《かう》、味 頗《すこぶ》る美なり。余 好んで之《これ》を啖《くら》ふ。然れども人家（人々）は賤視《せんし》して、客に供することを 屑《いさぎよ》しとせず。往年 道傍の小店《せうてん》に喫す。酔後、戯れに小詩を書して店小二《てんせうじ》（給仕）に与ふ。

（『詩本草《しほんざう》』）

江湖詩社（三）——大窪詩仏・菊池五山

柏木如亭（一七六三〜一八一九）

江戸漢詩の全盛期へ

江戸後期の江湖詩社に先立つ江戸中期あたりから、〝漢詩の中でも日本特有の風物や習慣を詠もう、また、身辺の何気ない事柄・見聞を詠もう〟という傾向が強くなって来ました（↓二七九ページ）。これには、平和が長く続く世の中で商品経済や流通が発展し、それに応じて町人階層が抬頭し、町人特有の美意識や価値観を反映した現世的・享楽的な世相になって来たことが影響しています。その影響が武士や儒学者の精神生活、ひいては、彼らが作る詩の詠みぶりにも及んで来たのです。

それとともに、精神的に放漫になるような傾向も見えましたので、これを引き締めたのが寛政の改革、寛政異学の禁でした（↓二六三ページ）。ところが、これはかえって、改革に共感できる人々と同調できない人々をはっきり二つに分けることになったようです。

共感できる人々は、儒学の中でもたった一つ公認された朱子学を究めてゆき、同調できない人々は、儒教にとらわれない、純粋な詩の創作を進めてゆきます。それまでは儒学者が政治や文化の担い手として詩も作っていましたが、このあたりから学者と詩人が分離し、職業詩人のような人々も出てまいります。

また、身のまわりのことを詩に詠むということで、漢詩が親しみやすいものとなり、漢詩が大衆化し、漢詩を作る人口がどんどん増えてゆくことにもなりました。そういう傾向を推し進める役を果したのが、市河寛斎《いちかわかんさい》の江湖詩社とその同人たちであったわけです。

特に大窪詩仏《おおくぼしぶつ》と菊池五山《きくちござん》から、世は文化文政時代（化政期。文化＝一八〇四～一八、文政＝一八一八～三〇）に入ってまいります。この時期、江戸の町の文化は発展の極に達し、文化の中心が関西方面から江戸に移ったと言うことができると思います。それに加えて日本全国の都市や農村でも、地主や裕福な商人を中心に、学問や芸能が大いに栄えるということになってまいりました。

試みにこの時期の文学や芸能を担った人々を挙げますと、これが錚々《そうそう》たるもので、戯作《げさく》の十返舎一九《じっぺんしゃいっく》（『東海道中膝栗毛《とうかいどうちゅうひざくりげ》』）、式亭三馬《しきていさんば》（『浮世風呂《うきよぶろ》』『浮世床《うきよどこ》』）、為永春水《ためながしゅんすい》（『春色梅児誉美《しゅんしょくうめごよみ》』）、滝沢馬琴《たきざわばきん》（『南総里見八犬伝《なんそうさとみはっけんでん》』）、俳諧のほうでは与謝蕪村《よさぶそん》、小林一茶《こばやしいっさ》、歌舞伎では鶴屋南北《つるやなんぼく》、河竹黙阿弥《かわたけもくあみ》が出ています。浮世絵は美人画や役者絵が退廃的になり、代わって風景画が盛んにもてはやされ、葛飾北斎《かつしかほくさい》、安藤広重《あんどうひろしげ》が出ました。このほか川柳《せんりゅう》がこの時期に発展しましたし、寄席も大いに繁盛し、落語・講談・手品・娘義太夫などが喜ばれました。

こういう空気を吸収しながら漢詩も詠みぶりが変化し、ますます栄えて行ったので、文化文政からしばらくの間に、江戸漢詩の全盛期が到来したと言ってよいと思います。

大窪詩仏（一七六七～一八三七）

大窪詩仏《おおくぼしぶつ》は、常陸《ひたち》（茨城県）の生まれ。代々医を業とする家で、お父さんも小児科のお医者様でした。お父さんが江戸で開業するのに伴って移ってまいりましたが、詩仏自身は医学を好まず、山本北山に儒教や詩を学び、次いで市河寛斎の江湖詩社に入ります。

家業を継がず、詩人として身を立てることになり、二十六歳で柏木如亭とともに詩社を開きますが、その後、各地を歴遊する生活に入ります。行く先々で詩や絵を売って暮らしていました。

四十歳ごろ江戸に戻り、神田のお玉が池に新居を建てました。これを「詩聖堂」と名づけ、ここが江戸詩壇の中心になってゆきます。詩聖堂には常に男女十人以上が居候《いそうろう》として寝起きし、料理人も同居していたようです。毎日お客が来て、それらのお客さんを豪勢な料理でもてなします。毎日のように芸者を呼ぶ、たいへん裕福な暮らしぶりでした。大窪詩仏自身、詩や酒が好きで、常識にとらわれない大らかな人だったので、多くの文人たちが好んで詩聖堂に出入りしました。

五十九歳のときから秋田藩の藩儒となり、江戸の藩邸で儒教や詩文を教授しています。ただ、旅行が好きだったのか、その後も各地を歴遊し、京都や大坂に出向いた折には頼山陽《らいさんよう》とも面識を得ております。

その時、頼山陽のお弟子さんたちおおぜいといっしょに宴会になりますが、大窪詩仏は頼山陽のそばに行って、懐《ふところ》から銀貨を取り出し、〝お近づきのしるしに〟と言って差し出しました。頼山陽は謹厳実直な人で受け取らない。詩仏は山陽の背中をぽんぽんと叩いて、〝まあまあよろしいではござらぬか、どうぞお受け取りください〟と言いました。すると山陽は詩仏の邪念のなさを感じ、初めてにっこりしてその銀貨を受け取った、という話が残っています。

江湖詩社から出た人のうち、市河寛斎・柏木如亭・大窪詩仏・菊池五山《きくちござん》、この四人を合わせて「江戸の四家《しか》」と呼んでおります。

詩仏は書家としても有名で、東京都内のあちこち、特に東のほうに、彼の筆になる石碑が残っており、その筆跡を偲ぶことができます。しかし最初は字が下手だったようで、市河寛斎に教わっていたころ、先生に頼まれて代わりに詩を作り、その原稿を先生に見せますと、〝詩はよくできているが、字が下手だなあ〟と言って、清書は別の人に頼みました。詩仏はたいへんこれを恥じ、その後努力を重ねてついに書の大家になった、と言うことです。

烟花戯　　七言律詩（下平・六麻）

漠漠江天収晩霞●
炮声一響駭栖鴉●
寒星忽落半空雨
火樹能開満架花●
勢巻潮頭奔水鼠
光衝雲脚迸金蛇●
夜深戯罷人帰去
両岸蕭疎烟淡遮●

烟花戯《えんくわぎ》

漠漠《ばくばく》たる江天《かうてん》 晩霞《ばんか》収《をさ》まる
炮声《はうせい》一《ひと》たび響《ひび》いて 栖鴉《せいあ》を駭《おどろ》かす
寒星《かんせい》忽《たちま》ち落《お》とす 半空《はんくう》の雨《あめ》
火樹《くわじゆ》能《よ》く開《ひら》く 満架《まんか》の花《はな》
勢《いきほ》ひは潮頭《てうとう》を巻《ま》いて 水鼠《すゐそ》を奔《はし》らせ
光《ひかり》は雲脚《うんきやく》を衝《つ》いて 金蛇《きんだ》を迸《はし》らす
夜深《よふ》けて 戯《ぎ》罷《や》み 人《ひと》帰《かへ》り去《さ》れば
両岸《りやうがん》 蕭疎《せうそ》として 烟《けむり》 淡《あは》く遮《さへぎ》る

はるかにひろがる隅田川の水面と上空　夕焼けの明るさも消えた
花火を打ち上げる音が一発とどろきわたり　ねぐらに帰っていたからすをおどろかせた
冷たい星のような玉は　突然　中空《なかぞら》から光の雨を降らせる
火につつまれた樹木は　枝いっぱいに炎の花を咲かせる

ねずみ花火の勢いは波がしらを巻き込んで　水上のねずみをめまぐるしく泳がせ
打ち上げ花火の輝きは低く垂れこめた雲を突き上げ　金色の蛇を空高く昇らせる
夜もふけて花火大会は終わり　見物人たちも帰って行くと
川の両岸はさびしくなり　ただ花火の名残りの煙だけが　うっすらとたなびいている

語釈　○烟花戯―花火。法律用語では花火を「煙火」と言う。○漠漠―果てしのないさま。広大なさま。○江天―川の上空。また、川の水と空。○晩霞―夕焼け。○炮声―花火の打ち上げ音を言う。○栖鴉―ねぐらにいるからす。○半空雨―花火が空の中ほどから雨のように降り落ちるさま。「半空」は、なかぞら。中天。○火樹―木の枠を組み、導火線をつけて点火すると形が現れる仕掛け花火。○架―衣桁《いこう》。着物かけ。ここでは木の枝に見立てているか。○水鼠―ねずみの一種で、水べに生息する。○雲脚―低く垂れこめた雲。○蕭疎―ものさびしく、まばらなさま。

花火大会のようすを描いた律詩です。花火はもともとのろしが進歩したものですが、火薬の発明以後、今日の花火の原型ができて来ました。中国では北宋の時代にできたと言われ、これが十三世紀末に西洋のほうに伝わっています。日本に入ったのは天文十二年（一五四三）、鉄砲が伝わったのと同時に入り、江戸時代に観賞用として発展してまいりました。

特に打ち上げ花火は江戸時代も初めのころ、萬治二年（一六五九）に有名な「鍵屋《かぎや》」によって作られています。鍵屋から分家したのが「玉屋《たまや》」です。やがて十七世紀後半の元禄時代、打ち上げ花火は盛んになりました。享保二年（一七一七）に両国の川開き花火が始まり、その後も技術がますます発展して、今日、日本の打ち上げ花火は世界でも名物の一つに数えられています。

この詩仏の七言律詩も、おそらく両国の川開きの花火大会を扱ったものでしょう。時間の経過に沿って詠んでいます。

最初の一・二句が花火大会の始まり。あたりが暗くなり、花火の打ち上げ音がひびきます。

中間四句が見どころで、さまざまな花火のようすを二組の対句によって、たとえを並べて描き出します。第三句が割物《わりもの》の打ち上げ花火、第四句が地上の仕掛《しか》け花火。五・六句は玩具《がんぐ》用花火です。第五句はねずみ花火のことか、或いは中国の清朝時代に行われた「水老鼠花《すいろうそか》」のことかも知れません。「水老鼠花」は水上に放つもので、火を点じたあと水面にさまざまな色・形の火花を生じさせるもの。「水老鼠」とも言います。第六句は、地上から尾を引いて上昇してゆく花火の光を蛇にたとえました。

そして七・八句は、花火大会が終わったあとの雰囲気と余韻。夕暮れ時から真夜中までの時間の流れの中で、次々に現れるいろいろの花火を描いております。

中間四句のたとえを使った描写が、絢爛豪華な雰囲気を出しています。対句が巧妙で、三・四句では寒星の「寒」と火樹の「火」、「落」と「開」、「半」と「満」、「雨」と「花」、五・六句では「勢」と「光」、「潮」と「雲」、「水」と「金」（ともに五行説の五元素のうちの一つ）、「鼠」と「蛇」というふうに、端正な対句を構成しています。二組の対句の文法構造の違い、その対照も見事です。

哭内六首　其五　　　**七言律詩**（下平・七陽）

我理詩嚢君繍床
一炉添火夜将央

内《ない》を哭《こく》す六首《ろくしゅ》　其《そ》の五《ご》

我《われ》は詩嚢《しなう》を理《をさ》め　君《きみ》は床《しやう》に繍《しう》す
一炉《いちろ》　火《ひ》を添《そ》へて　夜《よる》　将《まさ》に央《なかば》ならんとす

大窪詩仏（一七六七〜一八三七）

空斎今夜蕭蕭雨　　空斎《くうさい》　今夜《こんや》　蕭蕭《せうせう》の雨《あめ》
無復人分燈火光　　復《ま》た　人《ひと》の　燈火《とうくわ》の光《ひかり》を分《わか》つ無《な》し

私は昼間作った詩を推敲し　君は布団に刺繍をしていた
私たちが共有する一つの火鉢にさらに火をおこしたとき　夜はもう半ば近かった
今　人けのないこの部屋に　今宵《こよい》はしとしととさびしい雨音《あまおと》
私とともしびの光をともにした君は　もういなくなってしまったのだね

語釈　○詩嚢―もと、詩人が詩の原稿を入れておく袋のことを言った。そこから転じて、詩のアイデア、原稿のことも指す。ここでは詩箋《しせん》（詩を書く専用の便箋）に書きつけてあるものと思われる。　○理―ととのえる。整理整頓する。　○繍床―ふとんに刺繍をほどこす。針仕事。「床」は、寝床《ねどこ》、寝具《しんぐ》。　○蕭蕭―雨がものさびしく降るさま。

漢詩の世界には、亡くなった奥さんを悼《いた》む詩、「悼亡詩《とうぼうし》」の系列があります。中国では、古くは南北朝時代直前の西晋時代、潘岳《はんがく》（二四七〜三〇〇）が作っているほか、中唐の元稹《げんしん》（七七九〜八三一）、北宋の梅尭臣《ばいぎようしん》（一〇〇二〜一〇六〇。→二四二ページ）にも悼亡詩の連作があります。内容が内容ですから、いずれの場合も、ことばを飾るとか構成に凝るとかいうことがなく、自分の本心を素直に詠んでいるのですが、詩仏のこの詩も同じです。

二度目の奥さんが亡くなった時の作のようです。揖斐高《いびたかし》先生の説によると、最初の奥さんを失ってから、その妹さんを妻として迎え、十三年間結婚生活が続きましたが、二度目の奥さんも若くして亡くなり、あとには幼い娘二人が残されたのでした。二度目の奥さんが文政十二年（一八二九）の冬に亡くなっていますので、この詩はその直後に作られたと思います。季節は冬、作者はこの時六十三歳です。

前半二句は、奥さんといた日々から或る夜のひとこまを思い出し、ふと現実の我に返るのが後半です。第四句の「人《ひと》の 燈火《とうくわ》の光《ひかり》を分《わか》つ」は、「人」と「燈火の光を分つ」が同格で、「人の」の「の」が両方を結ぶ関係代名詞のような働きになっていますので、下から訳すとわかりやすくなります。

たいへん幅広く活躍した大窪詩仏でしたが、ここではその詩の中から、彼の腕の冴えをよくうかがわせる律詩と、彼自身の痛切な体験を詠んだ絶句とを取り上げました。

菊池五山（一七六九?～一八五三）

菊池五山《きくちござん》は、讃岐《さぬき》（香川県）高松の生まれ。高松藩儒の家の人で、幼い時に藩儒の後藤芝山《ごとうしざん》に師事します。後藤芝山は前に出て来た柴野栗山（→二六五ページ）の先生でもあり、芝山自身、詩が巧みでした。続いて京都で柴野栗山にも師事し、栗山が幕府に招かれて江戸に赴くと、彼に随って五山も江戸に赴き、その時に市河寛斎門下となります。

やがて五山自身が塾を開くと、弟子入りを望んで訪れる人はたいへん多かったと言います。お酒が好きで、野放図なふるまいや派手な服装が目立ち、自《みづか》ら〝杜牧《とぼく》の生まれ変わり〟と称しました。杜牧（八〇三～五二）と言えば晩唐期の大詩人で、若いころ風流才子として演芸場で名前が知られた人です。

その自称もたしかにうなづけるほど、五山の詩文の才は抜きん出ており、柏木如亭や大窪詩仏がしばしば地方に出て不在なので、五山一人が江戸にいて詩壇の中心となりました。

五十七歳で高松藩に出仕し、七十九歳の時にも矍鑠《かくしやく》としており、〝詩壇の老将軍〟と呼ばれていました。

五山の活動で重要なのは『五山堂詩話』を刊行したことです。これは同時代の詩人たちの作品や人物の伝記、逸話などを載せたもので、彼はこれを、三十代の終わりから二十五年間にもわたって定期的に刊行しました。このことはつまり、詩を紹介し論評するような刊行物が、全国的に求められる時代であったことを示しています。

嫁猫　　猫《ねこ》を嫁《とつ》がしむ　　七言律詩（下平・十一尤）

女奴稍長太嬌柔●　　女奴《ちよど》 稍《やうや》く長《ちやう》じて太《はなは》だ嬌柔《けうじう》
早被東家懇聘求●　　早《つと》に東家《とうか》に 懇《ねんご》ろに聘求《へいきう》せ被《ら》る
紅索当瑠璃親自結　　紅索《こうさく》 璃《り》に当《あ》てて 親《しん》 自《みづか》ら結《むす》び
金鈴為佩任他摟●　　金鈴《きんれい》 佩《はい》と為《な》つて 他《かれ》の摟《ろう》するに任《まか》す
入厨莫慕魚腥美　　厨《くりや》に入《い》つては 慕《した》ふこと莫《なか》れ 魚腥《ぎよせい》の美《び》
守室須防鼠窃憂●　　室《しつ》を守《まも》つては 須《すべか》らく防《ふせ》ぐべし 鼠窃《そせつ》の憂《うれ》ひ
想料明年将子日　　想《おも》ひ料《はか》る 明年《みやうねん》 子《こ》を将《ひき》ゐるの日《ひ》
薄荷香醲緑陰稠●　　薄荷《はくか》 香《かを》り醲《こま》やかにして 緑陰稠《りよくいんしげ》からん

雌《めす》の子猫はだんだん成長し　まことにきれいでしなやかな姿になった

しかし　そなたは前々からお隣さんに　「大きくなったらうちに」と招かれていた
赤い飾り紐を帯に飾りつけ　飼い主の私がこの手で結んでやろう
金の鈴を佩《お》び玉のようにして　お前がじゃれつくのに任せよう
台所に入ったときには　心を迷わすでないぞ　生魚《なまざかな》のうまそうな匂いに
部屋の番をするときには　しっかり防がなくてはいけないよ　ねずみが悪さをする心配を
私は想像する　やがて来年　そなたが子猫たちを連れて歩む日
はっかの草は香《かぐわ》しく　緑の木かげもゆたかに広がっていることだろう

語釈　○女奴―召使いの女性。女中。愛猫《あいびょう》にたとえて言う。　○嬌柔―美しく、たおやか。　○東家―東側にある家。隣家。　○聘求―嫁入りを求められる。猫を求められたことを言う。　○紅索―赤いなわ。　○縭―玉飾りのある帯。　○摟―引き寄せる。探る。抱《かか》える。　○魚腥美―魚のおいしそうなにおい。「魚腥」は〝魚のにおい〟だが、魚そのものを指すこともある。　○鼠窃―ねずみが人にかくれて物をぬすむこと。鼠《ねずみ》の害。　○将子―子を率いる。産んだ子猫をおおぜい従えることを言う。　○薄荷―はっか。シソ科の香草。八月から十月に花が咲く。　○香靄―香気が馥郁《ふくいく》とひろがるさま。

「愛猫をお嫁にやる」という詩題で作られた七言律詩です。

最初の一・二句は仔猫《こねこ》が美しく成長したことを述べ、いよいよ譲りわたす日が来るのが中間の四句です。第三句の〝私がこの手で紐を結んでやろう〟というのは『詩経』豳風《ひんぷう》―東山《とうざん》の第四聯をふまえるもの。わが娘のお嫁入りの日、母が手づから晴れ着の帯をしめ、腰ひもを結んでやることを述べて「親《しん》 其の縭《そり》を結《むす》んで／其《そ》の儀《ぎ》を九十《きうじふ》にす」とあります。五・六句は、今後お隣で暮らす時の心がまえを諄々《じゅんじゅん》と諭《さと》す、親心のような内容。結びの七・八句は、やがて母猫になる日を想像します。まことに心やさしい詩になっております。

菊池五山（一七六九？〜一八五三）

七、詩風の変革——宋詩風の流行

蕗谷虹児「或る夜の夢」　大正十一年（一九二二）
「豪来《がうらい》　頻《しき》りに吸《す》ひ尽《つく》し／腹《はら》に葬《はうむ》る　幾嫦娥《いくじやうが》」（菅茶山《かんちやざん》「月下《げつか》の独酌《どくしやく》」→三二五ページ）

荻生徂徠《おぎゅうそらい》やその門下の服部南郭《はっとりなんかく》らは唐詩を尊重しつつ、その中に日本独自の風物や情感を表現することを目指したが、江戸も中期以後になると、唐詩尊重の考え方がゆらぎ始める。六如《りくにょ》や菅茶山《かんちゃざん》は宋代の詩を尊びながら、人なつこい情感を親しみやすく表現する詩を作り、良寛《りょうかん》はまた独自の立場から、素朴な中に深い思いを秘めた詩を詠んだ。

このような詩風の変革は、既に徂徠たちの詩に見られた〝日本らしさの導入〟をさらに推し進めるための工夫でもあった。特に、わが国の歴史故事や名勝、人情の機微を力強く、時に繊細に詠んだ頼山陽《らいさんよう》は、漢詩文の中で日本風の境地を実現した代表的な存在である。

宋詩風の流行

江戸時代の詩人たちには、唐詩を模範にする人々と宋詩を模範にする人々とがおりましたが、これは単純にどちらを好むかということ以上に、江戸の漢詩の発展の状況を反映したものと申せます。

江戸初期の石川丈山《いしかわじょうざん》や釈元政《しゃくげんせい》らは宋の詩を模範にしましたが、これは先立つ時代に、五山の禅のお坊様たちが宋詩を重んじたことの流れの上にあります。続いて江戸中期になると、木下順庵《きのしたじゅんあん》や荻生徂徠《おぎゅうそらい》らが唐詩を重んじ、これが幅広く支持されて、江戸中期の詩の大発展に大いに貢献しました。そして中期の終わりくらいから、再び宋詩を模範とする人々が増えてまいります。その先駆けとなったのが六如《りくにょ》上人です。

その宋詩流行への変化は、このころ詩作という行為がすっかり根づいて安定したことが影響していると思います。当時は詩社が多く結成され、詩話（詩の評論書）が多く刊行され、専門の詩人として身を立てる人も出て来る状況にありました。そういう中で、日本らしい詩、身近な風物や体験を詠《よ》もうという風潮がますます強くなって来ました。そして、その〝身近なものを詠む〟という作詩姿勢で言えば、唐の詩よりも宋の詩のほうがお手本にしやすくなります。江村北海《えむらほっかい》のところで出た北宋半ばの梅堯臣《ばいぎょうしん》（→二四二ページ）、この人あたりから、中国ではふだんの小さな体験、小さな動物を取り上げながら、そこに自分の思いをこめてゆく詠みぶりが現れ、これが宋詩の大きな流れとなってゆきます。その梅堯臣や宋詩に、江戸の人たちが目を向けました。

宋詩流行の背景にはもう一つ、中国の宋の時代の都市と、江戸時代のこのころの都市のあり方が似かよっていたこともあると思います。ともに商品経済・流通の発展のもと、いちおう平和な時代が続く中で、繁華街や演芸が大いに繁栄していたという状況が共通していました（→三二七ページ）。

詩風革新の兆《きざし》(一)——六如

六如（一七三四〜一八〇一）

六如《りくにょ》は、天台宗の学僧でした。近江八幡《おうみはちまん》（滋賀県）の生まれ。代々お医者様を務める家で、お父さんも医師でした。六如自身、十代初めから仏教学や詩文を学び、三十代初めに江戸に出て、服部南郭の門人であった宮瀬龍門に学びます。服部南郭は荻生徂徠《おぎうそらい》の高弟ですから、六如ははじめ荻生徂徠の学統に入り、徂徠流の古文辞派の学問、詩の詠みぶりを学んだことになります。その後、京都と江戸のあちこちのお寺を転々としますが、これは宗門内部の紛争に巻き込まれたことによるようです。晩年は嵯峨《さが》（京都市右京区）に隠居しました。

六如が生きた時代は、木下順庵《きのしたじゆんあん》門下、荻生徂徠門下がまださかんに活躍し、唐詩の詠みぶりが主流だったのですが、そういう中で、葛子琴《かつしきん》や六如が新機軸を打ち出した、という位置づけになります。

六如の詩は目新しい語を好んで使うと言われており、詩の創作のほか、評論活動として『葛原詩話《かつげん》』を残しています。『葛原詩話』は詩に使う語をたくさん集め、用例をあわせて挙げ、語句の意味や使い方を解説した本です。作詩の手引き書、参考書として重要なものです。用例は古くは中国の漢代から、新しくは清代まで及んで幅広く採っていますが、珍しい語が入りすぎているという批評も同時代からありました。

蟬　歎

庭槐一蟬託美陰●
飲風哀響似玉琴●
有鳶横捎忽攫去
蟬在掌中尚悲吟●
奴人走出嗟何及▲
睨空怒罵戟手立▲
我語奴人爾何愚
渠自残害其素習▲
人参天地称至霊◎
爾性感事瞥爾形◎
宜拡此心覃萬物
不容放擲委昏冥◎
大小愛命理僉然
横海之鯨何啻蟬◎
而今百方陥其命
鸞刀縷切抆饞涎◎
口腹於我何死急

七言古詩（韻目省略）

蟬《せみ》の歎《なげ》き

庭槐《ていくわい》の一蟬《いつせん》　美陰《びいん》に託《たく》す
風《かぜ》を飲《の》んで　哀響《あいきやう》　玉琴《ぎよくきん》に似《に》たり
鳶《とび》有《あ》り　横《よこ》に捎《かす》め　忽《たちま》ち攫《つか》んで去《さ》り
蟬《せみ》は掌中《しやうちゆう》に在《あ》つて　尚《な》ほ悲吟《ひぎん》す
奴人《どじん》　走《はし》り出《い》で　嗟《なげ》くも何《なん》ぞ及《およ》ばん
空《くう》を睨《にら》んで　怒罵《どば》し　手《て》を戟《げき》にして立《た》つ
我《われ》　奴人《どじん》に語《かた》る　爾《なんぢ》　何《なん》ぞ愚《ぐ》なる
渠《かれ》　自《おのづか》ら残害《ざんがい》するは　其《そ》の素習《そしふ》なり
人《ひと》は天地《てんち》に参《さん》じて　至霊《しれい》に称《かな》ふ
爾《なんぢ》の性《せい》　事《こと》に感《かん》じて　瞥爾《べつじ》として形《あらは》る
宜《よろ》しく此《こ》の心《こころ》を拡《ひろ》めて　萬物《ばんぶつ》に覃《およ》ぼすべし
容《ゆる》さず　放擲《はうてき》して　昏冥《こんめい》に委《ゆだ》ぬるを
大小《だいせう》　命《めい》を愛《あい》す　理《り》　僉《みな》　然《しか》り
横海《わうかい》の鯨《くぢら》　何《なん》ぞ啻《ただ》に蟬《せみ》のみならんや
而今《じこん》　百方《ひやくはう》　其《そ》の命《めい》を　陥《おとしい》れ
鸞刀《らんたう》　縷切《るせつ》　饞涎《さんぜん》を抆《ぬぐ》ふ
口腹《こうふく》　我《われ》に於《おい》て　何《なん》の死急《しきふ》ぞ

六如（一七三四～一八〇一）

視渠至宝等塵涓◦
猟山漁海心不足△
毀卵探鷇無地伏△
人於禽獣不較多
以鳶笑鳶我実恧△

渠《かれ》が至宝《しはう》を視《み》ること　塵涓《ちんけん》に等《ひと》し
山《やま》に猟《れふ》し　海《うみ》に漁《ぎよ》して　心《こころ》足《た》らず
卵《たまご》を毀《こぼ》ち　鷇《ひな》を探《さぐ》つて　地《ち》の伏《ふく》する無《な》し
人《ひと》は禽獣《きんじう》に於《おい》て　多《おほ》きを較《くら》べず
鳶《とび》を以《もつ》て　鳶《とび》を笑《わら》ふ　我《われ》　実《まこと》に恧《は》づ

庭の　槐《えんじゅ》の木にとまった一匹の蟬が　心地よい木かげに身を託していた
風を吸いつつかなでる　かなしいしらべ　それは美しい琴の音色《ねいろ》にも似ていた
そこに鳶《とんび》が現れてさっと横ざまに飛び　あっという間に蟬をつかんでいった
蟬はその足につかまれたまま　なおも哀《かな》しげに鳴いていた
わが使用人が飛び出して来たが　嘆いてももう遅い
鳶が飛び去った中空をにらみ　いきどおりののしり　こぶしを振り上げて仁王立《におうだ》ちになる
私は彼に語りかけた　「そなたは何とも　物知らずよのう
鳶が自分から殺生《せっしょう》をするのは　生まれつきの習性なのだ
が　人間は広い天と地の間に加わって　この上なくすぐれたその両者と並ぶもの
そなたの本質の善なる部分が　今のできごとに反応してふと現れたのだよ
ぜひともその善い心をひろく働かせて　すべての生きものに及ぼしたまえ
なりませぬぞ　何もせずに　物の道理がわからないままでいては

大小さまざまの生きものたちが　みな自分の生命を惜しむ　それは筋として　すべてそうなのだ
海を横切って泳ぐくじらも同じ　どうして蟬だけということがあろうか
今　人間はあらゆるところで生き物の命を奪い取り
包丁をふるって切り刻み　舌なめずりをしている
食べる楽しみは私たち人間にとって　どれほど緊急のものであろうか
それなのに私たちは　動物たちの大切な生命を　ちりほこりや水のしずくと同じように見ているのだ
山で猟をし　海で魚を捕り　それでも心は満足せず
鳥の卵を採って割り　ひな鳥を探して料理をし　おかげで鳥が卵を抱く場所すらどこにもないのだ
そういう人間は　鳥や獣に対して　そんなにすぐれているわけではない
鳶と同じような存在でありながら鳶をあざ笑うとは　私はまったく恥ずかしいと思うのだ」

語釈　○庭槐―庭の槐《えんじゅ》の木。槐の木と蟬はしばしばいっしょに詠まれる。○飲風―〝風を吸う〟の意。○玉琴―琴の美称。○奴人―使用人の男。○戟手―両腕を振り上げること。怒って攻撃しようとするさま。肘《ひじ》を曲げて左右の手を挙げた人の姿が、戟《ほこ》の形に見えることから言う。○残害―「残」も「害」も〝損《そこな》う〟の意。○素習―ふだんの習慣。○人参天地―人が天地の間に加わること。『易経』乾《けん》の文言第六節に「夫《そ》れ大人《たいじん》なる者は、天地と其の徳を合《がふ》し」云々とあるのに基づいていようか。○瞥爾―ちらりと。ふいに。○萬物―「物」は漢文の世界では〝生きもの、生物〟の意になる。○昏冥―物の道理がわからず、愚かなこと。○理―筋道。○而今―今。○鸞刀―包丁の美称。○縷切―糸のようにこまかく切り刻むこと。○饞涎―「饞」は、食べものをむさぼる意。〝うまいものを食いたい、食いたい〟と思いながら流すよだれ。○口腹―口と腹。飲食。生存のためより、〃味を楽しむ、美食をする〃という悪い意味で使われることが多い。〇塵涓—ちりとしずく。きわめて微小なもののたとえ。〇探轂—ひな鳥を探して獲《と》ること。〇伏—鳥が卵を抱いてあたためる意。

寛政五年（一七九三）夏、六十歳の作。庭で鳴いていた蟬が鳶にさらわれてしまった〃事件〃をきっかけに、心に浮かんだことを述べた古詩です。六如上人は古詩にすぐれ、この詩のように動物や植物を詠みながら、人生上の大きな問題に及んで心を打つ作品が多くあります。

この詩も四句ごとに段落を区切ることができます。まず最初の一〜四句が第一段で、事件の発端。蟬や鳶は、中国の詩では高尚なイメージがあります。蟬は木の高い所に止まって風に吹かれ、露を飲み、樹液を吸って鳴いている。短命ですが、潔《いさぎよ》くその生命を終えるということで、世俗を超越した高尚な人のたとえに使われます。また鳶についても、「鳶飛魚躍《えんぴぎょやく》」という成語があり、〃鳶が空をのんびりと飛び、魚が水面から楽しげに躍り上がる〃ような世の中、天下太平のたとえとして使われます。この詩ではそういう伝統的なイメージを考慮せず、単なる天敵同士のように扱っています。六如の自由な詠みぶりを示す例ではないでしょうか。

次の五〜八句が第二段で、作者の使用人が出て来て鳶をののしります。〃何とむごいことを！〃。それを作者がなだめています。

つづく九〜十二句が第三段で、作者が使用人を諭《さと》します。〃人間がもともと持っている善い心、弱い者をいたわしく思い、理不尽な暴力をにくむ心、弱い者いじめをこらしめようとする心が、そなたに今、ふと現れたのだ。それをこれから大切にはぐくみなさい〃と。

その次の十三～十六句、第四段から後半となり、作者の所感を述べてゆきます。前半の最後、第十二句で〝物の道理をわかりなさい〟と言った、その〝物の道理〟とは何かについて、説いています。〝考えてもみたまえ。人間は鳶とは比較にならないくらい、多くの生きものを切り刻んでいるではないか〟。十七～二十句の第六段に移り、〝味覚の楽しみのために、卵やひな鳥まで食用にしている人間は恥しい存在だ〟と述懐します。「口腹」は、『孟子』告子《こくし》章句・上の中に、〝飲み食いだけに心奪われ、夢中になる人は、誰からも軽蔑される。なぜなら、その人は口や腹の満足だけを求め、志というもっと大切なものを忘れているからだ〟という語があり、それを受けています。

そして最後の二十一・二十二句が第六段で、自己反省のように結んでいますが、人間の身勝手さに対する、今日にも通じる風刺の精神を感じます。

○

この詩は、杜甫晩年の古詩「縛鶏行《ばくけいかう》」の影響を受けているかも知れません。

縛鶏行　　七言古詩（韻目省略）

杜甫

小奴縛鶏向市売
鶏被縛急相喧争●
家中厭鶏食蟲蟻
不知鶏売還遭烹●
蟲鶏与人何厚薄▲

縛鶏行《ばくけいかう》
小奴《せうど》　鶏《にはとり》を縛《しば》つて　市《いち》に向《む》かつて売《う》る
鶏《にはとり》は縛被《しばら》るること急《きふ》にして　相喧争《あひけんそう》す
家中《かちゆう》　鶏《にはとり》の蟲蟻《ちゆうぎ》を食《くら》ふことを厭《いと》ふも
知《し》らず　鶏《にはとり》の売《う》らるれば　還《ま》た　烹《に》らるるに遭《あ》ふを
蟲鶏《ちゆうけい》　人《ひと》と　何《なん》ぞ厚薄《こうはく》あらん

六如（一七三四〜一八〇一）

吾叱奴人解其縛▲　吾《われ》 奴人《どじん》を叱《しつ》して 其《そ》の縛《ばく》を解《と》かしむ
鶏蟲得失無了時　鶏蟲《けいちゅう》の得失《とくしつ》 了《をは》るの時《とき》無《な》し
注目漢江倚山閣▲　目《め》を漢江《かんかう》に注《そそ》いで 山閣《さんかく》に倚《よ》る

杜甫は安禄山の乱の勃発後、戦乱を避け、家族や使用人たちとともに南中国を放浪していました。船で移動することも多く、苦労の多い晩年でしたが、右の詩はその時期の作です。

或る日、少年の使用人が鶏の足を縛って〝市に行って売るのだ〟と言っている。鶏はしきりに鳴いて暴れている。家族たちは鶏が虫や蟻を食うのがいやだというのだが、しかし気にならないのだろうか、鶏だって売られてしまえば、やはり煮られ、食べられてしまうのである。

考えてみると、虫や鶏が人間より重要でないということがあるだろうか。どちらも同じ、生命あるものだ。そこで私は使用人を叱って鶏を放させた。そうは言ったものの、鶏と虫とどちらを助けるのがいいのか、考えても結論が出て来ない。私はやむを得ず冬の川をじっと見つめ、山腹の家の欄干にじっと寄りかかっているのだ。

六如上人は特に晩年、杜甫の詩に心酔していたと言われますので、この杜甫の詩に触発されて「蟬の嘆き」を作った可能性があるでしょう。

落歯歎　五言絶句（上平・一東）
落歯《らくし》の歎《たん》

編貝漸刓缺　編貝《へんばい》 漸《やうや》く刓缺《ぐわんけつ》

乗衰䘌更攻
嚙名非一日
何必罪微蟲

衰《すゐ》に乗《じよう》じて 䘌《じつ》 更《さら》に攻《せ》む
名《な》を嚙《くら》ふは 一日《いちじつ》に非《あら》ず
何《なん》ぞ必《かなら》ずしも 微蟲《びちゆう》を罪《つみ》せん

きれいに並んでいた私の歯も　だんだんすり減り　欠けて来た
おまけに私の衰えにつけこむように　虫歯がさらに歯をむしばむ
もっとも私自身　名声名誉をむさぼるように　ずっと生きて来た
どうして　小さな虫歯の虫を責めることがあろう

語釈　○編貝―きれいに並んだ貝。歯並のよい歯を言う。　○刓缺―すり減り、欠けること。　○䘌―虫歯。　○嚙名―名誉をむさぼること。

寛政六年（一七九四）、作者六十一歳の作。歯がだんだんだめになってゆくことを嘆いた詩です。前半二句で、歯がだんだん悪くなり、おまけに虫歯にまでやられていることを述べ、後半で自問自答に入ります。〝歯がこんなに悪くなったのは、虫歯のためばかりではない。私の俗念、功名心のせいも大きいのだ。自分の思いどおりに行かなかったり、人に出世を越されたりすると、歯ぎしりしてしまう。そのために歯を悪くしたことも大きいのだ〟という自己反省です。

前半で小さな身辺の事件を取り上げ、後半、内省や教訓に持って行くというのは、六如上人の詠みぶりの特色のようです。

六如（一七三四〜一八〇一）

次の絶句は、加賀千代女《かがちよじよ》（一七〇三〜七五）の句、「朝顔《あさがほ》に　釣瓶《つるべ》とられて　もらひ水」を翻案した作品と言われています。

牽牛花　　七言絶句（下平・六麻）

井辺移植牽牛花•
狂蔓攀欄横復斜•
汲綆無端被渠奪
近来乞水向隣家•

牽牛花《けんぎうくわ》

井辺《せいへん》 移《うつ》し植《う》う 牽牛花《けんぎうくわ》
狂蔓《きやうまん》 欄《らん》に攀《よ》ぢて 横《わう》 復《ま》た斜《しや》
汲綆《きふかう》 端《はし》無《な》くも 渠《かれ》に奪《うば》はれ
近来《きんらい》 水《みづ》を乞《こ》うて 隣家《りんか》に向《む》かふ

私は井戸端に　朝顔を移植しました
どんどん伸びた蔓《つる》が井戸の囲いに　横に斜めにからみつきました
つるべなわが　思いがけず　伸びたつるにからめとられ
私はこのところ　水をもらうために隣近所にうかがっています

語釈　○牽牛花―あさがお。　○狂蔓―「狂」は勢いの激しいようす。　○汲綆―つるべなわ。つるべ（井戸の水をくみ上げる桶《おけ》）に結びつけてある縄。

原作の俳句に比べ、叙述、描写が増えております。

江戸後期から、詩の中で身辺のことを詠む風潮が出て来た結果、俳句との親近性も自覚され、このように、俳句や川柳を詩に作り替えることも行われるようになりました。

詩風革新の兆（二）——山本北山・亀田鵬斎・大田錦城

山本北山（一七五二〜一八一二）

山本北山《やまもとほくざん》と亀田鵬斎《かめだぼうさい》は、寛政の三博士（古賀精里《こがせいり》・尾藤二洲《びとうじしゅう》・柴野栗山《しばのりつざん》）とほぼ同年代の人で、荻生徂徠《おぎゅうそらい》門下に反対する一派の急先鋒を務め、一方で「寛政異学の禁」に強く反対し、そのことがそれぞれの人生行路に影響しています。

山本北山は、江戸の生まれ。代々武士の家、一説には代々材木商であったとも言われます。十代から独力で儒教の本を研究し、幅広く学びました。二十二歳で『孝経』についての著書を著《あらわ》し、やがては家塾を開いて多くの門弟を出しました。市河寛斎《いちかわかんさい》や大窪詩仏《おおくぼしぶつ》も北山に教わっています。寛政異学の禁にあたっては強く異議を唱え、それに四人の儒者が同調したので、北山と合わせて「五鬼《ごき》」と呼ばれていました。気の強い人で、人の下につくのを好みませんでした。幕府に仕えることも望まず、みずから〝儒者の中の任侠〟と称しています。ただ四十一歳のとき、秋田藩に仕えています。家が裕福だったので、お金を惜しまず蔵書の充実につとめることができたとも言われています。

詩については、荻生徂徠一派の欠点をいろいろ著書の中で指摘していますが、彼自身の本領はどちらかと言うと、儒教の古典の研究にあったようでした。

山本北山（一七五二〜一八一二）

偶成二首　其二

吟花嘯月一閑身
病懶交加甘隠倫
礼法無関吾輩事
詩章豈拾古人陳
披図按画遊全足
煨栗烹芋食不貧
底物世間如箇楽
是非都任俗流唇

偶成二首《ぐうせいにしゅ》　其《そ》の二《に》

花《はな》に吟《ぎん》じ 月《つき》に嘯《うそぶ》く 一閑身《いちかんしん》
病懶《びやうらん》 交〻《こもごも》加《くは》はつて 隠倫《いんりん》に甘《あま》んず
礼法《れいはふ》は関《くわん》する無《な》し 吾輩《ごはい》の事《こと》
詩章《ししやう》 豈《あに》 拾《ひろ》はんや 古人《こじん》の陳《ちん》
図《づ》を披《ひら》き 画《ぐわ》を按《あん》じて 遊《いう》 全《まつた》く足《た》り
栗《くり》を煨《や》き 芋《いも》を烹《に》て 食《しよく》 貧《まづ》しからず
底物《なにもの》の世間《せけん》か 箇《こ》の楽《たの》しみに如《し》かんや
是非《ぜひ》は都《すべ》て 俗流《ぞくりう》の唇《しん》に任《まか》さん

七言律詩（上平・十一真）

花を見ては詩を作り　月を愛《め》でては詩を口ずさむ　のどかなわが身
多病となまけぐせとが相俟《あいま》って　隠居暮らしに安んじているのだ
世間の礼儀やしきたりは　私の人生には関係ない
詩や文章を作る上でも　昔の人のありふれた表現をまねはしない
書物をひもとき　絵を鑑賞し　楽しみの心は十分に満たされている
栗をつつみやきにし　芋を煮て　毎日の食事もなかなかめぐまれている
いったいどのような暮らしかたが　私のこういう楽しみに及ぶだろう

こういう考え方が良いか悪いか　それはすべて世俗の人たちの口に任せておくのだ

語釈 ○嘯―詩を口ずさむ。「吟嘯」という熟語もあり、詩を作ったり口ずさんだりする意。○病懶―疲れてぐったりしてしまうさま。○隠倫―世を避けて暮らす人。「倫」は、仲間。○陳―古い。新しさがなく、ありふれている。○図画―ふつうは絵画の意であるが、ここでは「図」は書籍、「画」は絵画。○按―なでさする。調べる。転じて、味わう。鑑賞する。○遊―解き放たれていること。楽しむ。くつろぐ。○煨―囲炉裏《いろり》の灰の中に物を埋《うず》めて包み焼きにすること。○底物―指示語としての〝このもの〟の意と、疑問詞としての〝どのようなもの〟の意がある。ここは後者。○世間―世の中での暮らし。生活スタイル。

詩題の「偶成」は「偶〻《たまたま》成《な》る」、つまり「思いがけなくできる」「ふとした思いつきでできる」の意。一見、何げない内容の作品でありながら、実は深い寓意を秘めている作例も多くあります。この七言律詩はむしろ主張を前面に出しており、官職に制約されない自由な生活を堂々と自慢するような詠みぶりです。一・二句は、宮仕えをしない気ままさを述べて導入にしています。続く三・四句は〝礼儀作法も、詩や文章の作り方も、一般のしきたりや伝統にとらわれないぞ〟という宣言。だんだん傲慢な感じになって来ます。

五・六句は毎日の生活ぶりをまとめ、読書・芸術と食生活にスポットを当てています。最後の七・八句に至って〝自分は自分の道を行くのだ、人の評判やうわさは気にしないのだ〟と、言い放つような感じで結んでいます。

この詩は、単に〝世の中から逃れて自由である、達観している〟ことを述べるにとどまらず、俗世に対する強い反抗心、俗世を見下《みくだ》す姿勢を感じさせます。特に三・四句の礼儀作法や詩文についての考え方、また七・八句の〝世の中の人には何とでも言わせておけ〟というあたり、中国の魏の時代の阮籍《げんせき》（二一〇〜二六三）を思い出させます。

阮籍の在世中、魏はやがて晋に簒奪されます。晋は軍事政権でしたが、自分たちの存在を正当化するためにきびしい恐怖政治を展開します。特に儒教の教えを歪曲《わいきょく》して、厳格な礼法、倫理を押しつけて王朝への絶対服従を強い《し》、弾圧や粛清を繰り返しました。そのために殺害された政治家や知識人が多かったのです。そのやり方に同調できない人々は政治の主流から離れてゆきましたが、中でも特に良心的な活動を続けた人のことを「竹林の七賢」と呼んでいます。その代表が阮籍でした。阮籍は王朝に対する抵抗の運動、批判的言動を注意深く続けたのです。

こうして見ると、山本北山は、寛政の改革や寛政異学の禁に同意できない自分の心境を、阮籍に重ねた側面があるように思います。

亀田鵬斎（一七五二〜一八二六）

亀田鵬斎《かめだぼうさい》は、江戸神田の生まれ。代々農家でしたが、お父さんは家を親戚にゆずって江戸に出、馬喰町《ばくろちょう》の、鼈甲《べっこう》を扱う商店の番頭を務めていたということです。お母さんは鵬斎を産んで間もなく産褥熱《さんじょくねつ》で亡くなり、鵬斎はもらい乳《ぢ》で育ちました。

山本北山《やまもとほくざん》と仲が良く、荻生徂徠《おぎゅうそらい》の一派を否定し、二十代で塾を開いています。幕府に仕えず、下町の儒者として経書《けいしょ》を講義し、自分が書いた書や絵を売って生活の助けにしました。酒を好み、多くの詩文を作っております。

天明三年（一七八三）、鵬斎が三十二歳のとき、日本最高の活火山として長野・群馬の県境にそびえる浅間山《あさまやま》が有名な大爆発を起こしました。その降灰《こうかい》は関東一帯から東北地方にまで達し、これが「天明の大飢饉」の一因になったとも言われます。この大噴火のとき、関東地方全体に灰が降って穀物ができなくなり、米の値段が暴騰し、飢える人が激増したのですが、このとき鵬斎は自分の蔵書を惜しげもなく売って、難民を多く助けたということです。しかしそのために自分が困窮してしまい、それをさらに肥後《ひご》の細川重賢《しげかた》公が定期的にお金を送って助けた、という美談が伝わっております。

三十九歳で寛政異学の禁に遭い、山本北山と共に強く反対しました。そのために改革の主宰者である松平定信や柴野栗山に疎《うと》まれ、幕府の権威を恐れた門人たちは次々と鵬斎のもとを去り、結局、塾を閉じざるを得なくなります。しかし、彼はすでに書家として名声が上がっており、その後は詩や書や絵を売って生計の足しにし、また各地を旅行して文化交流も積極的に行いました。その行った先でも自分の詩や書や絵を売って生活していたということです。いわば文人肌の人生を送った人です。

山本北山が亡くなったときに、鵬斎は墓誌銘を書いております。これを能書家として有名な大窪詩仏が清書し、それを刻んだ石碑が東京小石川のお寺に現存しております。その中で鵬斎は、北山と自分の性格を比較し、〝北山先生は酒は好まれなかったが、自分は酒好きだ。北山先生は律儀でしっかりしているが、自分はだらしがない〟というような性格分析も行っていますが、それは半ば謙遜かも知れません。

たくさんの文章を残しておりますが、村山吉廣先生が長い年月をかけてそれらの文章の注釈研究を重ねられ、その成果は一冊にまとめられて読むことができます。

亀田鵬斎（一七五二〜一八二六）

望富嶽二首　其二

富峰千丈雪
寒光落盃中
倒飲盃中影
胸中生雄風

富嶽《ふがく》を望《のぞ》む二首《にしゅ》　其《そ》の二《に》

五言絶句（上平・一東）

富峰《ふほう》千丈《せんぢやう》の雪《ゆき》
寒光《かんくわう》盃中《はいちゆう》に落《お》つ
倒《さかしま》に盃中《はいちゆう》の影《かげ》を飲《の》めば
胸中《きようちゆう》雄風《ゆうふう》を生《しやう》ず

富士の高嶺《たかね》　千丈にも及ぶ高い峰の　万年雪
その冷たいかがやきが　私の杯の中に映る
ぐっと一気に　杯の中の富士の姿を飲み下せば
胸の中に　大らかで力強い風が吹く

語釈　○富嶽—富士山。　○千丈—一丈は十尺で、約三・〇三〇三メートル（↓一四四ページ）。「千丈」は三〇三〇・三メートルで、富士山の山高（三七七六メートル）に近い。　○寒光—冷たい輝き。　○倒—物を急に横倒しにするなど、動作の激しさを形容する語。ここでは、杯をさかさにするように一気に飲むこと。

富士山を眺めながらの宴会があり、その席上で発表された詩であると思います。前半の情景描写からすると、真昼の宴会のようです。

前半二句は〝富士山の姿が私の杯に映っている〟という描写。

後半二句は、杯を空けたときの気分。杯の酒といっしょに富士山も飲みこんだような、雄大な心境になったという、ユーモラスな着想です。お酒を一気に飲むと、ややあってお腹の中が急に温かくなることがありますが、それも兼ねているのではないでしょうか。

このお酒は日本酒だと思いますが、当時の日本酒というのは、税金逃れのために三割方《さんわりがた》も割り水をしましたので、アルコール度数はかなり低かったようです。それで、江戸時代の人々は昼間から、清涼飲料水のように平気で日本酒を飲んでいたということですが、ここでもそういう日本酒を主にした昼間の酒盛りであろうと思います。

江戸時代中期から盛んに漢詩の中に富士山が詠まれるようになった、その代表に数えられる名作です。

題隅田堤桜花

七言絶句（上平・十三元）

長堤十里白無痕●
訝似澄江共月渾●
飛蝶還迷三月雪
香風吹度水晶村●

隅田堤《すみだづつみ》の桜花《あうくわ》に題《だい》す
長堤《ちやうてい》 十里《じふり》 白《しろ》くして痕《あと》無《な》し
訝《いぶか》る 澄江《ちようかう》 月《つき》と共《とも》に渾《なが》るるに似《に》たるを
飛蝶《ひてふ》 還《ま》た迷《まよ》ふ 三月《さんぐわつ》の雪《ゆき》
香風《かうふう》 吹《ふ》き度《わた》る 水晶《すゐしやう》の村《むら》

隅田川ぞいの道十里　まっ白で　少しのまじりけもない
ふしぎだ　真昼なのに　澄んだ川の水が　月の光と溶け合って流れているように見える
蝶々のように舞う桜の花びら　これはまた錯覚させる　三月なのに雪が降っているのかと
花びらを送るかぐわしい風は吹きすぎてゆく　かがやくように白い桜に囲まれた村里を

語釈 ○痕―傷の跡。けがれ。 ○訝―まるで〜のようだ。 ○渾―溶け合う。調和する。 ○水晶―輝くように白いものを形容する。

隅田川のほとりは今でも桜の名所ですが、この詩はたぶん、仲間といっしょにお花見の宴会を行ったときに発表したものだと思います。

隅田川は荒川《あらかわ》の下流ですが、今では墨田区の鐘淵《かねがふち》あたりから河口部までを「隅田川」と呼んでいます。言問橋《ことといばし》、永代橋《えいだいばし》、勝鬨橋《かちどきばし》など、いろいろの特色ある橋がかかり、江戸から明治にかけての東京はこの川に沿って発展しました。沿岸の墨堤《ぼくてい》通りに桜を植えたのは、三代将軍家光《いえみつ》のときだそうです。その後、植え継がれて現在に至っていますが、特に向島《むこうじま》から隅田公園あたりは桜の眺めが美しく、江戸時代には上野と並んで東京の桜の名所でした（→一九八ページ）。

上野のほうは寛永寺の境内ということもあって〝聖域〟という感覚があり、高貴な人や娘さんたちがお花見に行く名所で、墨堤のほうは、文人墨客など、通人《つうじん》が集まる粋《いき》な場所というイメージがあります。柏木如亭も隅田川沿いの桜の詩「木母寺《もくぼじ》」を作っていますが（→二八四ページ）、それは梅若《うめわか》伝説を取り上げていました。

前半二句は、川ぞいに咲いた桜の花の見事さを、たとえを使って述べています。後半二句に入ると、蝶・雪・風と動きが出て来ます。これは〝風が吹いて花びらが散る〟ことを、やはりたとえを使って述べたもの。

きれいな詩で、情景が浮かんで来るようです。二・三・四句、いずれも幻想的・蠱惑《こわく》的で、花がたくさん咲いているときの、眩惑《げんわく》されるような、神秘的な雰囲気をよく出しているのではないでしょうか。こうした幻想味は、前の「富嶽《ふがく》を望《のぞ》む」とも共通するように思います。

文字遣いの面では、桜の白さを表すために、四句すべてに〝光りかがやく〟意味の字が置かれています。第一句の「白」は、漢詩文ではふつうの〝白〟というよりは〝きらきら輝く〟感じ、第二句の「月」、第三句の「雪」、第四句の「水晶」もそうで、桜の満開の白さが強調され、まばゆいばかりの境地に至っています。

なおこの詩は木母寺（墨田区墨堤通）境内に、作者自身の書による詩碑が建てられ、「詩書双絶」と評せられています。

大田錦城（一七六五〜一八二五）

大田錦城《おおたきんじょう》は加賀（石川県南部）の生まれ。儒学の大家です。お父さんは外科医で、兼ねて本草学《ほんぞうがく》（中国古来の植物学・薬物学。漢方薬の原料としての動物・植物・鉱物などを研究する学問）に造詣の深い学者でもありました。

錦城は、二十歳過ぎで江戸に出て山本北山《やまもとほくざん》の指導を受けましたが、北山とは馬が合わなかったようです。その後は他人に教わらず、独学で研鑽を積み、やがて名医として知られる多紀桂山《たきけいざん》（一七五五〜一八一〇）の援助を受けて、江戸で教育活動を続けておりました。それは名講義だったとのことです。

やがて三河《みかわ》の国（愛知県東部）の吉田藩に招かれ、藩校自習館《じしゅうかん》の設立に力を尽くしました。さらには加賀藩の前田家にも仕えております。

大田錦城（一七六五～一八二五）

過桶狭間　　　七言絶句（下平・一先）

荒原弔古古墳前●
戦克将驕何得全●
怪風吹雨昼如晦
驚破奇兵降自天●

桶狭間《をけはざま》を過《す》ぐ

荒原《くわうげん》　古《いにしへ》を弔《とむら》ふ　古墳《こふん》の前《まへ》
戦《たたか》ひ克《か》つて　将驕《しやうおご》る　何《なん》ぞ全《まつた》きを得《え》ん
怪風《くわいふう》　雨《あめ》を吹《ふ》いて　昼《ひる》　晦《くわい》の如《ごと》く
驚破《きやうは》す　奇兵《きへい》　天自《てんよ》り降《くだ》る

荒れ野で昔の人を弔《とむら》う　昔のお墓の前
戦いに勝ち続け　鼻高々《はなたかだか》になってしまっては　どうして無事でいられよう
激しい風が雨を吹き散らし　昼なのに闇夜《やみよ》のように暗かったあの日
なんと　強力無比の軍隊が　突然天から攻め寄せたのだ

語釈　○桶狭間―尾張《おわり》（愛知県西部）にある地名。三河（愛知県中部・東部）に近い。　○古墳―昔の墓。ここでは、今川義元の墓所。　○怪風―ふしぎな風。めったにない強風。　○驚破―間投詞的用法で、ものに驚くとき、われ知らず発する語。〝なんとまあ、これはこれは〟。　○奇兵―変わった計略で敵の不意を打つ軍隊。

桶狭間の戦いを扱った「懐古詩」です。桶狭間にある今川義元のお墓を訪ね、お墓の前で詠んだ詩と伝えられます。

今川義元《いまがわよしもと》（一五一九～六〇）は、戦国の武将。東海地区に勢力を張った強い武将で、三河《みかわ》の国から駿河《するが》遠江《とおとうみ》、今の地名で言うと、愛知から静岡にわたる三つの国を支配していました。さらに、背後の甲斐《かい》の国（山梨県）の武田信玄（↓一〇一ページ）や関東の北条氏康《ほうじょううじやす》と同盟を結んで、その上で京都に進軍してゆきます。途中、永禄三年（一五六〇）、尾張（愛知県）に攻め込み、いくつか城を落として祝いの宴会を開いたのですが、その直後に織田信長の奇襲に遭い、討ち取られてしまいました。この悲劇の武将、今川義元を偲《しの》んで作ったのがこの詩です。

前半二句は、義元の墓にもうでた時の感慨。〝今川公は戦いに勝ち続けて気がゆるんでいたのだろうか、まことに油断大敵である〟。後半二句では信長の奇襲攻撃に思いをはせます。〝突然、天から降って来たような信長の軍に今川勢は仰天させられ、そのまま打ち負かされてしまった〟。「怪」「晦」「驚」「奇」の字が雰囲気を盛り上げています。

身辺へのまなざし ―― 菅茶山

菅茶山（一七四八〜一八二七）

菅茶山《かんちゃざん》は前章の人々と同じころ、関西の詩壇の中心となっていた大詩人で〝東の市河寛斎《いちかわかんさい》、西の菅茶山〟と言われます。

備後《びんご》（広島県）神辺《かんなべ》の生まれ。お父さんは農業のかたわら酒の醸造にたずさわっていました。茶山は病弱で医術を志し、十九歳で京都に赴き、名医の和田東郭《わだとうかく》（一七四四〜一八〇三）に学んでいます。その後もしばしば京都・大坂に赴き、混沌詩社の関連の人々を初め、儒者・詩人たちと交遊しました。三十歳過ぎに故郷の神辺に帰り、私塾「黄葉夕陽村舎《こうようせきようそんしゃ》」を開いています。この塾はやがて発展し、藩校「廉塾《れんじゅく》」となりました。

交友関係も広く、昌平黌《しょうへいこう》の三博士（柴野栗山《しばのりつざん》、尾藤二洲《びとうじしゅう》、古賀精里《こがせいり》）とも親しかったようですし、特に頼春水《らいしゅんすい》、頼山陽《らいさんよう》親子と親しく、頼山陽は一時、菅茶山の廉塾生の塾頭になっております。四十五歳で神辺の福山藩の藩医として招かれ、藩校の弘道館で講義もし、当地の教育文化にたいへん貢献した人でした。

人柄としては礼儀正しく、謙虚な人でした。また、質素な生活を続けたので、家の財産にゆとりがあり、天明の大飢饉のときには私財を投じて多くの人を救った、と伝えられます。

遊吉野七首　其二　　　　　　七言絶句（上平・十灰）

一目千株花尽開●
満前唯見白皚皚●
近聞人語不知処
声自香雲団裏来●

吉野《よしの》に遊《あそ》ぶ七首《しちしゅ》　其《そ》の二
一目《いちもく》 千株《せんしゅ》 花《はな》 尽《ことごと》く開《ひら》く
満前《まんぜん》 唯《ただ》 見《み》る 白皚皚《はくがいがい》
近《ちか》く人語《じんご》を聞《き》けども 処《ところ》を知《し》らず
声《こゑ》は香雲団裏《かううんだんり》自《よ》り来《きた》る

見わたせば　千本もあろうか　そのすべてに花が咲いている
見えるのはただ　かがやくばかりに白い満開の　花また花
すぐ近くで人の話し声が聞こえるが　どこで話しているのかわからない
その声は　かぐわしい雲のあつまりの中からひびいて来るのだ

語釈　○白皚皚―花々が一面に、輝くように白く咲いているさま。ふつうは、雪や霜が真っ白な形容。

吉野は奈良県南部にあり、古来、桜の名所として知られます。この詩は桜が満開の吉野を訪れて作ったもので、お花見の席上で披露したものだと思います。

前半二句は、満開の桜のようす。亀田鵬斎《かめだぼうさい》の詩（↓三一七ページ）と比べ、この詩はたとえを使わずに淡々と述べております。後半二句では、お花見客に注目します。〝かぐわしい雲がこんもりと集まったように桜の花が咲いていて、その中に花見客が埋もれてしまっている〟という誇張表現です。

この後半二句の着眼が斬新です。〝お花見の人々の姿が満開の桜に隠れて見えない、声だけが聞こえる〟

と表現することによって、かえって桜の花がたくさん咲いている、そのゆたかさ、ひろがり、生命力がみごとに印象づけられます。

この〝着眼の斬新さ、奇抜さ〟は茶山先生の詩風の特色で、次の七言絶句にもよく現れています。

菅茶山（一七四八〜一八二七）

冬夜読書　　**七言絶句**（下平・十二侵）

雪擁山堂樹影深●
檐鈴不動夜沈沈●
閑収乱帙思疑義
一穂青燈萬古心●

冬夜《とうや》の読書《どくしょ》

雪《ゆき》は山堂《さんだう》を擁《よう》して　樹影深《じゆえいふか》し
檐鈴《えんれい》　動《うご》かず　夜沈沈《よるちんちん》
閑《しづ》かに乱帙《らんちつ》を収《をさ》めて　疑義《ぎぎ》を思《おも》ふ
一穂《いつすゐ》の青燈《せいとう》　萬古《ばんこ》の心《こころ》

雪はこの山中の庵《いおり》を抱きかかえるように降り積もり　森の木々も雪におおわれ　ずっと奥まで続いている
庵の軒端《のきば》の鈴も少しも動かず　夜はひっそりとふけてゆく
心しずかに　開いたままの書物を片づけながら　疑問の箇所について考える
一本の青いともしびは　じっと照らしている　時空を超えてかよい合った　著者と私の心を

語釈 ○帙─糸綴《いとと》じ本を包むための、厚紙に布を貼ったおおい（ブックカバー）。そこから書物自体のことも指す。○一穂─灯火は稲穂や麦の穂のような形になるので、一つの灯火を「一穂」と言う。

冬の晩に読書をする楽しみを詠んだもの。雪が降るほどに寒い、しかもしんと静まりかえっている夜。作者は今、雪山《ゆきやま》の中の書斎にいます。

前半二句は、冬山《ふゆやま》の夜の静かなようす。今でも雪が降り積もると、あたり一面、音がなくなる感じがします。まして当時の山の中となれば、その印象もひとしおだったでしょう。

後半に入ると、読書の時も終わり、片づけをしている折の感慨。〝雪の晩の寒さ、静けさも、本の著者と心がかよう喜びによって、まったくつらくない〟と、読書の楽しみを述べます。寒い晩でも心はあたたかいと。第四句は、そういう読書生活の魅力、喜びを象徴的に表現し、長い余韻をもたらしています。

月下独酌　　五言絶句（下平・五歌）

把酒邀明月
杯中金作波•
豪来頻吸尽
腹葬幾嫦娥•

月下《げつか》の独酌《どくしやく》
酒《さけ》を把《と》つて　明月《めいげつ》を邀《むか》ふ
杯中《はいちゆう》　金《きん》　波《なみ》と作《な》る
豪来《がうらい》　頻《しき》りに吸《す》ひ尽《つく》し
腹《はら》に葬《はうむ》る　幾嫦娥《いくじやうが》

杯の酒を手に　のぼる明月を迎える
杯の中は月の光を受け　きらめく金色が波打つ
飲むほどに気が大きくなり　いくどとなく吸い尽くし
さて今宵《こよい》　わが腹中に　何人の月の女神を納めたことか

語釈　○豪来―飲んでいるうちにだんだん気が大きくなること。動詞に「来」がつくと、その動作が発生すること、展開することを表す。　○嫦娥―月に住むと言う伝説の美女。「姮娥《こうが》」とも言う。転じて、月の異称。

月の明るい或る晩、一人で杯を傾けたときの感慨を詠んだもの。ただ、本当にたった一人で飲んだのか、気の置けない友人数人と小さな酒盛りをしたときに発表したのか、厳密にはわかりません。

第一句は、李白の「月下《げつか》独酌《どくしゃく》四首」其の一の第三・四句「杯《さかづき》を挙げて明月を邀《むか》へ／影に対して三人と成る」を思い起こさせます。

また、亀田鵬斎《かめだぼうさい》が〝杯の中の富士山を飲み干す〟と詠んでいましたが（↓三一六ページ）、こちらは月の女神を飲み干すことになっている、これはどちらかが他方に影響を与えたのでしょうか。

嫦娥は、中国の古い神話に出て来ます。もとは人間の女性で、夫が弓の名人の羿《げい》という人でした。或るとき羿が大きな手柄を立てたので、仙女の元締めの西王母は羿に不老不死の薬を授けます。ただ、そのときに〝この薬は一人で飲んではいけない、夫婦二人で飲むように〟という注意を与えました。薬を大事に持ち帰った羿は、その注意を妻に伝えて外出します。

ところが嫦娥は何を思ったか、羿がいない時に、薬を一人で全部飲んでしまいました。すると天罰覿面《てきめん》、嫦娥の体はだんだん軽くなり、どんどん空中に浮かんでいって月に到達し、そこで蟾蜍《せんじょ》（ひきがえる）に変身してしまったと。

そこで中国ではそれ以後、月にはひきがえるが住んでいるという伝承が語りつがれました。もとはたぶん、月の表面のクレーターからの連想ではないでしょうか。しかし月に住んでいるのがひきがえるというのでは、やはりいささか夢とロマンに欠けるからでしょうか、時代が下がると〝嫦娥は月の女神になった〟という伝承に変わっております。ここで菅茶山《かんちゃざん》がイメージしたのもひきがえるではなく、嫦娥のほうだったわけですが、面白い詩です。

こうして並べてみますと、茶山先生の詩は、奇抜な着想、気の利いた句作り、「懐古詩」というテーマ、いずれにしても〝宋詩をお手本にした〟という感じがしません。

考えてみますと、唐か宋かということになると、この時代は、年代としてはもちろん宋のほうに近いのです。それなのに、唐詩がなぜもてはやされたかと言うと、唐の時代は絶句や律詩などの近体詩が確立した時期でした。その新しい形式が確立した時期にあっては、詩を作る人はやはり基礎固めが第一で、最初からあまり変化球、裏技《うらわざ》を出さないわけです。従って唐代の、特に前半期の詩は、お手本にしやすい。それで江戸時代中期の初めごろ、本格的な詩作を志した木下順庵《きのしたじゅんあん》や荻生徂徠などの人々は〝唐詩を手本にしよう〟と主張しました。彼らの主張が幅広く迎えられ、それ以降、各地で盛んに漢詩が作られるようになるのですが、やがて日本全国で作詩の活動が定着すると、今度は唐詩より宋詩のほうが身近に感じられて来ます（→三〇一ページ）。

唐詩、特に前半の初唐から盛唐初めあたりまでの詩は何と言っても貴族文化、宮廷文化の産物ですから、江戸時代当時の、町人階層が盛んに興隆して繁華街・演芸場が栄えるというような文化状況・社会状況に合いません。その点、唐が滅んだ後に成立した宋の王朝は、江戸時代の中・後期の都市、文化の状況とよく似ています。商品経済の発展、流通の発展、それにつれてレジャー、繁華街が栄えるなど、符合する要素が多くあるのです。そこで中期あたりになると、唐か宋かと言えば、宋を模範にすることになります。

江戸の詩人たちが何を模範にしたかについてはその程度に捉えるべきで、菅茶山《かんちゃざん》も山本北山《やまもとほくざん》も亀田鵬斎《かめだぼうさい》も、あまり宋の真似ということにとらわれず、それぞれの個性を見てゆくほうが有意義であると思います。

村の御前《ごぜん》様《さま》
——良寛

良寛（一七五八〜一八三一）

良寛《りょうかん》は越後《えちご》（新潟県）出雲崎《いづもざき》の生まれ。俗姓は山本氏で、幼名は栄蔵。家は代々名主《なぬし》（村長に相当する、村の行政の中心にある立場）で、お父さんも名主をつとめつつ、俳句をたしなんでいました。良寛はまず地元の塾で儒学や詩文を学び、十八歳で名主見習いまでなりましたが、その後まもなく出家剃髪《ていはつ》してしまいました。

これはお父さんとの確執があったようですが、良寛は自分の生涯について何も書き残しておらず、客観的な記録も少ないので、その生涯はわからないことが多いのです。ここでは大体のあらすじをご紹介します。

二十二歳のとき、備中《びっちゅう》（岡山県）から来た国仙和尚という方と面識ができ、弟子入りします。ともに備中《びっちゅう》へ行って修行するのですが、そこで初めて「良寛」という名を授けられました。

国仙和尚の没後は一人で諸国行脚《あんぎゃ》の生活に入ります。そしてお父さんが亡くなった後、三十九歳で越後に帰り、村の有力者たちの援助も受けながら、いろいろの寺を転々とする生活を送りました。

そして七十歳のときに貞心尼という、二十九歳の若い尼僧と出会います。和歌の上手な尼さんで、良寛と親交を深め、歌のやりとりもしております。貞心尼はその後、幕末から明治初めにかけて歌人として活躍し、明治五年（一八七二）まで在世しました。彼女の残した『蓮《はちす》の露《つゆ》』という本によって、良寛の伝記が多少明らかにされております。

良寛には自筆の詩集『草堂詩集』があり、百首余りの詩が残されております。良寛が生きたのは文化文政時代（一八〇四〜一八二九）で、全国で学問・文化が盛んだった時代ですが、越後でもこの時期、学問・文化は大いに興隆し、日本の他の地域の学者、柏木如亭や大窪詩仏、亀田鵬斎《かめだぼうさい》など、多くの人々が越後を訪れました。特に亀田鵬斎はしばしば良寛と会っており、意気投合したようです。書のほうで良寛と亀田鵬斎は書風が似ておりますが、どちらかが他方に影響したのだろうという説もあるくらいです。折衷学派の大田錦城《おおたきんじょう》も、良寛と面会した形跡があります。

良寛は詩作については、〝世間一般の詩と自分の詩は違う〟ということをはっきり自分で述べており、特に詩の平仄《ひょうそく》や押韻《おういん》が規則に合わないことを人から批評されると、〝自分は美しく整った詩を作るよりは、心の中をすなおに映し出したい、だから規則にとらわれないのだ〟という言い方で答えております。詩について一家言持った人だったと言えるでしょう。

五言古詩（韻目省略）

雑詩　其二十五

余郷有一女
韶年美容姿●
東隣人来問
西舎客密期●

雑詩《ざつし》　其《そ》の二十五《にじふご》

余《よ》が郷《きやう》に 一女《いちぢよ》有《あ》り
韶年《てうねん》より 容姿《ようし》美《び》なり
東隣《とうりん》より 人《ひと》 来《き》たり問《と》ひ
西舎《せいしや》より 客《かく》 密《ひそ》かに期《き》す

良寛（一七五八〜一八三一）

或者伝以言
或者貽以資・
如此歴歳月
志固共不移・
吁妾一人身
豈随両箇児・
決心赴深淵
哀哉其爾為・

或者《あるとき》は 伝《つた》ふるに言《げん》を以《もつ》てし
或者《あるとき》は 貽《おく》るに資《し》を以《もつ》てす
如《かく》の此《ごと》く 歳月《さいげつ》を歴《ふ》れども
志《こころざし》 固《かた》くして 共《とも》に移《うつ》らず
吁《なげ》くらくは 妾《せふ》 一人《いちにん》の身《み》
豈《あに》 両箇《りやうこ》の児《じ》に随《したが》はんやと
心《こころ》を決《けつ》して 深淵《しんえん》に赴《おもむ》く
哀《かな》しい哉《かな》 其《そ》の爾《しか》く為《な》せること

私の故郷に一人の娘があった
幼いころから　きれいな娘《こ》だった
東どなりから家の人が　ぜひにと縁談を申し込み
西のお家からも使いのかたが　内々にお約束をと
或るときは　心のこもったことばを
或るときは　豪華な贈り物を
こうして　長い年月が経ったが
両隣の若者はともに意志が固く　望みを変えない
ああ　私は一人の身　どうしてお二人の気持ちをともにかなえることがかなうでしょう

彼女は心を決めて　深い淵に身を躍らせた
悲しくいたましいことだ　娘がそのような道を選んだことは

語釈　○齠年─歯の抜け替わる年ごろ。六つから八つの頃。　○密期─ひそかに逢《あ》う約束をする。　○貽─人に物を贈ること。　○妾─女性の謙遜の一人称。　○両箇児─二人の若者。

良寛の詩集には「雑詩」と題する詩が八十八首まとめて収められていますが、そのうちの一首。「雑詩」という詩題は、〝分類しにくい題材を詠んだ詩〟、或いは〝とりとめのない内容の詩〟というような意味になります。身辺の何げないことがらを詠む中に、寓意をひそませることも多く見られます。良寛の八十八首の「雑詩」は、越後に帰ってからのものと考えられます（内山知也先生の説）。

この作品は、伝説上の女性である真間手児奈《ままのてこな》に託して、或る娘の悲しい生涯を詠んだものです。彼女は『萬葉集』の中にうたわれており、「真間の乙女」という呼び方もあります。「手児《てこ》」は若い女性の意味で、「奈《な》」は接尾語。真間手児奈は今の千葉県市川市の真間《まま》というところに住んでいましたが、多くの男性から求愛されて悩み、とうとう入水《じゆすい》してしまった、と伝えられます。

古詩ですので、四句一段で区切ります。内容本位で行けば六句─六句の二段構成と見ることもできますが、四句ごとに区切ってまいります。

最初の四句＝第一段は〝きれいな娘さんがいて、両隣の若者から好意を寄せられてしまう〟。「余が郷」とありますが、良寛の故郷は越後ですから、真間手児奈がいた千葉の市川と一致しません。そこでこの詩は手児奈になぞらえて、〝越後にもこういう娘がいた〟ということを訴えたのではないかと思います。

次の四句＝第二段は、〝両隣の家からはその後も申し込みが続けられ、ともにその意志は固い〟ということ。

　続く第三段の四句は、〃娘は二人の男性に好意を持たれてしまったことを苦しみ、とうとう決意して身投げをしてしまった〃という結びです。

　良寛はなぜ、昔の真間手児奈の伝説になぞらえてこういう娘の生涯を詩に取り上げたのでしょうか。これは単なる昔の伝説に共鳴しただけではなく、もう少し現実的な意味が潜んでいるように思います。それは、越後に帰ってからの彼の生活環境、つまり越後の農村の状況と関係がありそうです。

　良寛和尚は帰郷後、村の有力者たちの援助を受けつつ、よく子どもたちと遊びました。そのことをしばしば漢詩や和歌に詠んでいます。それらの作品が、今日なじみ深い良寛さまのイメージを作っているわけです。

　その例を一つ挙げてみましょう。

闘草　　七言絶句（下平・十一尤）

也与児童闘百草
闘去闘来転風流●
日暮寥寥人帰後
一輪明月凌素秋●

闘《とう》草《さう》
也《また》 児童《じどう》と 百草《ひやくさう》を闘《たたか》はす
闘《たたか》ひ去《さ》り 闘《たたか》ひ来《きた》つて 転《うたた》 風流《ふうりう》
日暮《にちぼ》 寥寥《れうれう》 人《ひと》 帰《かへ》るの後《のち》
一輪《いちりん》の明月《めいげつ》 素秋《そしう》を凌《しの》ぐ

今日もまた子どもたちと　いろいろの草をたたかわせて遊んだ

ひっぱり合い　またひっぱり　手合わせをかさねるほどに　私の心は洗われる
やがて夕暮れのさびしさ　子どもたちがみな帰ったそのあとには
一輪のまるい明月が　秋の大気の中をのぼってゆく

語釈　○寥寥―寂しいようす。ひっそりとしているさま。　○凌―抜け出して昇ってゆくこと。　○素秋―「素」は、白。秋は五行説で白の色に相当するので、秋のことを「素秋」「白秋」と言う。

詩題の「闘草」は一種の遊びで、もともとは中国のものです。いろいろの草を集めて来て、誰が一番集めたかを競ったり、相手が集めた草の名前を当てっこしたりして遊びます。五月五日の端午の節句の折によく行われたとのことです。日本では平安時代以降行われており、「草あわせ」「草つくし」という呼び方もありました。しかし良寛のこの詩では、草の茎を相手のに絡ませ、引っ張り合って強さを競う遊びであろうと思います。

前半二句は、子どもたちと楽しく闘草の遊びをしている描写。第二句の「風流」は、もともとは〝自然の眺めや詩歌、芸術に心を寄せる態度〟〝俗世の名誉や金、財産というものにとらわれないきれいな心〟を意味しますが、ここでは、子どもたちと遊ぶうちに童心に返るという意味で使っているのではないでしょうか。

夕暮れから夜にかけてが後半二句。この二句は、偶然かも知れませんが、唱歌の「夕焼け小焼け」の二番の歌詞「子どもが帰った後からは／丸い大きなお月様」と同じ内容になっています。

ところで、こういう良寛の、子どもたちとの遊びを詠んだ詩は、単に良寛が子ども好きのいい人だったということでは済まないものを背負っているように思います。当時の越後の農村の状況、井上慶隆先生の研究に詳しいのですが、それを考え合わせると、秘められた意味が見えて来ます。

良寛（一七五八〜一八三一）

一般に江戸時代の農村には、全国的に「間引《まび》き」という悲しい習慣がありました。そうすることによって生計の負担を減らすほかなかったのですが、その中にあって、越後だけは例外的に、その風習があまり行われませんでした。そこで、各家庭で八人から十人くらいの子を育てることも多かったのです。

子どもたちは、疫病や飢饉などの災いを免れれば無事に成長します。しかしそのぶん人口は増えるので、生活は苦しくなります。特に家の中に病人が出たり、不作の年が続いたりすると、どうしても出稼ぎということになります。特に女の子の場合は他の国からお嫁さん候補として、或いは養蚕や製糸の仕事の担い手として引き取られてゆく、さらには、遊女や飯盛《めしも》り女（非公認の遊女）として売られてゆくことも少なからずあったようです。

と言うことは、良寛様と無心に遊ぶ子どもたちも、いずれは生活苦のために他国に出て行く運命にあるかも知れません。特に女の子は女工として引き取られたり、遊女として売られたりする可能性も大きいわけです。自分はそういう子どもたちに何をしてやれるか、子どもたちのために、せめて今こうして遊んで、楽しい時をすごし、すばらしい思い出を残してやることしかできないではないか。

良寛様はお菓子が好きだったので、それを懐《ふところ》に忍ばせていて、遊びが一段落という時に子どもたちに分けてやるということもあったでしょう。当時越後には、饅頭《まんじゅう》はもちろん、羊羹や金米糖《こんぺいとう》も出回っておりました。詩や和歌を見ると、良寛様は手まりやおはじきでよく遊んだようですので、回りには女の子もたくさんいたと思われます。

子どもたちと遊ぶことを詠んだ詩は一見、素朴で無邪気なのですが、根柢にはそういう悲しい気持ちが潜んでいるように思います。

そしてそのことから考えますと、先ほどの、真間手児奈の伝説を取り上げた詩（→三二九ページ）にも、成長してから必ずしも幸せにはなれない越後の娘たちへの思いが重ねられているのではないでしょうか。

子どもたちと遊ぶことを詠んだ詩を、もう少し見てみましょう。

雑詩　其七十九（抄）　**五言古詩**（韻目省略）

……
児童忽見我
欣欣相将来
要我寺門側
引我行遅遅
放盂白石上
掛嚢青松枝
於是闘百草
於是打毬児
打去又打来
不知時節移
……

……
雑詩《ざっし》　其《そ》の七十九《しちじふきう》（抄）

児童《じどう》 忽《たちま》ち我《われ》を見《み》て
欣欣《きんきん》として 相将《あひひき》ゐて来《きた》る
我《われ》を要《ま》つ 寺門《じもん》の 側《かたはら》
我《われ》を引《ひ》き 行《ゆ》くこと遅遅《ちち》たり
盂《う》を白石《はくせき》の上《うへ》に放《はな》ち
嚢《なう》を青松《せいしよう》の枝《えだ》に掛《か》く
是《ここ》に於《おい》て 百草《ひやくさう》を闘《たたか》はし
是《ここ》に於《おい》て 毬児《きうじ》を打《う》つ
打《う》ち去《さ》り 又《また》 打《う》ち来《きた》り
時節《じせつ》の移《うつ》るを知《し》らず
……

……

子どもたちがふと　私の姿を目に留めて
うれしさいっぱい　一団となってこちらへ駆けて来た
子どもたちは私を待っていたのだ　お寺の門のそばで
私の手を引いて　ゆっくりと歩いて行く
托鉢《たくはつ》の鉢《はち》を　白い岩の上に置き
ずた袋を　緑の松の枝にかける
さていよいよ　草遊びを始め
さあそれから　今度はまりつきをしよう
ついてはつき　ついてはつき
時間の過ぎるのを　忘れてしまう

……

語釈　〇欣欣―非常に喜ぶさま。　〇盂―鉢。　〇於是―漢詩文では非常に重い意味があり、物語の流れの中で次にクライマックスが来るときや、議論文で次に結論を出すときに使う。ここではもう少し軽い意味で使っているようで、良寛が自由な態度で詩を作ったことがここにも表れている。　〇打毬児―蹴鞠《けまり》をする。

春のはじめの或る日、良寛様が托鉢《たくはつ》に出かけようとすると、子どもたちが待ちかねていて、いっせいに駆け寄って来ます。ふつうこういう時、子どもたちは〝早く早く〟とせかすものですが、ここではゆっくり歩いて行く。良寛様が老人なので気遣っているのですね。

この詩など、良寛様の和歌の世界に自然につながってゆきます。

この宮《みや》の　森の木下《こした》にこどもらと　手まりつきつゝ　この日暮らしつ
この里に　てまりつきつゝ　こどもらと　遊ぶ春日《はるひ》は　暮れずともよし

史家の熱血
—— 頼山陽

頼山陽（一七八〇〜一八三二）

頼山陽《らいさんよう》は、朱子学者の頼春水《らいしゅんすい》（↓二五九ページ）の長男。春水は山陽の生まれた翌年に安芸《あき》（広島県西部）の広島藩の藩儒となっています。お母さんは和歌に優れた人でしたが、日記を五十八年間にわたってつけており、それが現存しております。山陽は小さいころから読書好きで、はじめは七歳くらいから叔父の頼杏坪《らいきょうへい》（一七五六〜一八三四）に学び、九つから広島藩の塾に入って学びます。その間、特に軍記物を読むのが好きで『保元《ほうげん》物語』『平治《へいじ》物語』などの歴史物語を愛読したと言われています。小さいころから歴史好きだったということでしょうか。

十八歳で江戸に出て、尾藤二洲《びとうじしゅう》（↓二七一ページ）に学びます。尾藤二洲は寛政の三博士の一人ですが、山陽のお母さんの妹の婿《むこ》でした。当時、江戸は文運が特に盛んで、寛政の三博士が出たほか、塙保己一《はなわほきいち》（一七四六〜一八二一）の『群書類従』も編まれています。これは、日本の古書を分類して編纂した大部の叢書で、正編が五三〇巻、続編が一一五〇巻、着手から完成まで四十年間を費やしたたいへんな企画です。或いは本居宣長《もとおりのりなが》（一七三〇〜一八〇一）の『古事記伝』も、三十五年間を要したたいへんな労作です。これらが着々と完成に向かっていた時期でした。

しかし頼山陽は、その翌年に帰郷してしまいました。江戸の学風が肌に合わなかったようで、その後亡くなるまで、江戸に来ることはありませんでした。

若いころはことのほか豪放な人で、二十一歳の時には家に無断で広島から京都に出てしまいました。これは当時は「脱藩《だっぱん》」という罪になるので、連れ戻され、自宅に三年間軟禁ということになりました。その後、九年から十年くらいはずっと在宅の生活を送りますが、その間、読書・執筆に専念し、その時期に『日本外史』の初稿をほぼ完成しています。

三十歳になると、お父さんの友人の菅茶山《かんちゃざん》（→三二二ページ）に招かれ、茶山の本拠地である備後《びんご》（広島県東部）の神辺《かんなべ》に行きます。そこで菅茶山の塾の塾頭《じゅくとう》になりました。塾頭というのは講師のような立場だったようですが、これも一年あまりでやめてしまい、大坂に出ます。このときだいぶ菅茶山の機嫌を損ねたようですが、さらに三十二歳で京都に出、みずから塾を開くに至りました。このころから彼の名声は高まり、門人はしだいに増えてゆきます。

三十四歳の年に、生涯の弟子となる江馬細香《えまさいこう》と出会い、三十五歳で梨影《りえ》さんというお嫁さんを迎えました。また三十七歳の時には、お父さんの頼春水が亡くなっています。この春水の死が、山陽の人柄を大きく変えてしまったと言われています。

三十九歳で九州に大旅行をしました。これはお父さんの三回忌のとき、京都から広島に戻り、喪が明けた後、九ヶ月にわたって九州の各地を巡ったものです。特に長崎では在留外国人からナポレオンの話を聞き、そのことを詩に作ったりしています（二十八句から成る古詩）。

その後は未亡人となったお母さんのお見舞いに訪れたり、お母さんを京都に迎えて名所を案内したり、妻の梨影、また江馬細香を初め、多くの女性の弟子（女弟子《じよていし》）たちとともに堅実な日々を送りました。
　前半生は波瀾万丈、後半生は穏やかになったのですが、いずれにしても生涯、幕府に仕えることはなく、著作と教育に生きた人でした。

頼山陽（一七八〇〜一八三二）

七言古詩（韻目省略）

泊天草洋

雲耶山耶呉耶越▲
水天髣髴青一髪▲
萬里泊舟天草洋
煙横篷窓日漸没▲
瞥見大魚波間躍
太白当船明似月▲

天草洋《あまくさなだ》に泊《はく》す

雲《くも》か山《やま》か 呉《ご》か越《ゑつ》か
水天《すゐてん》 髣髴《はうふつ》 青一髪《せいいつぱつ》
萬里《ばんり》 舟《ふね》を泊《はく》す 天草《あまくさ》の洋《なだ》
煙《けむり》は篷窓《ほうさう》に横《よこた》はつて 日《ひ》 漸《やうや》く没《ぼつ》す
瞥見《べつけん》す 大魚《たいぎよ》の 波間《はかん》に躍《をど》るを
太白《たいはく》 船《ふね》に当《あた》つて 明《めい》 月《つき》に似《に》たり

雲か　山か　南中国の呉か越か
水と大空の遠いかなたに　ほのかに青く一筋《ひとすじ》見えるもの
京《きよう》の都《みやこ》から遠く離れて船泊《ふなど》まりしている　この天草の灘《なだ》
夕もやが船の窓の外に流れ　日はしだいに沈む
ちらりと目に入った　大きな魚が波間《なみま》に躍り上がったのが
やがて宵《よい》の明星《みようじよう》の光が船にあたり　そのまばゆさは月の光のよう

語釈 ○呉越―ともに中国の春秋時代、長江下流にあった国の名。「呉」はほぼ江蘇省、「越」は浙江省《せっこう》に位置していた。○水天―水と空。○髣髴―ぼんやりと見えるさま。かすかなさま。○青一髪―青黒い髪の毛一筋ほど。遠くにかすかに見える、海と空のあいだの陸地を形容した。○煙―もや。○篷窓―船室の窓。篷《とま》（竹やあし、かや、かやなどを編んだ、舟をおおうもの）でおおった船の窓。○太白―太白金星。宵《よい》の明星。

文政元年（一八一八）、三十九歳のときに九州を旅し、天草灘（熊本県の天草諸島の西）に船泊まりした折の作品です。門人と一緒に旅をしていました。天草は雲仙と阿蘇の中間にあり、今は国立公園になっています。昭和四十一年（一九六六）に「天草五橋」という五つの橋が架けられ、熊本からバスで行くことが可能になりました。頼山陽が天草に着いたのは八月の末ごろですので、その時期に作られた詩でしょう。

午後の情景から、日没後、宵の明星が見えるまでの眺めを詠んでおります。一・二句は、船の中から見渡す海の眺め。向こう岸は上海《シャンハイ》周辺になりますので、第一句はほぼ事実に即した想像ということになります。三・四句は日没時のようす。五・六句で大魚の跳躍と宵の明星を描写し、力強く結んでいます。第六句は〝南の国なので、金星の輝きがひときわ強い〟ということではないかと思います。多少、誇張もあるかも知れません。

外海《そとうみ》特有の雄大な空気を巧みにとらえた作品で、胸のすくような、心の窓がぱっと開け放たれるような、爽快な詠みぶりです。

漢詩の伝統の中に海の詩というのは非常に稀《まれ》でした。中国の政治・文化の中心は終始内陸部にあったので、海は周辺の、遅れた地域と捉えられていました。孔子様も『論語』の中で、〝もし自分の道が中国で行われないなら、私はあきらめて、筏《いかだ》に乗って海に出てしまおう〟と言っていますが（公冶長第五《こうやちょう》）、海というのは中国の伝統の中では、人生をあきらめた時、最終的に赴《おもむ》く場所でしかありませんでした。
しかし日本は、大昔から四方を大海原に囲まれ、海はたいへん身近です。そのため江戸中期、漢詩が日本に土着化し、日本の風物を積極的に取り上げるようになると、富士山や桜の花、十三夜などとともに、海も盛んに詠まれるようになって来ました。この頼山陽の詩は、その頂点に位置する名作です。

頼山陽（一七八〇〜一八三二）

阿嵎嶺　　七言絶句（上平・十五刪）

危礁乱立大濤間●
決眥西南不見山●
鶻影低迷帆影没
天連水処是台湾●

阿嵎嶺《あくね》
危礁《きせう》 乱立《らんりつ》す 大濤《だいたう》の間《かん》
眥《まなじり》を決《けつ》するも 西南《せいなん》 山《やま》を見《み》ず
鶻影《こつえい》 低迷《ていめい》して 帆影《はんえい》 没《ぼつ》す
天《てん》 水《みづ》に連《つら》なる処《ところ》 是《こ》れ台湾《たいわん》

高い岩がそこかしこにそびえ立つ　大波のうねる中
じっと目をこらしても　西南のほうに山らしいものは見えない
はやぶさが水面近くに低く飛び　遠ざかる小舟の帆がやがて見えなくなる
大空が水平線とつながるあのあたり　そこに台湾の島がある筈だ

語釈　○危礁―水面より高くそびえる岩。「危」は、高いこと。　○大濤―大波。　○決眥―目を見開いてじっと注視すること。「眥」は目尻、「決す」は裂ける意。〝目を見開いて一心に見つめるあまり、目尻が裂けてしまう〟という誇張表現。　○鶻影―「鶻」ははやぶさ、「影」は姿。はやぶさは、海岸の断崖などに巣を作る猛禽。鴨《かも》や鳩《はと》など獲物を見つけると、急降下して足で蹴殺《けころ》す獰猛《どうもう》な鳥。

阿嵎嶺（阿久根）は、鹿児島の西北部、東シナ海に面した地域。古くから交通の要所で、漁業や水産加工業が盛んでした。元禄期（一六八八～一七〇四）に中国からぼんたんが伝えられて名産品となり、温泉もあります。西南部に大海原が広がっていて、その西北部が天草諸島になります。作者たちが阿久根についたのは九月九日、波の荒い時期でした。

一・二句は阿久根からの眺めの描写ですが、第一句の躍動感と第二句の広大なひろがりによって、壮大さがいやが上にも強調されています。第三句は句中対で、「影」のくり返しが調子の良さを作り出しています。第四句は「天草洋《あまくさなだ》に泊《はく》す」の一・二句の描写に似て、ともに〝海の向こうに別世界が開けている〟という発想があるでしょう。

○

以上の二首は頼山陽の詠みぶりの豪壮な面を示す代表作ですが、それに対して次の詩はどうでしょうか。九州旅行の数年後の作になります。

中秋無月侍母　七言絶句（上平・四支／十灰）

不同此夜十三回•
重得秋風奉一巵•
不恨尊前無月色
免看児子鬢辺糸•

中秋《ちゅうしう》 月無《つきな》くして 母《はは》に侍《じ》す
此《こ》の夜《よ》を同《おな》じうせざること 十三回《じふさんくわい》
重《かさ》ねて秋風《しうふう》に 一巵《いつし》を奉《ほう》ずるを得《え》たり
恨《うら》みず 尊前《そんぜん》 月色無《げつしよくな》きを
看《み》らるるを免《まぬか》る 児子《じし》 鬢辺《びんぺん》の糸《いと》

中秋の夜をともにしないまま　もう十三年
今宵《こよい》久しぶりに　秋の夜風《よかぜ》の中　母上に杯をさし上げることがかなった
嘆くまい　酒樽《さかだる》の前に月の光が来ないことを
おかげで母上に見られずにすむ　息子の私の頭にめっきり増えたしらがを

語釈　○一卮—一杯。「卮」は、杯。　○恨—くやむ。残念に思う。この字は木扁《きへん》にすると「根」になる。立心扁《りっしんべん》の「恨」は、何かに対する心残りや嘆きが木の根っこのように、心の中にずっと残ること。この字は漢詩文では上二段活用で、未然形は「恨みず」となる。　○尊前—酒樽の前。酒宴の席を言う。「樽前」に同じ。「尊」は、酒樽。　○鬢辺糸—白髪《しらが》のこと。

頼山陽は九州旅行の後、しばしばお母さんを広島から京都に招いて名所を案内したり、彼自身が広島に赴いてお母さんを見舞ったりしました。この詩は文政七年（一八二四）、頼山陽が四十五歳の作で、この年の三月から、六十五歳になるお母さんを広島から迎えておりました。詩題は「中秋の宴《うたげ》の晩、月が見えないまま母上と席を共《とも》にして」という意味です。旧暦の八月十五日の作ですね。

山陽は文化六年（一八〇九）に京都に出て以降、中秋の名月を実家の父母と鑑賞する暇《いとま》がなかったのですが、この年、久しぶりに中秋の宴を開くことができました。あいにく月が出ない曇り空でしたが〝それでもうれしかった〟という心情を詠んでいます。

当時のともしびは、ともしびの周辺だけしか明るくならず、部屋のすみや天井近くは暗いままでした。この詩も、かなり暗いようすを思い描いて読む必要があります。

〝明月が見られないのは残念だが、月の光がとどかないおかげで、私の白髪を母上に気づかれないのは幸いだ〟と、こまやかな心づかいを見せています。母堂に孝養を尽くした山陽の面目がよく表れた名作と申せましょう。

○

次に、歴史家としての彼の本領を発揮した作品を見てまいります。

題不識庵撃機山図　　七言絶句（下平・五歌／六麻）

鞭声粛粛夜過河•
暁見千兵擁大牙•
遺恨十年磨一剣
流星光底逸長蛇•

不識庵《ふしきあん》 機山《きざん》を撃《う》つの図《づ》に題《だい》す

鞭声《べんせい》 粛粛《しゆくしゆく》 夜《よる》 河《かは》を過《わた》る
暁《あかつき》に見《み》る 千兵《せんぺい》の大牙《たいが》を擁《よう》するを
遺恨《ゐこん》なり 十年《じふねん》 一剣《いつけん》を磨《みが》き
流星《りうせい》 光底《くわうてい》 長蛇《ちやうだ》を逸《いつ》す

むちの音がしずかにひびき　夜の闇の中　川を渡ってゆく
夜明けに現れたのは　二千騎の大軍が本陣の旗印を囲む　堂々たる姿
かえすがえすもくやまれる　十年のあいだ　ひたすら剣を磨いたというのに
その剣の流星の光のようなひらめきの中で　大蛇のような敵を取り逃がしてしまったことが

語釈　○粛粛―規則正しいさま。緊張感のある中にも静かなさま。　○過河―上杉謙信の軍が千曲川を渡ったことを指す。「過」は、渡る。　○大牙―天子や将軍の本陣に立てる旗。竿の上に大きな象牙《ぞうげ》を飾りとしてつけたことから言う。　○遺恨―いつまでも残るうらみ（→三四四ページ注「恨」）。

「題画詩」です。詩題の「不識庵《ふしきあん》」は上杉謙信《うえすぎけんしん》の号で、「不識庵謙信」と名乗っていました。「機山《きざん》」は武田信玄《たけだしんげん》のことで、信玄の法名。「川中島の戦い」をテーマにした絵に書きつけた作品です。

川中島の戦い

川中島の戦いは、戦国末期に甲斐の武田信玄と越後の上杉謙信が、長野県の川中島を中心に戦った戦《いくさ》です。北信濃の支配権をめぐって争われたもので、前後十二年ほどに及び、両者は五回戦いました。川中島は長野盆地のほぼ中央の、犀川《さいかわ》と千曲川《ちくまがわ》にはさまれた平地のこと。現在の中心都市は篠ノ井《しのい》市と呼ばれております。

戦《いくさ》の発端は天文二十二年（一五五三）、信玄が信濃に進出したために追われた人々、すなわち以前から信濃に住み着いていた古い名家・名族が上杉謙信に救援を依頼し、前々から彼らとゆかりの深かった謙信が出陣したものです。戦われた五回の戦いのうち、四回目の戦が最も大規模であり、一般にはそれを「川中島の戦い」と呼んでいます。そして、戦の時に信玄と謙信の一騎打ちがあったと伝えられています。しかし、これについては正確な記録がありません。『甲陽軍鑑《こうようぐんかん》』という、江戸初期に出された軍記物と兵法学の二つの性格が合わさったような本、また軍記物語や講談の中で伝えられた話であるということは、注意を要すると思います。

主として『甲陽軍鑑』の言い伝えによりますと、第四回目の戦は、山に陣取った謙信の軍が夜の闇にまぎれて山を下り、千曲川を渡って信玄の本隊を奇襲攻撃しました。このとき上杉軍は「車懸《くるまがか》りの陣」という一種の波状攻撃で攻め、対する武田軍は「鶴翼《かくよく》の陣」という、鶴が翼《つばさ》を広げて敵を囲い込むような陣形で応戦したのですが、終始霧の深い中での混戦状態になり、その中で上杉謙信が半ば偶然に武田信玄の本陣に乗り込み、馬上から信玄に斬りつけました。信玄はとっさのことに刀を抜く暇がなく、手にした軍配団扇《うちわ》で応戦した、とのことです。

この四回目の戦は、全体としては武田側の損害が大きく、副将軍で信玄の弟にあたる武田信繁《のぶしげ》（一五二五～六一）や、有名な軍師の山本勘助《かんすけ》（?～一五六一？）が討ち死にしています。五回の戦いで、結局勝敗は決しませんでした。ただ、北信濃の支配権は武田氏にずっと受け継がれましたので、戦略的には武田氏に分があったと言えるかも知れません。

やがて信玄・謙信の両名とも〝京に上って天下に号令する〟という望みを果たせないまま、相次いで病気で亡くなってしまいました。あとは織田信長が勢力を伸ばしてゆくことになります。

頼山陽のこの詩は、四回目の戦の、両者が一騎打ちをした場面を描いた絵に書きつけたもの。内容としては、上杉軍が夜陰に乗じて山を下ってから、謙信が信玄を取り逃がしてしまうまでを詠んでおります。詩吟のほうではあまりにも有名な作品です。

前半二句は、上杉軍が山を下って千曲川を渡り、武田軍の面前に姿を現すまで。この時の謙信の軍は二千騎ほどだったようですが、音が敵軍に聞こえてはまずいので、静かに「粛粛《しゆくしゆく》と」進むのです。後半になると、謙信が惜しくも信玄を取り逃がしたことを、謙信の側に立って、その心境を思いやるように詠んでおります。

頼山陽は、『日本外史』の巻十一に川中島の戦いを取り上げております。それを読んでみますと、その中で謙信と信玄が川中島の戦場でお互いじかに向かい合った場面は三回あります。興味あることに、描写が最も詳しいのはこの詩に描かれた第四回目ではなく、二回目の戦でした。

二回目の戦では、謙信は八千騎の軍勢を率いて信濃に入った。対して信玄は二万人の軍勢で応戦しました。乱戦模様の中、信玄の軍は川に追い落とされ、信玄は数十騎の騎馬兵とともに逃れようとします。そこに黄色の陣羽織《じんばおり》に白い布で頭を包んだ一人の騎馬武者が現れ、信玄を名指しでののしりながら追いかけて来て、刀で斬りかかります。信玄は刀を抜くのが間に合わず、手にした軍配団扇で防いだところ、団扇が砕け、次の一撃で信玄は肩に傷を負います。そこに信玄の一人の部下が急いで駆けつけ、謙信の馬の首を槍で叩いた、すると馬が驚いて急流に飛び込んでしまい、信玄はかろうじて助かった、という描写になっています。この詩の内容と似ているようで似ていません。二回目のほうは、川の中での戦となっています。

二回目か四回目かということにとらわれず、信玄と謙信の一騎打ちの全体的な印象を詩にしたととってもよいかも知れません。

本能寺　　七言古詩（韻目省略）

本能寺　溝幾尺
吾就大事在今夕
茭粽在手併茭食
四簷梅雨天如墨
老阪西去備中道

本能寺《ほんのうじ》

本能寺《ほんのうじ》　溝《みぞ》　幾尺《いくせき》
吾《われ》　大事《だいじ》を就《な》すは　今夕《こんせき》に在《あ》り
茭粽《かうそう》　手《て》に在《あ》り　茭《かう》を併《あは》せて食《くら》ふ
四簷《しえん》の梅雨《ばいう》　天《てん》　墨《すみ》の如《ごと》し
老《おい》の阪《さか》　西《にし》に去《さ》れば　備中《びつちゆう》の道《みち》

揚鞭東指天猶早△　鞭《むち》を揚《あ》げて 東《ひがし》を指《さ》せば 天《てん》 猶《な》ほ早《はや》し
吾敵正在本能寺△　吾《わ》が敵《てき》は 正《まさ》に本能寺《ほんのうじ》に在《あ》り
敵在備中汝能備△　敵《てき》は備中《びっちゅう》に在《あ》り 汝《なんぢ》 能《よ》く備《そな》へよ

「本能寺　溝《みぞ》の深さはいかほどか」
「私が重大なことを決行するのは　まさに今夜だ」
ちまきを手にして　皮ごと食べてしまうほど　気もそぞろ
四方に降りこめる梅雨時《つゆどき》の雨　空は墨を流したように暗かった
老《おい》の阪《さか》　ここより西へ進めば備中へ向かう道
しかし今　鞭を上げて正反対の東を目指す　時はまだ夜明け前
「わが敵はまさに今　本能寺にある」と　そなたは告げたが
本当の敵は備中に控えている　しっかり備えるがよい

語釈 ○茭粽—ちまき。「茭」は、ちまきを包んでいる皮。　○四簷—四方の軒《のき》。建物の周《まわ》りの意。「簷」は、軒。

本能寺の変

本能寺の変は、天正十年（一五八二）六月、織田信長《おだのぶなが》の家臣の明智光秀《あけちみつひで》（一五二六〜八二）が、京都の本能寺に宿泊していた信長と、その嫡男《ちゃくなん》で後継者にあたる織田信忠を自害させた政変でした。

信長はすでに関東地方、東北、九州の有力者を帰属させており、この時には武将の羽柴秀吉《はしばひでよし》（後の豊臣《とよとみ》秀吉→一〇七ページ）に命じて中国地方の毛利氏を攻めさせておりました。同時に他の武将たちの軍も各地に派遣していたので、信長自身の身辺は手薄になっていました。信長は、秀吉が備中（岡山）の毛利氏の高松城を包囲しているのを援護するために、本拠の安土城《あづちじょう》を出て京都に入り、本能寺に泊まっていました。

一方の明智光秀は、信長から秀吉援護の命を受け、自分の本拠地である丹波《たんば》の亀山《かめやま》（京都市右京区嵯峨）を出発し、軍勢一万三千を率いて進軍してゆきます。しかしその途中で光秀は反乱の意志を部下たちに明言し、進行方向を変えて京都に向かい、本能寺を取り囲んだのです。

不意を突かれた信長側はわずか百人余り、多勢に無勢で衆寡敵《しゅうかてき》せず、ついに寺に火を放って自害をするという結末になりました。

この本能寺の変は、天下統一を目前にした織田信長が、目をかけて優遇していた臣下の明智光秀に討たれたという事件ですが、原因についてはよく解明されていないようです。光秀がたびたび信長に虐待・侮辱されていた、或いは信長のおかげで光秀のお母さんが死に追いやられたことで信長を恨んでいたという説もありますが、それは軍記物や講談によるもので、信じてよいかどうかわかりません。ほかに、光秀自身に天下取りの野望があったとか、信長があまりに急進的な改革者だったのでそれに対する反感があったとか、第三の勢力が黒幕として働いていたとか、いろいろの説があります。

頼山陽の詩の内容と関わることでつけ加えますと、光秀は信長から〝毛利攻めに加わるように〟との命《めい》を受け、準備のためにまず本拠地の亀山に帰りますが、それに先だって京都の愛宕山《あたごやま》で連歌《れんが》の会を開きました。当時の武将たちにとって、お茶やお花は基礎教養でしたが、光秀は連歌の会の折に出されたちまきを皮ごと食べてしまったり、列席していた茶人に不意に〝本能寺の溝の深さはどれくらいなのだろうか〟

と尋ねたりして、まわりの人々に不思議がられたと伝えられています。これは伝承ですが、同じく伝承として、備中に向かって出発した直後、部下たちに自分の本心を伝えて、「敵は本能寺にあり」と言い放ったことも有名です。この発言が最初に見られる文献の記録は、元禄時代の軍記物でした。頼山陽はそれらの伝承を織り交ぜながら、本能寺の変について、特に明智光秀の側に立って詠んでおります。

前半四句は、大事を決行する直前、気もそぞろな光秀のようす。第一句の「本能寺《ほんのうじ》 溝《みぞ》 幾尺《いくせき》」は、詩吟のほうでは「本能寺は溝 幾尺なるぞ」、或いはさらにことばを補って「本能寺の溝の深さは幾尺ぞ」と読むことがあるようですが、本来この二句はそれぞれ三字句で独立したものですので、その歯切れの良い調子を生かすために、シンプルな読み方にしました。つづいて降りこめるなが雨と暗い空を出し、不穏な空気をかもし出して前半が終わります。

後半は、信長の命《めい》を受けて出陣した光秀が方向を変える、その瞬間。場所は老《おい》の阪《さか》。これは京都市と亀岡市の境にある峠で、交通や軍事の要衝《ようしょう》でした。そこから西に進めば備中に至り、東に向かえば本能寺の方角です。そのとき光秀の鞭は東を指し示した、その決定的瞬間をとらえ、最後は〝真の強敵秀吉にしっかり備えよ〟と、光秀に忠告するように結んでおります。

このように、この詩は光秀の心境の描写から始まり、第二句と第七句では光秀のことを「吾」と一人称で述べ、最後は光秀への忠告、励ましで結ぶというように、全体として光秀の側に立った詠みぶりになっています。

頼山陽が歴史を題材とした詩を二首見ましたが、いずれも詩の中で取り上げた人物への思い入れ、その心情に一体化し、共感する傾向が強いという特色があると思います。そのような特色があるからこそ、昔の歴史の人物や事件が身近に感じられるのであり、これらの詩が名作として読みつがれる理由もまた、そこにあるのではないでしょうか。

頼山陽（一七八〇〜一八三二）

七言律詩（上平・十四寒）

雨窓与細香話別
離堂短燭且留歓•
帰路新泥当待乾•
隔岸峰巒雲纔斂
隣楼糸肉夜将闌•
今春有閏客猶滞
宿雨無情花已残•
此去濃州非遠道
老来転覚数遭難•

雨窓《うさう》に細香《さいかう》と別《わか》れを話《わ》す
離堂《りだう》 短燭《たんしよく》 且《しばら》く歓《くわん》を留《とど》む
帰路《きろ》 新《あら》たに泥《ぬかる》む 当《まさ》に乾《かわ》くを待《ま》つべし
隔岸《かくがん》の峰巒《ほうらん》 雲《くも》 纔《わづ》かに斂《をさ》まり
隣楼《りんろう》の糸肉《しにく》 夜《よる》 将《まさ》に闌《ふ》けんとす
今春《こんしゆん》 閏《うるふ》有《あ》りて 客《かく》 猶《な》ほ滞《とどま》り
宿雨《しゆくう》 情《じやう》無《な》くして 花《はな》 已《すで》に残《ざん》す
此《ここ》は 濃州《のうしう》を去《さ》ること 遠道《ゑんだう》に非《あら》ず
老来《らうらい》 転《うたた》ゝ覚《おぼ》ゆ 数《しばしば》ゝ難《なん》に遭《あ》ふを

別れの宴《うたげ》のこの座敷　短くなったともしび　もう少し楽しい時を引き延ばそう
帰り道はどろどろになったばかり　乾くのを待たなくてはなるまい
鴨川《かもがわ》の向こう岸の峰々に目をやれば　その上空の雲はやっと消え失せ
隣の茶屋の三味線や歌声が聞こえる中　夜はしだいに更《ふ》けてゆく
今年の春は閏《うるう》三月　君はまだ留まっていられるが

長雨は容赦なく降りつづけ　咲いた花ももう散ってしまった
ここは美濃の地から　それほど離れてはいない
が　年を取るにつれ　私はますます思うのだ　私たち二人のご縁は　とかくつらいことが多かったね

語釈　○離堂―送別の宴を開いている座敷。　○隔岸峰巒―川の向こう岸の山々。京都の鴨川対岸の東山《ひがしやま》連峰を指す。　○纔―やっと。かろうじて。　○糸肉―「糸」は絃で、絃楽器、ここでは三味線。「肉」は肉声で、歌声のこと。　○残―漢詩文では〝損われる、傷つく〟の意。　○濃州―美濃（岐阜県）の別称。細香の住む大垣《おおがき》を指す。　○老来―だんだん年を取って来る。「来」は助字。動作の進行・展開を表す。

頼山陽が江馬細香《えまさいこう》（→三五四ページ）に贈った七言律詩です。ときに天保元年（一八三〇）閏《うるう》三月九日の夜。作者は五十一歳で、亡くなる二年ほど前でした。しばらく京都に滞在していた江馬細香が故郷の美濃に帰る折に詠んだ作品で、このとき江馬細香は四十四歳。

詩題は「雨あがりの窓べで細香どのと、別れの名残り惜しさを語り合う」という意味です。「話別」は、「別れを話《かた》る」とも読めます。

最初の一・二句は〝愛弟子《まなでし》と別れたくない〟心境からうたい起こします。ろうそくが短くなっているということは、すでにかなりの時間が経過しているわけですが、〝もっと一緒に〟と。次の三・四句は、このときの二人のまわりにあるもの、見えるものと聞こえるものです。別れの詩、特に律詩では、二人のまわりにあるものを詩の中に織り込むのは、よく行われる手法でした。五・六句は〝せっかく君が滞在してくれているのに、この春は天候に恵まれない〟と嘆きます。最後の七・八句は、今までの両人の交際を顧み、〝こんなに気心の知れた二人であるのに、私たちは何かとままならないことが多かったね〟と、細香をいたわるように結んでいます。

山陽と細香は生涯、師弟として交際し、細香は一生、独身を通しました（→三五四ページ）。そんな二人に対して、ひがみ半分に心ないことを言ったり、好奇の目を向けたりする人々も多かったのでしょう。第八句の「難《なん》に遭《あ》ふ」はそのような、二人にとっての逆風を意味しているのではないでしょうか。

この第八句の「数遭難」は「数《しばしば》遭《あ》ふこと難《かた》し」と読まれることもありますが、語法上不自然な読み方ですし、「遭」の字は〝遭険、遭厄、遭乱〟などのように、悪いことに出会う意味に使われることが多いので、これは腑に落ちません。

頼山陽はこのころ肺を患《わずら》っており、二人はこのとき別れて以後、もう二度と会うことができませんでした。山陽はこの二年後に喀血し、三ヶ月ほど病の床に伏して、五十三歳で亡くなりました。

江馬細香（一七八七〜一八六一）

江馬細香《えまさいこう》は、美濃《みの》（岐阜県）の人。お父さんは江馬蘭斎《えまらんさい》（一七四六〜一八三八）、美濃の大垣《おおがき》藩の蘭方医《らんぽうい》です。全国に名を知られた名医で、前野良沢《まえのりようたく》（一七二三〜一八〇三）の門下でもありました。細香は、その長女とも次女とも言われます。本名を多保《たほ》と言い、絵に優れ、特に南画に定評がありました。

頼山陽《らいさんよう》は三十四歳のとき美濃の国に旅をし、高名な江馬蘭斎を訪ねた折に、江馬細香と出会いました。それ以後、細香は山陽に師事して詩を作ります。両人は結婚を考えたこともあったようですが、それは実現しませんでした。山陽のほうはその二年後に梨影《りえ》さんと知り合って結婚するのですが、細香のほうは一生結婚せず、師弟として家族ぐるみの交流を続けました。頼山陽の前半生の行いがあまりに自由奔放であったため、お父さんの蘭斎先生が結婚に反対したという説もあります。

雑言古詩（韻目省略）

冬　夜

爺繙欧蘭書
児読唐宋句▲
分此一燈光
源流各自泝▲
爺読不知休
児倦思栗芋▲
堪愧精神不及爺
爺歳八十眼無霧▲

冬《とう》夜《や》

爺《や》は欧蘭《おうらん》の書《しよ》を繙《ひもと》き
児《じ》は唐宋《たうそう》の句《く》を読《よ》む
此《こ》の一燈《いつとう》の光《ひかり》を分《わか》つて
源流《げんりう》各自《かくじ》に泝《さかのぼ》る
爺《や》は読《よ》んで休《やす》むを知《し》らず
児《じ》は倦《う》んで栗芋《りつう》を思《おも》ふ
愧《は》づるに堪《た》ふ精神《せいしん》の爺《や》に及《およ》ばざるを
爺《や》は歳《とし》八十《はちじふ》にして眼《まなこ》に霧《きり》無《な》し

父上はオランダの書物を開き／娘の私は唐・宋の詩の名句を読んでいる
この一本のともしびの光をともにして／学問の根本に　それぞれさかのぼっているのだ
父上はずっと読み続け　少しも飽きないのに
私はそろそろ疲れ　おいしいさつまいもでもいただきたくなった
私は恥かしい　気力が父上に劣っていることが／父上は八十を超えてなお　視力が万全なのだ

語釈　○爺―父を指す口語的用字。おとうさん。　○児―娘。ここでは作者自身。　○栗芋―くりといも。また、わが国では〝栗のように美味なさつまいも〟のことも「栗芋《くりいも》」と呼ぶ。ここでは後者のほうであろう。冬には栗は出回らない。

冬の夜に、父娘二人で、一つの灯火を分け合って読書をしているようすを詠んだ詩です。文政十一年（一八二八）の作で、時に細香は四十二歳、父・蘭斎は八十二歳。

前半四句は、父・娘それぞれ自分の仕事にいそしんでいます。父上は蘭学者ですから、その根本としてのオランダの医学書を読まれる。細香自身は詩人ですから、その根本としての中国の唐・宋の詩を読んでいます。

後半四句では〝父に比べて自分はまだまだ青い、雑念が多い〟と述べ、父・蘭斎に対する敬愛の思いを表白しています。

読んでいると、二人のいる部屋に自分も招かれているような心地になる、ほのぼのとした詩です。蘭斎は九十二歳の長寿を保ち、その墓誌銘は細香が執筆しました。

八、文人と漢詩

蕗谷虹児「春の吐息（想い出）」　昭和二十三年（一九四八）
「美人《びじん》 帳《とばり》を出《い》でて 独《ひと》り徘徊《はいくわい》す／春色《しゆんしよくしき》 頻りに辞《じ》す 窓下《さうか》の梅《うめ》」
（与謝蕪村《よさぶそん》「梅花七絶《ばいくわしちぜつ》」↓三六一ページ）

漢詩は江戸期の基礎教養であり、儒学を学ぶ人々ばかりではなく、俳人や画家などの文人たちによっても盛んに手がけられた。作品への興味を増し、いっそう深い感興に導くために、漢詩を俳諧の前書きとしたり、絵画に題画詩を附したりということも行われたのである。

「文人」と呼ばれる人々は、中国でも日本でも独特の価値観、人生観をもっていました。日本の場合、そのあり方がはっきりするのは江戸中期以降ですが、まず、幕府に仕えない。これは心ならずも仕えなかった場合と、自分の意志で仕えなかった場合とがありますが、ともあれ出仕せず、自作の詩文書画を売ったり、それらの創作法について教えたりして生活しました。

彼らは幕府に仕えるという枠組みから離れたため、当然、自由なものの見方、考え方をすることができました。が、その一方では、何と言っても当時の正統的な人生行路からはずれたというコンプレックスからも逃れられず、そのため、世間一般の価値観や常識をことさらに低く見る、という傾向を示すこともあります。斜《しゃ》にかまえる姿勢、反骨精神と言いましょうか。前に見た亀田鵬斎《かめだぼうさい》・頼山陽《らいさんよう》、またあとで出て来る田能村竹田《たのむらちくでん》はその代表となります。

しかし、ここでは文人という語をもう少しゆるやかにとらえ、文芸・書画の領域に特色を発揮して、大きな役割を果たした人々も含めて見てゆきたいと思います。

俳人の漢詩

――与謝蕪村・横井也有

まずは、特に俳人＝俳諧作者として有名な人を二人、取り上げます。

俳諧は室町末期から盛んになり、江戸時代に入ってこれを文芸として確立したのが松尾芭蕉（一六四四〜九四）でしたが、芭蕉が江戸に入った時はあの荻生徂徠とその門下の人々の全盛期で、漢詩文が大いに普及していました。そういう文化的土壌の上に、俳諧は確立していったのです。

この芭蕉、そしてその門人の其角《きかく》、そのあと門人たちがいくつもの流派に分かれ、進展があまりなくなったところに現れたのが与謝蕪村でした。

俳諧からやがて狂句、川柳が派生して来ますが、川柳にも漢詩文や中国の故事の引用は多く見られます。

与謝蕪村（一七一六〜一七八三）

与謝蕪村《よさぶそん》は江戸中・後期の俳人・画家。その生まれや家庭のことはよくわかりませんが、摂津《せっつ》（大阪府）の生まれで、十代の末に江戸に入ったようです。江戸で俳諧や絵や詩を学びました。二十代後半から諸国を歴遊し、この間、松尾芭蕉《まつおばしょう》の跡を慕い、東北地方を巡《めぐ》ってもいます。三十六歳のときに京都に行き、以後は京都に定住して清貧の生活を全うしました。

俳諧復興の中心人物で、俳諧の雰囲気を簡素な筆遣《づか》いで描いた絵――後世「俳画」と呼ばれるもの――を完成した人です。さらに「俳詩」と呼ばれる、新しい形式の詩も開拓しています。

梅花七絶《ばいくわしちぜつ》　　七言絶句（上平・十灰）
美人出帳独徘徊•
春色頻辞窓下梅•
却恨落花侵斂鬢
一花払去一花来•
梅花七絶
美人《びじん》 帳《とばり》を出《い》でて 独《ひと》り徘徊《はいくわい》す
春色《しゆんしよく》 頻《しき》りに辞《じ》す 窓下《さうか》の梅《うめ》
却《かへ》つて恨《うら》む 落花《らくくわ》 斂鬢《れんびん》を侵《をか》し
一花《いつくわ》 払《はら》ひ去《さ》れば 一花来《いつくわきた》るを
美人ひとり　寝台のとばりを開けて現れ　部屋の中を行ったり来たり
春のおもむきはあわただしく去ってゆく　窓の外の梅の木から
かえって嘆くはめになった　散る花びらが　せっかく整えた私の髪にしきりに降りかかり
花びら一《ひと》ひらを払いのけると　また一ひら舞い降りて来ることを

語釈　○帳―中国風の寝台のまわりに張りめぐらすカーテン。　○頻―あわただしく。さしせまるさま。　○斂鬢―きちんと整えた鬢髪《びんぱつ》。

或るとき蕪村の知人が〝梅の摺物絵《すりものえ》にするため、発句《はつく》をつけてください〟とたのみに来ました（摺物絵は、狂歌や俳句に絵を添えて一枚刷りにした版画です）。ところが蕪村はそのとき俳句を作る気がなく、代わりにこの七言絶句を作って贈ったということです。ですからこれは「題画詩」です。発句を作るのに気が進まないと漢詩を作る――すぐ頭の切り替えができるのはさすがだと思います。

前半二句は、絵の画面の描写です。第一句は何か悩みごと、心配ごとがありそうな美女のようす。彼女は気ばらしをしようと、窓べに近づいて外を眺めます。時は晩春、春の終わりで、梅の木からしきりに花が散っています。

「落花」という語は唐代の初めあたりから〝落胆、失望〟のたとえとなっていますので、ここでも落花に託して、主人公の女性の悩みが晴れないことを示しているのでしょう。

後半二句はそれを承けて、女主人公の心境をさらに想像します。ものうげな美女の姿と、窓べの梅の木。その枝からはらはらと花びらが舞い落ちている——そんな画面が浮かびます。

七言古詩（十四字詩）

「水に散りて」前書
落花尚不離樹根
春色恋恋如有情

「水《みづ》に散《ち》りて」前書《まへがき》
落花《らくくわ》 尚《な》ほ樹根《じゆこん》を離《はな》れず
春色《しゆんしよく》 恋恋《れんれん》 情有《じやうあ》るが如《ごと》し

水に散りて 花なくなりぬ 岸の梅

散り落ちた花びらが　まだ木の根方《ねかた》にとどまって離れない
春のおもむきがいつまでもとどまろうとして　名残り惜しい気持ちを表しているようだ
水面《みなも》に散り落ちて　そのまま花びらが流れ去る　岸辺に立つ梅の木は

語釈 ○恋恋—思い切りの悪いさま。未練がましいさま。

発句の「まえがき」として、漢詩の句を作ることがありました。漢文脈と和文脈が組み合わされている、おもしろい形式です。

本作は安永六年（一七七七）、六十二歳の作。『蕪村遺稿』に収められています。春の終わりの梅の木を主題としています。

まず前書の七言二句で〝梅の木の花びらが根元にとどまって風情《ふぜい》がある〟と述べます。ふつう、梅の木の落花のありさまはそういうものだ、と。〟ところがここに一本、川の岸べに生い立った梅の木がある、それは少しようすが違う〟ということで、五七五のほうに行きます。

この木の場合、花が散ると、そのつど流れる水が運び去ってしまい、木の下にはひとひらの花びらも残らない、梅の木もどこかつまらなそうに見える。そこに何かあわれさを感じてこの句を作ったものと思います。

蕪村はこのような和漢混合の形式と、そこから生まれる一種立体的な境地に興味をもったようで、こういう作法をさらに徹底させた長い詩を作っています。それが「春風《しゅんぷう》 馬堤《ばてい》の曲《きょく》」で、まことにユニークな、あとにも先にも類例のない傑作です。

これは春の或る日、作者が故郷の村へ帰る途中、たまたまやぶ入りで同じ村に帰る少女といっしょになったという設定で、道中のさまざまな体験や二人の心情を感興ゆたかに綴ったものですが、まず漢文の序文があり、つづく本文は発句《ほっく》・漢詩の五言絶句・漢文訓読調の詩句、この三種類を自由に組み合わせた長篇作品になっています。

彼がこのような複合的な形式によって作った詩として、ほかに「澱河《でんが》の歌《うた》三首」「北寿老仙《ほくじゅろうせん》をいたむ」があり、この三作をあわせて「俳詩」と呼んでいます。

しかし「澱河の歌三首」は第一・二首がやや破格の五言絶句、第三首が漢文訓読調の文語詩という連作、「北寿老仙をいたむ」は和文体のみによって構成されており、文体の多様性、内容の幅ひろさ、作品の長さ、いずれにしても「春風 馬堤の曲」は抜きん出ているのです。

横井也有（一七〇二〜一七八三）

横井也有《よこいやゆう》は江戸中・後期の俳人で、与謝蕪村《よさぶそん》とほぼ同世代の人。田沼意次《たぬまおきつぐ》（一七二〇〜一七八八）がやはり同世代で、也有と同年、蕪村より四つ年下でした。田沼時代の開放的・享楽的な気風が二人の生涯、その活動の背景にあったことも、頭に置いておいてよいかも知れません。

お父さんは尾張藩士、也有自身も千二百石の禄を食《は》むことになり、御用人から寺社奉行、つまり藩の重臣として活動しました。しかしあまり健康に恵まれず、五十三歳で心ならずも辞職して隠棲生活に入り、風雅の道を極めてゆきました。

詩文はもとより、狂歌・茶道・謡曲・平家琵琶とたいへん多才の人で、武道については上杉謙信の武術を体得していたようです。俳諧も巧みでしたが、特に「俳文」を大成した人として位置づけられております。俳文集『鶉衣《うずらごろも》』は、也有が亡くなった後、大田南畝《おおたなんぽ》（↓四五七ページ）がたまたまこれを読み、感動のあまり尽力して出版を実現させたと伝えられます。

また、永井荷風（↓七一二ページ）がこの『鶉衣』について〝日本語の文章が漢字を使っている限り、この本は末永く、千年後までもお手本となるものだ〟とほめたたえております。

也有が生まれた年は、芭蕉の没後八年ほど経っており、俳諧はやや勢いを失っていました。それで也有は、俳諧についてはは特定の師匠にはつかなかったようです。也有の有名な句に「化物《ばけもの》の　正体見たり　枯尾花《かれをばな》」がありますが、一般には最初の「化物」が「幽霊」になって流布しています。

臘月十三日　遭先考三十三回忌　而聊設祭奠　此日適雪　賦一絶述鄙懐

臘月十三日《らふげつじふさんにち》　先考《せんかう》の三十三回忌《さんじふさんくわいき》に遭《あ》うて　聊《いささ》か祭奠《さいてん》を設《まう》く　此《こ》の日《ひ》　適《たまたま》　雪《ゆき》ふる　一絶《いちぜつ》を賦《ふ》して鄙懐《ひくわい》を述《の》ぶ

七言絶句（上平・四支）

三十三年風木悲●
影前多悔涙空垂●
追懐欲慕孟宗筍
雪裡尋梅薦一枝●

三十三年《さんじふさんねん》　風木《ふうぼく》悲《かな》し
影前《えいぜん》　悔《くい》多《おほ》くして　涙《なんだ》空《むな》しく垂《た》る
追懐《つゐくわい》して　孟宗《もうそう》の　筍《たけのこ》　を慕《した》はんと欲《ほっ》し
雪裡《せつり》　梅《うめ》を尋《たづ》ねて一枝《いっし》を薦《すす》む

この三十三年　もはや孝養を尽くせなくなり　悲しかった
遺影の前ではくやまれることばかり　涙が空《むな》しく流れる
いろいろ思い出すうち　今さらながら　昔の孟宗の　筍《たけのこ》　の故事にならおうと思った
せめてこの雪の中に梅の花をさがして　ひと枝の花を祭壇にお供えしよう

語釈　○臘月—陰暦十二月の異称。旧暦十二月のこと。「臘」は、もともと冬至の後に行ったお祭りの名。狩猟をし、獲物を捧げてお祭りをすることから〝年の暮れ〟の意になった。　○先考—すでに世を去った父のこと。

○祭奠―お祭り。ここでは、三十三回忌の法要。○鄙懐―自分の気持ち、心境。「鄙」は、謙遜語。

也有のお父さんの三十三回忌に際して作った詩です。詩題は「十二月十三日、亡父の三十三回忌にあたって、心ばかりに法要を営んだ。この日はたまたま雪であったので、一首の絶句を作ってわが思いを述べた」となります。

前半二句は、三十三年間、後悔と反省の日々であったこと。今さら涙にくれてもしかたがないとわかっているのに、涙がこぼれてしまうのです。第一句の「風木悲《ふうぼくかな》し」は「風樹《ふうじゅ》の嘆《たん》」のことで、親孝行を尽くすべき親がすでにいないのを嘆き悲しむこと。出典の『韓詩外伝《かんしげでん》』巻九では、次のような対句の形で出ております。

夫《そ》れ樹《き》 静かならんと欲すれども 風 止《や》まず。子 養はんと欲すれども 親 待たざるなり。往《ゆ》きて追ふ可《べ》からざる者は年なり。去つて見るを得《う》可《べ》からざる者は親なり。

〃しかし、今からでも何かできないか〃ということで後半にまいります。

第三句の「孟宗《もうそう》の筍《たけのこ》」は、「二十四孝《にじゅうしこう》」に出て来る故事です。

孟宗は中国の三国時代、呉の人で、その少年時代、お母さんが或る冬の日に病に伏してしまいます。お母さんは好物の筍を所望したので、孟宗は雪が深く積もった山の竹林の中に入って探しましたが、時期が違うので筍はまったく出ていない。そこで孟宗は深く悲しみ、そこにしゃがみこんで涙にくれてしまった。するとその心に反応したかのように筍が伸びて来て、孟宗はお母さんの食卓に筍を出すことができたのでした。

「孟宗の筍」は、孝行の心が篤いことを言う成語になりました。孟宗自身はその後、呉の国の朝廷に仕え、政府高官として栄達しました。「孟宗竹《もうそうちく》」という大型の竹があり、主に筍を採るために栽培しますが、これは孟宗の故事に名前を借りています。

第四句には梅の花が出て来ます。梅の花は春の初め、ほかの花にさきがけて咲く花で、漢詩の世界ではいろいろのイメージを帯びています。たとえば、〝離れている親しい人に送る花〟〝旅人が故郷への思いをかきたてられる花〟〝世俗を超えた品格の高い花〟など。特に中国の唐代あたりからは、梅の花に一種の呪的な力、すなわち、亡くなった人の魂を招いて鎮《しず》める「返魂《はんごん》」の力があるとする伝承が加わりました。ここでは〝梅の花をさがして祭壇にお供えすることが供養になるかも知れない、せめてそうしたい〟という心境をこめているでしょう。

多くの故事が織り交ぜられて密度の高い、かつそこに深い気持ちの込められた詩です。

なお、前述の孟宗は「二十四孝」、すなわち孝行の心が篤かった二十四人の「二十四孝」の一人ですが、この話は御伽草子《おとぎぞうし》や浄瑠璃《じょうるり》に取り上げられてなじみ深いものでした。

竹の子の　おじやがよいと　母はいひ（『柳多留拾遺《やなぎだるしゅうい》』）

春日口号三首　其一　　**七言絶句**（上平・六魚）

十年偕隠一茅廬•
老婦携児移旧居•
人去後堂春寂寂
落梅不払満階除•

春日《しゅんじつ》の口号三首《こうがうさんしゅ》　其《そ》の一《いち》

十年《じふねん》　偕《とも》に隠《かく》る　一茅廬《いちばうろ》
老婦《らうふ》　児《じ》を携《たづさ》へて　旧居《きうきよ》に移《うつ》る
人去《ひとさ》つて　後堂《こうだう》　春寂寂《はるせきせき》
落梅《らくばい》　払《はら》はず　階除《かいぢよ》に満《み》つ

職を辞して十年　家族はみな　このそまつな別邸にかくれ住んでいた
ところが今　女房がわが子をつれて　もとの本宅に戻ってしまった
妻子がいなくなった奥座敷は　春だというのにひっそりとさびしい
散り落ちた梅の花びらも掃《は》き清められないまま　座敷に上がる階段に積もっている

語釈 ○口号―詩を口ずさむ。口ずさむように作った詩。○茅廬―茅葺きのあばらや。自宅の謙称。○老婦―「老」は尊敬の意味をこめた接頭語で、「婦」は妻。「老婦」は、奥さんに対する尊敬の意をこめた語である。○後堂―奥座敷。「後」は奥。「堂」は座敷。○階除―階段。

詩題は「春の日に、口ずさむように作った詩」という意味。也有六十一歳のときの作です。五十三歳で隠居し、その後は病気がちの身をいたわりながら、名古屋にあった別宅で家族と一緒に暮らしていましたが、どういうわけか、奥さんと子どもが本宅に転居してしまいました。そのさびしい気持ちを詠んだ作品です。

この詩の前の年に作った文章の中に、〝私は今、妹と妻・息子・娘と暮らしている〟という一節があります。長男は江戸に出ていて別居中ですが、次男は一緒にいた。長女が三十二歳で、いっしょに住んでいたようです。次女もいたのですが、かなり前に十九歳で亡くなっていました。

前半二句は隠居十年目に妻子が転居したことを述べ、後半二句は妻子がいなくなったさびしさを、階段に散りしく梅の花びらに託して訴えています。

別居のくわしい事情はわかりませんが、幸いなことに、さらに十年経つと奥さんは戻り、也有の世話をしてくれるようになりました。也有の十年後の詩にそのことが述べられております。

也有は病弱でしたが、八十二年の長寿を保ちました。病気がちなので、かえって人一倍健康に気を遣ったのかも知れません。健康の秘訣十箇条を残しています。それを見ますと、たとえば食事は肉を少なくして野菜を多くする（「少肉多菜」）、味つけは塩を少なくして酢を多くする（「少塩多酢」）、あまり車に乗らず歩くようにする（「少車多歩」）、くよくよせずにたくさん眠る（「少煩多眠」）、いろいろ深く考えないでたくさん笑う（「少念多笑」）など、現代に通用するいろいろのことを言っております（あとの五箇条は「少糖多果」「少食多齟」「少衣多浴」「少言多行」「少欲多施」）。也有自身がそれらの実践につとめたのでしょうね。

画人の詩境 ―― 田能村竹山・渡辺崋山

この章では、画家として知られる人の作品を見てまいります。

田能村竹山（一七七七〜一八三五）

田能村竹山《たのむらちくでん》は江戸後期の文人画家で、詩文・書・茶・香に造詣の深い人でした。豊後《ぶんご》（大分県）竹田村《たけだむら》の人。家は代々豊後岡《おか》藩の侍医でした。

しかし竹田自身は儒学を志し、藩校由学館《ゆがくかん》に学びます。この由学館には、荻生徂徠の学統を引く先生方が多くいました。かたわら谷文晁《たにぶんちょう》（一七六三〜一八四〇）に通信教授を受け、ついで熊本・京都に遊学、江戸にも赴き、谷文晁のもとを訪れています。

のち由学館の総裁になりましたが、二十七歳のとき父が没し、家督をつぎました。しかし当時の岡藩には志の低い人物が多く、竹田は頭を悩ませたようです。

そして三十四歳のとき、岡藩から始まった専売制反対の農民一揆が東九州一帯に広がったのに直面し、彼は藩政改革の建白書を二度にわたって提出します。この建白書は、

・仁愛をもって農政を進め、農民の信頼を得ること。
・倹約を重んずること。

・立身出世を図る者を用いず、学問にすぐれた者を重んずること。
など、儒者としての正論を訴えたものでした。

ところがこれが採用されず、竹田は辞職して隠居生活に入ります。

その後は詩と画に専念して日を送りましたが、京都・大坂にしばしば出向き、上田秋成（一七三四〜一八〇九）や頼山陽（↓三三八ページ）と交遊しました。秋成からは煎茶のおもしろさを教わったようです。

当時、頼山陽を中心として文人グループが結成されており——本業はそれぞれ学者であり、医師であり、僧侶でしたが——その中でも竹田はひときわ目立つ存在でした。

竹田の絵は緻密な画風で、絵画論や作品批評をまとめた本もあります（『山中人饒舌《さんちゆうじんじようぜつ》』）

また、彼は詞《ツー》の研究を手がけ、『塡詞図譜《てんしずふ》』を編纂しています。

五言絶句（上平・五微）

将遊山
落落長松下
抱琴坐晩暉●
清風無限好
吹入薜蘿衣●

将《まさ》に山《やま》に遊《あそ》ばんとす
落落《らくらく》たる　長松《ちやうしよう》の下《もと》
琴《きん》を抱《いだ》いて晩暉《ばんき》に坐《ざ》す
清風《せいふう》　無限《むげん》に好《よ》し
吹《ふ》き入《い》る　薜蘿《へいら》の衣《い》

すっくとそびえる　丈《たけ》高い松の木のもと
琴を前に　夕日の光をあびてすわっている

すずしい夕風《ゆうかぜ》は　この上なく心地よく
吹き寄せては　わが衣のふところに入る

語釈　○落落―高く抜き出るさま。樹木などが高くそびえるさま。　○長松―背の高い松。　○晩暉―夕陽《ゆうひ》。　○清風―すずしい風。さわやかな風。　○薜蘿衣―かずらで織った着物。隠者の服を言う。「薜蘿」は、つる草の一種。まさきのかずらとさるおがせ。

詩題は「いざ　山の中でくつろごう」という意味。「将《まさ》に……せんとす」は、〝……しよう〟という意志を示す場合と〝……しそうだ〟という近い未来を示す場合があり、ここは前者。

「山」「松」「琴」はいずれも隠者と縁がありますし、第四句の「薜蘿《へいら》」は隠者の服ですので、これは隠居後の作でしょう。

前半二句、作者はもう山の中に来ています。「落落」は高くそびえるさまですが、たったひとりかけ離れて超然としている、孤高のイメージがあります。「松」と「琴」はともに隠者詩人陶淵明が好んだものでした。ここでは自分と陶淵明とを重ねているわけです。

後半二句で、心地よい風が吹いて来ます。これは戦国・楚の宋玉の「風の賦」（『文選』巻十三）が思い浮かびます。楚の王が離宮でくつろいでいると、風が吹いて来た。王はえりを開いて風を迎え、「何とも心地よい風だなあ、この風は」と言われた。それを受けて宮廷文人の宋玉が、「風にもいろいろの種類がありますす」と述べ、以下、風の種類とはたらきを講釈してゆきます。さわやかな風、ほこりっぽい風、湿気を送る風、病をもたらす風……そして〝今の心地よい風は「大王の雄風」であり、一般の民は享受できないものです〟と説きます。宋玉はこれに風刺の意をこめたのですが、竹田はここで、〝自分は世間を超越した、特別な存在なのだ〟ということを示すためにこれを引用したのでしょう。第四句の「薜蘿」はつる植物で、『楚辞』の一篇「山鬼《さんき》」の中に、山の女神の着物として出て来ます。のちに隠者の服を言うようになりました。

全体としてすがすがしく、いかにも世俗を超えた境地で、〝隠者の境涯はこうだ〟と主張するような雰囲気さえ感じられます。

魚撈図　　　　七言絶句（上平・六魚）

浮利浮名不到身•
撈蝦捕蟹野渓浜•
釣竿帯得卓爾立
我是蘆花世界人•

魚撈《ぎょらう》の図《づ》

浮利《ふり》 浮名《ふめい》 身《み》に到《いた》らず
蝦《えび》を撈《と》り 蟹《かに》を捕《とら》ふ 野渓《やけい》の浜《はま》
釣竿《てうかん》 帯《お》び得《え》て 卓爾《たくじ》として立《た》つ
我《われ》は是《こ》れ 蘆花世界《ろくわせかい》の人《ひと》

吹けば飛ぶような富《とみ》　名声　どちらもこの身に寄りつかない
えびやかにをとる　へんぴな谷川のほとり
釣りざおはしっかりと　まっすぐにかまえられている
この私こそ　芦《あし》の花に囲まれた　超俗の境地に生きる者

語釈 ○魚撈―魚介類や海藻を採《と》ること。「撈」は、さらう。水中のものを採《と》る。○浮利浮名―着実ではない利益と、浮動しやすい名声。○野渓―「野」は、町から離れていること。「渓」は、谷川。○卓爾―高く立つさま。　○蘆花―あしの花。白い花である。

詩題は「漁師の暮らしの画」とでも言いましょうか。山水の自然の中で釣りをしている漁師を描いた絵にしるした「題画詩」です。

前半二句は、漁師の生活ぶりを端的に述べています。漁師の生活は、実際には閑雅なものではないのですが、詩の世界では〃世俗を離れ、超然としてわが道をゆく人生〃のイメージを帯びて描かれます。

後半二句はそのイメージにより、作中の漁師の心境を想像します。第三句の「帯び得《おえ》て　卓爾《たくじ》として立《た》つ」、これは漢詩文特有の句法で〃動詞＋得＋目的語〃の形。「言ひ得て妙」という言葉もこの形で、下から意味を取るとわかりやすいのです。まっすぐにかまえられた釣り竿は、漁師のぐらつかない信念、確乎とした人生観のたとえでもあるでしょう。

第四句は、〃漁師はあたかも「われこそは隠者の境涯に生きる者である」と言っているようだ〃と想像して結んでいます。

竹田が隠者の生活を詠んだ詩を二首見ましたが、いずれも〃脱俗、達観〃と言うよりは、そういう生活のよさを主張し、それに誇りをもっているような、主張の強さを感じさせます。

彼の絵は緻密で、細かいところまで神経がはりめぐらされた画風で、それは書のほうも同様です。しかしそういう絵も書も、全体の印象は端正ですがすがしく、この点は詩と共通しています。我《が》の強い個性が芸術的に昇華されるとそのようになる、ということでしょうか。

渡辺崋山（一七九三〜一八四一）

渡辺崋山《わたなべかざん》は江戸末期の武士で、憂国の志士と言うべき人です。お父さんは三河《みかわ》（愛知県）の田原藩士で、崋山は江戸麹町《こうじまち》の藩邸で生まれています。八人兄弟の長男でした。

当時、田原藩は深刻な財政難で、そのあおりを食い、お父さんが養子だったことを理由に禄高《ろくだか》を削られてしまいました。また、お父さん自身が病弱であったため、渡辺家は貧困に苦しめられ、崋山の弟や妹は次々に奉公に出されてしまいます。

崋山自身は家計を助けるため、十代前半から藩に勤めて儒学を学ぶかたわら、絵を売って生計の足しにしました。十代後半には谷文晁《たにぶんちょう》の教えを受けて一気に絵の才能が伸び、二十代半ばで画家として有名になりましたので、その段階で生活がやや楽になったと伝えられます。

やがて二十代後半から田原藩の藩政の刷新にかかわり、藩主の信頼を得まして、四十歳ごろには江戸詰《づめ》の家老になりました。いろいろの功績をあげましたが、たとえば四十三歳前後のとき、天保の大飢饉が起こりました。が、崋山がこれに先立って、食糧の貯蔵庫を築いて不慮の災害に備えていたため、田原藩の中では餓死者が一人も出なかったということで、幕府に表彰されています。

当時は日本の近海にしばしば外国の船が出没しており、海岸の防備が必須のものになっていました。そのような時、崋山は田原藩の海防係となりましたので、西洋の事情を研究すべく、蘭学研究の結社を作って、オランダの書籍をたくさん買い集め、蘭学者たちに翻訳させたり、来日したオランダ人の船長から話を聞いたりという活動を積極的に行いました。

ところが当時、幕府は儒学を基本にしていたので、蘭学に打ち込むような者は疎《うと》まれることになります。また、たとえばアメリカのモリソン号を幕府が大砲で砲撃して追い返した「モリソン号事件」の折などに、崋山は幕府の鎖国政策を批判したりしましたので、やがて「蛮社《ばんしゃ》の獄《ごく》」（一八三九）に連坐して自宅謹慎を命ぜられてしまいました。

その後は儒学の本を読み、絵を描き、畑仕事をして過ごしましたが、門弟たちが崋山の生活を助けようと、江戸の町で崋山の書画の即売会を開くなど奔走し、それが問題視されました。ここに至って崋山は藩に迷惑がかかるのを恐れ、自決して生涯を終えたのでした。

たいへん清廉潔白な人で、藩政で業績を上げると民衆から謝礼金が届きますが、それをまったく受け取らず、民衆自身が有意義に使うように計らったと伝えられます。こういう筋の通った姿勢が、崋山の詩にもよく表れていると思います。

絵画のほうでは、三十歳ごろから西洋画の技法に傾倒し、陰影法・遠近法を取り入れ、そこに浮世絵の技法も加えて、立体感のある画風を打ち立てています。

題機女之図　　五言律詩（上平・十四寒）

機女《きぢょ》の図《づ》に題《だい》す

青燈映幃幕
青燈《せいとう》　幃幕《ゐばく》に映《えい》じ

絡緯鳴井欄•
絡緯《らくゐ》　井欄《せいらん》に鳴《な》く

軋軋揮素手
軋軋《あつあつ》として　素手《そしゅ》を揮《ふる》ひ

風露凄已寒•
辛勤度幾梭
始復成一端•
寄言羅綺伴
当念麻苧単•

風露《ふうろ》 凄《せい》として已《すで》に寒《さむ》し
辛勤《しんきん》 幾梭《いくひ》をか度《わた》す
始《はじ》め 復《ま》た一端《いったん》を成《な》す
言《げん》を寄《よ》す 羅綺《らき》の伴《はん》
当《まさ》に麻苧《まちょ》の単《たん》を念《おも》ふべし

青く燃えるともしびの光が　へやのとばりを明るく照らし
秋の虫が　井戸端で鳴いている
かたかたとはたを織り　彼女は白い手を動かし
風も露も冷《ひ》え冷《び》えと　もはや肌寒い季節
一心に仕事に励み　いくたび梭《ひ》を渡して横糸を通したことか
反物《たんもの》を完成すると　また始めから一反《いったん》の布を織る
一言《ひとこと》申し上げる　絹の衣で着飾った友人たちよ
麻の単衣《ひとえ》しか着られない人々のことも　よくよく考えてくれたまえ

語釈 ○絡緯—くつわ虫。一説に、こおろぎ。○井欄—井戸の上の手すり。○軋軋—機織《はたお》り機の音を表す擬音語。○梭—「ひ」。機織りの器具。横糸を通すもの。○一端—「一反」に同じ。日本では鯨尺《くじらじゃく》で二丈八尺(約一〇・六メートル)。大人《おとな》用の着物一着分の分量を言う。○寄言—作者自身が作中人物に語りかけたり、読者に呼びかけたりするときの語。○羅綺—うすぎぬとあやぎぬ。美しい衣服。転じて、着飾った美女。　○麻苧単─麻やからむしで織ったそまつな着物。「苧」は、からむし。麻の一種。「単」は単衣《ひとえ》。　○念─一心に思う。忘れない。

渡辺崋山（一七九三〜一八四一）

「題画詩」で、詩題の意味は「機《はた》を織る娘の図に書きつける」となります。はたおり娘の過酷な労働に思いをはせ、〝贅沢《ぜいたく》はやめようではないか〟という提案に至っています。

まず一・二句は場面設定。寒い秋の夜中、はたおり娘はまだ仕事を続けています。中間四句は、夜を徹して働き続ける娘のようす。そして最後の七・八句は作者の提案です。崋山の清廉で真率な性格がよく出た詩であります。

九、文化・文政の詩人たち

蕗谷虹児「はまちどり」　昭和35年（1960）

蕗谷画伯は新潟の出身。画中の少女は子守唄を歌い、しばし唄の世界に心をあそばせる。いとおしくもの悲しいその姿は新潟の少女像の一典型であり、同じ新潟の人・良寛和尚の詩の世界に自然につながる（→329、332ページ）。

世は文化・文政期（一八〇四〜一八三〇）となる。この時期、宋詩を奉ずる詩人が多いなか、あえて唐詩を尊重する人々もいた。野村篁園《のむらこうえん》・館柳湾《たちりゅうわん》・仁科白谷《にしなはっこく》らはそれぞれに唐詩から養分を吸収し、特色ある詩を詠んでいる。同じ時期、大坂では篠崎小竹《しのざきしょうちく》、京都では中島棕隠《なかじまそういん》が活躍し、関西の詩壇はそれまでにない活況を呈していた。

文化・文政期の概況

文化・文政期（化政期）は、第十一代将軍家斉《いえなり》の時代でした。この時期、幕府の財政は不安定となり、一揆《いっき》や打ちこわしが頻発、また外国船の接近も頻発になり、その対策も大きな課題となりました。

その一方では、この時期は江戸文化の爛熟期で、江戸の町人の衣食住、風俗において「江戸趣味」と呼ばれる特色が確立、文芸では洒落本《しゃれぼん》、狂歌、川柳が現れ、それらの表現法は「うがち」「いき」と呼ばれる、一種ひねりを加えた繊細なものとなりました。浮世絵、江戸歌舞伎、講談、落語も活況を呈しました。ほかに、今日一般に〝日本的〟と言われることがら――畳《たたみ》、和服、にぎりずしがひろく普及したのもこの時期でした。

唐の詩に学ぶ —— 野村篁園・館柳湾・仁科白谷

野村篁園（一七七五〜一八四三）

野村篁園《のむらこうえん》は、大坂の人。江戸で古賀精里（↓二七五ページ）に儒学（朱子学）を学び、昌平黌《しょうへいこう》に入って教育に従事しました。のち幕府の儒官になっております。晩年には浜松《はままつ》藩にも仕えました。

漢詩のほうでは、絶句、律詩、古体詩、歌謡から発展した詞《ツー》、すべての形式に堪能《たんのう》でした。ただ純粋な学者肌の人で、あまり詩人として公《おおやけ》に活動したり、出版に積極的にかかわったりということをせず、一時は忘れられた詩人に近かったのですが、江戸時代のみならず、日本の詩人として第一流の人であることは疑う余地がありません。

鰹魚膾　七言律詩（下平・七陽）

鰹魚四月出房洋
価躍燕都結客場
翠鬣脱罾凝海色
紅膚落俎砕霞光

鰹魚《けんぎよ》の膾《くわい》

鰹魚《けんぎよ》 四月《しぐわつ》 房洋《ばうやう》に出《い》で
価《あたひ》は躍《をど》る 燕都《えんと》の結客場《けつかくぢやう》
翠鬣《すゐれふ》 罾《そう》を脱《だつ》して 海色《かいしよく》凝《こ》り
紅膚《こうふ》 俎《そ》に落《お》ちて 霞光《かくわう》砕《くだ》く

銀盤巧畳千層浪
玉箸軽挑一片霜•
莫道金齏資雋味
不如蘆菔雪生香•

銀盤《ぎんばん》 巧《たく》みに畳《たた》む 千層《せんそう》の浪《なみ》
玉箸《ぎよくちよ》 軽《かろ》く挑《かか》ぐ 一片《いつぺん》の霜《しも》
道《い》ふ莫《な》かれ 金齏《きんせい》 雋味《せんみ》を資《たす》くと
如《し》かず 蘆菔《ろふく》 雪《ゆき》 香《かう》を生《しやう》ずるに

かつおは四月に　安房《あわ》の海からとれる
値段が活発にやりとりされる　江戸は日本橋の魚河岸《うおがし》で
青いひれが網《あみ》からはずされると　そのひれに海のたたずまいがまだ残っている
その赤身《あかみ》がまな板にのせられ　刻まれると　朝もやの光がきらめく
銀の大皿《おおざら》にたくみに盛りつけられれば　それはいくえにも重なる波のよう
象牙《ぞうげ》の箸《はし》でかろやかに持ち上げれば　表面にひろがる銀色のかがやき
言うには及びません　つけ合わせの和《あ》えものが　かつおのゆたかな風味をさらに引き立てるとは
大根《だいこん》が白くつめたい大根おろしとして香りを放つ　それといっしょに刺身《さしみ》をいただくのがいちばんです

語釈　○鰹魚―かつお。　○膾―刺身。　○房洋―安房《あわ》の国（千葉県南部）の海。　○燕都　―中国の燕の都、北京のこと。ここでは、江戸の町に転用している。　○結客場―威勢の良い若者たちがおおぜい集まる繁華街。裕福で遊び好きだが、義侠心に富む若者たちの生態を詠んだ詩が、唐代にたくさん作られた。　○翠鬣―かつおの青いひれ。鰹の胸びれを指すという説がある。　○罾―あみ。　○紅膚―鰹の赤身。　○銀盤―銀の大皿。　○玉箸―「玉」は美称。或いは象牙の箸かも知れない。　○莫道―〜と言うには及びません。　○金齏　―「金」

は美称。「齏」はなます、和《あ》えもの。野菜などを細かく切って、調味料で和《あ》えた食品。なますにしばしば橙《だいだい》や瓜《うり》のような黄色系統のものを混ぜるので、「金」という字をかぶせるらしい。○雋味―豊かな味。「雋」は〝肥える、太る〟意。○不如―及ばない。「A不如B」の形で〝AはBに及ばない〟、つまり〝AよりもBのほうがよい〟という意になる。○蘆菔―大根《だいこん》。

かつおの刺身について詠んだ七言律詩。第一句に「鰹魚四月《けんぎよしぐわつ》」とあり、〝かつおは旧暦の四月に出て来る〟と言っておりますので、初鰹《はつがつお》のことを詠んだものでしょう。

暦《こよみ》が四月一日になると衣替《ころもが》えがあり、ほととぎすの声、初鰹の売り声が響くようになります。〝初鰹を食すると寿命が七十五日延びる〟ということも言われていたので、江戸では十八世紀も後半になると、初鰹を食することが大いに流行しました。と言っても、初鰹はまず将軍家に献上され、のこりが市中で売られるのですが、その一尾が三両で、今の値段で言うと三十万円くらいでしたから、めったには口にできなかったと思います。十八世紀後半が大ブームで、十九世紀に入り、文化年間（一八〇四～一八一七）あたりから少し値段が下がりますが、それでも一般の人々にとってはなかなか手が届かないものだったようです。

一・二句が導入で、〝いよいよ鰹が魚市場《うおいちば》にやって来る〟という出だしです。「燕都《えんと》の結客場《けつかくぢやう》」は唐代の雰囲気を持つ語ですが、ここでは威勢の良い売り手たちがおおぜい集まる魚市場、魚河岸《うおがし》を指します。魚河岸と言えば、今は東京の築地《つきじ》になりますが、江戸時代から大正十二年（一九二三）くらいまでは、日本橋の東側の岸一帯を指しました。「価《あたひ》は躍《をど》る」は、〝鰹の値段が高くつけられる〟という意味ですが、〝威勢のよい競《せ》り売りの声が左右縦横に飛び交い、だんだん鰹の値段が上がってゆく〟というせりの描写も含んでいると思います。

中間の四句は、鰹の刺身を作ってお皿に盛りつけるまでの過程を詠んでいます。まず三・四句は、運ばれて来た鰹をまな板に乗せて切るところまで。第四句の「霞光砕《かくわうくだ》く」はおもしろい表現ですが、鰹の切り身は表面が光のあたり方によって虹色《にじいろ》に光るので、〝朝もやのきらめき〟にたとえたわけです。

続く五・六句はいよいよお皿に盛りつけられます。第六句の「一片《いっぺん》の霜《しも》」は、鰹のお腹側《なかがわ》の銀色の皮のこと。その銀色の皮と身の間に旨《うま》い部分があるので、お腹側の皮を残したつくりをする、それを「銀《しろがね》作り」と言いますが、それを「一片の霜」と表現しました。

最後の七・八句は結びで、刺身の食べ方についての意見を述べています。当時、魚の刺身は和《あ》えものと一緒にいただくと旨《うま》みが引き立つという考え方があったようですが、それに異議を唱《とな》え、〝大根おろしといっしょに食するのがいちばん〟と提案しています。

密度の高い律詩になっています。二句ごとにきちんと観点を切り替えているところは、唐代以来の正統的な律詩の作法ですし、用語も硬質で重みがあります。特に中間四句の対句が見事で、「翠鬛《すゐれふ》」の「翠」（青緑）と「紅膚」の「紅」の、色の対比、「海色《かいしょく》」と「霞光《かくわう》」の海ともや、「銀」と「玉」、「畳」と「挑」、「千層」と「一片」、「浪」と「霜」というように、まことに整然とした対応関係を作っております。

篁園は唐代の詩の中でも、杜甫や韓愈をお手本にしたと言われていますが、右の詩にあるような、魚料理の調理法や食べ方を詩の題材に選ぶことと言い、細かく描写する、凝ったことばづかいをする姿勢と言い、確かに杜甫や韓愈の詠みぶりにつながると思います。

館柳湾（一七六二～一八四四）

館柳湾《たちりゅうわん》は越後（新潟県）の人。家は代々廻船問屋《かいせんどんや》を務めていましたが、柳湾は幼いころ、続けて両親を失ってしまいます。それで親族のお世話を受け、十三歳で江戸に出て、亀田鵬斎《かめだぼうさい》（↓三一四ページ）に学びます。やがて幕府に仕え、有能な役人として、特に農政を担当しました。以後は役人としての実務と詩作を両立させ、しばしば日本各地に出張をしています。

晩年には江戸の目白台に隠棲し、読書と作詩の日々を過ごしました。また、大窪詩仏（↓二八九ページ）や菊池五山《きくちござん》（↓二九五ページ）の詩会にもよく出席しています。

唐詩の中でも晩唐の短い詩を好み、晩唐詩の名作集をいくつも編集・出版しております。自身も短い絶句や律詩をたくさん作り、おだやかな詠みぶりを示しました。

雑司谷雑題六首　其二　　七言絶句（下平・十一真）

鬼母堂前満路塵●
幾群香火晩帰人●
風車斜挿籃輿上
紅緑渾渾転彩輪●

雑司谷雑題六首《ざふしがやざつだいろくしゅ》　其《そ》の二《に》
鬼母堂前《きぼだうぜん》　満路《まんろ》の塵《ちり》
幾群《いくぐん》の香火《かうくわ》　晩帰《ばんき》の人《ひと》
風車《ふうしや》　斜《なな》めに挿《さしはさ》む　籃輿《らんよ》の上《うへ》
紅緑《こうりよく》　渾渾《こんこん》　彩輪《さいりん》転《てん》ず

鬼子母神《きしもじん》様のお堂の前は　道いっぱいに土ぼこりが立ちこめるにぎわい
数知れずあげられているお線香　なかなか帰らない人々
おみやげの風車《かざぐるま》が斜《なな》めに挿《さ》してある　駕籠《かご》の屋根の上
風の中　赤と緑がまじり合い　色あざやかな輪《わ》となって　くるくると回転している

語釈　○晩帰―おそく帰る。なかなか帰ろうとしない。○籃―乗りものとしての駕籠《かご》。「四手駕籠《よつでかご》」とも言い、庶民の乗りものとして、当時普及していた。○渾渾―混じり合うようす。

雑司《ぞうし》ヶ谷《や》近辺の景物を描いた連作のうちの一首で、作者が六十歳すぎに初めて目白台に転居したころの作と考えられます。

鬼子母神信仰は平安時代以来ありますが、雑司ヶ谷の場合は、鬼子母神像が発掘されたのが室町時代、お像を納めるお堂が建てられたのは安土桃山のころで、その後、何度も拡張修復が繰り返されています。十月にはお会式《えしき》がありますが、この詩ではひとかたならぬにぎわいが描かれていますので、そのお会式《えしき》の折に作られたものかも知れません。

前半二句は夕暮れ時の鬼子母神堂で、日が傾いてもにぎわっているようすの描写。

後半二句は帰ってゆく参詣者たちに目を転じ、乗りものに飾られた風車に焦点を合わせます。雑司ヶ谷鬼子母神のお土産としてはすすきみみずくが有名ですが、ここでは風車に注目しています。すすきみみずくは、この連作の別の詩に詠まれております。

仁科白谷（一七九一～一八四五）

仁科白谷《にしなはつこく》は、備前《びぜん》（岡山県）の人。お父さんは岡山藩に仕えて詩や文章を得意とし、老荘思想の学問に通じていました。しかしこのお父さんは剛直な性格で疎《うと》まれやすく、告げ口によって藩を辞職することを余儀なくされました。一家は江戸に出て苦労を重ね、江戸暮らしの間に、白谷のお母さんとお兄さんが亡くなりました。

白谷は三十代初めから亀田鵬斎《かめだぼうさい》（→三一四ページ）に師事し、子息の亀田綾瀬《りょうらい》とも親交を結びました。その後は教育活動に従事し、晩年は京都に住んでおります。

白谷は、特に〝唐の詩をお手本にした〟とは言っていませんが、明初の大詩人高啓の詩の選集を編集しています。高啓は唐の李白の作風の影響が特に大きいと言われていますので、その点、白谷も唐の詩の流れをくんでいると言えるかも知れません。

夏夜即事　　　　五言律詩（上平・十五刪）

暮鳥棲全定
幽人未鎖関●
客来新雨後
螢出碧篁間●

夏夜即事《かやそくじ》

暮鳥《ぼてう》　棲《す》むこと　全《まった》く定《さだ》まり
幽人《いうじん》　未《いま》だ関《くわん》を鎖《とざ》さず
客《かく》は来《きた》る　新雨《しんう》の後《のち》
螢《ほたる》は出《い》づ　碧篁《へきくわう》の間《かん》

棋熟清声徹
簾疎涼影閑・
知君下子緩
欲待月生還・

棋《き》熟《じゆく》して 清声《せいせい》徹《てつ》し
簾《れん》疎《そ》にして 涼影《りやうえい》閑《かん》なり
知《し》る 君《きみ》 子《し》を下《くだ》すの緩《くわん》なるは
月《つき》の生《しやう》ずるを待《ま》つて還《かへ》らんと欲《ほつ》するならん

暮れがたの鳥はねぐらに帰ってすっかりおちついた
世を避けてわび住まいしているこの私は　まだ扉《とびら》のかんぬきをかけていない
お客さんがお出《い》でになったのだ　さっきの雨がやんだあとに
庭には螢が飛んでいる　竹やぶの中に
あなたと私の囲碁の手合わせは今やたけなわ　碁石を打つ澄んだ音がよくひびき
すだれはあらく編んであって　その涼しそうな姿はひっそりとしずか
なるほどわかりました　あなたが碁石を打つのが遅いのは
やがて月が昇るのを待って　それからお帰りになろうというのですな

語釈　○即事―〝眼前のものを即興的に詠む〟という意味の詩題。○棲―すむ。とまる。やすむ。「棲鳥」で、ねぐらに帰った鳥。○新雨―降ったばかりの雨。「新……」は〝……したばかり〟の意。○碧篁―青々とした竹やぶ。雨に洗われ、鮮やかな色を帯びている竹林を言う。○熟―たけなわになること。○知―ここでは〝なるほどわかった。そうか〟という意。○下子―碁石を打つこと。「子《し》」は碁石のこと。

詩題の意味は「夏の夜、見たもの聞いたものを気楽に詠む」となります。

最初の一・二句は夕暮れ、日が落ちた時の描写から始まります。鳥たちはねぐらに帰ったが、家はまだ戸じまりをしていない。これはまだ、お客さんが帰っていないからなのですね。

中間四句は、お客さんと、いまだに碁を打っているようす。第四句は、すだれが灯火に照らされているのを目にとめたのでしょう。

最後の二句で、お客に対する呼びかけになります。お客の気持ちを推測し、〝月が昇るのを待ってしばらくここでお月見をして、月明かりの中をお帰りになりたいのですね〟と、ちょっとしゃれた結びになっています。

全体として俗気のない夏の夜、囲碁の手合わせのようすを淡々と描き、最後にちょっと茶目っ気を出してすとんと落とすような、ひねった感じ。これが、文化文政時代のうがち・いきの美意識に通じるのかも知れません。

そう言えば、野村篁園の「鰹魚《けんぎょ》の膾《くわい》」、これは厳格な律詩の形式によりながら、魚河岸《うおがし》の熱気からかつおの刺身の作り方、食べ方にまで及ぶ振幅の大きさで、どこか講談の名調子を思わせますし、館柳湾の「雑司谷《ざふしがや》雑題《ざつだい》」は、鬼子母神のお会式《えしき》のにぎわいの描写からおみやげの風車をクローズアップする手なみが歌舞伎の見得《みえ》のように小気味よく、そういうところにもこの時代の空気が流れこんでいるように感じられます。

関西の大家
——篠崎小竹・中島棕隠

篠崎小竹（一七八一〜一八五一）

篠崎小竹《しのざきしょうちく》は、お父さんは加藤姓で豊後《ぶんご》（大分県）の人、大坂で医師をしていました。その関係で、小竹自身は大坂で加藤家に生まれています。九歳ごろから篠崎三島という大先生に学び、数年後にその養子となったので、篠崎と名のるようになりました。

十九歳で江戸に出、尾藤二洲や古賀精里に朱子学を学んでいましたが、仕官を好まず、大坂の家塾梅花社《ばいかしゃ》を継ぎました。その後もあちこちの大名たちから招かれたのですが、応じませんでした。しかしその後、長く名士として尊敬され、京都や大坂の文人たちと盛んに交流して、京都・大坂の文化の発展に大きく貢献しました。とくに詩や文章では、大坂第一とされています。

小竹は七、八歳のころ、『絵本太閤記』を愛読して倦《う》むことがありませんでした。真夏の真昼に、何里もの道を歩きながら『絵本太閤記』を読みつづけたという話が残っています。頼山陽と親しかったのも、歴史好きの一面が共鳴し合ったのかも知れません。詩のほうでも、歴史を題材にしたものを得意としています。

諸葛孔明をほめたたえた次の七言絶句などは、代表例と申せましょう。

七言絶句（下平・七陽）

篠崎小竹（一七八一～一八五一）

諸葛武侯
幡然不復臥南陽・
為救蒼生軍務忙・
正統何須論帝冑
斯人所佐即真王・

諸葛武侯《しょかつぶこう》
幡然《はんぜん》 復《ま》た 南陽《なんやう》に臥《ぐわ》せず
蒼生《さうせい》を救《すく》はんが為《ため》に 軍務《ぐんむ》忙《ばう》なり
正統《せいとう》 何《なん》ぞ須《ま》たん 帝冑《ていちう》を論《ろん》ずるを
斯《こ》の人《ひと》の佐《たす》くる所《ところ》 即《すなは》ち真《しん》の王《わう》

いったん蜀に仕える決意を固めてからは　もう南陽のかくれがにこもることはなかった
民衆を救うために　魏を討つ計略に心血を注いだ
蜀が正統の王朝であるかどうかにつき　劉備が漢の王族であることを証明する必要などない
この諸葛孔明が補佐した主君こそ　とりもなおさず真の王者《おうじゃ》なのだ

語釈　○幡然―心をひるがえす。諸葛孔明が劉備の「三顧《さんこ》の礼《れい》」を受け、隠棲の志をひるがえして彼に仕える決意をしたことを言う。　○南陽―中国の荊州（湖北省）の地名。諸葛孔明はここに隠棲していた。　○蒼生―万民。すべての民《たみ》。　○軍務―軍事に関する職務。魏を討伐する遠征のことを言う。　○帝冑―帝王の血統。帝王の子孫。

前半二句は、孔明が劉備の懇願を受けて仕え、蜀のために尽くしたいきさつを簡明にまとめています。後半二句は、蜀の劉氏が漢王朝の子孫であるかどうか議論の絶えないことに心を向け、〝孔明が仕えた、というそのことによって、蜀の劉備は漢王朝の後継者なのである〟と言い切ります。これは諸葛孔明に対する最高の賛辞と申せましょう。

雑言古詩（韻目省略）

春睡

春晷温如玉
春睡美如飴•
小院風軟簾不動
香篆半銷花影移•
夢遇佳人貽錦帯
末題小詩字字媚▲
低吟細読和未成
闘雀無情自檐墜▲

春睡《しゅんすゐ》

春晷《しゅんき》温《あたた》かなること玉《ぎょく》の如《ごと》し
春睡《しゅんすゐ》美《び》なること飴《あめ》の如《ごと》し
小院《せうゐん》風軟《かぜやはら》かにして簾動《れんうご》かず
香篆《かうてん》半《なか》ば銷《き》えて花影移《くわえいうつ》る
夢《ゆめ》に佳人《かじん》に遇《あ》うて錦帯《きんたい》を貽《おく》られ
末《すゑ》に小詩《せうし》を題《だい》して字字《じじ》媚《び》なり
低吟《ていぎん》細読《さいどく》和《わ》未《いま》だ成《な》らざるに
闘雀《とうじやく》無情《むじやう》にして檐《のき》自《よ》り墜《お》つ

春の日ざしはぽかぽかと暖かく　宝石のように明るくきらめく
そんな春の日の昼寝はまことに心地よく　飴の味のように私の心をとろかす
この小さな家に　風がおだやかに吹き入り　すだれも動かず
香《こう》のけむりが風に動いて半ば消えかけ　庭の花の影はだんだん移ってゆく
やがて私は夢の中で　一人の美女と出会い　錦《にしき》の帯《おび》を贈られた
帯の端《はし》に短い詩が書きつけてあり　その筆跡もみごと
その詩を小声で口ずさみ　ていねいに味わって読み　しかしまだお返しの詩ができないというとき
やかましく鳴き交わすすずめたちが　心づかいも何もなく　軒端《のきば》から飛び降りて来た

語釈 ○春晷―春の光。春の日ざし。 ○美―心地よい。 ○小院―小さな屋敷。 ○香篆―香のけむり。「篆」は書体の一種で、古代の字形。香の煙を篆字の形に見立てたもの。 ○闘雀―諍《いさか》いをするように、やかましく鳴くすずめたち。

詩題は「春の昼寝」。昼寝の夢の中で、美女と詩のやりとりをしたという愉快な作品で、前半四句と後半四句で韻が換《かわ》っています。古詩で韻が換《かわ》る場合は、内容もそこで変わるのが定石《じょうせき》です。

前半四句では、昼寝の床《とこ》の中でうとうとしながら時が流れてゆくようす。

最初の二句は、ここだけが五言《ごごん》ですが、素朴な対句になっています。やがて風がそよぎ、香のけむりがゆれる。第四句の「花影移《くわえいうつ》る」というのは時間が経ってゆくことで、つまり時とともに太陽が移動しますと、照らされる花の影も移ってゆく。床に横になったまま日を過ごしている、まことにのんびりとした情景です。

第五句以降、後半になるといつの間にか眠りに入り、夢路《ゆめじ》をたどります。〝夢の中で美人に出会うが、雀たちのおかげで、いいところで目がさめてしまった〟と。

この詩の内容は作者の実体験かどうかわからないのですが、何となくうきうきする、うらやましい雰囲気と、落ちの面白さが印象に残ります。

中島棕隠（一七七九〜一八五五）

中島棕隠《なかじまそういん》は、京都の生まれ。何代も前から儒者の家で、教育にたずさわっていました。若いころ鴨川《かもがわ》の東に住み、十代のころからそのあたりの風俗を詩に詠んで発表し、大いに人気を博しました。これは別の見方をすれば、十代のころから鴨川の東、つまり祇園《ぎおん》近辺の繁華街、演芸場に出入りしていたということになるかと思います。祇園の内部事情にも詳しく、そういう事情を詠んだ詩をたくさん発表して人気を得たのです。ところがその後、何か不道徳な行動があったの、二十代半ばのころか、京都を追い出されるように出ることとなり、江戸に赴いて十年ほど暮らします。波乱に満ちた二十代ですが、代々儒者の家という堅い家庭環境にあって、何か鬱屈するものがあったのかも知れません。

十年後に京都に帰ると、二十代初めまでに鴨川で作った詩の連作をまとめ、『鴨東四時雑詞《おうとうしいじざつし》』と名づけて出版しました。これもたいへん歓迎され、その後増補されて改訂版が出ています。

四十歳くらいになると詩人としての名声も上がり、生活はやや安定しましたが、その後も生計の糧《かて》を得るために、しばしば日本各地を旅行しております。旅先で詩や書を売り、その報酬によって生計を助けるという暮らしでした。これは当時、有名人の詩や書を求めるという文化的な土壌が、日本各地に広がっていたことを示しています。

田園雑興四首　其二　　七言絶句（上平・四支）

湖田乗雨挿秧時●
没脚尺三泥若飴●
上畔行滕半淋血
紛紛水蛭嚙紅肌●

田園雑興四首《でんゑんざつきようししゆ》　其《そ》の二《に》

湖田《こでん》　雨《あめ》に乗《じよう》じて　秧《なへ》を挿《さ》すの時《とき》
脚《あし》を没《ぼつ》すること尺三《せきさん》　泥《どろ》　飴《あめ》の若《ごと》し
畔《あぜ》に上《のぼ》れば　行滕《かうとう》　半《なか》ば血《ち》を淋《したた》らし
紛紛《ふんぷん》たる水蛭《すゐてつ》　紅肌《こうき》を嚙《か》む

中島棕隠（一七七九～一八五五）

湖畔の水田《すいでん》は今　雨が降る中で田植えをするとき
農家の娘たちは　両足を田んぼの中に一尺三寸も沈め　泥が飴《あめ》のようにねばりつく
休憩の時間　畦《あぜ》にのぼると　足に巻いた布の半ばほどは血まみれ
あちこちに吸いついた田んぼのひるが　彼女たちの柔肌《やわはだ》を嚙んでいたのだ

語釈　○湖田―湖のほとりの水田。　○乗―たよる。機会をうまく利用する。　○挿秧―稲の苗を植える。田植え。　○尺三―一尺三寸。今の単位で四十センチメートルくらい。　○飴―水飴《みずあめ》。当時の水飴は濃い茶色だったので、泥のたとえにふさわしい。　○行縢―脚絆《きゃはん》。足に巻きつけた布。田んぼにたくさんいるひるがとりつくのを防ぐための布。　○水蛭―水に棲む蛭《ひる》。蛭には、山に棲むものと水に棲むものがある。ここは後者。どちらも、人の皮膚に取りついて血を吸う。　○紅肌―美しい肌。「紅」は、桃色。また、美しい意。

これは「竹枝《ちくし》」と呼ばれる様式の詩です。「竹枝」は唐代の南中国あたりで始まった絶句形式の詩で、土地の風俗や人情を民謡風に素朴に詠むものです。中島棕隠は「竹枝」に倣《なら》った絶句をたくさん作り、その後「竹枝」のブームが始まるきっかけとなりました。

棕隠の「田園雑興」は、農村の風土や農民の暮らし、仕事ぶりを詠んだ連作で、二十代半ばころの作品と言われています。江戸に赴《おもむ》く前、京都での作品になるでしょうか。南宋初期の大詩人范成大《はんせいだい》（一一二六～一一九三）に「四時《しいじ》田園雑興」という全六十首の連作があり、これに学んだものと思います。この「其の二」は田植えのようすを描いたものですが、第四句に「紅肌《こうき》」とありますので、作中に出て来るのは農村の娘さんたちであると思います。「紅肌」の紅は、桃色です。ここの「紅肌」は〝農民の日焼けした肌〟ととらえられることもありますが、日焼けした赤銅《しゃくどう》色の肌を「紅」で表すことは少ないと思いますので、ここでは農村の娘、早乙女《さおとめ》たちの描写とりたいと思います。田園風景を詠んだものではありますが、単に美しい詩的な情景として詠むのではなく、現実をクールに見つめた詩ということになるでしょうか。

鴨東四時雑詞　其九十一　　七言絶句（上平・七陽）

纎手鳴刀各慣忙•
店頭菽乳照紅裳•
軽軽串得稜稜整
三尺泥爐炙雪香•

鴨東四時雑詞《あふとうしいじざつし》 其《そ》の九十一《きうじふいち》
纎手《せんしゆ》 刀《かたな》を鳴《な》らして 各〻《おのおの》忙《ばう》に慣《な》る
店頭《てんとう》の 菽乳《しゆくにゆう》 紅裳《こうしやう》を照《てら》す
軽軽《けいけい》 串《くわん》し得《え》て 稜稜《りようりよう》整《ととの》ふ
三尺《さんしやく》の泥爐《でいろ》 雪《ゆき》を炙《あぶ》つて香《かんば》し

ほそくしなやかな手　包丁の音もかろやかに　それぞれあわただしくもてきぱきと働いている
店の前に並んだ豆腐の白さが　彼女たちの赤い前掛けを明るく引き立てる
手ぎわよく串に刺し　ひとつひとつの角《かど》はきちんと揃《そろ》い
幅三尺の土製のいろりは　雪白《ゆきしろ》の豆腐をあぶって　香《こう》ばしい香りを放っている

語釈　○刀―包丁。　○菽乳―豆腐。　○紅裳―赤い前垂《まえだ》れ。「裳」は、も。腰以下にまとう衣服。　○泥爐―土製のいろり。　○雪―まっ白の豆腐を雪に見立てたもの。

中島棕隠は十代の終わりから、鴨川近辺の風物について、精魂をこめてたくさんの連作を作りました。その後、作品の数も増え続けたのですが、ここに挙げたのは第九十一首です。題名は「鴨川の東、祇園の、四季おりおりの風物を詠んだ詩」という意味です。

祇園の酒場で、女子店員たちが炙《あぶ》り豆腐を作っているようすを詠んでいます。これには作者の自注があり、「祇園の神社の南に二軒の酒場がある。妓楼で夜明けまで飲み明かしたお客たちが、遊女たちといっしょにこれらの店に来て朝酒《あさざけ》を飲む。この二軒とも豆腐の串焼きを売っていた」と述べています。

このように棕隠の詩は、身近な光景を生き生きと描き出す手腕に水際《みずぎわ》立ったものを感じさせます。次に挙げる七言絶句も、魚《さかな》がなかなか釣れないいら立ちを見事に表現しています。詩題は「菊間村《きくまむら》で、とりとめなく作った詩。同じ結社の釣り仲間に示す」という意。菊間村《きくまむら》は上総国市原《かずさのくにいちはら》郡（今の千葉県市原市）にありました。

七言絶句（上平・六魚）

菊間村漫吟　示同社釣侶十五首　其五

菊間村《きくまむら》　漫吟《まんぎん》　同社《どうしゃ》の釣侶《てうりよ》に示《しめ》す十五首《じふごしゅ》　其《そ》の五《ご》

瞥瞥織波来去魚●
磯辺慣避上鉤疎●
不勝欺我能偸餌
十次掔竿九喫虚●

瞥瞥《べつべつ》　波《なみ》を織《お》る　来去《らいきよ》の魚《うを》
磯辺《きへん》　避《さ》くるに慣《な》れて　鉤《はり》に上《のぼ》ること疎《そ》なり
勝《た》へず　我《われ》を欺《あなど》つて　能《よ》く餌《ゑ》を偸《ぬす》み
十次《とたび》　竿《さを》を掔《ひ》いて　九《ここの》たび虚《きよ》を喫《きつ》するに

ちらちら見えがくれする　波を縫《ぬ》って行《ゆ》き来《き》する魚《さかな》たち
磯《いそ》のあたりではもう　逃げるのが上手《じょうず》になって　めったにつり針にかからない
それにしてもしゃくにさわる　私を甘く見て　餌《えさ》だけ喰《く》いちぎってゆき
十回つり竿《ざお》を引き上げても　九回は餌だけ盗《と》られて空振《からぶ》りだ！

十、幕末の跫音

蕗谷虹児「黒船」（日本むすめ 幻想五景」より）　　昭和13年（1938）

黒船は幕末の象徴である。画中の娘は遠来の客を歓迎するかのように盛装し、そのまなざしは真摯そのもの、何か未知の世界にあこがれているようでもある。それに対し、かなたの黒船は固く冷たく、あくまで無表情。この対比はその後の日本の命運を暗示しているようで、まことに心が痛む。

嘉永六年（一八五三）、黒船の来港を機に、それまでの幕藩体制はいよいよゆらぎ始める。「外国」の存在が大きく迫って来る中で、国を憂える人々は漢詩の中に、自身の心境や主張を表明した。

江戸では官学を支えた佐藤一斎《さとういっさい》・安積艮斎《あさかごんさい》の師弟、九州では私塾咸宜園《かんぎえん》を営んだ広瀬淡窓《ひろせたんそう》・旭荘《きょくそう》兄弟、京都では梁川星巌《やながわせいがん》らが活躍した。

豊後の大先生 —— 広瀬淡窓

広瀬淡窓（一七八二〜一八五六）

江戸時代も十九世紀半ば、黒船の訪れをきっかけとして、「幕末」と呼ばれる時期に入ります。この時期、幕府、ひいては日本をどうするかという大問題について多くの人が考え、行動する時代になってまいりました。そのような幕末から明治維新に活躍する重要な人材を多く送り出したのが、広瀬淡窓《ひろせたんそう》です。淡窓のとった教育方法は、明治の学校制度にも大きく影響しました。

豊後《ぶんご》（大分県中・南部）の日田《ひた》の生まれ。家は九州諸藩御用達《ごようたし》の豪商で、学才のある人が多く出ていました。淡窓も早くからいろいろの先生について勉学を始めましたが、残念ながら病弱で、療養しながら勉強を続けるという状態でした。二十八くらいからは目も悪くし、その後は大きな字しか読めなくなったと言われています。

しかしそれに先立つ二十代前半ぐらいに、儒学を一生の仕事にしようと決心し、二十四歳のとき家の仕事を弟にゆずり、二十六歳で家塾を開きます。当時、九州地方にはそういう塾が少なく、この塾はしだいに拡張されて「咸宜園《かんぎえん》」となります。

その後一時期、いくつかの藩の招きを受けて仕えたこともありますが、だいたい生涯を通じて郷里に在住し、京都、大坂、江戸という場所には一度も行っておりません。東へ向かう旅行はせいぜい下関くらいでした。しかし広瀬淡窓の名声は全国に広まり、彼の塾を訪れる塾生は全国から集まり、とうとう四六〇〇人以上となり、江戸時代で最大規模の塾になったということです。淡窓自身の交友も広く、頼山陽《らいさんよう》、田能村竹田《たのむらちくでん》、梁川星巌《やながわせいがん》とも親交を結んでおります。

　淡窓は生徒の成績をつけるにあたり、まず先生が問題を出し、生徒がそれに対する答案を作り、先生がそれを採点するという形で試験を行い、その結果によって成績を決め、進級させました。今日では一般的なこの方式は、淡窓先生が始めたと言われております。

七言絶句（上平・十四寒）

隈川雑詠五首　其二

少女乗春倚画欄●
哀箏何事向風弾●
遊人停棹聴清唱
不省軽舟流下灘●

隈川《くまがは》雑詠《ざつえい》五首《ごしゆ》　其《そ》の二《に》
少女《せうぢよ》　春《はる》に乗《じよう》じて　画欄《ぐわらん》に倚《よ》る
哀箏《あいさう》　何事《なにごと》か　風《かぜ》に向《むか》つて弾《だん》ずる
遊人《いうじん》　棹《さを》を停《とど》めて　清唱《せいしやう》を聴《き》き
省《かへり》みず　軽舟《けいしう》の下灘《かたん》に流《なが》るるを

一人の娘が春のよい景色にさそわれて　きれいな欄干のそばにいる
哀《かな》しい音色《ねいろ》の琴を　どうして風の中で奏でるのだろう
船遊びを楽しんでいた人々はつい船を止め　彼女の澄んだ歌声に耳をすませ
気がつかずにいる　自分の船が　いつしか下流の早瀬に流されてゆくのに

語釈 ○少女—日本語の「少女」より多少年齢が上で、若い娘さん。○画欄—美しく彩色をほどこした欄干。○哀箏—哀しい音色の琴。○何事—理由を問う疑問詞。〝どうして。なぜ〟。○遊人—旅人。ここでは船遊びをする遊覧客。○下灘—下流の早瀬。「灘」は浅くて石が多く、流れが急で、舟行に危険なところ。

隈川は淡窓の故郷の日田を流れる大きな川で、「水郷《すいごう》日田」の象徴です。山のほうから流れて来た二つの川が合流したもので、周辺の景色もまことに美しい場所です。詩題は「隈川についていろいろ詠んだ作品」という意味になります。

季節は春で、隈川の岸べに建っている屋敷の二階か三階のバルコニーで、若い娘さんが琴を弾いている情景から始まります。「春に乗じて」は、〝春のよい景色に乗り気になって。春にいざなわれて〟。「画欄《ぐわらん》に倚《よ》る」は、ここでは琴を奏でていますので、よりかかるというより、欄干のそばに出て来ているわけです。後半は、それに心奪われた人々のようすに移ります。

この歌には寓意があり、〝娘の弾く琴、つまり美しいものに夢中になりすぎてはいけない。そうではなくて、自分が本来なすべきことをなさなくてはいけない。他のことに心奪われてそっちのけにしてはいけない〟という教訓です。『論語』の中に「少《わか》き時は血気未だ定まらず、之《これ》を戒《いまし》むること色《いろ》に在《あ》り」とあります（季氏《きし》第十六）。「色」というのは美しいもので、自然、芸術、女性の魅力も含まれますが、若い時はそういう美しいものに溺れてはいけない。まず自分を磨く、鍛えることを優先しなくてはいけない、ということですが、この『論語』の章句を詩の形に移したものかも知れません。

もう一つ興味深いのはこの詩の内容で、〝美しい声で歌う娘に聞き惚れて我《わ》が身を滅ぼす船人《ふなびと》〟と言えば、まさにローレライの伝説です。

ドイツのライン川の岩の上にいて、歌をうたって船に乗った人を誘惑し、船もろとも沈めてしまうという古くからある伝説、これに基づいて、詩人ハイネが詩を作っております。さらにそれに曲をつけた有名な歌があり、翻訳されてよく歌われていますが、ハイネの詩も、曲をつけた歌にしても、広瀬淡窓の存命中に発表されています。歌曲のほうは淡窓が五十六歳のときに発表され、ハイネが亡くなったのが淡窓と同じ年です。

ローレライの伝説がいつごろ日本に伝わったのか、淡窓自身がそれを読んでいたかどうか、調べがつかないのですが、淡窓先生は案外小説や説話を読む一面もあったようですし、この詩はローレライの伝説やハイネの詩を翻案したものではないか、と想像したくなるのです。

歌曲の第二連のみを挙げておきましょう。

美《うるは》し少女《をとめ》の 巌頭《いはほ》に立《た》ちて／黄金《こがね》の櫛《くし》とり 髪《かみ》のみだれを
梳《と》きつゝ 口吟《くちづさ》ぶ 歌《うた》の声《こゑ》の／神怪《くすし》き魔力《ちから》に 魂《たま》もまよふ

作曲 フリードリッヒ・ジルヒャー（一七八九～一八六〇）
作詞 ハインリッヒ・ハイネ（一七九七～一八五六）
訳詞 近藤朔風《こんどうさくふう》（一八八〇～一九一五）

七言律詩（下平・一先）

筑前城下作
伏敵門頭浪拍天•
当時築石自依然•
元兵没海蹤猶在

筑前城下《ちくぜんじやうか》の作《さく》
伏敵門頭《ふくてきもんとう》 浪《なみ》 天《てん》を拍《う》つ
当時《たうじ》の築石《ちくせき》 自《おのづか》ら依然《いぜん》たり
元兵《げんぺい》 海《うみ》に没《ぼつ》して 蹤《あと》 猶《な》ほ在《あ》り

神后征韓事久伝•
城郭影浮春浦月
絃歌声隠暮洲煙•
昇平有象君看取
処処垂楊繋賈船•

神后《しんごう》 韓《かん》を征《せい》して 事《こと》 久《ひさ》しく伝《つた》ふ
城郭《じやうくわ》 影《かげ》は浮《うか》ぶ 春浦《しゆんぽ》の月《つき》
絃歌《げんか》 声《こゑ》は隠《いん》たり 暮洲《ぼしう》の煙《けむり》
昇平《しようへい》 象《しやう》有《あ》り 君《きみ》 看取《かんしゆ》せよ
処処《しよしよ》の垂楊《すゐやう》に 賈船《こせん》を繋《か》く

筥崎宮《はこざきぐう》の伏敵門の前　波は逆巻《さかま》き　大空を打たんばかり
むかしの石のとりでは　時の流れにかかわりなく　もとのまま
元《げん》の軍勢は神風《かみかぜ》に吹かれて海に沈み　その名残《なご》りは今もある
神功皇后《じんぐうこうごう》が新羅《しらぎ》征伐のため船出をなされた　その業績は長く伝えられている
そびえる城壁　その影はくっきりと浮かび上がる　春の浜べに照る月の光を受けて
琴のしらべと歌声　そのひびきはかすかにとどく　夕暮れの中洲《なかす》にたなびく夕《ゆう》もやに
今の平和な世には　その証拠がたしかに表れている　君よ　しかと見つけたまえ
そこかしこのしだれ柳の木に　商船《あきないぶね》がつなぎとめてあるではないか

語釈　○築石―元兵を防ぐために築いた石塁《せきるい》。　○自―〝ほかはほか、これはこれ〟という気分。　○隠―かすか。　○暮洲―暮れがたの中洲《なかす》。　○煙―もや。かすみ。　○昇平―平和。　○象―証拠。形になって表れているもの。　○賈船―商船。商業上の目的で人や貨物を輸送する船。客船や貨物船を言う。

「懐古詩」です。この分野の詩は、名勝・古跡、由緒ある場所を訪れて当時の人物や事件を思い出し、最後に教訓を導き出すという作り方をします。

筑前は福岡県北部と西部ですが、この詩の舞台になっているのは博多湾の東の箱崎付近です。筥崎《はこざき》八幡宮があり、有名な「敵国降伏」という額がかかっています。これは元寇《げんこう》の一回目の文永の役（一二七四）の後に、亀山《かめやま》上皇がみずから筆を執《と》ってお書きになったものを、拡大して額《がく》に入れたものです。このお宮の近くには元寇の古戦場もあり、詩の第三句で触れられています。

淡窓は寛政九年（一七九七）、十六歳のときから筑前博多の亀井塾に学び、三年間滞在していました。この詩はそのころの作品で、季節は春、時間帯は夜です。

最初の一・二句は、箱崎宮の伏敵門の門前の海や、石塁の眺め。それを受けて三・四句では、この地ゆかりの二つの故事を思い出します。第三句が元寇、第四句が新羅征討で、二つとも戦《いくさ》にかかわるものです。

第四句の神功皇后《じんぐうこうごう》は、筥崎宮の祭神であります。このかたは仲哀《ちゅうあい》天皇の皇后で、三韓征伐の故事の中心人物。『古事記』『日本書紀』によりますと、仲哀天皇（日本武尊《やまとたけるのみこと》の子で、第十四代天皇）が熊襲《くまそ》征討の途中、筑紫《つくし》（北九州）で崩ぜられ、皇后は身重《みおも》にもかかわらず武内宿禰《たけのうちすくね》とともに新羅を攻めて服属させ、筑紫に帰還して応神《おうじん》天皇をお生みになった。それから大和《やまと》（奈良県）に帰る途中、叛乱を起こした他の王子たちを討ち、応神天皇を皇太子とし、みずからは摂政《せっしょう》として六十九年間、政治をつかさどった、と伝えられます。

このように昔のことを思い出したあと、五・六句では今現在の目前の情景に移ります。春の夜、この城壁の近辺に見えるもの、聞こえるものです。第五句は、近くにそびえる城壁が月の光を受け、黒くシルエットのように浮かぶ情景。第六句は、かすかに聞こえる琴のしらべと歌声。気分はしだいになごやかになります。

そして最後の七・八句は、中間四句の昔と今との対比を受け、今の世の平和のありがたさを強調しつつ、第八句で平和の象徴と言うべき景物を一つ挙げて結びます。〝戦船《いくさぶね》ではなく、商船がたくさんここをおとずれている。これこそ平和のあかし、太平のしるしではないか〟と。

桂林荘雑詠　示諸生四首　其二　　七言絶句（上平・十一真）

桂林荘雑詠《けいりんさうざつえい》　諸生《しよせい》に示《しめ》す四首《ししゆ》　其《そ》の二《に》

休道他郷多苦辛●
同袍有友自相親●
柴扉暁出霜如雪
君汲川流我拾薪●

道《い》ふを休《や》めよ　他郷《たきやう》　苦辛《しんく》多《おほ》しと
同袍《どうはう》　友《とも》有《あ》り　自《おのづか》ら相親《あひした》しむ
柴扉《さいひ》　暁《あかつき》に出《い》づれば　霜《しも》　雪《ゆき》の如《ごと》し
君《きみ》は川流《せんりう》を汲《く》め　我《われ》は薪《たきぎ》を拾《ひろ》はん

言うのはおやめなさい　異郷での暮らしは苦しいなどと
寝食《しんしょく》を共にする学友たちがおり　しだいしだいに親しくなってゆくものです
柴を編んだ塾の扉《とびら》から　夜明けに出てみると　霜が一面　雪のように降りている
「君は川の水を汲《く》みたまえ　私は薪《たきぎ》を拾って来よう」。

語釈　○同袍―綿入れの着物を二人で共同で使うこと。『詩経』以来使われる友情の象徴で、親しい友人関係を言う成語。　○柴扉―柴で編んだ、そまつな門扉《もんぴ》。

桂林荘は、広瀬淡窓が二十六歳のときに開いた塾の名です。これが移転・拡張され、「咸宜園《かんぎえん》」と改名されました。この詩は詩題に「桂林荘」と明記されていますので、二十六歳から数年間のうちに作られた詩であろうと思います。塾生たちを励ます連作の第二首です。塾に入ると一種の寄宿舎生活で、自炊をすることになっていました。そのことを含めて詠んでおります。

前半二句は〝いったん勉学の志を立てたからには、他郷で学ぶつらさに負けず、仲間たちとともに精励したまえ〟という呼びかけです。

後半二句は、仲間たちと一緒に励む日々の、或る朝のひとこまを具体的に述べます。第四句は塾生たちの会話のようになっています。ここは「君《きみ》は川流《せんりう》を汲《く》む　我《われ》は薪《たきぎ》を拾《ひろ》ふ」と読んでもいいのですが、一般の読み方に従って呼びかけのように解釈しておきました。

〝このような心意気でがんばりなさい〟という激励の詩です。

桂林荘雑詠　示諸生四首　其三　　　　七言絶句（下平・八庚）

桂林荘雑詠《けいりんさうざつえい》　諸生《しよせい》に示《しめ》す四首《ししゆ》　其《そ》の三《さん》

遙思白髪倚門情●
留学三年業未成●
一夜秋風揺老樹
孤窓欹枕客心驚●

遙《はる》かに思《おも》ふ　白髪《はくはつ》　門《もん》に倚《よ》るの情《じやう》
留学《りうがく》　三年《さんねん》　業《げふ》　未《いま》だ成《な》らず
一夜《いちや》　秋風《しうふう》　老樹《らうじゆ》を揺《ゆる》がし
孤窓《こさう》　枕《まくら》に欹《よ》つて　客心《かくしん》驚《おどろ》く

はるかに思いをはせる　白髪の母上が家の戸口に立ち　じっと待ってくださっているお心に
この自分は他郷に出て学ぶこと三年　学業がなかなか完成しない
今宵《こよい》　秋の夜風《よかぜ》は吹き荒れて　庭の老木を大きく揺り動かしている
たった一人でいるこの部屋の窓べ　枕に頭をつけていると　故郷を離れたままの私の心は不安におのの
　いてしまうのだ

語釈　○留学―よその土地にとどまって勉強すること。　○欹枕―枕に頭をつける。床《とこ》についていることを言う。

塾生の心境になり代わって詠んだもの。長い塾の生活の中には、勉学がなかなか進まないで不安になることもある。それに共感し、励ます意味で詠んだものでしょう。秋の木枯らしの吹く晩の不安な心境を述べております。

前半二句は、郷里で待つ年老いた母上のことを偲《しの》び、なかなか学業がはかどらないことをもどかしく思う気持ちです。三・四句では夜中に木枯らしが吹いて庭の老木を揺らし、その心境に追い討ちをかけます。主人公は床《とこ》の中で窓ごしに、強風に揺られる老木の影を見ているのでしょう。

第一句の「門に倚《よ》るの情」は、お母さんが家の門に寄りかかって子の帰りを待ちわびるたとえです。『戦国策』斉策に見える故事で、王孫賈《おうそんか》という若者が十五歳で王様に仕えていましたが、或る日、王様が行方不明になり、孫賈はしかたなくそのまま帰宅しました。するとそれを迎えたお母さんは孫賈をたしなめて、「私はあなたが夕暮れ時に帰るときはいつも家の門に寄りかかって、あなたの来る方角を眺めています。また、あなたが夕暮れになっても帰らないときは村の門まで出かけて、あなたの来る方角を眺めているのですよ。今あなたはお仕えしている王様の行方も知らないで、どうして平気で帰って来たのですか」。

そこで孫賈は発奮して町へ出、王様が実は邪《よこしま》な臣下に殺されていたことを突き止めて、同志四百人を率いて敵討《かたきう》ちをした……この故事に基づいた語句です。一般には「倚門《いもん》の望《ぼう》」という成語として伝えられています。

また第三句には成語「風樹《ふうじゅ》の嘆《たん》」が織りこまれています。父母が世を去ってしまって孝行できない嘆きを意味する語で、前に横井也有のところで出てまいりました（→三六六ページ）。

東国詩人の冠 ―― 広瀬旭荘

広瀬旭荘（一八〇七～一八六三）

広瀬旭荘《ひろせきよくそう》は広瀬淡窓の末弟で、二十五歳年下です。十代半ばから淡窓について学び、二十歳すぎごろに、最晩年の菅茶山《かんちゃざん》に面会しております。このときは淡窓の紹介状を持参して面会したのですが、茶山はその後で旭荘をほめる手紙を淡窓に送っております。

三十歳ごろから各地を歴遊し、幕府に仕えることは望まず、江戸もしくは大坂を根拠地として、広く日本各地を訪れるようになります。淡窓が郷里で塾を開いて教育に当たったのに対し、旭荘は広く天下を訪ねて回り、多くの人と交遊する生き方になってゆきました。

詩人としては、特に四十歳ごろまでに熱心に創作を行い、中国でもたいへん好評を得ました。清朝末期に兪樾《ゆえつ》（字《あざな》が曲園なので、兪曲園と呼ばれることが多い）が、日本の漢詩を中国に紹介するために全四十四巻の日本漢詩の名作集『東瀛詩選《とうえいしせん》』を作りました。その中で、広瀬旭荘だけは〝名作があまりに多すぎて選ぶのに困る〟ということで、二巻を充てています。二巻を充てたのは旭荘だけでした。曲園先生は旭荘を「東国詩人《とうこくしじん》の冠《くわん》」とほめたたえております。

旭荘は長編の古体詩を得意にしたという定評がありますが、ここでは短い絶句と律詩を取り上げます。

広瀬旭荘（一八〇七〜一八六三）

春雨到筆庵
菘圃葱畦取路斜•
桃花多処是君家•
晩来何者敲門至
雨与詩人与落花•

春雨《しゆんう》に 筆庵《ひつあん》に到《いた》る
菘圃《しゆうほ》 葱畦《そうけい》 路《みち》を取《と》ること斜《ななめ》なり
桃花《たうくわ》 多《おほ》き処《ところ》 是《こ》れ君《きみ》が家《いへ》
晩来《ばんらい》 何者《なにもの》か 門《もん》を敲《たた》いて至《いた》る
雨《あめ》と 詩人《しじん》と 落花《らくくわ》と

七言絶句（下平・六麻）

唐菜《とうな》の畑　ねぎ畑　道はさらにうねうねと続く
やがて桃の花がたくさん咲いているところ　そこが君の家だ
日も暮れかけた今　何者《なにもの》が戸を叩いて訪れたとお思いか
春雨《はるさめ》と　詩人の私と　散り落ちる桃の花びらである

語釈　○菘圃―唐菜《とうな》の畑。　○葱畦―ねぎ畑。「畦」はあぜ（田間の道）の意から、畑そのものの意にもなる。
○斜―うねうねと曲がりくねる。でこぼこしている。

春雨《はるさめ》の中、友人のお宅を訪ねたことを詠んだ、ちょっと洒落《しやれ》た詩です。詩題の「筆庵《ひつあん》」は友人の名と言われることが多いのですが、そうでしょうか。「到」という字が使ってありますが、これは「〜に到る」ということで、どこか或る場所に到着することを表します。もし人を訪ねるのであれば「〜を訪《と》ふ」とか「〜を尋《たづ》ぬ」という言い方になりますので、「筆庵」は友人が住んでいる庵《いおり》の名前ではないかと思います。世を避けて暮らす隠者のような人であろうと思います。詩の中にその証拠が出てまいります。

前半二句は、この友人の家を訪ねる途中の情景。第一句の別解として、〝やがて畑のそばから道が斜めの方向にそれて行った〟と取ってもいいかも知れません。また〝畑の畦道《あぜみち》を斜めに進んだ〟という解釈もありますが、やはり「行《ゆ》くに径《こみち》に由《よ》らず」（『論語』雍也《ようや》第六）ですから、そうではないと思います。

後半二句は、友人へのあいさつになります。〝私は春雨と花吹雪に囲まれて君を訪ねて来たんだよ〟というあいさつですが、或いはこの二句は、〝夕方になってどなたが戸を叩くのですか〟との友人の問いに対して、作者が〝春の雨と、詩人の私と、散る花びらです〟と答える、二人の対話と取ってもよいかも知れません。

上記、清末の兪曲園は、この詩に対して「ひらめきがある」と批評していますが、後半二句はその好例という感じであります。

内容で注目すべきは第二句で、〝桃の花がたくさん咲き乱《みだ》れるところ〟というのは、桃源郷のイメージがあるのではないでしょうか。

或る漁師が道に迷って家に帰る道を探す途中に、桃の花がたくさん咲き乱《みだ》れる森に出た。その森を外《はず》れまで行くと山があって、山の中に洞窟があった。漁師が興味半分で入って行くと、やがて視界が開けて、非常によく整った、平和な村里に出た。その村人たちの話では、〝自分たちは秦の時代、世の乱れを避けて、友人や家族たちと密《ひそ》かにここに隠れ住んだ者の子孫です、どうか私たちのことを外の人たちに言わないでください〟と。

ここから、桃源郷に住む人というのは隠者のイメージにつながる。ですから、隠者を詠んだ詩の中では、桃の花が出て来ることが多いわけです。明代初期の詩人高啓（一三三六～一三七四）が作った五言絶句

「胡隠君《こいんくん》を尋《たづ》ぬ」の中に、「私は川を渡り　また川を渡り／桃の花を見　また桃の花を見て／春風の吹く川べの道を歩くうち／いつの間にかあなたの家に着いた」とあります。その表現とこの詩の前半二句は、印象が似ております。たぶん、友人は隠者のような暮らしをしていたと思います。

また、この詩は第一句の「斜」、第二句の「家」、第四句の「花」と韻を踏んでいます。この韻は、やはり有名な晩唐の杜牧の七言絶句「山行」と同じ韻字を、同じ順序で使っています（遠上寒山石径斜•／白雲生処有人家•／停車坐愛楓林晩／霜葉紅於二月花•）。たぶん意識的に同じ韻字を使ったのだろうと思います。

いろいろと見どころがありますが、旭荘が長い詩ばかりでなく、短い詩にも巧みであったという一つの例と申せましょう。

五言絶句（上平・七虞）

夏初遊桜祠

花開萬人集
花尽一人無•
但見双黄鳥
緑陰深処呼•

夏初《かしよ》 桜祠《あうし》に遊《あそ》ぶ

花開《はなひら》いて 萬人集《ばんじんあつ》まり
花尽《はなつ》きて 一人無《いちにんな》し
但《ただ》見《み》る 双黄鳥《さうくわうてう》
緑陰《りよくいん》 深《ふか》き処《ところ》に呼《よ》ぶ

桜の花が咲くころは　おおぜいの人がここに集まっていた
花がすっかり散ってしまうと　誰もいなくなった
目に入るのはただ　つがいのうぐいすが

みどりの葉かげの深い奥で　呼び合うように鳴き交わしている姿ばかり

語釈　○桜祠―桜《さくら》の宮《みや》（大阪市都島区）のこと。桜の名所として有名。　○黄鳥―中国の漢詩ではこうらいうぐいすという別の鳥で、大きさも鳴き声も日本のうぐいすとは違う。日本の春の詩に出ている場合には、日本のうぐいすと取ってよい。

詩題は「夏の初め、桜の宮を遊覧して作った詩」の意味です。桜の宮は大阪市にある桜の名所ですが、題名に「夏の初め」とありますので、花はもう散ってしまっている。したがって、お宮の境内は人の姿もまばらで、閑散としていたでしょう。そこで作者は、桜に対する人間のかかわり方に寓意を感じてこの詩を作ったのでした。

まず一・二句は〝桜の宮が人でにぎわうのは、桜の花が咲くときだけだ〟と述べ、薄情さを印象づけます。この二句は素朴な対句になっています。ところがそういう人間と違い、〝鳥のうぐいすはいつでも桜の木に止まる〟というのが後半二句。「但《ただ》見《み》る」は後半二句全体にかかっています。人は薄情、うぐいすは情に厚い、願わくは自分もうぐいすのようでありたい、という含みもあるのでしょうか。人はとかく権勢のある者のところに集まって何か利益を得ようとする。しかしその人が没落するとすぐに離れて行って、利害打算で動く。何と嘆かわしいことだ。しかしうぐいすはそうではないので、ぜひうぐいすを見習いたいというのでしょう。

この詩は于濆《うふん》の五言絶句「事《こと》に感《かん》ず」に触発されて作ったと言われております。

広瀬旭荘（一八〇七〜一八六三）

感　事　　事《こと》に感《かん》ず　　于濆

五言絶句（上平・五微）

花開蝶満枝　　花《はな》開《ひら》けば蝶《てふ》枝《えだ》に満《み》ち
花謝蝶還稀•　　花《はな》謝《しや》すれば蝶《てふ》還《ま》た稀《まれ》なり
唯有旧巣燕　　唯《ただ》旧巣《きうさう》の燕《つばめ》有《あ》り
主人貧亦帰•　　主人《しゆじん》貧《ひん》すとも亦《また》帰《かへ》る

花が咲くと　蝶は枝いっぱいに群がるけれど／花が散ってしまうと　蝶はほとんど来なくなる／以前からここに巣を作っているつばめだけは／主人が貧しくなっても　同じように帰って来てくれる

前半の二句は、たしかに旭荘の詩と作りが似ております。蝶の身勝手さ、計算高さに対してつばめの律儀さ、忠実さをよしとし、願わくはつばめのようにありたいものだ、ということです。広瀬旭荘はたいへんな読書家で、暗記している文献の量も膨大なものだったと伝えられますが、彼の詩にはそういう学識が惜しみなく反映されています。彼の詩のひとつひとつについて、どういう先行作品や故事に基づいているか調べて行くのは、やりがいのある仕事だと思います。

秋暁臥病　　秋暁《しうげう》病《やまひ》に臥《ぐわ》す

七言律詩（下平・八庚）

木犀含露墜無声•　　木犀《もくせい》露《つゆ》を含《ふく》んで墜《お》つるに声《こゑ》無《な》く
残月一簾如水清•　　残月《ざんげつ》一簾《いちれん》水《みづ》の如《ごと》く清《きよ》らかなり

鴉有何忙厭宵永
吾方習静怕天明•
栖栖客跡長難定
鼎鼎流光暗自驚•
灰滅当初経済志
炊烟未颺薬烟生•

鴉《からす》は何《なん》の忙《いそが》しきことか有《あ》つて 宵《よひ》の永《なが》きを厭《いと》ふ
吾《われ》は方《まさ》に 習静《しふせい》して 天《てん》の明《あ》くるを怕《おそ》る
栖栖《せいせい》たる客跡《かくせき》 長《なが》く定《さだ》まり難《がた》く
鼎鼎《ていてい》たる流光《りうくわう》 暗《あん》に自《みづか》ら驚《おどろ》く
灰滅《くわいめつ》す 当初《たうしよ》 経済《けいざい》の 志《こころざし》
炊烟《すゐえん》 未《いま》だ颺《あ》がらずして 薬烟生《やくえんしやう》ず

もくせいの花は夜露《よつゆ》を帯びて　落ちるときも音はしない
沈みかけた月の光は部屋のとばり一面を照らし　水のようにすがすがしい
明け方に鳴くからすはどんな忙しさに追い立てられて　夜の長いのをいやがっているのだろう
この私は今　ひたすら心を落ちつけようとつとめているので　夜が明けてあわただしい昼の時間帯になるのをむしろ恐れる
せわしない私の人生の旅路は　いつも落ちつくあてがなかった
早々と過ぎ去る歳月に　人知れずおののいてしまうのだ
もはや火が消えるように尽き果てたのだ　若いころの世直しの抱負は
朝まだ早く　炊事のけむりはまだあがらないが　それに先んじて　薬を煎じる湯気が上がっている

語釈　○木犀―もくせい。常緑樹。秋に香りのよい花を開く。　○残月―「残」は〝そこなわれる、失われる、傷《いた》む〟の意。日本のように〝のこる〟意味では使われない。　○宵―日本では夜の入口の短い時間帯を指すが、漢詩文では、夜中や明け方を含め、夜の時間全体を指す。○習静―心を落ち着け、静寂にするよう努めること。○栖栖―落ち着かないさま。あわただしいさま。○客跡―旅路の跡。人生行路のことを言う。○長―いつも。常に。○鼎鼎―すばやく過ぎ去るさま。○流光―流れる光。過ぎ去ってゆく年月にたとえる。○灰滅―燃え尽きてなくなること。○当初―昔。若いころ。○経済―「経世済民」の略。〝世の中をうまく治め、民衆を安楽にする〟。世直しの志のこと。

天保十年（一八三九）秋、三十三歳、病臥中の作。詩題は「秋の夜明け、病に伏しているわが身について考えた」という意味で、内省的な七言律詩です。

最初の一・二句は、明け方の雰囲気の描写。作者は部屋の中で床に伏し、外の情景を想像しています。木犀《もくせい》の花と、夜明けの沈む月に思いをはせています。さわやかな月の光を水にたとえるのは、よく見られるたとえ。この二句は、光の描写が印象的です。第一句の露のきらめき、第二句のすだれに映るさわやかな月明かり。

これを受けて中間四句では、作者自身の心情の吐露に重点が置かれます。そのきっかけはからすの声。作者はその鳴き声で目をさまします。からすは早く夜が明けて、活動できる時間帯になることを望んでいるらしい。しかし私はずっと安静にして、早く病を治したい。だから夜のしずけさがずっと続くことが望ましい。

五・六句ではさらに内省的になり、自分のこれまでの人生を回顧しています。

最後の七・八句では、病のためめっきり弱気になってしまったことを告白して、情けない気分で結んでいます。第八句は、漢方の煎じ薬はたいてい空腹の時に飲みますので、朝ご飯に先立って飲む、それを煎じている湯気が見えるということでしょう。作者の落胆のため息が聞こえて来そうな結びです。

旭荘は情熱的で豪快な人だったと伝えられますが、この詩では珍しく弱気に、悩みがちになっています。彼は四十代半ばごろからはめっきり詩の数が減ってしまいますが、その理由について、この詩のように内面的なものを強く表した作品をずっとたどってゆくと、ヒントが出て来るかも知れません。

たとえばこの詩の第三句にからすが出て来ますが、からすは詩の中では、国が滅ぶ前兆のように扱われることがあります。そのことと、第七句に〝経済の志が燃え尽きた〟と言っていることを合わせて考えますと、日本が外国との関係に悩んでいる当時の世相と関係があるように思えて来ます。

実際、旭荘は勤王の志、つまり皇室へ忠義を尽くす心の強い人で、友人にも勤王家が多くおりました。佐久間象山、桂小五郎、吉田松陰、釈月照という人々と親密に交際し、門下生たちからも勤王家が多く出ております。そのあたりがヒントになるような気もするのですが、いかがでしょうか。

七言律詩（上平・一東）

初冬山行

老杉森列間残楓•
行入丹青妙絶中•
山気湿衣疑緑雨
葉声触笠見紅風•
寒巌独立鷹威貴
涸澗相濡魚命窮•

初冬《しよとう》の山行《さんかう》

老杉《らうさん》　森列《しんれつ》して　残楓《ざんぷう》を間《まじ》へ
行《ゆく》ゝ入《ゆくい》る　丹青《たんせい》　妙絶《めうぜつ》の中《うち》
山気《さんき》　衣《ころも》を湿《うるほ》して　緑雨《りよくう》かと疑《うたが》ひ
葉声《えふせい》　笠《かさ》に触《ふ》れて　紅風《こうふう》を見《み》る
寒巌《かんがん》に独《ひと》り立《た》つて　鷹威貴《よういたふと》く
涸澗《こかん》に相濡《あひうるほ》して　魚命窮《ぎよめいきは》まる

広瀬旭荘（一八〇七〜一八六三）

為是吟笻貪勝境　是《こ》れ吟笻《ぎんきよう》の　勝境《しようきやう》を貪《むさぼ》るが為《ため》に
幾回迷路問樵翁•　幾回《いくくわい》か　路《みち》に迷《まよ》つて　樵翁《せうをう》に問《と》ふ

年を経た杉の古木《こぼく》がうっそうと立ち並ぶ　そのふかみどり色の間に　もう散りかけたかえでの赤い色が
まじっている
私は歩みを進め　その赤とみどりのすばらしい空間へと入って行った
山中に流れるもやは　私の着物をしっとりうるおすほどに深く　杉の色に染まったみどりの雨かと錯覚
してしまった
木《こ》の葉のすれる音が私の笠にぶつかり　風にそよぐもみじの色に染まったくれなゐ色の風が目に入った
さむざむしい岩の上にただ一羽とまって　鷹《たか》の威厳はまことに気高い
涸《か》れた谷川にお互いに身を寄せ合ってはいるものの　魚たちの命運はもう終わりであろうが
詩心にさそわれて歩くこの私　詩に詠みたくなるようなよい景色を求めてやまないがゆえに
何度も道に迷って　通りすがりの木こりどのに道を尋ねるはめになった

語釈　○森―日本では名詞として〝もり。森林〟の意に使うが、漢詩文では、〝おごそかな。よく整った。さかんな〟という形容詞として使う。　○丹青―赤い色と緑の色。ここは、楓の紅葉と杉の青緑色を言う。「丹青」は色合いの鮮やかな絵の意味にもなり、芸術的なニュアンスがある語。　○緑雨―山もやに杉の葉の緑色が重なったようすを〝緑に染まった雨〟と表現した。　○触―軽くタッチするというよりは〝ぶつかる〟という意味が強い。もともとは、牛が突進して壁か垣根にぶつかる意を表した字。　○紅風―たくさんの紅葉が風を受けてゆれるのを〝くれなゐ色に染まった風〟と表現した。○涸澗—涸れた谷川。○吟笻—詩を作る人の杖。転じて、あちこち遊覧して詩を作る人。○勝境—良い眺め。○樵翁—きこりの老翁。

詩題は「冬の初めの山歩き」という意味。天保七年（一八三六）十月、作者三十歳、紀州の高野山を訪れて遊覧した折の七言律詩です。

最初の一・二句は冬の高野山の全景で、緑と赤が印象的です。中間四句は律詩の見どころですが、三・四句は山の中の靄《もや》と風に注目します。この二句は「緑雨」と「紅風」が、センスに富んだ印象深い語であります。五・六句は、鷹と魚たちに注目します。上を見れば、断崖の上に一羽の鷹が、威厳と孤高の姿を見せて止まっています。下を見れば、水の涸れかけた谷川に魚たちが寄り添い合っています。

最後の二句は、冬の山を歩く作者自身の姿。物事に夢中になりやすい自分に、ちょっと苦笑いするように結んでおります。

流浪の詩魂 ——梁川星巌

幕末の嘉永から安政のころ（一八四八〜一八六〇）になりますと、幕府はいわゆる欧米列強の進出への対応に追われ、とうとう開国に踏み切ります。ところが外国の力に押されて開国した幕府に対し、尊皇攘夷派からの批判が激しくなり、幕府に代わるものとして朝廷の地位を改めて強化しようとする、倒幕の気運も活発化しました。そういう中で、多くの志士たちが活躍を始めます。志士たちは、しばしば漢詩に託して自分の主張や思想を述べており、それらの志士たちの詩が明治の初めに至って集められ、いくつも詩集が編纂されております。

梁川星巌（一七八九〜一八五八）

梁川星巌《やながわせいがん》は美濃（岐阜県）の人。家はもともと武家だったのですが、江戸時代の少し前に帰農しました。以後は豪農の家として知られ、曾祖父《ひいおじい》さんのころから名字帯刀《みょうじたいとう》を許されました。その土地の名士として、資産も多かったようです。ただ、星巌自身は十二歳のときに両親を相次いで失い、十九歳で江戸に出て山本北山《やまもとほくざん》（↓三一一ページ）に学んでいます。あわせて江湖詩社の詩人たちとも交遊し、しだいに詩人として頭角を現しました。江湖詩社、つまり江戸時代の詩風をまったく変えてしまった、江戸詩壇の中心をなした詩社に関与していたわけです。

やがて星巌は各地を放浪する生活となりますが、三十二歳のとき、遠縁にあたる紅蘭（幼名きみ）という娘と結婚します。彼女は張紅蘭とも名乗り、一般には梁川紅蘭として知られています。詩人として、また琴や絵の名手として知られておりますが、星巌はこの妻とともに郷里で詩社の活動をし、かたわら旅行をするという人生になってゆきます。特に三十四歳のときから、二人で西日本をめぐる大旅行を行いました。郷里から大坂、岡山、広島、下関、そして九州に入って長崎に至り、帰りには四国にも立ち寄り、菅茶山《かんちやざん》や広瀬淡窓とも面会しております。

四十四歳でまた江戸に出、二年後に神田お玉が池に玉池吟社《ぎよくちぎんしや》という詩社を作りました。それが大いに繁盛し、江戸詩壇の中心になりますが、数年後に中国でアヘン戦争が勃発しました。〝イギリスが中国に無理難題を押しつけている。そういうことが日本にも波及するのではないか〟と、星巌は非常に憤った。これは、未亡人となった紅蘭が明治になってから書き残しています。

そういう激しい世相の影響でしょうか、星巌はこのころから、藤田東湖や佐久間象山をはじめとする志士たちと交際を深め、世を嘆き、憤る姿勢を強くして行ったようです。そして五十七歳のときに玉池吟社を閉鎖してしまい、翌年、京都に移住しました。その後京都では、吉田松陰や釈月性、頼三樹三郎《らいみきさぶろう》などの志士たちがしきりに梁川星巌《やながわせいがん》の家に出入りするようになり、星巌は尊皇攘夷の志士たちの中心的な存在になってまいりました。

アメリカ使節のペリーが浦賀に来て開国を要求したのは嘉永六年（一八五三）、星巌が六十五歳のときですが、それ以後、井伊大老の条約調印により世論は沸騰、倒幕の動きも激しくなります。星巌のもとを志士たちが訪れるのもますます頻繁になってゆきました。そういう中で、星巌は当然、すぐ後に来る「安政の大獄」で逮捕される運命でしたが、これが決行されるわずか二週間前、コレラで世を去りました。星巌が亡くなったので、その身代わりのように奥さんの紅蘭が取り調べを受けて投獄されますが、幸い半年で釈放されております。その後、紅蘭は家塾を開いて教育に携わり、明治十二年（一八七九）の三月まで存命でした。

このように、梁川星巌《やながわせいがん》は前半生は純粋な詩人として実作・教育にたずさわり、後半生は勤王の志士の中心的・黒幕的存在になっていたという、二面性のある人です。

七言絶句（下平・八庚）

田氏女玉葆画常盤抱孤図

田氏《でんし》の女《ぢょ》 玉葆《ぎよくはう》の画《ゑが》ける 常盤《ときは》 孤《こ》を抱《いだ》くの図《づ》

雪灑笠檐風巻袂
呱呱索乳若為情
他年鉄枴峰頭嶮
叱咤三軍是此声

雪《ゆき》は笠檐《りふえん》に灑《そそ》ぎ 風《かぜ》は袂《たもと》を巻《ま》く
呱呱《ここ》 乳《ちち》を索《もと》むる 若為《いかん》の情《じやう》ぞ
他年《たねん》 鉄枴《てつかい》 峰頭《ほうとう》の嶮《けん》
三軍《さんぐん》を叱咤《しつた》するは 是《こ》れ此《こ》の声《こゑ》

雪は常磐御前《ときわごぜん》の笠のひさしに降りかかり　風は彼女の袂《たもと》を巻き上げる
声をあげて泣き　乳《ちち》を求めるその子を前に　常磐の思いはいかばかりであったか
時は流れ　鉄枴の峰《みね》の頂《いただき》近く　鵯越《ひよどりごえ》の難所において
大軍を叱咤《しった》して命令を下したのは　このときの泣き声の主　源義経《みなもとよしつね》であった

語釈 ○田氏―平田新太郎（画号は五峰）のこと。尾道《おのみち》（広島県）で木綿問屋の福岡屋を営む。○玉葆―平田玉葆。四条派の女流画家。平田新太郎の娘で、平田玉蘊《ぎょくうん》の娘。○笠簷―かぶり笠のひさし。○呱呱―乳飲《ちの》み子が泣く声。「呱呱の声を上げる」で、赤子が生まれることの定型表現。○他年―遠い将来。○鉄拐―摂津《せっつ》（兵庫県）の六甲山脈の一峰。北に鵯越《ひよどりごえ》、南東麓に一《いち》ノ谷《たに》がある。○三軍―大軍。『周礼《しゅらい》』大司馬に〝天子は六軍《りくぐん》、諸侯の大国は三軍、次国は二軍、小国は一軍〟とあるのによる。一軍は兵士一二五〇〇人を言う。○叱咤―大声をあげてはげます。大声で指揮する。

平安末期の常磐御前（一一三八～？）を描いた絵に書きつけた「題画詩」です。星巌が三十五歳のころ、三原（広島県）を訪れた折に作られたようです。詩題の「田氏」は広島の平田氏の一字をとって田氏と言い、「女」は娘の意。詩題の意味は「女流画家として有名だった平田玉葆が描いた〝常磐御前が孤（父を亡くした子）を抱いている図〟ということです。

平安末期、源氏と平家の争いに関する一連の故事の一つで、常磐御前は源義経のお母さんです。詩題の「孤」が義経のことです。この子のお父さんは源 義朝《みなもとのよしとも》（一一二三～六〇）で、常磐御前はその妻、というより愛人でした。

詩の背景にあるのは「平治の乱」（一一五九）です。源義朝は平清盛の進出に不満を持ち、同じように不満を持っていた藤原信頼《のぶより》と組んで平治の乱を起こします。ところがその戦に敗れ、東に逃れる途中、尾張の国で旧知の者（親戚とも元の臣下とも言う）に謀《はか》られて殺されてしまいました。そのことを聞いた常磐御前は三人の息子、今若丸《いまわかまる》（七歳）、乙若丸《おとわかまる》（五歳）、牛若丸《うしわかまる》（一歳）を連れて東のほうに逃亡してゆきます。ところが平清盛が常磐のお母さんを捕まえたので、常磐御前はみずから清盛の前に自首して来ました。すると清盛は常磐の美貌に心を打たれ、お母さんと三人の息子の命を助けるということを条件に、常磐を愛人として迎えました。このような常磐の人生は、浄瑠璃《じょうるり》や常磐津《ときわづ》によって語り継がれて有名ですが、この詩の後半ではその後日談も描かれています。

それは、成長した赤ん坊である義経自身が騎馬隊を率いた「一ノ谷の戦い」（一一八四）です。赤ん坊だった義経はその後鞍馬寺《くらまでら》（京都市左京区鞍馬本町）に入れられ、次いで奥州平泉《おうしゅうひらいずみ》（岩手県南部）で成人しています。それから源頼朝の挙兵に応じ、一ノ谷、屋島、壇ノ浦と、平家を追いつめてゆくのに貢献しました。

一ノ谷（神戸市須磨区）での戦の折、義経は六甲山脈西を横切る山道の難所、鵯越《ひよどりごえ》から全軍を一気に駆け下らせ、奇襲に成功（「鵯越の逆落《さかお》とし」）、平家の大軍を讃岐《さぬき》（香川県）の屋島に追いやった。その後、平家は海の上を転々と逃れ、翌年の壇ノ浦の戦いで滅亡に至ります。

さかのぼって詩の前半は、母子四人の逃避行の描写。第一句の吹雪の情景は、常磐と三人の幼な子のつらい境遇、苦難をたとえていますし、常磐御前の、絶望の一歩手前にある心の状態も示していると思います。後半は成長した乳飲《ちの》み子、義経の、一ノ谷の戦いでの活躍になります。

常磐御前の逃避行から一ノ谷の戦いまでほぼ二十年、それは平治の乱で平家が武家の中で最強の地位を確立してから、木曽《きそ》から出て来た源義仲《みなもとのよしなか》（一一五四〜八四）の攻撃によって都落ちを余儀なくされるまでの期間とだいたい重なっています。

この詩は常磐御前の波乱に満ちた人生、義経の人生、源氏と平家の攻防と、いろいろの人生や世の中の出来事を詠み込んでいるわけで、この詩によって、人の世の移り変わりや人間の運命についていろいろ考えさせられます。梁川星巌の代表作と言われています。

旅夕小酌　示内二首　其一　　七言絶句（下平・七陽）

旅夕《りよせき》の小酌《せうしやく》 内《ない》に示《しめ》す二首《にしゆ》　其《そ》の一

燈火多情照客床•
残瓢有酒且須嘗•
又労袖裏繊繊玉
一劈青柑噀手香•

燈火《とうくわ》 多情《たじやう》 客床《かくしやう》を照《てら》す
残瓢《ざんぺう》 酒《さけ》有《あ》り 且《か》つ須《すべか》らく嘗《な》むべし
又《また》 労《らう》す 袖裏《しうり》 繊繊《せんせん》の玉《ぎよく》
一《ひと》たび青柑《せいかん》を劈《つんざ》いて 手《て》に噀《ふ》いて香《かんば》し

ともしびは　愛のまなざしを送るように　旅の宿の床《とこ》を照らしている
こわれかけた瓢箪《ひようたん》にまだ酒がある　まあぜひとも飲み干してしまおう
今夜も君の袖《そで》から覗《のぞ》く　しなやかな指をわずらわせてしまう
青いみかんの皮を君がさっとむくと　汁が霧のように手にかかってよい香りを放った

語釈　○内―妻。　○多情―〝感情が豊かである。愛情が深い〟意。日本語での意味と少し違う。　○残瓢―こわれかけた瓢箪。　○須―必要性を表す。〝ぜひとも〜しなくてはいけない〟。しばしば勧誘のはたらきに傾く。〝ぜひとも〜したまえ〟。　○繊繊玉―細くしなやかな美しい指を言う。　○一―強調の意。〝一度に、一気に〟。　○劈―皮をむく。または、みかんを割るのかも知れない。

文政十二年（一八二九）、星巌四十一歳、紅蘭を連れて伊勢（三重県）方面に向かう旅の途中、旅館の夜に詠んだものです。紅蘭は二十六歳でした。詩題は「旅先の夕べ、いささか晩酌をして妻に示す」という意味です。

前半二句は部屋の中の情景。ともしびが二人を見守るように光を放っています。「残瓢」は、酒器として使っているひょうたんですが、「残」——こわれかけている、使い古されているということで、この旅館が質素なものであることがわかります。

後半二句は紅蘭がみかんをむいているようすの描写。おもしろい表現ですが、女性にみかんをむいてもらうのは、中国の詩に前例があります。北宋の詩人周邦彦《しゅうほうげん》の詞「少年遊」の中に、〝妓女が私の隣で果物ナイフと塩をそばに置き、細い指でみかんをむいてくれた〟という表現がありますので、それに影響されたかも知れません。

細やかな情感の表れた詩で、星巌の愛妻家の面が伝わって来ます。

七言絶句（下平・十蒸）

失　題

当年乃祖気憑陵●
叱咤風雲捲地興●
今日不能除外釁
征夷二字是虚称●

失《しっ》　題《だい》

当年《とうねん》 乃祖《だいそ》 気《き》 憑陵《ひょうりょう》
風雲《ふううん》を叱咤《しった》して 地《ち》を捲《ま》いて興《おこ》る
今日《こんにち》 外釁《ぐわいきん》を除《のぞ》く能《あた》はずんば
征夷《せいい》の二字《にじ》は 是《こ》れ虚称《きょしょう》

むかし　将軍家の祖先家康《いえやす》公は　意気さかんでたくましく
風が吹き　雲が飛ぶ乱世を叱り飛ばし　大地を巻き上げて進撃なさった

今日　外国との争いをうまく収められないとすれば
朝敵討伐を意味する「征夷」の二字は　いつわりの呼び名となりますぞ

語釈 ○当年—昔。　○乃祖—祖先。　○憑陵—勢い盛んにして勇ましいこと。　○風雲—世の中が大きく動こうとする気運のたとえ。　○外釁—外国とのごたごた。もめごと。欧米諸国の脅威を言う。「釁」は、不和。争い。　○征夷—朝敵を征伐する。「征夷大将軍」の最初の二字。鎌倉時代以降、幕府政権の長に朝廷から授けられる呼び名。

詩題は、伝本によっては「紀事」となっています。星巌が亡くなった安政五年（一八五八）の作品です。その年の八月に大老となった井伊直弼《いいなおすけ》は、反対派を徹底的に取り調べて逮捕するために、代理として下総守《しもふさのかみ》の間部詮勝《まなべあきかつ》（一八〇二～八四）を京都に派遣します。これが「安政の大獄」の発端になったわけですが、実は梁川星巌は江戸にいたころに間部詮勝に詩を教えたことがあったので、詮勝が京都に来ると聞きますと、幕府の政策についていろいろ意見すべく、詩を二十五首も作った上で来るのを待っていました。ところが、星巌は八月末にコレラにかかってしまい、九月二日に亡くなりました。それは間部詮勝が京都に来る寸前だったのですが、二十五首の詩は幕末の徳川幕府を強く批判した内容になっています。

前半二句は幕府を樹立した初代将軍徳川家康公をほめたたえ、〝それに比べて今はどうか〟というのが後半二句です。〝外敵を撃退すべきである〟という過激な内容です。星巌の晩年の詩はこのように、スローガンや檄文《げきぶん》のような、きつい内容のものが多くなります。

偶成二首　其二

此生与世巧相違●
回首千般事総非●
頼有吟哦聊送老
毎因風景澹忘帰●
布衣経済思陳亮
金帯精忠憶岳飛●
従古豪雄多不展
痴児呆漢弄枢機●

梁川星巌（一七八九〜一八五八）

偶成二首《ぐうせいにしゅ》　其《そ》の二《に》

此《こ》の生《せい》　世《よ》と巧《たく》みに相違《あひたが》ふ
首《かうべ》を回《めぐ》らせば　千般《せんぱん》　事《こと》　総《すべ》て非《ひ》なり
頼《さいは》ひに吟哦《ぎんが》の　聊《いささ》か老《お》いを送《おく》る有《あ》り
風景《ふうけい》に因《よ》る毎《ごと》に　澹《たん》として帰《かへ》るを忘《わす》る
布衣《ふい》　経済《けいざい》　陳亮《ちんりやう》を思《おも》ひ
金帯《きんたい》　精忠《せいちゆう》　岳飛《がくひ》を憶《おも》ふ
古《いにしへ》従《よ》り　豪雄《がうゆう》　多《おほ》く展《の》びず
痴児《ちじ》　呆漢《はうかん》　枢機《すうき》を弄《ろう》す

私の人生は　世の中とうまく食いちがっていた
思い起こせばもろもろのこと　すべていつわりであった
幸い私には詩を作るわざ　それによってどうにか老いの日々を送れるわざがある
美しい風景に引かれて詩を作るたびに　心がくつろぎ　帰るのを忘れるほどだ
民間の人々は　世直しの指導者として　あの陳亮のような人物を思い描いている
王室や政府高官の人々は　国のためにまごころを尽くす　岳飛のような将軍を思い起こしている
しかし昔から　英雄豪傑たちはたいてい力を発揮できず
おろかでにぶい連中が　大切な国事を動かしているのだ

七言律詩（上平・五微）

語釈 ○回首—振り返って見る。ここは、過去を省みる意。○千般—さまざま。○吟哦—詩を作ること。また、詩を口ずさむこと。○澹—心がやすらか。おちつく。○布衣—官位のない人。一般の民衆は麻または葛《くず》の布の衣服を着たことから言う。○経済—「経世済民」の略。世を経《おさ》め、民を済《すく》うこと。○陳亮—南宋初期の学者（一一四三〜九四）。国の政治・軍隊を正し、民衆生活の安定を優先する、経世済民のための学問を唱えた。幕末の尊皇攘夷派の人々から尊敬された。○金帯—黄金の装飾を施した帯。朝廷・政府高官の人々を指す。○精忠—一心に忠義を尽くすこと。○岳飛—南宋初期の名将（一一〇三〜四一）。女真族の金軍をたびたび打ち破って功績を立てたが、讒言《ざんげん》によって獄死した。愛国の英雄として仰がれる。岳飛の背には、母によって彫られた「忠君報国」の刺青（ほりもの）があったと伝えられる。○豪雄—すぐれて強い人。豪傑。○痴児—俗人。俗物。○呆漢—痴呆の人。男子に対する蔑称。○枢機—大切な国事。重要な政務。

晩年の七言律詩です。「偶成」は〝たまたまできた詩〟という意味ですが、詩の世界ではしばしば、胸の中に秘めた思いをそっと打ち明けるような内容になります。

まず一・二句では、自分の人生を大きく総括します。自分の人生を悔やむというよりは、〝自分は嘘いつわりを弄して生きて来た〟という告白のように読めます。「巧」と「非」がキーワードです。

三・四句では気を取り直して、〝もう年をとってしまったから、詩人として生きよう〟と言います。が、それでもやはり、現在の混乱した時勢について黙っていられない気持ちが後半に出てまいります。

五・六句で〝今の世の人々はみな、まごころを持った誠実な指導者を求めているではないか〟と訴え、〝しかし現実は全くその方向に行っていない〟というあきらめに似た七・八句で結びます。

〝詩人として生きよう〟と言いながらやはり警世の言で結んでおりますが、ここに至ってふと、疑惑にも似たものが胸中にきざすのを覚えます。

梁川星巌という人、本当に詩人として妻と全国を回っていただけなのか。旅行好きの詩人として有名なだけなら、後半生、晩年に至ってあれほど勤王の志士たちの中心人物となったかどうか。もしかすると前半生の段階から、詩人の仮面をかぶった秘密の活動をしていたのではないか。隠密《おんみつ》とか諜報部員とかのことばを出すと推理小説めいて来ますが、そんなことも考えさせられてしまいます。晩年の詩をもっと読んでゆくと、そのあたりの事情を解決する鍵が出て来るかも知れません。

○

妻紅蘭（一八〇四〜一八七九）も、星巌とともに人生を歩みつつ多くの詩を作り、各地の名士たちと交流して名声を高めました。安政五年（一八五八）九月に星巌に先立たれ、その直後、安政の大獄によって投獄されます。幸い刑死をまぬがれ、半年後に許されました。その後は京都の私塾で教育にたずさわりました。

獄中で詠じた詩を一首、見ておきましょう。

戊午十二月二十三日作　　梁川紅蘭　　**七言絶句**（上平・十三元）

驚回陸地怒濤翻●
寡婦敢当能雪冤●
一点氷心期萬古
未曾通賄要牽援●

戊午《ぼご》十二月《じふにぐわつ》二十三日《にじふさんにち》の作《さく》
陸地《りくち》を驚回《きやうくわい》して　怒濤《どたう》翻《ひるがへ》る
寡婦《くわふ》　敢《あへ》て能《よ》く冤《ゑん》を雪《すす》ぐに当《あた》らんや
一点《いつてん》の氷心《ひようしん》（清らかな心）　萬古《ばんこ》を期《き》し
未《いま》だ曾《かつ》て　賄《まひなひ》を通《つう》じて　牽援《けんゑん》を要《もと》めず

大地をひっくりかえすように　はげしい波が荒れ狂っています
夫を失ったこの私は　どうして無実の罪をはらすことができるでしょう
しかしこの清い心が　遠い将来に理解されることを期待して
わいろを渡して助けを求めようなどとは　ゆめゆめ思いません

物になぞらえて
――斎藤拙堂・藤井竹外

斎藤拙堂（一七九七〜一八六五）

斎藤拙堂《さいとうせつどう》は伊勢（三重県北部）の津藩の藩士の家の人で、拙堂自身は江戸の藩邸で生まれています。昌平黌《しょうへいこう》で古賀精里《こがせいり》（↓二七五ページ）の教えを受け、二十四歳のとき津の藩校有造館が創設されるにあたって招かれ、講師となって、有造館の基礎固めに貢献しました。図書の購入や出版活動にも尽力しています。さらに四十五歳で郡奉行を兼ね、行政にもかかわりました。

アヘン戦争（一八四〇〜）をきっかけに世界情勢を深く研究し、西洋の学問や兵法を重視するに至ります。そこで、四十代後半から藩校の学則を改正するとともに、洋学館や種痘館を設置しております。こうした開明的な活動は、他の藩にも注目されました。五十九歳で幕府の儒官に招かれますが辞退し、そのことが美談として伝えられております。

詩人としては頼山陽《らいさんよう》や梁川星巌《やながわせいがん》と親交がありましたが、この二人ほどには、詩の中で政治的な主張・思想を表現することはしておりません。その代わり文章のほうで警世の主張を展開し、たとえば『海防策』『海外異伝』などの著作にその見識をうかがうことができます。

蚊　軍

檐間嘯集陣初成●
利嘴紛紛夜斫営●
四面沸歌囲楚帳
満天飛矢下秦兵●
負山無力猶誇勇
歃血如忘豈顧盟●
只識火攻非下策
艾煙一掃廓然清●

七言律詩（下平・八庚）

蚊《ぶん》軍《ぐん》

檐間《えんかん》に嘯集《せうしふ》して　陣《ちん》　初《はじ》めて成《な》り
利嘴《りし》　紛紛《ふんぷん》　夜《よる》　営《えい》を斫《き》る
四面《しめん》の沸歌《ふつか》　楚帳《そちやう》を囲《かこ》み
満天《まんてん》の飛矢《ひし》　秦兵《しんぺい》を下《くだ》す
山《やま》を負《お》ふに力無《ちからな》きも　猶《な》ほ勇《ゆう》を誇《ほこ》り
血《ち》を歃《すす》つて　忘《わす》るるが如《ごと》く　豈《あに》　盟《めい》を顧《おも》はんや
只識《ただし》る　火攻《くわこう》の下策《げさく》に非《あら》ざるを
艾煙《がいえん》　一《ひと》たび掃《はら》うて　廓然《くわくぜん》として清《きよ》らかなり

軒下《のきした》に羽音《はおと》を立てて集まり　陣形は整ったばかり
鋭いくちばしが入り乱れて襲いかかり　夜　わが陣に切りこんで来る
四方に沸き立つ羽音は歌声のように　楚のとりでのような蚊帳《かや》を取り囲み
空いっぱいに飛んで来る矢は　秦の兵士たちをさえたじろがせる
山を背負うには力不足だが　それでも武勇にはやり　がむしゃらに押し寄せる
血を吸うときには　礼儀のことなどおかまいなしで　昔の諸侯の盟約のことなどは考えもしない
しかし私は知っている　火攻めの計こそいちばんの良策
蚊遣火《かやりび》の煙がさっとたなびけば　部屋はきれいさっぱり　しずかになった

語釈 ○檐間―家の軒下《のきした》。 ○嘯集―歌を口ずさみながら集まる。 ○初―〜したばかり。 ○利嘴―鋭いくちばし。 ○斫営―敵陣を切り破る。ここでは蚊が人を刺すこと。 ○沸歌―わきたつ歌。おおぜいで歌うこと。 ○歃血―血をすする。 ○豈―否定詞の「不」と置き換えられる。 ○艾煙―もぐさの煙。蚊遣火《かやりび》。
○廓然―からりと開けるさま。

詩題は「蚊の軍勢」です。夏の夜、蚊が群れをなして襲って来ることを大軍の襲来に見立て、いろいろの故事を織り交ぜながら詠んでおります。律詩という厳格な形式によりつつ、ユーモラスで人なつこい雰囲気がただよいます。一種の「詠物詩」と見ることもできるでしょうか。

最初の一・二句は蚊の群れが軒下に集合して、やがていっせいに人を刺しに来るという導入です。

次の三・四句は、たくさんの蚊が蚊帳の外に飛んでいるようすを、故事を使って描写します。第三句の「楚帳《そちやう》」は、楚王項羽が漢の劉邦の大軍に囲まれた「四面楚歌」の故事。第四句の「秦兵《しんぺい》」、秦の軍隊はたいへん強力であることは紀元前から有名でした。特に強いのは弓矢の腕前で、放たれた矢が他の国の軍勢よりも遠くまで飛ぶので、当然有利でした。〝その秦軍すら蚊の大群にはたじたじとなるのではないか〟と、ちょっと蚊を持ち上げています。

五・六句はそういう蚊の、人を人とも思わないようすを、これも故事を二つ並べて描写しています。第五句の「山《やま》を負《お》ふに力無《ちからな》き」は、戦国時代の思想書『荘子《そうじ》』の語句「蚊《か》をして山《やま》を負《お》は使《し》む」（小さな虫の蚊に山を背負わせる。＝秋水篇・応帝王篇）、絶対不可能なことのたとえですが、これを引用しています。第六句の「血を歃《すす》つて」は、古代の諸侯どうしが盟約を交わすとき、鶏や犬や馬などの動物の血をすすって誓う儀礼があったことを踏まえています。

最後の七・八句は、蚊遣火《かやりび》を焚《た》いて一気に追い払う描写になります。「下策《げさく》に非《あら》ず」は〝まずい方策ではない〟というよりは、〝たいへん良い方策だ〟という意味になります。

ユーモラスな作品ですが、たぶん蚊をテーマとする詩会があって、そこで作られたのでしょう。たくさんの故事が並べられ、小さな蚊を描写するには牛刀《ぎゅうとう》を以《もつ》て鶏《にわとり》を割《さ》くような印象もありますが、むしろそこが作者のねらいで、〝おもしろい！〟と大喝采を浴びたのではないでしょうか。

拙堂先生の詩はこのように、必ずしも時勢にかかわりのある内容ではありませんが、これが藩儒として詩を作るときの一つの姿勢だったかも知れません。野村篁園《のむらこうえん》（↓三八二ページ）が、やはり藩儒として、い、かつおの刺身について同じような詠みぶりの詩を作っていますが、あの態度に共通するものがあるように思います（↓四四五ページ）。

藤井竹外（一八〇七～一八六六）

藤井竹外《ふじいちくがい》は摂津《せっつ》（大阪府）の人。お父さんは高槻《たかつき》藩の用人でした。用人は主君の身辺に控えていて、家の実務を管理する、文官に属する人です。

竹外は鉄砲の名人で、藩儒として名声が高く、森田節斎・山田方谷とともに「関西地方の三儒」とたたえられました。詩は頼山陽に学び、七言絶句だけを徹底的に究《きわ》めましたので、「絶句竹外」と呼ばれています。梁川星巌《やながわせいがん》、広瀬淡窓とも親交がありました。晩年は京都に隠居し、詩と酒を友として人生を送っています。

幕末の詩人としては、広瀬淡窓《ひろせたんそう》・旭荘《きょくそう》の兄弟、梁川星巌《やながわせいがん》と藤井竹外の四人を代表とする説もあります。

藤井竹外（一八〇七～一八六六）

芳野

古陵松柏吼天飆•
山寺尋春春寂寥•
眉雪老僧時輟帚
落花深処説南朝•

七言絶句（下平・二蕭）

芳野《よしの》

古陵《こりよう》の松柏《しようはく》 天飆《てんぺう》に吼《ほ》ゆ
山寺《さんじ》 春《はる》を尋《たづ》ぬれば 春《はる》 寂寥《せきれう》
眉雪《びせつ》の老僧《らうそう》 時《とき》に帚《は》くことを輟《や》め
落花《らくくわ》 深《ふか》き処《ところ》 南朝《なんてう》を説《と》く

後醍醐天皇の陵《みさぎ》の松とひのきが　空高く吹くつむじ風の中　うなり声を上げていた
山寺《やまでら》に春のよい眺めを求めて行けば　春はもう終わりに近く　さびしく静かであった
眉のまっ白な和尚様は　ちょうど庭の掃除を終えられたところで
花がしきりに舞い散る今　昔の南朝時代のことを語ってくださった

語釈 ○古陵―古い墳墓。ここは、後醍醐天皇の御陵《みささぎ》を言う。○松柏―松とひのき。お墓に植える木。ともに常緑樹で、緑がいつまでもあせないように、亡くなった人の冥福もいつまでも、という気持ちがある。○天飆―天から吹いて来るつむじ風。「飆」は、つむじ風。旋風。○山寺―後醍醐天皇の御陵のある如意林寺《によいりんじ》をさす。○眉雪―眉が雪のように白いさま。○時―ちょうど今。○処―詩の中ではしばしば「時」と同じように使う。

竹外の代表作と言われる「懐古詩」。竹外が三十歳になる前、奈良県の吉野に遊覧した折の作品です。吉野と言えば、南北朝時代の南朝を弔《とむら》う土地です。十四世紀前半、後醍醐《ごだいご》天皇のときに、朝廷が南と北に分裂してしまいました。以降、五十五年ほど南北朝時代になります（→五十五ページ）。北朝は京都にあり、後醍醐天皇の南朝は吉野にありました。最終的に、南朝が北朝に併合される形で朝廷は統一され、後醍醐天皇とその忠実な臣下たちのお墓は多く吉野の山中にあるので、吉野は後世の人が南朝の人々を偲び、弔う土地となってゆきました。

前半二句は風の強い晩春の或る日、山寺を訪れ、着いたときには風がやんでいたという場面設定です。第一句の〝お墓の松柏が風の中に音を立てる〟という描写で思い出すのは、初唐の沈佺期《しんせんき》という宮廷詩人の七言絶句「邙山《ぼうざん》」で〝洛陽の町は毎日　宴会の歌声や管弦のしらべでにぎわっている／しかしその北にある北邙山の高台のいただきに並ぶ　たくさんの墓のまわりでは／松やひのきが風に吹かれて　さびしい葉音《はおと》をひびかせている〟と詠んでおります。

七言絶句（下平・八庚）

邙山

北邙山上列墳塋●
萬古千秋対洛城●
城中日夕歌鐘起
山上惟聞松柏声●

邙《ぼう》山《ざん》　沈佺期《しんせんき》

北邙山上《ほくぼうさんじやう》　墳塋《ふんえい》列《つら》なる
萬古千秋《ばんこせんしう》　洛城《らくじやう》に対《たい》す
城中《じやうちゆう》　日夕《につせき》　歌鐘《かしよう》起《おこ》り
山上《さんじやう》　惟《ただ》　聞《き》く　松柏《しようはく》の声《こゑ》

これは洛陽の町のにぎわいとお墓の寂しさを対比させて無常観を表したものですが、竹外の第一句の場合は〝つむじ風の中で吠える〟ということなので、もっと激しいものがあります。南朝ゆかりの人々の怨念や怒りを感じさせます。〝後醍醐天皇とその忠臣たちの怒りは、まだここに渦巻いている〟という暗示になるでしょうか。後半に入ると、お寺の年取ったお坊様から南朝時代（この時から五〇〇年前）のお話を伺ったことを述べます。

第一句の嵐の描写が利いていると思います。この句が第二句以降の内容に照らして大げさであるという批評もありますが、南朝ゆかりの人々の怨念の表現が最初に出て来て全体に影響を与え、伏流水のように染みわたっていることによって、詩に深みが加わっている。やはり第一句がみそではないでしょうか。

なお、この詩は左に挙げる中唐の元稹の詩をふまえつつ新しい味を出したもので、「換骨奪胎《かんこつだったい》」の好例と申せましょう。

行宮　元稹《げんしん》　**五言絶句**（上平・一東／二冬）

寥落古行宮●
宮花寂寞紅●
白頭宮女在
閑坐説玄宗●

行宮《あんぐう》

寥落《れうらく》たり　古《いにしへ》の行宮《あんぐう》
宮花《きゆうくわ》　寂寞《せきばく》として　紅《くれなゐ》なり
白頭《はくとう》　宮女《きゆうぢよ》在《あ》り
閑坐《かんざ》して　玄宗《げんそう》を説《と》く

＊換骨奪胎＝古いものに新しい工夫をこらして再生する。骨を取りかえ、子宮を取って使う意。

告天子　**七言絶句**（上平・十五删）

彫梁燕子画簷雀

告天子《こくてんし》

彫梁《てうりやう》の燕子《えんし》　画簷《ぐわえん》の雀《すずめ》

笑我高飛竟等閑・
尽日告天天不答
也低倦翼下田間・

笑《わら》ふ 我《わ》が高飛《かうひ》 竟《つひ》に等閑《とうかん》と
尽日《じんじつ》 天《てん》に告《つ》ぐるも 天《てん》 答《こた》へず
也《ま》た 倦翼《けんよく》を低《た》れて 田間《でんかん》に下《くだ》る

天井の横木に止まるつばめ　きれいな軒先《のきさき》に飛んで来るすずめ
彼らは私を笑うのだ　いくら高く空を飛んでも結局はむだだよと
一日じゅう飛びつづけ　お天道様に私のつらさを訴えるが　お天道様は答えてくださらない
そこで今日もまた　疲れたつばさをたたんで　畑に降りるのだ

語釈　○告天子―ひばりの別名。　○彫梁―彫刻をしたうつばり。「梁」は、棟《むね》を受けて屋根を支える大きな横木。屋梁。はり。うつばり。　○画簷―色彩をほどこしたのき。　○倦翼―疲れた羽。

告天子《ひばり》に託して、孤高の道を歩む者の悲しみを詠んだもの。

前半二句から寓意があります。ひばりの行動は他の小鳥たちから理解されない。後半二句では、ひばりは疲れ切って地上に降りてしまいます。第三句に告天子の「告天」という語が出ているのは、かけことばですね。

自分の生き方が理解されないさびしさ、無力感がよく出ております。鳥は空を飛ぶことができるという、人から見てうらやましい能力を持っているため、詩や寓話にしばしば登場します。それは古今東西を問わないようですが、ここでは鳥をうらやましい、あこがれの存在として見るのではなく、あわれな情けない自分自身のたとえのように描いています。

たぶん偶然と思いますが、これにそっくりの着眼・発想によって作られた詩が同時代のフランスにあります。シャルル・ボードレール（一八二一〜一八六七）という、フランス象徴派の先駆けとなった詩人の詩集『悪の華』の中に「信天翁《あほうどり》」という詩があります。作中、〝船乗りたちはしばしばたわむれにあほうどりを生け捕りにする／甲板《かんぱん》に連れて来てパイプでくちばしを突いたり、不器用な歩き方を真似たりする／そのあほうどりの哀れなありさまは、人の世の詩人に似ていないか／空高く飛ぶときは大空の王者、しかし一旦俗世の土に降りて来ると、その大きな翼も立居振舞いを邪魔するばかりだ〟と、詩人、芸術家が理解されない悩みを詠んでいます。あほうどりの翼《つばさ》を詩人の才能にたとえているのですね。詩人の才能も時として、俗世をたどってゆくには邪魔になる。

ボードレールの「信天翁《あほうどり》」の第四連のみを挙げておきましょう。

雲居《くもゐ》の君《きみ》のこのさまよ、世の歌人《うたびと》に似たらずや／暴風雨《あらし》を笑ひ、風凌《しの》ぎ　猟男《さつを》の弓をあざみしも／地《つち》の下界《げかい》にやらはれて、勢子《せこ》の叫《さけび》に煩《わづら》へば／太しき双《さう》の羽根さへも　起居《たちゐ》妨《さまた》ぐ　足まとひ

（訳詩　上田《うえだ》敏《びん》〔一八七四〜一九一六〕）

ボードレールが亡くなったのは、藤井竹外が亡くなった翌年でした。ボードレールというと近代的な新しい人、藤井竹外は江戸時代で昔の人、という感じがありますが、実は同時代人で、この二人が期せずして同じような詩を作っている。つまりこの時期の日本の漢詩というのは、世界文学という視点から見ても普遍性を持った内容を表すに至っている。そういう観点からこの時期の漢詩を見直すのも、有意義であると思います。

官学の重鎮――佐藤一斎・安積艮斎

十九世紀に入り、天保（一八三〇～四四）から安政（一八五四～六〇）あたりになると、世相はますます切迫してまいります。天保の大飢饉（一八三三～三九）から天保の改革（一八四一～四三）、さらに外国との関係が複雑になって来る中で、江戸では昌平黌《しょうへいこう》とその関連の人々の活動がますます活発でありました。幕府の行政、外交の顧問、さらには行政の現場に入ってゆくという活躍、彼らは何とか幕藩体制を支えようと、使命感を持って活動したと思います。佐藤一斎《さとういっさい》と安積艮斎《あさかごんさい》はその中心的存在でした。

佐藤一斎（一七七二～一八五九）

儒学者・佐藤一斎は、美濃《みの》（岐阜県）岩村藩の家老の家の人。一斎自身は江戸の藩邸で生まれ、はじめ藩に仕えましたが、二十歳で関西に赴きます。これは何か事件に巻き込まれたらしいのですが、大坂や京都で学び、二十二歳のときに昌平黌に入学しました。その後、九州肥前の平戸《ひらど》や長崎に赴き、さらには岩村藩の藩政にも関与し、七十歳にして幕府の儒官に迎えられ、昌平黌の教授となりました。これは、若い時から佐藤一斎が兄事していた林述斎《はやしじゅっさい》（一七六六～一八四一）、林家《りんけ》中興の大儒と言われ、長く大学頭をつとめていた人ですが、この人が亡くなったため、あとを継ぐ形で入ったものです。以後、一斎は幕府の教育・文化活動の中心となって活動しました。門下から佐久間象山、安積艮斎、横井小楠《しょうなん》、山田方谷、渡辺崋山、中村正直等々、多くの人材が出ております。

この人の代表作と言えば〈言志四録〉で、四十年ほど書き継いだ大作の語録であり、『論語』の日本版と言われる本です。詩文のほうでは、作品を一つ作るとその後十日間推敲・添削を繰り返して慎重に仕上げたと伝えられます。

佐藤一斎（一七七二〜一八五九）

七言絶句（上平・十一真／下平・一先）

題翁媼対食図
錦綺膏粱易損身•
竟来富貴不如貧•
千金難買双眉寿
多在鶉衣藿食人•

翁媼《をうあう》対食《たいしよく》の図《づ》に題《だい》す
錦綺《きんき》 膏粱《かうりやう》は 身《み》を損《そこな》ひ易《やす》し
竟来《きやうらい》 富貴《ふうき》は 貧《ひん》に如《し》かず
千金《せんきん》 買《か》ひ難《がた》し 双眉《さうび》の寿《じゆ》
多《おほ》く鶉衣《じゆんい》 藿食《くわくしよく》の人《ひと》に在《あ》り

暖衣飽食の満ち足りた暮らしは　健康をそこねやすい
つまるところ　裕福で地位が高いよりは　貧しいほうがよいのだ
どんなにたくさんお金を払っても　夫婦ともに長命という人生を買うことはできない
共白髪《ともしらが》の幸せはたいてい　質素に暮らす人の上におとずれるものだ

語釈 ○翁媼—翁《おきな》と媼《おうな》。おじいさんとおばあさん。　○錦綺膏粱—ぜいたくな暮らしのこと。「錦綺」はにしきとあや織り。美しい絹織物。「膏粱」の「膏」はあぶらののった肉。「粱」は味のよいめし。ごちそう、美食のこと。　○竟来—結局。　○不如—及ばない。「A不如B」（AはBに如《し》かず）の形で〝AはBに及ばない〟、つまり〝AよりもBのほうがよい〟意を表す。○千金―大金。○眉寿―長寿の人はまつげが長いことから、長生きの意。○鶉衣藿食―質素な衣食。「鶉衣」は、うずらは尾が短く見栄えがしないことから、そまつな着物。「藿食」は、豆の葉ばかりの食事、粗食。全体で〝粗衣粗食〟の意味。

文化四年（一八〇七）、三十六歳の作。詩題の意味は「老夫婦が差し向かいで食事をしている絵に書きつける」。「題画詩」です。老夫婦が共白髪で元気に暮らしている絵に触発されて、〝人生に大切なものは何か〟というところに思いを及ぼした詩です。

前半二句で、言いたいこと、結論を述べ、後半二句では前半の意味をもう少しくわしく説明しております。

たぶん、幕府の儒官や旗本・御家人など、幕臣が集まる会で発表されたものと思います。当時の江戸は大窪詩仏や菊池《きくち》五山《ござん》以来の職業詩人たちが漢詩壇を結成しておりましたが、それとは別に、昌平黌の儒官や幕臣の人々が集まる詩人集団もあり、彼らは詩文を介して交友しておりました。

職業詩人たちの場合は詩を生活の助けとしているので、詩を作って謝礼をもらう、詩集を出版する、門人を集めるという活動もしなくてはなりません。そこで何かと世俗の仕事にかかわることになり、作る詩も〝よく読まれるように、人気を博するように〟と考えて作ることが求められて来ます。したがって詠みぶりに当時の世相の雰囲気が色濃く反映されて来るわけですが、儒官・幕臣たちの詩にはそれがありません。あくまでも雅《みやび》やかな交友の中で作ればよい詩なので、どうしても格調の高さや品の良さが前面に出て来ることになります。

この詩の場合も、当時の世相の反映というのはあまりなく、詩らしい趣と教訓が共存するような、学者先生らしい詩と言えるのではないでしょうか。

小金井　　七言絶句（上平・一東）

佐藤一斎（一七七二～一八五九）

一条碧玉鑑渠通•
映帯桜雲廿里紅•
為養香閨萬佳麗
潺湲日夜向城中•

小金井《こがねゐ》

一条《いちでう》の碧玉《へききよく》　渠《きよ》を鑑《かがみ》として通《つう》ず
映帯《えいたい》す　桜雲《あううん》　廿里《にじふり》の　紅《くれなゐ》
香閨《かうけい》の萬佳麗《ばんかれい》を養《やしな》はんが為《ため》に
潺湲《せんくわん》として　日夜《にちや》　城中《じやうちゆう》に向《むか》ふ

ひとすじのあおみどり色の流れが　玉川上水のみぞを鏡のように光らせてつづいている
その水面に映るのは　雲のように咲きほこる桜の花の　二十里に渡るうすくれなゐ色
その流れは　きれいなへやの中のおおぜいの美女たちにめぐみをさずけるため
せせらぎながら　昼夜をおかず　江戸の町へと向かっているのだ

語釈　○一条碧玉―清流の形容。　○渠―玉川上水のこと。　○香閨―きれいな部屋の中。「閨」は、女性のいる部屋。　○城中―江戸の市街区。　○潺湲―水がさらさらと流れるさま。

小金井の玉川上水を詠んだもの。小金井堤は東京の武蔵野台地の東にあり、玉川上水に沿って続き、桜の名所でもありました。当時、江戸の発展に伴って生じた水不足の解消のため、承応二年（一六五三）から翌年にかけて、つまり江戸幕府が始まって五十年目ごろに上水が開鑿されました。ここに多摩川の水が引き入れられ、東へ東へと流れて江戸の町の各地に給水されました。

前半二句は、玉川上水の春の流れの描写。碧玉（エメラルド）、鏡のきらめき、桜の薄紅《うすべに》色と、まことにはなやいだ境地です。後半二句は玉川上水の水の行く先に想像を働かせ、さらに艶《つや》めいた内容になっています。水のよい土地には旨い酒ときれいな女性が多いと言いますが、そんなことも連想させます。

一斎先生は八十八歳の長寿を保ちましたが、長寿の詩人というのは意外にこういう、艶《つや》のある内容の詩を書くように見受けられます。

安積艮斎（一七九一〜一八六〇）

安積艮斎《あさかごんさい》は陸奥《むつ》の国（青森から福島に及ぶ広い国）の、安積郡郡山《こおりやま》（福島県）の生まれ。お父さんは安積国造《あさかくにつこ》神社に仕える神主で、神社は境内《けいだい》に八幡神がまつられているので通称「八幡様」と言われていました。艮斎ははじめ福島の二本松藩の藩儒の先生に教えを受け、十七歳で江戸に出て佐藤一斎《さとういっさい》に教わりました。たいへんな勉強家で、夜、読書中に眠くなると、たばこのやにをまぶたに塗って読書を続けたと伝えられます。さらに林述斎《はやしじゅつさい》（→四四三ページ）に学び、二十二歳のときに東京神田の小川町《おがわまち》に塾を開きます。この塾はやがて駿河台《するがだい》に移転するのですが、門人が着々と増え、詩文の名声も高まってゆきました。

五十三歳で二本松の藩校に迎えられてそこでも門弟が増え、さらに六十歳で幕府の儒官になり、昌平黌の教授となりました。そして佐藤一斎のあとを継ぐ形で、官学・文化活動を支えました。

当時の欧米列強の進出には心を痛めており、アヘン戦争の後には、世界の国々の事情、世界史上の人物、ナポレオンやワシントンなどの伝記、或いは日本の沿海地区の警備に関して著書を執筆しております。

安積艮斎（一七九一～一八六〇）

純朴な人柄で、誰とでも率直にことばを交わし、謙虚な人だったようです。門下からは政界・軍事・外交・実業界・学問関係で、幕末から明治にかけて活躍した人がおおぜい出ました。また大窪詩仏と親交があり、詩仏の詩集に序文を寄せています。

なお艮斎先生は、文の効用ということについて次のように述べています。

> 文章は金や石のように固くはない。山のように重くはない。しかし金や石は割ることができ、山はくずすことができるのに対し、文章は時間や空間を超えて伝わってゆく。
> たとえば月の光は文章に描かれることで光を増し、吹く風は文章に描かれることですがすがしさを増すではないか。……（「赤壁《せきへき》の図《づ》の後《のち》に題《だい》す」）

七言律詩（下平・八庚）

墨水秋夕

霜落滄江秋水清●
酔餘扶杖寄吟情●
黄蘆半老風無力
白雁高飛月有声●
松下灯光孤廟静
煙中人語一船行●
雲山未遂平生志
此処聊応濯我纓●

墨水秋夕《ぼくすゐしうせき》

霜《しも》落《お》ちて 滄江《さうかう》 秋水清《しうすゐきよ》らかなり
酔餘《すゐよ》 杖《つゑ》に扶《たす》けられて 吟情《ぎんじやう》を寄《よ》す
黄蘆《くわうろ》 半《なか》ば老《お》いて 風《かぜ》 力無《ちからな》く
白雁《はくがん》 高《たか》く飛《と》んで 月《つき》 声有《こゑあ》り
松下《しようか》の灯光《とうくわう》 孤廟《こべう》静《しづ》かに
煙中《えんちゆう》の人語《じんご》 一船行《いつせんゆ》く
雲山《うんざん》 未《いま》だ遂《と》げず 平生《へいぜい》の 志《こころざし》
此《こ》の処《ところ》 聊《いささ》か応《まさ》に我《わ》が纓《えい》を濯《あら》ふべし

霜の降りる今の季節にあおく流れる隅田川　秋の水はきよく澄んでいる
ほろ酔い気分の私は杖《つえ》に助けられて岸べを歩み　わが詩心をこの作品に託そう
黄ばんだ蘆《あし》は半ばしおれ　そこに夕風《ゆうかぜ》がかすかに吹き寄せている
見上げれば白い雁《かり》が空高く飛び　月明かりの中に鳴き交わしている
松林のもとのともしびの光　そこにあるほこらはしんと静まっている
もやの中の人の話し声　それは一艘《いっそう》の船が川面《かわも》を進んでゆくのだ
雲につつまれた山の中で暮らそうという本来の抱負は　まだ遂《と》げられないまま
こういうときは　まあまあぜひ　冠のひもをこの川の流れで洗うとしよう

語釈　○墨水―隅田川に対する中国ふうの呼称。小石川を「礫川《れきせん》」、お茶の水を「茗渓《めいけい》」と呼ぶのと同じ。○滄江―あおい川の流れ。ここでは隅田川を言う。　○秋水―秋のころの澄みわたった水。　○酔餘―酔ったあと。　○扶杖―「杖《つゑ》に倚《よ》る」とともに決まった言い方で、必ずしも杖をついていなくても、〝外を散歩する、そぞろ歩きする〟意味に用いる。　○黄蘆―黄色く枯れた蘆《あし》。　○風無力―風がかすかにそよいでいること。
○白雁―雁に似て小さな白い鳥。　○廟―ほこら。ここでは白髭《しらひげ》神社。一説に、浅草寺《せんそうじ》。　○処―詩ではしばしば場所ではなく、時間を指す。

詩題の意味は「隅田川の秋の夕暮れ」で、艮斎が晩年、昌平黌《しょうへいこう》の先生になってからの作と言われています。七言律詩で、秋の夕暮れどきに隅田川の夕景色を描写し、自分の心境を述べております。

出だしの一・二句は、作者の居場所。舞台設定になります。中間四句は岸べを歩きながら目にした情景ですが、まず三・四句は、見えるものと聞こえるもの。植物と動物に注目しています。枯れた蘆、空をわたる白雁、ともにこの季節らしい風物です。第四句の「月」は天体としての月ではなく、月光ととるのがよいと思います。五・六句はほこらと船ということで、今度は人の日々の暮らしにかかわるものに話題が移ります。

最後の七・八句で作者自身の思いをじかに述べ、結びにします。第七句は本来なら「未《いま》だ遂《と》げず　平生《へいぜい》雲山《うんざん》の志」と言うところを「雲山」を前に出して強調しています。「雲山の志」は、隠居したい志、世俗を逃れたい心のたとえ。

第八句の「我《わ》が纓《えい》を濯《あら》ふ」（冠のひもを洗う）は中国古代の歌謡集『楚辞』に収める「漁父の辞」の中で、漁師がうたう歌の一節。

滄浪《さうらう》の水《みづ》　済《す》まば／以《もつ》て吾《わ》が纓《えい》を洗《あら》ふ可《べ》し／滄浪《さうらう》の水《みづ》　濁《にご》らば／以《もつ》て吾《わ》が足《あし》を濯《あら》ふ可《べ》し

同じ歌謡が『孟子』離婁《りろう》章句・上の中にも出て来ます。〃自分の冠のひもを洗う〃というのは、世俗の汚れに染まった自分自身の心を洗い清めるという意味になります。

この律詩は対句がことのほか見事で、整然と対比されて端正であります。三・四句では「黄」と「白」という色彩、「半ば」と「高く」という形容、「風」と「月」、「無」と「有」、五・六句では「松」と「煙《もや》」、「光」と「語」、「廟」と「船」。

たぶんこの詩も幕臣たちの会合で発表されたものと思いますが、当時の世の中は、尊皇攘夷か開国かで騒然としていたわけですし、艮斎先生自身、公務として外国書の翻訳を手がけ、海外事情の顧問役も務めていましたので、心労が多かったことでしょう。また〃自分には特に趣味はない。出世も願わない。ただ読書、作詩、そして山水の間に遊ぶのが楽しい〟と述べてもいます。とは言え、この詩の場合には、最後の〝ほんとうは隠居したいのだ〟という告白はやはり本音《ほんね》ではなく、詩を結ぶ定型的な表現と見たほうがよいと思います。

残荷　　七言律詩（上平・五微）

寂歴秋波浸夕暉•
文鴛失蔭欲何依•
篋中零落班姫扇
江上沈淪楚客衣•
今夜水亭聴雨臥
往時蘭棹採花帰•
一池栄悴遽如許
莫怪人間幾是非•

残荷《ざんか》

寂歴《せきれき》 秋波《しうは》 夕暉《せきき》を浸《ひた》す
文鴛《ぶんゑん》 蔭《かげ》を失《しつ》して 何《いづ》くにか依《よ》らんと欲《ほつ》する
篋中《けふちゆう》 零落《れいらく》す 班姫《はんき》の扇《あふぎ》
江上《かうじやう》 沈淪《ちんりん》す 楚客《そかく》の衣《ころも》
今夜《こんや》 水亭《すゐてい》 雨《あめ》を聴《き》いて臥《ふ》し
往時《わうじ》 蘭棹《らんたう》 花《はな》を採《と》つて帰《かへ》る
一池《いつち》の栄悴《えいすゐ》 遽《には》かなること許《かく》の如《ごと》し
怪《あやし》む莫《なか》れ 人間《じんかん》の幾是非《いくぜひ》

ひっそりとさびしい秋の池の波は　夕日の光をしみこませたよう
羽毛のきれいなおしどりは　身を寄せていた葉かげを失って　どこにかくれようとしているのか
しなびて枯れかけた蓮の葉は　箱の中で忘れ去られた　班婕妤《はんしようよ》の扇《おうぎ》
川のほとりでうれいに沈む　屈原の衣《ころも》

蓮は今宵《こよい》　水辺のあずまやの前で　雨音《あまおと》を聞きながら倒れ臥《ふ》すであろうが
かつては美しい舟に乗った娘たちが　たのしそうに花をつんで帰っていったものだ
この池の蓮のはなやぎと衰えすら　このようにあわただしい
ましてや不思議がるには及ばない　広い人間社会に数知れぬよいこと　悪いことがあることは

語釈　○寂歴―ひっそりとしてさびしいさま。　○文鴛―羽毛が美しいおしどり。「文」は、はなやか。美しい。○水亭―水べにあるあずまや。　○蘭棹―もくれんの木で造った船。美しい船。　○栄悴―草木が茂るのと枯れるのと。　○遽―にわか。あわただしい。

これも七言律詩で、「詠物詩」。詩題の「残荷」の「残」は〝失われる、そこなわれる〟、「荷」は蓮で、「しおれかけた蓮」という意味です。制作時期はわかりませんが、艮斎の詩集『艮斎詩略《ごんさいしりやく》』では最初から四首目に収められていますので、若い時の作かも知れません。

最初の一・二句は、夕陽に照らされる秋の蓮池《はすいけ》。夕日をいっぱいにあびる湖面に、所在なげなつがいのおしどりのシルエットが浮かびます。

中間四句は、しおれかけた蓮のありさまについていろいろ描いておりますが、三・四句はそれを、古《いにしえ》の二人の人物にたとえております。第三句の「班姫」は、前漢の宮女の班婕妤《はんしようよ》（前二〇ごろ在世）で、成帝の愛を失って引退して詩を作り、自分の今の境遇を〝秋になって用済みになり、箱にしまわれてしまった扇〟にたとえました。第四句の「楚客」は戦国時代、楚の屈原で、讒言によって退けられ、南中国の湿地帯を放浪した末、汨羅《べきら》（湖南省）に身投げをしてしまいました。二人とも悲劇の人ですが、しおれかけた蓮を班婕妤の扇や屈原の衣服になぞらえる発想は、まことに斬新です。

五・六句は以前と今の対比。今や雨にあたればたちまち倒れてしまう蓮の茎も、夏のあいだはきれいな花をたくさん咲かせ、娘たちの注目を集めていました。最後の七・八句は、蓮の運命から世間一般のことに思いを及ぼします。

この詩も中間四句の対句が見事ですが、内容面でも歴史故事や栄枯盛衰のイメージが織り込まれ、広がりのある作品になっております。

十一、粋と諧謔と——狂詩

魯迅編『蕗谷虹児画選』
（一九二九年、上海合記教育用品社による復刻版）
本書について、蕗谷画伯は次のように述べている。「これは魯迅先生が、私を、日本の若い大衆のための庶民画家だとしてございましたね。ブルジョア相手のブルジョア画家では無いと見たからですね」（↓四七七ページ）

江戸時代の中ごろから町人文化が興隆すると、町人層の好みが文学の分野にも流れこみ、雑俳《ざっぱい》・川柳《せんりゅう》・狂歌《きょうか》・洒落本《しゃれぼん》などの滑稽《こっけい》文学が盛んになった。この風潮はさらに漢詩にも及び、とぼけ、おかしみの要素を備えた「狂詩」が流行することとなる。

とくに天明（一七八一―一七八八）のころには〝東の寝惚《ねぼけ》、西の銅脈《どうみゃく》〟と言われた寝惚先生（大田南畝《おおたなんぼ》）と銅脈先生（畠中観斎《はたなかかんさい》）の狂詩が好評を博し、文化・文政（一八〇四―一八三〇）には京都で鈍狗斎愚仏《どんくさいぐぶつ》らが活躍して隆盛を誇った。

狂詩東西 ―― 寝惚先生・銅脈先生・鈍狗斎愚仏

この章では、漢詩の中でも日本独自の発展をとげた「狂詩」を取り上げます。

狂詩は漢詩の一種の発展形で、江戸後期から明治の中ごろまで盛んに作られました。一種の滑稽文学で、わざと俗な言い回しを使ったり、和語の漢字表記をまじえたりしながら、身近なことがらをおもしろおかしく表現します。

これは漢詩が日本人の血肉となったためのゆとりの産物ですが、その流行に影響を与えた一要素として、当時、中国の口語体文学である小説や戯曲がさかんに輸入され、読まれていたことが指摘されています（青木正兒『支那文学芸術考』（俗文学））。中国の戯曲や小説では、作中、頻繁に詩がはさまれるのですが、それらの詩はふつうの詠みぶりとは違う、おどけたもの、口語をまじえたものが多いのです。これに刺激されて狂詩が発展した面もありそうです。

寝惚先生（大田南畝）（一七四九～一八二三）

江戸狂詩の先鞭をつけたのが、大《おお》田《た》南《なん》畝《ぽ》です。晩年、蜀山人《しょくさんじん》と号したので「大田蜀山人」の呼び名で有名ですが、狂詩の作家として「寝《ね》惚《ぼけ》先生」と名乗っておりました。江戸の牛込の生まれ。代々幕府に仕える武家で、南畝も十七歳で幕府に仕えますが、一方で早くから漢詩文に才能を発揮していました。十九歳のときに狂詩集『寝惚先生文集』を出版して一挙に名声を高め、その後、狂歌・戯作・洒落本・噺本、いろいろなものに手を染めた才人でした。

しかし、三十九歳のときに寛政の改革が始まります（→二六三ページ）。これは節約、倹約、文武奨励と世相引き締めが根本にありますので、ふざけたことを書いていると筆禍事件になりかねません。それを避けるためと思われますが、寝惚先生はその時期から狂歌や戯作を作らなくなり、幕府の職務に専念しました。

四十六歳のときに湯島聖堂の人材登用試験である「学問吟味」に主席で及第します。もっともこれは二回目の受験で、一回目は落第したようですが、及第後は有能な役人として精励いたしました。その後、一時的に大坂や長崎で勤めたこともあります。晩年に至って、再び狂詩や戯作を自由に執筆する日々を送りました。

なお、彼が文武奨励を諷した狂歌「世の中に かほどうるさきものはなし ぶんぶといひて 夜もねられず」はたいへん有名ですが、これはどうやら偽作のようです。

七言古詩（韻目省略）

貧鈍行

為貧為鈍奈世何•
食也不食吾口過•
君不聞地獄沙汰金次第
于拃追付貧乏多•

貧鈍行《ひんどんかう》

貧《ひん》為《た》り 鈍《どん》為《た》り 世《よ》を奈何《いかん》
食《くら》ふや 食《くら》はざるや 吾《わ》が口《くち》過《す》ぎ
君《きみ》聞《き》かずや 地獄《ぢごく》の沙汰《さた》も金次第《かねしだい》
拃《かせ》ぐに 追《お》ひ付《つ》く 貧乏多《びんばふおほ》し

貧乏になれば頭も心も鈍る　そんなことで　この憂《う》き世をどうやって渡れよう
日々食べられるか食べられないかというほどにかつかつの　私の暮らし
あなたもよく知っているだろう　地獄の審判も金で有利になる　まして現世では……
とは言うものの　いくら働いても　貧乏から抜けられないのだ

語釈　○口過—暮らしを立てること。生計。○沙汰—米をよないで（水中でゆすって）砂を取り除く。転じて、善と悪とをより分ける。○拚—もてあそぶ。「弄」と同字。ここでは〝かせぐ〟の意。

詩題は「貧しい愚か者の歌」とでも訳しましょうか。「行」は、歌いやすさを考慮して作った詩、歌謡体の詩の題名につける字で、うたという意味です。

四句全部、俗諺《ぞくげん》（世俗のことわざ）、もしくは成語を並べております。寝惚先生の狂詩はこのように、いろいろのことわざを引用しながら身近な事柄を面白可笑《おか》しく詠むという特色があるのですが、もう一つの特色としては、詩の中の用語、言葉遣いです。第二句の「口過《くちす》ぎ」、第三句の「金次第《かねしだい》」、第四句「拚《かせ》ぐに追《お》ひ付《つ》く」、こういう語句は、漢詩文の語句としてはなじみません。大和《やまと》言葉、和語の表現が無理やり漢文脈の中に入り込んでいます。意図的にやったわけで、そこがまた滑稽なのですが、これは後の狂詩作者の中にも受け継がれてゆきました。狂詩が日本独自の展開をしたのは、このような言葉遣いの要素もあります。

引用されていることわざを見ると、第一句は「貧すれば鈍す」ですが、これは割に新しく、十七世紀終わり、寝惚先生が生まれる半世紀前くらいから咄本《はなしぼん》や浄瑠璃《じょうるり》に見えます。第二句の「食ふや食はず」はさらに少し新しく、十八世紀の終わり、寝惚先生が五十歳くらいの洒落本《しゃれぼん》に初めて出て来るので、そういう点ではこの詩は「食ふや食はず」という成語を文献に定着させた新しい例ということもできます。第三句の「地獄の沙汰も金次第」は、十六世紀半ば、『犬筑波集《いぬつくばしゅう》』や『玉塵抄《ぎょくじんしょう》』にあり、十八世紀の浮世草子『風俗遊仙窟』にはすでにことわざとして引用されていますので、これは古いものです。古いことわざなので、頭に「君聞《きみき》かずや」（よくご存じでしょう）とかぶせたところも心にくい技《わざ》です。第四句は、本来は「挊《かせ》ぐに追ひ付く貧乏なし」で、〝一所懸命に働けば貧乏することはない〟ということわざですが、十六世紀の終わりくらい、寝惚先生が生まれる六十年前くらいの『北条氏直時代諺留』に見えます。そして十七世紀の後半、井原西鶴がすでにこのことばをもじって「挊ぐに追ひ付く貧乏神」という表現を『日本永代蔵』の中で使っています。ですので、寝惚先生のもじりそのものはオリジナルではありません。

寝惚先生の狂詩は才知のひらめき、ウイットというものを感じさせるのですが、鋭い風刺の精神のようなものは見られない。そこで〝悪く言えば小手先、小才〟という批評も出されています。

銅脈先生（畠中寛斎）（一七五二〜一八〇一）

「東の寝惚、西の銅脈」と並び称された狂詩作家。京都生まれ。「銅脈」は、偽金《にせがね》とか偽物《にせもの》の意味です。少年時代、京都の聖護院《しょうごいん》に仕えていましたが、この人も才気煥発の人で、十八歳のときに狂詩集『太平楽府《がふ》』を出版しております。この出版は『寝惚先生文集』の二年後になりますが、『太平楽府』もすぐに江戸に伝わり、寝惚先生と並び称せられまして、「寝惚の滑稽、銅脈の風刺」と言われました。
「婢女行《ひちよかう》」という七言古詩五十六句の長い作品があります。〝使用人の娘さんのうた〟という意味ですが、京都近くの村里から都に女中奉公に出た娘さんが、都会生活の中でしだいに身を持ち崩し、最後はとうとう男を手玉にとって金を巻き上げるような悪女に変身した、ということを詠んでいます。これが『太平楽府』に入っているということは、十代後半でそういう作品を作ったということで、たいへんな才能です。『太平楽府』が爆発的に売れたので、この後第二、第三と狂詩集が出て、第五集まで出たかと思います。ただ、実作のほうは、寛政二年（一七九〇）以後とだえており、これも寝惚先生同様、寛政の改革の引き締めの影響と考えられるでしょう。

寝惚先生とはずっと手紙のやりとりがあり、手紙の中で詩の唱和などもしており、二人の唱和の詩が詩集として出版されております。

銅脈先生は、晩年には大学者の柴野栗山（↓二六五ページ）たちと図書の校訂の仕事に手を染めたり、中国の戯曲の翻訳を出版したり、また杜甫の詩の注釈書も出しております。当時第一流の知識人、教養人ということになります。

知識・教養ということになりますと、銅脈先生は若いときに有名な学者の那波魯堂《なわろどう》（一七二七〜一七八九）に学んでおります。那波魯堂は江戸初期の儒者、藤原惺窩《ふじわらせいか》の門弟である、那波活所《なわかつしよ》（一五九五〜一六四八）の子息にあたります。那波魯堂は京都の聖護院で教鞭をとっていて、近所に塾も開いていました。銅脈先生の教養、見識には、たぶんこの那波魯堂の影響が大きいと思います。

河東夜行

七言律詩（下平・八庚）

銅脈先生（畠中寛斎）（一七五二〜一八〇一）

三絃声静後過迎•
回使挑灯夜半明•
番太逐獒怒擲棒
女郎送客留含情•
按摩痃癖吹笳去
温飩蕎麪焚火行•
月浄風寒腹已減
京師紅葉懐中軽•

河東《かとう》の夜行《やかう》
三絃《さんげん》 声《こゑ》静《しづ》かなり 後過《ごす》ぎの迎《むか》へ
回使《まはし》の挑灯《てうちん》 夜半明《やはんあき》らかなり
番太《ばんた》 獒《いぬ》を逐《お》つて 怒《いか》つて棒《ぼう》を擲《なげう》ち
女郎《ぢよらう》 客《かく》を送《おく》つて 留《とど》めて情《じやう》を含《ふく》む
按摩《あんま》 痃癖《げんぺき》 笳《ふえ》を吹《ふ》いて去《さ》り
温飩《うんどん》 蕎麪《けうめん》 火《ひ》を焚《た》いて行《ゆ》く
月浄《つききよ》く 風寒《かぜさむ》うして 腹《はら》 已《すで》に減《へ》る
京師《けいし》の紅葉《こうえふ》 懐《くわい》中《ちゆう》 軽《かろ》し

三味線の音ももう静まって　しごとを終えた遊女にお迎えが来る時間だ
送り迎えをする廻《まわ》し方《かた》の提灯《ちょうちん》は　この真夜中にひときわ明るい
夜回りの番太郎は野良犬を追いかけ　ついかっとなって棒を投げつけ
店を閉める遊女は帰るお客を送りに出て来て　ちょっと引き留《とど》めて名残りを惜しんでいる
もみ療治に肩たたきをする診療師が　笛を吹いて通り過ぎ
うどんやそばの屋台が　あかあかと火をともしながら道を行く
月はさやかに　風は肌寒く　さっきから腹ぺこ
京《きょう》のみやこのもみじのもと　私のふところは軽いのだ

語釈 ○三絃—三味線の別名。 ○後過迎—真夜中過ぎの迎え。仕事を終えた遊女を迎えに来る人のこと。「後」は「午」に通じ、午夜（真夜中）を言う。 ○回使—廻《まわ》し方《かた》。遊郭や茶屋などで、お客や遊女の送り迎えをする役をする男。 ○挑灯—提灯《ちょうちん》。 ○番太—番太郎。町内会に雇われて、火の用心や夜回りをする役の人。 ○獒—いぬ。 ○痃癖—漢方用語で、体にしこりができる、肩や首筋がこわばることで、俗に「打ち肩」。また、それを治療する治療師を言う。 ○笳—あしぶえ。あしの葉を巻いて作った笛。ここでは、客を求めて吹く笛。 ○蕎麪—蕎麦《そば》。 ○京師—みやこ。京都のこと。 ○紅葉—もみじ。一説に、紅葉豆腐《もみじどうふ》のこと。また鹿の肉のことを「紅葉」と言う。

この詩題の「行」も歌の意味だと思いますが、「河東《かとう》」は京都鴨川《かもがわ》の東で、「鴨川の東の夜のうた」という意味の題名になります。鴨川の東の、祇園《ぎおん》の繁華街・歓楽街の夜ふけのありさまを、律詩の形式によって詠んだものです。

まず最初の一・二句は、静かな夜中の情景。そろそろ遊女たちも、店から引き揚げます。中間四句でだいぶにぎやかになってまいります。こういう夜ふけにも、このあたりを行き来する人がいるということです。

三・四句、五・六句はそれぞれ対句。三・四句では番太と女郎が、五・六句ではもみ療治の診療士と、うどんやそばの屋台が出て来ます。いろいろの人が入れ替わり立ち替わり現れては去り、夜の町の雰囲気が豊かに立ちのぼって来るような、臨場感に富んだ描写です。

最後、七・八句ではまた静かなたたずまいに戻り、そこに作者自身の情けない心境がまじえられて結びとなります。第七句は、直前の第六句でうどんやそばの屋台が出て来たので、それに刺激されて、自分がお腹が減っていることに気づいた、という設定ですが、月と夜風の描写を〝空腹〟で受けるこの句はいかにもひょうきんです。第八句の「紅葉《こうえふ》」は、もみじ豆腐、もしくは鹿の肉の別名と取る説もありますが、その必要はないと思います。うどん、そばがすでに食べものとして出ていますので、またここで食べものを出すと、少々くどくなります。最後に紅葉を出して、静けさ、さびしさで結んでいると取ったほうが、ぴたりと決まると思います。

まことに見事な詩です。十代後半でこういううらぶれた情緒に注目して表現するというのもたいへんなものですが、詩の構成も、静かな情景から始まり、途中からいろいろの人物が出てにぎやかになり、最後はまた静けさに戻って結ぶ――と、緩急よろしきを得たものです。

ことばのほうも、狂詩特有の日本風の言い回しが入り込んでいます。第一句の「後過ぎ《ごす》」、第二句の「回使《まはし》」、第三句の「番太《ばんた》」、第四句の「女郎《ぢよらう》」（正統的な漢詩文では、単に若い娘さんの意味になる）、第七句「腹《はら》已《すで》に減《へ》る」。狂詩として代表的な名作であると思います。

鈍狗斎愚仏（寺田貞義）（一七九八?〜一八二八）

銅脈先生のあと、京都の狂詩を一手に引き受けた感のある人、それが鈍狗斎愚仏《どんくさいぐぶつ》です。本名は寺田貞義《てらださだよし》（ぎてい）。この人は京都の書店、大文字屋《だいもんじや》の主人でした。有名な中島棕隠《なかじまそういん》（→三九四ページ）の門下生でしたがやがて独立し、大いに門弟を集めました。人気は上々で、全国各地から入門者が訪れたとのことです。

この人の狂詩の詠みぶりはあっさりとしており、身辺のことをさらりと詠む印象があります。

五言古詩（韻目省略）

送　別

添力飲君酒
問君何所之•
君言勝手附
逼塞清水陲•
但去莫復返
借銭無尽時•

送《そう》別《べつ》

力《ちから》を添《そ》へて 君《きみ》に酒《さけ》を飲《の》ましむ
君《きみ》に問《と》ふ 何《なん》の之《ゆ》く所《ところ》ぞ
君《きみ》は言《い》ふ 勝手《かつて》に附《つ》き
清水《きよみづ》の陲《ほとり》に逼塞《ひつさく》すと
但《た》だ去《さ》れ 復《ま》た返《かへ》ること莫《なか》れ
借銭《しやくせん》 尽《つ》くるの時《とき》無《な》し

しっかりせよと励まして　きみに酒をすすめよう
そしてたずねる　「どこへ行くのか」
きみは言う　「暮らし向きのつごうによって
清水寺《きよみずでら》のそばに引きこもるのだ」
「そうか　それではゆきたまえ　もう戻って来るなよ
戻ったらまた　借金が果てしなくつづくだけだから」

語釈　○添力―力を加える。励ますことを言う。　○勝手―生計。家計。暮らしぶり。　○逼塞―落ちぶれて隠れ住むこと。　○清水陲―清水寺のほとり。市中を離れた東山の麓。　○借銭―借金・借財。

五言律詩の形式で、「友人を送る」という意味の詩題です。

まず一・二句、作者が友人に問いかけます。この友人は町での生活が苦しくなったので、山のほとりに隠居しようとしている。そこで彼を励まし、なぐさめるために送別の宴会を開いた。その宴会の席で作者と友人が対話をする、という設定でしょう。

第二句の「何《なん》の之《ゆ》く所《ところ》ぞ」。これは行き先、目的地を問う疑問形ですね。「〜する所」はよく出て来る句形で、この「所」は動詞の対象、範囲、内容を示す。したがって直訳すると「ゆく対象はどこか」、つまり「どこへ行くのか」と問いかけていることになります。

三・四句はこれを受けて、友人が答えます。第三句の「勝手」は台所ですが、生計、家計の意味にもなる。「勝手が苦しい」などと言いますが、ここはその派生義のほう。第四句の「逼塞」は、いかにも門を閉ざして引きこもる雰囲気のある語です。

そして五・六句、作者が言葉を贈ります。何だか別れを惜しむでもなく、引き止めるでもなく、慰めているのか突き放しているのかわからないような結びになっています。

銅脈先生の狂詩のような諷刺、余韻はあまり感じられず、さらさらと流れてゆく印象です。彼の詠みぶりはだいたいこうで、その極端な例としては「犬《いぬ》の咬合《かみあひ》」という四句の作があります。

これは夜中に野良犬たちが喧嘩を始め、その吠え声がうるさくてしょうがない、ということを詠んだもの。

犬咬合　　七言古詩（韻目省略）

椀椀椀亦椀椀•
亦亦椀椀椀又椀•
暗夜何疋頓不分

犬《いぬ》の咬合《かみあひ》

椀椀《わんわん》 椀椀《わんわん》 亦《ま》た椀椀《わんわん》
亦《ま》た亦《ま》た椀椀《わんわん》 椀《わん》 又《ま》た椀《わん》
暗夜《あんや》 何疋《なんびき》か 頓《とん》と分《わか》たず

始終只聞椀椀椀•

始終《しじゆう》只《た》だ聞《き》く 椀《わん》椀《わん》椀《わん》

先の「送別」にしても、この「犬《いぬ》の咬合《かみあひ》」にしても、作品だけ読んでいるとあっさりしていて物足りない面もありますが、実はこれらはどちらにも、もとづいている先例があるのですね。

「送別」は、盛唐の大詩人王維の「送別」という五言古詩をふまえています。

送　別　　五言古詩（韻目省略）

下馬飲君酒
問君何所之•
君言不得意
帰臥南山陲•
但去莫復問
白雲無尽時•

送《そう》別《べつ》　王維《わうゐ》

馬《うま》より下《くだ》つて 君《きみ》に酒《さけ》を飲《の》ましむ
君《きみ》に問《と》ふ 何《なん》の之《ゆ》く所《ところ》ぞ
君《きみ》は言《い》ふ 意《い》を得《え》ず
南山《なんざん》の陲《ほとり》に帰臥《きぐわ》すと
但《た》だ去《さ》れ 復《ま》た問《と》ふこと莫《なか》れ
白雲《はくうん》 尽《つ》くるの時《とき》無《な》し

このとおり、愚仏の作は王維の句作りをかなり忠実にうけつぎながらパロディーにしています。原詩とあわせて読むと、おもしろみが倍増する、というところでしょうか。

「犬の咬合《かみあひ》」は犬の吠える声を「椀」という字で表し、これをたくさん並べていますが、同じ字を何度も繰り返す表現法も、詩や詞に時折見られるのです。

鈍狗斎愚仏（寺田貞義）（一七九八？～一八二八）

たとえば北宋半ばの王令《おうれい》（一〇三二～五九）、この人は夭折した大詩人ですが、痛切な悲しみを表すのに、次のような句から初めています。

切切切切切　切切《せつせつ》　切切切《せつせつせつ》
涙尽琴絃絶　涙尽《なんだつ》きて　琴絃《きんげん》絶《た》ゆ　（「哭詩六章《こくしろくしやう》」第三章）

また、同じ北宋末の女流詩人李清照《りせいしょう》（一〇八四～一一五一？）は、みたされない心を詞《ツー》に詠んで、次のようにうたい起こしています。

尋尋覓覓　尋尋《じんじん》　覓覓《べきべき》
冷冷清清　冷冷《れいれい》　清清《せいせい》
悽悽惨惨戚戚　悽悽《せいせい》　惨惨《さんさん》　戚戚《せきせき》　（「声声慢《せいせいまん》」）

愚仏はこのような表現法をおもしろく取り入れて、犬の吠える声、そのやかましさを表現した、そこがこの「犬の咬合《かみあひ》」のみそと言えるでしょう。

このような狂詩は、明治の中ごろまでさかんに作られました。日本特有の韻文分野として、もっと注目されてよいものです。

狂詩の周辺

―― 張打油から魯迅へ

この章では、狂詩およびその周辺をさらに見てまいります。

まず狂詩の遠い先がけとも言える、中国の滑稽詩の作例を見、つづいて江戸時代の狂詩が実は中国の詩に影響を与えた可能性がある、その例として、中国の近代文学の父と言われる魯迅の作を取り上げます。そしてさらに、魯迅先生がいろいろの様式の文学に関心を寄せ、糧《かて》としていた一つの例として、彼が日本語の詩を漢詩に訳した作品も見てみたいと思います。

これらを通して漢詩の表現の多様性、もしくは可能性をうかがうことができれば幸いです。

張打油（生卒年未詳）

日本の狂詩に相当する中国の滑稽詩と言えば、まず「打油詩《だゆうし》」の系列を挙げることができます。これは〝唐の張打油《ちょうだゆう》のような詠みぶりの詩〟ということで、張打油は唐代後半の人ですが、くわしいことはよくわかっておりません。この人の詩の詠みぶりから、滑稽な詩のことを「打油詩」と呼ぶようになりました。たとえば……

張打油（生卒年未詳）

雪詩

江上一籠統
井上黒窟籠
黄狗身上白
白狗身上腫

雪《ゆき》の詩《し》

江上《かうじやう》一《いつ》に籠統《ろうとう》
井上《せいじやう》黒《くろ》き窟籠《くつろう》
黄狗《くわうこう》身上《しんじやう》白《しろ》く
白狗《はくこう》身上《しんじやう》腫《は》る

五言絶句（上・一董／二腫）

川のほとりは降りしきる雪におおわれて　水面と岸との境《さかい》がまったくわからない
井戸の上は　ただ黒い穴がぽっかりと空いているだけ
黄色の犬は　全身に雪を浴びてまっ白
白い犬も雪におおわれ　太って見える

語釈　○江上―川のほとり。川、湖、池など水に関する語に「上」がつくと、〃そば、かたわら〃の意味になる。
○籠統―区別がない。あいまいである。　○窟籠―ほらあな。

雪を詠んだ「詠物詩」。雪の詩は中国南朝以来しばしば見られ、一つの系列を形づくっておりますが、中国では今も昔も、気候風土の関係で、大雪の降る地域があまりありません。そのため、雪の害、その被害に苦しむ心を詠む伝統は生まれませんでした。その代わり、雪景色を眺めて楽しむ、美しいものとして詩に詠む、或いは雪を梨や梅などの白い花にたとえる、というような、風流なものとして取り上げる伝統ができあがっております。

前半二句は、雪が降りつづく中の、一面の銀世界を描きます。第二句に井戸がありますが、中国の井戸は伝統的には至って簡素で、地面に穴が空いているだけ。それでは事故が起こりやすいので柵《さく》を設ける場合もありますが、ここではそれも雪におおわれてしまっていて、一面の白い世界の中に一つぽつんと黒い穴が空いている、という状況になっています。後半二句は雪が止んだあと、喜んで走り回る犬たちに注目します。

素朴な詩で、前半二句と後半二句はそれぞれ対句になっていますが、同じ字の繰り返しが多い。しかし細かく見てゆくと、〝平凡な中に非凡なものがある〟という感想が浮かびます。まず前半二句の雪景色の描き方。特に、井戸に注目しながら〝そこだけが黒い〟というのは強く印象に残る光景です。後半二句は、犬に焦点を合わせたところが見どころでしょうか。猫は冷たさ、寒さを嫌って家の中で丸くなる、犬は喜んではしゃぎ回る。犬と雪はよく合うというわけです。特に第四句の〝白い犬は雪につつまれて太って見える〟というのは、白が膨張色と言われる、その特性をよくとらえた表現ですね。そしてわざとだと思いますが、全体で同じ字を何度も繰り返して使っております。「上」は第一句から第四句まで、全部に表れます。第一句の「籠」は第二句にも使われ、三・四句では「狗」「身上」が繰り返され、第三句の「白」は第四句の頭にまた出て来ます。こういう字の繰り返しはおかしみを呼び起こします。

全体として前述の、雪を美しいもの、風流なものとして詠む伝統をまったく離れ、身近なものとして雪景色を詠んでいるのが新鮮です。このように、身近な題材をおかしみのある表現によって詠んだものを「打油詩」と呼ぶようになりました。

次に時代を下り、元の時代から一首。

程渠南（生卒年未詳）

程渠南《ていきよなん》は中国元代の人で、松陽（浙江省）の出身です。この人についても詳細はわかっていませんが、打油詩が伝えられています。

七言絶句（下平・九青／十蒸）

食丁蕈戯作

頭子光光脚似丁•
秖宜豆腐与波稜•
釈伽見了呵呵笑
煮殺許多行脚僧•

丁蕈《ていじん》を食《しよく》し戯《たはむ》れに作《つく》る

頭子《とうし》光光《くわうくわう》 脚《あし》丁《てい》に似《に》たり
秖《ただ》 豆腐《とうふ》と波稜《はろう》とに宜《よろ》し
釈伽《しやか》 見了《みをは》らば 呵呵《かか》として笑《わら》はん
煮殺《しやさつ》す 許多《きよた》の行脚僧《あんぎやそう》

頭はつやつやと光り　足は丁の字のたて棒に似ている
豆腐やほうれん草といっしょに煮ると　じつにうまい
お釈迦様がご覧になったなら　声高くお笑いになるだろう
きのこを煮ているそのさまは　おおぜいの修行僧たちを煮立てているように見えるから

語釈　○丁蕈―きのこ。　○波稜―菠薐《はろう》。ほうれん草のこと。　○了―文の途中に出て来る場合は条件を表し、「……したならば」という意味の句を作る。　○呵呵―大声で笑う声。　○煮殺―「殺」は動詞のあとについて、強調のはたらきをする接尾語。ここでは文字どおり〝殺す〟意味も兼ねているようだ。

「きのこを食した折に、たわむれに作った詩」という詩題です。

前半二句はきのこについての説明で、きのこの笠を、剃髪《ていはつ》したお坊様の頭に見立て、きのこの柄《え》の部分を足にたとえています。

後半に入ると、きのこの料理をめぐってお釈迦様を出し、突飛なたとえに展開してゆきます。お釈迦様でさえ笑いの対象にしてしまうのは失礼な感じがしますが、中国でも日本でも、仏教関係の詩や語録は、かなり大胆なたとえで常識をひっくり返し、そこに真理を見いだそうとする傾向がありますので、これも許容範囲ということになるのでしょうか。

○

このような打油詩が日本に伝わり、前章で述べた宋・元代の口語体文学の中の詩とともに、日本の狂詩の発展に刺激を与えたかと推測されます。

ところが、その狂詩が今度は逆に中国の人々の目に触れ、影響を与えた可能性があるのです。その例として、魯迅先生の作品を見てみましょう。

魯迅（一八八一～一九三六）

魯迅《ろじん》は二十二歳で日本に留学し、仙台で学びました。七年後に帰国してからは教壇に立ちましたが、そのかたわら、当時さかんに唱《とな》えられていた文学革命に刺激され、小説を次々に発表します。それがやがて

魯迅（一八八一〜一九三六）

中国の近代文学の確立に貢献することになりました。またたくさんの評論文を発表し、当時の中国社会のいろいろの欠陥、暗黒面に対して鋭い批判を続けます。そのために各方面から睨《にら》まれるということにもなりました。その後、四十七歳で上海に転居し、亡くなるまで定住しました。

伝統詩を二十歳の時から、生涯にわたって作り続けています。

七言律詩（下平・八庚）

崇　実

闊人已騎文化去
此地空餘文化城•
文化一去不復返
古城千載冷清清•
専車隊隊前門站
晦気重重大学生•
日薄楡関何処抗
烟花場上没人驚•

実《じつ》を崇《たふと》ぶ

闊人《くわつじん》 已《すで》に文化《ぶんか》に騎《の》つて去《さ》り
此《こ》の地《ち》 空《むな》しく餘《あま》す 文化《ぶんくわ》の城《まち》
文化《ぶんくわ》 一《ひと》たび去《さ》つて 復《ま》た返《かへ》らず
古城《こじやう》 千載《せんざい》 冷《ひ》ややかなること清清《せいせい》たり
専車《せんしや》 隊隊《たいたい》 前門《ぜんもん》の站《えき》
晦気《くわいき》 重重《ちようちよう》 大学生《だいがくせい》
日《ひ》は楡関《ゆくわん》に薄《せま》りて 何《いづ》れの処《ところ》にか抗《かう》せん
烟花《えんくわ》 場上《ぢやうじやう》 人《ひと》の驚《おどろ》く没《な》し

富豪たちはもはや　近代文化の象徴である蒸気機関車に乗って去り
ここ北京にはむなしく　「文化の町」という呼び名だけがのこされた
彼らが持ち出した文化財——書籍・書画・宝石などは　ひとたび去ればもう戻ることはなく

この古いみやこはこれから千年もの長い間　落ちぶれて冷えこんでしまうだろう
特別列車はずらりと並ぶ　前門の駅に
不吉な運気がいくえにも垂れこめる　大学生たちの頭上に
いま　日本軍は万里の長城の東にまで迫っている　どこでそれを食い止めるのか
町の花柳界は大にぎわい　この国難に目をさまして立ち上がる人はいないのだ

語釈　〇闊人―お金持ち。富豪。　〇文化城―北平《ほくへい》（北京《ペキン》）のこと。一九三二年十月、日本軍が迫るなか、文化人たちが要請を出し、北平を「文化城」にすることを要請し、軍事施設を他に移して戦火からまぬがれさせようとした。　〇専車―特別列車。富豪や要人たちが避難するために、特別に誂《あつら》えられた臨時運行の列車。　〇前門站―北京市にあった駅。広州など南へ向かう長距離列車の発着駅だった。　〇晦気―暗い運気。不運。　〇楡関―山海関《さんかいかん》の旧称。万里の長城の東の起点に位置する関門で、要害の地。日本軍が占拠したのは一九三三年一月であった。　〇烟花場―花柳界。

この詩は魯迅が上海に転居して間もなく、五十歳すぎのときに作った打油詩です。そのころの中国はたいへんな動乱期で、それまでの軍閥の割拠の時代から、国民党と共産党の国共合作、やがて両者が分裂、さらに魯迅四十六歳のときには日本軍が山東半島に出兵する、翌年に済南事変があり、首都が北京から南京に移されます。魯迅五十歳のときには満州事変が勃発し、翌年、満州国が建国され、上海事変が起こります。この上海事変が起こった直後くらいにこの詩を作ったかと思います。

詩題は「財産を尊ぶ」という意味で、日本軍が攻撃して来るのに先立って北京から逃げてゆく政府の要人たちを、律詩の形式によって風刺したものであります。

出だしの一・二句は、裕福な有力者たちが次々に北京から出てゆく現状。続く三・四句は北京がどうなるか、その今後を案ずる心境。五・六句はさらにそれを受けて、有力者たちに見捨てられた北京の学生たちの今後を心配しています。七・八句は、国難が迫っているというのに、相変らず人々があちこちの繁華街の演芸場で遊んでいる、その現状を嘆いて結んでおります。

この詩は、唐の崔顥《さいこう》の律詩「黄鶴楼」のパロディになっています。

黄鶴楼《くわうかくろう》　崔顥《さいかう》　七言律詩（下平・十一尤）

昔人《せきじん》 已《すで》に黄鶴《くわうかく》に乗《じよう》じて去《さ》り
此《こ》の地《ち》 空《むな》しく餘《あま》す 黄鶴楼《くわうかくろう》
黄鶴《くわうかく》 一《ひと》たび去《さ》つて 復《ま》た返《かへ》らず
白雲《はくうん》 千載《せんざい》 空《むな》しく悠悠《いういう》
晴川《せいせん》 歴歴《れきれき》たり 漢陽《かんやう》の樹《き》
芳草《はうさう》 萋萋《せいせい》たり 鸚鵡州《おうむしう》
日暮《にちぼ》 郷関《きやうくわん》（故郷）何《いづ》れの処《ところ》か是《こ》れなる
煙波《えんば》 江上《かうじやう》 人《ひと》をして愁《うれ》へ使《し》む

黄鶴楼

昔人已乗黄鶴去
此地空餘黄鶴楼●
黄鶴一去不復返
白雲千載空悠悠●
晴川歴歴漢陽樹
芳草萋萋鸚鵡州●
日暮郷関何処是
煙波江上使人愁●

比べてみますと、魯迅は一句一句ひねりを加えながら自分の作品に仕立てる手法をとっています。この手法は実は日本の狂詩によくある手法で、たとえば鈍狗斎愚仏の「送別」（→四六五ページ）もまったく同じ手法でした。

こういうところから、日本の狂詩が魯迅に影響を与えたのではないか、という推測が生じて来ます。

〇

このころ、魯迅は上海郊外に住んでいましたが、上海は当時、東アジア最大の都市として栄えておりました。藤井省三先生の著作によりますと、魯迅はそこではもう、印税収入だけで暮らすことができる身分になっており、毎週のようにハリウッド映画を見ていて、特にターザン映画がお気に入りだったようです。また美術にも関心を深め、外国美術の研究書の翻訳を手がけ、みずからも美術評論を行い、さらには外国の絵の復刻版を出版する活動もしています。イギリス世紀末の画家として有名なオーブリー・ビアズリー（一八七二〜一八九八）の画集を復刻出版したりもしておりました。

そういう中で魯迅がたいへん好んだ画家が、蕗谷虹児《ふきやこうじ》画伯でした。蕗谷虹児（一八九八〜一九七九）は画家であるとともに詩人で、小説にも手を染めておりますが、その画風についてご自身が、〝私の芸術は繊細を生命とする。同時にメスのごとき鋭い刃《は》渡りを力とする〟と述べておられます。

そして魯迅は、四十八歳のときに『蕗谷虹児画選』を出版しています。これは蕗谷画伯の三つの画集から作品十二作を選び出したものですが、そのうち十一作品にはもともと画伯自身の詩がつけられておりました。言わば画集と言うより詩画集だったのですが、その詩を魯迅が中国語の詩に翻訳しております。そこで両者を比較して考えてみたいと思います。

魯迅（一八八一～一九三六）

旅人

固然是風説
聞郎在俄疆
念及身世事
中懐生悲涼

郎在薩哈連
飄流一何遠
街名是雪暴
聞郎無侶伴

固然是風説
竟成漂泊人
也進酒場去
呼酒開寒樽

一見天上月
乗雲入黒暗

旅《りよ》人《じん》　魯《ろ》迅《じん》

固然《もとより》 是《こ》れ風説《ふうせつ》なるも
聞《き》く 郎《らう》 俄疆《がきやう》に在《あ》りと
身世《しんせい》の事《こと》に念《ねん》じ及《およ》び
中懐《ちゆうくわい》 悲涼《ひりやう》を生《しやう》ず

郎《らう》は薩《さ》哈《は》連《れん》に在《あ》り
飄流《へうりう》 一《いつ》に何《なん》ぞ遠《とほ》き
街《まち》の名《な》は 是《こ》れ雪暴《せつばう》
聞《き》く 郎《らう》に侶伴《りよはん》無《な》しと

固然《もとより》 是《こ》れ風説《ふうせつ》なるも
竟《つひ》に漂泊《へうはく》の人《ひと》と成《な》ると
也《ま》た 酒場《しゆちやう》に進《すす》み去《ゆ》き
酒《さけ》を呼《よ》んで 寒樽《かんそん》を開《ひら》かしむ

一《ひと》たび見《み》る 天上《てんじやう》の月《つき》
雲《くも》に乗《じよう》じて 黒暗《こくあん》に入《い》るを

旅の兄人《あにひと》 —小曲—　蕗谷虹児

人の噂で
ありはあれ
露領《ろりよう》の町に
あるといふ
兄人の身が
悲しまる。

漂泊《さすらひ》遠く
サガレンの
そこは吹雪の
町といふ
兄人連れ人《びと》
無いと聞く。

人の噂で
ありはあれ
今は酒場に
酒も呼ぶ
漂泊人《さすらひびと》に
なりしとか。

雲に流れて
闇をゆく

蕗谷虹児「旅の兄人」
（魯迅編『蕗谷虹児画選』より）

便念旅中郎
天涯在流転▲

便ち《すなは》念ふ《おも》　旅中《りよちゆう》の郎《らう》
天涯《てんがい》　流転《るてん》に在《あ》り

あの月見ても
なんとのう
旅の兄人
想はれる。

もちろん　風のたよりではありますが／あなたはロシアの領内におられるとか
あなたの身の上を　じっと考えるうち／私は心の底から　悲しみがわき起こります
あなたは今　サハリンにおられるのですね／さすらいのあげく　まあ何と遠いところまで
そこは人呼んで　吹雪《ふぶき》の街／あなたには　ともに旅する人もいないとか
もちろん　風のたよりではありますが／あなたはついに　宿《やど》なしのさすらいびとになられたとか
今日もまた酒場《さかば》に入り／酒を注文して　つめたい酒樽《さかだる》を開けさせているのでしょうか
ふと見れば　夜空の月が／流れる雲に乗って　闇の中に入ってゆきます
それにつけても思いやられます　旅を続けるあなたが／空のかなたで　さまよいつづけていることが

語釈　○固然―もとより。無論。　○郎―女性が親しい男性に呼びかける呼び名。ここでは兄を指す。　○俄疆―ロシア領。「俄」は俄羅斯《オロス》（ロシアの音訳）　○身世―わが身と世の中と。わが身とその環境。身の上。　○念―

ただ思うのではなく、じっと思い続ける強い気持ち。○中懐—心の中。○悲涼—悲しく、さびしいこと。○薩哈連—サハリン。樺太。○飄流—ただよい流れる。ところ定めずさすらうこと。○一何—強調。○雪暴—吹雪。○侶伴—道づれ。

これは蕗谷虹児の「旅の兄人《あにひと》」という詩を、魯迅が五言古詩の形に訳したものです。もとの詩は四連からなっておりますが、魯迅も忠実に四連の漢詩に翻訳しているわけです。

原詩は、行方定めず旅を続けるお兄さんの身を妹が心配している、その妹の立場から詠んでいます。比べてみますと、もとの詩のひそやかな、そっとつぶやくような調子が、魯迅の訳詩のほうでは、漢字のみを使っているため情報量が多くなり、説明的、描写的になっています。たとえば第一連の「兄人《あにひと》の身が／悲しまる」は、魯迅の訳詩では三・四句にあたりますが、いっそう委曲を尽くした描写になっています。

なお蕗谷画伯の原詩中の語の読み方については、画伯のご子息の蕗谷龍夫《ふきやたつお》様にお教えを賜りました。

傀儡子的外套　—童謡—

傀儡子《くわいらいし》の外套《ぐわいたう》　—童謡—　魯迅《ろじん》

用些紅毛線　些《いささ》かの紅《くれなゐ》なる毛線《まうせん》を用《もち》ひ
編起小外套　小外套《せうぐわいたう》を編《あ》み起《おこ》し
給小娃児穿罷　小娃児《せうあいじ》に穿《つ》け給《し》めん

お人形のマント　—童謡—　蕗谷虹児

赤い 毛糸で
マント編んで
そして お人形に
きせませう

小娃児是冷了呀
顕着冷冷的臉呀

用些藍毛線
編起小手套
給小娃児帯罷
小娃児是冷了呀
顕着冷冷的手呀

小娃児《せうあいじ》は 是《こ》れ冷《こご》えたるよ
顕着《まのあたり》 なる 冷冷《れいれい》たる 臉《かんばせ》 よ

些《いさ》かの藍《あゐ》の毛線《まうせん》を用《もち》ひ
小手套《せうしゆたう》を編《あ》み起《おこ》し
小娃児《せうあいじ》に帯《つ》け給《し》めん
小娃児《せうあいじ》は 是《こ》れ冷《こご》えたるよ
顕着《まのあたり》 なる 冷冷《れいれい》たる手《て》よ

お人形 さまは
さむいのよ
つめたい 頬を
してゐます。
青い 毛糸で
手ぶくろを
編んで お人形に
あげませう
お人形 さまは
寒いのよ
つめたい お手々を
してゐます。

蕗谷虹児「お人形のマント」
（魯迅編『蕗谷虹児画選』より）

この紅《くれない》の毛糸で／小さいマントを編み上げて
小さいこの子に着せましょう
小さいこの子はこごえてしまったのね／ほら　たしかに冷たいお顔ですよ

この藍色の毛糸で／小さい手袋を編み上げて
この小さい子につけさせましょう
小さいこの子はこごえてしまったのね／ほら　たしかに冷たいお手々ですよ

魯迅（一八八一〜一九三六）

語釈　○傀儡子―お人形。　○外套―マント。　○毛線―毛糸《けいと》。　○娃児―赤ちゃん。小さな子ども。人形の意味にもなる。ここでは両方を兼ねている。　○給―使役形を作る助字。〝……に……させる〟。　○罷・呀―呼びかけの気分を醸し出す助字。やわらかい調子を出すために多く使っていると思われる。　○顕着―明らかに〜だ。

こちらは文語の詩でなく、口語体の詩に訳しています。かなり忠実に原詩の雰囲気が生かされています。このように見てまいりますと、日本語と中国語の違いはもちろん、同じ中国語でも文語と口語の違いについてなど、いろいろ考えさせられます。魯迅自身、こういう翻訳の仕事を通して言語感覚や表現を磨いていったことでしょう。そういう中で狂詩に触れたとき、魯迅がそこからいろいろ養分を吸収したということは、十分に考えられると思います。

十二、さかまく風雲——幕末

蕗谷虹児「燈」　昭和十四年（一九三九）
「夢《ゆめ》醒《さ》め易《やす》く／酒《さけ》醒《さ》め易《やす》し／楊柳《やうりう》の梢頭《せうとう》　月《つき》正《まさ》に明《あき》らかなり」
（田能村竹田《たのむらちくでん》「長相思《ちやうさうし》」→四九六ページ）

江戸時代の後期、「狂詩《きょうし》」と「詞《ツー》」の流行は、日本人が漢詩を自家薬籠中《じかやくろうちゅう》の物としたことの証明である。この両分野のどちらも、本家の中国にない、日本独自の境地を見せるに至っているのである。

一方、欧米列強の侵略をきっかけとして、時代は幕藩体制の終焉に向かった。激動のなかで国事のために奔走した志士たちは、心中のさまざまな思いを漢詩に詠んでいる。

水戸の藤田東湖《ふじたとうこ》・会沢正志斎《あいざわせいしさい》、信州松代《まつしろ》の佐久間象山《さくましょうざん》、長州萩の吉田松陰《よしだしょういん》・高杉晋作《たかすぎしんさく》、土佐の武市半平太《たけちはんぺいた》らは、尊王《そんのう》・攘夷《じょうい》の切願や、獄中にあっての悲痛な心境を遺《のこ》し、同時代や後世の人々の心に強い刻印をしるすこととなった。

江戸の詞

江戸時代の漢詩を見わたすとき、独特の二つの領域を見逃すことはできません。一つは狂詩《きょうし》、もう一つは詞《ツー》。狂詩については前章でその一端を見ましたが、中国の影響を受けながら、江戸中期以降の滑稽文学の流行を背景として、内容、言葉遣い、ともに日本独自の文学となっていました（↓四五七ページ）。

もう一つの詞は、もともと中国の宋王朝の時代に、音楽に合わせて歌うための歌詞として発展した独特の韻文形式です。詞は、一つ一つの曲ごとに詩の型――句形、平仄、押韻など――がきちんと決まっております。曲に合うように詩の型が決められており、曲の数だけ詩の型があります。その音楽や楽器の演奏法が十分に伝来しなかったため、日本人で詞に本格的に取り組もうという人はなかなか増えませんでした。それでも、江戸後期の十八世紀半ばすぎには、詞を普通の漢詩とは違う一種の定型詩として創作を試みる人々が現れ、この方面でも日本独自の内容を表現するに至りました。

狂詩と詞は、江戸文化の持つ底力を端的に示す事柄であると思います。特に詞については、町人文化が発展するのに伴って演芸場が盛んになり、そこで歌と踊りがもてはやされ、常に新しい作品が求められていた、歌の需要が多かった。こういう背景のもとで詞に関心が向けられたことも、考慮に入れていいかと思います。

市河寛斎（一七四九〜一八二〇）

市河寛斎《いちかわかんさい》（→二八〇ページ）は江戸で江湖詩社《こうこししや》を開き、その活動によって江戸の詩風を大きく変えてしまった人ですが、寛斎は詞のほうでも先鞭をつけていました。江戸の吉原（台東区千束《せんぞく》あたり）にしきりに出入りし、そのありさまや遊女たちの心情を詩の連作に詠み、挿絵入りの詩集を刊行しました。それが『北里歌《ほくりのうた》』です。

「北里」は、吉原のこと。もともと殷《いん》の紂王《ちゅうおう》のときの享楽的な舞楽の名で、転じて遊興施設の呼び名になりました。ここでは、吉原がちょうど江戸城の北に位置していたところから、その呼び名としています。吉原は当時の一大遊興施設で、遊女たちが歌や踊り、和歌、俳諧、書など、さまざまの技《わざ》を尽くして客をもてなしました。男性客ばかりではなく、女性たちも出入りし、遊女たちの髪型や服装は一般女性のお手本となりました。喜多川歌麿《きたがわうたまろ》（？〜一八〇六）の肉筆画「吉原の花」には、茶屋でお花見の宴《うたげ》に興ずるおおぜいの武家の女性たちが描かれています。吉原は、言わば一つの文化センターのような位置にあったと申せましょう。

最初に取り上げるのはその第一首ですが、詩形は七言絶句と同じで、作者は〝歌うための絶句を作る〟という意識だったかも知れません。中国でも最初期の詞は七言絶句と同じ、もしくは絶句を少しくずした形のものが多くありました。

北里歌三十首　其一

七言絶句（下平・一先）

五街花月藹春烟・
金屋当頭翠閣連・
後面迎郎前面送
幾家斉唱想夫憐・

北里《ほくり》の歌三十首《うたさんじふしゅ》　其《そ》の一《いち》
五街《ごがい》　花月《くわげつ》　春烟《しゅんえん》藹《あい》たり
金屋《きんをく》　当頭《たうとう》して　翠閣《すゐかく》連《つら》なる
後面《こうめん》は郎《らう》を迎《むか》へ　前面《ぜんめん》は送《おく》る
幾家《いくか》ぞ　斉《ひと》しく唱《とな》ふる　想夫憐《さうふれん》

吉原五丁町《ごちょうまち》の花と月　それらをつつむように　春の夕もやはたなびいている
きらびやかな高楼《たかどの》が通りをはさんで向かい合い　みどりの高楼《たかどの》が軒《のき》を並べている
茶屋《ちゃや》や妓楼が並ぶ通りの奥のほうではおなじみの客を迎え入れ　こちら側では帰る客を見送っている
いったい何人の遊女たちが　口々に男たちへの愛をささやいているのだろう

語釈　○五街―五つの町並み。吉原の別名として「五丁町《ごちょうまち》」という語があり、それを「五街」と表記した。○花月―花を照らす月。花と月。美しい景色のたとえ。○春烟―春のもや。○藹―草木がはびこる。ここでは、もやがたちこめるさま。○金屋―黄金でできているような、りっぱな御殿。茶屋や妓楼の建物を指す。○当頭―向かい合う。面と向かう。○幾家―「家」はいえではなく、人に関する語につける接尾語。○想夫憐―中国の民謡の題名。「夫《か》の憐《れん》を想《おも》ふ」（あの愛する人を想う）。女性の恋心を歌う民謡。ここでは遊女たちがお客に対して気持ちのこもったことばを投げかけることを、こう表現した。

『北里歌』の第一首にふさわしく、導入部のような詠みぶりです。吉原の区画の入口である大門口《おおもんぐち》から、内部の中《なか》の町通《まちどお》りを眺めわたす設定。時刻は春の夕暮れ時です。

前半二句は春の夕暮れ、大門口から見わたす建物のようす。「花」「月」「金屋」「翠閣」と、はなやかな色彩感覚で雰囲気を盛り上げています。特に「花」「月」は、詩の世界では女性の縁語で、テーマにふさわしい語です。後半二句は、中でのお客と遊女のようす。吉原の入口は午後十時には閉まってしまうので、それより前の時間帯ということになります。

中島棕隠（一七七九〜一八五五）

この人は儒学の家の人でしたが（→三九四ページ）、十九歳のときに京都鴨川《かもがわ》付近の繁華街のようすを詩の連作に詠み、好評を博しました。三十代半ばにそれらをまとめ、『鴨東四時雑詞《おうとうしいじざつし》』として刊行しましたが、この連作も七言絶句の形をとっています。

竹枝詞の発展形

実は、市河寛斎の「北里の歌三十首」や中島棕隠の「鴨東四時雑詞百二十首」のように、或る土地の自然環境や風俗習慣、もしくは土地の人々の心情を絶句に詠む習慣は、中国の唐代、その後半あたりから続いており、そういう絶句を特に「竹枝」「竹枝詞」と呼んでいます。

「竹枝（詞）」はもともと巴《は》・蜀《しょく》（四川省東部の長江三峡《さんきょう》地区）一帯の民歌で、舟人たちに愛唱され、手を加えられたものとされます。

寛斎や棕隠の場合、韻文形式としての「詞《ツー》」を作るというよりは、「竹枝詞」の応用例を作る感覚だった可能性が大きいでしょう。

ところが棕隠の作例の中には、まぎれもない韻文形式としての「詞」も含まれています。次に挙げる作品がその一例で、長短入りまじった句形、二段がまえの構成（「双調」）、いずれも詞の特徴です。「春光好」は、この作品を歌詞として歌うための楽曲の名（「詞牌《しはい》」）です。

雨後贈琴廷調　春光好　**小令**（短篇の詞）**・双調　四十一字体**（韻目省略）

紅落落
緑蓁蓁•
雨痕新•
一抹東山眉黛匀•
也無塵•

前事如雲如夢
旧交有我有君•
掃榻相思南園月
幾欹巾•

雨後《うご》　琴廷調《きんていてう》に贈《おく》る　春光好《しゅんくわうかう》

紅《くれなゐ》　落落《らくらく》
緑《みどり》　蓁蓁《しんしん》
雨痕《うこん》　新《あら》たなり
一抹《いちまつ》の東山《とうざん》　眉黛《びたい》　匀《とと》のふ
也《また》　塵《ちり》無《な》し

前事《ぜんじ》　雲《くも》の如《ごと》く　夢《ゆめ》の如《ごと》く
旧交《きうかう》　我《われ》有《あ》り　君《きみ》有《あ》り
榻《たふ》を掃《はら》つて相思《あひおも》ふ　南園《なんゑん》の月《つき》
幾《いく》たびか　巾《きん》を欹《かたむ》くる

中島棕隠（一七七九〜一八五五）

くれなゐの花は　散り落ちてまばら
みどりの葉は　ますますさかんにしげり
雨のふったしるしは　まことにあざやかだ
筆でさっと線をひいたような東山の山なみは　まゆずみをひいた眉のように形よく
晴れわたった景色には　一点のちりもない

かつてのいろいろのできごとは　流れる雲のように　夢のように　はかなく消えたが
あのころのおつき合いの日々には　たしかに私がおり　貴方がいた
長椅子を払い清めて　貴方に思いをはせる　庭の南側を照らす月のもとで
いくたびとなく　頭巾《づきん》をかたむけて　月をふり仰ぐのだ

語釈　○琴廷調—梅辻春樵《うめつじしゅんしょう》（一七七六〜一八五七）。名は希声。廷調はその字。琴は別姓。○春光好—詞牌の一つ。○落落—まばらなさま。○蓁蓁—草木の盛んに茂るさま。○雨痕—雨の降った痕跡。○抹—はらう。さっとかする。○東山—京都の東に連なる山々。○眉黛—まゆずみ。また、黛《まゆずみ》で描いた眉。○匀—ととのう。ひとしい。○無塵—塵埃《じんあい》がつかない。世間の俗気から離れることを示す。「塵」は世間、俗事。○前事—以前あったこと。○旧交—昔からの交際。○掃榻—腰かけを払い清める。客人を歓迎すること、或いは客人を待っていることを示す。「榻」は腰かけ。長椅子だが、寝具にもなる。○相思—思いを寄せる。「相」は、動作が相手に対して行われることを示す助字。○南園月—庭園の南側に出ている月。○欹—傾ける。○巾—頭巾《づきん》。

題名は「雨がやんだあと　友人の琴廷調どのに贈る　〈春光好〉の曲に合わせて作る」という意味になります。

琴廷調は、作者の友人の梅辻春樵《うめつじしゅんしょう》。作者よりも三歳年上で、儒者にして詩人、また神社で神官をつとめていましたが、三十一歳で京都に隠棲しました。

この詞の季節は、一・二句の表現から、晩春、もしくは初夏でしょう。

前段五句は、雨あがりの庭の眺め。散りかけている花、みどりの木の葉という近景から、はるかな東山の峰々に視線が移ります。

後段四句は、友人への思い。以前の交友を追懐し、再会を待ち望む心境を示して結んでいます。

この詞は「小令」（短篇の詞）に属し、中国の詞の初期、晩唐から五代あたりの作風を思わせます。その時期には閨怨詞——夫や恋人と離れている女性の悲しみや願望を詠む——が圧倒的に多いのですが、棕隠の詞も閨怨ふうのたたずまいの中に、友を思う心情を詠みこんで深みを加えています。

野村篁園（一七七五～一八四三）

野村篁園《のむらこうえん》（↓三八二ページ）は二十七歳くらいから昌平黌《しょうへいこう》で教育に従事し、幕府の儒官となった学者肌の人で、あまり詩を売り出したり、出版したりという活動はなかったのですが、当時第一流の詩人でした。あらゆる詩の形式に挑み、詞にも造詣が深く、詞のほうでは江戸時代最高の作者という定評があります。詞の中でも「慢詞」（長編の詞）をよく手がけ、一番長い曲「鶯啼序《おうていじょ》」は、中国の詩人にとっても作りにくいと言われ、作例が少なく、宋王朝の時でも八人くらいしか作者がいません。

野村篁園（一七七五～一八四三）

鳳凰台上憶吹簫

獣鼎煙消
蟾壺水渋
満窓梧竹颼飅•
恰風凄雨苦
懶上簾鉤•
窃薬姮娥何処
嘆塵世此別千秋•
東陽老
腰囲痩損
不為詩愁•
高楼•
去年明月
憶情話団欒
笑遞觥籌•

鳳凰台上《ほうわうだいじやう》 吹簫《すゐせう》を憶《おも》ふ

慢詞（長篇の詞）・双調 九十五字体（韻目省略）

獣鼎《じうてい》 煙《けむり》 消《き》え
蟾壺《せんこ》 水渋《みづしぶ》り
満窓《まんさう》の梧竹《ごちく》 颼飅《しうりう》たり
恰《まさ》に 風《かぜ》 凄《すさま》じく 雨《あめはなは》 苦《だ》しく
簾鉤《れんこう》を上《あ》ぐるに懶《ものう》し
薬《くすり》を窃《ぬす》みし姮娥《かうが》は 何《いづ》れの処《ところ》ぞ
嘆《なげ》く 塵世《ぢんせい》の 此《こ》の別《わか》れ 千秋《せんしう》
東陽《とうやう》の老《らう》
腰囲《えうい》 痩《や》せ損《そこな》ふは
詩愁《ししう》の為《ため》ならず
高楼《かうろう》
去年《きよねん》の明月《めいげつ》
憶《おも》ふ 情話《じやうわ》 団欒《だんらん》
笑《わら》うて 觥籌《くわうちう》を遞《つた》ふ

奈憔花易謝
病葉難留•
只有一枝金粟
添清涙薦向羅幬•
青燈悄
啼残暗蛬白了人頭•

奈《いかん》せん 憔花《せうくわ》は謝《しや》し易《やす》く
病葉《びやうえふ》は留《とど》まり難《がた》し
只有《ただあ》り 一枝《いつし》の金粟《きんぞく》
清涙《せいるゐ》を添《そ》へて 羅幬《らちう》に薦《すす》む
青燈《せいとう》 悄《せう》として
啼《な》き残《そこな》ひし暗蛬《あんきよう》 人《ひと》の頭《かしら》を白《しろ》くし了《をは》んぬ

獣をかたどった香炉は　もう煙が絶え／ひきがえるを飾った水時計は　ゆっくりと時を刻み
窓一面をおおう梧桐《あおぎり》と竹の葉が　しきりにざわめく
今　風が吹き荒れ　雨が降りつのり／帳《とばり》を巻き上げて　外を見る気にもなれない
薬を盗んで月へ逃れたあの女神は　今どこにいるのか
あゝつらい　憂《う》き世のこの別れは　永久に続くのだ
東陽の沈約《しんやく》のようにやせ細った私／胴回りがめっきり細くなったのは
詩がうまくできない悩みのためではない

この高楼《たかどの》の座敷／去年の明月の晩／思い出されるのは　あのなごやかな語らいのとき
私たちはにこやかに　余興の遊びをした
あわれ　しおれた花は散り／枯れた木の葉は落ちて行った

今はただ　一本の　桂《もくせい》の枝を／清らかな涙とともに　祭壇にささげよう
青いともしびも　力なく弱々しく／しだいに弱まる暗闇《くらやみ》のこおろぎの声は　私の頭を白くしてしまった

語釈　○鳳凰台上憶吹簫―詞牌の一つ。○獣鼎―獣の姿をかたどった香炉。○蟾壺―ひきがえるの装飾を施した水時計。○水渋―なかなか水が落ちない。ゆっくりと時が流れる決まった表現。○梧竹―梧桐《あおぎり》と竹。鳳凰は梧竹に舞い降りる、また梧竹に棲《す》んで、竹の実を食すると言われる。○颼飀―風がざわざわと音を立てるさま。○簾鈎―すだれを巻き上げて固定するための留《と》め具。○懶―……をする気になれない。気が進まない。○姮娥―伝説上の女性の名。夫《おっと》で弓の名人の羿《げい》が、あるとき手柄を立て、仙女の西王母から不老不死の薬をもらって家に帰るが、妻の姮娥は羿の外出中に一人で全部飲んでしまう。そして空に舞い上がり、月の世界へ行って月の女神になった、という伝説。そこから、「姮娥」と言えば月の女神、また月そのものを指す。○塵世―俗世。この世。○東陽老―東陽（浙江省）に赴任した南朝の詩人沈約《しんやく》（四四一〜五一三）は、すでに年老いて病気がちで、日ごとに痩せて帯が緩んだ。そこから、痩せることを「東陽の老」（東陽の痩せ姿）と表現する。ここでは作者自身にたとえている。○詩愁―詩がなかなかできない悩み。○情話―心のこもった会話。打ちとけた会話。○觥籌―勝負ごとで敗けた者が飲む罰杯と、数をしらべるかずとり。宴会の余興の遊び。壺と矢を用意し、壺を遠くに置いて、その壺の中に矢を投げ入れる。二つのグループに分けて、いくつ矢を入れられるかを競い、負けたほうはお酒を飲む。○憔花―衰えた花。○病葉―病気におかされた葉。枯れかかった葉。「憔花」とともに、重病の妹にたとえる。○金粟―桂《もくせい》の枝の別名。お供え物にする。○羅幬―うすぎぬのとばり。その中にお位牌が安置してある。○啼残―鳴き声が消えかけている。「残」は、すたれる。そこなわれる。

詞題の下に「秋夕《しゅうせき》亡妹《ぼうまい》を哭《こく》す」という副題がつけられています。亡くなった人を追悼する「悼亡詞《とうぼうし》」

です。中国では南朝時代あたりから「悼亡詩」の系列があり、亡くなった妻を悼《いた》み弔《とむら》うものが多いのですが、この詞は亡くなった妹さんを偲ぶ内容になっています。

双調の詞で、前段・後段に分かれます。

前段の前半五句は、風まじりの雨が降る夜、部屋の中の情景から始まっております。前段の後半五句は、嵐のため月が見えないことを述べて、そこからいなくなった妹に思いをはせます。第六・七句は、〝今は暴風雨のために見えない月も、夜空が晴れればまた見える、しかし私の妹にはもう会えない〟という連想です。後段は妹が存命だったころの思い出から入り、今の現実に戻って、妹を悼む気持ちを強調して結んでいます。去年の同じ時期に、親戚・家族たちが集まったのですね。この詞が発表された集まりは、妹の一周忌か何かだと思います。最終句の「人」は、詩の中ではしばしば自分自身を指しますが、ここでもそうです。

全体として格調の高い語句を連ねております。「獣鼎《じうてい》」「蟾壺《せんこ》」「颼飀《しうりう》」、さらには「姮娥《かうが》」「東陽《とうやう》の老《らう》」などの故事をあちこちに散りばめ、そういう語句の連続の中に、自分の感情をひそかに織り込んでゆく、これは詞の全盛期の詠みぶりそのままであり、まことに本格的な詞であります。

田能村竹田（一七七七〜一八三五）

田能村竹田《たのむらちくでん》（→三七〇ページ）は、詞《ツー》を本格的・体系的に研究、紹介した人で、『塡詞図譜《てんしずふ》』を編纂しています。これは作詞譜（詞作に用いる譜式を示した書物）で、詞牌ごとに作例を挙げ、平仄や押韻を注記したもの。竹田自身も多種多様な詞をのこしています。

小令（短篇の詞）・双調　三十六字体（韻目省略）

長相思

夢易醒•　酒易醒•
楊柳梢頭月正明•
鴉児半夜鳴•
掩雲屏•　護春燈•
痩影看時妾自驚•
郎看那不驚•

長相思《ちやうさうし》

夢《ゆめ》 醒《さ》め易《やす》く　酒《さけ》 醒《さ》め易《やす》し
楊柳《やうりう》の梢頭《せうとう》　月《つき》 正《まさ》に明《あき》らかなり
鴉児《あじ》　半夜《はんや》鳴《な》く
雲屏《うんぺい》を掩《おほ》ひ　春燈《しゆんとう》を護《まも》る
痩影《そうえい》　看《み》る時《とき》　妾《せふ》　自《みづか》ら驚《おどろ》く
郎《らう》　看《み》れば　那《なん》ぞ驚《おどろ》かざらん

夢は　すぐさめる／酒の酔いも　すぐさめる
やなぎのこずえに　月が今　明るくかがやいている
からすのひなが　この真夜中に　鳴いていた
雲母《うんも》の屏風《びょうぶ》を　めぐらして／燈籠《とうろう》のともしびを　じっと見つめる
やせほそった姿を鏡で見て　私自身がおどろいた
あの人が見たら　どれほどおどろくことか

語釈 ○長相思―詞牌の一つ。 ○楊柳―やなぎ。「楊」はかわやなぎ、「柳」はしだれやなぎ。 ○梢頭―木の枝の先。 ○鴉児―からすの子。 ○半夜―夜中《よなか》。夜半。 ○雲屏―雲が描かれた屏風《びょうぶ》。或いは、上部に雲の形の装飾が施された屏風。また、雲母《うんも》を貼り合わせた屏風。 ○春燈―新春慶賀などに用いる飾り燈籠《どうろう》。 ○痩影―やせ細った姿。 ○妾―わたし。女性の謙遜の一人称。 ○那―「何」に同じ。なんぞ。反語。 ○郎―女性が親しい男性を呼ぶ呼称（→四七九ページ）。

「長相思」という詞牌に合わせた作。親しい男性と離れて暮らす女性の心境を詠んだ、典型的な「閨怨詞」です。

女主人公はお酒を飲んで眠りについたが、夜中に目がさめてしまった。その場面から作品が始まります。前段四句は、目ざめた女性が床についたまま、窓の外をながめます。柳の木に月の光があたり、からすのひなが鳴いています。

詩や詞では、柳とからすはよく取り合わせて詠まれます。ここではその柳の木にからすの巣があって、ひなが鳴いているのでしょう。そこで女性は〝からすでさえ雄《おす》・雌《めす》いっしょにいるのに、私はひとりぼっち〟と悲しみに沈みます。

後段四句に入ると、眠れない女性は起きなおります。すると、ともしびに照らされたわが姿が、鏡のような雲母の屏風に映る。それは恋にやつれてやせほそった、痛ましい姿。〝これをあの人が目にしたら、さぞ驚くわ〟。最終句は反語で、直訳すると「あの人が見たら、どうして驚かないものか。いや、ひどく驚くだろう」となります。

会いたくてしかたがないのに、この姿では会うわけにはゆかない。恋いやつれに悩む女性の悲しみは、ますます深まってゆきます。

竹田の詞風は幅が広く、慢詞ももちろん手がけています。次はその一例で、病床での心境を詠んだ珍しい作品。

慢詞（長篇の詞）・双調　百字体（韻目省略）

念奴嬌　臥病
小軒幽敞
只蘆簾紙帳
終年臥病▲
近日吟朋書不到
擁鼻空敲茶鼎▲
蝶影風辺
蟬声露際
満地秋光冷▲
衰梧残柳
葉零門外無徑▲
追記浪迹多年

念奴嬌《ねんどけう》　病《やまひ》に臥《ふ》す
小軒《せうけん》　幽敞《いうしやう》として
只《ただ》　蘆簾《ろれん》　紙帳《しちやう》のみ
終年《しゆうねん》　病《やまひ》に臥《ふ》し
近日《きんじつ》　吟朋《ぎんぽう》　書《しよ》　到《いた》らず
鼻《はな》を擁《よう》して　空《むな》しく茶鼎《ちやてい》を敲《たた》く
蝶影《てふえい》は風辺《ふうへん》
蟬声《せんせい》は露際《ろさい》
地《ち》に満《み》つる　秋光《しうくわう》冷《ひや》やかなり
衰梧《すゐご》　残柳《ざんりう》
葉《は》　零《お》ちて　門外《もんぐわい》に徑《みち》無《な》し
追記《つゐき》す　浪迹《らうせき》　多年《たねん》にして

多愁多苦
終逼桑楡景▲
午後纔餘牀上夢
飛入江湖千頃▲
楓浦浮家
蘆汀泛宅
自整蓑衣影▲
覚来偏怪
腰間猶帯笭箵▲

愁《うれ》ひ多《おほ》く 苦《くる》しみ多《おほ》く
終《つひ》に桑楡《さうゆ》の景《けい》に逼《せま》る
午後《ごご》 纔《わづ》かに餘《あま》す　牀上《しやうじやう》の夢《ゆめ》
飛《と》んで江湖《かうこ》 千頃《せんけい》に入《い》る
楓浦《ふうほ》に家《いへ》を浮《うか》べ
蘆汀《ろてい》に宅《たく》を泛《うか》べて
自《みづか》ら蓑衣《さい》の影《かげ》を整《ととの》ふ
覚《さ》め来《きた》つて 偏《ひとへ》に怪《あや》しむ
腰間《えうかん》 猶《な》ほ笭箵《れいせい》を帯《お》ぶるを

小さなへやは　ひっそりとして広く
ただ芦《あし》のすだれ　紙のかやがあるだけ
ここで一年中　病の床にふしている
近ごろでは　作詩の仲間たちからもたよりがない
鼻歌まじりに　うつろな気分で風炉《ふろ》をたたく
蝶のすがたは　風に吹かれて弱々しく
蟬の声は　露にあてられたように張りがない
地面いっぱいにふりそそぐ　秋の日の光のさむざむしさ

枯れたあおぎり　しおれたやなぎ
それらの葉は散り積もって　戸口の外は道が見えないほど

思い起こせば　さすらいの日々は長くつづき
悲しみと　苦しみばかりだった
そのままとうとう　老境に近づいたようだ
昼さがり　できることはせいぜい　寝台《しんだい》で夢を見ること
空を飛んで　江や湖が果てしなくひろがる土地を訪れた
かえでの茂る入り江に　家をうかべ
あしのはびこる水《み》ぎわに　住まいをうかべ
わが手で　蓑《みの》の身じたくをととのえる
ふいに目ざめ　大いにいぶかった
腰にはまだ　魚籠《びく》をつけているようだった

語釈　○小軒―小さい部屋。「軒」は、窓のある長い廊下、或いは小さい部屋。　○幽敞―もの静かで、ひろい。「敞」は、ひらけている。ひろい。ここは、病室に家具がなくてがらんとしているようす。　○蘆簾―あしを編んだ簾《すだれ》。　○紙帳―紙で作った蚊帳《かや》。　○吟朋―詩を作り合う仲間。　○擁鼻―鼻をふさぐ。よい声で歌を歌うこと。東晋の謝安（三二〇～三八五）の故事。謝安が或るとき鼻の病にかかったまま詩を吟ずると、かえって美声だったので、まわりの者がみな鼻をおさえてその発声をまねしたと言う（『晋書《しんじょ》』謝安伝）。ここでは単に〝鼻歌を歌う〟意をしゃれて表現したものであろう。〇茶鼎―風炉《ふろ》。茶席に置き、釜《かま》をかけて湯をわかす炉。夏の季語である。〇浪迹―放浪のあとかた。さまようこと。〇桑楡―くわとにれ。西方の、太陽の沈む場所を言う。転じて晩年、老年のたとえ。〇纔―やっと。せいぜい。〇餘―のこる。のこす。〇牀上―寝台の上。〇千頃―きわめて広大なことのたとえ。一頃は、耕地百畝《ひやつぽ》（畝は耕地面積の単位）。〇蓑衣―みの。農耕・漁・山仕事などの際に用いる植物製の、マント状の雨具。材料はわら・すげ・しゅろなど。背の部分を細かく編み、外側を編み放しにして雨滴を流れやすくする。〇笭箵―漁師の用いる小さい籠《かご》。魚籠《びく》。採った魚を入れておく、竹や網で編んだ籠。

季節は夏の終わり。前段に夏の風物である「紙帳《しちやう》」（蚊帳《かや》）や「茶鼎《ちやてい》」（風炉《ふろ》）が出るとともに、「秋光《しうくわう》冷《ひや》やかなり」という描写があることから、そうとわかります。

前段は、がらんとした病室で寝ている主人公。一人ぼっちでむなしく、気ばらしに鼻歌を歌って風炉をたたいたりしますが、夏が去り、外の虫たちや植物がみな元気をなくしてゆく中、気が晴れません。最終句の〝落ち葉が門前の小道を埋めつくしている〟情景は、作者がずっと外出せず、知人の訪れもないことを示します。

後段では自分の人生を回顧するうち弱気になりますが、やがてうつらうつらとし、漁師になった夢を見ます。〝住まいが入り江や岸べに浮かんでいる〟という表現は、熱にうかされ、夢にうなされるような雰囲気をよく出しています。最後にふと目ざめ、まだ夢うつつの状態にあるところで終わります。

全体に、夏の終わりに特有のさびしさが、病人のうらぶれた心境と溶け合い、そこに一種のなつかしみ、人恋しさのような気分がしだいに現れてまいります。

同じ慢詞でも、先の野村篁園《のむらこうえん》とはずいぶん作風が異なりますが、この作品のように、むつかしい字や故事を用いず、一つの情調を綿々とつづってゆくのもまた「詞《ツー》」独特の手法でした。

水戸学の人々 —— 藤田東湖・徳川斉昭・会沢正志斎

江戸時代、水戸《みと》藩（常陸《ひたち》〔茨城県《いばらき》〕水戸を居城《きょじょう》とする親藩《しんぱん》。御三家《ごさんけ》の一つ）に興《おこ》った学風を「水戸学」と申します。前期と後期に分けられ、前期は二代藩主徳川光圀《みつくに》が着手した『大日本史』の編纂に始まる水戸史学で、山崎闇斎（↓一三〇ページ）の敬神・尊王の思想を承《う》けるもの。後期は幕末に、九代藩主徳川斉昭《なりあき》を中心に興った実践的な学風でした。

藤田東湖（一八〇六～一八五五）

藤田東湖《ふじたとうこ》は父・藤田幽谷《ゆうこく》の思想を受け継ぎながら、当時の幕藩体制の混乱に直面し、それまでの水戸学をいっそう現実的な政策論として捉えました。その結果、尊王論と攘夷論が結びついて強調されることになり、これが後期水戸学の特色になります。このときの藩主を務めていたのが徳川斉昭《とくがわなりあき》でした。

藤湖は水戸藩の跡継ぎ問題が起こったときに同志と奔走し、徳川斉昭を擁立します。そして斉昭公の信任を得て藩政改革を推進しますが、保守派に睨《にら》まれ、藩主の斉昭自身も隠居させられ、藤田東湖は謹慎の生活を命ぜられました。しかし東湖はその間に、多くの著書を執筆しております。

やがて黒船が来港すると、斉昭の意見も聞こうということになり、斉昭は幕府に招かれて対策を講ずる立場となりました。藤田東湖も許されて、海岸防備の担当者として江戸詰になります。東湖はしばしば幕

藤田東湖（一八〇六〜一八五五）

府に意見書を提出し、名声はどんどん高まってゆきました。

ところが五十歳の時、安政の大地震に見舞われます。安政年間（一八五四〜一八六〇）は足かけ七年ほどでしたが、その間に大小十三回くらいの地震が発生しました。東湖五十歳の年の、十月二日の江戸の大地震が特に被害が大きく、七千人ほど犠牲になったと伝えられています。東湖はこのとき江戸の小石川の藩邸にいましたが、地震が起こると年取ったお母さんを助けようとした、そのときに天上から梁《はり》が落ちて来て、東湖はその下敷きになって亡くなってしまいました。

文天祥《ぶんてんしやう》の「正気《せいき》の歌《うた》」に和《わ》す（抄《せう》）

五言古詩（韻目省略）

和文天祥正気歌（抄）

天地正大気
粋然鍾神州•
秀為不二岳
巍巍聳千秋•
注為大瀛水
洋洋環八洲•
発為萬朶桜
衆芳難与儔•
……
嗟予雖萬死

天地《てんち》 正大《せいだい》の気《き》
粋然《すゐぜん》として 神州《しんしう》に鍾《あつ》まる
秀《ひい》でては 不二《ふじ》の岳《がく》と為《な》り
巍巍《ぎぎ》として 千秋《せんしう》に聳《そび》ゆ
注《そそ》いでは大瀛《だいえい》の水《みづ》と為《な》り
洋洋《やうやう》として 八洲《はつしう》を環《めぐ》る
発《はつ》しては萬朶《ばんだ》の桜《さくら》と為《な》り
衆芳《しゅうはう》 与《とも》に儔《たぐ》ひ難《がた》し
……
嗟《ああ》 予《われ》 萬《よろづ》たび死《し》すと雖《いへど》も

豈忍与汝離。
屈伸付天地
生死復奚疑。
生当雪君冤
復見張綱維。
死為忠義鬼
極天護皇基。

豈《あに》 汝《なんぢ》と離《はな》るるに忍《しの》びんや
屈伸《くつしん》 天地《てんち》に付《ふ》す
生死《せいし》 復《ま》た 奚《なん》ぞ疑《うたが》はん
生《い》きては当《まさ》に君冤《くんゑん》を雪《すす》ぎ
復《ま》た 綱維《かうゐ》を張《は》るを見《み》るべし
死《し》しては 忠義《ちゆうぎ》の鬼《き》と為《な》り
極天《きよくてん》 皇基《くわうき》を護《まも》らん

天地の間に充《み》ち満ちる　正大の気／まじりけなくきよらかに　この神州日本に集中している
高く盛りあがれば　富士の山となり／高く大きく　永遠にそびえるのだ
水中に流れこめば　大海原《おおうなばら》の水となり／ゆたかにみなぎって　この大八州《おおやしま》をめぐるのだ
花と咲けば　数限りない桜の花となり
ほかの多くの花々は　桜と並べて同じ仲間とすることはできないのだ

……

ああ　私は斉昭公をお守りできず　その罪万死《つみばんし》に値《あたい》するが／正気よ　そなたと離れるのだけは耐え難い
今後の私の運命がくじけるか　のびてゆくか　それは天地にお任せしよう
生きるにせよ　死ぬにせよ　どうして迷うものか
生きつづけるのならば　ぜひともわが君斉昭《きみなりあき》公のいわれのない罪をすすいで

ふたたび斉昭公がわが国の進むべき道をお開きになるのを　この目で見なくてはならない
死ぬのであれば　私は忠義の化身《けしん》となって／いついつまでも天子様の国　この日本をお守りするのである

藤田東湖（一八〇六～一八五五）

語釈　○正気歌―南宋末の文天祥（一二三六～一二八二）が大都（今の北京）の獄中で詠んだ、全六十句の五言古詩。　○神州―日本の美称。神の国。　○秀―穀物が穂を出したり、花をつけたりすること。　○巍巍―高く大きいさま。　○大瀛―大海。　○八洲―日本の美称。〝多くの島々〟の意。『日本書紀』に「大八洲《おおやしま》の国」とある。　○萬朶桜―多くの枝に咲く桜の花。「朶」は、枝。　○衆芳―多くの花々。　○儔―仲間となること。　○萬死―「死」は殺す意味にもなる。一万回殺される。何度殺されてもつぐない切れないという悔恨の意を表す。　○汝―ここでは「正気」のこと。　○豈忍―耐えられない。　○君冤―藩主・徳川斉昭公の冤罪。　○綱維―大綱。国家の進むべき根本的な道。　○忠義―「忠」はまごころ、「義」はすじみち。　○鬼―漢詩文では〝幽霊、妖怪〟の意。ここでは、化身。　○極天―天のある限り。〝いついつまでも、永遠に〟の意。　○皇基―天子のお仕事の基本。天子が国家を治める事業。転じて、国家。

弘化二年（一八四三）、作者四十歳、水戸藩の下屋敷に幽閉されていた折の作。文天祥は、中国南宋末期の忠臣。モンゴル族の元軍が南下して来るのに対して、義勇軍を率いてしばしば戦いました。南宋王朝が滅んでしまった後もその復興を志《こころざ》して活動しますが、とうとう捕虜になってしまいます。元の都の北京に連れて行かれ、新王朝の元に仕えるよう説得されますがあくまで拒み、土牢《つちろう》に幽閉されました。そこに三年間幽閉されますが、決して説得に応じないため、元王朝もしかたなく天祥を処刑したのでした。

その文天祥が土牢《つちろう》の中で作ったとされる「正気《せいき》の歌」がたいへん有名になり、特に幕末の時期に共感をもって読まれました。

「正気」というのは、生き方の問題です。もともと『孟子』公孫丑章句《こうそんちゆう》・上の語で、社会の正義と自然界の法則にきちんとのっとって生きている、それをあくまで貫くところから心と体に生まれる充実感のことを「正気」と呼んでいます。つまり〝筋を通した生き方をしているという確信から生じる力、気合い〟ということですね。幕末の困難な時期、こういう文天祥の生き方、「正気の歌」の内容は強く支持されました。

藤田東湖はこの「正気の歌」に唱和して、同様の構成で長い古体詩を作ったわけですが、文天祥の原作よりさらに長く、七十四句に及んでおります。本書では、出だしの八句と結びの八句を取り上げました。

出だしの八句は、まず〝天地に充《み》ち満ちる正気というものは特に日本に集まっている〟と述べ、その証拠として、正気の現れの例を挙げてゆきます。その後を省略しましたが、〝そのように日本に集まる正気が人に宿れば、昔から数多く現れた忠義の人物になる〟ということで、古来〝忠義の人〟と言われる日本史上の有名な人物を一人ずつ挙げてまいります。そしてしだいに時代を下り、今の世において正気を備えているのはどなたであるか、水戸藩主の徳川斉昭公である。ところが今、斉昭公は謹慎処分になっている。自分は斉昭公をお助けすべき立場なのに、それができない。その自分を責める方向に発展しますが、その最後の八句が、後半部分です。〝自分が今後どうなるかはわからないが、生きながらえるならば斉昭公の冤罪をすすぐことに努め、死するならば忠義の精霊となってわが国を守護しよう〟と、固い覚悟をもって結んでいます。

この詩は幕末の尊皇の志士たちに大きな影響を与え、東湖の代表作となりました。

○

軟禁中の作として、天保十五年（一八四四。十二月に「弘化元年」に改元）に詠まれた次の五言絶句が有名です。

題菊池容斎図　　菊池容斎《きくちようさい》の図《づ》に題《だい》す

五言絶句（入声・五物）

蛟龍得雲雨　　蛟龍《かうりよう》 雲雨《うんう》を得《え》ば
非復池中物▲　　復《ま》た 池中《ちちゅう》の物《もの》に非《あら》ず
如何風塵裡　　如何《いかん》ぞ 風塵《ふうぢん》の裡《うち》
徒使英雄屈▲　　徒《いたづ》らに英雄《えいゆう》をして屈《くつ》せ使《し》むる

龍は雲と雨に出会えば／もはや池の中の生きものではなく　天高く昇ってゆく
どうしてこの　ちりほこりの多い俗世の中で／ただむなしく英雄をうずもれさせておくのだろうか

語釈　○池―湖や堀も含む。ここでは、湖。小さな池を連想する必要はない。　○風塵―風とちり。風に吹かれて舞うちり。俗世間、うき世の苦労のたとえ。

詩題の意味は「菊池容斎どのの描いた龍の絵に書きつける」。菊池容斎は大和絵《やまとえ》の大家で、明治十一年（一八七八）まで存命だった人ですが、その人が描いた龍の絵を見て感想を述べた「題画詩」です。このとき東湖は三十九歳。江戸小石川（東京都文京区）の水戸藩邸に軟禁生活を送ってました。

一見、龍の絵の図柄を描写しているようでいて、実はその絵に託して、自分自身がなかなか軟禁から解かれない、才能が発揮できない不遇感を描いたものと見ることができます。

徳川斉昭（一八〇〇〜一八六〇）

徳川斉昭《とくがわなりあき》は江戸後期の御三家の大名で、藩主としては九代目。第十五代将軍徳川慶喜《とくがわよしのぶ》のお父さんにもあたります。強硬な尊王攘夷論者で、一時はその言動によって謹慎を命じられることもありましたが、その後ペリーが来港するとかえって幕府に招かれ、幕政に参加して対策を講ずる立場になります。しかし外交問題や将軍の跡継ぎの問題をめぐって井伊直弼《いいなおすけ》の一派と激しく対立することになり、とうとう安政の大獄に連座する形で、引退させられてしまいました。

斉昭公は藤田東湖《ふじたとうこ》や会沢正志斎《あいざわせいしさい》を登用して藩政改革を進めました。保守派との対立もあり、なかなか思うような改革ができなかったようですが、それでもそのような中で、天保十二年（一八四一）に藩校の弘道館が創建されています。また、偕楽園《かいらくえん》という庭園を造園しておりますが、これは兼六園《けんろくえん》（金沢市）・後楽園《こうらくえん》（岡山市）とともに「日本三名園」に数えられ、梅の名所です。当時、数千本の梅を植えましたが、今日でも三千本以上の梅の木があり、毎年「梅まつり」が行われています。

弘道館賞梅花　　　　七言絶句（上平・十灰）

弘道館中千樹梅・
清香馥郁十分開・
好文豈謂無威武

弘道館《こうだうくわん》に梅花《ばいくわ》を賞《しやう》す

弘道館中《こうだうくわんちゆう》　千樹《せんじゆ》の梅《うめ》
清香《せいかう》　馥郁《ふくいく》　十分《じふぶん》に開《ひら》く
好文《かうぶん》　豈《あに》　威武《ゐぶ》無《な》しと謂《い》はんや

徳川斉昭（一八〇〇〜一八六〇）

雪裡占春天下魁•　　雪裡《せつり》　春《はる》を占《し》む　天下《てんか》の魁《くわい》

ここ弘道館の　千本もの梅の木／さわやかな香りがふくよかにただよって　花は今や満開である
「文を好む木」と呼ばれるこの梅に　威厳と強さがないなどとは言えない
まだ寒い雪の季節に春の面目をひとりであらわし　新しい季節の先頭を切っているのだ

語釈　○好文—梅の異名。好文木。　○豈謂—〝〜と言えるだろうか、いや、決して言えない〟。「豈是」に作る伝本もある。作者自筆の扇面は「豈謂」に作る。　○威武—威厳と強さ。雄々しく勇ましい力。　○占春—春を独占する。　○魁—かしら。第一番目。科挙を首席で及第した人のことも「魁」と言った。

「弘道館で梅の花を愛《め》でる」という詩題。梅の花をテーマにした「詠物詩」ですが、あわせて弘道館で学ぶ学生たちに向けた教訓の意味も含めております。

前半二句は、春まだ浅い日に、ほかの花々に先んじて咲き誇る梅の花の描写。後半二句は、春のさきがけをつとめる梅の花から寓意をみちびき、〝何にしても物事の先頭を切って進むということは、雄々しさと勇気がなければできない〟と言っています。

弘道館での何かの集まりの折に発表されたものでしょう。梅の花のすばらしさに託して、〝弘道館で学ぶ諸君もこの梅の花のように物事の先頭を切って、新しい時代を切り開く覚悟で勉学に努めてくれたまえ〟と励ます気持ちをこめたのだと思います。

会沢正志斎（一七八二〜一八六三）

会沢正志斎《あいざわせいしさい》は水戸藩の儒学者で、水戸学の尊王攘夷論を代表し、それを若い人に指導する立場の人でした。徳川斉昭《とくがわなりあき》を擁立するために奔走した人で、藤田東湖《ふじたとうこ》や武田耕雲斎《たけだこううんさい》と藩政に従事しています。藤田幽谷《ゆうこく》の思想をさらに発展・進化させたと評価される人です。

七言絶句（下平・十一尤）

得快刀授男璋
開匣秋霜刄上浮
玉鱗搖動走青虬
韴霊赫赫神威在
須助餘光斬虜酋

快刀《くわいたう》を得《え》て男《だん》璋《しやう》に授《さづ》く
匣《かふ》を開《ひら》けば　秋霜《しうさう》　刄上《じんじやう》に浮《うか》ぶ
玉鱗《ぎよくりん》　搖動《えうどう》　青虬《せいきう》走《はし》る
韴霊《ふつれい》　赫赫《かくかく》　神威《しんゐ》在《あ》り
須《すべから》く餘光《よくわう》を助《たす》けて虜酋《りよしう》を斬《ざん》すべし

箱を開けば　秋の霜のようなつめたい光が刃《やいば》に浮かぶ
玉のうろこが揺れ動き　青いみずちが突き進む
古《いにしえ》のふつのみたまのように　はっきりと神々しい力がここにある
そなたはぜひともこの名刀のあふれる力を助け　わが国にあだなす者の首領を斬《き》って捨てなくてはならぬ

語釈　○匣—箱。　○秋霜—刀の錵《にえ》が秋の霜のようにきびしいたたずまいであること。　○玉鱗—美しい魚の鱗《うろこ》。

焼刃の形状がうろこのように整然と並んで美しいさま。玉は美称。○青虯—青いみずち。みずちは、角のない龍。○師霊—『古事記』や『日本書紀』に出て来る「ふつのみたま」の剣。神武天皇が熊野で苦戦していたとき、天照大神《あまてらすおおみかみ》が高倉下《たかくらじ》という人物の手を経て授けた神剣。○赫赫—あきらかなさま。○餘光—あふれ出る光。人徳や力量が自然に外にあふれたもの。○虜酋—夷狄《いてき》の頭《かしら》。神州日本を脅かす輩《やから》。

すばらしい名刀を手に入れ、その刀を息子の璋に与えたときの詩です。詩題は「鋭利な名刀を入手し子息の璋に授ける」という意味です。

前半二句は、その名刀の刀身の描写。第二句の「玉鱗」「音虯」は、刃の表面に見える波形の模様を龍とその動きにたとえたものです。後半二句は、目前の名刀を天照大神・神武天皇ゆかりの神剣になぞらえ、〃古《いにしえ》の神剣さながらの威力を存分に発揮して外的を排除せよ〃するようにと息子に言い聞かせるように結んでいます。

尊王攘夷論の立場をよく表した詩です。

示諸生　　七言絶句（下平・八庚）

雄藩本欲育書生•
跋渉雲山千里程•
要識乾坤活歴史
須諳世態与人情•

諸生《しょせい》に示《しめ》す

雄藩《ゆうはん》本《もと》書生《しょせい》を育《いく》せんと欲《ほっ》す
跋渉《ばっせふ》す 雲山《うんざん》 千里《せんり》の程《てい》
乾坤《けんこん》の活歴史《くわつれきし》を識《し》らんと要《よう》せば
須《すべから》く世態《せたい》と人情《じんじやう》とを諳《そら》んずべし

大いなるわが水戸藩は昔から　若い世代を教えみちびこうと力を尽くして来た
それは大空の雲にとどく山にのぼる　けわしく果てのない道
人の世の　生きた歴史を知ろうと　志《こころざ》すならば
ぜひとも世間のありさまと人の心とを　よく理解しなくてはならない

語釈　○雄藩―勢力の盛んな藩。ここでは水戸藩を言う。○書生―学問に取り組む者。或いは、若者。○跋渉―山を越え、川を渡る。諸所を歩きまわること。○乾坤―天地。世の中。

「学ぶ者たちに示す」という詩題の作で、何らかの機会に水戸藩の学生たちに示したものです。

前半二句は、学問に終わりがないことを、果てのない山登りにたとえて印象づけ、後半二句は直接の訓戒になります。〝学ぶということは、本を読む、或いは机の上の議論だけにとどまらない、現実の世の中に役に立つ、応用できるものでなくてはいけない〟と、実践的な学問を説いています。

以上、水戸学ゆかりの人々の詩には、内憂外患、また水戸藩内部の対立の中で、生きるか死ぬかのぎりぎりの日々を送っていた人々の心情や省察がなまなましく表現されております。

幕末の志士たち（一）——佐久間象山・橋本左内・吉田松陰

佐久間象山（一八一一〜一八六四）

佐久間象山《さくましょうざん》は思想家、兵法家。開国論者として有名ですが、無批判に欧米に追従しようというのではなく、〝まず欧米の優れた点を取り入れたうえで攘夷を考える〟という立場でした。

信濃の松代《まつしろ》藩士。幼いころから利発で強情《ごうじょう》な子であったと言われています。藩の中で学んだ後、二十三歳のときに江戸に出て、佐藤一斎先生（↓四四三ページ）に学びました。やがてイギリスが仕掛けた阿片《アヘン》戦争（一八四〇〜二）で、アジア最大の国であった清朝が負けたことに衝撃を受け、海外事情の研究に励み、蘭学や砲術を学んでいます。そして、それら西洋の学問による殖産興業を松代《まつしろ》藩に提案しました。続いて開国論を鼓吹《こすい》し、各地の志士に影響を与えています。吉田松陰《よしだしょういん》（↓五二〇ページ）も象山に心酔したとのことです。

が、その吉田松陰にアメリカに密航することを勧めた廉《かど》で逮捕され、幽閉の生活を送ることになります。これは松陰の所持品の中に、象山が松陰に送った詩があり、その中に〝国外に出て広い世界を見るのがよい〟と勧める内容があったためでした。八年後に赦《ゆる》され、京都に招かれて朝廷の人々に開国の方策を説いて回っています。これは幕府の命令で朝廷の説得に赴いたものですが、そういう言動が攘夷派の憎しみをかき立て、京都で暗殺されてしまいました。

象山は西洋の学問に傾倒し、地震計や大砲をみずから作ったり、ガラスを製造したりしました。自身洋服を着ることもあり、暗殺されたときも洋服姿だったとのことです。

象山は号ですが、地元の松代に象山《ぞうざん》という山があり、それを号にしたそうなので、この由来を重んじれば象山は「ぞうざん」と読むことになります。

詠　史　　　　　　　　　　　七言絶句（下平・五歌）

東辺拓地三千里
曾效荷蘭設学科•
吾邦空説英雄跡
百歳無人似伯多•

詠《えい》　史《し》

東辺《とうへん》　地《ち》を拓《ひら》く　三千里《さんぜんり》
曾《かつ》て荷蘭《オランダ》に效《なら》つて　学科《がくか》を設《まう》く
吾《わ》が邦《はう》　空《むな》しく説《と》く　英雄《えいゆう》の跡《あと》
百歳《ひやくさい》　人《ひと》の　伯多《ピョートル》に似《に》たる無《な》し

ヨーロッパの東のはずれで土地を開拓し　三千里もの範囲に及んだ
かつてオランダに学び　ロシアに学校をいくつも設立した
ひるがえってわが国では　いたずらに英雄たちの業績を語るばかりで
ここ百年　ピョートル大帝になぞらえられる人は出ていない

語釈　○東辺―ヨーロッパの東のはずれ。

詩題の「詠史」は「歴史を詠む」ということで、漢詩の重要な分野です。歴史上の重要な人物や事件を題材とする点では「懐古詩」と同じですが、そこに自分の今の世に対する主張、批評を託するという、説論の要素が強いところが違います。この詩はロシアのピョートル大帝の功績をたたえながら、〝日本もこれからはピョートル大帝の態度に倣《なら》って、西洋の学術文化を積極的に学ぶべきだ〟と説いたもの。嘉永三年（一八五〇）十二月、四十歳の作です。

ピョートル大帝（ピョートル一世、一六七二〜一七二五）は、ロシアの歴史に大きな足跡をしるした人でした。ロマノフ王朝第五代の皇帝（一六八二即位）で、ヨーロッパと積極的に交流し、学術、特に機械工学や軍事の方面を取り入れ、ロシアの近代化を推し進めた人でした。中でもフランスと友好関係を開き、以後二百年にわたって露仏は友好関係にありました。

また、スウェーデン戦争（北方大戦争）に二十一年間かけて勝利し、その後ロシアはバルト海に進出することになります。この戦争のとき、有名なバルチック艦隊がスウェーデン海軍を撃破しております。東のほうでは清王朝とネルチンスク条約を結び、国境を明らかにした功績があります。ただ急速な西欧化と外国人の登用、重い税金に反発もあったようですが、ロシアのヨーロッパへの仲間入りを初めて実現させた功績はおおいがたく、大帝自身、身長が二メートル以上あったということもあわせて、「大帝」という名で呼ばれています。大帝は日本にも興味を持ったようで、ロシアに漂着した日本人をモスクワに招き、ロシアの人々に日本語を教えさせたという話も残っております。

さて、この詩の前半二句では、ピョートル大帝の功績を簡潔にまとめています。ピョートル大帝は一六九七年から西欧に使節団を派遣しましたが、或るときみずから偽名を使ってまぎれこんで訪欧し、オランダで身分をかくしたまま造船工（船大工《ふなだいく》）となり、実際に造船に参加した、という話も残っております。そのように全身全霊で西洋のものを学ぼうとしたのですね。

後半二句は〝それに引きかえ日本はどうか〟ということで、暗に、今後の日本は大帝のような、ヨーロッパに学ぶ姿勢を導入すべきだと主張していることになります。

象山としては、この〝外国に学べ〟という主張もつまりは日本のためであり、日本の将来を大局的に見た上での考え方だったのでした。

橋本左内（一八三四〜一八五九）

橋本左内《はしもとさない》は福井藩の藩医である外科医の子息。たいへん優秀な人で、十四歳で著書を著しております。十代後半からは医師として有名な緒方洪庵《おがたこうあん》に学び、杉田玄白《すぎたげんぱく》に蘭学を学びました。さらには藤田東湖《ふじたとうこ》、佐久間象山《さくましょうざん》、西郷隆盛《さいごうたかもり》と親交を結び、見識をみがいております。

英語やドイツ語もよくし、当時の藩主で名君の松平慶永《まつだいらよしなが》（春嶽《しゅんがく》）に認められ、藩政に参与しました。ところが安政年間（一八五四〜六〇）に、十三代将軍家定の跡継ぎ問題が起こります。ペリー来航以来、切迫した情勢が続いているなかで、これを打開できる力強いリーダー、将軍は誰かということで紛糾しました。その中で左内は慶永の命によって、一橋慶喜《ひとつばしよしのぶ》の擁立に力を尽くすことになります。そして幕府の人々や大奥《おおおく》、京都の公家を説得して回りましたが、反対派の井伊直弼《いいなおすけ》が大老に就任すると、彼の努力は水泡に帰してしまいました。

安政の大獄で逮捕され、はじめは〝彼の行動は藩主の指示によるもので、臣下として当然のつとめである〟ということで、島流しの刑に決定します。ところがその後で井伊大老自身が判決書に手を入れ、斬罪ということになりました。左内の投獄は十月二日のこと、その五日後の七日に死罪申し渡しがなされ、即日執行されています。

獄中にあったのは五日間ですが、その間、読書と執筆に専念しました。北宋の司馬光《しばこう》が中心となって編集した歴史書の『資治通鑑《しじつがん》』に注釈を施しており、漢王朝の時代が終わったところで筆が擱《お》かれております。

獄中作三首　其三　　七言絶句（下平・八庚）

敧枕愁人愁夜永
陰風刺骨拆三更●
皇天憶応憐幽寂
一点星華照牖明●

獄中《ごくちゅう》の作三首《さくさんしゅ》　其《そ》の三《さん》

枕《まくら》に敧《よ》つて　愁人《しうじん》　夜《よる》の永《なが》きを愁《うれ》ふ
陰風《いんぷう》　骨《ほね》を刺《さ》して　三更《さんかう》を拆《う》つ
皇天《くわうてん》　憶《おも》ふに　応《まさ》に幽寂《いうじやく》を憐《あはれ》むなるべし
一点《いつてん》の星華《せいくわ》　牖《まど》を照《てら》して明《あき》らかなり

枕に頭をつけたまま寝つかれず　悲しみに沈む私は夜の長さを悲しんでいる
冬の夜風《よかぜ》は骨を刺すようにきびしくつめたく　今　拍子木《ひょうしぎ》の音が真夜中を知らせる
大いなる天はきっと　私のひっそりとさびしい境遇をあわれに思《おぼ》し召《め》されたのであろう
きらめく星がたったひとつ　この牢獄の窓を照らしてかがやいている

語釈　○敧枕―枕に頭をつけたままでいる。眠れずにいることを言う。　○愁人―心に悲愁をいだいている人。左内自身を言う。　○陰風―冬の風。北風。　○三更―五更の第三の時刻。今のおよそ午後十一時から午前一時くらい。真夜中の時間帯。　○拆―拍子木を打って時刻を知らせること。　○皇天―大いなる天。「皇」は大きい意味。〝万物を主宰する者〟という意味もある。

安政六年（一八五九）、作者二十六歳、詩題のとおり、獄中で詠んだ詩です。十月二日に投獄され、五日間獄中にあった間に作られています。この時点では死罪の申しわたしはなされていませんでしたが、予感はあったでしょう。北風の吹きこむ牢獄の中、時刻は真夜中、作者は寝つかれぬまま悲しみにとざされています。

前半二句は「愁」の字のくり返しや、「陰風」「骨を刺す」「三更」の語が、いやが上にも深刻さを強めます。第一句の「夜《よる》の永《なが》きを愁《うれ》ふ」は、秋の夜が長いことを悲しむとともに、自分や日本の将来が暗い、夜明けが来ないことを悲しむ心情も含められているように思います。自分の境遇を悲しむより、日本の前途を案ずる心が主になっているのではないでしょうか。

後半二句は、窓を照らす星の光に一点のなぐさめを見いだそうとします。第三句の「皇天《くわうてん》」は、皇室の意も含められているかも知れません。〝このような状況にあってさえ、皇室に思いをはせると私の心はやすらぐ〟という告白のようにも感じられます。

悲しい詩ですが、その中に思わず背筋を伸ばすような、潔さも感じられます。安政の大獄では多くの人材が失われましたが、中でも橋本左内と吉田松陰を失ったのは大きな損失であったと言われています。左内と松陰は一度も面会をしたことはなかったようですが、左内が松陰に送った詩は伝わっております。

吉田松陰（一八三〇～一八五九）

吉田松陰《よしだしょういん》は長州藩の勤王派の志士でしたが、むしろ思想家・大教育家として有名です。攘夷と倒幕を主張し、松下村塾《しょうかそんじゅく》を開いて多くの門弟に影響を与えました。実家は下級藩士の杉家ですが、六歳のときに山鹿《やまが》流兵学の師範吉田家を継いでおります。

十代初めから塾や藩校で学び、海外事情も研究しました。二十歳すぎから兵学の実地研究のため、日本各地を回っております。そこにやがてペリーが来航し、国内は騒然とします。松陰も刺激を受け、二十五歳のとき、ペリーが再び訪れ、伊豆の下田に入港した折に乗艦を懇願しますが、拒まれてしまいました。国外脱出は重い罪ですので、帰ったところで幽閉の身となります。

ついで、故郷萩《はぎ》の野山獄《のやまごく》に移されます。これは長州藩の獄舎、一種の刑務所で、武士の囚人に限って収容されておりました。獄中の生活は割に自由で、松陰はここで一年余り過ごしておりますが、その間、読書・執筆、門弟との手紙のやりとりも行っています。さらには獄中で勉強会を主催し、学問の勉強だけではなく、詩や連句の会も主催したとのことです。

その後、実家の杉家に戻され、政治に関与しないという条件のもとで日々を送りますが、特に二十八歳のときに藩の許しを得、松下村塾を開きました。塾生は次々に増え、松陰は尊皇攘夷の精神を大いに説きました。しかし安政の大獄が起こり、そのとき逮捕された志士たちを救うために老中の間部詮勝《まなべあきかつ》の殺害を企てたためにまた野山獄に戻され、さらに江戸に送られて、翌年、刑死しました。

七言律詩（上平・一東／二冬）

磯原客舎
海楼把酒対長風•
顔紅耳熱酔眠濃•
忽見雲濤萬里外
巨鼇蔽海来艨艟•
我提吾軍来陣此
貔貅百萬髪上衝•
夢断酒解燈亦滅
濤声撼枕夜鼕鼕•

磯原《いそはら》の客舎《かくしや》
海楼《かいろう》 酒《さけ》を把《と》って 長風《ちやうふう》に対《たい》す
顔《かんばせ》 紅《くれなゐ》に 耳熱《みみねつ》して 酔眠濃《すゐみんこま》やかなり
忽《たちま》ち見《み》る 雲濤《うんたう》 萬里《ばんり》の外《そと》
巨鼇《きよがう》 海《うみ》を蔽《おほ》つて 艨艟来《もうどうきた》る
我《われ》 吾《わ》が軍《ぐん》を提《ひつさ》げ 来《きた》りて此《ここ》に陣《ちん》す
貔貅百萬《ひきうひやくまん》 髪《かみ》 上衝《じやうしよう》す
夢断《ゆめた》たれ 酒解《さけかい》して 燈《ともしび》 も亦《また》 滅《めつ》す
濤声《たうせい》 枕《まくら》を撼《ゆる》がして 夜《よる》 鼕鼕《とうとう》

海べの宿《やど》の座敷で酒の杯を手に　遠く海を越えて吹いて来る風に向かっていた
私の顔は赤くそまり　耳は熱くなり　酔ったあとの眠りに深く入っていった
ふと見ると　遠くの雲と波とがまじわる　はるかな水平線の向こうから
巨大なうみがめの群れが海のおもてをおおい隠すように　外国の大艦隊が迫って来る
私はわが軍勢をひきいてこの岸べに陣を取り
勇猛なわが兵士たち百万　ことごとく怒髪《どはつ》　天を衝《つ》く勢いで待ちかまえていた
すると夢がさめ　酒も冷《さ》め　部屋のともしびも消えていた

ただ大波の打ち寄せる音のみが　枕をゆるがさんばかりに　この夜の闇《やみ》の中にとどろきわたっていた

語釈 ○海楼―海辺の高楼《たかどの》。松陰が泊まった磯原の宿のこと。○長風―遠くから吹いて来る風。○濃―厚い。深い。ここでは、ぐっすりと眠るさまを言う。○雲濤―雲と濤《おおなみ》が交わるはるか彼方《かなた》。「濤」は、大きな波。○外―〝向こうがわ〟の意。○巨鼇―巨大な海亀《うみがめ》。外国の軍艦にたとえた。○艨艟―戦船《いくさぶね》。軍艦。○貔貅―豹《ひょう》に似た猛獣。勇猛な兵隊にたとえる。○撼枕―枕をゆり動かす。○鼕鼕―つづみの音。荒波がおしよせる音の形容。

嘉永五年（一八五二）、作者二十三歳の時の七言律詩。兵学の実地研究のために日本各地を旅する中で、東北に滞在していた折の作品です。磯原は今の北茨城《きたいばらき》市ですが、そこの宿屋に宿泊中の或る晩、外国艦隊の襲来を夢に見て、その感慨を述べたものです。

最初の一・二句はお酒を飲んでよい気分になり、やがて眠りにつくまで。中間四句は夢の中の情景。おしよせる外国の艦隊をうみがめの群れに、迎え討つ見方の軍勢を貔貅《ひきゅう》の大群にたとえています。

ふと目が覚め、われに返ったときの描写が結びの七・八句です。

攘夷の心意気を夢に託して率直に述べた作品です。第四句の「巨鼇《きょがう》」は、中国古来の伝説で〝東の海上に五つの山がある、その山は巨大なうみがめに背負われている〟というものがあります。途方もなく巨大なうみがめ、それを外国の艦隊にたとえたのは、外国の艦隊の恐ろしさがそれほど圧倒的であるということを表現するためでしょう。

幕末の志士たち（二）——高杉晋作

高杉晋作（一八三九～一八六七）

晋作《しんさく》は通称で、高杉東行《たかすぎとうぎょう》と呼ばれることも多くあります。長州藩の人で、討幕運動の指導者でした。尊皇攘夷運動が討幕運動に発展する動きの中心にあった人で、その動きが明治維新を推し進める大きな力になりました。三百首余りの漢詩を残しております。

少年時代は学問よりも剣術のほうに没頭していましたが、十九歳で吉田松陰《よしだしょういん》の松下村塾に入ってから、読書に打ち込むようになったということです。それから江戸や京都に赴いて尊皇攘夷を鼓吹《こすい》し、志士たちと交友しました。

ところが二十一歳のときに、安政の大獄のために吉田松陰が投獄されます。晋作は投獄された松陰に手紙を送ったり、差し入れをしたりと心を尽くしましたが、結局、松陰は処刑されてしまいました。当然、晋作は幕府に対して激しい怒りと恨みを抱き、以後だんだん行動が過激化してゆきます。

二十四歳のときに長州藩の命《めい》を受け、幕府の上海視察団に随行しました。これは海外の事情を視察する活動の一環ですが、上海滞在中、欧米の侵略の実態、および「太平天国の乱」を目《ま》の当たりにします。太平天国の乱にも西洋諸国の軍事介入があったわけですが、このとき清王朝は阿片《アヘン》戦争とアロー号事件の直後で、国難に直面していました。晋作は〝このままでは日本も清朝の二の舞になる、幕府のやり方ではいけない〟と実感し、外国の排除や日本の富国強兵の必要性について確信を強めます。そして文久二年（一八六二）に帰国しました。

帰国後も、彼の過激な言動は収まりません。同じ文久二年の八月、生麦《なまむぎ》事件が起こっています。これは薩摩藩の島津久光の行列にイギリス人男女四人が馬に乗ったまま割り込み、憤激した薩摩藩士がイギリス人たちを殺傷してしまった事件ですが、晋作はこれに触発され、外国の外交官の暗殺を計画します。これは思いとどまりますが、同じ年の年末に、当時品川にあったイギリスの公使館の焼き討ちを実行しています。

先師小祥日作　　七言絶句（下平・一先）

掃墓束芻涙潸然•
頻愧我党負遺篇•
伏懐往事恰如夢
落花鳥啼已一年•

先師《せんし》小祥《せうしやう》の日《ひ》の作《さく》

墓《はか》を掃《はら》ひ　芻《すう》を束《つか》ねて　涙《なんだ》　潸然《さんぜん》
頻《しき》りに愧《は》づ　我《わ》が党《たう》の遺篇《ゐへん》に負《そむ》くを
伏《ふ》して往事《わうじ》を懐《おも》へば　恰《あたか》も夢《ゆめ》の如《ごと》し
花《はな》落《お》ち　鳥《とり》啼《な》いて　已《すで》に一年《いちねん》

先生のお墓をはらいきよめ　刈り取った雑草をたばねながら　さめざめと涙にくれる
かえすがえすも悔やまれるのは　門下生のわれわれが　先生の残された著述にそむいたままでいること
うつむいて過ぎた日々のことを思い起こすと　まるで夢のように遠くはるかなものになった

先生がおられないわびしい日々が始まって　もう一年がたったのだ

語釈　○　○先師―亡くなった恩師。吉田松陰のこと。　○小祥―一周忌。掃墓―墓を掃除して祭る。　○東芻―刈り取った雑草をたばねる。　○潸然―さめざめと涙が流れるさま。　○落花鳥啼―風景描写ではなく、象徴的な表現。「落花」は初唐あたりから、人の落胆、失望、失敗のたとえとして詩によく出て来る。「鳥啼」も、さびしい雰囲気、むなしい感情を表現することによく用いられる。この四字で、恩師の吉田松陰がいないことを表す。

萬延《まんえん》元年（一八六〇）十月二十七日、作者二十二歳。吉田松陰が処刑されて一年後の一周忌の日に作った詩です。「亡くなった吉田松陰先生の一周忌の日の作」という詩題です。お墓の前で発表されたものでしょうか。まわりには当然、塾生たちがおおぜいいて、この詩の朗吟に聞き入っていたと思います。

囚中作　　　**雑言古詩**（韻目省略）

君不見死為忠鬼菅相公•
霊魂尚在天拝峰•
又不見懐石投流楚屈平
至今人悲汨羅江•
自古讒間害忠節
忠臣思君不懐躬•
我亦貶謫幽囚士
憶起二公涙沾胸•

囚中《しゅうちゅう》の作《さく》

君《きみ》見《み》ずや　死《し》して忠鬼《ちゅうき》と為《な》る　菅相公《くわんしやうこう》
霊魂《れいこん》　尚《な》ほ在《あ》り　天拝《てんぱい》の峰《みね》
又《また》見《み》ずや　石《いし》を懐《いだ》いて　流《なが》れに投《とう》ずる　楚《そ》の屈平《くっぺい》
今《いま》に至《いた》るまで　人《ひと》は悲《かな》しむ　汨羅《べきら》の江《かう》
古《いにしへ》自《よ》り　讒間《ざんかん》　忠節《ちゅうせつ》を害《がい》す
忠臣《ちゅうしん》　君《きみ》を思《おも》つて　躬《み》を懐《おも》はず
我《われ》も亦《また》　貶謫《へんたく》　幽囚《いうしう》の士《し》
二公《にこう》を憶起《おくき》して　涙《なんだ》　胸《むね》を沾《うるほ》す

高杉晋作（一八三九〜一八六七）

休恨空為讒間死　恨《うら》むるを休《や》めよ 空《むな》しく讒間《ざんかん》の為《ため》に死《し》するを
自有後世議論公　自《おのづか》ら有《あ》らん 後世《こうせい》 議論《ぎろん》の公《こう》

君は知っているだろう　死して忠誠心の化身となった道真《みちざね》公を
そのたましいはいまだにとどまっている　太宰府の天拝山の頂上に
君はまた知っているだろう　石を抱いて江の流れに身を投げた　楚の屈原のことを
今に至るまで　人々は悲しみ祭っている　汨羅《べきら》の淵に沈んだこの人を
昔から告げ口による仲たがいは　まごころと節操ある人を傷つけて来たが
忠義の臣下は　主君のことのみを考え　自身のことなどは考えないのだ
私自身も今はしりぞけられ　牢獄に押し込められたもののふ
二人の先達――道真公と屈原を思い起こして涙にくれてしまう
が　嘆くのはやめよう　むなしく告げ口や仲違いのために命を失おうとも
おのずと後世　公平な議論による判断が下される筈であるから

語釈　○忠鬼―忠義（まごころとすじみちを重んずる姿勢）ある霊魂。「鬼」は、死者の霊魂。　○菅相公―菅原道真のこと。「相」は宰相・大臣。道真が右大臣を務めていたことから言う。　○天拝―天拝山。福岡県筑紫野市にある山。　○楚屈平―楚の屈原。名は平、字は原。　○恨―漢詩文の訓読では上二段活用となり、連体形は「恨むる」となる。　○讒間―讒言《ざんげん》によって親しい関係を間《へだ》て、裂く。「讒」は告げ口で、「間」は人と人との間を裂くこと。　○貶謫―退け、遠ざけること。

元治元年（一八六四）四月二十五日、作者二十六歳、長州萩《はぎ》の野山獄《のやまごく》に収容されていた時の作。

安政五年（一八五八）、二十歳のときから江戸で無軌道な生活をしていた晋作は、二年後に長州藩に戻り、すぐそのあと下関戦争に遭遇します。これは長州藩が攘夷の一環として、関門海峡を通った外国船を砲撃したところ、それへの報復として沿岸の砲台が破壊され、市街区が焼かれ、七、八百人の犠牲者が出たものです。

晋作はこの下関戦争後の下関防衛の任務を任されることになり、このとき有名な奇兵隊を結成しています。奇兵隊は、状況がこのようになって来ると武士だけでは守り切れないということを慮《おもんぱか》り、藩の許しを得て結成した非正規の軍隊です。武士だけでなく、農民・町民を含む、身分階層にとらわれない精鋭たちから成る軍隊で、画期的なものでした。

ところがこの翌年に京都で政変があり、長州藩が京都を追放されてしまいます。長州藩の過激な攘夷の姿勢が朝廷から疎《うと》まれるようになったのですが、晋作は情勢を打開するために京都に潜入しました。ところがこれは当時、脱藩の罪に当たるので、彼は長州の野山獄に送られてしまいます。

この雑言古詩は、その野山の獄に入れられて一ヶ月後くらいの作です。

三つの段落に分けられ、最初の一〜四句、第一段で、平安時代の菅原道真と中国の戦国時代の屈原——いずれも政争に巻き込まれ、讒言によって悲運の死を遂げた人——のことを思い出しております。第二句の「天拝山」は、菅原道真が太宰府に左遷されると何度もこの山に登り、山頂で天に向かってみずからの無実を訴えた、と伝えられる山。

次の五〜八句が第二段です。〝今は自分自身も右の二人と同様、しりぞけられた身であるが、あの二人のように忠誠心をあくまで失わないようにしたい〟と述べます。

最後の九・十句が第三段で、自分の忠誠心がいつか理解されることを信じ、将来に希望を託して結びます。藤田東湖《ふじたとうこ》の「正気の歌」（→五〇四ページ）とも一脈通じるような内容になっています。

この後、間もなくまた外国の艦隊四ヶ国の連合艦隊が、前年の報復として下関に砲撃を加え、沿岸の砲台が占拠されるという事件が起こります。すると晋作はこの状況を打開するために赦免され、野山獄から出されます。このときは四ヶ国との和平交渉の全権を任されました。晋作は、なるべく向こうが出して来た条件に妥協するが、賠償金と領土の割譲だけはあくまで拒否しています。賠償金については、〝前年の砲撃は幕府の命令でやったものなので、長州藩が賠償する必要はない〟と言い、領土割譲については、〝下関が上海と同じような租界となってしまう、日本の植民地化の第一歩だから、どうしても拒まなくてはならない〟ということで、断固拒否したのでした。

これと前後して「池田屋事件」「蛤 御門《はまぐりごもん》の変」があり、同じ年の暮れに幕府は、今や尊皇攘夷、倒幕の中心となった長州藩を討伐しようと、「第一次長州征伐」を決行します。この時期の長州藩は、京都での政変以来、外国船との戦い、その他の政変でだいぶ打ちひしがれて弱気になっており、藩の上層部は幕府との和議に傾いていました。それを聞いた晋作は発奮して挙兵し、上層部の軍隊に勝ちます。一種のクーデターとも言えますが、彼はこれによって、長州藩の全体的な思想を再び倒幕に統一しました。このときの晋作の挙兵が、明治維新への大きな一歩になったと言われています。

続く「第二次長州征伐」では晋作が海軍の総督として長州の軍を率い、幕府軍を大いに撃破しました。この敗北によって、幕府はいちじるしく面目を失い、大政奉還の一つのきっかけとなったのでした。

このように、晋作はこの時期、明治維新の伏線となる重要な事件にたくさん遭遇しておりますが、非常に多忙な行動の間に病を得、肺結核になります。第二次長州征伐の後しばらく一、二年の間静養しますが、ついに健康を取り戻さないまま、大政奉還《たいせいほうかん》の半年前に、慶応元年（一八六七）に二十九歳で亡くなってしまいました。

八月六日　招魂場祭事　与奇兵隊諸士　謁之　此日軍装行軍如出陣式

八月六日《はちぐわつむいか》 招魂場《せうこんぢやう》の祭事《さいじ》 奇兵隊《きへいたい》の諸士《しよし》と之《これ》に謁《えつ》す 此《こ》の日《ひ》の軍装行軍《ぐんさうかうぐん》 出陣式《しゆつぢんしき》の如《ごと》し

七言絶句 （下平・六麻）

猛烈奇兵何所志
要将一死報邦家•
可欣名遂功成後
共作招魂場上花•

猛烈《まうれつ》の奇兵《きへい》 何《なん》の 志《こころざ》す所《ところ》ぞ
要《かなら》ず一死《いつし》を将《もつ》て 邦家《はうか》に報《はう》ぜん
欣《よろこ》ぶ可《べ》し 名《な》遂《と》げ 功成《こうな》るの後《のち》
共《とも》に招魂《せうこん》 場上《ぢやうじやう》の花《はな》と作《な》らんことを

勇敢でたけだけしい奇兵隊の諸君は　どんなことを心の目標としているのか
それは自身の一命をささげて　わが国のお役に立とうということにほかならない
よろこびたまえ　その名誉が実現され　功績をあげたあとは
われわれはみな　この招魂場に咲く花となるのだ

語釈　○邦家―国家。

京都で政変が起こって長州藩が追い出された後、高杉晋作の提案により、それまでに国に殉じた志士たちを祀《まつ》る招魂場を築くことになり、下関の桜山に斎場《さいじょう》を作ることになりました。奇兵隊の隊員たちによって開墾整備が進められ、慶応元年（一八六五）、晋作二十七歳の年に落成に至ります。この詩はその折に所感を示した作です。

「八月六日、桜山神社の招魂場の落成を祝う式典に、私は奇兵隊の同志たちとともに参列した。この日の同志たちの軍装行軍のさまは、出陣式のようにりりしく立派であった」という詩題で、落成式に集まった一同の前で発表されたものです。

この桜山招魂場は日本で最初とされる招魂社で、晋作が意図したとおり、吉田松陰をはじめ、町人出身の奇兵隊員などが身分を越えて祀《まつ》られ、晋作自身も没後はここに合祀《ごうし》されました。

高杉晋作は激しい生涯を駆け抜けた風雲児でした。女性にもたいへん人気がありましたが、とりわけ晋作二十四歳のころ、下関で芸者をしていたおうのと出会い、おうのさんは生涯、彼を支えました。晋作が亡くなった後は出家して菩提を弔《とむら》い、明治四十二年（一九〇九）まで存命しております。

幕末の志士たち（三）——土佐の有志

山内容堂（一八二七〜一八七二）

山内容堂《やまのうちようどう》は土佐藩の第十五代藩主で、名は豊信《とよしげ》。容堂はその号。公武合体派の中心として活躍しました。公武合体は、朝廷の権威と結びついて、幕府の幕藩体制を再編成して強化しようという政治論、また、その実現を目ざす運動を指していますが、もとは水戸学から出ておりました。水戸学の〝皇室の尊厳を守ってゆこう〟という主張から出て、幕末に至って右のような政策論になりました。主に有力な藩の大名や上層部の藩士たちが唱えていました。ところがこの運動によって、尊皇攘夷派の「尊皇」の考えが奪われた形になったので、尊皇攘夷派はますます幕府を倒す方向に傾いてゆきました。

容堂自身はもともと山内家の分家であったのが、幕府の引き立てによって本家を相続したということで徳川氏に恩義を感じており、その点から公武合体に共鳴していたということです。

藩政の面では時代に合わせた改革を進め、人材をそれまでのように身分にとらわれず、才能本位で登用する、西洋式の軍備を整える、ということをしていましたが、その中で尊皇攘夷運動がますます激しくなり、また幕府の長州征伐が失敗に終わるのを目撃するうち、将来について苦悩を深めてまいります。

そこにちょうど坂本龍馬《さかもとりょうま》の提案が後藤象二郎《ごとうしょうじろう》を通して届けられ、大いに喜びました。龍馬の提案は、新しい国づくりのための八ヶ条で、〝幕府権力を温存するとともに政権を朝廷に返す〟という内容を含んでいました。容堂はそこに活路を見いだし、「大政奉還」を十五代将軍慶喜に進言しました。そして薩摩・長州の討幕運動をおさえ、和平的な政権交代を実現させる方向に動いてゆくことになります。

王政復古の後、容堂は新政府の成立とともに議定という要職につき、徳川家の存続に力を尽くしました。しかしやがて病気のために引退しております。

逸題　**七言絶句**（下平・六麻）

風捲妖雲日欲斜
多難関意不思家
誰知此裏有餘裕
立馬郊原看菜花

逸題《いつだい》

風《かぜ》は妖雲《えううん》を捲《ま》いて 日《ひ》 斜《なな》めならんと欲《ほっ》す
多難《たなん》 意《い》に関《くわん》して 家《いへ》を思《おも》はず
誰《たれ》か知《し》らん 此《こ》の裏《うち》に 餘裕《よゆう》有《あ》るを
馬《うま》を郊原《かうげん》に立《た》てて 菜花《さいくわ》を看《み》る

風が不気味な雲をまくり上げるように吹き流し　太陽は沈んでゆく
国難の多いことが気がかりで　自分の家のことなどは考えられない
意外なことに　こういう状況のもとでも私の心にはゆとりがあり
わが馬を野原に立たせ　馬上から菜の花を眺めている

語釈　○逸題―詩題をつける機会をのがし、題がついていないままの詩。　○妖雲―あやしい気配の雲。不吉な事態を予感させる雲。　○誰知―反語。〝だれが予想しただろうか。思わぬことに。意外にも〟。　○郊原―野原。

「題を忘れてしまった」という詩題です。これを容堂自身がつけたのか別の人がつけたのかわかりませんが、正式の詩題が伝わっていません。幕末の国難に直面している自分の心境を詠んだもので、季節は春です。前半二句は、春だというのに暗い不吉な雰囲気で始まっております。黒くたれこめるような、あやしげな雲、西に傾いた太陽。これは不穏な世の中と、衰えゆく幕府の力にたとえたものでしょう。

後半二句になると、そういう日々の中で、ふと、心にゆとりがあることに気づいた小さな驚きを書きとめております。第四句は〝菜の花を眺める心の余裕を失っていない〟ということで、情景としては、菜の花畑に一面に花が咲いているようすを、少し高い所から見わたしている感じで、広い視界を感じさせます。大らかでこせこせしない詠みぶりです。

容堂は、かつて藤田東湖（→五〇三ページ）と面会したとき、〝人にとって一番大切なのは、人を許すことである〟と言われて感ずるところがあり、みずから「容堂」という号をつけました。〝許容する、容認する〟の「容」です。特に安政の大獄以降はこの号を頻繁に用いたということですが、号にふさわしい、包容力の大きい人物になろうと努め、それが或る程度実現されたということがこの詩に暗示されているかも知れません。

容堂は一面、お酒を非常に愛し、毎日飲んでいたようです。お客さんと面談するときも杯《さかづき》を手から離さないし、外出するときにも必ずお酒を入れた瓢箪《ひょうたん》をたずさえていた、書斎にも「酔擁美人楼」（酔って美人を抱擁するたかどの）と名づけていた、などと伝えられますので、なかなか洒脱《しゃだつ》な一面のあるお人であったと見受けられます。次の詩にも、そのような側面がうかがわれるでしょう。

墨水竹枝二首　其一　　七言絶句（上平・五微）

山内容堂（一八二七～一八七二）

水楼酒罷燭光微
一隊紅粧帯酔帰
繊手煩張蛇眼傘
二州橋畔雨霏霏

墨水竹枝《ぼくすゐちくし》二首《にしゆ》　其《そ》の一《いち》
水楼《すゐろう》　酒罷《さけや》んで　燭光微《しよくくわうかす》かなり
一隊《いつたい》の紅粧《こうしやう》　酔《ゑ》ひを帯《お》びて帰《かへ》る
繊手《せんしゆ》　張《は》るを煩《わづら》はす　蛇眼傘《じやがんさん》
二州橋畔《にしうけうはん》　雨霏霏《あめひひ》たり

水べの高楼《たかどの》の座敷　宴《うたげ》の席はお開きになり　ともしびの光も消えかかっている
やがて紅白粉《べにおしろい》の芸者衆が　ほろ酔い気分で帰路につく
ところが彼女たちは　しなやかな手で　わざわざ蛇《じや》の目傘《めがさ》をささなくてはならなくなった
両国橋のたもとに来たところで　雨がぱらつき始めたのだ

語釈　○墨水―隅田川に対する中国ふうの表記。　○竹枝―中国の楽府《がふ》の一つの様式で、その土地の風俗、人情などを民謡風に、軽い調子で詠んだもの。特に男女の情愛や女性の姿、感情を詠むものが多い（↓四八八ページ）。○水楼―水辺の高楼《たかどの》。酒楼である。　○酒罷―酒宴が終わる。　○紅粧―美人のよそおい。また、化粧をした美女。　○繊手―ほそく、しなやかな手。　○煩―わざわざ～をする。　○蛇眼傘―蛇《じや》の目傘《めがさ》。開くと蛇の目の文様（大小二つの同心円の文様）が現れる和傘。　○霏霏―雪、雨など、細かいものが降り注ぐさま。花びらが散る様子にも使う。

この詩は、隅田川近辺の風俗・人情を詠んだ連作二首の第一首です。おそらく橋場《はしば》（東京都台東区）の別邸綾瀬草堂《あやせそうどう》で隠居生活を送っていたころの作で、舞台は隅田川の沿岸でも両国近辺になります。時間帯は夜、仕事を終えて帰って行く芸者さんたちのようすを描いたものです。前半二句は、宴会が終わって芸者さんたちが帰ってゆく描写。後半二句では雨が降り始め、美女たちは傘をさして帰ってゆきます。

この詩も、宴《うたげ》のあとの座敷のようす、家路《いえじ》につく芸者たち、天候が変わって雨になる──と、遠くから眺めているような詠みぶりで、物事を大局的に捉えるという姿勢を感じます。その点は前の「逸題」(→五三二ページ)と似ており、山内容堂の詠みぶりの特色かと思います。

第四句の「二州《にしゅう》」は武州《ぶしゅう》(武蔵《むさし》)と総州《そうしゅう》(下総《かずさ》)の二国。江戸時代の隅田川はこの二国の境を成していて、特に下流近くの地域を「両国」と呼んでいます。

この呼び名には別の伝承もあります。当時、隅田川で溺死した人の亡骸がたいていこのあたりに流れ着いた、そこで、このあたりは〝この世とあの世の境目《さかいめ》〟という観念ができ、それで「両国」と呼び名がついた、ということです。このような地域にはお寺と歓楽街ができるのは世の常で、このあたりも有名な回向院《えこういん》や国技館ができました。国技館では相撲をしますが、相撲はもともと神様を祭る宗教的な行事に発しており、お相撲さんが四股《しこ》を踏むのは、足でしっかり大地を踏みしめる、それによってその土地の神様をなだめる、という呪術的な意味があります。そういうものとともに演芸場・歓楽街も作られてゆくということで、両国近辺には妓女、芸者もたくさんいた、この詩はそのような、この地域独特の風俗を写し出した作品であると言えるでしょう。

山内容堂の山内は「やまうち」と呼ばれることもあります。当時、本家と分家で読み方が違い、分家が「やまうち」だったようですが、容堂は分家から出て本家を継いだので、「やまのうち」で差し支えないと思います。

武市半平太（一八二九〜一八六五）

武市半平太《たけちはんぺいた》は土佐藩士。半平太は通称で、瑞山《ずいざん》と号し、「武市瑞山」と呼ばれることも多くあります。剣術にすぐれた人で、江戸に出て剣道塾の頭《かしら》などもつとめましたが、安政の大獄、桜田門外の変のあとは志士たちとさかんに交流し、長州藩、薩摩藩の尊皇攘夷派を同盟させることを志して、土佐勤王党を結成します。それから土佐に帰り、土佐藩の首脳部の考えを公武合体から尊皇攘夷に向かわせようとします。それで藩主の山内容堂と正反対の立場になったわけですが、間もなく公武合体派の巻き返しに遭い、土佐勤王党は弾圧され、半平太も投獄されてしまいました。一年半後、慶応元年（一八六五）の閏《うるう》五月に山内容堂《やまのうちようどう》から切腹を命ぜられます。三十七年の、志半ばの人生でした。

もともと漢詩や和歌のたしなみがあり、作品をたくさん残していますが、最後に投獄されてからの一年半の間だけでも、獄中で五十首近くも詩を詠んでいます。その中から二首を見てみましょう。

初聞蟬　　七言絶句（下平・十二侵）

炎威赫赫日流金●
獄裏蒸炊又那禁●
時羨新蟬尤肆意
窓前緑樹吸風吟●

初《はじ》めて蟬《せみ》を聞《き》く
炎威《えんゐ》 赫赫《かくかく》 日々《ひび》 流金《りうきん》
獄裏《ごくり》 蒸炊《じようすゐ》 又《また》 那《なん》ぞ禁《きん》ぜん
時《とき》に羨《うらや》む 新蟬《しんせん》 尤《もつと》も意《い》を 肆《ほしいまま》にし
窓前《さうぜん》 緑樹《りよくじゆ》 風《かぜ》を吸《す》つて吟《ぎん》ず

猛暑の勢いは燃え立つばかり　来る日も来る日も　金属さえ溶かすほど
牢獄内のひどい暑さ　いったいどうして耐えられようか
このとき　うらやましく思うのだ　出て来たばかりのせみはだれよりも自由気ままで
牢獄の窓の前　青葉のしげる木にとまり　風を吸っては涼しげにうたっている

語釈　○炎威—炎暑の勢い。夏の酷暑。　○赫赫—照りつけて暑いさま。　○流金—金を溶かし流す。非常な暑さの形容。　○獄裏—牢獄のなか。　○蒸炊—　蒸したり、煮炊きしたりするような暑さ。　○禁—こらえる。我慢する。　○新蝉—地上に出て来て羽化したばかりのせみ。　○肆意—気ままにする。

牢獄の中で迎える夏。そこに今年はじめての蝉の声がとどく。そこで詠んだのがこの詩です。

前半は夏の牢獄のひどい暑さ。「炎威」「赫赫」「流金」「蒸炊」と、いやが上にも暑さが強調されます。

後半に入ると、この夏初めての蝉の声が聞こえ、外の世界に目を向けます。

漢詩の世界では、蝉は志が高潔で自由な存在として描かれることが多いのです（→三〇六ページ）。八方ふさがりの半平太としては、外で涼しい思いもでき、高潔な生き方を満喫できる蝉に対するうらやましい気持ちを正直に述べたと思います。

獄中作　　七言絶句（上平・十一真）

夢上洛陽謀故人●
終衝巨奸気逾振●

獄中《ごくちゅう》の作《さく》

夢《ゆめ》に洛陽《らくやう》に上《のぼ》つて　故人《こじん》と謀《はか》る
終《つひ》に巨奸《きよかん》を衝《つ》いて　気《き》逾〻《いよいよ》振《ふる》ふ

武市半平太（一八二九〜一八六五）

覚来浸汗恨無限　　覚《さ》め来《きた》れば 汗《あせ》に浸《うるほ》うて 恨《うら》み限《かぎ》り無《な》し
只聴隣鶏報早晨。　只《ただ》聴《き》く 隣鶏《りんけい》の 早晨《さうしん》を報《はう》ずるを

夢の中で京《きょう》のみやこにのぼり　同志と相談をした
そしてついに大悪人を討ち果たし　わが意気はますます高ぶった
ふと目ざめると　寝汗《ねあせ》にぐっしょりとまみれ　うらめしさがどこまでもふくれあがる
今はただ　近くの鶏《にわとり》のときの声が夜明けを告げるのに　じっと耳を傾けるばかり

語釈　○洛陽―ここでは京都を指す。　○巨奸―巨悪。大悪人。　○早晨―朝。早朝。

元治元年（一八六四）、作者三十六歳。獄中で見た夢に託し、胸の中のやるかたない憤りをぶつけた詩です。　前半は夢の中で京都に上り、同志たちとともに悪人を成敗したという内容。そこでふと目が覚めるとわが身は獄中にいたというのが後半です。

武市半平太には富子という名の奥さんがいて、賢夫人として知られていました。夫婦仲が良く、半平太の手紙がたくさん残っているのですが、結びに「おとみどの」とひらがなで書いてあります。彼が切腹するときの白無垢と肩衣《かたぎぬ》も富子夫人の差し入れですし、亡骸《なきがら》を引き取って葬ったのも夫人でした。その後は定めによって家の財産・邸宅は没収されてしまいましたが、富子夫人は以後、裁縫や洗濯の仕事をして生計を立て、大正六年（一九一七）まで存命で、八十八歳で亡くなりました。晩年には昭憲皇太后にも面会することができ、安らかな晩年で、お墓は半平太の隣に建てられています。

この武市半平太と親友だったのが坂本龍馬でした。

坂本龍馬（一八三五～一八六七）

坂本龍馬《さかもとりようま》は土佐藩出身の志士。諸藩の指導者層をよく斡旋《あつせん》して回り、明治維新の基礎を作った一人です。江戸に遊学して剣を学び、千葉道場の北辰一刀流を体得しています。品川沖から黒船を見たのが十九のとき、ついで武市半平太の土佐勤王党に加わり、さらに文久二年（一八六二）、脱藩して江戸に出、勝海舟《かつかいしゆう》に師事しました。

勝海舟が熱心に開国、外国との貿易を説いた感化も大きかったのか、龍馬は船の操縦、航海の術を学んだり、神戸に海軍の学校を建てようと奔走したり、長崎に貿易会社と軍隊を合わせたような亀山社中《かめやましやちゆう》（後の海援隊）という組織体を作ったりしました。さらには薩長連合を実現し、山内容堂《やまのうちようどう》に説いて大政奉還に導くなど大いに活躍しましたが、最後は京都で、幕府側の刺客に暗殺されてしまいました。

愛酒詩　　七言古詩（韻目省略）

酒者可呑酒可飲▲
人生只有酒開胆▲
酔中快楽人無知●
大地為蓐天為衣●
英雄生涯真乎夢●

酒《さけ》を愛《あい》するの詩《し》

酒《さけ》は呑《の》む可《べ》し 酒《さけ》 飲《の》む可《べ》し
人生《じんせい》 只《ただ》 酒《さけ》の 胆《たん》を開《ひら》く有《あ》り
酔中《すゐちゆう》の快楽《くわいらく》 人《ひと》 知《し》る無《な》し
大地《だいち》を蓐《しとね》と為《な》し 天《てん》を衣《ころも》と為《な》す
英雄《えいゆう》の生涯《しやうがい》 真《まこと》に夢《ゆめ》

坂本龍馬（一八三五～一八六七）

厭迄呑酒酔美姫•

厭《あ》く迄《まで》酒《さけ》を呑《の》んで美姫《びき》に酔《ゑ》はん

酒は呑《の》め飲め　どんどん飲め
人の生涯にはただ　たましいを解放してくれる酒あるのみだ
酒に酔うたのしさは　飲めない人にはわからない
ひろがる大地を布団と見なし　ひろがる大空を衣《ころも》とするような　大きな心持ち
人もうらやむ英雄の生涯とは言え　それも所詮はまったく夢のようなもの
心ゆくまで酒を飲み　美女とともに酔いしれよう

語釈　○開胆―心を開くこと。

本人の作かどうか確証はありません。第五句の「真《まこと》に夢《ゆめ》」は、原文を見ますと、「真《まこと》か夢《ゆめ》か」と読んだほうがいいかも知れません。四句目の「大地を蓐《しとね》と為し　天を衣《ころも》と為す」には、出典があります。西晋・劉伶《りゅうれい》の「酒徳《しゅとく》の頌《しょう》」という、酒の功徳《くどく》をほめたたえた文章があり（『文選』巻四十七・『古文真宝後集』巻六）、その中に「大人先生《たいじんせんせい》」という主人公が出て来ます。〝この人は宇宙の本質を悟っていて、悟りを実感するためにいつも酒を飲んでいる。そして酔うと天をカーテンと見なし、大地をむしろと見なし、太陽や月をともしびと見なす〟という表現が出て来ますので、これに基づいているでしょう。

坂　龍

武市半平太　　**五言絶句**（無韻）

肝胆元雄大

坂《ばん》龍《りゅう》
肝胆《かんたん》元《もと》雄大《ゆうだい》

奇機自湧出　奇機《きき》　自《おのづか》ら　湧出《ようしゅつ》
飛潜有誰識　飛潜《ひせん》（飛翔と潜伏）　誰《たれ》か識《し》る有《あ》らん
偏不恥龍名　偏《ひとへ》に龍名《りゅうめい》に恥《は》ぢず

「坂龍」は、坂本龍馬の名前を中国風にアレンジしたものです。「坂本龍馬という人は肝っ玉が大きく、不思議なはかりごとが泉のように湧き出るお人だ。彼がいつ飛び上がり、いつ隠れるか、誰がわかるものか。まったく龍という名前に恥じない人だ」と、龍馬に対する尊敬の思いを吐露した作品です。

人を龍にたとえるというと、孔子のことばを思い出します。前漢・司馬遷の『史記』の中に、孔子様が老子と面会していろいろ教えを受けた。孔子は帰ってから老子の印象について、〝老子というのは不思議なお方だ。たとえば鳥という動物は空を飛ぶ、魚という動物は水中を泳ぐ、というふうに、ふつうはその生態や特色がつかめるものだ、龍となると、その動きは予測できない。老子はそういう龍のようなお人であった〟と述べたというのですが（老荘申韓列伝）、武市半平太が坂本龍馬のことを〝龍の名前に恥じない〟と言ったということは、ここで半平太は龍馬を老子にたとえたのでしょうか。

龍馬と半平太は遠い親戚にあたる関係で、半平太のほうが六年年上でしたが、うまがあってしばしば議論を交わしました。半平太は龍馬のことを、親愛の情を込めて〝いつも大法螺《おおぼら》を吹く男だ〟と言いましたし、龍馬は半平太のことを〝彼は窮屈なことばかり言う男だ〟と言っていたと伝えられます。そういう二人の関係が、この詩からもうかがえるようです。

十三、豊饒の時――明治

乃木大将御夫妻銅像　（山口県下関市　乃木神社）
「崚嶒《りようそう》たる富岳《ふがく》　千秋《せんしう》に聳《そび》ゆ／赫灼《かくしやく》たる朝暉《てうき》　八洲《はつしう》を照《てら》す」（乃木希典《のぎまれすけ》「富岳《ふがく》を詠《えい》ず」　→六二二ページ）

維新新政府が成立すると、欧米の制度文物が次々に導入され、時代は新たな局面を迎える。

はじめは幕末からの維新への過渡期、時代の転換にさまざまな形で向かい合った人々の詩が注目される。つづいて、政府の欧米政策を糧《かて》に、斬新な主題・用語を駆使した詩が多く詠まれ、江戸時代にもまさる活況を呈することとなる。

西郷隆盛《さいごうたかもり》・木戸孝允《きどたかよし》・伊藤博文《いとうひろぶみ》ら維新の元勲や、軍人として活躍した山県有朋《やまがたありとも》・広瀬武夫《ひろせたけお》・乃木希典《のぎまれすけ》ら、要職にある人々が詩をたしなんだ。また詩社も多く設立され、大沼枕山《おおぬまちんざん》の下谷吟社《したやぎんしゃ》、森春濤《もりしゅんとう》の茉莉《まつり》吟社、成島柳北《なるしまりゅうほく》の白鷗《はくおう》吟社などが盛んであった。

薩摩藩 ―― 西郷隆盛・大久保利通

西郷隆盛（一八二七〜一八七七）

西郷隆盛《さいごうたかもり》は薩摩藩の下級士族の家の人で、兄弟も多く、貧しい生活だったようです。しかし読書好きで、少年時代の読書・勉学を通じて三つ年下の大久保利通《おおくぼとしみち》と親友となりました。

二十代後半で薩摩藩主の島津斉彬《しまづなりあきら》に抜擢され、右腕として様々に活躍しますが、斉彬が急に亡くなると、その跡を継いで藩の実質的な指導者となった島津久光（斉彬の異母弟）とまったくそりが合わず、苦労を重ねることとなりました。もともと久光は斉彬と藩主の座を争ったお家騒動の当事者で、お家騒動の際に西郷と大久保の二人が斉彬を擁立して尽力したといういきさつがあり、久光と西郷隆盛が合わないのは前々からの成り行きがあったと言えます。

その後、西郷隆盛は主として京都にあって、尊皇攘夷派の人々と倒幕の準備を進めてゆきますが、特に坂本龍馬の斡旋により、倒幕を目指す薩長連合の密約を実現します。そして将軍慶喜の助命と徳川家の存続を条件として妥協が成立し、江戸城の和平的な明け渡しが実現しました。

明治維新の後はいったん鹿児島に隠居しますが、すぐ招かれて「参議」という要職につきます。これは新政府の最高首脳の一人として招かれたことになります。しかし、そこに発生したのが「征韓論」の問題でした。

西郷隆盛（一八二七〜一八七七）

征韓論は幕末から明治初期にかけ、一つの重要な課題でした。

幕末、吉田松陰・橋本左内・勝海舟らは、欧米列強の進出に対抗するためには近隣諸国と団結する必要があると考えました。

明治に入ると朝鮮は排他的鎖国政策をとり、また日本が欧米と組んで侵略を企てていると考えて修好を拒みました。そこで明治六年（一八七三）、西郷隆盛・板垣退助・江藤新平・副島種臣《そえじまたねおみ》らはこれを討つことを主張します。が、同年、ヨーロッパから帰国した岩倉具視《いわくらともみ》・木戸孝允《きどたかよし》・大久保利通らは内政優先を説いてこれを退けました。

以後、征韓派は参議を辞して下野し、士族の反乱や自由民権運動を展開してゆくことになります。

もともとの隆盛の主張は、単に朝鮮を征伐するというのではなく、朝鮮との国交樹立のために彼自身が使節として訪問し、うまくゆかなければ軍を派遣しようというものだったのですが、これが反対派によって退けられ、落胆して同志とともに辞職して鹿児島に帰った。これが「明治六年の政変」と言われるものですが、征韓論反対派のほうに、幼なじみの大久保利通がいたのでした。

その後、隆盛は鹿児島で教育にたずさわっておりましたが、やがて不平士族の人々に推されて「西南戦争」を起こし、戦況不利のうちに自決をとげて生涯を終えました。

この西南戦争は不平士族の反乱として最も大きな、そして一番最後のものでしたが、明治の新政府の政策は、それまでの武士階級には不満が多いものでした。廃藩置県で藩がなくなり、給料も廃止されて補償も十分ではなかった。さらに徴兵令が出ることで、武士の特権であった軍事行動もできなくなる、刀も奪われた――と、武士のプライドが非常にけがされたわけです。それに加え、同じ士族でありながら政府の要職についた一部の人々は、自由に贅沢に生きているように見えたということから、この時期、特に西日本では不平士族の反乱が頻繁に起こりました。征韓論で辞職して以後、西郷隆盛は不平士族の団結の象徴のようになっていったのです。

客舎聞雨　　七言絶句（下平・八庚）

一陣狂風雷雨声●
甲兵来撃似相驚●
愁城暗築天涯客
客魂倏摧分外清●

客舎《かくしや》に雨《あめ》を聞《き》く
一陣《いちぢん》の狂風《きやうふう》 雷雨《らいう》の声《こゑ》
甲兵《かふへい》来《きた》り撃《う》つて 相驚《あひおど》かすに似《に》たり
愁城《しうじやう》暗《あん》に築《きづ》く 天涯《てんがい》の客《かく》
客魂《かくこん》倏《たちま》ち摧《くだ》けて 分外《ぶんぐわい》に清《きよ》らかなり

ひとしきりの激しい風　雷と雨の響き
い、い、い、よろいかぶとの軍勢が攻め寄せて　私を驚かそうとするのか
城のようにうずたかい悲しみを　ひそかにかかえていた　さすらい人のこの私
そんなわだかまりはまたたくまに粉砕され　ことのほかにすがすがしい気持ちになった

語釈　○客舎―旅籠《はたご》。宿泊所。　○一陣―或る一定程度の時間の中で生起する事柄につける語。　○甲兵―武装した兵。「甲」は鎧《よろい》、具足《ぐそく》。　○相―　〝お互いに〟という意味もあるが、詩では動詞の上につけて、その動作に相手があることを示す用法が多い。　○愁城―積み重なる悲しみのたとえ。　○天涯客―遠く異郷の地にある旅人。　○分外―とりわけ。特に。

「旅の宿で、雨の音を耳にして作った」という詩題です。作られた時期や場所ははっきりわかっていませんが、西郷隆盛が詩を作り始めたのは三十代後半、三十六歳のころからでした。彼は文久二年（一八六二）、島津久光の機嫌を損ねて奄美《あまみ》諸島の徳之島、続いて沖永良部《おきのえらぶ》島に流されますが、沖永良部島にいたときに同じく島に流された人の中に詩の巧みな人がいて、その人に教わり、それから詩を作り始めたわけですので、この詩も三十六歳以降、いろいろな苦労（後述）を体験してから後の作品ということになります。

前半二句では夜の嵐をたとえをまじえて描き出し、後半二句は感想。最後はさわやかな結びになっています。巨大な自然の力、はたらきによって、自分の小さな悩み、心配事が一時吹き払われたという束の間のやすらぎ、その喜びを書き留めた詩でしょう。

三十代に入ってからの隆盛は苦労の連続でした。まず自分を世に出してくれた恩人、島津斉彬の急死――そのとき隆盛は殉死しようとまで思いつめた――、つづいて安政の大獄による攘夷派の同志の受難、特に斉彬や自分にとって恩人にあたる攘夷派の僧侶の月照《げっしょう》を守ろうとして守れず、幕府からも藩からも追われ、ついに二人で入水《じゅすい》しますが、月照は亡くなったのに自分だけ助かったという事件、これは深い心の傷として残ったでしょうし、斉彬の跡を継いだ久光との不和、さらに幕府の将来に対する憂慮など、すべてが積もり積もっていた状況を、第三句の「愁城」ということばに集約したと思います。

失題　　**五言律詩**（下平・十二侵）

雁過南窓晩
魂銷蟋蟀吟●

失題《しつだい》
雁《がん》 南窓《なんそう》を過《す》ぐるの晩《ばん》
魂《こん》は銷《せう》す 蟋蟀《しつしゅつ》の吟《ぎん》

在獄知天意
居官失道心•
秋声随雨到
鬢影与霜侵•
独会平生事
蕭然酒数斟•

獄《ごく》に在《あ》つて 天意《てんい》を知《し》り
官《くわん》に居《を》つて 道心《だうしん》を失《うしな》ふ
秋声《しうせい》 雨《あめ》に随《したが》つて到《いた》り
鬢影《びんえい》 霜《しも》の与《ため》に侵《をか》さる
独《ひと》り会《くわい》す 平生《へいぜい》の事《こと》
蕭然《せうぜん》として 酒《さけ》 数〻《しばしば》斟《く》む

雁《かり》が南の窓の外を飛んでゆく　この夕べ
私の心は悲しみに沈みこむ　こおろぎの鳴く声がひびく中で
かつて牢獄にあったときには　天命をしかと理解したものだ
しかし新政府の官職についてからは　道義心を見失っていたようだ
秋らしいさびしい音が　雨の降り始めとともに私の耳にとどき
わが頭髪は霜のような白髪に　しだいにむしばまれてゆく
いま私はたった一人で　これまでのいろいろのことを心に納得させながら
わびしい心境で　酒の杯をいく度となくかたむけてしまうのだ

語釈　○雁―秋の鳥で、秋に北から渡って来て、春に北へ帰ってゆく。秋の悲しみを誘い出す景物として、詩によく出て来る。　○銷魂―悲しみのあまり、気がめいる。落胆する。「銷」は、尽くす。消す。　○蟋蟀―こおろぎ。　○天意―天の意志。天が与えた使命。　○道心―義理（人としてのすじみち）から発する心。道義心。

○秋声―秋の物音。秋風、枯れ葉の音、虫や鳥の声など。○鬢影―髪のありさま。○会―心に悟る。納得する。○平生―かつて。往時。○蕭然―ひっそりとものさびしいさま。

新政府の職を辞して帰郷した直後に、自分のそれまでの人生を思い出した五言律詩です。詩題は「題を失った」という意味で、これを隆盛自身がつけたのか編集者がつけたのかわかりませんが、題名としてはこれしか伝わっていません。秋の夜、途中から雨が降り出す、いかにもわびしい、うそ寒い雰囲気の中で自分を見つめる詩です。

最初の一・二句は秋の眺め。見えるもの、聞こえるもの、そしてその中にいる自分の心境を述べます。この悲しい雰囲気につられたように、三・四句はこれまでの自分の人生を顧みています。

第三句に「獄《ごく》に在《あ》り」とありますが、隆盛が獄中生活を送ったのは二回で、一回目は安政五年（一八五八）、三十二歳、僧月照とともに入水して隆盛のみ助かりますが、この事件によって奄美大島に流罪となり、三年間過ごしました。二回目はその四年後、三十六歳のときに島津久光の機嫌を損ねて奄美の徳之島、沖永良部島に流罪となり、やはり三年を過ごしました。一説によると、一回目のほうは流罪になったのではなく、薩摩藩の計らいで奄美大島に身を隠したということですので、この「獄《ごく》に在《あ》り」の「獄」は、奄美の沖永良部島に流された三十六歳のほうかも知れません。

第四句の「道心《どうしん》」は〝良いか悪いかを判断する心、筋の正しいほうにつく心〟ということで、〝道徳観念、良心〟に近いことばです。この反対語が「人心」で、〝我欲《がよく》、私利私欲に動かされてしまう心〟。そこでこの句は〝道心を失って人心に近づいてしまった〟という意味になるのですが、我欲、私利私欲とは無縁だったと言われる西郷さんにして、何か思い当たることがあったのでしょうか。たいへん謙虚な表現です。

五・六句では雨が降り出し、気分はますます沈んでゆきます。しかし最後の七・八句で少し気を取り直し、自分の人生を納得するよう、自分に言い聞かせるような、あきらめにも似た感慨で結んでいます。内省的で繊細な詠みぶりです。明治新政府にかかわって新体制の確立につとめながらも、時代から取り残された不平士族の立場・心境を思わずにいられなかった西郷隆盛、その人柄をよく示す詩であると思います。

また技巧の面では、風景描写の中に自分の心境・印象が入り込んで来るのはこの人の詩の詠み方の特色ですが、この詩の一・二句もそうです。

七言絶句（下平・一先）

感　懐

幾歴辛酸志始堅•
丈夫玉砕恥甎全•
我家遺事人知否
不為児孫買美田•

感《かん》　懐《くわい》

幾《いく》たびか辛酸《しんさん》を歴《へ》て　志《こころざし》始《はじ》めて堅《かた》き
丈夫《ぢやうふ》　玉砕《ぎよくさい》すとも　甎全《せんぜん》を恥《は》づ
我《わ》が家《いへ》の遺事《ゐじ》　人《ひと》　知《し》るや否《いな》や
児孫《じそん》の為《ため》に美田《びでん》を買《か》はず

どれほどのつらい経験を通過して　私の心の抱負は揺るぎないものとなったのか
りっぱな人物は　美しい玉《ぎょく》として砕《くだ》けることはあっても　つまらない瓦《かわら》として生きることを恥じるのだ
私の家に代々伝えたい教え　それを人々はわかってくれるだろうか
それは　子孫のためにりっぱな田畑を買って残すことはしないということなのだ

語釈 ○丈夫―立派な男児。一人前の男。○玉砕―玉が美しく砕けるように、名誉や忠義を重んじて立派に死ぬこと。○甎全―何もしないでただ身の安全のみを保ち、安全に生きること。甎は、煉瓦《れんが》。○美田―よい田地。りっぱな財産。

四十歳を少し過ぎたころの作品です。第四句が成句として有名にもなっています。

前半二句は〝自分は苦労の末に確固たる人生観を身につけた〟と宣言するような表現です。第一句は〝つらい経験によってこそ、人の志はきたえられる〟、第二句は、〝正義や理想のために命を捨てる。それらを曲げてまで身の安全を図ろうとはしない〟ということです。

後半二句は〝そのことを家訓として伝えたい〟と述べます。わが家にとって大切なのは、目に見えるもの、金で買えるものではなく、むしろ目に見えない正義や理想、知恵、努力、勇気というものであって、これは子々孫々そうであってもらいたい、と願っています。

西郷隆盛自身、財産や蓄財には恬淡としていました。こんな逸話が残っています。征韓論が退けられて鹿児島に帰るとき、西郷隆盛は日本橋蛎殻町《かきがらちょう》に土地を三千坪持っていたのを売りに出しました。買い手の人が値段を聞くと、西郷さんは「二百五十円でいい」と言う。そのころ彼の月給は六百円でしたが、買い手が「あまりに安すぎます」と言うと、西郷さんは、「もともとこの土地は二百五十円で買ったものだし、自分はこれで商売をしようと思わないのだからこれでよい」と、そのまま押し通したということです。

大久保利通（一八三〇〜一八七八）

大久保利通《おおくぼとしみち》は明治国家の基礎固めをした、実質上の建設者と言ってもいい人です。はじめ島津斉彬《しまづなりあきら》の藩政改革に参加し、西郷隆盛《さいごうたかもり》とともに活躍しました。しかし幕末のいろいろな情勢を見るうちに、倒幕の必要を痛感し、薩長連合にも関わり、討幕運動を進めて王政復古に尽力しました。

維新後、新しい体制を確立するのに指導的な役割を果たしました。特に西郷隆盛とその同志が辞職してからは、大久保利通の独裁に近くなったようです。

内政面では近代的な殖産興業政策を推し進め、輸出の拡大、そのための官営の工場、欧米の機械の導入、またいわゆるお雇い外国人（技師・研究者）をどんどん招き、一連の不平士族の反乱を厳しく鎮圧しました。この中に西郷隆盛の西南戦争も含まれていました。幼なじみの西郷隆盛と敵対する結果になったわけですが、大久保利通の胸中はどうだったでしょうか。

しかし、不平士族に対する過酷さが不平士族の反感を強め、とうとう西南戦争の翌年、明治十一年（一八七八）に暗殺されてしまいました。

七言絶句（下平・八庚）

下通州偶成
奉勅単航向北京●
黒煙堆裏蹴波行●

通州《つうしう》を下《くだ》り 偶〻《たまたま》成《な》る
勅《ちょく》を奉《ほう》じて 単航《たんかう》 北京《ペキン》に向《むか》ふ
黒煙堆裏《こくえんたいり》 波《なみ》を蹴《け》つて行《ゆ》く

大久保利通（一八三〇〜一八七八）

和成忽下通州水
閑臥篷窓夢自平

和成《わな》つて　忽《たちま》ち通州《つうしう》の水《みづ》を下《くだ》り
閑《かん》に篷窓《ほうさう》に臥《ぐわ》せば　夢《ゆめ》　自《おのづか》ら平《たひ》らかなり

私は勅命をいただいて　一艘《いっそう》の小舟で北京に赴いた
蒸気船の黒いけむりが立ちこめる中　舟は波を蹴って進んで行った
すでに和議は成り　いつしか舟は通州の運河を下ってゆく
のんびりと舟の窓近くに横たわっていると　見る夢はおのずと穏やかなものになった

語釈　○通州―北京東南部に位置し、北京と天津を結ぶ運河の北端。　○堆裏―堆積するなか。　○篷窓―船の窓辺。

大久保利通の事跡の中で、明治七年（一八七四）の台湾出兵と、その処理を手がけたことが注目されます。

明治四年、台湾に漂着した琉球《りゆうきゆう》の島民が台湾の先住民に殺害されたために、明治七年になって、台湾に軍隊を派遣して駐留させました。すると中国の清王朝が〝琉球は中国の領土である〟と主張し、日本に撤兵を求めたために関係が緊張します。これを解決すべく、大久保利通が全権大使として北京に赴いて話し合い、最終的に日本側の主張が通り、琉球は日本の領土（琉球藩）であると認められました。そして、清朝は日本に賠償金を払う。そのうえで、日本は台湾から撤兵しました。その和議が成立した後、大久保利通が作った詩です。

詩題の意味は「通州を船で下《くだ》る際、ふとできた詩」です。

前半二句は、和議の交渉のため、北京に向かう途中の心境を思い出して詠んでいます。第二句の立ちこめる黒い煙は、大役を背負った緊張感、肩の重荷のたとえでしょうか。後半二句は一転して、和議が成立した後、やはり船で帰ってゆくときの心境。大任を果たしたあとののびやかな心境です。前半と後半の対照があざやかです。

大久保利通は無口で威厳のある人物で、部下たちからも恐れられ、冷徹な合理主義者とも言われますが、こういう詩をたくさん読んでゆくと、めったに人に見せない内面もうかがわれるかも知れません。その意味で、この人の詩はもっと読んでみたいと思います。

長州藩 —— 木戸孝允・前原一誠・伊藤博文

王政復古によって新しい明治国家の建設が始まりましたが、はじめは藩閥政治ということで、一部の有力な藩の出身の官僚たちが中心となります、最初は薩長土肥《さっちょうどひ》の四つの藩、やがて廃藩置県と征韓論論争（→五四六ページ）のあとになると、薩摩・長州が中心になって来ました。このうち、薩摩藩の重要な二人は西郷隆盛《さいごうたかもり》と大久保利通《おおくぼとしみち》、長州藩には木戸孝允《きどたかよし》がおりました。長州藩の代表として、薩摩藩と組んで明治維新に導いた功労者の一人です。

木戸孝允（一八三三〜一八七七）

木戸孝允は長州藩の藩医の生まれで、比較的裕福な家であったようです。十代半ばで吉田松陰《よしだしょういん》に師事し、早くから海岸防備を重視しておりました。その後京都へ出て、久坂玄瑞《くさかげんずい》、高杉晋作《たかすぎしんさく》たちとともに、長州藩の基本方針を尊皇攘夷から倒幕の方向にまとめようと力を尽くしております。間もなく京都に政変があり、長州藩が追い出されますが、木戸孝允だけは幕府の目を逃れ、京都に潜伏して活動を続けました。やがて坂本龍馬の仲介で西郷隆盛、大久保利通らと薩長同盟の密約を結び、倒幕勢力の強化を進めました。

維新以後は新政府の中枢に入り、いろいろの新しい規則を作りましたが、旧士族、特に下級武士の活路を開くため、はじめは征韓論に共鳴します。しかしその直後、岩倉使節団に加わってヨーロッパに渡り、進んだ社会をじかに見て、帰国後は〝内政を重視すべきである〟と、征韓論に反対する側に回りました。続いて台湾出兵の企画が起こると、これにも反対し、とうとう辞職してしまいます。その後間もなく明治天皇からじきじきに復帰を求められて復職しますが、今度は大久保利通と対立します。そのころから病を得て記憶力が衰え、西南戦争の最中に、国の行く末を案じながら亡くなったということです。四十五歳の生涯でした。

　京都に潜伏したときに木戸孝允を助けたのが、芸者をしていた幾松《いくまつ》という人で、二人の関係は幕末の有名なエピソードとなっています。木戸孝允は人目をごまかすため、物乞いのような風体《ふうたい》をして、鴨川《かもがわ》にかかる掘っ立て小屋に暮らしていました。その彼に、幾松はひそかに差し入れを続けました。明治に入ってから孝允と結婚して、木戸松子と名乗っています。

七言古詩（韻目省略）

偶成

一穂寒燈照眼明•
沈思黙坐無限情•
回頭知己人已遠
丈夫畢竟豈計名•
世難多年萬骨枯
廟堂風色幾変更•
年如流水去不返

偶《ぐう》成《せい》

一穂《いつすゐ》の寒燈《かんとう》 眼《まなこ》を照《てら》して明《あき》らかなり
沈思《ちんし》 黙坐《もくざ》 無限《むげん》の情《じやう》
頭《かうべ》を回《めぐ》らせば 知己《ちき》 人《ひと》 已《すで》に遠《とほ》く
丈夫《ぢやうふ》 畢竟《ひつきやう》 豈《あに》 名《な》を計《はか》らんや
世難《せいなん》 多年《たねん》 萬骨枯《ばんこつか》れ
廟堂《べうだう》の風色《ふうしよく》 幾変更《いくへんかう》
年《とし》は流水《りうすゐ》の如《ごと》くにして 去《さ》つて返《かへ》らず

木戸孝允（一八三三〜一八七七）

人似草木争春栄•
邦家前路不容易
三千餘萬奈蒼生•
山堂夜半夢難結
千岳萬峰風雨声•

人《ひと》は草木《さうもく》に似《に》て　春栄《しゅんえい》を争《あらそ》ふ
邦家《はうか》の前路《ぜんろ》　容易《ようい》ならず
三千餘萬《さんぜんよまん》　蒼生《さうせい》を奈《いかん》せん
山堂《さんだう》　夜半《やはん》　夢《ゆめ》　結《むす》び難《がた》し
千岳《せんがく》　萬峰《ばんぽう》　風雨《ふうう》の声《こゑ》

一本のさびしいともしびが　私の目の前で明るくともっている
じっと考え込み　無言で坐っていると　いろいろの思いがわきおこっては消える
これまでの日々を振り返ると　自分と心を通わせた同志たちは　みなもう遠くへ行ってしまった
立派だった彼らは　結局　自分の名声名誉などを目指してはいなかった
国難はながくつづき　たくさんの人が犠牲になった
朝廷のありさまも　幾度《いくど》となく様変《さまが》わりした
年月《としつき》は川の水のように　とどまることなく流れて返らない
世の人々はまるで草や木のように　わが世の春の栄えを競い合うばかり
しかし　わが国の前途はけわしいものなのだ
三千万以上のわが国民をどうしたらよいだろう
箱根の山荘はもう真夜中　どうやら眠りにつくのは無理のようだ
今　まわりの数知れぬ山に　風まじりの雨の音がひびきわたっている

語釈 ○一穂—ともしびを数える語。灯火が一本の穂《ほ》のような形をしていることから言う。○寒燈—さむざむとして、ものさびしげな灯火。○丈夫—立派な男。一人前の男。○畢竟—結局。所詮《しょせん》。○計名—名利を考える。○萬骨枯—多くの人が亡くなって枯骨となる。○廟堂—朝廷。○風色—ありさま、ようす。○春栄—春の草木が生長するように、栄えること。栄耀栄華。○邦家—わが国。○蒼生—国民。民衆。○山堂—山荘。○千岳萬峰—数限りない山々。

明治九年（一八七六）、四十四歳、亡くなる一年前の作品です。詩題の「偶成」は「思いがけずできた作品」の意ですが、内容上、心に深く秘めた感慨や主張を注意深く打ち明けるような詠みぶりのものが少なくありません。この詩もその例と言えます。ただしこの詩は、『木戸孝允文書』巻二十二では「夜坐思亡友」（夜《よる》坐《ざ》して亡友《ぼういう》を思《おも》ふ）と題しています。健康を害し、箱根の別荘で静養中の或る日に作ったものです。自分の生涯を振り返り、今の世の中への疑問、必ずしも立派な政治が行われていない、それに伴う将来への不安を述べたものです。

古詩はふつう四句ごとに内容がひとまとまりになりますが、この詩の場合は、作者は二句ごとに視点を転じ、全体として過去・現在・未来と移り変わるように構成したように見受けられます。

最初の一・二句は導入で、真夜中、眠れぬまま灯火を見つめつつ思いにふける作者の姿。次の三・四句は、これまでの同志たちの運命に思いを馳せています。〝彼らは自分の名誉などは意に介せず、わが国をよくすることだけを考えて行動していたのだ〟。五・六句で思いが広がり、幕末の国難、朝廷のありさまを見渡しています。幕末以来、日本国は、尊皇攘夷、公武合体、大政奉還と、さまざまに翻弄されて来ました。七・八句は〝今の世の中はどうか〟ということで、ここから現在の描写になります。今の状況も万全ではなく、政府高官は正しい態度をとっているとは言えない。自分の繁栄しか考えていないように見受けられる。当然、将来への不安ということになります。外国との関係、内政……そして結びの七・八句に入ります。第八句の嵐の描写も、今の世の中、将来の世の中を案ずる作者の不安な心境のたとえになっています。

前原一誠（一八三四〜一八七六）

前原一誠《まえばらいっせい》は、長州藩士の家の出身。萩《はぎ》の乱の指導者として知られています。松下村塾に学び、高杉晋作たちとともに長州藩の藩論を攘夷のほうに向けるよう尽力しました。さらに幕府勢力の討伐のために各地で戦っています。戊辰《ぼしん》戦争のときには北越まで、参謀として出向しました。明治二年（一八六九）に要職につきますが、木戸孝允《きどたかよし》や大久保利通《おおくぼとしみち》と意見が合わなくなり、萩に帰っております。その後しだいに不平士族の中心になってゆく折も折、明治七年（一八七四）に佐賀の乱が起こります。

これは不平士族の反乱の嚆矢《こうし》となりました。新政府側に立って見た場合、一連の反乱は〝不平分子の反抗、時代に乗り遅れた人の抵抗〟となりますが、大局的に見ると、新政府の藩閥政治の実態、私物化や私利私欲、あまりにも急進的な西欧化、徳川以来の旧士族への不当な処遇など、新政府の欠陥や矛盾に対する異議申し立て、抗議の行動であったと見るほうが穏当なのではないかと思います。西南戦争後、しばらく西郷隆盛《さいごうたかもり》が逆賊とされたのも、あくまで新政府の側から見てのものでした。実際、これらの一連の反乱が鎮圧されたからと言って、政府への不満がなくなって安定したわけではありませんでした。この後、不満の表明は形を変え、自由民権運動として続いてゆきます。

佐賀の乱が起こったとき、前原一誠は同調せず、長州の士族たちをなだめて説得しました。しかしそれからこの不平士族たちは土地を越えて連絡を取り続け、明治九年（一八七六）に熊本に新風連《しんぷうれん》の乱、福岡に秋月《あきづき》の乱が起こると、前原一誠はそれに呼応する形で挙兵します。これが萩の乱ですが、敗れて処刑されました。この乱では新政府軍の最新式の武器が圧倒的であったり、新政府が流した偽《にせ》の情報に萩の兵士たちが攪乱されたり、いろいろな理由から失敗に終わったのでした。

しかし前原一誠は、大正五年（一九一六）に至って維新実現の功績が認められ、「従四位」という位階を授けられて名誉回復されました。

七言絶句（上平・十一真）

逸　題

汗馬鉄衣過一春•
帰来欲脱却風塵•
一場残酔曲肱睡
不夢周公夢美人•

逸《いつ》題《だい》

汗馬《かんば》 鉄衣《てつい》 一春《いつしゅん》を過《す》ぐ
帰来《きらい》 風塵《ふうぢん》を脱却《だつきやく》せんと欲《ほつ》す
一場《いちぢやう》の残酔《ざんすゐ》 肱《ひぢ》を曲《ま》げて睡《ねむ》れば
周公《しうこう》を夢《ゆめ》みず 美人《びじん》を夢《ゆめ》む

強い馬に乗り　鎧《よろい》に身を固め　若い日々を駆け抜けた
今はもう　故郷の萩に帰り　わずらわしい世のしがらみから抜け出したい心境だ
しばしつづく　酔って朦朧とした心地の中　ひじ枕で眠り込むと
夢の中に　古《いにしえ》の周公は現れず　美しい女性が現れた

前原一誠（一八三四〜一八七六）

語釈 ○汗馬—汗血馬。もともと西方から中国に入った名馬で、肩から血のような汗を出すと伝えられる。ここでは実際の汗血馬ではなく、〝速く走るスタミナのある名馬〟の意で使っている。○鉄衣—鎧《よろい》。○帰来—帰ること。詩の世界では、特に〝故郷に帰る〟ことを言う例が多い。○風塵—風が吹き、塵が舞うような、めんどうな世のしがらみ。また、戦乱の状況を表すこともある。ここでも戦乱の意味を含めて使っているかも知れない。○一場—一定の時間、持続する事柄にかぶせる語。〝ひとつづきの。ひとしきりの〟。○残酔—崩れるほど酔う。深く酔う。「残」は、漢詩文では〝くずれる、そこなわれる〟意味。

明治三年（一八七〇）、三十七歳で新政府の職を辞任し、萩に帰ったときの心境を詠んだ詩です。

前半二句は〝倒幕に奔走したわが青年期であったが、しかし今はもう、そういうことはいい〟という心境。

後半二句は前半の内容を受け、〝政治のこと、世直しのことはもう忘れよう〟と、前半を強調したような形になっています。第四句の「美人」は、君主や賢者、親しい友人を指すこともありますが、ここでは美女の意味にとっていいと思います。

また、「周公を夢む」は孔子の故事で、「周公」は周公旦。周の文王の子息で、周王朝の基礎を固めた功労者です。周公は孔子が理想とした聖人で、孔子は周公に倣《なら》って理想の国を作ろうと志していた。そこで、寝ている間もしばしば周公の夢を見たそうです。ところが孔子も老境に達すると、周公の夢を見なくなりました。そこで「甚だしいかな、吾《わ》が衰えたるや。久しいかな、吾《われ》復《ま》た夢に周公を見ず」と嘆いたのでした（『論語』述而《じゅつじ》第七）。この第四句で〝周公を夢に見ない〟と言っているのは、明治維新が、周公の創建した理想的な世とはほど遠いことを嘆く心境をこめたのでしょう。

第一句の「汗馬」、第二句の「風塵」、第四句の「周公」と、由来のある語を多くちりばめて、格調のある詠みぶりになっていると思います。

伊藤博文（一八四一～一九〇九）

伊藤博文《いとうひろぶみ》は明治国家の確立に貢献した人で、東アジアで最初の憲法である大日本帝国憲法の作成、議会の開設をし、初代の内閣総理大臣をつとめました。周防《すおう》（山口）の農家の生まれでしたが、萩の足軽《あしがる》の養子となり、松下村塾に学びました。木戸孝允に従って尊皇攘夷運動に奔走し、高杉晋作《たかすぎしんさく》たちが決行したイギリス公使館の焼き討ちにも参加しました。

続いてイギリスに密航し、進んだ社会のようすを見て、外国を闇雲《やみくも》に打ち払う攘夷が無謀であると悟り、帰国後に開国論を説いて回りました。そのために敵を作って命を狙われることもあったようですが、やがて維新政府で要職につき、大久保利通《おおくぼとしみち》の片腕として活躍しました。大久保利通が暗殺されたあとは実権を握り、いろいろの制度を確立整備します。

総理大臣としては四回組閣し、第二次内閣のときに日清戦争を敢行、戦後、下関で清の全権の李鴻章《りこうしょう》と講和条約を結びました。

明治天皇の信頼があつく、日露戦争のときも中枢に控えていろいろの意見具申を行っています。日露戦後は日韓協約を結び、日韓併合を推進しました。

明治四十二年（一九〇九）、博文は満州の視察と日露関係調整のために中国に渡り、ハルピンに立ち寄りました。ハルピンは黒竜江省にある街で、当時はロシア人が建設したばかりのヨーロッパ風の街でしたが、博文はその駅を出たところで狙撃され、生涯を終えました。その犯人については、朝鮮独立の運動家であるともロシア兵であるとも言われ、確定していないようです。伊藤博文の最期を知った山県有朋《やまがたありとも》（→六〇八ページ）は「伊藤は男の本懐を実現した」とうらやんだと伝えられます。

葬儀は、その国家建設の功労に敬意を表し、国葬として執《と》り行われました。

日出　　七言絶句（上平・十灰）

日出扶桑東海隈●
長風忽払岳雲来●
凌霄一萬三千尺
八朶芙蓉当面開●

日出《にっしゅつ》

日《ひ》は出《い》づ　扶桑《ふさう》　東海《とうかい》の隈《くま》
長風《ちやうふう》　忽《たちま》ち岳雲《がくうん》を払《はら》つて来《きた》る
凌霄《りようせう》　一萬三千尺《いちまんさんぜんじやく》
八朶《はちだ》の芙蓉《ふよう》　面《おもて》に当《あた》つて開《ひら》く

太陽はのぼる　扶桑国日本の　東の大海原《おおうなばら》の一角から
遠いかなたからの風が　ふいに　山の峰にかかる雲を吹き始める
すると大空をしのいで　高さ一万三千尺
花びら八枚の大きなはすの花が　目の前に現れるのだ

語釈　○扶桑―中国の東の海上、日の出るところにあると言われる神木《しんぼく》。また、その神木を生ずる国。日本の雅名として用いられる。　○隈―隅。「日《ひ》は東南《とうなん》の隅《くま》に出《い》づ」（太陽は東南の隅から出る）という決まった表現が漢詩にある。○長風─遠くから吹いて来る風。○岳雲─山にたちこめている雲。○来─上の動詞につく接尾語のような働きで、その動作が始まることを言う。○凌霄─空をしのいで高々とそびえること。「霄」は大空。「凌」は、しのぐこと。○八朶─八枚の花瓣。○芙蓉─蓮の花の異称。○当面─目の前に。

明治十八年（一八八五）、作者四十五歳、清国から帰朝した折に詠んだ作。朝日に照らされる富士山の輝かしい姿を詠んだ、有名な詩です。

前半二句は夜明けの情景です。朝日が昇り、朝風《あさかぜ》が雲を払い、富士の山がその雄姿を現します。後半二句では、姿を現した富士山を大きな蓮の花にたとえています。これは富士山の頂上に八つの峰があることから、八枚の花びらのある蓮の花に見立てたもので、「蓮岳《れんがく》」「芙蓉峰《ふようほう》」という呼び名もできています。このたとえは江戸時代から行われており、柴野栗山の五言律詩「富士山を詠ず」（↓二六五ページ）にも使われていました。

すがすがしい、雄大な作品です。伊藤博文の人格や、明治国家の希望に満ちたイメージまでここに託せられているように感じられます。

伊藤博文は作詩に情熱を傾け、森槐南《もりかいなん》（↓五八三ページ）と意見を交わしながら創作を続けました。詩集も編集されています。森槐南は博文の信頼あつく、ハルピンで狙撃されたときもすぐそばにいて負傷したということです。

波濤を越えて
―― 勝海舟

勝海舟（一八二三〜一八九九）

勝海舟《かつかいしゅう》は、旗本の家の人。幕臣として海軍創立に尽力した一人で、明治維新に際しては、幕府側の代表として新政府軍代表の西郷隆盛《さいごうたかもり》と会見し、江戸城の和平的な開城に成功したことで有名です。

若き日に蘭学や西洋兵学を学び、二十八歳にして私塾を開き、蘭学と兵学を教えています。ついで長崎の海軍伝習所で海軍の諸学を究めました。

三十八歳のとき、幕府が初めて遣米使節を派遣するにあたり、咸臨丸《かんりんまる》という軍艦の艦長として随行しましたが、この一行が、日本人として太平洋を横断した最初の人々となりました。このときは福沢諭吉《ふくざわゆきち》や、通訳としてジョン萬次郎が同乗していましたが、太平洋が時化《しけ》ていて、みなひどく船酔いしたと伝えられます。

海舟はその後、幕府の要人として軍艦奉行、陸軍総裁などの要職をつとめるかたわら、攘夷（外国を打ち払う）の無力さを説き、西郷隆盛との会見、江戸城攻撃の中止と明け渡し、大政奉還《たいせいほうかん》の実現、と重責を果たしました。明治の新政府では、海軍関係の要職から元老院議官、秘密顧問官となっています。

五言古詩（韻目省略）

弔南洲
亡友南洲氏▲
風雲定大是▲
払衣故山去
胸襟淡如水▲
悠然事躬耕
嗚呼一高士▲
只道自居正
豈意紊国紀▲
不図遭世変
甘受賊名訾▲
笑擲此残骸
以付数弟子▲
毀誉皆皮相
誰能察微旨▲
唯有精霊在
千載存知己▲

南洲《なんしゅう》を弔《ちょう》す
亡友《ぼういう》 南洲氏《なんしうし》
風雲《ふううん》 大是《たいぜ》を定《さだ》む
衣《ころも》を払《はら》うて 故山《こざん》に去《さ》り
胸襟《きょうきん》 淡《あは》くして水《みづ》の如《ごと》し
悠然《いうぜん》 躬耕《きゅうかう》を事《こと》とす
嗚呼《ああ》 一高士《いちかうし》
只《ただ》道《い》ふ 自《おのづか》ら正《せい》に居《を》ると
豈《あに》 意《おも》はんや 国紀《こくき》を紊《みだ》すを
図《はか》らず 世変《せいへん》に遭《あ》ひ
甘《あま》んじて賊名《ぞくめい》の訾《そし》りを受《う》く
笑《わら》うて此《こ》の残骸《ざんがい》を擲《なげう》ち
以《もつ》て数弟子《すうていし》に付《ふ》す
毀誉《きよ》 皆《みな》 皮相《ひさう》
誰《たれ》か能《よ》く微旨《びし》を察《さつ》せん
唯《ただ》 精霊《せいれい》の在《あ》る有《あ》り
千載《せんざい》 知己《ちき》存《そん》す

今は亡き友　南州どの／あの混乱の時期に　彼は新しい世の中の基礎を定めた
そして衣《ころも》をひるがえして　故郷の山へ帰り／その胸中はあっさりとして　水のようにとらわれがなかった
ゆったりかまえて　畑仕事に専念した／彼こそは　まことの高潔の士であった
心がけたのはただ　自分が正しい道に立つこと／少しも思わなかった　国の規律を乱そうなどとは
それが思いがけず　世の変化に直面し／甘んじて　逆賊の汚名という非難を受けた
彼自身は笑って自分の余生を投げ出し／何人かの部下たちに託したのだ
非難も　賞賛も　皆うわべだけ／誰が彼の深い思いを察知しただろうか
ただ　西郷隆盛のたましいはしかと存在する／これから千年経《た》とうとも　本当の理解者はいつづけるであろう

語釈　○南州—西郷隆盛の号。　○風雲—雲が風を受けて乱れ飛ぶ。乱世にたとえる。ここでは特に、維新の政変を言う。　○大是—基本となる正しい方針。「是《ぜ》」は正しいこと。　○払衣—田舎に帰って隠居すること。　○故山—故郷。　○躬耕—みずから田畑を耕すこと。　○高士—高い見識をもち、世俗におもねらず、官職につかない人。　○道—説く。となえる。よる。　○豈意—反語。〝どうして考えるだろう〟〝どうしてくわだてるものか〟。　○国紀—国家のおきて。国を治めるすじみち。　○残骸—〝自分の職務を終えて引退した体〟という意味であろう。　○付—渡す。さずける。　○微旨—奥深い意味。　○精霊—死者のたましい。　○千載—千年。

西郷隆盛と勝海舟は、かねがねお互いを敬《うやま》っており、西郷隆盛のほうでは勝海舟について〝知恵と言い、実務の才と言い、群を抜いてすばらしい。佐久間象山先生はたしかに学識がすばらしかったが、実務の才では勝海舟のほうが上ではないか〟と言っています。勝海舟も、西南戦争で西郷隆盛が逆臣の汚名を着せられると、その名誉回復に努めています。西郷の遺族の世話もし、さらに自分のお墓のすぐ横に西郷隆盛をほめたたえる石碑まで建てています。二人の友情は明治の初めの美談に数えられるでしょう。

この詩は明治十七年（一八八四）、作者六十二歳、西郷隆盛が亡くなって七年後に作った、隆盛を弔う詩です。七回忌の折にでも発表したものでしょうか。

最初の一～四句＝第一段は、西郷隆盛の維新前後の行動への追懐。〝維新を導くのに尽力し、役目を果たすとあっさりと薩摩に帰った無欲の人であった〟。

第二句は、特に江戸城の和平的な明け渡しのことを指しているかと思います。第四句「胸襟《きょうきん》淡《あは》くして水《みづ》の如《ごと》し」は、『荘子《そうじ》』山木《さんぼく》篇の句「君子の交はりは淡きこと水の如《ごと》し」に基づいています。

続く五～八句＝第二段は、薩摩へ帰ってからの暮らしぶり。〝ただ正しい道を行こうとしただけ。国をおびやかそうなどとはまったく考えなかった〟。これは薩摩へ行ってから、不平士族の象徴のように祭り上げられていったことに同情したものだと思います。〝西郷がやがて事を起こすのではないか〟と新政府に警戒されたことに対し、〝決してそんなことはなかった〟と弁護しています。

ところが西郷隆盛の意志に反してか、或いは彼の中に深い思いがあったのか、西南戦争を起こすことになってしまった。これについて述べたのが続く九～十二句＝第三段です。西南戦争によって逆賊の汚名を着ることになったが、官職を退いた自分の体を快く不平士族たちのために預けたのだ、ということです。

十三～十六句＝第四段は、その後、西郷隆盛に対する賞賛非難はいろいろあるが、世間の評価というのは深く考えた上でのものではなく、あてにはならない。そういうものにとらわれない本当の理解者は、いつの世にも、千年後になっても出て来るだろうと、西郷隆盛を慰めるように結んでおります。

第四段の第二句「誰《たれ》か能《よ》く微旨《びし》を察《さつ》せん」は、西郷としては新政府に身を置く立場でありながら、徳川以来の士族たちの立場、生き甲斐のことを気にかけずにいられず、やむにやまれず挙兵したのだ、ということを含めて言っていると思います。最後の二句は、いつまでも理解者がいつづけることによって、西郷さんにはせめて心を慰めてもらいたい、と結んでいるのでしょう。

勝海舟と西郷隆盛は、江戸城の和平的受け渡し、無血での明け渡しを実現したことで有名ですが、実際にはこのとき、不満を持つ人々はあちこちで兵を挙げておりました。王政復古によって新政府ができたと言っても、徳川氏から一人も要職につかなかったことで、まず慶応三年（一九六八＝戊辰《ぼしん》の年、九月八日に「明治」と改元）一月、京都の南の鳥羽《とば》・伏見《ふしみ》で旧幕府軍が新政府軍と衝突、「鳥羽伏見の戦い」となり、これが全国的な武力倒幕の内乱「戊辰《ぼしん》戦争」の始まりとなります。鳥羽・伏見ではわずか一日で新政府軍が旧幕府軍を鎮圧し、京都から江戸に向かう途中、同年四月に勝海舟と西郷隆盛の面会が行われ、江戸城明け渡しが実現しました。城の明け渡しに不満を持って上野の山に立てこもった彰義隊《しょうぎたい》の故事は有名です。

戊辰戦争の舞台はさらに北越、会津、五稜郭《ごりょうかく》の立てこもり、函館《はこだて》戦争と、全国的な内乱になったのですが、それらを通過して、何とか明治政府は確立への道をたどってゆきました。

新時代の儒学者 ── 大槻磐渓

日本の漢詩は明治時代に全盛期を迎えたというのが定説になっています。明治の初めには江戸時代以来の大家が健在で、詩社、詩会を盛んに主催しました。また一般の読書人たちも、大部分は漢詩文の教養があり、学者・文人だけではなく、政治家や軍人の中にも詩人として名のあった人はおおぜいいました。学問・教育にたずさわる人にとって、漢詩文は必須の教養で、それがない人は低く見られました。

大槻磐渓（一八〇一～一八七八）

大槻磐渓《おおつきばんけい》は、幕末から明治初期の儒学者で、特に洋学を修め、砲術家としても知られていました。お父さんが仙台藩の藩医で蘭学者でもあった大槻玄沢《おおつきげんたく》で、磐渓はその次男にあたります。杉田玄白《すぎたげんぱく》（一七三三～一八一七）の門人で、『解体新書《かいたいしんしょ》』を補訂した人でもあります。生まれは江戸で、昌平黌で学び、のちには京都、長崎へ遊学しました。欧米諸国の船がしきりに訪れるのを目《ま》の当たりにし、これに対応する方策を考える中で西洋の砲術を学び、特にペリーの渡来後は日本国内で攘夷論が盛り上がる中、開国を主張しました。観念的な攘夷に走らずに、欧米との国力の違いを見据えた上での判断ということになるでしょうか。

ところがその後、戊辰戦争の折に奥州《おうしゅう》の諸藩が同盟を結ぶと、磐渓はそれを支持する文書を書いたので、新政府によって投獄されてしまいました。その三年後、七十歳で釈放されてからは新政府に仕えず、東京の本郷に隠居しています。

磐渓は若いころ、京都に行ったときに頼山陽に会っています。その折に自分の文章を見てもらいましたが、頼山陽は一読するとすっかり感服し、〝これはあなたと飲まずにはいられない〟と磐渓一人を引き止めて一晩中お酒を酌み交わし、存分に語り合ったということです。頼山陽はあまり人に心を許さない人だったと言われますので、このとき山陽はよほど大槻磐渓の才能に心服したと思われます。

漢詩については、歴史上の事柄や人物に題材をとった詩に定評があります。
平泉懐古
三世豪華擬帝京•
朱楼碧殿接雲長•
只今唯有東山月
来照当年金色堂•
七言絶句（下平・七陽／八庚）

平泉懐古《ひらいづみくわいこ》
三世《さんせい》の豪華《がうくわ》 帝京《ていけい》に擬《ぎ》す
朱楼《しゆろう》 碧殿《へきでん》 雲《くも》に接《せつ》して長《なが》し
只今《ただいま》 唯《ただ》 東山《とうざん》の月《つき》のみ有《あ》つて
来《きた》り照《てら》す 当年《たうねん》の金色堂《こんじきだう》
奥州《おうしゆう》の藤原三代に治められた平泉の繁栄　それは京のみやこにも並ぶ
きらびやかに飾られた宮殿が　大空の雲にとどくばかり高くそびえていた
あれから六百五十年　今はただ東の山の月だけが
今夜もまた　あの当時に変わらない中尊寺の金色堂を照らし出す

語釈 ○三世―奥州藤原氏の清衡《きよひら》・基衡《もとひら》・秀衡《ひでひら》の三代。 ○豪華―富裕で勢力があり、豪奢《ごうしゃ》で派手《はで》なこと。 ○帝京―天子の都。京都のこと。 ○朱楼碧殿―「朱楼」は朱塗りの高楼《たかどの》、「碧殿」は青緑色に輝く宮殿。都の繁栄を詠むときの常套句。 ○金色堂―中尊寺の廟堂。天治元年(一一二四)、藤原清衡が建立。平泉では創建当時と変わらない、唯一の建造物である。

「懐古詩」は漢詩の重要な分野の一つで、古《いにしえ》の人物、事件にゆかりのある場所を実際に訪れ、そこで感じたことを詩に詠むものですが、その内容はだいたい〝昔は盛んであった、しかし今はさびれている〟ことを述べ、無常観をかもし出す詠みぶりが支配的です。この詩もそういう伝統にのっとった詠みぶりになっています。

平泉は岩手県南部にあります。平安時代末期から奥州藤原氏の根拠地で、藤原清衡以来ほぼ百年間にわたって奥州を支配しておりました。十一世紀から十二世紀末になりますが、その間、豊かな富によって「平泉文化」を形成します。その象徴が、中尊寺の金色堂です。

しかし、四代目の藤原泰衡《やすひら》のときに源義経をかくまったという罪を問われ、源頼朝が奥州征伐を決行します。その結果、奥州藤原氏は滅ぼされてしまいました。有名な「弁慶の立ち往生」の話も、この奥州の戦いのときに出て来ます。

この詩は天保十二年(一八四一)、作者四十一歳のときの作。

前半二句は平安時代、奥州藤原氏の繁栄に思いをはせています。平泉のかがやかしい過去。第一句の平泉の繁栄のようすは誇張ではなく、当時、平泉周辺の華やかさは、本当に京都と比べられたということです。後半に入ると一転して、今の状況、現在のわびしさ。〝今、当時の面影をとどめているのは中尊寺の金色堂ばかりである〃。

金色堂のそばで開かれた宴の席で発表されたものでしょうか。色彩の使い方も印象的です。前半二句は朱色と青緑色、このはなやかさ、きらびやかさで昔の豪華さを強調しています。

後半二句は一転して夜の黒い色が支配的になり、漆黒《しっこく》の闇《やみ》の中に、上空には黄金色の月があり、地上にはやはり黄金色の金色堂がある。黒と金色の、蒔絵《まきえ》のような美しさです。詩全体としても、視覚的・映像的な効果が強い詩であると思います。

なお、この後半二句は、同じく懐古詩である李白の七言絶句「蘇台覧古《そだいらんこ》」の後半二句、「只今《ただいま》 惟《た》だ西江《せいかう》の月《つき》のみ有《あ》つて／曽《かつ》て照《てら》す 呉王《ごわう》 宮裏《きゆうり》の人《ひと》」をふまえつつ、新境地を開いたものです。

仏蘭王詞十二首　其四　　**七言絶句**（下平・七陽／八庚）

仏蘭王《フランスわう》の詞十二首《しじふにしゆ》　其《そ》の四《し》

半生威武遍西洋●　　半生《はんせい》の威武《ゐぶ》 西洋《せいやう》に遍《あまね》し
青史長留赫赫光●　　青史《せいし》 長《なが》く留《とど》む 赫赫《かくかく》の光《ひかり》
一自功名帰大帝　　一《ひと》たび功名《こうみやう》の 大帝《たいてい》に帰《き》して自《よ》り
無人艶説歴山王●　　人《ひと》の 歴山王《れきざんわう》を艶説《えんせつ》する無《な》し

半生を通じての勢いにみちた強さは　西洋全体に行きわたった
歴史の本にはいつまでも　その輝かしい栄光がとどめられるであろう
こうしていったん　功績と名誉がナポレオンのものとなってからは

むかしのアレクサンダー大王をうらやみ　たたえる人はいなくなってしまった

語釈 ○威武―強く勇ましい勢い。　○青史―歴史の記録。紙がなかった時代、青い竹片の表面を火で炙《あぶ》って油を去り、書きやすくしてそれに文字を書きつけたことから、「青」の字をつける。特に歴史書のことを「青史」と言う。　○大帝―フランス皇帝ナポレオン一世（一七六九～一八二一）。　○歴山王―アレクサンダー大王（アレクサンドロス三世。前三五六～前三二三）。　○艶説―うらやみ、ほめたたえること。

前の詩と同じ天保十二年（一八四二）、四十一歳のときに、ヨーロッパの歴史に目を向けた詩です。「仏蘭王《フランスわう》」はナポレオン一世。フランスの国民的英雄で、フランス革命の後のさまざまな事業を受け継いで整備した人ですが、まずイタリア遠征で名声を上げ、やがて皇帝となる。まわりの国々と戦を重ね、最終的にはイギリス以外のヨーロッパほぼ全体を制圧しました。この詩はナポレオンが亡くなって二十年後の作品です。

詩の前半二句ではナポレオンの功績をすなおにほめたたえ、後半に入ると、同じように大遠征の事業によって有名な、そして大帝国を建設した、紀元前のマケドニアのアレクサンダー大王を出して比較しています。このアレクサンダー大王も、西はエジプトから東はインドに及ぶ大帝国を築いた偉人でした。アレクサンダー大王は紀元前の昔の人、ナポレオンは近代の人で、ナポレオンの功績、行った内容のほうが身近であるということでしょうか。

ナポレオンの遠征、皇帝即位と言えば、ベートーヴェンの故事を思い出します。ベートーヴェン（一七七〇～一八二七）はナポレオンより一年年下でしたが、革命の原則である〝個人の尊厳〟〝自由の尊重〟を実現してくれる人、新しい市民社会の建設者である、とナポレオンに心酔していました。それで三十四歳の春に交響曲第三番を完成し、この曲をナポレオンに献呈しようと考えていました。ところがその直後に〝ナポレオンがフランスの皇帝の位についた〟と聞いてたいへんショックを受け、〝彼もまた俗物であったか。結局、支配者となって民衆を抑圧するのか〟と憤ります。そこで楽譜の表紙にすでに書き込んでいた「献呈」の文字を激しく引っ掻いて掻き消し、その代わりに、「ひとりの英雄の思い出のために」と書きつけました。これが有名な「英雄交響曲」です。

ナポレオンは大槻磐渓が二十一歳のときまで存命で、ベートーヴェンは磐渓が二十七歳になるまで生きておりましたので、二人とも磐渓にとって、それほど昔の人ではありません。この詩の中では、磐渓はベートーヴェンのような、ナポレオンに対する葛藤を全く見せておりませんが、ここではむしろナポレオンという人に託して、明治の新しい日本がどんどん勢いを伸ばして発展し、新しいすばらしい世界を作ってゆく、その可能性に賭ける心境を述べたものかと思います。

七言絶句（上平・四支）

太田道灌借蓑図
孤鞍衝雨叩茅茨●
少女為遺花一枝●
少女不言花不語
英雄心緒乱如糸●

太田道灌《おほただうくわん》　蓑《みの》を借《か》るの図《づ》
孤鞍《こあん》　雨《あめ》を衝《つ》いて　茅茨《ばうし》を叩《たた》く
少女《せうぢよ》　為《ため》に遺《おく》る　花一枝《はないつし》
少女《せうぢよ》　言《ものい》はず　花語《はなかた》らず
英雄《えいゆう》の心緒《しんしよ》　乱《みだ》れて糸《いと》の如《ごと》し

一人で馬に乗り　にわか雨の中　一軒のかやぶきの農家を訪ねた

出迎えた娘が彼に差し出したのは　ひと枝の山吹《やまぶき》の花
少女は何も言わず　花ももとより語らない
英雄太田道灌はその意図をはかりかね　心が迷い乱れるばかりであった

語釈　○孤鞍―一つの鞍。ひとり、馬に乗ってゆくこと。　○茅茨―かやぶきの家。　○心緒―心中の思い。

太田道灌の有名な故事を描いた絵に書きつけた「題画詩」です。太田道灌（一四三二～一四八六）は室町時代の武将で、歌人として、また一四五七年に江戸城を築いた人としても有名です。

ここで詠まれている逸話は、江戸時代半ばの湯浅常山（→二二四ページ）の『常山紀談』に収められています。『常山紀談』はいろいろの人物の逸話、話題を集めた本ですが、その中に太田道灌の鷹狩《たかが》りの故事があります。道灌は或る日鷹狩りに出て雨に遭《あ》ったので、とある農家に入って「蓑《みの》をお借りできまいか」と尋ねた。すると一人の村娘が出て来て、山吹の花一枝を手折《たお》って差し出した。そこで道灌は「私は花を求めたのではない」と怒って帰ってしまった。しかし後でそのことを聞いた知人が、「それは昔の和歌の心を示したのでしょう」と言ったので、道灌は大いに驚きました。そしてまったく和歌を知らなかったことを恥じ、それ以降、歌を学んだ、とあります。

その昔の和歌というのが「七重八重《ななえやえ》　花は咲けども山吹の　実《み》のひとつだになきぞかなしき」です。山吹は美しく花を咲かせるけれど、実《み》をつけない。その山吹の「実《み》のひとつ」と「蓑《みの》ひとつ」を掛けています。娘の心境としては「せっかくのお尋ねですが、我が家にはお出しできる蓑が一つもないのが悲しうございます」ということだったのです。まことにゆかしい態度、教養ですが、道灌はそれがわからなかった。彼はそれを深く恥じたのでした。

詩の前半二句は絵の情景を再現し、後半二句は絵から触発された作者の想像に及んでいます。

この第四句がたいへん印象的です。常山が記録した伝承のほうでは、〃道灌は怒って帰った〃とありますが、作者は「乱れて糸の如し」と変えています。

「乱れて糸の如し」――これは詩の世界では、恋心とか愛の悩みの描写として使われます。なるほど、考えてみると一般に、女の人の不可解なしぐさ、不思議な言動というのは、男の心を強くつかまえることがある。〃いったい何なんだ〃ととまどい、ずっと気にかかり、それがしばしば強い好意になることがあると思いますが、第四句はそれを表現したものではないか。作者の大槻磐渓は、湯浅常山が記録した伝承にそういうものを読み取ったのです。つまり太田道灌はここでその少女に一目惚《ひとめぼ》れをした。その後、懸命に和歌を学んで一流の歌人になったのも、根柢には村娘に対する好意、恋心がひそんでいた。結局、偶然出会ったこの村娘が、英雄太田道灌の人生を変えたのですね。

こんなふうに考えると非常に深いものを表現した詩で、この詩から出発して一つの小説が書けそうな気になって来ます。ただ残念ながら、この詩は本当に大槻磐渓の作品かどうか疑わしいのですが、有名な、よい詩ですので取り上げました。

明治の詩壇（一）—— 森春濤・森槐南

この章では明治の大詩人、森春濤《もりしゆんとう》・森槐南《もりかいなん》を取り上げます。この二人は親子で、ともに詩壇の中心となり、〝明治時代、その前半は森春濤が、後半は森槐南がリードした〟という評もあるほどでした。

森春濤（一八一九〜一八八九）

森春濤《もりしゆんとう》は尾張（愛知県）の人で、代々医師の家でしたが、春濤は詩文に傾倒し、はじめ名古屋で、それから東京で詩社を開きました。漢詩専門の月刊雑誌『新文詩《しんぶんし》』を刊行し、作品を選ぶ際、文明開化に順応する姿勢を取ったので、時の流れとぴったり合い、大いに名声を博したということです。

詩人としては、特に絶句に巧みという定評があります。また、処世に巧みであったことが、彼自身と詩社、雑誌の人気を押し上げるのに役立ったかも知れません。一方、詩の会やその後の宴席に妓女（芸者さん）を呼んで花やかにくり広げたので、そういうことを批判されるという面もありました。

踰函関　　七言絶句（上平・十五刪）

長槍大馬乱雲間
知是何侯述職還

函関《かんくわん》を踰《こ》ゆ
長槍《ちやうさう》 大馬《たいば》 乱雲《らんうん》の間《かん》
知《し》る 是《こ》れ 何《いづ》れの侯《こう》か 述職《じゆつしよく》して還《かへ》る

森春濤（一八一九〜一八八九）

淪落書生無気焰　　淪落《りんらく》の書生《しよせい》 気焰《きえんな》無く
雨衫風笠度函関・　雨衫《うさん》 風笠《ふうりふ》 函関《かんくわん》を度《わた》る

長い槍《やり》　りっぱな馬が　乱れ飛ぶ雲の中を行く
いったいどこのお大名が　江戸参勤を終えて帰ってゆかれるのか
落ちぶれた書生の私は気勢があがらず
雨合羽《あまがっぱ》にかぶり笠《がさ》という姿で　箱根の関所を越えて行く

語釈 ○函関―箱根の関所。○長槍―駕籠《かご》の前に供《とも》の者が立てて進む、長い槍《やり》。○大馬―大きく堂々とした馬。○知―疑問詞の前につくと副詞化して、〃いったい全体〃と、疑問を強調するはたらきをする。○述職―藩侯が将軍に参勤すること。○淪落―落ちぶれる。身を持ちくずす。「淪」は、沈む意。○雨衫―雨合羽。雨の時に着るマント。十六世紀半ばごろ、南蛮人によってもたらされたもので、「合羽」はポルトガル語のcapaに漢字をあてたもの。○風笠―かぶり笠。

嘉永五年（一八五二）、作者三十三歳、ペリーが来航する二年前の作品。春濤は故郷尾張を出て初めて江戸に向かう途中、箱根の関所を通過した折に、大名行列に出会いました。道の横に退き、平伏して見送り、心境を詠んだ詩です。

前半二句は箱根越えの山中、頂上近くの高いところで見た大名行列の印象です。後半二句は、帰って行く大名行列と、それと逆に東の江戸へ向かう自分自身を、大名一行の立派なようすと対比して述べています。〃自分は無名の書生で服装も冴えない〃、「三十《さんじふ》にして立《た》つ」（『論語』学而《がくじ》第一）が実現できない恥ずかしさ、戸惑いを表現したというところでしょうか。

森春濤はおおむねこのような、繊細な詠みぶりを見せております。そしてこの詩のように、自分を小さい、劣った存在として詩に詠む姿勢は、中国・日本を通じて、漢詩の歴史ではあまり見られません。そういう方向で自分を見つめるのは、一種の近代性と言えるかも知れません。また、こういう詠みぶりが森春濤以後の詩にも受け継がれて行ったのは、幕末の尊皇攘夷の志士たちの〝自分こそ正義である〟と訴える、もしくは悲憤慷慨を押し出す激しい詠みぶりの反動という面もありそうです。

岐阜竹枝二首　其一　　　七言絶句（上平・十灰）

環郭皆山紫翠堆•
夕陽人倚好楼台•
香魚欲上桃花落
三十六湾春水来•

岐阜竹枝二首《ぎふちくしにしゅ》　其《そ》の一《いち》
郭《くわく》を環《めぐ》つて　皆《みな》　紫翠《しすゐ》　堆《うづたか》し
夕陽《せきやう》　人《ひと》は倚《よ》る　好楼台《かうろうだい》
香魚《かうぎよ》は上《のぼ》らんと欲《ほつ》し　桃花《たうくわ》は落《お》ち
三十六湾《さんじふろくわん》　春水《しゆんすゐ》来《きた》る

町をめぐる四方はみな山で　あおみどり色の山もやがこんもりと立ちこめている
いま夕陽を浴びて　美しい人が　きれいな高楼《たかどの》の手すりにもたれている
そろそろ鮎が流れをのぼり　桃の花が散る今
長良川の入り組んだ流れをとおって　春の水がみなぎって流れて来る

語釈　○郭—もとは町の外囲いの壁。転じて、町そのものを指す。　○紫翠—青緑色の山もや。　○好楼台—美しい高楼。　○香魚―鮎。　○三十六湾―「湾」は陸地に入り込んだ水の流れで、川が入り組んで流れていることを表す。ここでは長良川を指す。

春濤畢生《ひっせい》の名作として知られ、子息の森槐南は、お父さんの詩から一首を選ぶ際にはこれを選んだと伝えられています。

「竹枝」は、中国唐代後半あたりから作られ始めた漢詩の一つの分野で、或る土地の風俗、特に男女の情愛を詠む習慣があります（→四八八ページ）。この詩は森春濤の詩集の一番最初に載せられており、〝十五歳の作品〟という注記があります。このとき春濤は、家業の医学を学ぶために岐阜の親戚の眼科のお医者さんのところに預けられており、医学を学びながら詩を作っていました。十五歳のころから本格的な詩を作ったと言われていますが、この詩はその最初期の例ということになります。

季節は春の終わり、町の小高いところにある宴会場から眺めわたす主人公。その眺めの中に、岐阜を流れる長良川《ながらがわ》が出て来ます。前半二句は宴会場からの眺め、そして欄干にもたれる歌姫の姿をスケッチしています。第一句は、もやの水蒸気が山腹の春の木はみどりを透かして見せるので、〝青緑色の山もや〟と表現しています。山の緑、夕陽の赤、着飾った美女と、絵のような情景です。「郭《くわく》を環《めぐ》つて皆《みな》山《やま》」、これは北宋・欧陽脩《おうようしゅう》（一〇〇七〜一〇七二）の「酔翁亭《すゐをうてい》の記《き》」の冒頭「滁《ぢょ》を環《めぐ》つて皆《みな》山《やま》なり」を取り入れたものでしょう。ちょっといたずらっぽさと言うか、遊び心を感じます。後半二句では、鮎、桃の花、水かさを増した川の流れ、と晩春らしい風物を並べ、さらに雰囲気を高めています。

宴会に出ていたり、妓女を描写したり、十五歳にしてはませている。まあ当時の十五歳ならば普通かも知れませんが、それでも多少大人びていることから、春濤五十五歳の作であるとも言われます。ちょうど五十五歳のころ、彼は岐阜に移り住んで盛んに詩を作っていたので、そう言われております。

森槐南（一八六三～一九一一）

森槐南《もりかいなん》は森春濤《しゅんとう》の子息で、詩の実作のみならず、研究・評論、また中国明《みん》・清《しん》時代の戯曲にも造詣の深い大学者、詩人でありました。詩社を開き、新聞に執筆しましたが、詩社の同人に、伊藤博文《いとうひろぶみ》・副島種臣《そえじまたねおみ》などの人々がいました。特に伊藤博文に認められ、博文の詩作の相談役を務め、しばしば博文の活動に随行しています。博文がハルピンで狙撃されたときもすぐそばにいて、銃弾を浴びて負傷したということです。

講義録がたくさん残されていて、『唐詩選《とうしせん》』『李白《りはく》』『杜甫《とほ》』など、唐詩に関する講義録が多いのですが、唐代後半の韓愈《かんゆ》、李商隠《りしょういん》についての講義も残っており、今でも出版されていて読むことができます。たいへんおもしろい講義で、弁舌が立つ上に文献が縦横に引用され、しばしば冗談も交えて聴衆を喜ばせたということです。さすがに講義録には冗談までは記録されていませんが、内容は非常に充実しており、今日でも必読の本です。

長編の古詩が本領であったという定評があります。

五言古詩（韻目省略）

孔子廟
東有君子国
乗桴游日辺・

孔子廟《こうしびょう》
東《ひがし》に君子《くんし》の国《くに》有《あ》り
桴《いかだ》に乗《の》つて　日辺《じっぺん》に游《あそ》ばん

森槐南（一八六三〜一九一一）

宣尼有此願
廟食非偶然•
繚垣有松柏
盈階陳豆籩•
牛羊鹿豕兎
鐘鼓笙簫絃•
頗聞釈奠盛
礼楽儀三千•
一一仿闕里
至今猶粛虔•
噫聖師百世
洋洋声教宣•
惜夫困陳蔡
涕泗空流漣•
吾道果窮矣
獲麟奚待焉•
到処不黔突
盍早風帆懸•

宣尼《せんじ》 此《こ》の願《ねが》ひ有《あ》り
廟食《べうしよく》 偶然《ぐうぜん》に非《あら》ず
垣《かき》を繚《めぐ》つて 松柏《しようはく》有《あ》り
階《きざはし》に盈《み》ちて 豆籩《とうへん》を陳《ちん》す
牛羊《ぎうやう》 鹿豕《ろくし》兎《と》
鐘鼓《しようこ》 笙簫絃《しやうせうげん》
頗《すこぶ》る聞《き》く 釈奠《せきてん》盛《さか》んにして
礼楽《れいがく》 儀《ぎ》三千《さんぜん》と
一一《いちいち》 闕里《けつり》に仿《なら》ひ
今《いま》に至《いた》るまで 猶《な》ほ粛虔《しゆくけん》
噫《ああ》 聖師《せいし》 百世《ひやくせい》
洋洋《やうやう》として 声教《せいけう》宣《の》ぶ
惜《を》しい夫《かな》 陳蔡《ちんさい》に困《くる》しみ
涕泗《ていし》 空《むな》しく流漣《りうれん》
吾《わ》が道《みち》 果《はた》して窮《きは》まれり
獲麟《くわくりん》 奚《なん》ぞ待《ま》たん
到《いた》る処《ところ》 黔突《けんとつ》せず
盍《なん》ぞ早《つと》に風帆《ふうはん》を懸《か》けざる

感此悵回首
煙樹蒼海連•
浮雲起西北
目断斉魯天•

此《これ》に感《かん》じて 悵《ちやう》として首《かうべ》を回《めぐ》らせば
煙樹《えんじゅ》 蒼海《さうかい》に連《つら》なる
浮雲《ふうん》 西北《せいほく》より起《おこ》り
目断《もくだん》す 斉魯《せいろ》の天《てん》

東のほうに　君子の国があるそうだ／いかだに乗って　日が昇る方角にこぎ出そう
孔子様には　この願望があったのだ
この沖縄那覇で孔子様が祭られているのも　まことにもっともなことだ
垣根をとりまいて　松やひのきが立ち並び／きざはしの上いっぱいに　たかつきを並べてある
牛や羊・鹿・豚・兎が供えられ／鐘《かね》に鼓《つづみ》　さまざまなたて笛に絃楽器が奏でられる
私はよく耳にしていた　ここでは孔子様をまつる釈奠《せきてん》のお祭りが盛大に行われ
手順にのっとり　音楽とともに　式典がさまざまにとり行われると
式次第の一つ一つは　すべて曲阜《きよくふ》の孔子廟に基づくもので／今に至るまで　うやうやしく続けられているのだ
ああ　儒教の聖人孔子の教えは　百世代の後世に至っても／さかんにその名声と教えとが行きわたっている
まことに惜しいことだ　孔子自身は陳・蔡の軍隊に包囲されるなど　災難つづきの人生で
涙がむなしく流れることが多かった
「私の道はやはりもう窮まった」とおっしゃった
しかし何も　麒麟を見つけることを待つことはなかったではないか

孔子様は中国のどの国に行っても　安住できなかった
それならばもっと早く　風を受ける帆をあげて　東に船出してくださればよかったのに
このような孔子様の人生に心を打たれ　いたましい思いで見わたせば
もやに包まれた木々が　青黒い海原につづくまで　はるかにつらなっている
やがて空には浮き雲が　西北の方角からわき起こる
その中で私はじっと見つめている　孔子の故郷　斉魯の方角の大空を

語釈　○君子国―ここでは日本を指す。　○桴―筏《いかだ》。　○日辺―日本を指す。　○宣尼―孔子。　○廟食―神として祭られ、供物《くもつ》を受ける。　○繚―めぐる。まわりを取り囲む。　○豆籩―たかつき。食物を盛って神前に供える脚付きの台。豆は木製、籩は竹製であると言われている。　○鐘鼓笙簫絃―厳粛な祭祀の楽曲。　○釈奠―孔子祭。　○三千―礼儀が多いことの形容。『礼記《らいき》』中庸《ちゅうよう》篇に「礼儀三百、威儀三千」とある。　○闕里―山東省曲阜《きょくふ》市にある地名。孔子が講義をした場所。　○粛虔―荘重にして誠意のあるさま。　○聖師―孔子のこと。　○百世―多くの年代。永い年月。　○涕泗―涙と鼻水。悲しみの涙を言う。　○流漣―涙が流れるさま。　○果―思ったとおり。予想どおり。　○黔突―煙突を黒くすすけさせる。自宅に落ちついていることのたとえ。　○風帆―風を受けてふくらんでいる船の帆。　○盍―反語〝どうして～しないのか〟の意。はたらきとしては〝ぜひこうしてくれればいいのに〟という、勧誘の方向になる。　○此―或る一箇所をぴたりと指すのではなく、それまで述べて来た全体を指すことが多い。　○悵―いたみ、うらむ。残念がる。　○煙樹―もやにつつまれてぼんやりと見える樹木。　○蒼海―青海原《あおうなばら》。大海。　○目断―視界がとどく限りじっと見つめる。「断」は強意の助字。　○斉魯―斉国と魯国。今の山東省にあった国。

明治二十年（一八八七）、槐南二十五歳のとき、沖縄県那覇市の首里中学校にある孔子廟を訪れ、孔子祭の盛大なようすを喜び、また孔子自身の不遇な生涯にいたわしい気持ちを寄せて作った詩です。孔子廟は今日の日本でも、北から南まで十いくつもありますが、この那覇にあるものが最南端となります。ただ、もともとの孔子廟は昭和二十年（一九四五）の沖縄戦で全焼し、今あるのは昭和五十年に再建されたものです。

この古詩は、孔子祭のあとの集まりの場で発表したものでしょうか。全体は四句ずつ、六段に分けられます。

最初の一～四句＝第一段は、〝日本で孔子が祭られている、それは孔子自身の願いでもあった〟という出だし。第二句の「桴《いかだ》に乗《の》つて 日辺《じつぺん》に游《あそ》ばん」は『論語』公冶長《こうやちよう》第五にある孔子様の語です。晩年の孔子が〝私の道はどうも中国では行われないようだ。いかだに乗って東の海に漕ぎ出そうか〟と、或るときおっしゃった。槐南はそれをここに引用しています。

つづく五～八句＝第二段は、孔子廟とお祭りの描写。九～十二句＝第三段は、ここの孔子廟での孔子祭の由来について少し触れています。当時有名だった那覇の孔子祭に、初めて出席した感慨が含まれているでしょう。

後半に入ると、作者自身の感慨が表に出て来ます。

十三～十六句＝第四段の四句は、孔子の不朽の名声、それにひきかえ、孔子自身は生前不遇であったことを嘆いています。

ここには、陳・蔡の故事が出て来ます。陳・蔡は、それぞれ当時の国名です。孔子は五十歳を過ぎたころから、門人たちを連れて中国各地を訪れ、自分の所信を説いてまわっていましたが、蔡の国にあったとき、南中国の大国である楚に招かれました。すると陳と蔡の政府高官たちは、〝孔子が楚に行けば、必ず自分たちに都合の悪いことが起こるだろう〟と予測し、孔子一行を楚に行かせまいとして兵を出し、郊外の野原で孔子一行を包囲しました。食糧の補給もできないまま、孔子一行の中には病に倒れたり、ふらふらになって立ち上がれなかったりする者も出て来ました。弟子で熱血漢の子路が孔子にかみついたのもこのときです。〝君子と言われる人もこのように窮することがあるのですか〟と。すると、孔子様は落ち着いて琴を弾きながら、〝もちろんそういうことはあるさ。しかし修養のできた者はそういう目に遭っても取り乱さないものだ〟と答えた、と『論語』衛霊公第十五にあります。その故事をここで取り上げています。

災難つづきと言っても、孔子はいずれも危ないところを逃れておりまして、陳・蔡の受難のときも、間もなく楚の国に無事に迎えられていますが、全体としては不遇な人生であった。その不遇を「陳蔡」という語に集約しています。

次の十七〜二十句＝第五段は、そのようにずっと不遇な人生を送った孔子様に、〝不遇な人生を終えるよりも、早く日本に来てもらいたかった〟という気持ちを述べています。ここでは獲麟《かくりん》の故事を引用しています。『春秋左氏伝』哀公十四年の条に記録されているもので、孔子最晩年の七十一歳のときですが、西晋・杜預《どよ》（二二二〜二八四）の注によれば、当時の魯の国の王様が狩りに出て、見たこともない変わった獣を仕留めた。一行はみな不気味に思うのですが、同行していた孔子が、〝それは麒麟《きりん》です〟と答えた。そこで麒麟の亡骸《なきがら》を持ち帰るのですが、麒麟は本来、理想の帝王が現れる前兆として現れるものなのに、春秋時代という乱世に現れた。孔子はそれにたいへん不吉なものを感じ、〃このような掟破《おきてやぶ》りなことが発生するとは、私の道ももはやこれまでか〃と嘆いた、とのことです。第十七句の「吾《わ》が道《みち》　果《はた》して窮《きは》まれり」は、そのときの孔子の語を引用しています。

最後の二十一～二十四句＝第六段は、〃このようなことをいろいろ考えながら、私は孔子の故郷の空に目を凝《こ》らす〃という結びになっています。最後の「浮雲」がよくわかりませんが、何か寓意があるのでしょうか。或いはこの詩を発表したときに、たまたま空模様が変わって雲がわき出て来たのを記録したのかも知れません。

重厚で雄大な作品です。あちこちに『論語』や儒教の書物のことば、故事が引用されていますが、こういう詩を森槐南は得意としました。伊藤博文が暗殺されたあと、日本に帰る旅の途中では、伊藤博文の業績を偲んで二百句に及ぶ古体詩を作っています。

晩間驟雨　　七言絶句（下平・七陽）

颯然飛雨灑横塘●
迸散荷花一陣香●
風定垂楊比前碧
乱蟬揺曳萬糸涼●

晩間《ばんかん》の驟雨《しうう》

颯然《さつぜん》たる飛雨《ひう》　横塘《わうたう》に灑《そそ》ぐ
荷花《かくわ》に迸散《はうさん》して　一陣香《いちぢんかんば》し
風定《かぜさだ》まつて　垂楊《すゐやう》　前《さき》に比《ひ》して碧《みどり》に
乱蟬《らんせん》　揺曳《えうえい》して　萬糸《ばんし》涼《りやう》なり

さっと風に吹かれ　さわやかに飛び散る雨粒が池に降り注いだ

はすの花に降りかかると　あたりの空気はひとしきりかぐわしくなった

やがて風がおさまると　しだれ柳は雨にあう前よりもあざやかな青緑色

柳並木のあちこちでさかんに鳴く蟬の声がずっとひびき　たくさんのしだれ柳の枝はすずしげであった

語釈　○晩間―夕方。　○驟雨―夕立。にわか雨。　○飛雨―風に吹き飛ばされ、激しく降る雨。　○横塘―蓮池《はすいけ》。　○迸散―飛び散る。「迸」は、ほとばしる。散る。　○荷花―蓮《はす》の花。　○一陣―一定の時間を要する物事にかぶせる語。〝ひとしきりの。ひと続きの〟。　○垂楊―しだれ柳。　○乱蟬―蟬があちこちでさかんに鳴くさま。　○揺曳―音楽の余韻がゆったりとひびくさま。ここでは蟬の声がずっと聞こえていること。　○萬糸―しだれ柳の枝。「小雨」ととる説もあるが、ここでは雨はやんでいるので、柳の枝ととる。

明治十九年（一八八六）、二十四歳の作。詩題は「夕暮れのにわか雨」の意。夏の夕立のようすをスケッチした、さわやかな作品です。前半二句は夕立が風に吹かれ、雨粒が池の蓮の花に降りかかるようす。後半になると風が収まり、夕立がやみます。雨に洗われた柳並木、ふたたび鳴き始めた蟬の声を出しております。

全体として、夏の夕立が風とともにすずしさを運んで来てくれたことを詠んだ、すがすがしい詩です。このあたりはお父さんの森春濤の作風と似ていると思います。

明治の詩壇（二）—— 成島柳北・大沼枕山

明治時代の前半期には、幕末の遺老と呼ぶべき人々が各方面で活躍しておりました。成島柳北《なるしまりゅうほく》と大沼枕山《おおぬまちんざん》もそうでした。成島柳北は旧幕臣、大沼枕山は幕臣ではありませんでしたが、前の時代から生き残った老人という意味ではやはり遺老に数えられます（遺老という語は〝前の天子や諸侯に仕えていた臣〟の意味で使われることが多いのです）。

成島柳北（一八三七〜一八八四）

成島柳北は、明治時代前半期の随筆家にして詩人、特に明治初めのジャーナリズムを支えた人として重要です。江戸浅草の生まれで、家は代々幕府の侍講《じこう》を務めていました。侍講は将軍に書物を講義する大切な役職ですが、そういう役職につく人を「奥儒者」と言いました。柳北は奥儒者の家の生まれということになります。柳北自身も十代終わりからその職につき、十三代将軍家定《いえさだ》、十四代家茂《いえもち》に講義をしておりました。その一方で西洋の学術の大切さを痛感しており、事あるごとにそれを説き、自分自身イギリスやオランダの学問を学んでいました。

明治維新後は新政府に仕えず、幕臣としての筋を通しました。初め築地《つきじ》本願寺で塾を開いていましたが、やがてヨーロッパに大旅行をします。

足かけ二年に及ぶ大旅行から帰ると、朝野新聞《ちょうやしんぶん》の社長として招かれ、以後、明治の黎明《れいめい》期の新聞界の中心的存在になりました。自身も新聞紙上に、時事評論を漢文で活発に執筆していました。続いて『花月新誌』という雑誌を創刊し、そこにも世相や政治を風刺する文をさかんに書き続けました。その筆法は鋭いもので、筆禍事件となって投獄されたこともあります。

その一面、花柳界の遊びが好きで、江戸期から始終出入りしており、その世界の事情も文章にして発表していいます。このように三面六臂《さんめんろっぴ》の活躍を続けましたが、過労がたたったのでしょうか、健康を害し、四十八歳で亡くなっています。

七言古詩（韻目省略）

夜過柳橋

古柳橋辺春水碧▲
新柳橋上春月白▲
夜深酒冷多少楼
穂穂残燭耿簾隙▲
嬌爪換撥曲調低
微風猶伝線線脈▲
彷彿秋江聴琵琶
身是非否謫居客▲
多愁未占風流場

夜《よる》 柳橋《りうけう》に過《よぎ》る

古《こ》柳橋辺《りうけうへん》 春水《しゅんすゐ》碧《みどり》に
新柳橋上《しんりうけうじやう》 春月《しゅんげつ》白《しろ》し
夜深《よるふか》くして 酒冷《さけひや》やかなり 多少《たせう》の楼《ろう》ぞ
穂穂《すゐすゐ》たる残燭《ざんしよく》 簾隙《れんげき》に耿《あき》らかなり
嬌爪《けうさう》 換撥《くわんぱつ》して 曲調《きよくてう》低《ひく》く
微風《びふう》 猶《な》ほ伝《つた》ふ 線線《せんせん》の脈《みやく》
彷彿《はうふつ》たり 秋江《しうかう》に 琵琶《びは》を聴《き》く
身《み》は是《こ》れ 謫居《たくきよ》の客《かく》に非《あら》ざるや否《いな》や
多愁《たしう》 未《いま》だ占《し》めず 風流場《ふうりうぢやう》

青春一夢独自惜▲
借問月影柳色中
不知何処蘇小宅▲

青春《せいしゅん》の一夢《いちむ》 独《ひと》り自《おのづか》ら惜《をし》む
借問《しやもん》す 月影《げつえい》 柳色《りうしよく》の中《うち》
知《し》らず 何《いづ》れの処《ところ》か 蘇小《そせう》の宅《たく》

もとの柳橋のあたりでは　春の水があおみどり色
新しい柳橋の上空では　春の月が明るくかがやいている
もう夜もふけ　酒の酔いも醒《さ》めて来たが　このあたりにはどれほどの芸者屋があるのだろう
細く燃える　火の弱くなったともしびが　すだれのすきまを通して光っている
美しい妓女の指の爪はてきぱきと動き　奏でる曲の調子は落ちついて静か
かすかに吹く風が　なおも三味線の絃の調べを伝えて来る
ありありと思い浮かぶ　左遷先の秋の川べで琵琶の音《ね》に耳を傾けた　あの白楽天の境遇
この私の身も　左遷された旅人というわけなのだろうか
悲しみの多い私は　この風流な花街《はなまち》に入りびたることはかなわない
若い日の一時《いっとき》の夢のような花街での遊びを　ここでひとりうらやむばかり
ちょっとおたずねしたい　月の光が照らす　柳並木のみどりの中の
いったいどこに　昔の蘇小小のような美しい妓女の館《やかた》はあるのだろう

語釈 ○柳橋―両国橋の西側にある花街（今の東京都台東区南東部）。江戸時代以降、花柳界として発展して有名であった。　○過―訪問する。訪れる。　○古柳橋―旧柳橋。両国橋の西南側で、薬研堀《やげんぼり》が隅田川へと流入するところにかかっていた橋。○新柳橋―柳橋。両国の西北側で、神田川が隅田川へと流入するところにかかる橋。○穂穂―穂のような形で火が燃えているさま。○残燭―消えかかっている灯火《ともしび》。○嬌爪―美しい爪。三味線《しゃみせん》を弾く妓女の爪を言う。○換撥―指を次々と動かしながら弦を鳴らすこと。「撥」は、弦をはじいて鳴らすこと。○線線脈―三味線の音色を言う。○彷彿―よく似ていること。思い浮かぶようす。○謫居―左遷されて遠方に流されること。○借問―試みに問う。ちょっとおたずねする。○不知―疑問詞の上につくと、〃いったい全体〃と、疑問を強調する形になる。○蘇小―中国六朝・南斉の蘇小小のこと。銭塘（江蘇省杭州市）にいた有名な妓女。

春の夜に柳橋《やなぎばし》を散歩したという設定で、目に見えるもの、耳に聞こえるもの、そして自分の感想を詠んでいます。江戸末期の安政四年（一八五七）の春、二十一歳のときに作られたもので、この三、四ヶ月前に将軍の侍講に任命されたばかりでした。侍講に任命されて間もなく、しきりに柳橋に出入りするようになったのですが、侍講の勤務日が月に六日だけだったので、その他の日は割と自由に過ごせたということだろうと思います。詩題は「夜、柳橋《やなぎばし》を訪れる」という意味です。

四句ごとに区切れ、全三段となります。

最初の一〜四句＝第一段は、柳橋をそぞろ歩きしたときの眺め。隅田川が流れ、その上空に月がかがやき、そして酔いざめの目にうつる妓楼のたたずまいを詠んでおります。一・二句は対句で、橋を二つ、古い柳橋と新しい柳橋を出しています。「碧」「白」はともに、透明な、かがやくようなイメージを持っていて、あたり一面、月の光に明るく照らされている雰囲気を強めています。「白」はいわゆるミルキー・ホワイトではなく、もう少しきらきらした感じで、銀色《しろがねいろ》に近い感じになります。

次の五～八句＝第二段は、妓楼からひびいて来る三味線の音色《ねいろ》に耳をかたむけ、自身を昔の中国の白楽天になぞらえます。白楽天は中年の一時期、筆禍事件で左遷され、左遷先で琵琶の巧みな女性に出会った体験を「琵琶行」という名作の詩に作っていますが、その白楽天に今の自分をなぞらえるという発想を示しています。第八句はわかりにくい表現ですが、主人公はここで疎外感を感じていて、むかし左遷された詩人を引き合いに出して思いにふけっているということでしょうか。

最後の九～十二句＝第三段は右の感慨を受け、この自分はくよくよと悲しんでばかりいる性格なので、粋《いき》で雅《みやび》な花街で遊ぶことはうまくできない。しかしそれにしても何とかしたいなあ、という感じで結んでいます。「蘇小」は中国南北朝時代の有名な妓女の蘇小小のことで、〝蘇小小に匹敵するような妓女――それはつまり、この私と意気投合して、ともに楽しい時をすごせるすばらしい妓女ということですが――が、この中に必ずいるだろう〟ということです。

この詩の主人公は〝疎外されて孤独な若者〟というイメージですが、これは実像というより、想像上の架空の設定であろうと思います。フィクションで、ちょっと斜《しゃ》に構えたような、江戸の戯作文《げさくぶん》に近い雰囲気を持っています。実際には柳北は遊興が大好きで、それは生涯にわたって続いたようです。また、宴会も大好きで、朝野新聞の社長になってからは、毎月二回は社員を慰安する宴会を催し、そのときは社員全員のほかに同業者をおおぜい、さらに自分の友人たちもどんどん呼ぶので、いつも数百人に及ぶ大宴会になったと伝えられております。

蘇士新航渠二首　其二

成島柳北（一八三七～一八八四）

七言絶句（上平・二冬）

鑿得黄沙幾萬重●
風潮濯熱碧溶溶●
千帆直向欧州去
閑却南洋喜望峰●

蘇士《スエズ》の新航渠《しんかうきよ》二首《にしゆ》　其《そ》の二《に》

鑿《うが》ち得《え》たり　黄沙《くわうさ》　幾萬重《いくばんちよう》
風潮《ふうてう》　熱《ねつ》を濯《あら》うて　碧溶溶《みどりようよう》
千帆《せんぱん》　直《ただ》ちに欧州《おうしう》に向《むか》つて去《さ》り
閑却《かんきやく》す　南洋《なんやう》の喜望峰《きばうほう》

よくぞ開通させたものだ　黄色の砂が限りなくたたなわるこのスエズに
風にざわめくこの波は　赤道直下の熱気を払いすすぐように流れ　そのあおみどり色はゆたかにみなぎっている
ここからたくさんの帆船《はんせん》が　まっすぐ欧州に向かって航行することになり
すっかり忘れてしまうだろう　南洋の喜望峰のことを

語釈　○幾萬重―幾重にも重なり、はるかなさま。　○風潮―風と潮。「潮」は運河の水。　○千帆―多くの帆船。　○閑却―捨て置かれる。

明治五年（一八七二）、三十六歳のときから二年にわたるヨーロッパ旅行の際にたくさん作ったうちの一首。詩題は「スエズの新しい運河」ということで、開通して三年目のスエズ運河を訪れたときに作ったものです。スエズ運河はアラブ連合のスエズ地峡にあり、アジアとヨーロッパを最短距離で結ぶ水平運河。全長一六二キロメートル。パナマ運河（中央アメリカ南東端）とともに世界の二大運河とされます。フランスの外交官フェルディナント・ド・レセップス（一八〇五～一八九四）が十年余りの歳月をかけ、一八六九年に開通させました。

スエズ地峡はアフリカ大陸がアジアとつながる地点で、古代エジプトより注目されていましたが、中世以降忘れられ、近世になって、インド征服を志したナポレオン・ボナパルト（一七六九～一八二一）が大運河の開鑿《かいさく》を計画、それをレセップスが実現したのでした。しかしその土木工事のため、エジプト人労働者が十二万人も亡くなっています。当時、エジプトの全人口は約五〇〇万人でした。

前半二句は、スエズ運河開通までの労苦に思いをはせ、その完成をほめたたえております。第三句は現地に居合わせた作者の実感でしょう。後半二句では、スエズ運河ができてからヨーロッパへの航海の所要時間が大幅に短縮されたことを述べ、運河ができてよかったという気分を強調しています。

柳北の詩風の一つの特徴として、近代の新しい文物、現象を積極的に詠むということがありました。これはヨーロッパ旅行の前から見られ、写真機（カメラ）、電報も詩に詠んでいます。明治の初めからそういう傾向が出始めますが、その後ヨーロッパ旅行中は当然、ヨーロッパのいろいろの土地、珍しい風物を詠んでいます。パリ、ベルサイユ宮殿、ベニス、ロンドン、ナイアガラの滝、蒸気機関車も詠んでいます。

伝統的な詩の形式を用いて新しい文物を詠むというのは時代の反映ですが、そこで思い出すのは、同じような詠みぶりを示した人として、中国の清朝末期の黄遵憲《こうじゅんけん》（一八四八～一九〇五）です。外交官になった人ですが、この人もカメラ、蒸気機関車、赴任先のロンドンの風物を詠んで、柳北とよく似た作風を示しています。そこで、二人の影響関係があったかどうか興味があるところですが、柳北がヨーロッパを旅していろいろ新しい風物を詩に詠んでいたとき、黄遵憲はまだ科挙の試験に合格する前でしたので、こういう作風を編み出したのは柳北のほうが先ということになると思います。ただ、黄遵憲はその後、外交官となって日本を訪れておりまして、いろいろの名士たちと交友しましたが、そのとき柳北は朝野新聞の社長を勤めていたので、二人が面会した可能性はあると思います。

もともと柳北はヨーロッパに強いあこがれを持っていました。江戸幕府に仕えていたころから西洋の学術文化の重要性を自覚しており、ぜひヨーロッパをこの目でじかに見たいと思っていました。次に、そういう彼のあこがれの心境を表した詩を見ます。元治元年（一八六四）、二十八歳のときの作品です。

書懐　　**七言絶句**（下平・八庚）

半生志業一難成●
怒気如兵夜有声●
黒海風濤紅海月
扁舟何日載吾行●

懐《おも》ひを書《しよ》す
半生《はんせい》の志業《しげふ》 一《いつ》に成《な》り難《がた》し
怒気《どき》 兵《へい》の如《ごと》くにして 夜《よる》 声《こゑ》有《あ》り
黒海《こくかい》の風濤《ふうたう》 紅海《こうかい》の月《つき》
扁舟《へんしう》 何《いづ》れの日《ひ》か 吾《われ》を載《の》せて行《ゆ》かん

私が半生にわたって目指して来た仕事は　まったく実現がむつかしい
自分を叱咤《しった》し励ます心意気は　鋭い武器のようにきびしくて　夜　ついうめき声を発してしまうほどだ
黒海の風に吹かれて立ちさわぐ波　紅海を照らす月
一艘《いっそう》の小舟はいつになったら私を乗せて　そこに連れて行ってくれるのだろうか

語釈　○志業―心の目標と業績。　○兵―兵器。武器。

前半二句はヨーロッパを訪れたい思い、そのやむにやまれぬほどの強さを強調しています。第一句の

「半生《はんせい》の志業《しげふ》」は具体的には、東西の文化を融合させて日本を発展させようということでしょうか。

後半にゆくと、ヨーロッパの具体的な地名を出し、思いの深さをさらに印象づけます。このあと八年くらい経って、宿願のヨーロッパ旅行が実現したのでした。

大沼枕山（一八一八～一八九一）

大沼枕山《おおぬまちんざん》は幕末から明治初期にかけての漢詩人で、江戸の生まれ。鷲津幽林《わしづゆうりん》（一七二八生）や鷲津毅堂《わしづきどう》（一八二五～一八八二）など儒者を多く出した鷲津家は親族で、十代から尾張名古屋の鷲津家の家塾で学んでいました。このときの同級生に森春濤（→五七九ページ）がいました。やがて江戸に出て大詩人の大窪詩仏《おおくぼしぶつ》、菊池五山《きくちござん》に学び、さらに梁川星巌《やながわせいがん》にも学びました。二十代後半で東京の下谷の仲御徒町《なかおかちまち》に詩社「下谷吟社《したやぎんしゃ》」を開きます。これが人気を博し、時の詩壇の主流となってゆきます。枕山自身は文明開化の風潮に同調せず、伝統を重んずる姿勢を強め、詩を指導する際にもそういう姿勢で一貫しました。

やがて明治七年（一八七四）、枕山五十七歳のときに森春濤が江戸に出、詩社「茉莉吟社《まつりぎんしゃ》」を開きます。すると、人気はしだいにそちらのほうに移ってしまいました。森春濤は時流に乗るこつをわきまえていて、新しい試みを導入したので、人々の好み、希望に合ったのでしょう。それでも大沼枕山は晩年まで、詩壇の長老として尊敬されておりました。

房東雑詩四首　其四　　七言絶句（上平・十三元）

濤声如鼓撼山根・
石欲飛騰樹欲奔・
虎闘龍争人辟易
前巌如吐後巌呑・

大沼枕山（一八一八〜一八九一）

房東雑詩四首《ぼうとうざつしししゅ》　其《そ》の四《し》
濤声《たうせい》　鼓《つづみ》の如《ごと》くにして　山根《さんこん》を撼《ゆる》がす
石《いし》は飛騰《ひとう》せんと欲《ほっ》し　樹《き》は奔《はし》らんと欲《ほっ》す
虎闘《ことう》　龍争《りゆうそう》　人《ひと》　辟易《へきえき》し
前巌《ぜんがん》は吐《と》するが如《ごと》く　後巌《こうがん》は呑《の》む

打ち寄せる大波の音は太鼓の音にようにとどろいて　山のふもとをどよもし　ゆるがす
石は今にも飛び上がり　樹木は跳ね飛ばされそう
虎と龍とが格闘するようなすさまじさに　私は圧倒されてたじたじである
前方の岩は波を吐き出すように見え　後方の岩はそれを呑《の》み込む

語釈　○房東―安房《あわ》の国（千葉県）の東方。外房のこと。　○雑詩―いろいろのものを取り上げて詠んだ詩。「雑」は、いろいろのものを取りまぜる意。　○濤声―大波の音。　○山根―山のふもと。　○飛騰―飛び上がる。　○虎闘龍争―龍と虎が争うような激しいさま。　○人―詩の中の人は、しばしば自分自身を指す。　○辟易―たじろぐ。しりごみする。

天保十四年（一八四三）、二十六歳の作。「外房《そとぼう》についていろいろ詠んだ詩」という詩題の、四首連作の第四首です。荒々しい外海の描写に徹した詩で、たとえを次から次に出し、いろいろの角度から外海のようすを描き出しています。

前半二句は、打ち寄せる大波のひびきと衝撃。後半二句はその勢いのすさまじさをさらに強調します。

安定した詠みぶりで、いかにも手練《しゅれん》の技です。第二句「石欲……樹欲……」、第三句の「虎闘龍争」、第四句の「前巌……後巌……」と、句中対の多いことも特色です。

この詩はたいへんダイナミックな詠みぶりでしたが、次はいかがでしょうか。

雪夜即事　　七言絶句（上平・六魚）

一夜胸襟塵気除•
閑聴玉屑灑茅廬•
酒辺風味清相称
小鼎親烹白雪魚•

雪夜即事《せつやそくじ》
一夜《いちや》 胸襟《きょうきん》 塵気《ちんき》除《のぞ》く
閑《かん》に聴《き》く 玉屑《ぎょくせつ》の 茅廬《ぼうろ》に灑《そそ》ぐを
酒辺《しゅへん》の風味《ふうみ》 清《せい》にして相称《あいかな》ひ
小鼎《せうてい》 親《みづか》ら烹《に》る 白雪魚《はくせつぎょ》

今夜は胸のうちから　ほこりっぽくわずらわしい雑念が消え去った
心しずかに耳をかたむけている　玉《ぎょく》の粉末のような雪が　かやぶきの屋根に降《ふ》る音を
酒をたしなむ環境の雰囲気として　さわやかでまことにふさわしい
小鍋《こなべ》を用意して　自分の手で隅田川名産の白魚《しらうお》を煮るとしよう

語釈 ○即事―その場のこと、目の前のことを気楽に詠んだという意味の詩題。○玉屑―美しい玉《ぎょく》の粉末。降りしきる雪にたとえて言う。○茅廬―茅葺《かやぶ》きの庵《いおり》。自宅の謙称。○風味―上品な、よいおもむき。○白雪魚―白魚《しらうお》。隅田川の名物の一つ。江戸時代から明治中期まで、隅田川では大量の白魚が捕れた。

安政六年（一八五九）春、作者四十二歳の作。「雪の夜、目の前のことを詩に詠む」という詩題です。前半二句は、雪の降る夜はさわやかな心地になるということ。第二句の〝雪の降る音を聴く〟というのはまことに風流な発想ですが、中国の北宋の詩以来しばしば見られる伝統的な表現です。

後半はよい気分をもっと深めようと、雪見酒《ゆきみざけ》になってまいります。第四句の、雪の降る晩に「白雪魚」＝白魚を煮るというのはちょっとことばのしゃれにもなっていますが、これは池波正太郎の作品によく出て来る小鍋立《こなべだ》てです。

この詩も安定感のある詠みぶりで、いかにも詩の本道を行く作品だと思います。詩が時代の変化に合わせて新しいものを取り入れて行くのは自然のことですが、時代に合わせて変化する面とともに、不変のもの、典型、オーソドックスなものも受け継がれる必要があり、それらは常に顧みられなくてはなりません。その点、大沼枕山は伝統の側に立って詩を究めてゆくということによって、詩のスタンダード、典型を示す境地に達しました。彼の詩がいつまでも敬われる所以《ゆえん》でありましょう。文明開化に同調しなかった点では成島柳北（→五九一ページ）と共通ですが、とった態度は対照的でした。

教育界の重鎮 ── 三島中洲・岡倉天心

三島中洲 （一八三〇～一九一九）

三島中洲《みしまちゆうしゆう》は幕末から明治の漢学者。備中《びつちゆう》（岡山）の人で、家は代々里正《りせい》、村長を務めていました。十代後半から山田方谷《やまだほうこく》（一八〇五～七七）に学び、二十代後半で江戸の昌平黌《しようへいこう》に入っています。

恩師山田方谷の推薦で松山藩（愛媛）に仕えましたが、明治維新の後はやはり山田方谷の示唆に応える形で上京し、初めは司法関係の官職につき、或る土地の裁判所長なども務めましたが五年ほどで辞職し、家塾の二松学舎を開いております。今の二松学舎大学の前身です。やがて当時の高等師範学校や東京帝国大学で教授しております。

さらに、六十七歳から東宮御用掛、次いで東宮侍講《とうぐうじこう》となりました。これは大正天皇が皇太子であられた時期で、中洲は皇太子殿下に頻繁に漢詩の添削指導を行っています。中洲が亡くなったのは天皇即位の四年後、九十歳でした。幕末から明治、大正の初めまで生きた人ということになります。

磯浜登望洋楼　　七言絶句（下平・十一尤）

磯浜《いそはま》にて望洋楼《ぼうようろう》に登《のぼ》る

夜登百尺海湾楼●　　夜登《よるのぼ》る　百尺《ひやくしやく》　海湾《かいわん》の楼《ろう》

三島中洲（一八三〇〜一九一九）

極目何辺是米洲•
慨然忽発遠征志
月白東洋萬里秋•

極目《きょくもく》何《いづ》れの辺《へん》か 是《こ》れ米洲《べいしゅう》
慨然《がいぜん》 忽《たちま》ち発《はっ》す 遠征《ゑんせい》の 志《こころざし》
月《つき》は白《しろ》し 東洋《とうよう》 萬里《ばんり》の秋《あき》

今宵《こよい》 空高くそびえる 海に面した高楼《たかどの》にて
じっと目を凝《こ》らす いったいどのあたりにアメリカの大陸があるのか
ふいに力強くわき上がる アメリカへ渡ろうという切なる願い
月は明るくかがやく 太平洋がどこまでも広がる秋の夜

語釈 ○百尺—非常に高いことのたとえ。高さを強調している。 ○極目—目のとどく限り。見はるかす限り。 ○米洲—米利堅《メリケン》洲。アメリカ大陸のこと。 ○慨然—志をふるい起こす、勇気を出すさま。 ○東洋—太平洋。

明治六年（一八七三）八月、作者四十四歳の作。磯浜は、今の茨城県大洗町《おおあらいまち》です。このとき中洲は茨城で法律関係の役職についていましたが、大洗《おおあらい》神社に参詣し、その後、磯浜の望洋楼という酒楼に出向いたわけです。

前半二句は、海に臨む高楼《たかどの》の宴会場の、窓辺からの眺め。東にはるかに太平洋が広がっています。後半二句は、月あかりのもと、強い思いが胸を突き上げます。〝この海を越えてアメリカ大陸に渡りたい〟と。スケールの大きい詩です。新しい明治の国家、世界に羽ばたいてゆく有為の人材、そういう新時代の力強い気概、明治の前半期の雰囲気をまことによく表した作品です。

岡倉天心（一八六二〜一九一三）

岡倉天心《おかくらてんしん》は美術教育の先覚者で、美術史家・美術思想家。海外に日本美術を紹介し、美術の行政に手腕を発揮しました。福井藩士の家で、東大在学中にアーネスト・フェノロサ（一八五三〜一九〇八）の薫陶を受け、卒業後は文部省に入って美術関係の仕事をし、さらに東京美術学校（現・東京芸術大学）の創立、雑誌の創刊、博覧会の企画など、いろいろの方面から美術の振興に努めた人でした。

七言絶句（上平・十三元）

五浦即事

蟬雨緑霑松一邨●
鷗雲白掠水乾坤●
名山斯処托詩骨
滄海為誰招月魂●

五浦即事《いづらそくじ》

蟬雨《せんう》 緑《みどり》に霑《うるほ》ふ 松《まつ》 一邨《いつそん》
鷗雲《おううん》 白《しろ》く掠《かす》む 水《みづ》 乾坤《けんこん》
名山《めいざん》 斯《こ》の処《ところ》 詩骨《しこつ》を托《たく》す
滄海《さうかい》 誰《た》が為《ため》にか 月魂《げつこん》を招《まね》く

雨のように降り注ぐせみの声も　みどり色に染まる　松林のひろがり
雲のようなかもめの大群は　白くかすめて飛ぶ　水の天地の中
すばらしい山の眺め　これこそわが詩人 魂《だましい》をあずけるのにふさわしい
日が暮れれば　青黒くひろがる海原《うなばら》は　誰のために月の光を招き寄せるのか

語釈 ○蟬雨—雨が降るような蟬の鳴き声。蟬時雨《せみしぐれ》。○鷗雲—雲のようなかもめの群れ。○水乾坤—「乾坤」は天と地。青く晴れた空と同じように青い大海原。海の水がどこまでも広がって、天までおおい尽くすかのように見えるということ。○詩骨—詩を作りたい気性。詩人根性。「骨」は、からだを支える堅いものの意から、物の中心、苦労にたえる心、気概の意になる。○滄海—青い海。青海原《あおうなばら》。○月魂—「月魄」「月霊」に同じ。月の精。転じて、月。月の光。

五浦《いづら》は茨城県北部、北茨城市の海岸。海に浸食された崖が発達していますが、岡倉天心は明治三十九年（一九〇六）、四十五歳のときに、日本美術院をここに移転していました。

前半二句は夏の五浦の描写。聞こえるものと見えるものを対句形式で描きます。さかんな蟬時雨《せみしぐれ》、むらがり飛ぶ鷗《かもめ》の群れ、みどりの松林、青い林、大海原。まことに生命力に満ちています。

後半二句は自分の感想。やはり対句に近い感覚で述べています。このすばらしい山の眺めは今の時期、ことさらに詩情をそそられるが、それぱかりではなく、日が暮れれば月の光が海面を照らし、また詩を作りたくなってしまう。このあたりは何と眺めのよい場所であろうか……と、応接に暇《いとま》のない、わくわくする感じを表しています。

この詩は文字の違いが目立つ作品です。岡倉天心自身、この詩を何回か掛け軸に書いており、それぞれ少しずつ文字が違っています。たとえば第二句の「鷗雲《おううん》 白《しろ》く掠《かす》む」の「掠《かす》む」が、掛け軸によっては「漂《ただよ》ふ」もしくは「挙《あ》がる」となっています。そこで比較してみますと、「挙がる」「掠む」はかもめがしきりに飛んでいるようすで、特に「挙がる」は水面からかもめの大群がいっせいに飛び立つ、非常に躍動感のある情景です。たぶん、岡倉天心はこの前半二句に夏の生命力、躍動感を求めていたので、「掠」や

「挙」のような動きのある文字を使ったのでしょう。そこで、ここでは「掠」を採用しました。「漂ふ」ですと、かもめの大群が海面でじっと静かにしていることになり、第一句のせみの声、みどりの松林を受けて絵のようなしずかなイメージで、それも捨てがたいのですが、ここでは躍動感のほうを重視しました。

武人の詩魂（一）――山県有朋・広瀬武夫

山県有朋（一八三八～一九二二）

山県有朋《やまがたありとも》は明治・大正の陸軍の軍人かつ政治家で、総理大臣を二回勤め、藩閥・軍閥の中心として、特に大正の政界に君臨しました。

もともとは長州藩士で吉田松陰《よしだしょういん》の松下村塾に学び、高杉晋作《たかすぎしんさく》が組織した奇兵隊の総督も勤める中で討幕運動に力を尽くしました。明治維新後は新政府に仕え、間もなくヨーロッパに渡り、ヨーロッパの軍制の調査をしております。帰国後に日本の兵制・軍制の改革・確立に務め、当時の士族の反乱、西南戦争にも出動し、さらには日清戦争のとき、第一軍司令官を勤めました。続く日露戦争では、参謀総長として指導にあたっておりました。

そして、伊藤博文が亡くなってからは元老の中でも中心的存在として、政界、軍隊、宮中にも大きな影響力を持った人でした。もっとも大正に入ると維新以来の藩閥勢力への批判が強まったということもあり、どちらかというと不本意な晩年であったとも言われています。

和歌に最も優れ、数万首の和歌を作っております。特に日露戦争後に森鷗外《もりおうがい》、賀古鶴所《かこつると》、佐佐木信綱といった人々が歌の研究会を新たに発足させると、これを援助し、そのことが明治・大正の和歌の発展に大いに寄与することにもなりました。一方で漢詩もたしなみ、詩集一巻が残っています。九十首を超える作品が収められています。

奉勅 将発満洲 示両師団長　　七言絶句（上平・四支／五微）

勅《ちよく》を奉《ほう》じ 将《まさ》に満洲《まんしう》を発《はつ》せんとして 両師団長《りやうしだんちやう》に示《しめ》す

馬革裹屍元所期●　馬革《ばかく》に 屍《しかばね》を裹《つつ》むは 元《もと》より期《き》する所《ところ》
出師未半豈容帰●　出師《すゐし》 未《いま》だ半《なかば》ならず 豈《あに》 帰《かへ》るを容《い》れんや
如何天子召還急　如何《いかん》ぞ 天子《てんし》 召還《せうくわん》の急《きふ》なる
臨別陣頭涙満衣●　別《わか》れに臨《のぞ》んで 陣頭《ちんとう》 涙《なんだ》 衣《ころも》に満《み》つ

戦場に死し　馬の革《かわ》に亡骸《なきがら》を包まれることこそ　私がもともと期待していること
軍隊を進めてまだ半分も行かないうちに　どうして帰ることを承知できるだろう
いったい何ゆえに　天子様はこの私を呼び戻すことが　こんなにあわただしくあらせられるのか
諸君との別れに臨み　陣営の先頭にいながら　涙にくれてしまうのだ

語釈　○馬革裹屍—馬の革で屍《しかばね》を包むこと。戦場で討ち死にすることを言う。中国・後漢の将軍馬援《ばえん》の故事（『後漢書《ごかんじよ》』馬援伝）による。　○出師—軍隊を出すこと。「師」は軍隊。　○容—許す。聞き入れる。　○急—〝速い〟というよりは〝あせっている、あわただしい〟意。

明治二十七年（一八九四）十二月、作者五十七歳の作。日清戦争中、陸軍大将・第一軍司令官として極

寒の満州にいるうちに健康を害し、第一線を指揮することが叶わなくなった、そこで勅命が出て内地へ呼び戻されたわけですが、そのとき、後を託する二人の師団長に向けてこの詩を作ったのでした。

詩題は「天子様じきじきの命令を賜って間もなく満州を出発しようとするとき、二人の師団長に示す」という意味です。

前半二句では、この戦争に臨んで決死の覚悟をした、それが突然妨げられたことへのとまどい、困惑を述べております。「馬革《ばかく》に屍《しかばね》を裹《つつ》む」は〝馬の革《かわ》で自分の屍を包む〟こと。出陣して生きて帰らないたとえです。後漢の馬援という将軍が、中国の宿敵の異民族匈奴《きょうど》を討つことを志願し、〝男たる者、ぜひ辺境で討ち死にし、馬の革《かわ》で屍《しかばね》を包んで葬られるべきだ、どうして寝床に伏したまま死を待つことを望みましょうか〟と言ったことです。

後半に入ると、困惑が悲しみに変わります。

このとき、山県有朋は進撃にたいへん積極的で、清朝の都の北京を攻撃して陥落させる心づもりだったようです。ところが総理大臣の伊藤博文は、清朝をそこまで痛めつけることは、むしろ恨みを買ってのちのちの災いになるであろうと考え、明治天皇の勅命ということを借りて帰国させたとのことです。

そうだとすると、その判断はむしろ伊藤博文の大局的な、総合的な洞察力をよく示すエピソードということになるでしょうか。

昨夜夢陥旅順城有作　遥寄乃木将軍　　**七言絶句**（下平・八庚）

昨夜《さくや》　夢《ゆめ》に旅順城《りよじゆんじやう》を陥《おとしい》れて作有《さくあ》り　遥《はる》かに乃木将軍《のぎしやうぐん》に寄《よ》す

百弾激雷天亦驚
包圍半歳萬屍横
精神到処堅於鉄
一挙直屠旅順城

百弾《ひゃくだん》 激雷《げきらい》 天《てん》も亦《また》 驚《おどろ》く
包圍《はうい》 半歳《はんさい》 萬屍《ばんし》横《よこた》はる
精神《せいしん》 到《いた》る処《ところ》 鉄《てつ》よりも堅《かた》く
一挙《いつきよ》 直《ただ》ちに屠《ほふ》る 旅順城《りよじゆんじやう》

おびただしく飛びかう弾丸　はげしい大砲のとどろきは　天も驚くかと思うほどすさまじい
ロシア軍を包囲することすでに半年　たくさんの屍《しかばね》が横たわっている
われら日本軍の闘志は　どこで敵にぶつかろうと　常に鉄よりも堅く
一気呵成《かせい》に撃滅したのだ　旅順のとりでを

語釈 ○旅順―中国の遼東《りようとう》半島（遼寧《りようねい》省）の先端に位置する町。当時はロシア軍の重要な拠点であった。○乃木将軍―乃木希典《のぎまれすけ》（→六一九ページ）。日露戦争では第三軍司令官として、旅順攻略を指揮した。○精神―心の持ち方、気力。ここでは日本軍の戦意・闘志。○到処―行く先々どこでも。日本語の「到るところ」に近い。

明治三十七年（一九〇四）、作者六十七歳。日露戦争が始まってすでに九ヶ月が経ち、このときすでに、日本の第一軍三個師団は朝鮮半島から中国の東北部まで進撃していました。第二軍三個師団は遼東半島から大連の東北の南山に進撃し、激戦の上、撃破しています。

そして第三軍が、旅順のロシア軍の要塞を包囲して攻撃中でした。この第三軍の司令官が乃木将軍でした。六月に上陸してこのときまでに、五ヶ月経っています。

旅順の要塞は難攻不落でした。何しろロシア政府は第一報で〝旅順が危ない〟と察知し、バルチック艦隊の精鋭部隊を組織して旅順港に向かわせた。旅順まで約半年かかる行程だったようですが、旅順港にはロシア海軍の基地があり、そこにいるロシアの旅順艦隊と、移動して来たバルチック艦隊が合流すると、日本の連合艦隊の二倍の勢力になってしまう。そこで日本側としては、合流前に陸上からロシアの旅順艦隊を砲撃しておきたい。そのために〝旅順の要塞を急いで陥落させ、そこから港に砲撃する〟という方針が御前会議で定まり、間もなく明治天皇から、第三軍の将兵に対して激励の勅語が送られました。それと同時に、参謀総長であった山県有朋からも、励ましの電報とこの七言絶句が送られた、という背景があります。

詩題は「昨夜、夢の中で旅順の城塞を陥落させたことに触発されてこの詩を作った。前線の乃木将軍に、はるか遠くからこの詩を寄せる」という意味です。

前半二句は、旅順の攻撃の戦場のようすを描写しています。ずいぶんなまなましい描写ですが、前線から情報が正確に伝わっていたということでしょうか。

後半二句は〝日本軍の激しい闘志のもと、旅順は陥落した〟と、夢に見たことを詩に織り込んでいます。この詩は乃木将軍を励ます意味で送ったもので、力強い詠みぶりです。山県公は和歌も得意としましたが、漢詩はたくましい詠みぶりになっています。

広瀬武夫（一八六八〜一九〇四）

広瀬《ひろせ》武夫《たけお》は明治元年（一八六六）、大分県の生まれ。海軍兵学校を卒業して日清戦争に従軍し、その後三十歳のときにロシアに留学して、そのまま大使館付きの駐在武官として留まりました。かたわらイギリス、ドイツ、フランスを視察し、五年後に帰国しています。その間に海軍少佐となっていますが、ロシア駐在中は立場上、社交界にしきりに出入りし、ダンスに巧みであったため、ロシアの貴族たちに大いに歓迎されました。或る貴族の令嬢から広瀬武夫に寄せられた愛の手紙が残っていますが、たいへん人気があったようです。彼自身は早いうちから、自分は日露戦争で戦死するだろうと予期しており、結局妻を迎えませんでした。

日露戦争では開戦早々「旅順港閉塞作戦」に二回参加しています。

旅順港閉塞作戦は、日露戦争初期の有名な作戦です。旅順の港にはロシア海軍の基地がありましたが、ロシアの旅順艦隊は日本の連合艦隊と正面決戦をしようとせず、援軍を待っていたのか、旅順港内にとどまったままでいました。そこで連合艦隊は、これをいち早く封鎖してしまうという作戦を立てました。港の出入り口に古い日本の船を沈め、軍艦を港から出られなくしてしまうものです。これはこの年の二月末と三月末に二回行われ、広瀬少佐は二度とも参加しています。

しかしその二回目に指揮官として赴き、作戦をつつがなく遂行して撤退しようとした際、行方不明の杉野孫七《すぎのまごしち》上等兵曹を捜しに戻り、そこにロシア軍の砲撃の直撃を受けて、戦死してしまいました。直後に中佐に特進し、さらに軍神として崇められております。

正気歌　　　　　　　　七言古詩（韻目省略）

正気《せいき》の歌《うた》

死生有命不足論●

死生《しせい》命《めい》有《あ》り　論《ろん》ずるに足《た》らず

広瀬武夫（一八六八〜一九〇四）

鞠躬唯応酬至尊•
奮躍赴難不辞死
慷慨就義日本魂•
一世義烈赤穂里
三代忠勇楠氏門•
憂憤投身薩摩海
従容就死小塚原•
或為芳野廟前壁
遺烈千載見鏃痕•
或為菅家筑紫月
詞存忠愛不知寃•
可見正気満乾坤
一気磅礴萬古存•
嗚呼正気畢竟在誠字
呶呶何必要多言•
誠哉誠哉斃不已
七生人間報国恩•

鞠躬《きくきゆう》 唯《ただ》 応《まさ》に 至尊《しそん》に酬《むく》ゆべし
奮躍《ふんやく》 難《なん》に赴《おもむ》いて 死《し》を辞《じ》せず
慷慨《かうがい》 義《ぎ》に就《つ》く 日本魂《やまとだましひ》
一世《いつせい》の義烈《ぎれつ》 赤穂《あかほ》の里《さと》
三代《さんだい》の忠勇《ちゆうゆう》 楠氏《なんし》の門《もん》
憂憤《いうふん》 身《み》を投《とう》ず 薩摩《さつま》の海《うみ》
従容《しようよう》として 死《し》に就《つ》く 小塚原《こづかつぱら》
或《ある》いは 芳野《よしの》 廟前《べうぜん》の壁《へき》と為《な》り
遺烈《ゐれつ》 千載《せんざい》 鏃痕《ぞくこん》を見《み》る
或《ある》いは 菅家《くわんか》 筑紫《ちくし》の月《つき》と為《な》り
詞《し》 忠愛《ちゆうあい》を存《そん》して 寃《ゑん》を知《し》らず
見《み》る可《べ》し 正気《せいき》の 乾坤《けんこん》に満《み》つるを
一気《いつき》 磅礴《はうはく》して 萬古《ばんこ》に存《そん》す
嗚呼《ああ》 正気《せいき》は 畢竟《ひつきやう》 誠《せい》の字《じ》に在《あ》り
呶呶《だうだう》 何《なん》ぞ必《かなら》ずしも 多言《たげん》を要《えう》せん
誠《まこと》なる哉《かな》 誠《まこと》なる哉《かな》 斃《たふ》れて已《や》まず
七《なな》たび人間《じんかん》に生《うま》れて 国恩《こくおん》に報《むく》いん

人が生きるか死ぬかは天命によるのだ　われわれ人間があれこれ言うには及ばない
今なすべきことはただ一つ　天子様にお応えすること
気合いを入れて国難に立ち向かい　死ぬことを避けはしない
心をたかぶらせて人の道に殉ずるのが　大和魂というものだ
一つの時代にひろく知れわたった強力な忠義の心　それは赤穂《あこう》藩の四十七士《しじゅうしちし》
三代にわたって発揮した真心《まごころ》と勇気は　楠木《くすのき》氏の三代　正成《まさしげ》・正行《まさつら》・正儀《まさのり》
悩みと憤りのあまり身を投げた薩摩の海　それは西郷隆盛
ゆったりと落ち着いて刑死に臨んだ小塚原の刑場　それは吉田松陰
或るときは南北朝の時代　吉野のお寺の壁が　正気の現れる舞台となった
楠正行のりっぱな功績は　千年ののちの今も　鏃《やじり》で刻んだ和歌に見ることができる
或いはまた　菅原道真公が左遷先の太宰府で見た月となって　正気はかがやいた
太宰府で道真公が作った詩のことばは　国へのまごころと帝への敬愛の心に満ち　自分の冤罪のことな
　ど少しも気にかけていないではないか
これでよくわかる　正気は天地の間に常に充《み》ち満ちて
純粋なこの気は限りなくひろがり　いついつまでも変わることがないのである
ああ　正気は結局はまことの心だ
あれこれ口うるさく　ことばを費やして説明することがどうして求められようか　それには及ばない
そうだ　誠の心だ　誠の心は人が死んでも　そこなわれないものなのだ

さればこの私も七回と言わず　この世に何回も生まれ変わって　お国のご恩にお応えしよう

語釈 ○死生有命―生死は天命であり、人の自由にできるものではない。『論語』顔淵第十二の語。○鞠躬―身をかがめてかしこまり、つつしむこと。○至尊―この上なく尊い。天子の尊称。○奮躍―勇気をふるって進むこと。○慷慨―いきどおり、嘆く。主として天下国家のことについて、心をたかぶらせることを言う。○就義―自分の身を殺して、道に合う行いをする。○義烈―忠義の心が強くはげしいこと。○赤穂里―兵庫県南西部の赤穂藩。赤穂四十七士は元禄十五年（一七〇二）、藩主浅野内匠頭《たくみのかみ》の仇討ちのため、吉良上野介《こうずけのすけ》の邸に討ち入った。○三代―楠木氏の三代。正成《まさしげ》・正行《まさつら》・正儀《まさのり》を指す。一説に、楠木正成が仕えた三代の天皇ととる。○薩摩海―錦江湾《きんこうわん》（鹿児島湾）のこと。月照はそのまま亡くなった（↓五四八ページ）。○小塚原―小塚原刑場（東京都荒川区）のこと。○芳野―吉野。奈良県南部の地名。南朝の所在地の一つ。○投身―西郷隆盛が、恩人で尊皇攘夷派の僧の月照をどうしても助けられず、絶望してともに身を投げたこと。○廟前壁―如意輪寺（如意輪堂）の壁板。正平二年（一三四七）、楠木正行は後醍醐天皇の陵《みささぎ》に参拝した後、如意輪寺の扉に和歌一首と、自分と行動をともにする一四〇人余りの姓名を記し、四条畷《しじょうなわて》の戦場に向かった。○遺烈―先人の遺《のこ》したりっぱな功績。○千載―千年。○鏃痕―鏃《やじり》でつけた傷痕。楠木正行の辞世の歌を指す。○菅家―菅原道真《すがわらのみちざね》。○忠愛―君に忠義を尽くし、国を愛すること。○冤―無実の罪。ぬれぎぬ。○一気―ここでは、正気のこと。○磅礴―広大で限りのないさま。充ち満ちていっぱいになっているさま。○萬古―昔からずっと。永久に。○呶呶―あれこれやかましく述べる。

「正気」は藤田東湖のところで出て来ましたが（↓五〇七ページ）、人間社会の正義や自然界の法則にきちんとのっとった生き方を努めることによって生じる心身の充実感、エネルギーが基本になります。その正気を実現して生きるのが、人として理想的な生き方だという考え方になります。

第一段（一〜四句）は、はじめから論説の要素が強く、人の生きる道について所信を述べております。それは道義を守ることであり、守るためにわが身を殺すこともある。第四句の「義《ぎ》に就《つ》く」が眼目になっていて、社会正義や人の道にぴたりと寄り添い、時にはそれを生命よりも優先するということです。

次の第二段（五〜八句）と続く第三段（九〜十二句）、合計八句は第四句の「義《ぎ》に就《つ》く」生き方を実践した人々の例を、箇条書き風に挙げています。日本史上の有名な人物たちで、わが身を殺しても義を全うしようとした人々です。

第四段（十三〜十八句）の六句がまとめで、〝人の雑念や我執《がしゆう》を振り払い、うそいつわりのないまことの心を表して生きること、それこそが天の道に生きることであり、正気を体現することだ〟と説いています。第十五句「正気《せいき》は 畢竟《ひつきやう》 誠《せい》の字《じ》に在《あ》り」は儒教の古典『中庸』の中にある「誠《まこと》は天《てん》の道《みち》なり。これを誠《まこと》にするは人《ひと》の道《みち》なり」（『中庸章句』第二十章）を受けています。天の道は、たとえば太陽や月が毎日めぐること、或いは四季の変化、植物や動物が生まれて育って衰えて行くこと、これらはすべて、昔から寸分の違いもなく繰り返されている。こういう、うそいつわりのない純粋な道が天の道である。人間も自然の存在であるからには、天の道は体内に備わっているが、人間の場合、雑念や我欲に妨げられてそれを実現することができない。そのため、よく反省しながら実現に努力するのが人の道であり、天の道に近づくことであるということです。

軍人としての気概を示した作品ですが、より広く、普遍的に人の道を説いた作品としても読むことができます。広瀬中佐はロシアに留学してヨーロッパ風の教養も高かった人ですが、一方では漢文の素養も高く、日記を漢文でつけています。さらにはロシアの詩人アレクサンドル・プーシキン（一七九九～一八三七）の作品を漢詩に訳したりしています。中佐の漢詩漢文の膨大な遺稿が、少なくとも二十世紀半ばまでは残っていたようですが、今はどうなっているのでしょうか。残っているならば、ぜひ拝見したいと思います。

「正気の歌」は、中国の南宋末の忠臣文天祥（↓五〇六ページ）が作ったものでした。日本の幕末期に絶大な影響を与え、志士たちに愛読され、心のよりどころになりました。藤田東湖、吉田松陰のほかにも多くの模擬作があります。広瀬中佐はそれらを受けつつ、正気についてこのように『中庸』の思想を取り入れ、新しい形で生かしており、強い感銘を与えます。

武人の詩魂（三）――乃木希典

乃木希典（一八四九～一九一二）

乃木希典《のぎまれすけ》は長州藩士の家の人。十代前半から武術に励み、合わせて文学を好む面もあったと伝えられます。戊辰戦争で幕府軍と戦い、その後明治の新政府陸軍に入っています。萩《はぎ》の乱、西南戦争に参加した後、ドイツに留学し、名将と謳《うた》われたヘルムート・モルトケ将軍（一八〇〇～九一）の指導を受けて大きく影響されたようです。

帰国後六年で日清戦争に赴き、野戦で戦果を上げ、勇将と称えられました。つづく日露戦争では陸軍第三軍の司令官として、旅順の攻撃に大苦戦を強いられますが、結局陥落させます。

五十九歳のときに学習院の院長に就任し、質実剛健の学風を目指しました。明治天皇のご大喪の夜、夫人とともに、殉死を遂げられました。

将軍の事績は唱歌や講談でも語り継がれ、国民的英雄として敬われています。乃木希典を祭った乃木神社は日本全国に九箇所はあり、ダグラス・マッカーサー元帥（一八八〇～一九六四）は将軍に敬意を表し、〝日本という国は乃木将軍のような立派な方が出るのだから、必ずまた発展することを私は信じている〟と語っています。

乃木将軍が五十歳のころから、その漢詩の指南役となったのが黒木欣堂《くろききんどう》先生（一八六六〜一九二三）でした。香川出身の漢学者、教育者で、書家としても有名でした。乃木将軍五十歳の折、香川の陸軍第十一師団の初代師団長として着任しますと、将軍は香川の郷土史に詳しい人を求められました。そこで欣堂先生が招かれ、以後、深い信頼を寄せられました。乃木将軍は黒木欣堂を「黒木先生」と呼び、欣堂先生が恐縮して辞退しても、呼び方を変えなかったとのことです。

逸題　　七言絶句（下平・一先）

転戦後肥山又川•
身傷不死却怨天•
嗟吾薄命与誰語
泣読功臣烈士伝•

逸《いつ》題《だい》

転戦《てんせん》 後肥《こうひ》 山《やま》 又《また》 川《かわ》
身《み》傷《きず》ついて 死《し》せず 却《かへ》つて天《てん》を怨《うら》む
嗟《ああ》 吾《わ》が薄命《はくめい》 誰《たれ》と与《とも》にか語《かた》らん
泣《な》いて功臣《こうしん》 烈士《れつし》の伝《でん》を読《よ》む

あちこち移動して戦った肥後の国熊本は　山や川がどこまでもつづいていた
わが身が負傷しただけで戦死しなかったことにつき　かえって天をお恨み申したい
ああ　私の運にめぐまれない不幸せについて　誰とともに語れよう
涙ながらに　昔の功臣や忠義の士の伝記を読むしかない

語釈 ○後肥—肥後《ひご》の国（熊本県）のこと。韻律の関係で字を入れ替えている。○烈士—気性がはげしく、筋を通す気概が非常に強い人。

明治十年（一八七七）、二十九歳のときの作品。この二月に西南戦争があり、その初めの時期に「連隊長心得」という身分で連帯を率い、熊本北部で西郷軍と交戦しました。たいへんな乱戦となり、植木坂《うえきざか》の戦いで連隊旗を失ってしまいます。連隊旗を失うのは非常な失態なのでこのとき自刃《じじん》しようとしますが、部下の必死の説得によって思いとどまりました。その後はその失敗を少しでも埋め合わせようとするかのように、各地で激しい戦闘を続け、左足に重傷を負いながらかごに乗って指揮を続け、十日あまりののちにようやく久留米の病院に運ばれたということです。その際に作ったのがこの詩でした。

前半二句は、戦いを顧みての反省の心が述べられています。後半二句は、その反省の思いをさらに深く述べます。反省心の強い人柄が表れた詩であると思います。

詠　梅　　梅《うめ》を詠《えい》ず　　七言絶句（上平・十一真）

峻節清香自絶倫●　　峻節《しゅんせつ》 清香《せいかう》 自《おのづか》ら絶倫《ぜつりん》
男児宜学此精神●　　男児《だんじ》 宜《よろ》しく学《まな》ぶべし 此《こ》の精神《せいしん》
世間碌碌風流士　　世間《せけん》 碌碌《ろくろく》 風流《ふうりう》の士《し》
不比英雄比美人●　　英雄《えいゆう》に比《ひ》せずして 美人《びじん》に比《ひ》す

梅の花の高い節操　さわやかな香り　ともにもとより抜きん出ている
男たる者は　ぜひこのいちばん大切なところを学ぶべきである
世の中のろくでもない　美しいものを愛《め》でる人々は

この梅の花を英雄になぞらえず　美女になぞらえているのだ

語釈　○峻節―高尚な志節。梅の花が春まだ浅い時節に他の花に先駆けて咲くことを、梅の花の節操ととらえる。○絶倫―並はずれて優れている。　○精神―精髄と神髄。心の持ち方、気力。物事のいちばん重要なことという意味にもなる。　○碌碌―石がごろごろと多いさま。つまらない、役に立たない、無能なことを表す。

梅の花を詠んだ「詠物詩」で、論説の要素が強い詠みぶりです。

前半二句は、梅の花の特色の中でも特に大事な要素をクローズアップしています。

後半二句は、そのことを理解しようとしない一般世間への不満を述べています。第三句の「風流」はもともと、前の時代のよい名残りを受け継ぐこと、前のよい名残りが風に吹かれて流れ、影響を与えることですが、時代が下《くだ》ると、雅《みやび》なこと、上品なこと、詩歌・文芸・自然など、美しいものを愛《め》でる心を意味するようになって来ます。この詩では美しいものを愛《め》でることについて、少し悪い意味で使っています。「碌碌」という語に、作者の憤りがこめられているようにも感じられます。

ちなみに、この「風流」という語はさらに時代が下がると、色恋沙汰や花柳界の遊びのことを言うようになり、意味が良いほうから悪いほうに移り変わった、ちょっと面白い語です。

この詩には乃木将軍の一生の価値観、物事のうわべにとらわれない、本質的なものを見抜いて大事にする考え方が表れていると思います。

詠富岳　富岳《ふがく》を詠《えい》ず　　**七言絶句**（下平・十一尤）

崚嶒富岳聳千秋。　崚嶒《りょうそう》たる富岳《ふがく》　千秋《せんしゅう》に聳《そび》ゆ

赫灼朝暉照八洲•
休説区区風物美
地霊人傑是神州•

赫灼《かくしやく》たる朝暉《てうき》 八洲《はつしう》を照《てら》す
説《と》くを休《や》めよ 区区《くく》 風物《ふうぶつ》の美《び》
地霊《ちれい》 人傑《じんけつ》 是《こ》れ神州《しんしう》

ひときわ高い富士の山は　永遠にそびえ立つ
その頂上から　明るくかがやく朝日の光が　大八洲《おおやしま》日本の国を照らし出す
語るのをやめたまえ　富士山のこまごまとした　見た目の美しさなどは
土地がらがすばらしく　そこに住む人々もまた優れている　それこそがわが日本なのである

語釈 ○崚嶒―山や峰がひときわ高くそびえているさま。　○千秋―長い年月。永遠。　○赫灼―光りかがやくさま。　○朝暉―朝日。　○八洲―前出（↓五〇六ページ）。　○区区―小さくこまかいこと。　○地霊人傑―「地霊」は、土地がら（その土地の自然環境や風俗習慣の状態）がすぐれていること、「人傑」は、住まう人々がすぐれていること。　○神州―日本国の美称。

富士山を詠んだ「詠物詩」。明治四十四年（一九一一）の自筆稿が残っており、欄外に「未定稿」という書き入れがあります。作者はこのとき六十三歳で、間もなく決定稿が書かれたと思いますので、六十代前半、晩年の作品です。

前半二句は昇《のぼ》る朝日の中の富士山の描写で、対句になっています。

後半二句は、作者の感慨。第三句が根幹です。富士山を詠んだ詩歌は江戸時代中ごろから多くなっていますが、このように富士山を日本人の象徴ととらえるのは新しい視点であり、特色であると思います。幕末の藤田東湖の「正気の歌に和す」（↓五〇四ページ）の出だしの四句でも「天地《てんち》 正大《せいだい》の気《き》／粋然《すゐぜん》として神州《しんしう》に鍾《あつ》まる／秀《ひい》でては 不二《ふじ》の岳《がく》と為《な》り／巍巍《ぎぎ》として 千秋《せんしう》に聳《そび》ゆ」と、富士山とのかかわりで「千秋《せんしう》に聳《そび》ゆ」「神州《しんしう》」をそのまま使っていますので、作者の頭には藤湖のこの詩が頭にあったかも知れません。

以上、二首の詠物詩はともに表面の花やかさ、美しさにとらわれず、重要な本質だけを見ようとする姿勢を示していますが、これは乃木将軍の質実な生活態度とも共通するでしょう。

将軍は、汽車に乗るときは一番安い三等車にしか乗らず、携帯するお弁当は真ん中に梅干し一個だけのせてあった。これが「日の丸弁当」として全国に流布します。また、〝着物が破れたままになっているのは見苦しいことだが、それに継《つ》ぎがあててあるなら少しも恥ずかしくない〟と語ったとも伝えられます。

七言絶句（下平・七陽）

金州城下作
山川草木転荒涼●
十里風腥新戦場●
征馬不前人不語
金州城外立斜陽●

金州城下《きんしうじやうか》の作《さく》
山川草木《さんせんさうもく》 転《うた》た荒涼《くわうりやう》
十里《じふり》 風腥《かぜなまぐさ》し 新戦場《しんせんぢやう》
征馬《せいば》 前《すす》まず 人《ひと》 語《かた》らず
金州城外《きんしうじやうぐわい》 斜陽《しややう》に立《た》つ

山も川も草木も　戦《いくさ》を重ねるごとに荒れてゆく
十里四方に吹く風は　心なしか血なまぐさい　ついこのほど戦《いくさ》があった場所であるから
私の馬は立ち止まり　私も何も言わず

ここ金州の街はずれで　夕陽の中に立ち尽くす

語釈　〇風腥―吹く風が血なまぐさい。　〇転―いよいよ。ますます。車輪が回転するように、それからそれへと移り変わること。　〇征馬―戦場で乗る馬。軍馬。　〇斜陽―西に傾いた日。夕陽。

明治三十七年（一九〇四）六月、五十六歳のときの作。「金州」は中国大連の東北にありますが、金州市街区の南二キロのところに「南山」という土地があります。ここが激戦地になり、陸軍・海軍共同で攻撃を加え、十六時間の後にやっと占領しました。しかしこの戦いで、将軍の長男で陸軍歩兵であった勝典《かつすけ》が戦死をとげています。日露戦争はこの年の二月に開戦し、陸軍はまず第一軍が中国東北部に入り、第二軍がこの南山に進撃しました。乃木希典は五月の初めに第三軍の司令官に任命され、旅順の要塞の攻撃に向かいました。上陸が六月六日、その翌日の七日に南山を訪れ、戦死者の墓標にビールを注いで祀《まつ》った、と日記にあります。

この詩は、前半二句が金州の第一印象。後半二句が作者自身の姿。情景描写のなかに「荒涼《くわうりやう》」「腥《なまぐさ》し」「前《すす》まず」「語《かた》らず」「斜陽《しややう》」などの語がちりばめられ、作者の心境を写し出しています。

六月に上陸した第三軍は、二ヶ月で旅順の要塞包囲網を完成しました。その後三回の総攻撃を行い、激戦を展開しますが、三回目の総攻撃の直前に、明治天皇の励ましの勅語と、山県有朋の電報と漢詩が届けられました（↓六一〇ページ）。その後、有名な白襷《しろだすき》隊《たい》の突入、二〇三高地の攻撃が続きますが、二〇三高地を攻撃した際に次男の保典《やすすけ》も戦死してしまいました。

旅順の要塞は分厚いコンクリートの壁で囲まれており、まわりには幾重《いくえ》にも鉄条網が張りめぐらしてあります。要塞からは機関銃が狙《ねら》っています。当時は戦闘機もないので、樹木がほとんどない山腹を前進して攻撃するしかなく、たいへんな苦戦になり、犠牲者も多くなる、しかしそれを続けざるを得なかった。翌年一月の初めに旅順は陥落し、ロシア軍司令官のアナトーリィ・ステッセル中将（一八四八〜一九一五）との水師営《すいしえい》での会見となります。この会見とその前後は、乃木将軍の武士道精神を体現したものとして有名です（後述）。それとともに、当時の日本赤十字社が捕虜の人々の看護に大いに尽力したということも伝えられています。

乃木希典（一八四九〜一九一二）

凱旋有感　　七言絶句（上平・十五刪）

王師百萬征強虜
野戦攻城屍作山●
愧我何顔看父老
凱歌今日幾人還●

凱旋《がいせん》 感《かん》有《あ》り
王師《わうし》 百萬《ひやくまん》 強虜《きやうりよ》を征《せい》し
野戦《やせん》 攻城《こうじやう》 屍《かばね》 山《やま》を作《な》す
愧《は》づ 我《われ》 何《なん》の 顔《かんばせ》 あつてか 父老《ふらう》に看《まみ》えん
凱歌《がいか》 今日《こんにち》 幾人《いくにん》か還《かへ》る

天子様の軍は百万　手ごわい敵を討伐した
平野での戦い　砦《とりで》への攻撃が続き　亡骸《なきがら》は山のようにうずたかくなった
恥じ入ってしまう　私はどんな面目があって　兵士を送り出した親御さんたちに顔を合わせられようか
勝ちいくさを祝う歌の中　いま何人の兵士が無事に帰って来られたというのか

語釈 ○王師―天子の軍。○強虜―強い敵。「虜」は敵の意。ロシア軍を指す。○野戦―原野での戦い。陸上戦。

明治三十六年（一九〇五）、作者五十七歳。大陸の戦場から凱旋するに際しての七言絶句です。前半二句は、激しかった戦いを振り返っています。第二句「野戦《やせん》 攻城《こうじやう》」は『史記』の廉頗藺相如伝《れんぱりんしようじよでん》の中にあり、百戦錬磨の廉頗将軍が自分の軍歴を回顧し、〝自分は野戦攻城で活躍して来た〟と自負した発言から取ったものです。

後半に入ると、苦戦の中でおおぜいの部下を死なせたことへの自責の念を述べています。第三句「何《なん》の顔《かんばせ》あつてか 父老《ふらう》に看《まみ》えん」も『史記』の項羽本紀に、項羽が沛公（劉邦）に攻められて故郷に逃れようとした途中、渡し場の船長さんに言ったせりふを取り入れています。日露戦争では日本軍の犠牲者十二万と伝えられますが、その半分近くは旅順攻撃のときに亡くなりました。第四句の「幾人《いくにん》か還《かへ》る」は、初唐の王翰《おうかん》の「涼州詞《りやうしうし》」の第四句「古来《こらい》 征戦《せいせん》 幾人《いくにん》か還《かへ》る」を取り入れています。

このようにこの詩は、戦争にかかわる歴史書や詩の語句を引用しております。

たいへんな苦戦であった旅順攻略、これについては或る有名な歴史作家が、司令官の乃木将軍や参謀長の失敗であると判断し、乃木将軍を低く評価するようなことを書いておりますが、それは公平な説とは言えないので、賛成いたしかねます。恐らくは使った資料に偏《かたよ》りがあったことに原因があると推察されますが、その背景に、当時、東京の大本営と現地の第三軍とのあいだの意思疎通がうまくいっていなかったという事情があった。それで、大本営側の発言だけを資料として考察すると、どうしても第三軍は悪い印象になってしまいます。

しかし今日では、乃木大将自身の陣中日記、第三軍にいた参謀の手記、当時の外国の従軍記者の手記などを参照しながら当時の実態が再構成されつつあり、右の歴史作家の所見にも強力な反論が加えられています。

命令系統の混乱は確かにあったようで、現地に満州軍総司令部があり、東京に大本営があり、不思議なことに、それぞれが別の系統で第三軍に指令を発していたとも伝えられます。そういう内部の混乱、不一致の中で前線の指揮にあたっていた乃木将軍の心労は並大抵のことではなかったでしょう。これらの事情を念頭に置いてこの詩を読むと、いっそう胸を打つものがあります。

それとともに、乃木将軍の、ロシア軍、とりわけ司令官のステッセル中将とのかかわりは、私たちの襟を正させずにはおきません。

旅順水師営《すいしえい》での会見の際、乃木将軍は通例に反し、ロシア軍幹部が軍装・帯刀のままで調印に臨むように配慮しました。また、会見の記録映画を撮影したいというアメリカ人従軍技師の申し出を〝ロシア側に屈辱を与えるもの〟として退けています。会見後、両軍の幹部が軍装のまま対等に並んで写っている記念写真も残されています。

また、戦後のロシアにおいて、ステッセル将軍が降伏の責任を問われて死刑を宣告されると、乃木将軍は助命・減刑の嘆願を行い、これが功を奏してステッセル将軍は禁錮十年に減刑されました。そして乃木将軍殉死の報を聞くと、ステッセルは匿名で弔慰金《ちょういきん》を送ったのでした。

十四、不朽の盛事——大正

蕗谷虹児「慰問袋」　昭和十四年（一九三九）

「慰問《ゐもん》情《じやう》何《なん》ぞ厚《あつ》き／他《か》の金玉《きんぎよく》の珍《ちん》に勝《まさ》る」（大正天皇《たいしやうてんわう》「慰問袋《ゐもんぶくろ》」↓六八八ページ）

日清戦争、日露戦争を経て大正の世となる。その前後の時期の大詩人と言えば、まず大正天皇陛下であった。大正の帝《みかど》は日常の出来事や事物、日本各地を訪れての所感など、さまざまの題材・手法による漢詩を詠まれた。

また、森鷗外《もりおうがい》・夏目漱石《なつめそうせき》・幸田露伴《こうだろはん》・与謝野鉄幹《よさのてつかん》などの文豪たちも、それぞれ特色ある漢詩を多く遺《のこ》している。それらは彼らの人と文学を究める上で、もっと注目されなくてはならない。

文豪の心事（二）――夏目漱石

夏目漱石（一八六七〜一九一六）

夏目漱石《なつめそうせき》は、小説家としては誰もが知っている偉人ですが、漢詩の作家としても独自の位置を占める重要な人でありました。彼は十七歳のときから亡くなる三週間ほど前に至るまで、漢詩を作りつづけております。それらの作風については、ほぼ四つの時期に分けることができます（和田利男『漱石漢詩研究』による）。

第一期（洋行以前）＝十代半ばから、イギリスに留学する三十四歳まで。

第二期（修善寺大患の時期）＝四十四歳の秋から四ヶ月間。

第三期（南画趣味の時期）＝四十六歳から四十八歳のころまで。

第四期（『明暗』執筆時）＝『明暗』を執筆・連載中の五十歳、生涯最後の年。

最初の第一期に、詩を作る上で恩人と呼ぶべき三人の人にめぐり会ったことも注目されます。当時の人の常として、漱石は幼少のころから漢詩文の教養を積んでいましたが、彼自身、教養と言う以上にたいへん漢詩文が好きで、関連の書籍を読みふけっていました。そして十代半ばで、漢学専門の二松学舎に入学します。当時の二松学舎では作詩作文の課題が頻繁に出されており、それらを通してずいぶん鍛えられました。漱石在学当時、二松学舎創立者の三島中洲《みしまちゅうしゅう》（→六〇三ページ）がじかに添削を行っていたようで、十代半ばの漱石にとって、三島中洲の影響は非常に大きかったと考えられます。この中洲先生が、第一の恩人ということになると思います。

しかしその後、漱石は時代の空気を考慮し、漢学よりも英語・英文学の道を志して大学予備門（後の第一高等中学校）に入りました。そのときの同級生に正岡子規《まさおかしき》（一八六七〜一九〇二）がいました。在学中、漱石は正岡子規が作った詩文集に漢文で批評を書き、そのあとに七言絶句九首をつけて贈っております。子規の詩文集というのはまことに多彩な内容で、漢詩漢文あり、和歌、俳句、謡曲、擬古文のスタイルで作った作品もあるというものでした。それから二十二、三歳ごろの八月に、友人たちと千葉の房総地区を旅行し、その体験を漢文による旅行記「木屑録《ぼくせつろく》」として完成しております。その中にも十四首の漢詩を織り込みましたが、正岡子規はそれを見て、漱石のことを〝千万人に一人の才能である〟と激賞いたしました。以後、漱石は漢詩を作るごとに正岡子規に批評を求めたと言います。正岡子規によって、漱石の漢詩文への関心が大きく刺激されたことは確かで、子規が第二の恩人ということになるでしょう。

やがて東京帝国大学から大学院へと進み、その後教職につき、いくつかの学校を転々としました。その中で、三十歳過ぎごろから勤めた熊本の第五高等学校（五高）の同僚に、長尾雨山《ながおうざん》（一八六四〜一九四二）という先生がいました。漱石よりも三歳上で、明治から大正にかけての漢学・書道・絵画の大家であり、香川県高松の出身です。岡倉天心に共鳴し、東京美術学校の基礎を固め、三十九歳で上海に移住し、中国で最初の中学校の教科書を編集しました。さらにはボストン美術館に招かれるなど、幅広く活躍した人ですが、漱石はこの長尾雨山に詩の添削指導を受けています。漱石は五高時代に優れた詩の作品が多いとされていますが、それは雨山先生の指導のたまものと言えるでしょう。この雨山先生が第三の恩師です。ここまでが、漱石の詩作の上での第一期になります。

間もなくイギリスに留学し、帰国後、第一高等学校、東京帝国大学の講師となります。さらにはいよいよ小説を相次いで発表し、名声が上がってゆきますが、詩作からはむしろ遠ざかりました。そのまま十年がたち、四十代前半期、胃潰瘍による大出血を経験し、危篤になります。いわゆる「修善寺の大患」と呼ばれる、漱石の人と作風を変えた病気ですが、その直後からまた詩を作り始め、このころから詩作の第二期、第三期となってゆきます。最後の第四期は、遺作となった長編小説の『明暗』の執筆中、七言律詩を毎日、日記のように作り続けました。このときは漢詩の創作ノートを用意し、草稿から訂正稿、決定稿を記していて、これが漱石の漢詩制作についての大切な資料になっています。

　全体としては生涯に二百八首、他に未定稿やメモの形での漢詩の作品も残っています。作風としては特に四十代前半、修善寺の胃潰瘍の出血以後は、宴会や社交の席で発表するために作るのではなく、純粋に自分の心の中を詩に打ち明ける、もしくは自分自身と対話するような、内省的な詠みぶりになっているのが大きな特色と思われます。

【第一期の作品】

無題　七言絶句（上平・十一真）

閑却花紅柳緑春•
江楼何暇酔芳醇•
猶憐病子多情意

無《む》題《だい》
閑却《かんきやく》す　花紅柳緑《くわこうりうりよく》の春《はる》
江楼《かうろう》　何《なん》ぞ芳醇《はうじゆん》に酔《ゑ》ふに暇《いとま》あらん
猶《な》ほ憐《あはれ》む　病子《へいし》　情意《じやうい》多《おほ》く

夏目漱石（一八六七〜一九一六）

独倚禅牀夢美人●　独《ひと》り禅牀《ぜんしやう》に倚《よ》つて　美人《びじん》を夢《ゆめ》む

花や緑の　春の眺めもそっちのけ
川の岸べの高楼《たかどの》に行ったとて　どうして旨酒《うまざけ》に酔うゆとりがあろう
それでいながら情けないのは　病を得たこの私も　感情だけはゆたかで
ただひとり座禅用の椅子に身を沈め　美女のことをあれこれ夢想してしまうのだ

語釈　○閑却—すておく。なおざりにする。　○花紅柳緑—色あざやかで美しい春景色のたとえ。　○江楼—川べの酒楼。　○芳醇—香り高く、味のよい酒。　○憐—詩では、心を引かれることをひろく指す。〝かわいそう、愛らしい、情けない〟など。　○多情意—「多情」に同じ。感情が非常に敏感で、いろいろ考えてしまうこと。　○禅牀—座禅に用いる椅子。

「無題」とありますが、これは漱石自身がこう名づけたのではありません。漱石は詩を作る場合、たいてい詩題をつけませんでした。のちに詩集におさめられるときに、編者の人によって便宜上つけられたものです。

この詩は明治二十七年（一八九四）、二十八歳の作。当時、漱石は東京高等師範学校で英語を教えていましたが、山口県で教員をしていた友人菊池謙二郎《きくちけんじろう》に手紙を書き、そのあとにこの詩を書きつけました。それに先立って菊池のほうから漱石に漢詩を送っており、それへの返事として、「次韻」の形で詩を送り返したわけです。

次韻は、或る人の詩と同じ韻字を、同じ順番で用いて詩を作ることです。すると、漱石のこの詩は第一・

二・四句に「春・醇・人」と韻を踏んでいますので、菊池の漢詩もこの順番のままの韻字で韻を踏んでいた筈です。

このとき漱石は風邪をひいていて、さらに喀血もしていました。当然、病人としての心境を述べています。漱石は多病の人で、一生病気がちだった印象がある人ですが、ここでも病気につきまとわれています。前半二句は、病後の身であるがゆえに春の季節を楽しめない気分を詠みます。第一句の「花紅柳緑」は、禅のほうでは〝あるがままの自然の姿〟のたとえですが、ここでは春の情景を示すものととっていいと思います。むしろ紅・緑の彩《いろど》りが花やかで強い印象を与えますが、漱石はもともと、文学作品、特に詩において、色のイメージを重視していました。

後半二句になると、病後の身でなお多情多感、雑念の多い自分に苦笑いをしています。第四句の〝座禅中に美女を思い浮かべる〟というのはいかにも煩悩ですが、多情多感のわが身を象徴的に表現したので、実際にこのとき座禅を組んでいるということではないと思います。この後半などは、ちょっとユーモラスな雰囲気が感じられます。

春興　明治三十一年三月　　**五言古詩**（韻目省略）

出門多所思
春風吹吾衣●
芳草生車轍
廃道入霞微●

春興《しゅんきょう》　明治三十一年三月《めいじさんじふいちねんさんぐわつ》

門《もん》を出《い》でて　思《おも》ふ所多《おほ》し
春風《しゅんぷう》　吾《わ》が衣《ころも》を吹《ふ》く
芳草《はうさう》　車轍《しやてつ》に生《しやう》じ
廃道《はいだう》　霞《か》に入《い》つて微《かす》かなり

夏目漱石（一八六七〜一九一六）

停筇而矚目
萬象帯晴暉•
聴黄鳥宛転
観落英紛霏•
行尽平蕪遠
題詩古寺扉•
孤愁高雲際
大空断鴻帰•
寸心何窈窕
縹渺忘是非•
三十我欲老
韶光猶依依•
逍遥随物化
悠然対芬菲•

筇《つゑ》を停《とど》めて　矚目《しよくもく》すれば
萬象《ばんしやう》　晴暉《せいき》を帯《お》ぶ
黄鳥《くわうてう》の宛転《ゑんてん》たるを聴《き》き
落英《らくえい》の紛霏《ふんぴ》たるを観《み》る
行《ゆ》きて平蕪《へいぶ》の遠《とほ》きを尽《つく》し
詩《し》を古寺《こじ》の扉《とびら》に題《だい》す
孤愁《こしう》　雲際《うんさい》に高《たか》く
大空《たいくう》　断鴻帰《だんこうかへ》る
寸心《すんしん》　何《なん》ぞ窈窕《えうてう》たる
縹渺《へうべう》として　是非《ぜひ》を忘《わす》る
三十《さんじふ》　我《われ》　老《お》いんと欲《ほっ》し
韶光《せうくわう》　猶《な》ほ依依《いい》たり
逍遥《せうえう》して　物化《ぶつくわ》に随《したが》ひ
悠然《いうぜん》として　芬菲《ふんぴ》に対《たい》せん

玄関から出ると　いろいろのことが心にわきあがり／春風《はるかぜ》は　そんな私の着物をなびかせる
若草が　わだちから萌《も》え出ており／人の通らない古い道が　春のもやにつつまれて続いてゆく
歩みを止めて　見つめると／すべてのものは　あかるい日ざしを浴びてかがやいている

うぐいすののびやかな声に　耳をかたむけ／花びらがひらひらと散るようすに　目をやる
さらに歩みをすすめ　草原の果てまで行きつき／古いお寺の扉に　詩を書きつけた
私の孤独の悲しみは　大空の雲にとどくばかりに高く
その大きな空間の中　群れからはぐれた一羽の雁が　北へ帰ってゆく
私の小さい心も　なんとまあ奥が深いのだろう
心はひろびろとくつろいで　何がいいのか悪いのか　どうでもよくなってしまった
三十歳を過ぎ　私はそろそろ老いを感じるが／春の日の光には　やはり心惹《ひ》かれる
ゆったりと　ものごとの流れに心をまかせ／のんびりと　かぐわしい花をめでて生きてゆこう

語釈　○所思―思っていること。心の悩みごと。心配ごと。　○車轍―車が通ったあとの、輪のあとのくぼんだところ。わだち。　○停筇―″歩みを止める″意の慣用句。つえを持っていてもいなくてもこういう表現を使う。　○矚目―じっと目をつけて見つめる。気をつけて見る。「矚」は、心を注いで見る。見つめる。　○晴暉―晴れた日がかがやくさま。　○黄鳥―からうぐいす。黄鸝。ここではうぐいすのこと。　○宛転―ころがるさま。ゆるやかなさま。ここでは、うぐいすの鳴く声の形容。　○覩―見る。　○落英―落花。「英」は、花びら。　○紛霏―ひらひらと乱れ飛ぶ。　○平蕪―草がおい茂った野原。　○題詩―詩を書きつける。「題」は、しるす。書きつける。　○孤愁―孤独のかなしみ。　○雲際―雲のあたり。高い空。　○大空―″おおぞら″というより″広い空間″の意。漢詩文で空《そら》を示す場合は「天」と書く。　○断鴻―群れからはぐれて独り飛ぶ雁。「鴻」は、おおとり。水鳥の名で、雁に似てやや大きい。ここでは雁のこと。雁は春になると北方のシベリアに帰る。　○寸心―小さい心。方寸の心。　○窈窕―奥深いさま。　○縹渺―遠くかすかなさま。はてしなく広いさま。

夏目漱石（一八六七〜一九一六）

○忘是非―物事の是非善悪の判断を忘れる。恍惚としてしまうこと。『荘子《そうじ》』徳充符篇《とくじゅうふ》などの語。荘子の思想には全体的に〝人情を超越して達観する〟ことを求める傾向がある。○三十―三十歳で老いを感じるのは少し大げさで、江戸時代でも四十歳すぎで初老だった。漱石の詩的誇張ととってもよいかも知れない。○欲老―老いようとしている。「欲」は〝〜しようとしている、〜しそうになる〟の意。○韶光―うららかな春の光。春の美しい景色。○依依―離れるにしのびないさま。なごり惜しいさま。○逍遥―ぶらぶら散歩する。また、のんびり気ままに暮らす。○随物化―万物の変化にしたがうこと。道家の教えの一つ。自我を捨てる気持ち。○芬菲―美しくかおりのよい草や花。

詩題は「春にわき起こる楽しさ」「春の浮き立つ気分」という意味。明治三十一年（一八九八）三月、作者三十二歳、熊本の五高で教鞭を執り、長尾雨山の指導を受けていた時期の作です。

詩の全体は四句ごとに、四段落に分かれます。最初の第一段（一〜四句）は、悩みごとをかかえながら家を出て外を歩む主人公。出だしに「門を出でて」とありますが、〝門を出る〟というのは、中国の一番古い歌謡集『詩経』以来、詩によく出て来る状況設定です。悩みごとや悲しみを述べる枕詞《まくらことば》のようなものです。

次の第二段（五〜八句）ではさまざまな春の風物に目をやり、耳を澄ませます。七・八句は対句で、「黄鳥」（うぐいす）、「落英」（散る花びら）と、春らしい景色を並べています。

第三段（九〜十二句）で、しだいに主人公の心が和らいでゆきます。ここで詩の空間が広くなったのがおわかりいただけると思いますが、それは作者の心がくつろいで伸び伸びして来たことを示します。お寺の扉に詩を書きつけるのも心のゆとりを感じさせる動作で、悩んでいたら詩を書きつける余裕はないでしょう。残った六句（十三〜十八句）が第四段で、こういう自分の心の動きの不思議さを見つめます。悩みに閉ざされていたのが、春の景色を見たり聞いたりするうちにだんだん楽になって来た。考えるとこれは春の美しい景色、春という季節の良い影響であるということで、結論として、あまり自分の心に振り回されず、もっと大きな心がまえで生きよう、と願うところで結びとなります。

この詩は小説の『草枕』に引用されています。漱石が『草枕』を執筆したのはこの詩を作った八年後、明治三十九年（一九〇五）八月でしたが、その第十二章に、この詩を主人公の作として引用したのです。

主人公の画家は山の中で、不器用だが愚直に咲く木瓜《ぼけ》の花を見つけ、寝ころんで眺めます。そのうちに詩興がわき、写生帖に書きつけました。それが右の詩なのです。そして画家は、その詩を読み返し、

あゝ出来た、出来た。是《これ》で出来た。寐《ね》ながら木瓜《ぼけ》を観《み》て、世の中を忘れて居る感じがよく出た。木瓜が出なくつても、海が出なくつても、感じさへ出れば夫《それ》で結構である。

と喜ぶのでした。

この詩は当時の漱石として会心の作だったのでしょうか。

○

彼はその後イギリスに留学、帰国後、教職の時期を経て作家生活に入り、修善寺の大患をきっかけとして作詩上の第二期となります。

【第二期の作品】

無題　明治四十三年九月二十日　　五言絶句（下平・十一尤）

無題《むだい》　明治四十三年九月二十日《めいじしじふさんねんくぐわつはつか》

夏目漱石（一八六七〜一九一六）

秋風鳴萬木
山雨撼高楼•
病骨稜如剣
一燈青欲愁•

秋風《しうふう》 萬木《ばんぼく》を鳴《な》らし
山雨《さんう》 高楼《かうろう》を撼《ゆる》がす
病骨《びやうこつ》 稜《りよう》として剣《けん》の如《ごと》く
一燈《いつとう》 青《あを》くして愁《うれ》へんと欲《ほつ》す

秋の暴風は　多くの木々をざわめかせ／山の豪雨は　この高楼《たかどの》をゆり動かす
痩《や》せさらばえた私の骨は　埋め込まれた剣が　体内から外に突き出ようとしているかのよう
一本のともしびは青く燃えて　私をあわれんでくれようとしているらしい

語釈　○稜—かどが立つこと。

吐血直後の作品。明治四十三年（一九一〇）八月に、胃潰瘍療養のため伊豆の修善寺温泉に行ったのですが、病状が思わしくなく、八月二十四日に吐血して危篤になってしまいます。幸い病状は改善し、九月二十日の日記に「夜来の雨しばしば眼覚《さ》む」としるし、次にこの詩を書きつけました。

前半二句は対句。激しい雨風《あめかぜ》の描写ですが、もちろんこれは心境のたとえになっています。「風雨」は、『詩経』以来、困難な境遇・逆境のたとえです。吐血直後の絶望感・不安感が強くにじみ出た自然描写で、自然描写の中に心境が二重写しになっています。

後半に入ると、部屋の中で床《とこ》に伏している作者自身の描写になります。第三句が独特のイメージです。漱石は『思ひ出す事など』という作品の十八章に、このときのことを回想して、

余は生れてより以来この時ほどにわが骨の硬さを自覚した事がない。その朝目が覚めた時の第一の記

憶は、実にわが全身に満ち渡る骨の痛みの声であった。
と書きとめていますが、このことを詩で再現したものと思います。第四句は、外が嵐なので、ともしびは当然、揺れています。それは〝この私を憐れんでくれているようだ〟という擬人化の表現になりました。
こういう深刻な体験を通過して、以後、漱石の漢詩はかえっておだやかな詩風に変化してゆきます。

【第三期の作品】

春日偶成十首　明治四十五年五月二十四日　其七　五言絶句（上平・十灰）

春日偶成十首《しゅんじつぐうせいじっしゅ》　明治四十五年五月二十四日《めいじしじゅうごねんごがつにじゅうよっか》　其《そ》の七《しち》

流鶯呼夢去
微雨湿花来•
昨夜春愁色
依稀上緑苔•

流鶯《りゅうあう》夢《ゆめ》を呼《よ》んで去《さ》り
微雨《びう》花《はな》を湿《うるほ》し来《きた》る
昨夜《さくや》春愁《しゅんしう》の色《いろ》
依稀《いき》として緑苔《りよくたい》に上《のぼ》る

あちこち飛び移って鳴くうぐいすは　私の夢を呼びさまして飛んでゆき
窓の外では　降りつづいていた小雨《こさめ》が　咲く花をしっとりとうるおしているだろう
ゆうべからの　春のかなしみの気分は
散る花びらとなって　ちらほらと　みどりの苔の上に降りかかっているだろう

語釈　○流鶯―枝から枝へと飛び移って鳴くうぐいす。　○来―状況の進行を表す。〝雨が来る〟というのではなく、花をうるおす状況がますます進む意。　○春愁―春の日に感じる、何となくもの悲しい気分。ここでは、せっかく咲いた春の花が夜の雨に散らされてしまう悲しみ。　○色―気分。気配。　○依稀―ぼんやりと。ほのかに。ここでは〝少しばかり〟の意。

漱石は本当に多病の人で、人生の半分は病気との闘いであったと言っても過言ではなく、神経衰弱や慢性の胃病、或いは糖尿病というものを患っていた。中でも修善寺の吐血が大変な体験だったわけですが、この体験をきっかけに、それまで十年ほど、教職や小説創作の多忙さのため遠ざかっていた漢詩創作を再開していきます。

この詩は明治の最後の年、明治四十五年（一九一二）、四十六歳の春の作。詩題のとおり「春の日にたまたまできた十首の連作」の第七首です。春の朝、目覚めたときの印象を詠んでいます。主人公は部屋の中、まだ寝床の中におります。どうもこの詩は全体として、有名な唐の孟浩然の五言絶句「春暁《しゅんげう》」を取り込んで作られているように感じられます。

春眠《しゅんみん》　暁《あかつき》を覚《おぼ》えず／処処《しょしょ》　啼鳥《ていてう》を聞《き》く／夜来《やらい》　風雨《ふうう》の声《こゑ》／花落《はなお》つること　知《し》んぬ　多少《たせう》ぞ

漱石の詩の前半二句は、春の朝の目覚めのとき、夢うつつのものうさを詠んでいます。春の朝のおそい目覚め、鳥の鳴き声を聞く。孟浩然の「春暁」の前半と同じです。漱石のほうは対句になっていますが。後半二句も孟浩然と同じように、昨夜の状況から、散り落ちた花びらに思いをはせています。緑の苔の上に、花びらが点々と散っているようす。孟浩然と違うのは、花びらの桃色と苔の緑色が印象あざやかなところですが、色彩を重視する漱石の詩風をよく表しています。

なお、この年の七月に明治天皇が崩御せられ、七月三十日に「大正」と改元されました。

題自画

五言絶句（下平・六麻）

独坐聴啼鳥
関門謝世嘩•
南窓無一事
閑写水仙花•

自画《じぐわ》に題《だい》す

独坐《どくざ》 啼鳥《ていてう》を聴《き》き
門《もん》を関《と》ざして 世嘩《せいくわ》を謝《しや》す
南窓《なんさう》 一事《いちじ》無《な》く
閑《かん》に写《しや》す 水仙《すゐせん》の花《はな》

ひとり座りこんで 鳥の声に耳をかたむけている
家のとびらを閉めたまま 世の中のわずらわしさを願い下げにしているのだ
家の南側の窓 外の景色にも それを見る私の心境にも 不都合なことは何もなく
心しずかに 水仙の花を描いている

語釈 ○坐―すわる。椅子ではなく、床《ゆか》や地面にひざを折って足をつける。 ○啼鳥―鳥の鳴き声。 ○謝―ことわる。 ○世嘩―世間のさわがしさ。わずらわしさ。

大正元年（一九一二）十一月、四十六歳の作。みずから描いた水仙の花の「画賛」として書きつけたもの。画賛は、絵の画面の片すみに書きつける漢詩のことで、「題画詩」と同じ意味です。ただ、この作品はふつうの題画詩の詠みぶりとは違います。ふつうは詩の中に絵の画面を再現し、さらに想像を加えて絵のイメージをふくらませる方向で作るのですが、ここでは漱石がこの絵を描いたときの、自分の境遇や心境について説明する詠みぶりになっています。

前半二句は、世間とのかかわりを断ち切って暮らしているようすの描写。

この二句には、中国の先人の詩句がたくさん埋め込まれて雰囲気を高めています。まず第一句の「独坐《どくざ》」は、王維の「竹里館《ちくりかん》」の前半「独《ひと》り坐《ざ》す 幽篁《いうくわう》の裏《うち》／弾琴《だんきん》 復《ま》た長嘯《ちやうせう》」（私は竹やぶの中にひとり座りこみ／琴を弾《ひ》いたり 口ずさんだりしている）を連想させます。「啼鳥《ていてう》を聴《き》く」は、先ほども出ました孟浩然の「春暁」の「春眠《しゆんみん》 暁《あかつき》を覚《おぼ》えず／処処《しよしよ》 啼鳥《ていてう》を聞《き》く」から取っています。

さらに第二句の「門《もん》を関《と》ざす」「世嘩《せいくわ》を謝《しや》す」は、ともに陶淵明の作品から取っています。「門《もん》を関《と》ざす」は陶淵明が隠居した直後に作った「帰去来《ききよらい》の辞《じ》」の中に、〝引退してからの私の家に、門はあっても常に閉ざしている、つまり社交から遠ざかっている〟ということを表現しています。また、「世嘩《せいくわ》を謝《しや》す」は「飲酒《いんしゆ》二十首」其の五の冒頭二句の「廬《いほり》を結んで人境《じんきやう》に在《あ》り／而《しか》も車馬《しやば》の 喧《かまびす》しき無《な》し」、車や馬がうるさく訪ねて来る煩わしい社交を断っている描写をふまえていると思います。こういうモザイク的な作風もおもしろいものですが、漱石の詩風にはこういう面もあるのですね。

後半二句では、静かさをひたすら望む生活環境の中で、〝ごくおだやかな心境でこの水仙の絵を描いたのだ〟と述べています。第三句「南窓《なんそう》」も陶淵明「帰去来の辞」の中に、「南窓《なんさう》に倚《よ》つて 以《もつ》て傲《がう》を寄《よ》す」――〝隠居して田舎の故郷の家に帰り、私は南の窓べにもたれてゆったりとくつろぐ〟という句があり、そこから取っています。

第三期は「南画趣味の時期」もしくは「五言絶句時代」と呼ばれています。形式から見ると、五言絶句が多いことがこの時期の特徴です。五言絶句は漢詩の中で一番短い形式ですが、字数は少ないものの、かえって作るのはむつかしいと言われています。無駄のない表現をしなくてはいけませんし、字数が少ない分、省略や飛躍、暗示など、高度な手法をうまく使わなくてはなりません。この時期にそういうむつかしい形式の漢詩をたくさん作ったということは、やはりこの時期、漱石が改めて漢詩に真剣に取り組み始めたことを示しているでしょう。

そして大正五年（一九一六）の五月二十六日より、朝日新聞に『明暗』の連載が始まります。この年の八月半ばから、約二ヶ月半のあいだ、漱石は午後の日課として漢詩を作りつづけました。それらはほとんど七言律詩で、午前に『明暗』を執筆し、午後に漢詩を作るという日々でした。この時期が彼の第四期となります。

『明暗』は、新婚早々の夫婦の自我（エゴ）のぶつかり合いをこまかく分析しながら綴ってゆく――人情の世界、喜怒哀楽にいろどられた俗な世界です。漱石は毎日、午前中にそれを追求し、午後は作詩によって、非人情、超俗の世界に帰って行ったのでした。

【第四期の作品】

無題　十一月十九日　　七言律詩（下平・八庚）

大愚難到志難成●
五十春秋瞬息程●
観道無言只入静
拈詩有句独求清●

無題《むだい》　十一月十九日《じふいちぐわつじふくにち》

大愚《たいぐ》　到《いた》り難《がた》く　志《こころざし》　成《な》り難《がた》し
五十《ごじふ》の春秋《しゅんじう》　瞬息《しゅんそく》の程《てい》
道《みち》を観《み》んとして　言《げん》無《な》く　只《ただ》　静《せい》に入《い》り
詩《し》を拈《ひね》らんとして　句《く》有《あ》り　独《ひと》り清《せい》を求《もと》む

夏目漱石（一八六七〜一九一六）

迢迢天外去雲影
籟籟風中落葉声●
忽見閑窓虚白上
東山月出半江明●

迢迢《てうてう》たり 天外《てんぐわい》 去雲《きよううん》の影《かげ》
籟籟《らいらい》たり 風中《ふうちゆう》 落葉《らくえふ》の声《こゑ》
忽《たちま》ち見《み》る 閑窓《かんさう》 虚白《きよはく》の上《うへ》
東山《とうざん》 月出《つきい》でて 半江明《はんかうあき》らかなり

大いなる愚の境地にはなかなか到達せず　わが心の目標も実現しないままだ
わが人生五十年の年月も　一回呼吸をするくらいのごく短い道のりであった
進むべき人生の道を見定めようとしては　あれこれ弁舌を弄せず　ひたすら静けさに入ろうとした
詩を作ろうとしては　気に入った句を考え出し　ひとえにすがすがしいさっぱりとした境地を求めた
はるかかなたに見えるのは　大空の向こうに流れ去ってゆく雲の姿
耳に心地よく聞こえるのは　風の中に舞う落ち葉の音
いつの間にか目に入った　人けのないこの部屋の窓　何もないまま明るくなって来た空間の上のほう
東の山のいただきから月がのぼり　川の水面《みなも》の半分ほどが明るく照らされていたのだった

語釈　○瞬息程―一回瞬《またた》きをする、一回呼吸をするくらいの短い間。「程」は、道のり。　○春秋―年月《としつき》の流れ。　○拈詩―詩を考えて作る。　○迢迢―遠くはるかなようす。　○天外―「天」は大空、「外」は向こう側で、〝大空のさらに向こう側〟の意。　○籟籟―風に吹かれて物が立てる響き。　○虚白―人けのない部屋に、日光がさしこんで明るいこと。純白の心にたとえる。『荘子《そうじ》』人間世篇《じんかんせい》に「彼《か》の闋《けつ》なる者《もの》を瞻《み》るに、虚室《きよしつ》に白《はく》を生《しやう》ぜり。吉祥《きつしやう》は止《とど》まるに止《とど》まる」とある。

大正五年（一九一六）十一月十九日、作者五十歳、亡くなる二十日前の作品です。ひたすら心の平安を求めることが、この時期の七言律詩に底流する情緒でした。午前中に『明暗』の執筆をして人間の感情を追究し、午後は漢詩を書いて心の平安を求める思いを詠む、という生活でした。平安を求めるよりどころになるのが、陶淵明の世界や荘子の思想でした。それは漱石の若いころから変わらないようです。この詩も『荘子』からの引用が見られる作品です。

大きく前半・後半に分けることができ、前半四句で自分の心境を表現し、後半四句では風景描写になるという、二段構成になっています。

最初の一・二句は自分の人生を顧みて、大きく総括します。

第一句の「大愚《たいぐ》」は〝途方もない愚かさ、大いなる愚かさ〟で、『荘子』の語です。『荘子』天地篇に「其《そ》の愚《ぐ》なるを知る者は大愚《たいぐ》に非《あら》ざるなり。其の惑《まど》ふを知る者は大惑《たいわく》に非ざるなり。大惑なる者は終身解せず、大愚なる者は終身霊《さと》らず」とあります。〝自分が愚かであるとわきまえている人は、まだ大愚ではない。偉大な愚かさには達していない。大愚に達した者、途方もない愚かさを身につけた人というのは、一生そのことにさえ気づかないものだ〟。

何を言いたいかというと、『荘子』の趣旨は〝人は、小賢《こざか》しい知恵にとらわれない、自分への執着から逃《のが》れる、達観した心を求めるのが幸せに近づく道だ〟ということで、漱石は〝自分もそれを求めたが、うまくゆかなかった〟と述懐しているのです。

三・四句ではそれを受けて、生涯にわたって自分が求め続けた二つのものを挙げております。第三句は『荘子』や陶淵明の境地です。第四句の「清」は〝さっぱりとしてすがすがしい境地〟ですが、小説のほうではどろどろとした人間感情を追求した漱石が、詩のほうではまったく逆のものを求めていたということになるでしょう。

後半は情景描写ですが、恐らく作者は窓べにおります。五・六句は窓べにいて見えるもの、聞こえるもの。最後の七・八句は、秋景色を見ながら思いにふけるうちに日が暮れた、という結びです。

第七句の「虚白」も荘子の語です。禅宗でも使われる語ですが、漱石は『荘子』に基づいたかと思います。〝自分の小さな知恵にとらわれず無心になると、かえって心が安らかになり、明るくなって来る〟ことのたとえとして「虚白」という語が出ています。〝四方を閉ざされた真っ暗な部屋でじっと見ていると、部屋が何となく明るくなって物が見えて来るものだ。人の幸せも同じようなもので、まったく無心に虚心にしていると、そこに幸せがやって来るものだ〟と荘子は述べていますが、それが漱石の頭にあって、ここに「虚白」の語を引用したのでしょう。

このようにして、漱石は亡くなるまで、午前中は『明暗』を、午後には漢詩を作り続けました。これは漱石自身の内面の二つの側面を、彼自身がここで集大成しようとしたもののように思えます。『明暗』という小説は近代ヨーロッパの心理学の知見を盛り込んだ小説で、これは若いころから英文学を学んだ漱石の一面です。いっぽう漢詩は、漱石が幼少のころからの心の故郷でした。この二つの文学活動を毎日続けることで、自分の人生の総決算をしようとした。漱石の心の中にはそういう思いがあったのではないでしょうか。

文豪の心事（二）—— 森鷗外

森鷗外（一八六二〜一九二二）

森鷗外《もりおうがい》は夏目漱石《なつめそうせき》と並ぶ、日本の近代文学の基礎を築いた文豪ですが、漱石と違うのは、漱石が教職などの仕事を退いて筆一本で創作活動を続けたのに対し、鷗外は終生、陸軍や博物館・図書館・美術館などの要職についていました。公務の余暇に文学活動を続けていたのです。それも、創作はもとより、評論活動・翻訳活動・劇作と、多岐にわたっております。

森家は代々御殿医の家で、島根県の津和野《つわの》藩の藩医をつとめていました。鷗外も幼少時から素読《そどく》を受け、藩校の養老館で学んでいます。漢詩については、二十歳くらいのときから晩年五十九歳の作品まで、二百首余りが今日残っています。

その詠みぶりは、これも漱石と対照的で、漱石がひたすら自分の心、内面を見つめた内省的な作が多いのに対し、鷗外は社交の詩、知人とのやりとりの中で作ったり、知人から依頼されて作ったりした詩のようなものが多くなっています。もともと漢詩を作る場としては、そういう社交的な環境のほうがふつうでした。また、漱石が同時代の詩壇、漢詩人たちとほとんどかかわりを持たなかったのに対して、鷗外は特に晩年に詩壇と交流を持っており、『大正詩文』という漢詩の専門誌に作品を発表したり、プロの漢詩人に添削を受けたりもいたしました。

鷗外の作詩歴をたどって見てゆくと、特に二十代の時期と、晩年、五十代後半期の六年ほどの時期に集中して作られています。

七言律詩（下平・一先）

無　題

一笑名優質却孱•
依然古態聳吟肩•
観花僅覚真歓事
題塔誰誇最少年•
唯識蘇生愧牛後
空教阿逖着鞭先•
昂昂未折雄飛志
夢駕長風萬里船•

無題《むだい》

一《ひと》たび笑《わら》ふ 名《な》優《すぐ》れて 質《しつ》 却《かへ》つて孱《せん》なるを
依然《いぜん》 古態《こたい》 吟肩《ぎんけん》を聳《そび》やかす
花《はな》を観《み》て 僅《わづ》かに覚《おぼ》ゆ 真《しん》の歓事《くわんじ》
塔《たふ》に題《だい》して 誰《たれ》か誇《ほこ》る 最《もつと》も少年《せうねん》なるを
唯《ただ》 識《し》る 蘇生《そせい》の 牛後《ぎうご》を愧《は》づるを
空《むな》しく阿逖《あてき》をして 鞭先《べんせん》を着《ちやく》せ教《し》む
昂昂《かうかう》 未《いま》だ折《くじ》けず 雄飛《ゆうひ》の 志《こころざし》
夢《ゆめ》に駕《が》す 長風《ちやうふう》 萬里《ばんり》の船《ふね》

ふと笑ってしまう　私の肩書きは立派だが　実質はそれに似合わず貧弱だ
相変わらず昔ながらのやり方で　詩を作ることに熱中しているのだ
このたびの及第によって　少しばかり本当のよろこびを心に感じた
合格者に名を連ねる中で　最年少での合格を誇るのは誰か　ほかならぬこの私だ

ただ私はわきまえている　大きなもののあとについてゆくのを恥じることを
今回はむざむざと　同級生たちに先を越されてしまった
意気高く　くじけることのない　大躍進の抱負
夢の中で　遠くから吹く大風《おおかぜ》に乗って　はるかな外国に向かう船に乗りこむのだ

語釈　○名優―名称のみ優れていること。「医学士」という肩書きだけはりっぱなことを言う。○孱―弱い。○古態―昔のままの姿。○聳吟肩―〝熱心に、力を入れて詩を作る〟という意。○着鞭先―人より先に功名を立てること。○昂昂―意気が高くあがるさま。○雄飛―勇ましく盛んに活躍する。○長風―遠くから吹いて来る大風《おおかぜ》。○萬里船―はるかな外国に向かう船。

「無題」とありますが、これは鷗外自身がつけたわけではなく、もともと題名をつけなかったものを、詩集に収めるときに便宜上「無題」としたものでした。

明治十七年（一八八四）八月二十三日、ときに鷗外二十三歳、いよいよドイツ留学に向けて東京を出発するときに作ったと言われています。一説ではそれより三年前、東京大学を卒業した折の作、或いはずっと後になって、そのころのことを思い出して作ったという説もありますが、今は一応、留学のために東京を発《た》つときの作ととっておきます。

鷗外は十九歳で東京大学医学部を卒業しました。それはその年最年少の合格者でしたが、残念なことに、卒業試験の順番で言うと八番でした。八番という席次では、文部省による国費留学生の立場は望めません。そこで鷗外は、ひとまず陸軍省管轄の東京陸軍病院に入ります。そして二年後に、留学の下命がありました。つまり、鷗外は陸軍省派遣の留学生になったことになります。

最初の一・二句は導入で、〝自分はまだまだ医学士として修行が足りない、大学を卒業して学士様になったが、内容はまだだ〟という、謙虚なうたい出しです。第二句は、自分は今、近代ヨーロッパの医学という新しい学問を学びに行くのに、詩のほうは昔からある形式、詠みぶりにまだ熱中している。これが鷗外にとっては、中身が肩書きに伴わないということになるのでしょうか。

中間四句では、合格者の中で自分が最年少なのは晴れがましいが、首席合格ではなかったことが心残りだ、という内容になります。三・四句の頭の「花《はな》を観《み》て」も「塔《たふ》に題《だい》して」も、試験に合格することをたとえる慣用表現です。唐の時代、公務員採用試験である科挙の試験に合格した受験生たちは、都長安で花を見ながらお祝いの宴会に参列し、合格者たちの姓名は長安の慈恩寺《じおんじ》にある雁塔《がんとう》（近世以降「大雁塔《だいがんとう》」とも呼ばれる）に記《しる》されました。その風習をここに詠みこんでいます。誇らしい気分になっていますが、五・六句になるとそれが少し落ち込みます。

第五句の「蘇生」と第六句の「阿逖」は人名です。「蘇生」は、中国戦国時代の弁論家蘇秦《そしん》。蘇秦は諸侯たちを説得するにあたって民間のことわざ「寧《むし》ろ鶏口《けいこう》と為《な》るも牛後《ぎうご》と為《な》る毋《なか》れ」を引用しました。〝（鶏《にわとり》の口のように）小さいものの頭《かしら》として活動するほうが、（牛の尻のように）大きなものの後《あと》についてこき使われるよりもいいではないか〟という論法で、これによって六国の諸侯の同盟を実現させた故事があります。ここでは、「蘇生 牛後を愧《は》づる」ということで、〝大きなもの（自分より成績のよかった同級生）の後について使われるのは嫌だ〟という心境を表しています。

第六句の「阿逖」は、三国時代の少しあと、西晋時代の祖逖《そてき》という人で、阿逖の「阿」は愛称で「逖くん（さん）」という感じです。祖逖の友人に、劉琨《りゅうこん》という有名な将軍がいました。劉琨将軍は常に、〝私は友人の祖逖くんが私の先を越すことを恐れているのだ〟と述懐した。劉琨は祖逖をライバルとして一目置いていたのですね。これを引用し、〝同級生たちに先を越されてしまったけれど、勝負はまだついていない、これからだ〟という心境を示して、七・八句に移ります。〝自分はこれから思う存分努力する〟と宣言する、力強い結びです。

第八句の「長風《ちやうふう》萬里《ばんり》の船《ふね》」は南朝・宋の宗慤《そうい》の故事。彼はあるとき抱負を問われ、「願はくは長風に乗じて萬里の浪《なみ》を破らん」と答えました（『南史』宗慤伝）。唐の李白がこれをふまえ、将来の自分の可能性を信じて「長風《ちやうふう》 浪《なみ》を破る 会《かなら》ず時有《ときあ》り／直《ただ》ちに雲帆《うんぱん》を掛《か》けて 滄海《さうかい》を済《わた》らん」（「行路難三首」其の一）と詠んでいますので、鷗外の頭にはこちらもあったかも知れません。

無題　　七言絶句（下平・一先）

行人絡繹欲摩肩•
照路瓦斯燈萬千•
驚見凄風冷雨夜
光華不滅月明天•

無題《むだい》
行人《かうじん》 絡繹《らくえき》 肩《かた》を摩《ま》せんと欲《ほつ》す
路《みち》を照《て》らす 瓦斯《ガス》 燈《ともしび》 萬千《ばんせん》
驚《おどろ》き見《み》る 凄風《せいふう》 冷雨《れいう》の夜《よる》
光華《くわうくわ》 滅《げん》ぜず 月明《げつめい》の天《てん》

通りを行き来する人々は絶えまなく　肩をすり合わせるばかり
大通りを照らし出すのはガス灯の　何千何万というかがやき
私は驚きの目を見はってしまう　こんなに激しい風が吹き　冷たい雨が降る夜でも

ガス灯の照らす明るさは少しも劣らない　月の明るい晴れた夜空に

語釈　○行人―道をゆく人。　○絡繹―とめどなく続くようす。　○凄風―はげしく吹きつける風。　○光華―美しく光ること。　○不滅―劣らない。　○月明天―月が明るく輝いている夜空。

鷗外はドイツに向け、留学生九人とともに鉄道で出発しました。東京から鉄道で横浜に行き、横浜からは船で鹿児島の南へ出、香港、サイゴン、シンガポール、さらに進んでアラビア海からスエズ運河、地中海を通り、船旅の終着駅はフランスのマルセイユでした。四十日を越える船旅だったようですが、この詩はまず、港町のマルセイユに上陸したときの作で、明治十七年（一八八四）十月七日に作られています。

前半二句は、港町マルセイユの夜のにぎわいの描写。第二句の原文に「瓦斯燈《ガスとう》」という熟語が織り込まれていますが、七言句は通常、四―三、細かくは二―二―三で切れ、ここもどうしても四―三で切りたいので、「瓦斯《ガス》　燈萬千《ともしびばんせん》」と訓読しています。

後半に移ると、〝そのガス燈の明るいことと言ったら、風まじりの雨の夜も、満月の夜と同じように明るいのだ〟と、ガス燈をほめたたえる内容になります。

これが、鷗外が初めて見たヨーロッパの第一印象でした。ガス燈の明るさに、近代ヨーロッパ文明のすばらしさへの驚嘆が象徴されているようです。

路易二世　　　**七言絶句**（上平・十一真）

当年向背駭群臣•
末路悽愴泣鬼神•

路易二世《ルードウィヒにせい》
当年《たうねん》の向背《かうはい》　群臣《ぐんしん》を駭《おどろ》かす
末路《まつろ》　悽愴《せいさう》　鬼神《きしん》を泣《な》かしむ

功業千秋且休問
多情偏是愛詩人•

功業《こうげふ》 千秋《せんしう》 且《しばら》く問《と》ふを休《や》めよ
多情《たじやう》 偏《ひとへ》に是《こ》れ 詩《し》を愛《あい》するの人《ひと》

在位中の態度の変化は　臣下たちを大いに驚かせた
人生の末路は悲しくいたましく　鬼神をさえ涙にくれさせた
王者としての功績が末永く残るかどうかは　しばらく問うまい
この王はあまりにも心がゆたかで多情多感　詩や芸術に熱中する人だったのだ

語釈 ○当年—その昔。○向背—従うことと背《そむ》くこと。生前の王が、態度が頻繁に変わったことを言う。たとえば外交上、プロイセンと敵対したかと思うと急に和解する、というような態度の変化。○悽愴—悲しく痛ましい。○泣鬼神—非常に深い悲しみを与えること。○功業—功績の大きな仕事。○千秋—長い年月。永遠。「秋」は、歳月の意。○多情—気の移りやすいこと。

マルセイユ上陸後、鷗外はドイツに入り、ライプツィヒ、ドレスデン、ミュンヘン、ベルリンと大きな都市を転々として滞在を続けます。

ドイツに入って一年半ほど経ち、ミュンヘンに来て三ヶ月目の明治十九年（一八八六）六月十三日、バイエルン国王であったルードウィヒ二世（一八四五～一八八六）が水死する事件がありました。

ルードウィヒ二世は芸術家肌の人で、作曲家リヒャルト・ワーグナー（一八一三～一八八三）を援助したことでも有名です。しかししだいに精神のバランスを崩し、晩年には離宮に幽閉される身でした。それが或る晩、行方不明になり、真夜中になって侍医のグッデン教授とともに、近くのシュタルンベルク湖の中から溺死体となって発見されました。鷗外は翌日、新聞でそのことを知り、それから三ヶ月ほどたった九月三日に友人たちと湖を訪れ、国王とグッデン教授を偲《しの》びました。右の詩はその折の作です。

　前半二句は王の生前を偲んで、ふだんの行状とその末路を詠んでいます。後半に入ると、ルードウィヒ二世が帝王としてよりも詩人にふさわしい資質を持っていたことに注目して同情を寄せています。第四句は一種の倒置になっていて、ふつう「偏《ひとへ》に是《こ》れ　多情《たじやう》　詩《し》を愛《あい》するの人《ひと》」とするところを、「多情」を強調するために上に出しています（これには韻律上の規則もかかわっていますが、第一義的には「多情」を主張する意図があったものと見るべきでしょう）。「偏《ひとへ》に」（ことさらに、とりわけて）も強調。〝詩や芸術を愛する人だったが、それに適した道に進むことは許されていなかった〟という内容が言外に隠されていると思います。鷗外自身も、本当にやりたいと思っていたことができていないという思いがあって、それをここに投影しているようにも感じられます。

屈顚　　七言絶句（下平・五歌）

埋骨烏湖萬頃波•
烱心高節動人多•
平生著作足千古
別有一篇狂婦歌•

屈顚《グッデン》

骨《ほね》を埋《うづ》む　烏湖《うこ》　萬頃《ばんけい》の波《なみ》
烱心《けいしん》　高節《かうせつ》　人《ひと》を動《うご》かすこと多《おほ》し
平生《へいぜい》の著作《ちよさく》　千古《せんこ》足《た》る
別《べつ》に有《あ》り　一篇《いつぺん》　狂婦《きやうふ》の歌《うた》

グッデン教授は葬られた　ウルム湖の　寄せては返す波の底に

王様に対するまごころと忠義の心は　強く私の心を打つ
存命中の著作は　長く読み継がれるに値するりっぱなもの
その他に教授は「狂婦の歌」という詩も残しているのだ

語釈 ○埋骨―亡くなった人の骨を墓に埋めること。転じて〝葬る〟の意。○烏湖―ウルム湖。正しくはシュタルンベルク湖。○萬頃―きわめて広いこと。一頃《いっけい》は百畝《ひゃっぽ》で、約一六八・九アール。○炯心―あきらかな心。○高節―節操（正しいと信ずる思想や意見を守りとおす態度）を曲げない、けだかい行い。○平生―つねづね。日ごろ。ふだん。ここでは〝存命中の日々〟の意。

ルードウィヒ二世の入水《じゅすい》の際、お付きの医師のベルンハルト・フォン・グッデン教授（一八二四？～一八八六）は、王を助けようとして逆に引きずり込まれ、殉死を遂げたような形で発見されました。この詩はグッデン教授を詠んだものです。

前半二句は、侍医としての職務に殉じたグッデン教授をたたえています。後半二句では、教授が研究のみならず、詩人の素質を持っていたことに注目します。鷗外とグッデン教授は同じ医師で、著作も多く、詩も作る。鷗外はここで自分とグッデン教授を重ね、自分の生き方に多少思いをめぐらすということもあったかも知れません。

なお、グッデンの漢字表記を「屈顚」としたのは、やはり水死をとげた楚の屈原からの着想でしょうか。

このように鷗外は、ドイツ滞在中、バイエルン国王の溺死という大事件を間近に感じる体験をしたわけですが、ドイツ留学は鷗外自身にとっても一身上の大事件をもたらしました。いわゆるエリーゼとの交友です。鷗外は日本に帰ったらエリーゼと結婚しようと考え、エリーゼも鷗外を追って日本にやって来ることになります。

当時の留学生の中には、留学中に、踊り子や酒場の女性と親しくなる例が少なくなかったようですが、それでは鷗外と親しくなったエリーゼとはどういう人であったのか。これまでいろいろの説があり、それこそ娼婦のような女性だった、或いは既に夫のある女性だった、さらにはドイツの女スパイだったとする説もあるのですが、近年、日本のテレビとともに歩んだテレビディレクターの泰斗・今野勉《こんのつとむ》さんが、三十年以上にわたる資料解読、実地調査をもとに、一つの結論を出していらっしゃいます（『鷗外の恋人』NHK出版、二〇一〇）。エリーゼは愛称で、本名アンナ・ベルタ・ルイーゼ・ヴィーゲルト。ベルリンで開業していた仕立物師、裁縫のマイスターの家の娘で、当時十五歳でありました。

次に、そのエリーゼのことをうたった詞を見てみましょう。

森鷗外（一八六二〜一九二二）

小令（単調）四十五字（韻目省略）

醉太平　呈況斎先生　森林

雲翻雨覆▲
肌膚生粟▲
却思顧眄憂讒讟▲
無如居白屋▲
不知遺臭将流馥▲

酔太平《すゐたいへい》　況斎先生《きやうさいせんせい》に呈《てい》す　森《もり》林《りん》

雲翻《くもひるがへ》り 雨覆《あめくつがへ》り
肌膚《きふ》 粟《あは》を生《しやう》ず
却《かへ》つて思《おも》ふ 顧眄《こべん》して讒讟《ざんとく》を憂《うれ》ふるは
白屋《はくをく》に居《を》るに如《し》くは無《な》しと
知《し》らず 臭《しう》を遺《のこ》すか 将《は》た 馥《ふく》を流《なが》すか

吾命蹙
何須哭
猶有一双知己目
緑於春水緑

吾《わ》が命《めい》 蹙《せま》るとも
何《なん》ぞ哭《こく》するを須《もち》ひん
猶《な》ほ一双《いつさう》の 知己《ちき》の目有《まなこあ》り
春水《しゆんすゐ》の緑《みどり》なるよりも緑《みどり》なり

人の心の変わりやすさ　その当てにならないことは／私は鳥肌が立つほどいやであります
ひるがえってこうも思うのです　あれこれ人の思惑を気にし　悪口を恐れているよりは
地位や富はなくても　そまつな家につましく暮らしているほうがましであると
果たして私の行いは汚名を残すでしょうか　美談として伝わるでしょうか
たとい私の決断によって私の運命がきわまるとしても／どうして嘆く必要があるでしょう
それでも私の前には　私をよく理解してくれている人の二つのひとみがかがやいているのです
そのひとみは春の川のみどり色よりも　もっとみどりに澄み切っているのです

語釈　○酔太平―詞牌の一つ。その詞を歌うための楽曲の名。　○雲翻雨覆―急に雲が出たり、雨が降ったりすること。人の心の変わりやすさを言う。　○顧眄―まわりを見回して気にすること。　○讒謡―陰口。そしり。　○居白屋―貧しい平民として暮らす。「白屋」は粗末な家。庶民の家。　○遺臭―いやな臭いを残す。後世に汚名を残すことのたとえ。　○流馥　―よい香りを放つ。後世に名声を博することのたとえ。　○春水緑―春の川の透きとおった緑。

これは、鷗外が残したただ一首の詞《ツー》です。明治二十一年（一八八八）九月四日、二十七歳の作。題名の

森鷗外（一八六二〜一九二二）

「況斎先生」は石黒忠悳《いしぐろただのり》（一八四五〜一九四一）。陸軍軍医本部の、鷗外の上司にあたる人です。鷗外がドイツ滞在中、ベルリンにいたときに石黒忠悳がドイツを訪れ、軍の医学関係の事柄について視察したり、会議に出席したりした際、鷗外がいろいろ援助しました。鷗外はそういう日々の折々に、また、留学を終えてドイツを出発した後の汽車の中などで、エリーゼとのことをいろいろ相談したようです。

そしてベルリンを発ってロンドン、パリに立ち寄り、七月の終わりにフランスのマルセイユを出発して、九月八日に横浜に着きました。その横浜に到着する直前、船の中で、石黒忠悳に宛《あ》てて作られたのがこの詞です。

前半四句は、〝人の感情というのは始終移り変わるものだから、そういう他人にどう思われるか、一々気にしながら生きるのはやめよう〟ということです。特に第四句「白屋《はくをく》に居《を》るに如《し》くは無《な》し」は、〝エリーゼとの結婚のために官職を失ってもいいんだ〟という宣言です。

後半に入ると、〝これからの自分の行動がどう評価されようと、どうでもよい。私には、私を理解してくれる一人の女性がいてくれるのだから〟と詠みます。〝その人こそは、どんなときにも私の支えとなってくれるでしょう〟ということです。

鷗外がこの詞を作って石黒閣下に進呈したとき、当のエリーゼは後続の船に乗って日本に向かっておりました。鷗外は〝エリーゼと結婚できなければ辞職する〟という覚悟で帰国し、エリーゼも鷗外との結婚への希望をいだいて横浜に上陸しました。が、陸軍省から期待をかけられている鷗外の立場、森家の復興を鷗外に期待していた親族たちの反対など、いろいろの障害が次々に現れ、結局エリーゼは一ヶ月後にドイツへ戻って行きました。

しかし、鷗外とエリーゼはその後も長く文通を続けたということです。そして鷗外は亡くなる直前に、それまでのエリーゼからの手紙を全部焼き捨てたのでした。

先に述べましたとおり（→六五〇ページ）、鷗外の漢詩は二十歳から三十歳までの十年間と、五十代半ばからの晩年六年間に集中しています。その中間、三十代から四十代の時期はちょうど日清戦争（一八九四～五）・日露戦争（一九〇四～五）の時期を含みますが、詩はあまり作られていません。やはりこの時期は大きな戦争がつづいただけに、公務のほうが多忙をきわめたと推察されます。

それでも日露戦争中の詩には、日本軍の躍進をほめたたえて喜ぶばかりではなく、ロシアと戦うための戦場となった中国（清朝）の民衆の受難、苦しみに触れたものがあることは注目されます。この戦争では、鷗外は第二軍の軍医として従軍しましたが、やはり戦争の現場にあって、実状をじかに見ている者としての悩み、悲しみも、すなおに詩の中に表さずにはいられなかったのです。そして日露戦争のあとは、鷗外はほとんど詩を作らなくなりました。

そのような鷗外にとって作詩上の転機となったのは、大正四年（一九一五）、五十四歳の年でした。この年の五月、大正天皇から〝詩を作って提出するように〟との御下命があったのです。大正の帝《みかど》は漢詩を大いに愛好され（→六七四ページ）、みずから生涯に一千三百首以上創作されていますが、これ以後、鷗外と詩の唱和をしたり、詩の制作を命ぜられたりということが多くなりました。

それでこの年、鷗外は皇室にかかわる詩をたくさん作っておりますが、こうしたことが、その後の晩年を通して彼がまたさかんに詩を作るようになるきっかけとなったのです。

次に、そのような晩年の作から一首を挙げます。

森鷗外（一八六二〜一九二二）

十二月廿五日作

既脱朝衣賦遂初•
何図枕上落除書•
石渠天禄清閑地
且為吾皇掃蠹魚•

十二月廿五日《じふにぐわつにじふごにち》の作《さく》

既《すで》に朝衣《てうい》を脱《だつ》して　遂初《すゐしよ》を賦《ふ》す
何《なん》ぞ図《はか》らん　枕上《ちんじやう》　除書《ぢよしよ》の落《お》つるを
石渠《せききよ》　天禄《てんろく》　清閑《せいかん》の地《ち》
且《しばら》く吾《わ》が皇《きみ》の為《ため》に　蠹魚《とぎよ》を掃《はら》はん

七言絶句（上平・六魚）

私はもう役人としての正装をしなくなり　隠居生活の楽しみを詩に作るようになっていた
思いもよらないことに　眠りにつこうとしていた私の枕元に　新たな任官の詔《みことのり》が届けられた
新しい勤め先は博物館と図書館　どちらも俗を離れた静かな部署
されば私はわが帝《みかど》のために　まずは書物を食う虫を退治するとしようか

語釈　○脱朝衣—官職を辞すること。「朝衣」は、朝廷へ出るときに着る衣服。　○遂初—初めの志を遂げる。特に引退の願望を実現させること。東晋の孫綽《そんしやく》が「遂初《すゐしよ》の賦《ふ》」を詠んで、隠居の楽しみを述べたことに基づく。○枕上—枕元。就寝しようとしていたことを言う。　○除書—任官の辞令。交付を知らせる詔書。「除」は、古い官職を除いて新しい官職を授ける意。　○石渠天禄—石渠閣と天禄閣。中国漢王朝の官署で、書籍を収蔵したところ。ここでは、鷗外が新たに勤めることになる帝室博物館と図書寮《づしよりよう》のたとえ。　○蠹魚—「蠹魚」はしみ。書物や人絹《じんけん》などを食う虫。体長〇・八〜一センチメートル。節足動物—昆虫類—総尾目—シミ科に属する。全身

　が銀白色の鱗片におおわれ、屋内の暗所を好む。

鷗外は引退後の大正六年（一九一七）、五十六歳の年、改めて新しい官職、帝室博物館総長兼図書頭《づしよのかみ》に任ぜられました。十二月二十四日の夜にその旨を告げる詔書が届き、翌二十五日に宮内省へ出頭して任官されました。この詩はその折に詠んだものです。

前半二句は官職を引退後、思いがけず新しい官職につくことになった驚きの気持ち。後半二句は新しい職務に精励する覚悟を述べていますが、その覚悟を〝天子様のためにしみを退治してさし上げよう〟と詠むあたり、晩年の〝軽み〟と言いましょうか、肩の力の抜けた飄逸味が感じられます。

文豪の心事（三）――幸田露伴・与謝野鉄幹

幸田露伴（一八六七〜一九四七）

幸田露伴《こうだろはん》は尾崎紅葉《おざきこうよう》（一八六七〜一九〇三）と並ぶ明治の代表的な小説家であり、幅広い方面に造詣・学識の深い大文化人。江戸の生まれで、紅葉のほか、夏目漱石《なつめそうせき》や正岡子規《まさおかしき》も同じ年の生まれです。初め逓信《ていしん》省の電信修技学校を卒業し、電信技師として北海道に赴任。しかし文学への道をあきらめることができず、数年で辞職して東京に帰りました。主に独学で漢文学や江戸文学を究めたようですが、二十代初めから続々と作品を発表し、尾崎紅葉と並んで尊敬されました、両人はともに井原西鶴《いはらさいかく》（一六四二〜九三）の影響を強く受けており、そのことが当時の西鶴再評価のきっかけにもなりました。

露伴、紅葉、坪内逍遙《つぼうちしょうよう》（一八五九〜一九三五）と森鷗外、この四人が日本の近代文学を方向づけたという見方もあります。露伴は、四十代初めには京都帝国大学で国文学を教えたりもしましたが、それも一年ほどで辞職し、東京に帰って来ました。やがて大正に入ってからは、随筆や史伝、研究の方面におびただしい功績を残し、晩年には『芭蕉七部集』の注釈も完成させました。

利根川即事二首　其二

一更更尽到三更
釣到残更夜色軽
鷺去遠汀孤月落
風微暁霧半江横

七言絶句（下平・八庚）

利根川《とねがは》即事《そくじ》二首《にしゅ》　其《そ》の二《に》

一更《いつかう》　更《かう》尽《つ》きて　三更《さんかう》に到《いた》る
釣《つり》　残更《ざんかう》に到《いた》つて　夜色《やしよく》軽《かろ》やかなり
鷺《さぎ》　遠汀《ゑんてい》に去《さ》つて　孤月《こげつ》落《お》ち
風《かぜ》　微《かす》かにして　暁霧《げうむ》　半江《はんかう》に横《よこた》はる

日暮れからの時間が着々と流れ　今はもう真夜中
そのまま釣りをつづけ　夜明けがたに至ると　夜の雰囲気が軽みを帯びて来た
白い鷺《さぎ》が遠くの波打ちぎわへ飛んでゆき　さらにその向こうで一輪の月が沈んでゆく
夜明けの風がかすかに吹いて　朝霧《あさぎり》が川の半分ほどにたなびいている

語釈　○即事―詩の題の一種。目の前のことをすなおに詠んだ詩。即興的な作品が多い。　○一更―ひと区切りの時間帯。「更」は、夜の時間帯の区分。午後七時から夜明けまでを五等分し、「初更」から「二更」「三更」……と続く。「初更」はおよそ午後七時から九時までの二時間。「三更」は、午後十一時から午前一時くらいまでの真夜中。　○残更―夜明け方のこと。五更。「残」は〝終わりかける、損われる、失われる〟意。　○色―〝ようす、おもむき、雰囲気〟の意。

「利根川の川べりで目にしたものを詠む」という詩題です。利根川で夜釣りをし、そのまま夜を明かした折のようすを詠んだもの。

前半二句は、まず時間の経過のようすからうたい起こしています。第二句は、夜が明けかけて空の遠くが明るくなり始め、空気が解き放たれて和らいで来るような、夜明けの独特の雰囲気をつかまえたもの。この前半二句は「更」を四回も繰り返しています。これは調子が良いとともにユーモラスなのですが、同じ字を繰り返して雰囲気を出してゆくのは、かつての狂詩の作法（↓四六六ページ）を思い起こさせます。或いはそれを意識していたかも知れません。

　後半二句は夜明け、少しずつ明るくなって、いろいろのものが見えて来る。明け方の風が吹き、霧は風を受けてしずかに流れています。川べから見た、さわやかな利根川の夜明けの情景です。

　露伴は生涯にわたって魚釣りに傾倒しており、利根川にはしばしば小舟を浮かべ、舟の中で寝泊まりしました。露伴の漢詩は十八首残っていますが、そのうち六首までが釣りをテーマにしています。露伴の全集をひもといてみますと、他にも釣りに関する文章がかなり見出されるのです。釣り針やリールなど、釣りの道具やえさについても非常に細かく考証、研究しており、趣味の域をはるかに超えているように思います。京都帝国大学を一年で辞めてしまった原因も、京都近辺には魚釣りに適当な場所が見つからなかったから、とする説もあるくらいです。

題富士山図　**七言絶句**（上平・十四寒）

白雲為帯雪為冠
屹立紫霄対翠瀾
応是神州霊気発
成山四海萬民観

富士山《ふじさん》の図《づ》に題《だい》す

白雲《はくうん》 帯《おび》と為《な》し 雪《ゆき》 冠《かんむり》と為《な》す
紫霄《しせう》に屹立《きつりつ》して 翠瀾《すゐらん》に対《たい》す
応《まさ》に是《こ》れ 神州《しんしう》 霊気《れいき》の発《はつ》するなるべし
山《やま》を成《な》して 四海《しかい》 萬民《ばんみん》観《み》る

山の中腹にたなびく白い雲は着物の帯　山頂にいただいている雪は冠《かんむり》
赤い朝焼けの中に堂々とそびえ　青い海の波に面している
これこそは　わが日本の国のすばらしい気が現れたものに違いない
それが山の形になって　世のすべての人々が仰ぎ見るのだ

語釈　○紫霄─朝焼け。漢詩文の「紫」はいわゆる〝むらさき〟ではなく、赤茶色。　○翠瀾─青々とした波。○神州─前出（→五〇六、六二三ページ）。　○四海─四方の海。天下。世界。

「富士山の絵に書きつける」という題の「題画詩」です。

前半二句は描かれた富士山の姿を詩に再現していますが、色が印象的です。雲や雪の「白」、朝焼けの「赤」、波の「緑」と、彩色画であることがよくわかります。後半二句は、富士山に対する感嘆の思い。第三句の「神州」という語は、藤田東湖が「正気の歌」（→五〇四ページ）の冒頭、富士山をほめた部分に用い、乃木将軍も「富岳を詠ず」（→六二二ページ）の中で用いておりました。

幕末以来、日本を訪れた欧米の人は、一様に富士山のすばらしさ、芸術的な美しさを褒めていますので、第四句は必ずしも誇張ではないと思います。

与謝野鉄幹（一八七三〜一九三五）

与謝野鉄幹《よさのてっかん》は明治から大正にかけての歌人・詩人で、特に明治の短歌を革新した功績で有名です。歌も詩も、豪快な詠みぶりで知られています。

京都の生まれ。家は西本願寺の系統のお寺で、お父さんは僧侶、兼ねて歌人、勤王家でもありました。そういう環境の中で、鉄幹は幼いころから漢文漢詩をよく学び、十二歳から漢詩を作り、漢詩の専門誌に発表するようになります。短歌は少し遅れ、十九歳から作ったということです。

鉄幹は号で、本名は寛《ひろし》。「鉄幹」は、老梅の意。梅が好きだったのでこの号をつけたようですが、三十歳過ぎたころからこの堅苦しい号がいやになって、その後は「与謝野寛」という本名を名のっております。

二十八歳で詩歌の雑詩『明星《みようじよう》』を創刊し、鉄幹と、のちに妻となる晶子《あきこ》が中心となって、森鷗外と上田敏《うえだびん》が援助しました。『明星』同人は高村光太郎、石川啄木、北原白秋、木下杢太郎《もくたろう》、吉井勇という錚々《そうそう》たるメンバーで、明治三十年代の歌壇をリードし、自我を存分に発揮することを強く打ち出しました。

鉄幹は晶子の才能もよく認めており、晶子の最初の歌集『みだれ髪《がみ》』を編集して刊行しました。鉄幹は二十九歳で晶子と結婚しますが、子だくさんで、全部で十三人授かったようです。ただ、そのうち二人は幼いころに亡くなっております。

皮肉なことに、結婚後は与謝野晶子の名声はますます上がりましたが、鉄幹のほうは創作面ではふるわなくなってしまい、その後はむしろ後進の指導に功績を上げております。

三十代後半には、森鷗外その他の人々と文芸雑誌『スバル』を創刊し、四十代後半では鷗外の紹介で慶應義塾大学の教授ともなりました。続いてはお茶の水の文化学院の創立にも尽力するなど、後進の指導に熱意を傾けてまいります。

五言律詩（上平・十灰）

暖生書閣

天晴暖生閣
独坐気悠哉•
籬落猶残雪
庭除既早梅•
自憐耽古学
誰識尽駑才•
知己唯春色
陳編堆裏来•

暖《だん》 書閣《しよかく》に生《しやう》ず

天晴《てんは》れて 暖《だん》 閣《かく》に生《しやう》ず
独《ひと》り坐《ざ》せば 気《き》 悠《いう》なる哉《かな》
籬落《りらく》 猶《な》ほ残雪《ざんせつ》
庭除《ていぢよ》 既《すで》に早梅《さうばい》
自《みづか》ら憐《あはれ》む 古学《こがく》に耽《ふけ》るを
誰《たれ》か識《し》らん 駑才《どさい》を尽《つく》すを
知己《ちき》は 唯《ただ》 春色《しゆんしよく》
陳編《ちんぺん》 堆裏《たいり》に来《きた》る

今日はよく晴れ　あたたかい空気がこの部屋に立ちのぼっている
一人で座り込んでいると　部屋の雰囲気はまことにゆったりとしている
家のかきねにはまだ　消えかかった雪が見られ
庭の中ではもう　早咲きの梅の花がちらほらと咲いている
われながらいたわしく思う　昔の本に熱中しているこの自分を
誰がわかってくれるだろう　愚かな才能を傾けて励んでいる私のことを
私のことを本当にわかってくれるのは　ただ春の空気だけ
古い本が山と積まれたこの部屋の中に　今年もこうして来てくれた

語釈 ○書閣―書斎。　○天―空。　○籬落―かきね。　○庭除―庭。　○早梅―早咲きの梅。　○憐―心を強く惹かれることを言う、幅広い意味を持つ語。かわいそうに思う。いとおしく思う。　○駑才―「駑」は〝鈍い、愚か〟の意。もともとは馬の能力を形容する語で〝のろい馬〟の意。「駑馬」という熟語もあり、駿馬の反対語となる。転じて人間の才能の形容にもなる。　○陳編―古い書籍。　○堆裏―書籍などがうずたかく積まれたところ。

「暖かい空気が書斎に立ちのぼった」という詩題です。おそらくは明治四十一年（一九〇八）、三十六歳のとき、情熱を傾けた雑誌の『明星』が廃刊になってしまった、そのあとの作品かと思います。当時、私小説を中心とする自然主義文学が勢いを得て、『明星』のような、空想を存分に羽ばたかせて情熱や理想を力強くうたう作風は人気を失ってしまいました。それに加えて『明星』の有力な同人が脱退したこともあり、鉄幹は当時、失意の中にありました。そのころの彼の歌に「わが雛《ひな》は　みな鳥となり　飛び去んぬ　うつろの籠《かご》の　さびしきかなや」というものがあります。それと似たような心情がこの詩に表れていると思います。

春、書斎でずっと本を読んでいて、ふと春の訪れを感じた、という五言律詩で、一・二句は〝書斎の中で読書をしているうちに暖かさを感じた〟というたい起こし。その暖かさに誘われて窓から外を眺める、或いは立ち上がって障子を開け、外を見たかも知れません。

つづく三・四句は、書斎の外のようす。消えかかった雪と早咲きの梅。早春の景色です。五・六句では、自分の内面を見つめます。春の気配の中で、思わず自分をしみじみと振り返ってしまう。『明星』が廃刊になり、新境地を開拓すべく古典を研究している日々なのでしょう。

最後の七・八句は、〝今の自分を理解してくれる人はいない〟と嘆き、しんみりと結んでいます。いかにもさびしい孤独感・挫折感におおわれていますが、〝それでも自分はこうして研鑽に努めているのだ〟という気分、その一方でやはり埋めることのできない喪失感・無力感、それらがないまぜになって表現されていると思います。

与謝野鉄幹の新体詩としては「人を恋ふる歌」が有名です。

妻をめとらば　才たけて／みめうるはしく　情《なさけ》ある／友を選ばゞ　書を読みて／六分《りくぶ》の侠気《けふき》　四分《しぶ》の熱

……　＊めとらば―「めどらば」とする版もある。

あゝわれダンテの　奇才なく／バイロン　ハイネの熱なきも／石をいだきて　野にうたふ／芭蕉のさびをよろこばず

＊ダンテ―「コレッヂ」とする版もある。

……

長い詩で十八聯までありますが、鉄幹本来の詠みぶりはこのように、力強い夢や情熱を強く打ち出す作風でした。しかし漢詩のほうでは右の律詩のように、しみじみとした内省的な面も見られます。

自昂昂渓赴斉斉哈爾車上　　五言律詩（去・七遇）

昂昂渓《かうかうけい》自《よ》り斉斉哈爾《チチハル》に赴《おもむ》くの車上《しやじやう》

行尽東蒙路▲　行《ゆ》き尽《つく》す　東蒙《とうもう》の路《みち》

望中無一樹▲　望中《ばうちゆう》　一樹《いちじゆ》無《な》し

沙吹天倒昇　沙《すな》吹《ふ》かれて　天《てん》　倒《さかしま》に昇《のぼ》り

与謝野鉄幹（一八七三〜一九三五）

日与車横度
五月既聞蟲
終年不知露
興安嶺那辺
萬里蒼蒼暮

日与《ひくみ》して 車《くるま》 横《よこ》に度《わた》る
五月《ごぐわつ》 既《すで》に蟲《むし》を聞《き》き
終年《しゅうねん》 露《つゆ》を知《し》らず
興安《こうあん》 嶺《みね》は那辺《なへん》ぞ
萬里《ばんり》 蒼蒼《さうさう》として暮《く》る

どこまでも進んでゆく　モンゴルの東側の道／車の中から眺めわたす中に　一本の樹木もない
砂は風に吹かれ　天空に舞い上がる
遠くの太陽はわれわれを見守るように　自動車といっしょに横に移動する
まだ五月というのに　もう虫の鳴く声がする／このあたりでは一年中　露というものが見られないのだ
興安嶺の山並みは　いったいどこにあるのか／見わたす限りの眺めは　しだいに青黒く暮れてゆく

語釈 ○東蒙—モンゴルの東側。中国黒龍省のあたりを指す。　○終年—一年中。　○興安嶺—中国の東北部、内モンゴル自治区と黒龍江省にかけての山脈。興安嶺が見えて来ると、そろそろ内モンゴルから黒龍江省に来たとわかる。　○蒼蒼—青黒いさま。夜になろうとする空の色を言う。

昭和三年（一九二八）五月の作。鉄幹はこの五月から六月にかけて、妻の晶子と二人で中国東北部の満蒙地区を旅行しています。これは当時の南満州鉄道（満鉄）の招きでしたが、大連から日露戦争の激戦地である金州、遼陽《りょうよう》、奉天、チチハル、ハルピンを訪れました。この詩は、チチハル（中国黒龍江省の東側）に向かう自動車の中で詠んだ五言律詩です。

このとき、鉄幹と晶子たちは、内モンゴルからチチハルへ向かっています。内モンゴルというのはモンゴル高原が全体の半分以上で、広い草原が広がっており、古くから遊牧民の活動の舞台でした。年間の温度差が非常に激しいところで、三十六度以上の落差があります。そして、雨が少ない土地柄です。

最初の一・二句は、道中の眺めを大づかみにうたい起こしています。どこまで行っても一本の樹木もない、広漠たる空間。

中間四句は途中で見たもの、聞いたものを詠みます。三・四句は、砂塵が天空に舞い、遠くの太陽が自動車の進む方向に合わせて移動するように見える。〝太陽がわれわれを気づかうように、いっしょに動いてくれる〟というのはおもしろい擬人化です。近くにあるものはわれわれの進行方向と逆に去ってゆきますが、非常に遠くのものになると、進むにつれて同じ方向について来るように動く。それをここに取り入れています。五・六句では虫の声に注目します。これは自動車が小休止して外に出たときに、草むらから虫の声が聞こえて来たのだろうと思います。

結びの七・八句は〝目的地に着かないうちに日が暮れてしまった〟と、心細い感じで結んでいます。第七句に「興安嶺」という熟語が織り込まれていますが、続けて読むと五言句の二—三の切れ方に合わず、変則的なリズムになってしまうので、「興安」「嶺」を分けて訓読しました。

広い沙漠地帯、草原地帯をどこまでも自動車で行くとりとめもない感じ、心細い感じが出た詩です。

和歌では「ますらをぶり」で知られる鉄幹ですが、漢詩のほうでは内省的な孤独な印象が強く感じられるのはおもしろいと思います。与謝野晶子の名声に隠れ、鉄幹の歌や詩は埋もれている感じがありますが、この人の漢詩ももっとたくさん読んでみたいと思います。

帝王の懐抱

大正天皇（一八七九〜一九二六）

日本国第百二十三代天皇である大正天皇《たいしょうてんのう》は、歴代の帝《みかど》の中で抜きん出て漢詩の作品数が多く、千三百首以上がのこされています。二番目に多いのが第五十二代・嵯峨《さが》天皇でした。嵯峨天皇は平安時代初め、中国の文物制度の輸入に尽力されたかたですが、それでも現存作品数は百首に満たないので、大正天皇がいかに多く作られたかがわかります。

明治天皇の第三皇子、百二十三代明宮嘉仁《はるのみやよしひと》、のちの大正天皇。皇室伝統の和歌もたしなまれましたが、和歌の数は四五六首で、漢詩に比べると少なめです。これは、皇太子時代に歌会始《うたかいはじめ》で出席の折、明治天皇が「歌聖」と称せられましたのと引き比べられ、〝とても自分は及ばない〟と思《おぼ》し召され、漢詩で新生面を開こうと決意されたものと伝えられます。

漢詩文については十六歳のころから、特に個人教授の形で、フランス語や国学とともに漢文を教わりました。先生は川田甕江《かわだおうこう》（一八三〇〜九六）という備中《びっちゅう》（岡山県）出身の、幕末以来の大先生ですが、この先生に心酔し、以後、漢詩文が好きになられたということです。二年後に川田甕江が亡くなり、三島中洲（→六〇三ページ）が東宮侍講《とうぐうじこう》となり、帝王学としての漢学を進講し、あわせて詩の添削も行いました。

大正天皇の余暇のお楽しみとして、乗馬、ヨットと並んで、漢詩を作ることが大きな位置を占めるようになってまいります。

過目黒村　七言絶句（上平・五微）

雨餘村落午風微•
新緑陰中胡蝶飛•
二様芳香来撲鼻
焙茶気雑野薔薇•

目黒村《めぐろむら》に過《よぎ》る
雨餘《うよ》の村落《そんらく》 午風《ごふう》微《かす》かなり
新緑《しんりよく》陰中《いんちゆう》 胡蝶《こてふ》飛ぶ
二様《にやう》の芳香《はうかう》 来《きた》つて鼻《はな》を撲《う》つ
焙茶《はうちや》 気《き》は雑《まじ》はる 野《の》の薔薇《しやうび》

雨あがりの村に　ま昼の風がかすかにわたってゆく
新緑の木かげにひらひらと　てふてふが飛んでいる
やがてふたすじのよい香りがただよって来て　私の鼻をうつ
茶をほうじているその香気が　野の薔薇《ばら》の香りの中にまじっていたのだ

語釈 ○過―意味によって読み分けがあり、〝通り過ぎる〟の場合は「すぐ」と読み、〝訪れる、立ち寄る〟意味のときには「よぎる」と読む。ここは後者。　○目黒村―今の東京都目黒区。　○雨餘―雨の霽《は》れた後。雨あがり。　○午―「午」は、時刻を十二支で表す伝統的な表現法で、午前十一時から午後一時くらいを指す。
○陰中―木陰の中。　○焙茶―茶をほうじる。「焙」は、あぶってかわかす。

「目黒の村を訪れて」という詩題です。明治二十九年（一八九六）五月、十八歳の年の作。

大正天皇（一八七九〜一九二六）

前半二句は村里の様子の描写から始まっています。そよ風にゆれる緑の若葉、風の中をひらひらと飛び舞う蝶々《てふてふ》という情景ですが、この第一句が後半の伏線にもなっています。

後半二句は作者が登場して、〝風に吹かれて二つのよい香りがただよって来る〟と詠みます。香りの感覚が鋭敏です。歴代の漢詩の中で、香りを繊細に描いたものは多くありませんが、このような感覚の鋭さが、大正の帝《みかど》の詠みぶりの一つのキーポイントになると思います。

五月の初めともなると、農家は養蚕《ようさん》、茶摘《ちやつ》みで忙しくなりますが、第四句はその年の最初期のお茶、香りの高い新茶を取り上げています。この季節特有の農村の風物を取り入れた詩ということになります。

さらに想像をたくましくすると、そばに茶店があり、そこで茶を所望しようということになったのではないでしょうか。皇太子時代の大正天皇は数年後から日本全国を巡啓されますが、たいへん自由な態度で旅をつづけられ、普通列車に乗られたり、町中《まちなか》のおそば屋に入られたり、気さくな面がおありでした。

そういう背景のもとにこの第四句を読むと、これはただ単に新茶の香りを愛《め》でることに留まらず、〝ここで茶店に入ろうよ〟と提案されたのではないか、とも連想されます。

池亭観蓮花　　七言絶句（下平・七陽）

茅亭瀟洒碧池傍•
出水蓮花自在香•
倚檻風前閒誦詠
濂渓周子旧詞章•

池亭《ちてい》にて蓮花《れんくわ》を観《み》る

茅亭《ばうてい》　瀟洒《せうしや》たり　碧池《へきち》の　傍《かたはら》
水《みづ》を出《い》でて　蓮花《れんくわ》　自在《じざい》に香《かんば》し
檻《おばしま》に倚《よ》つて　風前《ふうぜん》　閒《かん》に誦詠《しようえい》す
濂渓《れんけい》　周子《しうし》が旧詞章《きうししやう》

かやぶき屋根のあずまやがさっぱりとした趣で立つ　みどりの水をたたえた池のほとり
水の中から茎がのびて　蓮の花が　ゆったりと香りを放っている
私は欄干に身を寄せて　風に向かってしずかに口ずさむ
周濂渓《しゅうれんけい》先生の　むかしの名文を

語釈　○池亭―池のほとりのあずまや（休息所）。○茅亭―茅葺《かやぶ》きの亭《あずまや》。○瀟洒―こざっぱりとして清らか。○碧池―あおあおとした池。○出水―蓮が水面より上に出ていることを言う。○自在―思いのままに。自由に。転じて、〝ゆったりのびやか〟の意。○檻―欄干《らんかん》。○閒―のどかに。のんびりと。○旧詞章―むかしの詩文。ここでは、北宋・周敦頤《しゅうとんい》（一〇一七～一〇七三）の「愛蓮《あいれん》の説《せつ》」を指す。

明治三十年（一八九七）、十九歳の初夏、池の蓮《はす》の花を眺めての作品。

前半二句は、あずまやとそのまわりの描写です。みどりの水、くれなゐの蓮の花――色が印象的です。後半に入ると作者が登場し、蓮を眺めながら、蓮をほめたたえるむかしの名文を暗誦します。周濂渓《しゅうれんけい》は北宋初めの大哲学者の周敦頤《しゅうとんい》（一〇一七～一〇七三）で、濂渓は号です。周敦頤に「愛蓮の説」という名文があり、蓮の花のすばらしさを、菊や牡丹と比べてほめたたえています。

愛蓮《あいれん》の説《せつ》　周敦頤《しゅうとんい》

水陸草木の花　愛す可《べ》き者　甚だ蕃《おほ》し。
晋《しん》の陶淵明《たうえんめい》は独り菊を愛す。李唐《りたう》自《よ》り来《このかた》、世人《せじん》　甚《はなは》だ牡丹《ぼたん》を愛す。予《われ》　独り蓮《はす》の　淤泥《おでい》より出《い》でて染まらず、清漣《せいれん》（さざ波）に濯《あら》はれて妖《えう》ならず（あでやかすぎず、すがすがしい）、中《うち》通じ、外直《なほ》く、蔓《つる》あらず 枝《えだ》あらず、香《かをり》遠くして益〻《ますます》清らかに、亭亭として浄く植《た》ち、遠観す可《べ》くして褻翫《せつぐわん》す可からざるを愛す。

予謂《おも》へらく、菊は花の隠逸なる者なり、牡丹は花の富貴なる者なり、蓮は花の君子たる者なりと。噫《あゝ》菊を之《これ》愛するや、陶の後《のち》聞く有ること鮮《すくな》し。蓮を之《これ》愛するは、予に同じき者 何人《なんぴと》ぞ。牡丹を之《これ》愛する、宜《むべ》なるかな 衆《おほ》きこと。

三行目くらいから要約しますと、〝蓮の花は泥の中から出て来ても、泥のために汚《けが》されていない。池のさざ波に洗われても、人を惑わすような妖《あや》しい美しさにはならない。あくまでもまっすぐに立ってすがすがしい香りを放ち、近くで見るよりも遠くから見ているほうがよい。そういうところを私は好む〟という内容です。殿下はこのとき、周敦頤のそういう考え方に共鳴されたと見受けられます。

遠州洋上作　　七言絶句（下平・十一尤）

夜駕艨艟過遠州•
満天明月思悠悠•
何時能遂平生志
一躍雄飛五大洲•

遠州洋上《えんしうやうじやう》の作《さく》

夜《よる》 艨艟《もうどう》に駕《が》して 遠州《えんしう》を過《す》ぐ
満天《まんてん》の明月《めいげつ》 思《おも》ひ悠悠《いういう》
何《いづ》れの時《とき》にか 能《よ》く平生《へいぜい》の 志《こころざし》を遂《と》げ
一躍《いちやく》 雄飛《ゆうひ》せん 五大洲《ごたいしう》

私は今宵《こよい》 軍艦に搭乗《とうじょう》し 遠州灘《えんしゅうなだ》を渡ってゆく
夜空に充《み》ち満ちる明月の光 私の思いはどこまでもひろがってゆく
いつの日にか 首尾よく日ごろの宿願をとげ
一気にふるい立って 飛んでゆこう このひろい世界に

語釈 ○艨艟―軍艦。 ○雄飛―勢い盛んに勇ましく飛び立つこと。 ○五大洲―世界。アジア・ヨーロッパ・アメリカ・アフリカ・オセアニアの総称。

明治三十二年（一八九九）二十一歳の秋の十月、殿下は軍艦に乗って、静岡の御用邸から神戸の有栖川宮《ありすがわのみや》別邸に向かわれます。午後一時半の出発で、夕刻の五時くらいから遠州灘という難所にさしかかった折に、広く外国を訪問したいというふだんからの願いを詠まれたものがこの詩です。

「遠州灘の沖での作」という詩題です。前半二句は秋の満月の夜、軍艦の上から眺めわたすうちに、心がひろびろとして来ます。そこから後半に移り、みずからの日ごろの願いを詠みます。それは、さまざまな異国を訪れて外交使節としての役を果たし、日本のよさを世界中に知ってもらいたいということ。第三句の「何《いつ》れの時にか」は三・四句全体にかかります。

これに先立つ数年の間に、ヨーロッパ諸国の王族の来訪がありました。たとえば明治二十四年（一八九一）には、ロシアの皇太子がギリシャの王子とともに軍艦で世界を回り、日本にも立ち寄っています。また明治二十六年には、オーストリアの皇太子が日本に訪れています。逆に日本の皇族の中にも、外国に渡る人々が少なからずおられた中での切望でした。

この当時、伊藤博文《いとうひろぶみ》（→五六三ページ）が東宮輔導顧問（皇太子の教育係の顧問役）をしており、この詩に心を打たれ、翌年、皇太子のご成婚の式典の折に、博文みずから色紙《しきし》に書いて当時の中央新聞に掲載したため、世に広く知られました。皇族の詩は一般には公表されないのがふつうだったので、この詩は例外的に早くから知られることとなりました。

大正天皇（一八七九〜一九二六）

観布引瀑

七言古詩（韻目省略）

登阪宜且学山樵•
吾時戯推老臣腰•
老臣噉柿纔医渇
更上危磴如上霄•
忽見長瀑曳白布
反映紅葉爛如焼•

布引《ぬのびき》の瀑《たき》を観《み》る

登阪《とうはん》 宜《よろ》しく且《しばら》く 山樵《さんせう》を学《まな》ぶべし
吾《われ》 時《とき》に戯《たはむ》れに 老臣《らうしん》の腰《こし》を推《お》す
老臣《らうしん》 柿《かき》を噉《くら》うて 纔《わづ》かに渇《かわ》きを医《いや》し
更《さら》に危磴《きとう》に上《のぼ》つて 霄《そら》に上《のぼ》るが如《ごと》し
忽《たちま》ち見《み》る 長瀑《ちやうばく》の 白布《はくふ》を曳《ひ》くを
紅葉《こうえふ》に反映《はんえい》して 爛《らん》として焼《や》くが如《ごと》し

山の坂道をのぼるには　まずは木こりののぼり方をまねるがよい
私は時折たわむれに　老いたわが師の腰を押し　のぼるのを手伝う
老師は柿を食して　何とか喉の渇きをいやすが
さて改めて険《けわ》しい山道をのぼるとなると　先はまだまだ　大空にのぼってゆくような気分
ふいに見えた　はるかな高みから流れ落ちる滝の　銀色《しろがねいろ》の布をかけたような眺めが
滝のかがやきは　紅《くれなゐ》のもみじに反射して　もみじはますます明るく　あかあかと焼かれているよう

語釈 ○登阪―坂をのぼること。 ○山樵―木こり。 ○老臣―三島中洲《みしまちゅうしゅう》を指す。 ○危磴―高く険しい山道。 ○長瀑―高いところから流れ落ちる滝。 ○白布―漢詩文の「白」はミルキーホワイトではなく、かがやくような色、銀色に近い。日の光を受けて流れる水を「白水」、かがやく太陽のことを「白日」と言う。 ○爛―あきらかなさま。かがやくさま。 ○噉―食べる。

明治三十二年十一月、神戸《こうべ》の布引の滝を訪れたときに作られました。このとき三島中洲が同行していています。皇太子は二十一歳、三島中洲は七十歳。その折のようすを詠んだ詩です。全部で六句からなる古体詩ですが、二句ごとに見てゆきます。

まず一・二句は〝山の木こりになったつもりで山道をのぼろう〟といううたい出しです。三・四句は中休みです。第四句は〝これから先もなかなかたいへんだ〟というもの。これは三島中洲の心境を想像したものでしょうか。

やがて視界がぱっと開けて滝が見えるのが五・六句です。この二句がまことにあざやかで印象にのこります。滝の水のきらめきがもみじを照らす。滝の水も、照らされるもみじも、まばゆいほどにかがやいている印象です。いささかシュールな、超現実的な表現に至っており、このあたりにも殿下の感覚の鋭さが出ていると思います。

大正天皇は、皇太子時代は全国巡啓を含めて伸びやかな、自由な暮らしを送られたようですが、即位後は公務が激しくなり、心労も多く、その中で漢詩を作るのが一種の心の慰め、精神的な自由を獲得する貴重な機会になっていました。

大正時代は内政面でも外交面でも多難の時代で、さらに皇太子時代を含めれば、日清戦争、日露戦争、第一次世界大戦と、大きな戦争も続きました。そういう日々を慰めたのが漢詩であったと思います。

明宮嘉仁親王の御成婚は明治三十三年（一九〇〇）、殿下二十二歳の五月。お后《きさき》は節子《さだこ》妃殿下（のちの貞明皇后）。ちょうどこの年から、殿下の地方巡啓（日本各地を訪れて視察なさること）が始められています。この巡啓は明治の終りまで十三年にわたって続けられ、殿下は沖縄以外、北海道から九州までの日本全土を回られました。

次にそれらの巡啓の折の作品を二首。

過千代松原　　七言絶句（上平・一東）

雨後松林翠接空●
人家幾処暮烟籠●
遥望一片孤帆影
去入渺茫波浪中●

千代《ちよ》の松原《まつばら》に過《よぎ》る

雨後《うご》の松林《しょうりん》 翠《みどり》 空《くう》に接《せっ》す
人家《じんか》 幾処《いくしょ》か 暮烟《ぼえん》の籠《こ》むる
遥《はる》かに望《のぞ》む 一片《いっぺん》 孤帆《こはん》の影《かげ》
去《さ》つて入《い》る 渺茫《べうばう》 波浪《はらう》の中《うち》

雨あがりの松林　みどりの葉は　天空にとどかんばかり
人々の住む家はどれくらいあるのか　すっかり夕もやにつつまれている
海のほうを遠く見わたせば　帆をあげて進む一艘《いっそう》の船
それはしだいに遠ざかり溶けこんでゆく　はるかにひろがる波の中に

語釈 ○暮烟―夕暮れのもや。夕もや。　○一片―平らに広がるものを数える語。　○孤帆―ただ一艘《いっそう》の帆船《はんせん》。
○渺茫―ひろびろとして果てしないさま。

この詩は明治三十三年（一九〇〇）十月二十七日、殿下二十二歳、地方巡啓の第一回となる、北九州巡啓の折の作品です。「千代の松原を訪問しての作」という詩題です。

千代の松原は「九州三大松原」の一つで、明治九年（一八七六）から公園となっています。福岡県初の国立公園で、今は「東公園」という名前になっているようです。特に水の質がよく、「松原水」ということばもあり、園内に井戸が掘られ、大正の終わりごろまでは、戸別に配達するということも行われていました。殿下も巡啓の折に飲料水として使われ、それを記念する石碑も建っています。

秋の夕暮れ、雨あがりのひとときです。松原に出て、ひろびろとした情景を詠んでいます。

前半二句は岸ぞいの風景、後半二句は視線を移して海のほうを眺める。第三句の「遥《はる》かに望《のぞ》む」は三・四句全体にかかっています。

前半後半とも遠景で、縦にも横にも広がりのある境地になっています。第一句の、天までとどくほど高い松林、第二句の、人家をすべて包みこむ夕もやのひろがり、そして後半二句の、遠い水平線までとどく海の眺め、それらがすべて利いています。

つづいて十年後の、北海道巡啓の作。

新冠牧場　　**七言絶句**（下平・八庚）

良駒駿馬逐風行●

新冠《にいかっぷ》の牧場《ぼくぢやう》

良駒《りやうく》　駿馬《しゆんば》　風《かぜ》を逐《お》つて行《ゆ》く

大正天皇（一八七九〜一九二六）

気爽秋来毛骨成
喜見雄姿適軍用
馳駆山野四蹄軽

気《き》爽《さはや》かに 秋来《しうらい》 毛骨成《まうこつな》る
喜《よろこ》び見《み》る 雄姿《ゆうし》の 軍用《ぐんよう》に適《かな》ふを
山野《さんや》を馳駆《ちく》して 四蹄軽《していかろ》やかなり

すぐれた馬たちが 風を追って走る
大気がすがすがしく 秋となって たてがみも骨格もしっかりできあがったのだ
私はうれしい気持ちで見ている 馬たちのたくましい姿が 軍隊で働くにふさわしいことを
山を走り 野を駆け 足の動きはまことに軽快そのものである

語釈 ○毛骨―馬のたてがみや骨格のこと。杜甫の「房兵曹《ぼうへいさう》の胡馬《こば》の詩《し》」の第二句に「鋒稜《ほうりよう》 痩骨成《そうこつな》る」とある。
○四蹄軽―足どりが軽快なこと。「四蹄」は、馬の四つのひづめ、つまり四本の足。杜甫の「房兵曹の胡馬の詩」の第四句に「風入《かぜい》つて 四蹄軽《していかろ》やかなり」とある。

明治四十四年（一九一一）九月、三十三歳、詩題にあるとおり、新冠（北海道新冠町）の牧場を視察されての作。

新冠の牧場は、北海道の日高支庁にあります。馬との縁は古く、江戸時代の寛政年間（一七八九〜一八〇一）ごろ、幕府の馬が、当時松前《まつまえ》藩の所領であったこの付近で盛んに飼育されていました。ところが、その馬の一部がしだいに野生化し、やがて群れをなして山野を移動するようになった。これが有名な「道産子《どさんこ》」の始まりです。

当初は農作物への被害も大きかったようですが、明治五年（一八七二）、北海道開拓使によってこの付近に牧場が開かれ、付近の野生馬を何千頭も集めて放牧し始めます。さらに明治十六、七年からはこれが宮内省の管轄になり、皇室用の乗馬用の馬、馬車を牽《ひ》く馬、農耕用、運搬用、軍事用の馬まで育成され、品種改良もなされました。

第二次大戦後になると農林省の管轄になり、昭和二十四年（一九四九）からは馬の飼育はやめ、それ以後は、乳牛の品種改良や研究を行って今日に至っています。しかし日高地方は、今でも有名な競走馬が盛んに生産され続けていることで有名です。

前半二句は、秋の大気の中で牧場を駆け回る馬の描写。後半二句は作者の感想になります。

殿下は乗馬が趣味で、この詩にも馬に対する強い興味がうかがわれますが、特に杜甫の詩からの引用が注目されます。第二句の「毛骨成《まうこつな》る」、第四句の「四蹄軽《していかろ》やかなり」、ともに杜甫の馬の詩の中の表現を借用する形になっています。杜甫自身も馬の好きな詩人で、馬の詩をたくさん作りました。そのような杜甫の馬の詩に共感を覚え、引用されたのだと思います。

七言古詩（韻目省略）

吾妃采松露於南邸供之晩餐因有此作

吾《わ》が妃《きさき》 松露《しょうろ》を南邸《なんてい》に采《と》り 之《これ》を晩餐《ばんさん》に供《きょう》す 因《よ》つて此《こ》の作《さく》有《あ》り

新晴催暖寒已軽●
吾妃歩向南邸行●
宮女如花共随伴
手采松露笑語傾●

新晴《しんせい》 暖《だん》を催《もよほ》して 寒《かん》 已《すで》に軽《かろ》やかなり
吾《わ》が妃《きさき》 歩《ほ》して 南邸《なんてい》に向《むか》つて行《ゆ》く
宮女《きゆうぢよ》 花《はな》の如《ごと》くにして 共《とも》に随伴《ずゐはん》し
手《て》づから松露《しょうろ》を采《と》つて 笑語傾《せうごかたむ》く

還供晩餐風味好
一案聚首啜美羹•

還《かへ》つて晩餐《ばんさん》に供《きよう》すれば 風味《ふうみ》好《よ》し
一案《いちあん》 首《かうべ》を聚《あつ》めて 美羹《びかう》を啜《すす》る

雨あがりの晴れた天気は暖かさを呼び 冬の寒さはもうやわらいでいる
私の后《きさき》は 歩いて南邸へ向かって行った
女官《にょかん》たちが はなやいだようすで同行し
それぞれの手で松露をつみ取り 笑いさざめき 語り合う
松露を持ち帰って晩餐に供すると 味も香りもまことにけっこうなもの
一つの食卓にみんなが集まり その美味なる吸いものを賞味したのであった

語釈 ○南邸―葉山御用邸（神奈川県の三浦半島北西部）。明治二十七年（一八九四）一月に落成。相模灘の向こうに富士山や江ノ島が臨まれる。御用邸落成の二年後に、その南側にあった徳川茂承《もちつぐ》侯爵の別邸を宮内省が買い上げて南邸とした。 ○松露―きのこの一種。海浜の松林の中などに生じる。かさや足がなく、じゃがいものような形の、直径一センチメートルから三センチメートルくらいのもので、春と秋にとれる。古くから食用になっていたが、今日では貴重品で、栽培法も確立していない。似たきのこにトリュフがあるが、あれはチャワンタケの仲間で、別の種類。 ○新晴―雨があがって晴れたばかりの天候。「新」は〝……したばかり〟の意。 ○宮女―女官《にょかん》。 ○傾―〝出し尽くす〟意がある。ここでは笑い声がわきあがるような、にぎにぎしい感じ。 ○一案―一つのテーブル。食卓のこと。「案」は、机。 ○聚首―人々の頭がずらりと並んでいるさま。漢詩文では「首」は首筋だけではなく、くびから上の頭全体を指す。 ○美羹―おいしい吸いもの。

詩題は「わが后《きさき》が南の館の庭で松露を摘《つ》み、それを夕食に供した。そこでこの詩を作った」という意味です。殿下は御用邸で余暇を過ごされるのをたいへん楽しみにされ、時にはそこから馬で遠出をすることもありました。

明治四十三年（一九一〇）に、この付近で中学生十二人の乗ったボートが遭難する事故がありました。唱歌の「七里ヶ浜の哀歌」で歌われ、語り継がれていますが、この事故があったときも、殿下はすぐに馬で駆けつけられ、家族や救助の人々を励まされたということです。また、即位の折にはこの付近の山腹に桜の植樹が大規模に行われ、そこが「大正公園」となりました。

この詩は六句からなる古詩で、二句ごとに内容が転換しています。一・二句は、雨あがりの空の下、お后や女官たちが南の館へ向かいます。三句・四句は想像でしょうか、お后と女官たちがにぎやかに笑いさざめきながら松露をとっています。

五・六句がいよいよ食事の場面。なごやかな団欒のさまが想像される場面です。

第六句の「聚首」には三島中洲の詩句「首《かうべ》を聚《あつ》めて濁醸《だくぢやう》を酌《く》む」（「兄妹《けいまい》を迎《むか》ふ」）の影響が指摘されております（石川忠久著『大正天皇 漢詩集』）。また、この五・六句からは、江戸末期の国学者・歌人の橘曙覧《たちばなあけみ》（一八一二〜六八）の和歌も思い起こされるでしょう。

たのしみは　妻子《めこ》むつまじく　うちつどひ　頭《かしら》ならべて　物をくふ時

このような一家団欒は、実は皇室の伝統としては珍しいものです。それまでは御子息の方々と同居せず、里子《さとご》に出す慣例がありました。しかし嘉仁殿下は御子息を東宮御所の隣の御殿に移され、事実上、親子の同居生活を実現された。そしてこの詩のように食事をともにされたり、将棋のお手合わせをされたり、

大正天皇（一八七九〜一九二六）

お后《きさき》のピアノで歌を歌われたりなさったのでした。それらのことは、エルヴィン・ベルツ（一八四九〜一九一三）の日記にも記録されています。

大正天皇は宮中の制度についてさまざまの近代化を行ったと言われますが、皇太子時代のこの詩もそのことをうかがわせます。御家族を大切にされたことをうかがわせる作品だと思います。

以下は即位なされてから、つまり大正時代になってからの作です。

慰問袋　五言絶句（上平・十一真）

作成千萬袋
尽寄遠征人•
慰問情何厚
勝他金玉珍•

慰問袋《ゐもんぶくろ》
作成《さくせい》す千萬《せんばん》の袋《ふくろ》
尽《ことごと》く遠征《ゑんせい》の人《ひと》に寄《よ》す
慰問《ゐもん》情《じやう》何《なん》ぞ厚《あつ》き
他《か》の金玉《きんぎよく》の珍《ちん》に勝《まさ》る

ここに作られた　幾千幾万《いくせんいくまん》もの慰問袋《いもんぶくろ》／すべて　遠征の兵士たちに届けられるのだ
兵士たちを気遣《きづか》いいたわる　家族たちの愛情は何と深いことだろう
黄金や珠玉のような宝物よりも　ずっとありがたく貴重である

語釈　○情—漢詩文では〝愛情〟の意になることが多い。　○他—ここでは指示語ではなく、動詞のあとにつけて目的語を導き出す助字。

この詩の作られた大正三年（一九一四）、第一次世界大戦が起こっています。大戦が始まると、日本も日英同盟の関係で、陸軍を地中海、シンガポール、中国の青島《チンタオ》など、海外に派兵することになります。そういう中で、出征兵士のために慰問袋を作ることが行われました。

慰問袋は日露戦争のころから始まったようですが、出征兵士を慰めるために、日用品や趣味のものを入れて贈る袋です。差出人の住所氏名を記して手紙をつけ、出征兵士の所属部隊を指定して陸軍に依頼すると、届けられました。だいたい横三十センチメートル、縦四十センチメートルくらいの寸法だったようです。

後半二句は慰問袋のありがたさ、尊さを述べて、そこに人々の気持ちへの共感をこめます。第四句の「他の」は、指示語ではなく、「勝」の後について目的語をみちびく助字ですので、そのはたらきを重視すれば「金玉《きんぎよく》の珍《ちん》に勝他《しようた》す」と読んだほうがいいのですが、ここでは慣例に従って「他《か》の」と読んでいます。

この詩は民への心づかいを表されたものですが、和歌のほうでもこの二年後、大正五年の歌会始の折に、同様の心情を詠んでおられます。

年どしに　わが日《ひ》の本《もと》の　さかゆくも　いそしむ民の　あればなりけり

大正元年（一九一二）から二年にかけての護憲運動の高まり、日比谷の暴動から桂内閣の総辞職（大正の政変）、大正三年が第一次世界大戦、翌四年には中国に対する「二十一箇条の要求」、七年にはロシア革命に伴うシベリア出兵、同時に米騒動から内閣総辞職も行われました。大正九年は日本が国際連盟に加入して常任理事国となるとともに、経済恐慌の年でもありました。十年は関東大震災、十四年は普通選挙法、治安維持法の公布……このように、大正時代には大事件が絶えまなく続いてゆきます。このような中で、大正天皇の漢詩の制作も大正六年（一九一七）、三十九歳を最後に途絶えてしまっていますが、公務に伴う御心労が大きかったのでしょう。

秋夜読書　　七言絶句（上平・六魚）

秋夜漫漫意自如•
西堂点滴雨声疎•
座中偏覚多涼気
一穂燈光繙古書•

秋夜《しうや》 書《しよ》を読《よ》む
秋夜漫漫《しうやまんまん》 意《い》 自如《じじよ》たり
西堂《せいだう》の点滴《てんてき》 雨声《うせい》疎《そ》なり
座中《ざちゆう》 偏《ひとへ》に覚《おぼ》ゆ 涼気《りやうき》の多《おほ》きを
一穂《いつすゐ》の燈光《とうくわう》 古書《こしよ》を繙《ひもと》く

秋の夜はゆったりと長く　私の心は落ちついている
西の座敷のほうで水のしたたり落ちる音　それはぽつぽつと降り始めた雨の音
席についているうち　めっきり涼しさの増したことを感じながら
一つの穂のようにじっと燃えるともしびの光のもとで　むかしの本をひもといているのだ

語釈　○漫漫―夜の長いさま。　○自如―「自若《じじやく》」と同じ。ふだんと少しも変わらず、落ちついているさま。○西堂―西にある堂宇。或いは西側の部屋。　○点滴―しずく。軒先などから落ちる雨水。　○疎―まばら。降り始めた雨の音が断続的に聞こえるようす。　○偏―強調の副詞。〝めっぽう。ことのほか〟。　○一穂―ともしびを数える語。燈火が一本の穂《ほ》のような形をしていることから言う。

大正三年（一九一四）、三十六歳の作。「秋の夜、書物を読む折の作」という詩題です。

前半二句は秋の夜、書斎の描写。第一句はおもしろい表現です。〝秋の長い夜〟というのは漢詩の伝統の中では、悩みのために眠れないという内容になりますが、それをひっくり返し、〝私は秋の夜長にくつろいでいる〟と述べています。第二句の「西堂」の「西」という方角は、五行説では秋につながる方角ですので、この語があることで秋の季節感が強められています。

後半二句では、作者自身のようすを述べます。第三句の「涼気」は、第二句で出て来た雨によるものでしょう。そして第四句は、同じく夜の読書の楽しみを詠んだ、菅茶山の七言絶句「冬夜読書」を思い起こさせます。「一穂《いつすゐ》の青燈《せいとう》　萬古《ばんこ》の心《こころ》」（→三二四ページ）。

大正天皇の詩の題材はひろく、詠物詩や題画詩にも名作が多く見られます。

西瓜　　七言絶句（下平・七陽）

濯得清泉翠有光●
剖来紅雪正吹香●
甘漿滴滴如繁露
一嚼使人神骨涼●

西瓜《すいくわ》
清泉《せいせん》に濯《あら》ひ得《え》て　翠《みどり》　光《ひかり》有《あ》り
剖《さ》き来《きた》れば　紅雪《こうせつ》　正《まさ》に香《かう》を吹《ふ》く
甘漿《かんしやう》　滴滴《てきてき》　繁露《はんろ》の如《ごと》く
一《ひと》たび嚼《か》めば　人《ひと》をして神骨《しんこつ》　涼《りやう》なら使《し》む

きれいな泉の流水に洗われて　みどり色の皮はつやつやとかがやく

割ってみると　赤い雪のような果肉が　こよなくよい香りを吹き送る
甘い果汁は満ちあふれ　おびただしい甘露《かんろ》のよう
ひとたび口に入れれば　心身ともにすずしい心地にさせてくれるのだ

語釈　○清泉―きよく澄んだ泉。　○甘漿―甘い汁。「漿」は、汁。　○滴滴　―しずくとなって、ぽたぽたと滴《したた》り落ちるさま。　○繁露―一面においた露。おびただしい露。　○神骨―「神」は精神、「骨」は骨肉。身体。

大正三年（一九一四）、三十六歳の夏の「詠物詩」。冷やしたすいかを取り出し、切り分けて口に入れるまでのようすを、順を追って詠んでいます。

前半二句は、すいかを冷たい水の流れの中で冷やしている描写から始まります。第一句のすいかの皮の緑、第二句の紅《くれなゐ》と、色が印象的です。

「紅雪」は鋭いたとえだと思います。よく冷やしたすいかの身をかむときの感触は、たしかに雪に似ています。触覚面から来た巧妙なたとえということになるでしょうか。

後半二句は、すいかを口に入れたときの印象を細かく述べています。この三・四句は倒置で、描写を先行させ、第三句に持って来ています。本当は第三句のはじめに「一《ひと》たび嚼《か》めば」とあるとわかりやすいのですが、それでは詩として妙味が足りないということでしょう。

一句一句、印象的な描写が並んでいます。第一句は〝つややかなみどり色〟＝視覚面が強調され、第二句は〝くれなゐの雪〟＝触覚と、〝香りを吹く〟＝嗅覚、後半二句は〝甘い果汁〟＝味覚と、それら全体がもたらす涼感。まことに密度の高い作品です。

七言絶句（下平・六麻）

身延山図

樹密山深石逕斜

爛然仏閣帯雲霞

開基僧去多経歳

猶有鶯声唱法華

身延山《みのぶさん》の図《づ》

樹《き》密《みつ》に 山《やま》深《ふか》くして 石逕《せきけい》斜《ななめ》なり

爛然《らんぜん》たる仏閣《ぶつかく》 雲霞《うんか》を帯《お》ぶ

開基《かいき》 僧去《そうさ》つて 多《おほ》く歳《とし》を経《へ》

猶《な》ほ鶯声《あうせい》の 法華《ほつけ》を唱《とな》ふる有《あ》り

木々はうっそうと繁り　山は深く　石の多い山道がつづいている

おごそかなお寺の建物が　もやに包まれて建っている

開祖の日蓮上人がここを去られてから　もう長い年月を経過したが

今もなおうぐいすのさえずりは　法華の教えをとなえている

語釈　○石逕—石の多い小道。　○開基僧—寺の開祖。

大正四年（一九一五）、三十七歳の作。典型的な「題画詩」の詠みぶりで、まず前半の二句で絵画の画面を描写し、後半へゆくと想像力を羽ばたかせます。この山の歴史に思いをはせ、うぐいすの声という〝音声〟をつけ加えてふくらませています。題画詩は中国の南朝時代から始まりましたが、当初からそのような想像力をはたらかせる詠みぶりが伝統となっています。その伝統に寄り添った詩であると思います。

身延山は山梨県にありますが、山の中腹に、日蓮上人が開かれた久遠寺《くおんじ》というお寺があります。そのお寺を画面の中心に描いた絵に書きつけた題画詩でしょう。

最後はユーモラスな表現で、うぐいすが「ホオホケキョ」と鳴くのを、仏典の『法華経』を唱えること

大正天皇（一八七九〜一九二六）

にかけた、機知の勝った表現です。こうした気さくさも大正の帝《みかど》の一面でした。

十五、新たな地平へ——昭和

蕗谷虹児「星からの音信」昭和十三年（一九三八）
（『新装版　蕗谷虹児』（河出書房新社、二〇一三）による）
「知《し》らず　兵禍《へいくわ》　何《いつ》れの時《とき》にか止《や》む／破屋《はをく》　頽欄《たいらん》
夕陽《せきやう》に倚《よ》る」（河上肇《かはかみはじめ》「兵禍《へいくわ》　何《いつ》れの時《とき》にか止《や》む」
→七〇三ページ）

第二次大戦の終結後、わが国では漢字廃止論、国語ローマ字化論、さらには国語をフランス語にするなどの提案も出されたが、今日それらはすべて消え失《う》せた。そうした激動の波に洗われつつ、漢詩を楽しみ、制作・鑑賞する人々は絶えることがない。

六十歳を過ぎてから漢詩に没頭した河上肇《かわかみはじめ》、若いころから九十歳を越えるまで漢詩を詠み続けた徳富蘇峰《とくとみそほう》。そして日本芸術院会員の土屋竹雨《つちやちくう》は空前絶後の戦災を「原爆行」に詠みこむなど、漢詩の題材も世につれ人につれ、変遷し続けてゆく。

信念と実践の人 ── 河上肇

河上肇（一八七九〜一九四六）

河上肇《かわかみはじめ》は明治、大正、昭和の経済学者です。日本にマルクス経済学を定着させ、非合法時代に政治活動にも参加しており、幅広い方面の人々から尊敬を集めました。山口県の出身で、家は旧・岩国藩士でした。家には漢籍の蔵書がたくさんあり、小学校時代からそれらに親しみました。地元の中学、高校を出て東京帝国大学に入学しますが、東京の貧富の差に大きな衝撃を受け、格差を改善するために経済学を究めることにしたとのことです。

卒業後は教職につきますが、三十歳で京都帝国大学に招かれ、数年後に『貧乏物語』を出版、ベストセラーになっております。『貧乏物語』は名著ですが、もともと大阪朝日新聞に連載されたものでした。近代化した筈の文明国になぜ貧困があるのか、その貧困の実態・原因・背景・解決法について論述したものです。貧困の解決法としては、貧乏をなくすには贅沢をやめることであり、贅沢品を減らす。それによって贅沢品を生産するための労働力を、貧しい人々の生活必需品の生産のために活用することができる、という論旨で、文中「富《とみ》は手段ではない。富の価値は人生の価値と比べられるものではない」、「裕福な人々が倹約するということは人助けになる、たいへん有意義である」という文句もあります。経済学の本なの

河上肇（一八七九〜一九四六）

ですが、道徳的・倫理的な呼びかけにもなっています。全体としてヨーロッパの学説を基本としており、いろいろの統計資料を示し、古今東西のさまざまな古典を、儒教の本や仏典を含めて引用しながら論述しています。

　ところが、社会問題の解決を社会の改革ではなく、人心の改造に求めた点が批判を受けてしまい、その批判を一つのきっかけとして、以後マルクス経済学に傾倒し、その研究と紹介に打ち込んでゆくことになりました。五十歳のときに、或る事件に連座する形で大学を辞職し、以後は政治的な実践運動に入ってゆきます。やがてこれが危険視され、とうとう五十五歳のときに検挙・投獄されてしまいました。足かけ五年後に出獄しましたが、それは恩赦によるもののようです。ところが以後は当局によってずっと監視されるという不自由な生活を強いられました。間もなく六十三歳のときに京都に転居し、それ以後は自叙伝の執筆、或いは漢詩の創作と研究にいそしむ人生を過ごしました。

　河上肇が本格的に詩を作り始めたのは、刑務所から釈放された六十歳ごろからとされていますが、これについては川上肇自身、〝漢字漢文の調子には、自分の思想や感情を表現するのに最もふさわしい場合があるからだ〟と述べています。

無韻詩

無題

年少夙欽慕松陰
後学馬克斯礼忍
読書萬巻竟何事

無《む》題《だい》

年少《ねんせう》 夙《つと》に松陰《しょういん》を欽慕《きんぼ》す
後《のち》に学《まな》ぶ 馬克斯《マルクス》 礼忍《レーニン》
読書萬巻《どくしょばんくわん》 竟《つひ》に何事《なにごと》ぞ

老来徒為獄裏人　　老来《ろうらい》 徒《いたづ》らに為《な》る 獄裏《ごくり》の人《ひと》

若いころから吉田松陰どのをうやまい　慕っていた
やがてはマルクス、レーニンの考え方を学んだ
読書に励み　万巻の書を読破したが　それが結局どうなったか
年齢を重ねてから　むなしくも牢獄の中の人となったのだ

語釈 ○夙—早くから。以前から。　○欽慕—うやまい慕う。　○馬克斯—カール・マルクス（一八一八～八三）。ドイツの経済学者・革命家。フリードリッヒ・エンゲルス（一八〇二～九五）とともに〝科学的社会主義〟を創始した。ヘーゲルの観念性やフォイエルバッハの人間主義的傾向を批判し、弁証法的唯物論を築いた。　○礼忍—ウラディミール・イリッチ・レーニン（一八七〇～一九二四）。ロシアの政治家・革命家・マルクス主義者。ロシア革命の指導者で、職業的革命家による前衛党の組織を主張してボルシェビキを指導、ソビエト連邦を創設した。　○老来—年をとってから。

昭和八年（一九三三）二月十八日、作者五十五歳、検挙され、投獄された一ヶ月後に、獄中で作った作品です。本格的に取り組む前の試作品、小手調《こてしら》べのようなものですが、記念すべき河上先生の作詩の出発点として、取り上げてみたいと思います。

獄中から夫人に宛てた手紙の中に記されたもので、手紙の中には、〝牢獄に差し入れてもらった『唐詩選』を読んでいるうちに、自分も詩を作りたくなった。もちろん、詩の約束事などは守っていない〟という意味のことを述べています。

手紙の中に記された詩で題名がありませんでしたので、詩集に収めるときに「無題」とつけてあります。

この詩は作詩の規則の点からすると、たとえば前半二句の句の中での区切れ方（七言句は二―二―三と切れる）が普通と違う、韻の踏み方が決まりに合わない、ということがありますが、そういうことよりも、この詩にこめられた気持ちのほうを重視したいと思います。

まず前半二句では、これまでの読書遍歴を大づかみにまとめております。後半二句では、〃そのようにしてずっと読書・学問に励んだ結果、牢獄に入ってしまった〃と嘆いています。

一見すると、読書の否定のように感じられます。〃膨大な本を読んだが、それがどうなったか、どういう役に立ったか。せいぜい牢獄の中の人になっただけではないか。やっぱり本などを読むだけではだめだ。本を棄てて行動あるのみだ〃という内容のように見えますが、よく考えてみると、この詩の後半は、そういうことを言っているのではないようです。むしろ自分自身への批判として、〃せっかくおびただしい本を読んで学識を積んだのに、それが生かせなかった〃という悔恨の思いに重点があるでしょう。

と言うのも、後半二句には出典があります。第三句の「読書萬巻」、これは第一句で出て来る吉田松陰の、松下村塾の部屋に掛けられた標語でした。

自非読萬巻書　萬巻《ばんくわん》の書《しょ》を読《よ》むに非《あら》ざる自《よ》りは
寧得為千秋人　寧《いづく》んぞ千秋《せんしう》の人《ひと》と為《な》るを得《え》ん
自非軽一己労　一己《いっこ》の労《らう》を軽《かろ》んずるに非《あら》ざる自《よ》りは
寧得到兆民安　寧《いづく》んぞ兆民《てうみん》の安《やす》きを致《いた》すを得《え》ん

意味は、〝たくさんの本を読んで初めて、千年の後まで語り継がれる立派な人物になれる。自分一人の骨折りを何とも思わなくなって初めて、多くの民衆の安楽を実現することができる〟となります。
そうすると右の詩の後半は、第一句の松陰への尊敬の気持ちを受けるものとして、〝この私は、松陰先生が掲げておられた目標、主張、つまり自分を磨いて天下の人々を安楽に導くことに努めたけれど、実現できなかった〟という反省の心を示したものと取るほうが当たっていると思われます。

偶成　　七言絶句（上平・十三元）

形容枯槁眼眵昏•
眉宇纔存積憤痕•
心如老馬雖知路
身似病蛙不耐奔•

偶《ぐう》成《せい》

形容《けいよう》枯槁《こかう》　眼《まなこ》眵昏《しこん》
眉宇《びう》　纔《わづ》かに存《そん》す　積憤《せきふん》の痕《あと》
心《こころ》は老馬《らうば》の如《ごと》くにして　路《みち》を知《し》ると雖《いへど》も
身《み》は病蛙《びやうあ》に似《に》て　奔《はし》るに耐《た》へず

枯れ木のようにやせこけて　両の目は目やにのために　よく見えない
眉《まゆ》とひたいのあたりに少しばかり　長年の憤《いきどお》りの痕跡
わが心は老いた馬に似て　進むべき道を知ってはいるが
わが身は病んだ蛙《かえる》にも似て　世の中のために活動することに耐えられないのだ

語釈　○形容枯槁─姿形《すがたかたち》がやせ衰えること。『楚辞』に収める「漁父の辞」の句。政争に巻き込まれて追放され、南中国の湿地帯をさまよう屈原が「顔色憔悴《がんしょくせうすゐ》、形容枯槁《けいようこかう》」と表現されている。○眵昏—目やにで目がかすんでよく見えないこと。○眉宇—眉《まゆ》と額《ひたい》のあたり。○積憤—長いあいだの憤り。積もり積もった憤り。

河上肇は昭和十二年（一九三七）、五十九歳のとき刑務所を出ますが、その後間もなく日華事変が起こり（一九三七）、次いでアメリカ、イギリスとの戦争になります（一九四一）。日本はずっと戦時体制にありました。彼自身は昭和二十年（一九四五）の終戦後、半年弱で亡くなりますが、それまでずっと日本は戦時体制にあった、そういう日々の中で、たくさんの詩が作られています。

この詩は昭和十六年（一九四一）三月、六十三歳の作。詩題の下に「鏡《かがみ》に対《たい》すれば田夫《でんぷ》に似《に》たり」、〝鏡を覗《のぞ》いてみたら、私の風貌は農夫に似ていた〟という自注がついています。その感慨がこの詩を作るきっかけになったわけですが、内容面ではむしろ時局への嘆き、それに対して何もできない自分へのもどかしさが中心になっています。

すでに昭和十五年の秋から冬にかけ、情勢は風雲急を告げています。まず九月には日独伊三国同盟が結ばれ、隣組《となりぐみ》の制度が始まり、国民服令が交布されたり、大政翼賛会が発足したりします。同じ時期にアメリカのルーズベルト大統領が、三国同盟への対抗をはっきり表明しております。こういう中で作られたのがこの詩でした。

前半二句は鏡に映った自分の風貌の描写。自分と屈原を重ね合わせ、困難な境遇にある不遇感、国の将来に対する不安・焦慮・憤りを「形容枯槁《けいようこかう》」の四文字にこめています。後半二句は、今の心境をもう少し丁寧に述べます。

第三句の「老馬」は、『韓非子』説林《ぜいりん》・上《じょう》に出て来る「老馬の智」の故事です。年老いた馬は道に迷っても、経験と直感で道を探すことができる。教訓としては、賢い人は馬や蟻にも学ぶことができるのに、ふつうの世の人々はとかく自分の知識ばかり誇って学ぼうとしない。それを非難する成語です。ですからここでは婉曲に〝この私にも学んでもらいたい〟という意味がこめられているでしょうか。

第四句には「蛙」が出て来ますが、蛙はつまらない小動物にたとえられます。「蛙鳴《あめい》」と言えば、浅はかな見識・議論のたとえになりますし、「蛙蟆《あま》の勝負《しようぶ》」（蛙の喧嘩）というのは、取るに足らない利害得失の意味になります。「井《ゐ》の中《なか》の蛙《かはづ》」という故事も有名です。ここではそういう蛙を自分にたとえて、謙遜の気持ちを示しました。〝心ははやるけれども体がついていけない〟と言っています。これは実はその裏に、ずっと当局から監視されている不自由さを託《かこ》つ心境もこめられているかと思います。

兵禍何時止二首　其一　　　七言絶句（下平・七陽）

薄粥猶難得飽嘗●
煮茶聊慰我飢腸●
不知兵禍何時止
破屋頽欄倚夕陽●

兵禍《へいくわ》何《いづ》れの時《とき》にか止《や》む二首《にしゆ》　其《そ》の一《いち》

薄粥《はくしゆく》猶《な》ほ難《かた》し　飽嘗《はうしやう》を得《う》るに
茶《ちや》を煮《に》て　聊《いささ》か慰《なぐさ》む　我《わ》が飢腸《きちやう》
知《し》らず　兵禍《へいくわ》　何《いづ》れの時《とき》にか止《や》む
破屋《はをく》　頽欄《たいらん》　夕陽《せきやう》に倚《よ》る

この戦時下　うすいかゆでさえ　十分にいただくことはむつかしい
お茶をわかし　とりあえずなぐさめるとしよう　私の空《す》きっ腹《ぱら》を
いったいこの戦争という不幸は　いつになったらやむのだろう

こわれかけた家のくずれた欄干に　夕陽の光を浴びて寄りかかるばかりである

語釈　○薄粥―うすい粥。　○猶―それでもなお。　○飽嘗―腹いっぱいに食べること。　○煮茶―茶を煎じる。○聊―とりあえず。しばらく。　○飢腸―空《す》きっ腹。「腸」は消化器をひろく指す。　○不知―下の疑問形を強調する副詞。〝いったいぜんたい、果たして〟。　○破屋―こわれかけた家。　○頽欄―くずれかけた欄干。

昭和十九年（一九四四）九月十九日、六十六歳の作。戦局もかなり重大深刻になって来たころです。前年、昭和十八年の秋に学徒出陣が始まっていますし、年末にはニューギニア島の日本軍が玉砕《ぎょくさい》しております。年が明けて、この年の夏ごろからはサイパン、テニアン、グアム、ペリリュー島と、悲しい戦闘が続発しています。この詩が作られたのは九月ですが、翌月からはレイテ沖海戦、戦艦武蔵《むさし》の沈没、そしてついに神風《かみかぜ》特別攻撃隊の初出撃となってまいります。そういう中で、苦痛にも似た心情、激しい嘆きを詠んだ詩です。

詩題にある「兵禍」の「兵」は〝武器、兵器〟、転じて〝戦争〟の意味。「禍」はわざわいですが、〝天が幸いを与えない〟こと。示偏《しめすへん》はもともと神様を祀《まつ》る台で、転じて神様の意、旁《つくり》の「咼」味は〝ゆがむ、歪曲《わいきょく》する〟意で、後漢・許慎《きょしん》の『説文解字《せつもんかいじ》』巻一（一篇・上）に「禍《くわ》は害《そこな》ふなり。神《しん》　福《さいはひ》せざるなり」と説明されています。ですから詩題の意味は「戦争という天から見放された不幸はいつ止《や》むのだろうか」となります。〝誰が戦争を起こしたか〟など、戦争を起こした者をあからさまに非難する形はとっておりませんが、この詩題から見ても、強い戦争批判の意図がこめられているでしょう。

前半二句は、食べるものにも事欠く日々の暮らし、苦しい戦時下の生活。これは自分自身の食生活を言うとともに、当時の日本の人々一般の生活状況の表現でもあると思います。第一句は〝うすいお粥《かゆ》でさえそうそうは手に入らない〟ということです。

後半二句は直接の心境の描写に移ります。いろいろ行動したいのでしょうが、それができない苦痛の心情も、第四句にはこめられていると思います。

雑言古詩（韻目省略）

擬辞世
多少波瀾•
六十八年•
聊従所信
逆流棹船•
浮沈得失
任衆目憐•
俯不恥地
仰無愧天•
病臥已及久
気力衰如煙•
此夕風特静
願高枕永眠•

辞世《じせい》に擬《ぎ》す
多少《たせう》の波瀾《はらん》ぞ
六十八年《ろくじふはちねん》
聊《いささ》か信《しん》ずる所《ところ》に従《したが》つて
流《なが》れに逆《さから》ひ 船《ふね》に棹《さを》さす
浮沈《ふちん》 得失《とくしつ》は
衆目《しゆうもく》の憐《あはれ》むに任《まか》す
俯《ふ》して 地《ち》に恥《は》ぢず
仰《あふ》ぎて 天《てん》に愧《は》づる無《な》し
病臥《びやうぐわ》 已《すで》に久《ひさ》しきに及《およ》び
気力《きりよく》 衰《おとろ》へて 煙《けむり》の如《ごと》し
此《こ》の夕《ゆふべ》 風《かぜ》 特《とく》に静《しづ》かなり
願《ねが》はくは 枕《まくら》を高《たか》うして 永《なが》く眠《ねむ》らん

どれほどの大波小波に見舞われたことか／私の人生　六十八年は
ともかくも　信ずることに従って／川の流れに逆らい　船の櫂《かい》をあやつって　人生を歩んで来た
ほめられ　貶《おとし》められ　得たもの　失ったもの　すべてのことは／人々が関心を向けるに任せよう
私自身は　うつむいて大地に恥じず／仰いで天に恥じることがないのである
病の床に伏して　ずいぶん日が経ち／気力も弱まって　もやのようにたよりなくなった
この夕暮れ時は　風がとりわけおだやかだ／どうかこのまま心安らかに　いつまでも眠っていたい

語釈　○波瀾—小波と大波。転じて〝騒乱、もめごと〟の意。　○憐—ひろく〝心を惹《ひ》かれる、心を動かされる〟というほど意。〝かわいがる、悲しがる、同情する〟など、いろいろな意味になる。ここでは〝関心を向ける〟というほどの意。　○高枕—安眠すること。

作者はちょうど昭和十九年（一九四四）ごろから、栄養失調のために健康を害し始めておられたようで、翌年の終戦の年になると、病の床に伏していることが多くなりました。そこで最期を予期したのか、終戦を迎えた昭和二十年の十二月四日に、この辞世の詩を書いております。題名の「擬す」は〝なぞらえる〟意味で、謙遜の意味を含めたのでしょうか。

第一段（一〜四句）は全体の総括です。悩みやもめ事の多い人生だったが、ともかくも信念を通して生きた。次の第二段（五〜八句）は、他の人にどう思われようとも、自分は恥ずべきことは何もしていないという、自信の表現になります。おおぜいの人々が私に関心を持つ中には、尊敬のまなざしも、興味本位の目もあるだろう。しかしもうどうでもよい。私自身はいつも私が正しいと信ずる道を歩んで来た、というわけです。

七・八句の「俯《ふ》して地《ち》に恥《は》ぢず／仰《あふ》いで天《てん》に愧《は》ぢず」は有名な句で、『孟子』尽心《じんしん》章句・上に出て来ます。人生の喜びを述べた章句の一部で、〃一人前の人間には三つの楽しみがあるものだ。その楽しみは、たとえば王様になるようなこととは関係ない。第一に、父母が健在で、兄弟に心配事のないこと。第二には自分の行いが正しく、天にも人にも恥じることがないこと。ここを河上先生は引用しています。第三は、優れた人を教育して、その才能を立派に伸ばすこと。この『孟子』の章句からは、「三楽《さんらく》」「育英」「教育」という熟語も出ています。

この詩に『孟子』の第二の楽しみを引用したということは、〃自分は人生の楽しみを一つ贏《か》ち得た〃という自信の表現になります。

このあと、第三段（九～十二句）は一句五文字の五言《ごごん》に変わり、〃健康も衰えた今、静かに眠りにつきたい〃という結びになります。これをもって辞世の詩とし、年が明けた昭和二十一年の一月末に亡くなっております。

この詩は、一句四文字の四言句《しごんく》と五言句がまじった「雑言古詩《ざつごんこし》」です。全体の三分の二は四言詩になっていますが、四言詩は中国でいちばん古い詩の形です。中国最古の歌謡集『詩経』の歌謡がおおむね四言で作られています。この『詩経』の歌謡に対して、漢王朝以来、道徳的・教訓的な解釈が施されており、『詩経』は学ぶもの、或いは知識人官僚の教科書のようになっていた。そこで後世、四言の詩を作る場合は、ことさらあらたまった内容を詠むことが多いのです。たぶんこの詩もその伝統を受け、辞世の詩ですから一生全体の総括、深刻な内容ということで、四言の句を選んだのだと思います。第三段の四句だけは一句五文字になっていますが、このようにずっと詩が流れて来て、最後の肝腎の部分だけ句形を変えるのも、中国の古体詩にはよくあります。特に漢の時代の民謡体の楽府《がふ》詩に多いのですが、たぶんそのことを意識して、作者はこういう形にしたのだと思います。こういう面から見ても、河上肇という人の漢詩に対する素養は、たいへん深いと言えるのではないでしょうか。

宿縁の詩情

永井禾原（一八五二～一九一三）

永井禾原《ながいかげん》は、代々尾張藩（愛知県）に仕える家の人です。初め官庁に勤務し、のち実業界に転身、漢詩人としても一家を成し、詩社も主宰する人でした。

十代初めから詩を作り、次いで藩儒の鷲津毅堂《わしづきどう》（一八二五～八二）の塾で学んでおります。詩のほうは森春濤《もりしゅんとう》（→五七九ページ）に学びました。明治に入ってアメリカに留学し、プリンストン大学やボストン大学で学んで二十一歳で帰国。それから官庁勤めになり、文部省、博物館などに勤務し、教職にもついています。その間、恩師・鷲津毅堂の娘の恆《つね》さんを妻に迎えました。次いで内務省の衛生局に勤め、三十三歳のときにイギリスのロンドンで開かれた万国衛生博覧会に日本代表として出席し、その際、ヨーロッパ各地の衛生面での行政の実態を視察して回りました。

帰国後はまた文部省に勤務しましたが、四十五歳のときに文部省を辞職し、日本郵船の上海支店長として上海に渡りました。これは一種の天下りですが、この上海時代に漢詩に熱心に取り組み、当地の詩人たちとも交流しています。数年後に横浜支店長となって帰国し、五十九歳でそれも退職します。以後は漢詩に専念し、詩会の主催も行って人生を送ってまいりました。

永井禾原（一八五二〜一九一三）

実務に秀でた人で、たとえば東京の国立国会図書館が今日のような形で続いているのは、禾原がその前身である東京書籍館の存続に力を尽くしたおかげです。東京書籍館以来の蔵書が大部分、今の国会図書館に残されております。また、ヨーロッパから帰国した後、今の共立女子大学の前身である共立女子職業学校の創立にも大きくかかわりました。さらにはそのヨーロッパでの視察の成果を生かして、その後の日本の上水道・下水道の整備に大いに貢献しています。

七言律詩（上平・四支）

秋海棠

嬌似華清浴後姿•
断腸人立夕陽時•
前身薄命憑誰訴
今日紅妝不自持•
傍砌依墻憐寂寞
啼烟泣露滴胭脂•
多情本是深宮種
仍向秋風繫所思•

秋海棠《しうかいだう》

嬌《けう》なること華清《くわせい》の浴後《よくご》の姿《すがた》に似《に》たり
断腸《だんちやう》 人《ひと》は立《た》つ 夕陽《せきやう》の時《とき》
前身《ぜんしん》の薄命《はくめい》 誰《たれ》に憑《よ》つてか訴《うつた》ふる
今日《こんにち》 紅妝《こうしやう》 自《みづか》ら持《じ》せず
砌《せい》に傍《そ》ひ 墻《しやう》に依《よ》つて 寂寞《せきばく》を憐《あはれ》み
烟《もや》に啼《な》き 露《つゆ》に泣《な》いて 胭脂《えんじ》を滴《したた》らす
多情《たじやう》 本《もと》 是《こ》れ 深宮《しんきゆう》の種《しゆ》
仍《な》ほ秋風《しうふう》に向《むか》つて 思《おも》ふ所《ところ》を繫《か》く

あでやかなその姿は　華清池《かせいち》で湯あみしたあとの　楊貴妃《ようきひ》の姿によく似ている
胸のつぶれるような思いで私はたたずむ　夕陽《ゆうひ》が沈もうとする今このときに

前の世の不幸《ふしあわ》せを　誰にたのんで伝えてもらおうとしているのだろう
今日うすくれなゐの化粧をこらしながら　自分で自分を支えることもむつかしそうだ
石だたみに沿い　垣根に寄りそって　自分のさびしさを痛ましく思い
もやの中でむせび泣き　露を帯びて泣きぬれて　えんじ色の涙を流すのだ
心やさしく情けの深いこの花は　もともと奥深い宮殿の中に植えられていたもの
さればこそ　今もこうして秋風《あきかぜ》に　自分の思いを預けようとしているのだ

語釈　○秋海棠―ベゴニアの一種で、中国南部原産の草花。日本には江戸初期に入った。秋に薄い紅色《くれなゐいろ》の花を枝の先につける。　○嬌―なまめかしいさま。　○華清―唐の玄宗皇帝が、驪山《りざん》（現在の陝西省臨潼《りんどう》県の南）に楊貴妃専用の湯殿《ゆどの》を建てて「華清宮」と名づけ、そこの温泉を「華清池」と称した。　○憑誰訴―「～に憑《よ》って訴《うった》ふ」は、人に頼んで伝える意。　○紅妝―うす紅《くれなゐ》の化粧。　○砌―石だたみ。　○墻―かきね。　○多情―感受性が強いこと。心優しいこと。　○繫―つなげる。結びつける。

明治四十四年（一九一一）、作者六十歳、実業界も引退した翌年の七言律詩です。「詠物詩」で、秋海棠の花を楊貴妃にたとえ、その運命に共感を寄せています。秋の夕暮れどき、秋海棠を眺めるという設定になっています。

まず一・二句では、楊貴妃を思わせる秋海棠の花に強く心を打たれています。詩の中の「人」は作者自身を指すことが多く、ここもそうでしょう。秋海棠に対する自分の心情を「断腸」というきつい印象の語で表現し、次の展開を期待させせます。

中間四句ではこれを受け、秋海棠の姿から連想される楊貴妃のイメージについて述べます。三・四句は

〝楊貴妃の化身のような花の姿、花に生まれ変わってもいまだに自分の生前の不幸を悲しんでいるようで、まことにあわれを誘う〟と述べ、五・六句はそのイメージをさらに細かく描写してゆきます。「寂寞《せきばく》を憐《あはれ》む」「啼《な》く」「泣《な》く」、いずれも秋海棠の印象であるとともに、作者の心情でもあるでしょう。

七・八句は結び。秋海棠は宮殿の中でこそふさわしい、やんごとなき花である。それがどういうわけか、はるか東に離れた日本にやって来た。〝本来いるべきでない、場違いなところにいる〟ということです。そうなってもなお、秋風の助けを借りて、自分の思いを伝えたい、訴えたい、聞いてもらいたい、そういう風情で秋海棠は咲いている、と作者は感じたわけです。

本来あるべきところにない、それでもきちんと花を咲かせて人々を楽しませる秋海棠の花であるけれども、しかしやはり不幸せを嘆かないではいられない。これは秋海棠の花のイメージであるとともに、そこに作者自身の、思うにまかせなかった人生を重ねているようにも感じられるのですが、いかがでしょうか。

晩年の詩とは言え、想像力が枯れておりません。特に中間四句など、ずいぶんなまめかしい雰囲気も持っています。全体として晩唐の李商隠や北宋の「西崑体《せいこんたい》」のよい部分を受けついだような、重厚で読みごたえのある作風です。

永井荷風（一八七九～一九五九）

永井荷風《ながいかふう》は小説家、随筆家としてあまりにも有名な人です。東京市の小石川区の生まれ。幼いころから漢学、日本画や書を学び、あわせて歌舞伎や邦楽にも親しんでおりました。その後の学校生活は病気や出席不良で、必ずしも順調・勤勉とは言えなかったようですが、才能は抜きん出ており、二十代の初めから文学創作の道に進みました。特にフランスのエミール・ゾラ（一八四〇～一九〇二）の英訳本に強く心を打たれ、その影響のもとに続々と小説を書きました。中でも『地獄の花』という小説が森鷗外に絶賛されています。

ゾラ、ならびにその影響を受けた荷風は、いわゆる自然主義文学です。人や世間を理想化せず、ありのままをよく観察して描き出す。ときにはみっともない面や醜い面も、そのまま描き出す作風です。

しかしお父さんの禾原は、荷風を実業家として落ちつかせたかったようで、その意向のもとに荷風はアメリカに渡り、現地で大使館や銀行に勤め、さらにはフランスにも渡りました。その体験記を帰国後に発表しています。

帰国後は夏目漱石の勧めで新聞小説を連載するなど、新進作家として注目を浴びます。三十二歳のときには森鷗外や上田敏の紹介で、慶應義塾大学の文学部の主任教授になっています。そこでフランス語やフランス文学を講義していましたが、明治の終わりくらいになると、日本がうわべだけ西欧化してゆくことに反発し、それへの意思表示としてでありましょう、江戸文学への傾倒を強めてゆきました。そこから花柳界を舞台にした小説も続々と書き始めます。

三十八歳のころには大学も辞職して創作に専念するようになり、四十代後半、昭和に入ったころからは印税も多く入り、生活にゆとりができて、創作が活発化しました。このころから全盛期と言えるでしょうか。六十歳のときには創作オペラ『葛飾情話』の台本も書いてます。

間もなく第二次大戦になると、戦争中は知人を頼って各地を転々とし、戦後は知人の家に同居生活を送りました。必ずしも円満な同居生活ではなかったようで、いろいろの逸話を残しておりますが、その一方では文化勲章や日本芸術院会員に選ばれる栄誉を担っています。最晩年の七十八歳のとき、千葉の市川に転居し、一人暮らしを続けて人生を終えました。

詩は『荷風全集』に二十七首記録されています。その他にも、日記や随筆作品の中に織り込まれた漢詩が残っています。全集に収められたのは若い時期の作品が多く、二十歳から二十二歳までの作品だけで二十五首。あとは四十八歳、六十歳の作がそれぞれ一首です。

七言絶句（下平・五歌）

題客舎壁

黄浦江頭瑟瑟波•
年光夢裏等閑過•
天涯却喜少知己
不省人生誉毀多•

客舎《かくしや》の壁《へき》に題《だい》す
黄浦《くわうほ》 江頭《かうとう》 瑟瑟《しつしつ》の波《なみ》
年光《ねんくわう》 夢裏《むり》 等閑《とうかん》に過《す》ぐ
天涯《てんがい》 却《かへ》つて喜《よろこ》ぶ 知己《ちき》の少《まれ》なるを
省《かへり》みず 人生《じんせい》 誉毀《よき》の多《おほ》きを

黄浦江のほとり　寄せ来る波
若い日々は夢見心地のうちに　いいかげんに過ぎていった
異郷の地で　私はむしろ喜ぶ　知り合いのいないことを
気にせずにすむのだ　生きてゆく中でほめられたり　けなされたり　いろいろわずらわしいことを

語釈　○客舎―旅館。　○黄浦江―長江の支流。上海市街地を流れる。　○年光―歳月。若いころ。　○夢裏―

夢のうち。　〇等閑―いいかげんに。なおざり。　〇天涯―異郷の地。上海を指す。　〇知己―知人。友人。

「旅館の壁に書きつける」という詩題ですが、これは日本国内ではなく、上海の旅館です。明治三十年（一八九七）、十九歳の荷風は三月に中学を卒業し、七月に旧制第一高等学校を受験しますが、落第してしまいました。そして九月に家族旅行で上海を訪れ、その折にこの詩を作ったのです。市内を流れる黄浦江のほとりで、川風に吹かれて思いにふけっています。

前半二句は、〝私の若い時期は空《むな》しく過ぎてしまった〟という恥ずかしさ、悔やむような心境。〝あまり勉強しなかったから落第してしまった〟と。

後半二句は居直った心境になります。〝幸いにして、ここ上海には、そんな私のことに目を向ける人、あれこれ言う人はいない、安心だ〟ということです。

この二年前、明治二十八年（一八九五）四月に、日清戦争後の下関条約が締結され、以後、外国の資本が急速に上海に進出するようになっていました。日本人の移住や訪問も急増し、日本製品の輸入も飛躍的に増えつつありました。

それとともに、この地域は革命運動の拠点となり、また非合法活動の温床となるなど、いわゆる「魔都上海」の性格を強めてゆくことになります。

しかしこの詩ではそういう背景には触れず、作者はひたすら自分の内面を見つめています。荷風の漢詩は全体として、しみじみと自分を見つめるような、自分のふがいなさにため息をつくようなうらぶれた情緒を感じさせるものが多いのですが、この詩はその作風を先取りしていると言えましょうか。

その点、次の七言絶句はパステル画のようなきれいな色調で、魅力的な珍しい作風です。

永井荷風（一八七九～一九五九）

濹上春遊二十絶　存十首　其七　　七言絶句（上平・一東）

濹上春遊二十絶《ぼくじやうしゆんいうにじふぜつ》　十首《じふしゆ》を存《そん》す　其《そ》の七《しち》

桜花籠月夜朦朧・
一刻千金興不空・
春暖吾妻橋下水
溶溶碧漲岸西東・

桜花《あうくわ》 月《つき》を籠《こ》めて 夜《よる》 朦朧《もうろう》
一刻《いつこく》 千金《せんきん》 興《きよう》 空《むな》しからず
春《はる》は暖《あたた》かし 吾妻《あづま》 橋下《けうか》の水《みづ》
溶溶《ようよう》として 碧《みどり》漲《みなぎ》る 岸《きし》の西東《せいとう》

咲き乱れる桜の花は月のひかりをつつみこみ　夜のやみの中にやわらかく浮かびあがっている
今宵《こよい》のこのひとときは値《あたい》千金の心地よさ　心のときめきはいっこうに収まらない
春になってあたたかそうな　吾妻橋《あづまばし》の下を流れる水
水かさをまし　あおみどり色にみなぎって　東西の岸をひたひたと打つ

語釈　○濹上―隅田川の岸べ。「濹」は隅田川。川や湖、池を意味する名詞のあとにつく「上」は〝ほとり、岸べ〟の意。　○月―月の光。　○吾妻橋―隅田川にかかる橋の一つ。東京都台東区浅草と墨田区とを結ぶ。安永三年（一七七四）に初めてかけられた。　○溶溶―水が盛んに流れるさま。

全集の配列順からすると、明治三十一年（一八九八）、二十歳のころに作った作品と思います。詩題は「隅田川の岸べの春の散策」という意味です。春の夜に隅田川のほとり、墨堤の桜並木《さくらなみき》の夜桜《よざくら》を見物している。作者の位置は、どうやら隅田川にかかる吾妻橋の中ほどで、そこから周囲を見回しているような雰囲気です。

前半二句は、月に照らされる夜の桜並木《さくらなみき》のすばらしさ。花と月を取り上げ、第二句には北宋・蘇軾の七言絶句を借用しています。「春宵一刻《しゅんせいいっこく》 値千金《あたひせんきん》／花に清香《せいかう》有《あ》り 月《つき》に陰《かげ》有《あ》り」（「春夜《しゅんや》」前半）。しかし第一句の〝桜の花が月の光をつつみこんだようにおぼろに光る〟という描写はまことに警抜にして夢幻的、蠱惑《こわく》的で、詩情のゆたかさという点では蘇軾も一歩ゆずるでしょう。

後半二句は、春の夜の隅田川のようすに焦点を合わせます。水かさを増してとうとうと流れる春の水は、作者の浮き立つ心のたとえのようです。

色彩の感覚も印象にのこります。前半は夜桜の桜色、後半は川の水の青緑色。それらが黄金色の月光に照らされている情景。そのすばらしさにすっかり魅了されたような、唯美的な詠みぶりです。

激流の中で ―― 土屋竹雨

土屋竹雨（一八八七～一九五八）

土屋竹雨《つちやちくう》は明治二十年の生まれ。昭和三十三年まで存命で、終始一貫、詩の創作と指導にいそしみ、昭和の漢詩壇を支える存在となっていました。山形県鶴岡市の庄内藩士の家で、幼いころからお祖父《じい》さんより和漢の書物や詩の作り方を教授されています。

社会人としては一時鉄道会社に勤めましたが、三十七歳のときに大東文化学院が創立されると、大東文化協会の幹事になりました。大東文化学院は当時から今日まで、漢学の一つの中心になっておりますけれども、その学院の機関誌で、竹雨は早くも漢詩の欄を担当しています。その後、別の雑詩の刊行・運営にも尽力しました。彼が主宰する雑誌には中国人からの投稿も多く、それをきっかけに中国の人々の訪日も相次いだ。そういう形で日中両国の友好が実現されていたわけです。

戦争中は郷里の鶴岡に疎開し、漢詩の指導を続けました。戦後は昭和二十三年（一九四八）に六十二歳で大東文化学院の総長として招かれ、翌年、日本芸術院会員となりました。同じ年に学院が「大学」と名称を改め、学長になっております。その後も漢詩の創作と指導に力を尽くし、また、書画にも秀でておりました。なお、昭和十三年（一九三八）から刊行された『漢詩大講座』という全十二巻のシリーズがありますが、竹雨も一部を執筆担当しております。この『漢詩大講座』は今日でも必読の叢書であります。

山海関　　七言絶句（上平・十三元）

長城北與乱山奔•
遠勢盤天限朔藩•
誰倚雄関麾落日
風雲暗澹古中原•

山海関《さんかいくわん》

長城《ちやうじやう》　北《きた》のかた　乱山《らんざん》と奔《はし》る
遠勢《ゑんせい》　天《てん》に　盤《わだかま》つて　朔藩《さくはん》を限《かぎ》る
誰《たれ》か雄関《ゆうくわん》に倚《よ》つて　落日《らくじつ》を　麾《さしまね》く
風雲《ふううん》　暗澹《あんたん》たり　古中原《こちゆうげん》

長城はここからさらに北へ　乱れそびえる山々とともに突き進む
遠いかなたまで届くその勢いは　そこの上空にとどまって　中国の北の国境をしかと定めているのだ
いったい誰であろうか　この雄大な関門によりかかって夕陽を呼び戻すのは
風をはらんだ雲が暗くたれこめている　古来の中原地区に

語釈　○山海関―萬里の長城の東の端。萬里の長城の出発点と言われる。東側は渤海《ぼつかい》に面しており、西方には華北、東北の大平原がつらなっている。○盤―ぐるぐる回る。しっかりと根を張る。○限朔藩―北方領域を定めている。「朔」は北、「藩」は境界。「朔藩」で、北の国境。○中原―中国の中央部。黄河の中流下流域。

昭和八年（一九三三）、中国に旅行した折の作品。昭和六年、四十五歳で大東文化学院の講師になり、四年後に教授となっていますが、その間の時期の訪中ということになります。同行したのが漢詩・漢学の大家たちで、国分青厓《こくぶせいがい》（一八五七～一九四四）や長尾雨山《ながおうざん》（一八六四～一九四二。→六三二ページ）、仁賀保香城《にかほこうじょう》（一八七七〜一九四五）という錚々たる人々とともに、主に満州とその周辺を回ったようです。

当時の中国はすでに欧米列強の侵入に苦しめられて内政も安定せず、そこにさらに日本もかかわっておりました。この詩が作られた二年ほど前から、満州事変、上海事変があり、満州国が建国されています。そういうときに北中国にやって来た感慨を詠んでいます。

土屋竹雨（一八八七〜一九五八）

前半二句は萬里の長城を訪れての印象と、その長城が紀元前の春秋時代以来、中国の北の国境をしっかり守って来たことを述べます。第一句「乱山《らんざん》と奔《はし》る」は、もちろん実際に〝走る〟わけではないのですが、立ち並ぶ峰々にただならぬ勢いを感じたので「奔る」と表現しました。この「奔る」を受けて、第二句は「遠勢」と続きます。

後半になると、〝万里の長城に守られて来た北中国はいったいどうなるのだろうか〟という不安を述べます。

第三句の「落日《らくじつ》を麾《さしまね》く」は、平清盛の「音戸《おんど》の瀬戸《せと》」の故事です。平清盛（一一一八〜一一八一）は厳島《いつくしま》への参詣をしやすくするために、音戸の瀬戸の開鑿《かいさく》を敢行しました（広島県呉《くれ》市と倉橋島音戸町との間の水路）。ところがその工事がなかなか進まず、予定より遅れてしまいます。期日の迫った或る日、日が暮れようとしている。清盛は〝こうなったら最後の手段を〟ということで、自分の扇《おうぎ》で夕陽をあおいで呼び戻し、昼間の時間帯に戻しました。そこで工事は予定通りに何とか進んだ、という故事です。しかし清盛はそんなふうに太陽をこき使った報《むく》いで、晩年にひどい熱病にかかって亡くなった、とも伝えられます。それをここで引用したのです。〝衰え始めた中国の勢力をまた呼び戻すりっぱな人物は誰であろうか。出て来ないものか〟。永い歴史をもつ中国の権威、貫禄。それをみごとに回復できるのは誰であろうかという、中国人の知人も多かった作者ならではの感慨でしょう。すでに十九世紀後半から揺れ動き続けている中国はこのままでいいのだろうか、さらには、日本は今のようなかかわり方でいいのだろうか、ということも憂慮している。何とか中国人のための中国の存続はできないものか、という心情を感じます。

原爆行　　七言古詩（韻目省略）

怪光一線下蒼旻•
忽然地震天日昏•
一刹那間陵谷変
城市台榭帰灰塵•
此日死者三十萬
生者被創悲且呻•
死生茫茫不可識
妻求其夫児覓親•
阿鼻叫喚動天地
陌頭血流屍横陳•
殉難殞命非戦士
被害総是無辜民•
広陵惨禍未曾有

原爆行《げんばくかう》
怪光《くわいくわう》 一線《いつせん》 蒼旻《さうびん》より下《くだ》る
忽然《こつぜん》 地《ち》 震《ふる》つて 天日《てんじつ》昏《くら》し
一刹那《いちせつな》の間《かん》 陵谷《りようこく》変《へん》じ
城市《じやうし》 台榭《たいしや》 灰塵《くわいぢん》に帰《き》す
此《こ》の日《ひ》 死《し》する者《もの》 三十萬《さんじふまん》
生《い》ける者《もの》は創《きず》を被《かうむ》り 悲《かな》しみ 且《か》つ呻《うめ》く
死生《しせい》 茫茫《ばうばう》 識《し》る可《べ》からず
妻《つま》は其《そ》の夫《をつと》を求《もと》め 児《こ》は親《おや》を覓《もと》む
阿鼻叫喚《あびけうくわん》 天地《てんち》を動《うご》かす
陌頭《はくとう》 血《ち》 流《なが》れて 屍《しかばね》 横陳《わうちん》す
難《なん》に殉《じゆん》じ 命《めい》を殞《おと》すは 戦士《せんし》に非《あら》ず
害《がい》を被《かうむ》るは 総《すべ》て是《こ》れ 無辜《むこ》の民《たみ》
広陵《くわうりよう》の惨禍《さんくわ》 未《いま》だ曾《かつ》て有《あ》らず

土屋竹雨（一八八七〜一九五八）

胡軍更襲崎陽津•
二都荒涼鶏犬尽
壊牆墜瓦不見人•
如是残虐天所怒
驕暴更過狼虎秦•
君不聞啾啾鬼哭夜達旦
残郭雨暗飛青燐•

胡軍《こぐん》 更《さら》に襲《おそ》ふ 崎陽《きやう》の津《しん》
二《に》都《と》 荒涼《くわうりやう》 鶏犬《けいけん》尽《つ》き
壊牆《くわいしやう》 墜瓦《つゐぐわ》 人《ひと》を見《み》ず
是《かく》の如《ごと》き残虐《ざんぎやく》は 天《てん》の怒《いか》る所《ところ》
驕暴《けうばう》 更《さら》に過《す》ぐ 狼虎《らうこ》の秦《しん》
君《きみ》聞《き》かずや 啾啾《しうしう》 鬼哭《きこく》 夜《よる》 旦《あした》に達《たつ》し
残郭《ざんくわく》 雨暗《あめくら》くして 青燐《せいりん》飛《と》ぶを

おそろしい光がひとすじ　天空からひらめき落ちた
とつぜん大地ははげしくゆらぎ　大空の太陽も光を失った
一瞬のうちに　山も谷も形が変わり／街の建物は　瓦礫《がれき》と化した
この日　命を落とした人々は三十万／命をとりとめた人々も傷だらけになり　悲しみ　うめく
家族や友人たちの安否はどうか　皆目《かいもく》わからない／妻はわが夫を求め　子は親を探し求める
苦悶の叫びは　大空と大地をゆり動かし／街道には血が流れ　亡骸《なきがら》がばらばらに横たわっている
犠牲となり　命を落としたのは兵士ではない
わざわいを受けたのはすべて　何の罪もない市民たちである
広島のいたましいわざわいは　人類の歴史の中で一度もなかったことだ
ところが敵の軍はさらに襲ったのだ　長崎の港町《みなとまち》を

かくしてこの二つの街は荒れ果て　にわとりも犬もまったくいなくなった
こわれた垣根　落ちた屋根瓦ばかりで　人の姿はまったく見えない
これほどまでのむごたらしい仕業《しわざ》は　天のお怒りの標的である
敵の思い上がった横暴ぶりは　狼や虎にたとえられたあの秦帝国よりもさらにひどいのだ
あなたには聞こえないか　悲しそうな亡霊たちの泣き声は　夜どおし続いて明け方に達し
こわれた城壁に雨が暗く降りこめる中　青い火の玉が飛びまわるのである

語釈　○蒼旻―青い空。天空。　○陵谷―丘と谷。「陵」は、広大な丘。　○城市―街。都市。　○台榭―物見台。また、高い建築物。　○茫茫―ぼんやりしている。はっきりしない。　○覓―探し求める。　○阿鼻叫喚―阿鼻地獄に落ちた人たちの苦しみの叫び声。　○陌頭―道ばた。「陌」は耕地のあいだの道、転じて、街道。　○横陣―「陣」は並ぶ。「横」は横《よこ》の意味もあるが、〝むやみ、むちゃくちゃ〟の意味もあり、ここではそちらのほう。あちこちに亡骸が散乱している情景。　○殉難―災難や国難などによって命を失うこと。　○無辜―罪がないこと。「辜」は、罪。　○広陵―広島のこと。　○胡軍―異民族の軍。ここでは米軍を指す。　○崎陽―長崎のこと。　○津―港。渡し場。　○壊牆―こわれた垣根。　○墜瓦　―落ちた屋根瓦。　○所―「～する所」の形で、その動作の対象や内容を示す。　○驕暴―心おごって暴れること。　○狼虎秦―人を食う虎と狼のように、残虐酷薄な秦国。『史記』項羽本紀に「秦王《しんわう》虎狼《こらう》の心《こころ》有り」とある。　○啾啾―亡霊が悲しそうに泣く声。　○鬼哭―浮かばれぬ亡霊が泣くこと。「鬼」は、死者の霊、幽霊。　○残郭―破壊された城壁。「残」は〝そこなわれる、こわれる〟意。「郭」は昔、街や村を囲っていた城壁。　○青燐―青白い鬼火。火の玉。

土屋竹雨は激動の時代に詩の創作と教育にたずさわり、詩の中で時局についてもしばしば詠んでおります。

土屋竹雨（一八八七〜一九五八）

これは、漢詩の役割がもともと〝世の中を風刺する、それによって人の心に影響を与えて世直しに貢献する〟というものだったので当然のことですが、特に終戦の年の昭和二十年（一九四五）には、「八月十五日」「終戦の歌」という詩題の詩も作っており、〝これからは武力ではなく、文化の力を高めて世界に貢献しよう〟と訴えかけたのでした。そのような彼の作詩の姿勢の頂点を成すのが、この「原爆行」です。

この作品は昭和三十三年（一九五八）に、原水爆禁止世界大会で吟詠され、発表されました。同じ年に「水爆行」という詩も発表しております。この二首はともにいち早く英語に翻訳され、外国でも非常に評判になった詩です。日本国内よりもむしろ外国で先に評判になった作品でした。

「原爆行」の「行」は、後漢時代から歌謡のスタイルをとる作品によくつけられる題名です。それだけに、その詠みぶりはむつかしい漢字や議論は避け、耳で聴いただけでわかるように、また歌いやすいようにと配慮するのがふつうです。この詩の詠みぶりについてもそれは言えることで、〝この内容が広く歌い継がれ、後世まで伝わるように〟という作者の願い、制作意図がうかがわれるのではないでしょうか。たいへん重い内容で、その現場を実際に見たことのない者が発言するのは躊躇されますが、重要な詩ですのでご紹介させていただきます。

古体詩の通例として、四句ごとに一段落になります。

まず第一段（一〜四句）は、昭和二十年八月六日、広島に原子爆弾が投下され、街が一瞬のうちに破壊されたことを述べます。第一句の「蒼旻《さうびん》」は、詩の世界では人間にとって最後のよりどころとなる「天」、苦しいとき、悲しいときに呼びかける「天」というイメージがあります。ところがそのような「天」から、こともあろうに、世にも禍々《まがまが》しいものが降って来た。実にショッキングなうたい出しです。

一・二句は正確な描写です。原子爆弾は核分裂で火の玉が発生しますが、その表面温度は摂氏数万度であり、爆心地の地表がそこから受ける熱線は、太陽から受ける熱の数千倍になる。ですから第二句の「天日昏《てんじつくら》し」、〝太陽が暗くなり、光を失ってしまう〟というのは的確な表現です。また同時に爆風が発生しますが、それは大型台風の中心付近の十倍の激しさです。この熱線と爆風によって、爆心地から半径三キロメートル以内の家屋はもちろん全部焼けて壊れてしまうし、生物はすべて死滅してしまう。原爆の破壊力のすさまじさを正確に描き出しております。

次の第二段（五～八句）は、被害に遭《あ》った人たちのこの上なく悲惨なようす。つづく第三段（九～十二句）は、そのような仕打ちを受けたのが前線の兵士たちではなく、銃後の民であったことを指摘しております。非武装の民間人を殺傷することは国際法で禁じられています。そのことに注意をうながしました。

第四段（十三～十六句）は、広島につづいて八月九日、今度は長崎に二発目の原子爆弾が投下されたこと。「鶏犬《けいけん》」は、漢詩文の世界では理想郷の象徴になります。『老子』八十章に「鶏犬《けいけん》の声《こゑ》 相聞《あひき》こゆ」とあり、それを陶淵明が「桃花源の記」という、理想的な村里を描いた作品の中に引用しました。そこから「鶏犬《けいけん》 相聞《あひき》こゆ」（にわとりと犬が互いに鳴き交わす）という成語ができ、平和な、理想的な村里のたとえになっていますが、それが無残に破壊されたという痛ましい表現です。それまで平和だったこの二つの街が、一転してひどい状況に陥れられた惨状を強調しています。

最終段落の第五段（十七～二十句）では、〝このような残虐な行為を天は許しはしない〟と指揮し、犠牲者たちの悲しみ、無念の思いを再び思いやって結んでいます。

「君聞《きみき》かずや」は、「君見《きみみ》ずや」とともに、中国の歌謡体の詩の中によく出て来る、読者への呼びかけの語。〝犠牲者たちの恨み、嘆きはずっと続いて消えない〟という形で反省をうながしています。

最後の二句は、杜甫の有名な「兵車行」からとったものです。玄宗皇帝の領土拡張政策により、頻繁に西の辺境で戦争が勃発する。そのたびに農村から働き手の男性たちが徴発され、はるか西の辺境地区で戦死すると、お骨《こつ》が納められないままになってしまう。詩の終結部に、〝夜になると、亡霊となった戦死者たちの悲しげな泣き声が聞こえて来る〟という凄惨な描写があります。

君見《きみみ》ずや　青海《せいかい》の頭《ほとり》／古来《こらい》　白骨《はくこつ》　人《ひと》の収《をさ》むる無《な》し／新鬼《しんき》は煩冤《はんゑん》し　旧鬼《きうき》は哭《こく》し／天陰《てんいん》　雨湿《うしつ》　声啾啾《こゑしうしう》

それをここに引用して効果を高めています。

この詩は昭和の漢詩の代表作として読み継がれるべきであると思いますが、作者はこれと同時に「水爆行」も、同じ昭和三十三年に発表しています。簡単に紹介しますと、

水素爆弾は、たった一個で千人、万人を殺す。水爆を作る実験を、陸地からはるか離れた海の真ん中で行ったとしても、その流す毒、放射能は世界中を脅かす。人間の知恵の極められた最終地点がそれでいいのだろうか。こういう世の中を救う英雄はどこにいるか、英雄が出て来ないだろうか。

という作品です。「殉教の英雄」という言い方をしています。人の道を、身を捨てても守ろうとするような英雄のことですが、「殉教《じゆんけう》の英雄《えいゆう》　安《いづ》くに在《あ》りや／嗚呼《ああ》　殉教《じゆんけう》の英雄《えいゆう》　安《いづ》くに在《あ》りや」と二回、最後に繰り返しています。

二首ともに、大きな戦争を終えて〝今度こそは人類の平和を〟と切望する作者の気持ちが表れています。作者はこのとき大東文化大学の学長を務めておりましたが、大東文化大学も、その前身の大東文化学院も、戦争の災害に遭って全焼してしまいました。復興は困難を極めたようで、土屋竹雨はその時期の学長、総

長として心労が多く、そのために命を縮めたふしもあったようです。しかしそういう中で作詩にいそしみ、後進の指導に励み、大東文化大学の復興に尽くした、まことに模範的なかたであると思います。

無報酬の奉仕 ―― 徳富蘇峰

徳富蘇峰（一八六三～一九五七）

徳富《とくとみ》蘇峰《そほう》は熊本の人で、作家の徳冨蘆花《とくとみろか》（一八六八～一九二七）は弟。蘇峰は早くから新聞・雑誌とかかわり、やがて新聞社の社長、主筆、さらには社賓の立場で執筆活動を続けました。一時は政治に深く関与することもあり、また、評論家・歴史研究家という側面もある大知識人です。

家はもともと熊本水俣《みなまた》の名家で、惣庄屋《そうしょうや》と代官とを兼ねる立場にあり、お父さんの徳富一敬《とくとみかずたか》（一八二二～一九一四）は藩校の時習館に学び、横井小楠《よこいしょうなん》（一八〇九～六九）の門下となり、幕末から明治期の漢学者・教育者として熊本の行政や教育活動に大いに尽力した人でした。

蘇峰は幼いころから漢学と洋学の両方を学び、無類の読書好きでしたが、一方すでに十代のころから新聞に興味をもち、いろいろの新聞を熟読し、投稿も頻繁にしていました。二十代前半あたりからその文才が注目され、間もなくみずから新聞や雑誌を発行、いよいよ新聞を武器として社会に訴えかける姿勢を実行します。そのころの主張は「進歩的平民主義」、これは維新以来の藩閥政治や貴族的欧化主義を批判し、一方で国粋主義も否定する、そのような活動を通して、新しい世の中にふさわしい思想を模索してゆく姿勢で、絶大な人気を博しました。

ところが日清戦争（一八九四〜五）の後、三国干渉によって、日本は清国から譲られたはずの遼東半島をまた清国に返還させられます。蘇峰はこれにたいへん憤り、日本の軍備の充実の必要を痛感します。その後はむしろ内閣や政府の要人たちと交流を深めながら、富国強兵への論陣を張ってゆきました。その後も一貫して日本の国力、国際的な指導力を高めようとする立場から意見発表を続け、大きな影響力を持ち続けました。

一方、大正七年（一九一八）、五十六歳のときに、かねてライフワークと思い定めていた『近世日本国民史』の執筆を始めています。『国民新聞』をはじめとするいくつかの新聞に連載したのですが、九十歳になるまで、三十四年にわたって書き続けました。最終的には四百字詰め原稿用紙で十五万三千枚以上の巨大な本になっています。

戦後は熱海に隠居し、読書と著述に専念して生涯を送りました。

七言絶句（上平・十二文）

京都東山
三十六峰雲漠漠
洛中洛外雨紛紛●
破簦短褐来揮涙
秋冷殉難烈士墳●

京都東山《きやうとひがしやま》
三十六峰《さんじふろつぽう》 雲《くも》 漠漠《ばくばく》
洛中洛外《らくちゆうらくぐわい》 雨《あめ》 紛紛《ふんぷん》
破簦《はとう》 短褐《たんかつ》 来《きた》つて涙《なんだ》を揮《ふる》ふ
秋《あき》は冷《ひや》やかなり 殉難烈士《じゆんなんれつし》の墳《はか》

東山《ひがしやま》三十六峰の上空に　雲がうす暗くたれこめている

徳富蘇峰（一八六三〜一九五七）

京《きよう》の都《みやこ》の街《まち》なかにも郊外にも　雨がしきりに降りしきる
やぶれ傘に粗末な着物のこの私は　ここに来てとどめあえぬ涙にむせぶ
秋の肌寒さの中　国難のために生命をなげうって行動した　烈士たちの墓を前にして

語釈　○京都東山―詩題を「霊山」に作る伝本もある。○三十六峰―京都東山の別称。「東山三十六峰」とも呼ばれる。○漠漠―ぼんやりとうす暗いさま。○紛紛―雨などが乱れて飛び散るさま。大雨というより、霧雨《きりさめ》、小雨《こさめ》。○破簦―破れ傘。「簦」は、柄《え》のある差し傘。○短褐―丈《たけ》の短い粗末な着物。「褐」は、あらい毛織物。○揮涙―涙を払う。「揮」は払いのける。そうせざるを得ないほど涙があふれてしまうという、悲憤の表現。○烈士―気性が激しく、正義感が非常に強い人のこと。ここでは幕末維新の志士たちのこと。

明治十七年（一八八四）、二十二歳の作品。

蘇峰は昭和十年（一九三六）になって、非常に詳細な自伝を発表しています（『蘇峰自伝』）。それを見ますと、この詩を作った明治十七年の夏に、同志たちとともに土佐の高知に赴いています。それは当時、土佐という土地は天下を改革しようとする者の中心地であったのです。ところがいざ土佐に行ってみると、土佐の先輩たちは読書や学問をまったくせず、ただ悲憤慷慨して酒ばかり飲んでいる。果たしてこれで将来の日本を背負えるのだろうかといささか不安になった、と記しています。その後、蘇峰は高知から大阪、京都に上り、さらに東海道に出て東京へ向かった。その間いろいろの人と面会したのですが、どうも釈然としない。〝今後の世直しについては結局、自分で勉強するしかないと思うようになった〟と自伝の中で述懐しています。

この詩は日本各地を訪ねながら、これから日本を良い方向に導いてゆくよりどころを模索している時期の作品ということになります。

前半二句は、雨が降りつづく京の都、悪天候の中を東山へやって来たことを述べます。「漠漠」「紛紛」、いかにも晴れやらぬ作者自身の心を象徴しています。

後半二句では、幕末維新の志士たちの墓に詣《もう》でて涙にむせんでしまいます。身命を賭《と》して行動した志士たちの墓にお参りし、自分自身の使命を新たに自覚したことを表明した詩と申せましょう。

淡生涯　　七言絶句（上平・四支／九佳）

閉門修史淡生涯•
簡冊没頭無尽期•
臥病今朝興不浅
満窓新緑読陶詩•

淡生涯《たんしやうがい》

門《もん》を閉《とざ》し 史《し》を修《をさ》むる 淡生涯《たんしやうがい》
簡冊《かんさつ》 没頭《ぼつとう》 尽《つ》くるの期《き》無《な》し
病《やまひ》に臥《ぐわ》す 今朝《こんてう》 興《きよう》 浅《あさ》からず
満窓《まんさう》の新緑《しんりよく》 陶詩《たうし》を読《よ》む

家にこもって歴史の記録を書く　おだやかなわが日々
文献を読むのに没頭して　私は休むときもない
病の床に伏している身だが　今朝《けさ》は無性《むしやう》にわくわくする
そこで窓いっぱいに映る新緑のもと　陶淵明の詩を読むことにした

語釈　○淡生涯—名声名誉にとらわれない生活態度を言う。南宋・陸游の「秋思《しうし》」詩に「身《み》は龐翁《はうをう》に似《に》て　家《いへ》を出《い》でず／一窓《いつさう》　自《みづか》ら了《を》ふ　淡生涯《たんしやうがい》」とある。　○閉門—扉をとざして外出しないことから、世の中と交際しないこと。○修—書物を作る、編纂すること。○簡冊—書籍。「簡」は、紙が発明される前、字を書くために作られた細長い札。「冊」はその札をひもで束ねた昔の書物の形態。

大正七年（一九一八）、五十六歳、『近世日本国民史』執筆に着手した年の作。すでに五年前に政治社会と縁を切っており、今後は歴史書の執筆に専念することを、改めて宣言するような作品です。

前半二句は、政界を退いて著述に専念していることを表明します。そんな日々、ときに根《こん》を詰めすぎて床《とこ》についてしまうこともある。

後半二句は、そんな或る日のひとこまです。今朝《けさ》は少し気分がよく、本が読みたくてしかたがない。しかし歴史書となると自分のライフワークなので、構えてしまう、気が重い。ここでは仕事と直接かかわらない軽いものをということで陶淵明の詩を選んだ、という気分でしょうか。津田左右吉博士（一八七三〜一九六一）も大著『左伝の成立とその展開』の完成後、過労のため入院されましたが、その間、軽いものをということで『全唐詩』に目を通された由、このような行いを少しでも見習いたいものです。

『近世日本国民史』は、もともと明治時代の記録を後世に残そうという目的で構想されましたが、明治時代を知るには幕末を知らなくてはならない、幕末を知るには江戸時代を見なくてはならないということで、結局、織田信長の時代から書き起こされ、明治の初め、西南戦争のときに至って筆を擱《お》いております。昭和二十七年（一九五二）に完成しました。

ところが蘇峰自身は、さらに日本文化の源泉、お手本と言うべき中国文化、中国四千年の歴史を書こうとしてその準備も進めていたと言いますから、まことに巨大なエネルギーの持ち主です。

五言古詩（韻目省略）

無　題

儒門出大器
抜擢躋台司•
感激恩遇厚
不顧身安危•
一朝罹讒構
呑冤謫西涯•
傷時仰蒼碧
愛君向日葵•
祠堂遍天下
純忠百世師•

無《む》題《だい》

儒門《じゅもん》 大器《たいき》出《い》で
抜擢《ばってき》せられて 台司《だいし》に躋《のぼ》る
恩遇《おんぐう》の厚《あつ》きに感激《かんげき》して
身《み》の安危《あんき》を顧《かへり》みず
一朝《いってう》 讒構《ざんこう》に罹《かか》り
冤《えん》を呑《の》んで西涯《せいがい》に謫《たく》せらる
時《とき》を傷《いた》んでは 蒼碧《さうへき》を仰《あふ》ぎ
君《きみ》を愛《あい》すること 向日葵《かうじつき》
祠堂《しだう》 天下《てんか》に遍《あまね》く
純忠《じゅんちゅう》 百世《ひやくせい》の師《し》

儒学の名門から　偉大な才能の持ち主が現れ／抜擢されて　天子を補佐する要職にのぼった
待遇の手あつさに　いたく心を打たれ／自分の安全などは　少しも気にかけずに務めに励んだ
或る日　告げ口のたくらみを受け／無実の訴えを胸に秘めて　西の果てに流されていった
その後　時の流れに心を痛めては青い大空をふり仰ぎ
天子様を深くお案じ申し上げること　ひまわりの花と同じであった
今日　天神様のお社《やしろ》は日本中に建てられている

その純粋なまごころ　いついつまでもお手本と仰がれる人

語釈　○儒門―儒家の家柄。　○台司―天子を補佐する大臣。　○恩遇―天子による厚遇。道真が就任した右大臣を言う。　○一朝―或る時。　○讒構―無実のことで人をそしり、おとしいれること。　○冤―冤罪。　○謫―とがめを受けて左遷されること。　○西涯―西の果ての地。大宰府《だざいふ》（福岡県太宰府市）を指す。　○蒼碧―あおあおとした天。　○愛―漢詩文では〝愛情〟の意とは少し違い、或る物事のために心をいっぱいにすること。○向日葵―詩の世界では、君主や目上の人を仰ぎ慕う意味の語として「葵藿《きくわく》 日《ひ》に傾《かたむ》く」「葵藿《きくわく》の心《こころ》」「葵傾《きけい》」などの成句がある。それらの「葵」は冬葵（ふゆあおい）であるが、この詩の「葵」はひまわりと見てよいであろう。常に太陽の方角を向いて咲くひまわりの花もまた、忠誠心のたとえになる。参照…宇野直人「葵花に寄せる誠意――司馬光の場合」（『新しい漢字漢文教育』第五十号、二〇一〇）。　○祠堂―貴人の霊を祀《まつ》っておくところ。ここでは、菅原道真の霊廟を指す。　○純忠　―純粋な忠義の心。　○百世師―万世にわたって師と仰がれる人。

昭和に入って、特に満州事変から第二次大戦までの時期は、蘇峰にとっても日本全体にとってもたいへんな時期でありました。そして戦後になると、蘇峰自身、一切の公職を退き、唯一のよりどころとしての読書、および『近世日本国民史』の執筆を続け、ついに昭和二十七年（一九五二）に筆を擱《お》きます。昭和二十九年、九十二歳の年には熊本の水俣市の名誉市民となりました。

この詩は熊本市の手取天満宮《てどりてんまんぐう》の構内に蘇峰自筆の石碑があり、「蘇峰菅原正敬《まさたか》 頽齢《たいれい》八十」との記載があります。蘇峰八十歳と言えば、昭和十七年（一九四二）。ちょうど日本文学報国会・大日本言論報国会の会長に就任した年で、翌年に文化勲章を受章しています。

「無題」とありますが、これはもともと詩題がついていないので、詩集に収めるにあたって「無題」とつけたわけです。

平安時代の菅原道真公（八四五〜九〇三）をほめたたえる詩になっています。

第一段（一〜四句）は、道真公が抜擢されて高い官職につき、感激してひたすら精励しことを述べます。道真公は代々儒学を修める家の出身で、宇多天皇や醍醐天皇に特に重用され、文章博士《もんじょうはかせ》、蔵人頭《くろうどのとう》から右大臣《うだいじん》に至ったのでした。

第二段（五〜八句）で運命が暗転し、讒言のため九州の大宰府に左遷されてしまう。しかしそれでも天子様へのまごころを変えませんでした。

第三段（九・十句）は、今や道真公は日本全国で祀《まつ》られ、敬《うやま》われている。それは官職の高さや学識の高さではなく、道真公のまごころゆえである、という結びです。

この詩は結局、人間にとっていちばん大切なものは何か、ということを問いかけています。それは、純粋なまごころから何かに取り組むということ。富、名誉、ときには生命を惜しむということさえも忘れて献身的に取り組むことである。蘇峰先生は別のところで「無報酬の奉仕」が人として最も尊いものだということを説いています。自分というものは所詮小さいものであって、自分を守るということに執着しすぎると大きなことを成し遂げられない。これと思うことに対して自分を忘れ、一所懸命にひたむきに取り組んでゆくことこそ大切であろうということです。こういう考え方は、常に顧みられる必要があるのではないでしょうか。

蘇峰先生は早寝早起きであったようで、朝は必ず五時に起き、夜は九時ごろに就寝した。朝起きるとすぐに『近世日本国民史』の執筆にとりかかり、朝食は七時から八時、その後に散歩、続いて新聞雑誌や新

徳富蘇峰（一八六三〜一九五七）

刊書を読む、そして昼食前後に必ず三十分以上の昼寝をする。お酒は一滴もたしなまれない。こういう生涯を何十年も続けました。「淡生涯」と言っておられますが（→七三一ページ）、反面、強い意志の持続が感じられる生涯でもありました。

詩人小伝

会沢正志斎（あいざわ せいしさい）一七八二～一八六三

幕末の儒学者、水戸藩士。名は安、字は伯民。正志斎と号した。会沢家は代々農民であったが、父・会沢恭敬の時に初めて武士の列に加えられる。十歳のころ藤田幽谷に師事。十八歳からは彰考館に入って『大日本史』編纂に関与する。藩主徳川斉昭を擁立し、藤田東湖や武田耕雲斎らと藩政改革を推進。天保二年（一八三一）、彰考館総裁に就任、同十一年（一八四〇）には弘道館の初代教授頭取となり、水戸学の発展に努めた。尊王・富国強兵を力説して尊攘志士に大きな影響を与えた。斉昭が永蟄居処分となり、藩内が分裂すると、正志斎はその収拾に努めた。『千島異聞』『新論』『学制略説』『退食間話』『時務策』などがある。

秋山玉山（あきやま ぎょくざん）一七〇二～一七六三

江戸中期の儒学者。名は定政、また儀、字は子羽。玉山などと号した。豊後（大分県）鶴崎の生まれ。儒学・禅学を学び、江戸に出て林鳳岡《はやしほうこう》に師事した。のち熊本藩に仕え、藩校時習館の創設に尽力。服部南郭らと交遊した。著作に『玉山先生詩集』などがある。

安積艮斎（あさか ごんさい）一七九一～一八六〇

江戸後期の儒学者。名は重信、字は思順・祐助。艮斎・見山楼と号した。陸奥安積郡郡山（福島県）の人。十六歳のとき江戸に出て苦学し、佐藤一斎・林述斎に学ぶ。二十四歳のとき神田駿河台に家塾見山楼を開いた。のち二本松藩校の教授、ついで昌平黌の教授となり、佐藤一斎につづいて官学の支柱となった。宋学を主とし、文章家としての名声高く、また山水自然を愛した。アヘン戦争（一八四〇～四二）直後に『海外紀略』を著し、ペリー来航時は、国書の翻訳などに携わる。門下から岩崎弥太郎・栗本鋤雲《くりもとじょうん》らが出ている。『艮斎詩略』『艮斎文略』『見山楼詩集』などがある。

足利義昭（あしかが よしあき）一五三七～一五九七

室町幕府十五代将軍。義晴の次子。出家して興福寺一乗院の門跡となる。十三代将軍の兄義輝が弑虐《しいぎゃく》（殺害）されたため、近江《おうみ》（滋賀県）に逃れて還俗《げんぞく》し、織田信長に擁立されて将軍となった。のち信長と不和を生じ、天正元年（一五七三）、室町幕府は滅亡。京を追われて諸国を流浪したが、晩年は豊臣秀吉の保護を受け、大坂で没した。

雨森芳洲（あめのもり　ほうしゅう） 一六六八～一七五五
江戸中期の儒学者。名は俊良、のち誠清、字は伯陽。芳洲などと号した。近江（滋賀県）の人。木下順庵の門人。中国語・朝鮮語に通じ、対馬藩（長崎県）の儒臣となり、朝鮮との外交に活躍。『橘窓文集』『橘窓茶話』などがある。

新井白石（あらい　はくせき） 一六五七～一七二五
江戸中期の儒学者・政治家。名は君美、字は在中・済美、号は白石など。木下順庵に学び、六代将軍家宣に仕え、幕政の改革を推進した（「正徳の治」）が、八代将軍吉宗の時には政界から退けられ、著述に専心した。学問は朱子学を主とし、史学・地理学・言語学に長じた。詩は盛唐の趣をもつ本格的なものと評価され、頼山陽によって、祇園南海・梁田蛻巌・秋山玉山とともに「正徳の四大家」と称せられた。

安東省庵（あんどう　せいあん） 一六二二～一七〇一
江戸前期の儒学者。名は守約。京都で松永尺五に学び、柳川藩（福岡県）に出仕。中国から亡命してきた朱舜水を長崎に訪ねて師と仰ぎ、俸録の半分を割いてその困窮を助けた。『省庵文集』『三忠伝』などがある。

安藤東野（あんどう　とうや） 一六八三～一七一九
江戸中期、荻生徂徠門下の儒学者。名は煥図、字は東壁。東野と号した。下野（栃木県）の人。柳沢吉保に仕えた。詩文にすぐれ、詩趣豊かな作品を残している。著作に『東野遺稿』がある。

荻生徂徠（おぎう　そらい） 一六六六～一七二八
江戸中期の儒学者。名は双松、字は茂卿。徂徠と号した。遠祖が物部氏であることから「物徂徠」と称した。江戸の人。五代将軍綱吉の側近柳沢吉保に迎えられ、儒学に基づく経世済民の政策も提言した。綱吉の没後は退いて研究・教育に専念。はじめ朱子学を学び、のちに明の古文辞派に触発され、独自の復古主義の学説を唱えた。門下に太宰春台・服部南郭らがいる。著作に『徂徠集』『論語徴』『政談』などがある。

石川丈山（いしかわ　じょうざん） 一五八三～一六七二
江戸初期の文人。名は重之、字は丈山。三河（愛知県東部）の人。徳川家康に仕え、大阪夏の陣に参加した。のち藤原惺窩に儒学を学び、晩年は京都に詩仙堂を築いて閑居。釈元政と並ぶ江戸初期の代表的詩人に挙げられる。『覆醤集《ふしょうしゅう》』などがある。

石島筑波（いしじま　つくば） 一七〇八～一七五八
江戸中期の儒学者。名は正猗《まさき》、字は仲緑。筑波山人と号した。遠江（静岡県）の人。荻生徂徠の門に入ったあと服部南郭に学び、詩にすぐれる。江戸駒込（東京都文京区）

に家塾芰荷園を開いた。著作に『芰荷園文集』などがある。

市河寛斎（いちかわ かんさい）一七四九〜一八二〇

江戸後期の儒学者・漢詩人。名は世寧、字は子静。寛斎と号した。江戸の生まれ。林家に入門。昌平黌の学頭となったが、「寛政異学の禁」を受けて辞職し、江戸で江湖詩社を創立、柏木如亭・大窪詩仏・菊池五山らを教えた。寛政三年（一七九一）、富山藩校広徳館の祭酒（教授）となり、二十余年間在職、その間、江戸と富山とを往復した。書にも巧みであった。『寛斎先生遺稿』『寛斎百絶』『日本詩紀』『全唐詩逸』などがある。詩に長じ、江戸の詩風を一変させたと評せられる。江湖詩社の門下からは、菊池五山・大窪詩仏・柏木如亭らが出ている。

一条兼良（いちじょう かねよし〔かねら〕）一四〇二〜一四八一

室町時代の廷臣・学者。父は関白経嗣。摂政、太政大臣、関白となる。博学多才、古典・神道・仏教に通じ、和歌に長じた。『公事根源』『花鳥余情』など多くの著作がある。

一休宗純（いっきゅう そうじゅん）一三九四〜一四八一

室町前期、臨済宗の僧。名は宗純、京都の生まれ。後小松天皇の落胤とも伝えられる。六歳で童子となり、禅の修行に励んだ。禅宗の俗化に反発し、各地を行脚して武士・町人と自由に交際、禅の普及に努めた。晩年、八十一歳で大徳寺の住持となっている。幼時の奇才を伝える「一休頓智咄」も有名。偈頌（禅僧の詩）集に『狂雲集』がある。

伊藤仁斎（いとう じんさい）一六二七〜一七〇五

江戸前期の儒学者。名は維楨、字は源佐。仁斎と号した。京都の人。初め朱子学を修め、家業を弟に譲って学問に専心。後に孔子・孟子本来の学（古義）に復する古義学を唱えた。特に『論語』を顕彰し、高尚な議論に没頭してしまいがちな知識人の傾向を警戒、日常における道徳的実践に徹すべきことを力説した。京都堀川に古義堂を開き、多くの門人を育成した。『論語古義』『孟子古義』『古学先生詩文集』などがある。

伊藤東涯（いとう とうがい）一六七〇〜一七三六

江戸中期の儒学者。仁斎の長男。名は長胤。東涯、慥慥斎などと号した。父の学説を継ぎ、経学・語学・制度に精通。一生仕えず、堀川の家塾古義堂で研究と教育に専心し、多くの門人を養成した。『紹述先生文集』『訓幼字義』『古今学変』『制度通』などがある。

伊藤博文（いとう ひろぶみ）一八四一〜一九〇九

幕末・維新期の志士・政治家。長州藩士。旧姓は林、幼名は利助、のち俊輔と称し、春畝と号した。松下村塾に学び、倒幕運動に参加。維新後は参議兼工部卿、初代兵庫県知事などを務め、明治十八年には内閣制度を創設し、初代首相となり、明治政府の実権を握る。その後も要職を歴任し、四度組閣。初代枢密院議長としては明治憲法の制定に尽力し、韓国統監府初代統監としては韓国併合を推進したが、明治四十二年、ハルピンで暗殺される。

上杉謙信（うえすぎ　けんしん）一五三〇～一五七八

戦国時代の武将。初名は景虎、出家して不識庵謙信と号した。越後（新潟県）の春日山城を拠点に北陸一帯を領有。山内上杉氏の家督を継いで関東管領となり、幕府秩序の回復に終生を捧げた。川中島（長野県）での武田信玄との数度にわたる合戦は有名。戦術に秀で、教養が深く、また「敵に塩を送る」の佳話が伝わるほど義を重んじた大名でもあった。

江村北海（えむら　ほっかい）一七一三～一七八八

江戸後期の儒学者。名は綬、字は君錫。北海と号した。播磨（兵庫県）の人。丹後（京都府）宮津藩に出仕した。朱子学を奉じ、那波活所の学統を伝える。致仕後は、京都で詩社賜杖堂を開いて詩を教えた。大阪の片山北海、江戸の入江北海とともに「三都三北海」と称せられている。漢詩の評論家として知られ、著書『日本詩史』は大きな影響を与えた。その他の著に『日本詩選』『北海先生詩鈔』などもある。

大窪詩仏（おおくぼ　しぶつ）一七六七～一八三七

江戸後期の漢詩人・書画家。名は行、字は天民。詩仏と号した。常陸（茨城県）の生まれ。江戸で山本北山や市河寛斎に学ぶ。文化三年（一八〇六）、神田お玉が池に詩聖堂を開く。市河寛斎・柏木如亭・菊池五山とともに「江戸の四詩家」と称せられ、多くの文人墨客と交遊した。書画にも秀で、都内各地に現存する石碑などによって、その能筆をしのぶことができる。『詩聖堂詩集』などがある。

大久保利通（おおくぼ　としみち）一八三〇～一八七八

明治維新の元勲、薩摩藩士。旧名は一蔵。甲東と号した。西郷隆盛らと倒幕運動を推進。明治新政府では参議・大蔵卿・内務卿を歴任。版籍奉還・廃藩置県を敢行して新政府の基礎を固める。西郷ら征韓論派が下野した後は、政権を担って地租改正・殖産興業を推進した。西南戦争鎮圧の翌年、明治十一年に紀尾井坂（東京都千代田区）にて暗殺される。

大田錦城（おおた　きんじょう）一七六五～一八二五

江戸後期の儒学者。名は元貞、字は公幹。錦城と号した。加賀（石川県南部）の生まれ。京都の皆川淇園、江戸の山本北山に学ぶが意に満たず、さらに古人の学を検討、中国清の考証学を取り入れ、日本の考証学の先駆となった。幕府の医官多紀桂山の援助を受け、江戸で教授、ついで三河（愛知県東部）吉田藩に仕え、晩年は加賀金沢藩に仕えた。『論語大疏』『梧窓漫筆』など、多くの著作がある。

大槻磐渓（おおつき ばんけい）一八〇一～一八七八

幕末・明治期の儒学者。名は清崇、字は士広。磐渓・寧静子と号した。江戸の生まれ。仙台藩江戸詰蘭医大槻玄沢の次子。十六歳で昌平黌に入って林述斎に学び、ついで長崎で蘭学を学んで仙台藩の藩儒となった。その後、洋学に関心をもち、江川太郎左衛門の塾に入って西洋の砲術を研究。ペリー来航に際しては開国を主張した。明治元年（一八六八）、奥羽列藩が挙兵した際の活躍がとがめられて下獄、明治四年に釈放されてからは、東京府本郷に隠棲した。『寧静閣詩文集』『近古史談』『古経文視』などがある。

大沼枕山（おおぬま ちんざん）一八一八～一八九一

幕末・明治の漢詩人。名は厚、字は子寿。枕山と号した。鷲津毅堂は従弟の子にあたる。鷲津家の家塾有隣舎に学び、十八歳で江戸へ出、玉池吟社の梁川星巌に認められて名声を高めた。三十二歳のとき下谷御徒町に家を持ち、下谷吟社を開いて詩壇の中心となる。維新後は、『東京詞』を発表して文明開化への屈折した心情を表し、その後は『江戸名勝詩』などを発表、伝統重視の姿勢を強めた。『枕山詩鈔』『日本詠史百律』『枕山詠物詩』など。

岡倉天心（おかくら てんしん）一八六二～一九一三

明治時代の美術行政家・思想家。本名は覚三。天心と号した。横浜の人。ジェームス・バラの塾で英語を、長延寺玄導和尚から漢籍を学ぶ。東京大学を卒業後は、文部省に入ると共に、師アーネスト・フェノロサの日本美術研究を手伝う。明治二十年以降は日本画革新運動を先導。東京美術大学（東京藝術大学の前身）の校長となる。明治三十一年（一八九八）、官学に対抗して日本美術院を創設。明治三十七年、ボストン美術館に勤務して日米を往復。『東洋の理想』『日本の覚醒』『茶の本』などがある。

柏木如亭（かしわぎ じょてい）一七六三～一八一九

江戸後期の漢詩人。名は昶、字は永日。如亭などと号した。江戸の人。詩を市河寛斎に学び、江湖詩社の中心的存在として、大窪詩仏・菊池五山と並び称せられた。詩や画を売りながら全国各地を遊歴し、頼山陽、田能村竹田、梁川星巌らと交流した。京都で没している。詩風は南宋を学び、やがて唐詩の風を得たとされる。『如亭山人遺稿』『宋詩清絶』『詩本草』などがある。

勝海舟（かつ かいしゅう）一八二三～一八九九

幕末・明治期の幕臣・政治家。名は義邦、通称は麟太郎。海舟と号した。安房守だったので安房と称し、のちに安芳と改名。江戸の生まれ。佐久間象山と交流し、妹は象山に嫁ぐ。ペリー来航時に提出した意見書が認められ、幕府より長崎海軍伝習所に派遣される。咸臨丸を指揮して渡米。帰国後、神戸に海軍操練所を設立、軍艦奉行となる。幕府側代表として西郷隆盛と会見、江戸城明け渡しの任を全うした。維新後は、参議・海軍卿・枢密顧問官などを歴任、伯爵に叙せられた。また、朝敵となった徳川慶喜のために奔走し、赦免に成功する。『海軍歴史』『陸軍歴史』『開国起原』『氷川清話』などがある。

葛子琴（かつ しきん） 一七三九～一七八四

江戸後期の漢詩人・医学者。本姓は橋本氏、名は張、字は子琴。大坂の人。本姓が葛城氏であったことから中国風に「葛子琴」と称した。京都で医学を学び、大阪で開業。片山北海の混沌詩社（大阪）に属し、華やかな詩風で知られる。また高芙蓉に師事し、篆刻にも秀で、頼春水らと交流した。著書には『葛子琴詩抄』などがある。

桂山彩巌（かつらやま さいがん） 一六七九～一七四九

江戸中期の儒学者。名は義樹、字は君華。彩巌・天水と号した。江戸の人。林鳳岡に学び、朱子学を修めた。幕府の儒官となり、享保十九年（一七三四）、書物奉行に任ぜられた。詩文にすぐれ、新井白石・梁田蛻巌・秋山玉山とともに〝享保の四大家〟と称せられた。著作に『琉球事略』『彩巌詩集』などがある。

亀田鵬斎（かめだ ぼうさい） 一七五二～一八二六

江戸後期の儒学者。名は翼、のち長興、字は図南・公龍・穉龍。鵬斎と号した。江戸の生まれ。井上金峨のもとで共に学んだ山本北山と意気投合し、古文辞学派を排撃。時の詩壇が唐詩尊重から宋詩尊重に転ずる機運を促進した。「寛政異学の禁」に反抗して閑居し、その後、各地を旅して文化活動を行い、佐羽淡斎や良寛らと交流した。生涯仕官せず、経書を講じ、書画を売り、詩酒を友として日々を送った。豪快な詩風で知られ、書にも秀でる。『論語撮解』『善身堂詩鈔』などがある。

河上肇（かわかみ はじめ） 一八七九～一九四六

明治後期～昭和の経済学者・思想家・詩人。山口県生まれ。東京帝国大学法科大学政治科卒業。新聞記者を経て京都帝国大学教授となる。マルクス主義経済学の研究・啓蒙に専心。昭和三年（一九二八）大学を辞職し、労働農民党・日本共産党などの運動に従事。昭和八年、治安維持法違反で収監され（昭和十二年まで）、獄中で漢詩に親しむようになる。生涯共産主義を捨てなかったが、常に真理を求めた学者でもあった。『貧乏物語』『資本論入門』『陸放翁鑑賞』『自叙伝』などがある。

菅茶山（かん ちゃ（さ）ざん）一七四八～一八二七
江戸後期の儒学者・漢詩人。本姓は菅波、名は晋帥、字は礼卿。茶山はその号。備後（広島県東部）神辺の人。京都へ出て朱子学・医学を学び、名士と交遊、頼春水や与謝蕪村らと交遊した。帰郷後、私塾黄葉夕陽村舎（後に藩校として認可され、廉塾と改名）を開き、門弟の養成に尽力。頼山陽が一時、廉塾の塾頭になっている。「東の市河寛斎、西の菅茶山」と称せられ、関西の詩風は彼によって一変したとされる。のち福山藩の儒官となった。『黄葉夕陽村舎詩』『菅茶山翁　筆のすさび』などがある。

祇園南海（ぎおん なんかい）一六七七～一七五一
江戸中期の儒学者。名は瑜、字は伯玉。南海などと号した。紀伊（和歌山県）の人。父に従って江戸に出、十三歳で木下順庵の門に入って朱子学を学ぶとともに詩才で頭角を表し、紀州藩の儒官となる。「正徳四大家」のひとり。書画にも長じ、初期の日本南画界を代表する存在。『南海先生集』『詩学逢原』などがある。

菊池五山（きくち ござん）一七六九？～一八五三
江戸後期の漢詩人。名は桐孫、字は無絃。五山と号した。讃岐（香川県）の生まれで、曾祖父のころより高松藩の儒官として仕える家柄。京都で柴野栗山に学び、のち江戸で江湖詩社に入り、詩名を高めた。明詩の詠みぶりを好まず、宋詩をお手本とした。画の谷文晁、書の亀田鵬斎とともに「芸苑の三絶」と称せられる。晩年には高松藩に仕えた。『五山堂詩話』『清人詠物詩抄』『明人絶句』などがある。

菊池三渓（きくち さんけい）一八一九～一八九一
幕末・明治期の漢学者・文人。名は純、字は子顕。三渓と号し、書楼を晴雪楼と言う。紀州（和歌山県）の生まれ。江戸で安積艮斎や大槻磐渓に学ぶ。紀伊藩儒であったが、藩主徳川慶福が十四代将軍となった（家茂と改名）ため、幕府儒官となる。慶応二年（一八六六）家茂逝去とともに辞職。維新後は文筆活動に従事。『東京写真鏡』『国史略二編』『国史略三編』『本朝虞初新誌』などがある。

木戸孝允（きど たかよし（こういん））一八三三～一八七七
幕末の長州藩士、「維新の三傑」の一人。明治の元勲。桂家の養子となり、元服して桂小五郎と名乗る。のち木戸貫治と改名。松菊と号した。吉田松陰に師事。倒幕派の中心人物として活躍し、薩長同盟の密約を結んだ。維新後は、版籍奉還・廃藩置県に努力。参議・内閣顧問などを歴任し、のちの立憲体制移行への基礎を作った。

義堂周信（ぎどう しゅうしん）一三二五～一三八八
南北朝時代の禅僧。姓は平氏、名は周信、義堂は道号。土佐（高知県）高岡郡の人。はじめ比叡山に学び、十七歳のとき夢窓国師に師事した。鎌倉の円覚寺や、京都の建仁寺、南禅寺に歴任した。経史・詩文にひろく通じ、絶海中津とともに五山の最高峰とされる。

木下順庵（きのした じゅんあん） 一六二一～一六九八

江戸中期の儒学者。名は貞幹、順庵・錦里などと号した。京都の人。松永尺五に朱子学を学び、加賀藩（石川県）に仕えた。次いで将軍綱吉に招かれ、幕府の儒官となる。優れた教育者として知られ、門下からは新井白石・室鳩巣・雨森芳洲・榊原篁洲・祇園南海（木門の五先生）らが出た。『錦里文集』などがある。

幸田露伴（こうだ ろはん） 一八六七～一九四七

明治・大正・昭和の小説家。本名は成行。露伴・蝸牛庵と号した。江戸下谷の生まれ。東京英学校中退。逓信省電信修技校を卒業。井原西鶴などの江戸文学に親しんで作家を志した。儒教・仏教・道教にも造詣が深かった。小説『五重塔』『連環記』『風流仏』、史伝『運命』『頼朝』、長編詩集『出廬』、紀行・随筆『枕頭山水』など、多くの著作がある。尾崎紅葉、坪内逍遙、森鷗外と並び称せられる。作家の幸田文は娘。

虎関師錬（こかん しれん） 一二七八～一三四六

鎌倉後期の臨済宗の僧。姓は藤原氏、名は師錬。十歳で禅僧となり、ひろく仏教、儒教の学を修めた。鎌倉・京都の寺に歴住し、延元三年（一三四二）、後村上天皇より国師の号を贈られた。五山文学の祖と言うべき存在で、詩文集『済北集』は初期禅林（禅宗の寺）文学の代表作とされる。

古賀精里（こが せいり） 一七五〇～一八一七

江戸後期の儒学者。名は樸、字は淳風。精里と号した。肥前（佐賀県）古賀村の生まれ。寛政三博士のひとり。大阪に出て葛子琴・頼春水・尾藤二洲らと交遊。陽明学や仏教・老荘の学を学び、やがて朱子学を奉ずるに至った。佐賀藩に帰って藩政を助け、藩校弘道館の創設に尽力。寛政八年（一七九六）、昌平黌の儒官となる。『精里全書』『四書集釈』などがある。

児島高徳（こじま たかのり） 生没年未詳

南北朝時代、南朝側の武将。姓は三宅、通称は備後三郎。備前（岡山県）の人。『太平記』によれば、高徳は南朝の元弘元年（一三三一）、後醍醐天皇の鎌倉幕府討幕の挙兵（元弘の変）に加わり、翌年、同天皇が隠岐に流されるのを救出しようとして果たせず、以後、各地を転戦した。しかし、足利尊氏の軍に阻まれ、最後は信濃で出家した。

西郷隆盛（さいごう　たかもり）一八二七～一八七七

明治維新の元勲、薩摩藩士。幼名は小吉・吉之介。のち吉之助・隆盛と改名。南洲と号した。薩摩（鹿児島）の生まれ。幼少より読書を好み、とくに陽明学を修めた。薩摩藩主島津斉彬に認められ、将軍後継問題や条約勅許問題に反井伊派として活躍。薩長同盟・王政復古・戊辰戦争などでも中心的役割を果たす。その間、幕臣勝海舟と会見して慶応四年（一八六八）、江戸城の無血開城を実現した。維新後、陸軍大将兼参議となるが、明治六年（一八七三）、征韓論の主張が容れられず鹿児島に帰り、私学校を設立して教育活動にたずさわった。しかし郷里の不平士族らに推されて明治十年、西南戦争を起こし、戦況不利のうちに城山で自刃した。「維新の三傑」の一人。

斎藤拙堂（さいとう　せつどう）一七九七～一八六五

江戸末期の儒学者。名は正謙、字は有終。拙堂と号した。伊勢津藩の藩士。昌平黌で古賀精里に学び、津藩の藩校有造館の学職となる。以後、津藩の教育に尽力、郡奉行を兼ねて行政にも関与した。学問は朱子学を土台としながら世界の地理・情勢、西洋の兵法や医学を重視し、有造館内に洋学館や種痘館を創設、初めて種痘を藩内で実施した。『拙堂文集』『拙堂文話』『月瀬記勝』などがある。ペリー来航への対策についても論陣を張っている。

榊原篁洲（さかきばら　こうしゅう）一六五六～一七〇六

江戸中期の儒学者。名は玄輔、のち元輔。篁洲と号した。紀州藩和泉（大阪府南部）の人。京都で木下順庵に学び、紀州藩（和歌山県）の儒官となった。歴代の制度研究に業績をあげ、特に明律（中国明代の刑法典）に通暁していた。『大明律例諺解』『古文真宝前集諺解大成』『篁洲詩集』などがある。

坂本龍馬（さかもと　りょう（りゅう）ま）一八三五～一八六七

幕末の土佐郷士。名は直陰、のちに直柔。龍馬は通称。剣術修行のため江戸に遊学。武市半平太が創設した土佐勤王党に加盟。文久二年（一八六二）、藩政にあきたらず脱藩して江戸に出ると、勝海舟に入門。航海術を学び、また神戸海軍操練所設立のために奔走した。長崎に貿易会社と政治組織を兼ねた亀山社中を設立（のち海援隊に発展）。西郷隆盛・小松帯刀（清廉）・木戸孝允らと薩長連合を図り、大政奉還に尽力した。京都の近江屋で中岡慎太郎とともに殺害される。

佐久間象山（さくま　しょうざん（ぞうさん））一八一一～一八六四

幕末期の思想家・兵学者。信濃松代藩士。名は啓・大星、字は子迪・子明。象山と号した。佐藤一斎の門に入って朱子学を学び、また蘭学・砲術を修めた。早くから開国論を唱え、西洋の科学技術の導入を主張、江戸の私塾象山書院や深川の松代藩邸で教え、勝海舟・吉田松陰・橋本左内・坂本龍馬らが学んでいる。彼自身、地震計や電気医療器を制作し、洋服も着用したと伝えられるが、幕府・朝廷に再三、開国策を説いたため攘夷派ににくまれ、京都で暗殺された。『象山先生詩鈔』『荷蘭語彙』などがある。

佐藤一斎（さとう いっさい）一七七二～一八五九

江戸後期の儒学者。名は坦、字は大道。一斎・愛日楼などと号した。曾祖父以来、美濃（岐阜県）岩村藩の家老の家柄。関西で中井竹山・皆川淇園に学び、江戸に出て林大学頭簡順の門に入る。のち三十四歳のとき、林家の塾頭となる。朱子学を基本としつつ、陽明学をも取り入れた独自の学風を形成。各地の大名の尊敬を集め、七十歳にして幕府の儒員・昌平黌の儒官となった。門下生は三千人と言われ、佐久間象山・安積艮斎・横井小楠・山田方谷・渡辺華山・中村正直ら多数の儒者を育成した。著書に〈言志四録〉『愛日楼文詩』、注釈書に『近思録欄外書』『伝習録欄外書』などがある。

篠崎小竹（しのざき しょうちく）一七八一～一八五一

江戸後期の儒学者・漢詩人・書家。名は弼、字は承弼。小竹と号した。大阪の生まれ。本姓は加藤氏。幼時より篠崎三島に古文辞学を学び、その養子となった。江戸に出て尾藤二洲や古賀精里について朱子学を学ぶ。のち大阪に帰って三島の家塾梅花社を継ぎ、教育に専念した。仕官を好まず、大名たちの招きには応じなかったが、名士として厚遇された。詩・書に優れ、頼山陽や田能村竹田をはじめ、京坂地区の文人たちと親しかった。詩文では大阪第一とされ、中国北宋の欧陽脩になぞらえられる。『小竹斎詩鈔』などがある。

柴野栗山（しばの りつざん）一七三六～一八〇七

江戸後期の儒学者。名は邦彦、字は彦輔。栗山などと号した。讃岐（香川県）高松の人。三白社を創立した人々のひとり。江戸の昌平黌などで学び、阿波藩（徳島県）に出仕した。天明八年（一七八八）、昌平黌の教授となる。荻生徂徠（一六六六～一七二八）が朱子学を排斥して古学を唱えて以来、江戸ではこれに従う学者が多かったが、栗山は朱子学の正しさを毅然として論じ、老中松平定信による「寛政異学の禁」の推進役となった。尾藤二洲・古賀精里と並んで「寛政三博士」と称せられた。『栗山堂文集』『栗山堂詩集』などがある。

釈元政（しゃく げんせい）一六二三～一六六八

江戸前期、日蓮宗の学僧。姓は石井氏、名は元政、法名は日政。はじめ彦根藩（滋賀県）に仕えた。明暦元年（一六五五）三十三歳の時には、京都深草（京都府伏見区）に元政庵を開いて隠棲。漢詩文をよくし、国学・和歌・茶道に長じた。熊沢蕃山・石川丈山や中国・明の陳元贇と親交があった。『艸山集』『元元唱和集』などがある。

釈大典（しゃく だいてん） 一七一九〜一八〇一
江戸中期、黄檗宗《おうばくしゅう》の僧。法名は顕常。大典と号した。十一歳で得度し、学僧として儒学・国史・詩文などを修め、多くの書を著した。安永六年（一七七七）、相国寺（京都五山の一つ）の住職となる。松平定信、六如、葛子琴、売茶翁らと交遊した。『昨非集』『文語解』『詩語解』などがある。

如瑶（じょよう） 生没年未詳
南朝の懐良親王（あるいは懐良親王）の臣僧。詳しい事跡は不明。懐良親王の命令で明へ使節として赴いた。

雪村友梅（せっそん ゆうばい） 一二九〇〜一三四六
鎌倉後期から南北朝時代の臨済宗の僧。姓は源・一宮氏、字は友梅。雪村は道号である。越後（新潟県）の人。徳治二年（一三〇七）、十八歳の時に元に渡って、名士たちと交遊を重ねた。元の日本侵攻の失敗によって情勢が悪化すると軟禁・追放に処せられたが、十数年経つと赦されて優遇された。元にあること二十二年、嘉暦四年（一三二九）四十歳で帰国し、鎌倉・京都の寺に住した。

絶海中津（ぜっかい ちゅうしん） 一三三六〜一四〇五
南北朝・室町前期の禅僧。姓は藤原・津能氏、名は中津、字は絶海。土佐（高知県）津野の人。十三歳で京都に上り、夢窓疎石に師事し、ついで十八歳にして義堂周信に兄事した。三十三歳で明に渡り、杭州の中天竺寺に寓し、全室和尚に師事した。明の太祖洪武帝にも謁見し、その求めに応じてただちに詩を作ったという佳話も伝わる。十年後に帰国、足利義満や細川頼之の知遇を得て、幕政にも関与した。

大正天皇（たいしょうてんのう） 一八七九〜一九二六
（在位一九一二〜一九二六）
日本国第百二十三代天皇。諱は嘉仁。明治天皇の第三皇子。生母は柳原愛子。幼称は明宮。明治二十二年（一八八九）に立太子。明治三十三年、二十二歳で九条節子（貞明皇后）と結婚。この年から地方巡啓として、日本各地を訪問。明治天皇の崩御（一九一二年七月）により即位し、大正と改元。大正十年（一九二一）には皇太子裕仁親王（昭和天皇）を摂政に任命。大正十五年十二月、葉山御用邸にて崩御。

高杉晋作（たかすぎ しんさく） 一八三九〜一八六七
幕末の長州藩士。名は春風、字は暢夫。東行と号した。晋作は通称。吉田松陰の松下村塾に入門。久坂玄瑞と共に双璧と称せられる。江戸に遊学し、藩命によって上海を視察。清国が列強諸国の植民地になりつつある状況を目の当たりにし、攘夷論の急先鋒となる。文久三年（一八六三）に奇兵隊を組織。文久四年の英・仏・米・蘭艦隊の下関侵攻に際しては、晋作が和議交渉の全権を担った。慶応二年（一八六六）、桂小五郎（木戸孝允）らと共に、坂本龍馬を仲介として薩長同盟を締結。同年六月、幕府による第二次長州征討においては海軍総督として幕府艦隊を退け、幕府の権威は大いに損われることとなった。肺結核のため、二十九歳の若さで死去。

高野蘭亭（たかの らんてい）一七〇四〜一七五七

江戸中期の漢学者。名は惟馨。蘭亭・東里と号した。江戸の人。荻生徂徠のもとで学んだ。十七歳で失明し、失意のなかで、徂徠より詩作に努めるよう激励された。以来、その教えを奉じて詩に専心し、徂徠門下では服部南郭とともに詩才を称せられた。著作に『蘭亭先生詩集』がある。

武田信玄（たけだ しんげん）一五二一〜一五七三

戦国時代、甲斐（山梨県）の大名。名は晴信、のち出家して信玄と称する。政治・軍略にすぐれた手腕を発揮し、甲州法度を定めて規律を重んじた。民政・領国開発に力を注ぎ、平定した地域は信濃（長野県）や駿河（静岡県）、西上野（群馬県西部）、東三河（愛知県東部）などに及ぶ。

武市半平太（たけち はんぺいた）一八二九〜一八六五

幕末の土佐藩士。名は小楯、通称は半平太。瑞山と号した。剣術に優れ、道場に集まった門弟には中岡慎太郎や吉村虎太郎、岡田以蔵らがいる。坂本龍馬や諸藩の志士と交わり、文久元年（一八六一）、江戸で攘夷派の有志たちと土佐勤王党を結成した。翌年には土佐藩参政吉田東洋を暗殺し、藩論を公武合体より尊王攘夷に導いた。しかし、文久三年の八月十八日、公武合体派による政変以後は尊王攘夷運動の後退とともに土佐勤王党も弾圧され、同年九月、半平太も獄にくだされた。一年半以上におよぶ投獄の末、藩主山内容堂より切腹を命ぜられた。

太宰春台（だざい しゅんだい）一六八〇〜一七四七

江戸中期の儒学者。名は純、字は徳夫。春台、紫芝園などと号した。信濃（長野県）の人。荻生徂徠に学び、学問・教育に努めた。経学・経済学にすぐれる。著作に『春台先生紫芝園稿』『論語古訓』『経済録』などがある。

館柳湾（たち りゅうわん）一七六二〜一八四四

江戸後期の漢詩人・書家。名は機、字は枢卿。柳湾と号した。越後の生まれ。江戸に出て亀田鵬斎に学び、やがて幕府に仕え、飛彈（岐阜県北部）の高山、羽前（山形県）の金山などに赴任した。退官後は江戸の目白台に閑居し、詩書や篆刻を友とした。その詩は中晩唐を範とする小味なものて、永井荷風が最も愛好したと言う。詩文集『柳湾漁唱』、漢詩歳時記『林園月令』、また編著として『中唐十家絶句』『晩唐詩選』『金詩選』などがある。

伊達正宗（だて まさむね） 一五六七～一六三六

安土桃山から江戸初期の武将。幼時に右眼を失明、勇名を馳せるに及んで、「独眼龍」と称せられる。父輝宗の跡を継いで奥羽に覇をとなえたが、天正十八年（一五九〇）、豊臣秀吉に服属。関ヶ原の合戦（一六〇〇）、大坂の陣（一六一四、一五）では徳川家康について功をたて、仙台六十二万石を領した。

田能村竹田（たのむら ちくでん） 一七七七～一八三五

江戸後期の文人画家。名は孝憲、字は君彝。竹田と号した。豊後（大分県）竹田の生まれ。家は代々豊後岡藩の藩医だったが、彼は家業の医学を好まず、経学詩文を藩校由学館に学ぶ。ついで熊本・京都に遊学、江戸では谷文晁に師事した。文化八～九年（一八一一～一二）の専売制に反対する百姓一揆を機に藩政改革の建白書を提出、これが容れられず、文化十年（一八一三）に辞職して隠居。以後は詩作と画業とに専心、また旅を好み、各地を遊歴した。上田秋成・中島棕隠・頼山陽・菅茶山らと交流をもつ。絵は中国元・明の南宗画を学び、とくに着色の花鳥山水画にすぐれた。江戸文人画の代表的存在である。茶道・香道にも造詣が深かった。『竹田詩集』『竹田荘詩話』『山中人饒舌』などがある。また、詞の研究を手がけ、『塡詞図譜』を編纂している。

中巌円月（ちゅうがん えんげつ） 一三〇〇～一三七五

南北朝時代、臨済宗の僧。姓は平・土屋氏、名は円月。中巌は道号。桓武天皇の遠孫という。東明禅師、虎関師錬に学び、二十六歳で元に渡った。元弘二年（一三三二）に帰国すると、時あたかも後醍醐天皇の新政開始（建武の中興）にあたり、円月は政治・宗教に関する主張を進言した。道学（朱子学）に通じ、詩は李白・杜甫や宋詩の風を学んだ。

道元（どうげん） 一二〇〇～一二五三

鎌倉初期の禅僧で、日本曹洞宗の開祖。号は希元、京都の人。内大臣久我（土御門）通親の子。比叡山で学び、建保元年（一二一三）に剃髪して道元と名乗る。のち栄西禅師やその弟子の明全禅師に師事。貞応二年（一二二三）入宋、如浄より法を受ける。安貞元年（一二二七）に帰朝し、六年後に京都深草に興聖寺を開いて禅の法を弘めた。寛元二年（一二四四）、越前（福井県）に大本山永平寺を開く。著書に『正法眼蔵』『永平広録』などがある。

銅脈先生（畠中観斎）（どうみゃくせんせい（はたなか かんさい））

一七五二～一八〇一

江戸中期の狂詩作者。本姓は都築《つづき》、名は正盈《まさみつ》、字は子允。観斎・寛斎・片屈道人・銅脈先生などと号した。讃岐（香川県）の人。那波魯堂の門人。「東の寝惚」に対して「西の銅脈」と並び称せられた。狂詩集『太平楽府』などがある。博学多才の人で、『杜詩国字解』も著している。

徳富蘇峰（とくとみ そほう） 一八六三～一九五七

明治～昭和の文士・歴史家・ジャーナリスト・評論家。名は猪一郎、字は正敬。蘇峰と号した。肥後（熊本県）の生まれ。徳冨蘆花の兄。同志社を中退。明治十九年（一八八六）、『将来之日本』で文名をあげ、翌二十年に民友社を設立し、雑誌『国民之友』『国民新聞』を発行。初め自由主義的政論を発表したが、日清戦争後は国権主義を唱えた。明治三十年（一八九七）、松方内閣の内務省勅任参事官に就任。のち山県有朋や桂太郎との結びつきを深め、日露戦争の際には桂内閣を支持した。大正二年（一九一三）に桂太郎が亡くなると、政界から離れた。大正七年から『近世日本国民史』を『国民新聞』に連載。昭和四年（一九二九）、大阪毎日・東京日日新聞の社賓に迎えられ、継続して連載した。第二次大戦中は日本文学報国会の会長を務め、二十年、敗戦と共に一切の職を退く。『大日本膨脹論』『時務一家言』『勝利者の悲哀』『吉田松陰』『蘇峰詩草』など、きわめて多数の著作がある。

鈍狗斎愚仏（寺田貞義）（どんくさい ぐぶつ／てらだ さだよし（ぎてい）） 一七九八？～一八二八

江戸後期の狂詩作者。通称は大文字屋嘉平。淤足斎・愚仏先生・鈍狗斎などと号した。京都の書肆大文字屋の主人。中島棕隠の門人。著書に銅脈先生の『太平楽府』のあとを継いだ『続太平楽府』がある。

張打油（ちょう だゆう） 生卒年未詳

中国中唐ごろの人で、南陽（河南省）の出身。詳しい事績は分からず、読書人だったとも農民だったとも言われる。李白が「詩仙」、杜甫が「詩聖」と呼ばれるのにならって「詩覇」とも称せられる。

土屋竹雨（つちや ちくう） 一八八七～一九五八

明治～昭和の漢詩人。名は久泰、字は子健。竹雨と号した。鶴岡（山形県）の生まれ。東京帝国大学法学部政治科を卒業、実業界に入るが、大正十二年（一九二三）に大東文化協会幹事、ついで大東文化学院教授となり、作詩法の教授や漢詩文雑誌の刊行・運営に尽力した。書画にも秀で、昭和二十四年（一九四九）、日本芸術院会員となり、同年に東京文政大学（現・大東文化大学）学長となった。『日本百人一詩』『猗廬詩稿』などがある。

程渠南（てい きょなん） 生卒年未詳
中国元代の人で、松陽（浙江省）の出身。詳しい事跡は不明。

徳川斉昭（とくがわ なりあき） 一八〇〇～一八六〇
江戸後期の御三家の大名。第九代水戸藩主。字は子信。景山と号した。江戸小石川の藩邸に生まれる。第十五代将軍徳川慶喜の父にあたる。藤田東湖らを登用し、弘道館の設立、海防教化、殖産興業などの藩政改革を行うが、尊王攘夷的言動が幕府ににらまれ、隠居謹慎を命ぜられる。ペリー来航に際して幕政に参与。以後、外交問題や将軍の後継問題をめぐって雄藩連合を形成し、井伊直弼の一派と鋭く対立、安政の大獄に連座して安政六年（一八五九）、国許永蟄居の処分を受けた。烈公と謚される。『景山詩集』『大日本史補修』『倭言集成』などがある。

独菴玄光（どくあん げんこう） 一六三〇～一六九八
江戸初期の禅僧。名は玄光、字は蒙山、睡菴・独菴と号した。肥前（佐賀県）の人。中国からの渡来僧の道者超元に師事。皓台寺（長崎県）の住職となり、禅の改革につとめた。『独菴稾』『護法集』などがある。

豊臣秀吉（とよとみ ひでよし） 一五三七～一五九八
安土桃山時代の武将・政治家。初名は木下藤吉郎。尾張（愛知県）の人。織田信長に仕え、功績をあげていった。やがて羽柴秀吉と名乗り、本能寺の変（一五八二）後は、明智光秀を破り、各地を平定して天下を統一。天正十一年（一五八三）に大坂城を築く。のち関白・太政大臣となり、豊臣の姓を賜った。明を征服しようとして文禄・慶長の役（一五九二～一五九八）を起こす。

直江兼続（なおえ かねつぐ） 一五六〇～一六一九
安土桃山・江戸前期の武将。上杉家の武将。上杉景勝に仕え、米沢藩（山形県）の基礎を築いた名家宰として知られる。詩文の才にも定評があり、新井白石は「我《わが》蔵に兼続が和漢連句百韻あり、其詩才有《あり》し、うたがふべからず」と称賛している。慶長十二年（一六〇七）の直江版『文選』は、一説によれば、日本最初の銅活字印刷である。

永井禾原（ながい かげん） 一八五二～一九一三
明治・大正の官僚・実業家・漢詩人。名は匡温、また温。通称は久一郎。禾原・来青などと号した。尾張（愛知県）の出身。鷲津毅堂に儒学を、森春濤・大沼枕山らに漢詩を学ぶ。アメリカ留学後は、文部省・内務省・帝国大学などに勤務。また共立女子職業学校（今の共立女子大学）の創立に関わり、校長代理や監事役を勤めた。のち日本郵船の上海・横浜支店長を歴任。妻は鷲津毅堂の娘恆、長男は壮吉（荷風）。『西遊詩』『雪炎百日吟稿』『来青閣集』などがある。

永井荷風（ながい　かふう）　一八七九〜一九五九

明治〜昭和の小説家。禾原の長男。名は壮吉。断腸亭主人・石南居士などと号した。東京小石川の生まれ。荷風ははじめフランスの作家エミール・ゾラ（一八四〇〜一九〇二）の影響を受けて『地獄の花』など自然主義的作品を発表し、ついでアメリカ・フランスに留学した。帰国後、日本の皮相な近代化に反発して江戸文化への傾倒を強め、以後、花柳界や娼婦の情を多く描き、『腕くらべ』『おかめ笹』など耽美的・戯作的な作品を発表。世相の観察者とも言うべき位置に身を置き、ときに反俗的文明批評家としての姿勢を見せた。その文学世界の集大成が『濹東綺譚』であり、また大正六年（一九一七）から没年まで四十二年間にわたって書き続けられた『断腸亭日乗』は、日記文学の最高峰。ほかに訳詩集『珊瑚集』などがある。

中江藤樹（なかえ　とうじゅ）　一六〇八〜一六四八

江戸中期の儒学者、日本陽明学派の祖。名は原。近江（滋賀県）の人。伊予（愛媛県）大洲藩に仕え、のち故郷に帰って学問と教育に専心した。門下からは熊沢蕃山らを輩出。没後は「近江聖人」と称えられた。『孝経啓蒙』『翁問答』などがある。

中島棕隠（なかじま　そういん）　一七七九〜一八五五

江戸後期の儒学者・漢詩人・狂詩作家。名は規《まどか》（き）・徳規《よしのり》、字は景寛。棕隠と号した。狂詩人としての号は安穴道人。京都の生まれ。曾祖父中島浮山（伊藤仁斎の門人）以来、儒学を家風とする。十代終りに六如上人に詩才を認められる。鴨川近辺の花街の風俗を詠んだ連作詩で世に知られた。この連作はその後さらに増補し、文政九年（一八二六）に『鴨東四時雑詞』（全百二十首）として刊行し、竹枝詞の流行を招く。狂詩や和歌、それに小説や書でも名を馳せ、各地を遊歴して名士たちと交流した。『棕隠軒集』『太平新曲』『都繁昌記』などがある。

夏目漱石（なつめ　そうせき）　一八六七〜一九一六

明治・大正の小説家・英文学者。名は金之助。江戸牛込馬場下横町（新宿区喜久井町）の生まれ。幼時より唐・宋の詩文を好み、二松学舎に学んだ。のち英文学を志し、明治二十六年（一八九三）に帝国大学（明治三十年、東京帝国大学と改称）英文科を卒業、旧制第五高等学校（熊本）教授となる。明治三十三年（一九〇〇）、イギリスに留学。帰国後、東京帝国大学講師となり、三十八年から『吾輩は猫である』を発表。四十年、教職を辞して朝日新聞社の専属となり、以後続々と作品を発表。『明暗』連載中の大正五年（一九一六）、胃潰瘍で没した。近代文学者として森鷗外と並称される。

鍋島直正（なべしま なおまさ）一八一四～一八七一

幕末の肥前佐賀藩主、明治政府の重鎮。初名は斉正、のち直正。閑叟と号した。父鍋島斉直の隠居を受けて十七歳で藩主となる。殖産興業を中心とする藩政改革を行い、藩校弘道館を拡充して教育を振興した。西洋の技術を採り入れ、長崎に砲台を築き、反射炉を建設するなど幕末の名君として知られる。維新後は議定などを務め、旧藩主としては最初に廃藩置県に賛同した。

成島柳北（なるしま りゅうほく）一八三七～一八八四

幕末・明治の文人、ジャーナリスト。名は惟弘、字は保民。柳北と号した。江戸浅草の生まれ。家は代々将軍家の侍講をつとめ、彼も幕府の儒官として経学を講じ、またしきりに柳橋の歓楽街に出入りした。その後、時世に感じて洋学を研究、歩兵頭並・騎兵頭に任ぜられてフランス式の練兵を実施した。江戸開城を機に下野。維新後は仕えず、明治五年（一八七二）から翌年にかけて欧米を遊歴。帰国後、朝野新聞の社主となり、みずから筆を執って時事の諷刺や歓楽街の見聞記で文名を高めた。また『花月新誌』の主幹として漢詩文や和歌和文の振興に情熱を傾けた。『柳北詩鈔』『柳北奇文』『航西日乗』『柳橋新誌』『航薇日記』などがある。

仁科白谷（にしな はっこく）一七九一～一八四五

江戸後期の儒学者・漢詩人。名は幹、字は礼宗。白谷と号した。備前の生まれ。十代後半ごろ、菅茶山や頼山陽と面識を得、江戸では亀田鵬斎に師事し、その子綾瀬とも親交をもった。その後、教育・出版活動に携わり、また各地を旅行してまわったと言う。詩人として知られ、特に長篇に力を発揮した。七言古詩「紀行　滄浪秦父子及び亀田綾瀬に贈る」（全千百句）は、日本漢詩の最大長篇とされる。『白谷集』などがある。

西山拙斎（にしやま せっさい）一七三五～一七九八

江戸中～後期の儒学者。本姓は坂本氏、名は正。拙斎と号した。備中（岡山県）鴨方の人。岡白駒らに学び、初めは徂徠学を主としたが、のち朱子学を奉じた。柴野栗山に朱子学を官学とするよう提案し、〝寛政異学の禁〟の端を開く。郷里で教学に努め、生涯出仕しなかった。『拙斎詩文集』などがある。

寝惚先生（**大田南畝**）（ねぼけせんせい／おおた なんぽ）一七四九～一八二三

江戸後期の文人・狂歌師・戯作者。名は覃。蜀山人・四方赤良・寝惚先生などと号した。勘定所幕吏として出仕するかたわら、詩文・狂歌・戯作などを著した。十七歳で幕府に仕え、十九歳のときに著した狂詩集『寝惚先生文集』が平賀源内に認められて評判となる。三十九歳のとき狂歌・戯作の筆を折り、四十六歳で湯島聖堂の学問吟味に首席で及第、やがて能吏として活躍しつつ、多くの著作と幅広い交遊によって、江戸市民文化の代表となった。『万載狂歌集』『甲駅新話』『調布日記』『一話一言』などを著している。

乃木希典（のぎ まれすけ） 一八四九～一九一二

明治時代の軍人。石礁・静堂・石林子などと号した。江戸（東京都）六本木の生まれ。家は長州藩士。慶応二年（一八六六）に奇兵隊に合して幕府軍と戦う。のち新政府の陸軍に入り、西南戦争（一八七七）にも従軍した。ドイツ留学を経て、日清戦争（一八九四～九五）では歩兵第一旅団長として善戦、陸軍中将となり、つづく日露戦争（一九〇四～〇五）では第三軍事司令官として出征し、大陸上陸直後に陸軍大将に任ぜられた。しかし旅順の攻略には非常な苦戦を強いられ、多大の犠牲を払ってこれを陥落させている。この戦争では彼自身、南山の戦いで長男勝典を、二〇三高地の激戦で次男保典を失った。のち宮内省御用掛、学習院院長に就任。明治天皇大葬の夜、夫人とともに殉死した。文武両道にすぐれた彼の事跡は唱歌や講談で伝えられ、国民的英雄として尊敬された。約二百四十首の漢詩が残されている。

野村篁園（のむら こうえん） 一七七五～一八四三

江戸後期の儒学者・漢詩人。名は直温、字は君玉。篁園と号した。十八歳で詩社を結成、また古賀精里に学び、のち四十三歳で昌平黌で教え、さらに幕府儒官となる。江戸時代最高の塡詞（詞）作家と称せられ、中国の詞人にとっても作りにくい長篇「鶯啼序」を遺している。当時流行の宋詩ふうではなく、唐詩、とりわけ杜甫や韓愈を範とし、古詩や排律を多作した。深い学識に基づく詠みぶりは格調が高く、重厚である。『篁園全集』（稿本）がある。

売茶翁（ばい（まい）さおう） 一六七五？～一七六三

江戸中期、黄檗宗の僧。俗姓は柴山氏、僧名は元昭、肥前（佐賀県）蓮池の生まれ。十一歳のころ、黄檗宗の門に入り、各地を行脚修行した。晩年は還俗して京都へ移り、高遊外と名乗って茶を売りながら、自適の生活を送った。『売茶翁偈語』などがある。

橋本左内（はしもと さない） 一八三四～一八五九

幕末の福井藩士。名は綱紀、字は伯綱、また弘道。南宋の忠臣岳飛を景慕して「景岳」と号した。左内は通称。越前（福井県）福井の生まれ。家は藩医で、彼も緒方洪庵や杉田成卿に医学・蘭学を学び、十九歳で藩医となり、種痘などを手がけている。藤田東湖・佐久間象山らと交遊。やがて藩主松平春嶽（慶永）に認められて藩政改革に活躍、また将軍の後継問題では一橋慶喜の擁立に向けて尽力したが、大老井伊直弼ににくまれ、安政の大獄でわずか二十六歳をもって刑死した。『藜園遺草』などがある。

服部南郭（はっとり　なんかく） 一六八三～一七五九

江戸中期の儒学者。名は元喬、字は子遷。南郭、芙蕖館などと号した。京都の人。柳沢吉保に仕え、荻生徂徠の門に入って古文辞を学ぶ。吉保の没後まもなく江戸に私塾芙蕖館を開き、教育と詩文制作に生きた。晩年には肥後（熊本県）の細川重賢ほか諸大名に厚遇された。『唐詩選』を尊重し、同書を校訂・出版、その後の『唐詩選』大流行のきっかけを作った。『唐詩選国字解』も彼の著として有名だが、偽作の可能性もあると言う。著作に『南郭先生文集』などがある。

林羅山（はやし　らざん） 一五八三～一六五七

江戸初期の幕府の儒官。名は忠、また信勝。字は子信。羅山と号した。法号は道春。京都の人。朱子の『論語集注』に心酔し、藤原惺窩に学んだ。家康以後四代の将軍の侍講となる。また、上野忍岡に私塾を開き、昌平黌の起源をなした。多くの漢籍に訓点（道春点）を加えて刊行。『四書集注抄』『羅山先生詩集』『本朝通鑑』などのほか、詩を五千首、文を千篇も残す。

尾藤二洲（びとう　じしゅう） 一七四五?～一八一三?

江戸後期の儒学者。名は孝肇、字は志尹。二洲・約山などと号した。伊予（愛媛県）の人。寛政三博士のひとり。大坂に出て、片山北海の混沌詩社に入り、社友の頼春水と親交を結んだ。春水の勧めで朱子の書を読んで心服し、以後は朱子学を奉ずる。寛政三年（一七九一）、昌平黌の教官となる。頼山陽の叔父にあたる。陶淵明を好み、また晩年には白居易に傾倒した。著作は『約山詩集』『論孟衍旨』など。

広瀬淡窓（ひろせ　たんそう） 一七八二～一八五六

江戸後期の儒学者・詩人。名は簡、のち建、字は廉卿、のち子基。淡窓と号した。別号は遠思楼主人など。豊後日田の生まれ。古文辞学派の亀井南冥・昭陽父子に学び、家塾咸宜園を開いた。肥前の大村藩、豊後の府内藩に招聘されたこともあるが、おおむね郷里にあって教育に専心、塾生は全国から集まり、四千名以上となった。門下からは高野長英・大村益次郎・長三洲らが出た。頼山陽・梁川星巌・田能村竹田らと交遊、また三浦梅園・帆足万里とともに「豊後の三先生」と称せられる。『約言』『迂言』『遠思楼詩鈔』『淡窓詩話』などがある。

広瀬旭荘（ひろせ　きょくそう）　一八〇七～一八六三

江戸後期の儒学者・漢詩人。名は謙、字は吉甫。旭荘・梅墩などと号した。豊後日田の生まれ。広瀬淡窓の二十五歳下の弟。亀井昭陽・菅茶山らに学ぶ。豊後高田に家塾を開き、ついで兄淡窓のあとを受けて、家塾咸宜園を監督した。のち、大阪を拠点として各地を歴遊、名士たちと交流した。仕官を好まず、老中水野忠邦の招きにも応じなかったが、嘉永六年（一八五三）、ペリー来航に際しては、幕府に海防策を上奏している。佐久間象山・桂小五郎（木戸孝允）・吉田松陰・月照らとも親交があった。詩は多作で知られ、長篇の古詩に秀でた。『梅墩詩鈔』『追思録』『日間瑣事備忘』などがある。

広瀬武夫（ひろせ　たけお）　一八六八～一九〇四

明治時代の海軍軍人。豊後（大分県）竹田の生まれ。明治二十二年（一八八九）、海軍兵学校を卒業。ロシアに留学し、ついでロシア駐在武官となる。日露戦争の際、旅順港口閉塞隊の福井丸を指揮する。撤退時に行方不明となった杉野孫七上等兵曹を捜索中、ロシア軍砲弾の直撃を受けて戦死。中佐に特進し、「軍神」と称せられた。

蕗谷虹児（ふきや　こうじ）　一八九八～一九七九

大正・昭和期の抒情画家・詩人。本名一男。新潟県新発田《しばた》市の生まれ。父は新聞記者で画才・文才にめぐまれ、一男も幼児より絵を好んで描く。高等学校を卒業すると丁稚奉公に出、いくつかの店を転々とするが、十五歳のとき日本画家尾竹竹坡の内弟子となって上京。しかし二年後に父の失職のため帰郷し、看板や美人画を描いて売る生活に入る。二十二歳のとき竹久夢二の紹介で挿絵画家として世に出、以後急速に名声を高めた。二十八歳から五年間渡仏、その後も挿絵・詩作・小説・動画など、幅広く活躍した。童謡「花嫁人形」の作詞者でもある。

藤井竹外（ふじい　ちくがい）　一八〇七～一八六六

江戸後期の儒学者・漢詩人。名は啓、字は士開。竹外と号した。別号は雨香仙史。摂津（大阪府）高槻の生まれ。頼山陽・梁川星巌に詩を学ぶ。高槻藩の藩儒となり、晩年は京都に隠居した。詩では七言絶句にとくに秀で、「絶句竹外」と称せられた。また森田節斎・山田方谷とともに「関西の三儒」とも並称される。『竹外二十八字詩』『竹外亭百絶』などがある。

藤田東湖（ふじた　とうこ）　一八〇六～一八五五

幕末期の政治家・思想家・名は彪、字は斌卿、通称は虎之助、のち誠之進。水戸の生まれ。父は彰考館総裁の藤田幽谷で、東湖も家督を継いで彰考館編修となる。亀田鵬斎・大田錦城らに学び、後期水戸学の中心的存在として、尊王攘夷論を理論化した。徳川斉昭を擁立して藩政改革にたずさわり、弘道館の設立に尽力した。さらに斉昭の幕政参画に伴って江戸詰となり、人望を集めたが、保守派との対立が激化し、斉昭が幕府から謹慎を命ぜられるとともに、東湖も蟄居させられた。安政の大地震に際し、藩の江戸屋敷で老母を救おうとして圧死した。『東湖遺稿』『回天詩史』『常陸帯』『弘道館記述義』などがある。

藤原惺窩（ふじわら せいか）一五六一～一六一九

安土桃山時代から江戸初期の儒学者。名は粛、字は斂夫。惺窩と号した。播磨（兵庫県）の人。下冷泉家の系統で、藤原定家十二世の子孫。幼時に仏門に入るが、朱子学を基として儒学を体系化し、天正十一年（一五八三）には還俗した。その学才により、豊臣秀吉や徳川家康の知遇を得た。家康には仕官を要請されたが辞退し、門人の林羅山を推挙した。門人には他に那波活所・松永尺五らを輩出。『惺窩文集』などがある。

別源円旨（べつげん えんじ）一二九四～一三六四

南北朝時代の曹洞宗の禅僧。名は円旨、字は別源。越前の生まれ。幼い頃より入山し、十六歳より鎌倉の円覚寺で学ぶ。二十七歳で中国に渡り、元にあること十一年。帰国後、将軍足利義詮の強請により、京都の建仁寺の住持となる。雪村友梅や、のちの良寛とあわせて「北越の三詩僧」と称せられる。

細井平洲（ほそい へいしゅう）一七二八～一八〇一

江戸中期の儒学者。名は徳民。平洲と号した。尾張（愛知県）の人。京都や長崎にて学び、二十代半ばで江戸に出て家塾嚶鳴館を開く。その後、上杉鷹山に招かれて出羽（山形県）米沢の藩政改革に尽力し、さらに尾張藩の侍講となって藩学の振興にもつとめた。『嚶鳴館遺稿』『嚶鳴館詩集』などがある。

細川頼之（ほそかわ よりゆき）一三二九～一三九二

南北朝時代、足利氏の部将。三河（愛知県東部）の人。足利尊氏・義詮に信頼され、義満の補佐を託された。ところがその権勢から徐々に義満に疎まれるようになり、守護大名や侍臣の策謀もあって、剃髪して讃岐（香川県）に隠棲した。数年後、義満は考えを改め、頼之は再び幕府に迎えられ、明徳の乱（一三九一）を平定するなどの功績を挙げた。

前原一誠（まえばら いっせい）一八三四～一八七六

幕末維新の志士・政治家。長州藩士。前名は佐世八十郎、のち彦太郎。梅窓と号した。吉田松陰に師事。尊王攘夷運動に加わり、倒幕に努めた。維新後は参議を経て兵部大輔となったが、改革を急ぐ中央政権の方針と合わず、明治三年（一八七〇）、辞任して萩に帰った。明治九年、政府改革を目指して挙兵したが（萩の乱）、敗れて刑死した。

三島三洲（みしま　ちゅうしゅう）一八三〇～一九一九
幕末・明治の漢学者。名は毅、字は遠叔。中洲と号した。備中（岡山県）の人。山田方谷・斎藤拙堂らに学んだ後、江戸に出て昌平黌に入り、佐藤一斎・安積艮斎に師事した。三十歳で備中松山藩に仕え、有終館学頭となる。維新後は政府の大審院判事に取り立てられたが、明治十年（一八七七）、官を辞して麹町（東京都千代田区）の自宅に漢学塾二松学舎（二松学舎大学の前身）を創設。東京高等師範学校・東京帝国大学教授や東宮侍講なども努めた。『詩書輯説』『論学三百絶』『中洲詩稿』『中洲文稿』などがある。

無学祖元（むがく　そげん）一二二六～一二八六
鎌倉時代の臨済宗の帰化僧。姓は許、名は祖元。無学と号した。中国宋の明州慶元府（浙江省寧波市）の人。中国では天童寺の主座となっていたが、執権北条時宗に招かれ、弘安二年（一二七九）日本に渡った。鎌倉の建長寺に住し、弘安五年（一二八二）に円覚寺の開山となる。諡号は仏光禅師。著書に『仏光語録』がある。

夢窓疎石（むそう　そせき）一二七五～一三五一
鎌倉・南北朝時代の臨済宗の僧。夢窓と号した。伊勢（三重県）の人。天台・真言を学んだ後、臨済禅を修めた。後醍醐天皇や足利尊氏らの帰依を受け、甲斐（山梨県）の恵林寺や京都の臨川寺・天龍寺を創建。門下を「夢窓派」と言い、五山文学の中心をなした。著書に『夢中問答集』『夢窓国師語録』などがある。

室鳩巣（むろ　きゅうそう）一六五八～一七三四
江戸中期の儒学者。名は直清、字は師礼・汝玉。鳩巣・駿台などと号した。江戸の人。加賀藩に仕え、木下順庵の門に入って朱子学を学ぶ。同門の新井白石の推薦で幕府の儒官、八代将軍吉宗の侍講となり、享保の改革にも参画。『駿台雑話』『赤穂義人録』などがある。

森鷗外（もり　おうがい）一八六二～一九二二
明治・大正の作家、陸軍軍医。名は林太郎。鷗外漁史・千朶山房主人などと号した。石見（島根県）津和野藩の典医の長男。東京大学医学部を卒業後、明治十七年（一八八四）ドイツへ留学。帰国後、陸大・軍医学校の教官となり、日清・日露戦争に軍医として出征。のち陸軍軍医総監・陸軍省医務局長・帝室博物館総長兼図書頭・帝国美術院長などを歴任した。一方、帰国直後（明治二十二年）に訳詩集『於母影』を公刊、雑誌『しがらみ草紙』を創刊してより、公務の余暇に翻訳家・評論家・小説家としての活動を続けた。晩年は『阿部一族』『山椒大夫』をはじめとする歴史小説や『渋江抽斎』『伊沢蘭軒』などの史伝に独自の境地を開いている。

森槐南（もり　かいなん）一八六三〜一九一一
明治の漢詩人。森春濤の子。名は公泰、字は大来。槐南などと号した。鷲津毅堂・三島中洲に学んで詩学・音韻学を究め、『新詩綜』を発刊、随鴎吟社を主宰して、本田種竹・国分青厓とともに「三大家」と称せられた。また明・清の伝奇（戯曲）に関心を寄せ、みずから伝奇を創作している。十九歳で太政官となり、図書寮編修官、宮内大臣秘書官、東京帝国大学文科大学講師などをつとめた。伊藤博文に認められてしばしば随行、博文がハルピンで狙撃されたときは槐南も負傷している。『槐南集』『唐詩選評釈』『杜詩講義』『李詩講義』『作詩法講話』『古詩平仄論』などがある。

森春濤（もり　しゅんとう）一八一九〜一八八九
幕末・明治期の漢詩人。名は魯直、字は希黄。春濤と号した。尾張（愛知県）一宮の生まれ。家は代々医を業とした。十七歳で鷲津益斎（毅堂の父）の有隣舎に入り、毅堂や大沼枕山と面識を得た。その後、京都の梁川星巌に学び、江戸の下谷吟社に出入りして詩名を高め、名古屋で桑三軒吟社を開いた。さらに明治七年（一八七四）、東京に移住して下谷に茉莉吟社を開き、『東京才人絶句』や漢詩雑誌『新文詩』を刊行し、詩壇の中心的存在となる。『春濤詩鈔』『岐阜雑詩』『清三家絶句』『清二十四家詩』などがある。

山県有朋（やまがた　ありとも）一八三八〜一九二二
明治・大正の軍人・政治家。長州藩士。吉田松陰の松下村塾に学び、狂介と改名し、幕末には奇兵隊の総督となる。維新後の明治二年（一八六九）、欧米を視察。帰国後に軍部の最高首脳として徴兵令制定など国軍の創設に着手。征討軍参謀・参謀本部長や内相・首相などを歴任。日清戦争では第一軍司令官、日露戦争では参謀総長兼兵站総監を務めた。明治四十二年（一九〇九）、伊藤博文が暗殺されたあとは、軍および政界で絶大な権力を振るった。元帥・公爵となる。

梁川星巌（やながわ　せいがん）一七八九〜一八五八
江戸後期の儒学者・漢詩人。名は孟緯、字は公図、また伯兎、無象。星巌と号した。美濃（岐阜県）安八郡の生まれ。江戸に出て古賀精里・山本北山に学び、ついで市河寛斎の江湖詩社に参加した。又従姉《またいとこ》の紅蘭と結婚し、ともに西遊の旅に出る。その間、菅茶山や広瀬淡窓ら、多くの詩人たちと交流した。天保五年（一八三五）、江戸の神田お玉が池に玉池吟社を結成し、多くの人材を育てた。しかし、世相の乱れを憂えた星巌は、尊王攘夷の主張を持して京都にのぼり、横井小楠・吉田松陰・頼三樹三郎らと親交。安政の大獄の検挙対象者となったが、その直前にコレラにかかって没した。『西征詩』『星巌集』『星巌先生遺稿』などがある。

梁田蛻巌（やなだ　ぜいがん）一六七二〜一七五七

江戸中期の儒学者。名は邦美、字は景鸞。蛻巌と号した。江戸の人。山崎闇斎の学に傾倒して朱子学を奉じ、新井白石や、室鳩巣らと交わった。播磨（兵庫県）明石藩の儒官となる。詩にすぐれ、関西詩壇の重鎮として尊敬された。「享保の四大家」（桂山彩巌・梁田蛻巌・秋山玉山・新井白石）のひとり。

山崎闇斎（やまざき　あんさい）一六一八〜一六八二

江戸初期の学者。名は嘉、字は敬義、闇斎は号。京都の人。初め仏門に入ったが、土佐の谷時中に朱子学を学び、還俗して儒者となった。学問・教育に力を注ぎ、門弟は数千人に達するといわれる。後に神道を修め、儒学・神道を統合した垂加神道を主唱した。『文会筆録』『垂加文集』などがある。

山内容堂（やまのうち　ようどう）一八二七〜一八七二

幕末の土佐藩士。名は豊信。容堂と号した。藩政改革に力を注ぎ、朝廷と幕府の関係改善をはかる公武合体に尽力した。しかし倒幕への趨勢のなか、将軍徳川慶喜に大政奉還を建白し、慶応三年（一八六七）十月に実現されることとなる。明治政府の議定に任ぜられたが、明治二年（一八六九）には辞職し、悠々自適の隠居生活を送ったと言う。酒と女と詩を愛し、みずから〝鯨海酔侯〟と称した。『容堂公遺稿』『容堂公遺翰』などがある。

山本北山（やまもと　ほくざん）一七五二〜一八一二

江戸後期の儒学者。名は信有、字は天禧。北山と号した。江戸の人。十代半ばから『孝経』を学び、また「四書五経」を独力で読破した。古文辞学派（徂徠門下）を強く批判し、修辞や引用を事とせず、個性的な思想・情感の表出を重んじる「性霊説」を唱え、宋詩風勃興の機運を作った。門下からは大田錦城・市河寛斎・大窪詩仏ほか、多くの逸材が出た。久保田藩や高田藩から国政について諮問を受けている。「寛政異学の禁」に際しては亀田鵬斎ら四人の儒者と共に反抗し、「寛政の五鬼」と称せられた。『作詩志彀』『孝経楼詩話』などがある。

湯浅常山（ゆあさ　じょうざん）一七〇八〜一七八一

江戸中期の儒学者。名は元禎、字は之祥。常山と号した。備前（岡山県）岡山藩の人。江戸に出て服部南郭に師事し、のち太宰春台の教えを受け、古文辞学を修めた。岡山藩の要職を歴任したが、謹厳・直言に過ぎたため蟄居を命ぜられ、以後は著述に専心した。著作に『常山紀談』『文会雑記』などがある。

横井也有（よこい やゆう） 一七〇二～一七八三

江戸中期の俳人。名は時般。野有・蘿隠などと号した。尾張藩（愛知県）の名門の出身。二十六歳で家督を継ぎ、寺社奉行、大番頭、御用人など藩の要職を歴任した。五十三歳で致仕後、風流の生活に入る。多趣味多芸で、武道のほか謡曲・書画・漢詩・和歌・狂歌などに長じた。ことに俳文・俳諧は祖父と父が貞門派であったのを受け、最もすぐれる。俳文集『鶉衣』が名高い。漢詩文集として『羅隠編』がある。

与謝野鉄幹（よさの てっかん） 一八七三～一九三五

明治・大正・昭和の歌人・詩人。本名は寛。鉄幹と号した。京都の生まれ。落合直文の門に入り、新派和歌運動の浅香社に参加した。明治二十七年（一八九四）、古い歌風を排撃した短歌論『亡国の音』を発表。のち直文、子規、佐佐木信綱らと新詩社を創立し、明治三十三年（一九〇〇）には『明星』を創刊・主催し、北原白秋・吉井勇・石川啄木などを見出した。浪漫主義文学運動を展開し、妻晶子とともに後進の指導に努めた。慶應義塾大学の教授を務めた後、大正十年（一九二一）東京お茶の水駿河台に文化学院を創設した。漢詩は若いころに学んでいたが、のち遠ざかり、晩年になってから再び学び直して詠むようになった。詩歌集『東西南北』『天地玄黄』、歌集『相聞』などがある。

与謝蕪村（よさ ぶそん） 一七一六～一七八三

江戸中期の俳人・画家。本姓は谷口、或いは谷、名は信章。俳人としては蕪村、宰鳥、落日庵、画家としては子漢、春星などと号した。摂津（大阪府）の人。幼時から絵画に長じ、文人画を学ぶ一方、江戸で早野巴人に俳諧を学び、感覚の新鮮な浪漫的俳風を生み出した。松尾芭蕉・小林一茶と並称され、「俳諧中興の祖」とも評される。また池大雅とともに、日本南画の大成者とされる。『新花つみ』『たまも集』『蕪村句集』『蕪村翁文集』などがある。

吉田松陰（よしだ しょういん） 一八三〇～一八五九

幕末の長州藩士。名は矩方、字は義卿、通称は虎之助・寅次郎など。松陰・二十一回猛士などと号した。長州（山口県）萩の生まれ。六歳のとき山鹿流兵学の師範吉田家を継ぎ、兵学のほか史学を修めた。また長崎・江戸に遊学して時勢に心を動かされ、佐久間象山に師事して洋学などを学び、攘夷論の立場をとる。ペリー再来に乗じて海外密航を企てて投獄され、出獄後は萩に松下村塾を開いて師弟を教育し、幕末・維新に活躍する高杉晋作・久坂玄瑞・木戸孝允・伊藤博文・山県有朋ら多くの人材を輩出した。安政の大獄の際に刑死した。『講孟余話』『留魂録』『松陰詩稿』『孫子評注』などがある。

頼山陽（らい さんよう） 一七八〇～一八三二

江戸後期の儒学者・歴史家・漢詩人。名は襄、字は子成。山陽と号した。別号は三十六峰外史。大阪の生まれ。父頼春水が安芸の藩儒となり、広島に育つ。はじめ叔父の頼杏坪に学び、十八歳の時、江戸に出て尾藤二洲に学ぶ。二十一歳の時、出奔してとがめられ、自宅に三年間監禁された。その後、備後で菅茶山に師事し、その塾の塾頭となった。京都に書斎山紫水明処を営み、門生に教え、文人と交わった。とくに梁川星巌や大塩平八郎と親交が深かった。三十六歳の時、江馬細香と出会い、終生、師弟としての交流を持つ。四十八歳で『日本外史』を、老中を辞した松平定信に献上。ほどなくして出版されると好評を博し、幕末の尊王攘夷運動にも影響を与えた。他に『日本政記』『日本楽府』や自選の詩集『山陽詩鈔』などがある。

頼春水（らい しゅんすい） 一七四六～一八一六

江戸後期の儒学者・詩人。名は惟完（惟寛）、字は伯栗・千秋。春水・霞崖などと号した。安芸（広島県）竹原の人。頼山陽の父、春風・杏坪の兄にあたる。片山北海に詩を学び、尾藤二洲・古賀精里・菅茶山らと交遊。朱子学を修めて広島藩の儒官となり、のち江戸の昌平黌でも講義を行う。『春水遺稿』『春水日記』などがある。

六如（りくにょ） 一七三四～一八〇一

江戸中期の僧侶・漢詩人。本姓は苗村氏。法名は慈周、字は六如。六如庵と号した。近江（滋賀県）の人。十一歳のとき比叡山で得度し、天台宗の僧として仏教学を学びながら、服部南郭の門下、宮瀬竜門に古文辞学・漢詩を学ぶ。多くの文人と交遊し、宋詩を範とする詩風の革新に努めた。山本北山らに影響を与え、日本の漢詩壇が宋詩風に転ずる端緒を作ったとされる。『六如庵詩鈔』『葛原詩話』などがある。

龍草廬（りゅう(たつ) そうろ） 一七一四～一七九二

江戸中・後期の儒学者・国学者。本姓は武田、名は公美。草廬と号した。京都伏見の出身。在京の儒学者・国学者宇野明霞に学ぶが不和となり、師のもとを去る。詩書や和歌に通じ、諸葛亮（字・孔明）・陶淵明の人となりを慕った。近江（滋賀県）彦根藩に出仕すること十八年。致仕後は京都で詩社「幽蘭社」を開き、多くの詩人を育成した。著に『草廬集』がある。

良寛（りょうかん） 一七五八～一八三一

江戸後期の僧侶・歌人・漢詩人・書家。俗名は山本栄蔵、字は曲。大愚と号したと伝えられる。越後（新潟県）出雲崎の人。諸国を行脚した後、帰郷して越後国上山の五合庵などに暮らし、農民や村童たちに親しまれた。その伝記は、晩年の門弟貞心尼の『蓮《はちす》の露《つゆ》』によってよく伝えられている。

魯迅（ろ じん） 一八八一～一九三六

民国期の中国の文学者・思想家。本名は周樹人、字《あざな》は豫才《よさい》。浙江省紹興の人。南京の江南水師学堂、路礦学堂に学ぶ。さらに日本へ渡り、仙台医学専門学校で学んだが、文学によって中国人の精神を改造する必要を痛感し、東京で文筆活動に入った。二十九歳で帰国し、北京大学などで教鞭をとりながら、中国の時代遅れの側面を批判して『狂人日記』を発表、以後、『孔乙己《コンイーチー》』『阿Q正伝』などを次々と著し、中国の近代文学を確立する役を果たした。

渡辺崋山（わたなべ かざん） 一七九三～一八四一

江戸後期の文人画家・儒学者・洋学者。名は定静、字は伯登、通称は登。華山と号し、のち崋山と改める。江戸の生まれ。儒学を佐藤一斎に学び、蘭学にも通じた。絵を谷文晁《たにぶんちょう》に学び、西洋画法を取り入れた独自の様式を確立。三河《みかわ》（愛知県）田原藩の家老となり、藩政改革につとめるが、守旧派にはばまれて不首尾に終わる。外国の事情を知って海防力の充実の必要を実感、モリソン号事件（一八三七）を機に幕府の攘夷策を責めた「慎機論」が咎《とが》められ、天保十年（一八三九）、蛮社《ばんしゃ》の獄《ごく》に連坐。藩に危害が及ぶことを恐れ、田原に蟄居《ちっきょ》中に「不忠不孝渡辺登」の絶筆の書を遺して自刃《じじん》した。『西洋事情書』などがある。

主要参考書目

＊排列は項目ごとに、ほぼ刊行順になっている。

［総記］

簡野道明著『和漢名詩類選評釈』（明治書院、一九一四）
国分青厓監修『漢詩大講座』第九巻（アトリヱ社、一九三六）
国分青厓監修『漢詩大講座』第十巻前篇（アトリヱ社、一九三七）
国分青厓監修『漢詩大講座』第十巻後篇（アトリヱ社、一九三七）
菅谷軍次郎著『日本漢詩史』（大東出版社、一九四一）
土屋竹雨著『日本百人一詩』（砂子屋書房、一九四三）
橋本成文著『日本漢詩の精神と釈義』（旺文社、一九四四）
戸田浩暁著『日本漢文学通史』（武蔵野書院、一九五七）
和田利男著『日本漢詩鑑賞のすすめ』（愛育出版、一九六八）
猪口篤志著『日本漢詩』全二冊（新釈漢文大系45・46、明治書院、一九七二）
原田憲雄訳『日本漢詩選』（人文書院、一九七四）
猪口篤志著『日本漢詩鑑賞辞典』（角川書店、一九八〇）
猪口篤志著『日本漢文学史』（角川書店、一九八四）
山岸徳平著『近世漢文学史』（汲古書院、一九八七）
馬歌東選注『日本漢詩三百首』（世界図書出版公司、一九九四）
菅野禮行・徳田武訳『日本漢詩集』（新編日本古典文学全集86、小学館、二〇〇二）
石川忠久著『日本人の漢詩』（大修館書店、二〇〇三）
陳福康著『日本漢文学史』全三巻（上海外語教育出版社、二〇一一）
村山吉廣著『藩校―人を育てる伝統と風土』（明治書院、二〇一一）
鈴木健一著『日本漢詩への招待』（東京堂出版、二〇一三）

宇野直人著『漢詩に見る日本人の心』（NHK出版、二〇一五）
李寅生著／宇野直人・松野敏之監訳『漢詩名作集成』日本編（明徳出版社、二〇一六）
李寅生編著『日本漢詩精品賞析』（中華書局、二〇〇九）

［鎌倉から南北朝へ］
上村観光編『五山文学全集』全五巻（思文閣出版、一九九二）　＊初出は一九〇五～一五、三五。
玉村竹二編『五山文学新集』全六巻（東京大学出版会　一九六七～七二）

［五山文化の時代］
寺田透著『義堂周信・絶海中津』（日本詩人選24、筑摩書房、一九七七）
富士正晴著『一休』（日本詩人選27、筑摩書房、一九七五）
柳田聖山著『一休「狂雲集」の世界』（人文書院、一九八〇）
蔭木英雄著『中世風狂の詩　一休「狂雲集」精読抄』（思文閣出版、一九九一）
武田鏡村著『一休　応仁の乱を生きた禅僧』（新人物往来社、一九九四）
『國文學　解釈と鑑賞』第六十一巻八号〈風狂の僧・一休――その実像と虚像〉（至文堂、一九九六）
平野宗浄監修・訳注『一休和尚全集』第一巻（春秋社、一九九七）
平野宗浄監修、蔭木英雄訳注『一休和尚全集』第二巻（春秋社、一九九七）
岩山泰三著『一休詩の周辺　漢文世界と中世禅林』（勉誠出版、二〇一五）

［室町末期から戦国時代へ］
木村徳衛著『直江兼続伝』（木村益子、私家版複製、一九六九）
綿抜豊昭・岡本聡編『伊達政宗公集』（古典文庫615、一九九八）

［江戸時代　総記］
松下忠著『江戸時代の詩風詩論』（明治書院、一九六九）
徳田武著『江戸詩人伝』（ぺりかん社、一九八六）
上野日出刀著『長崎に遊んだ漢詩人　附記　宋明儒者の詩』（中国書店、一九八九）
揖斐高著『江戸詩歌論』（汲古書院、一九九八）
鈴木健一著『江戸詩歌の空間』（森話社、一九九八）
棚橋正博・村田裕司編著『絵でよむ　江戸の暮らし風俗大事典』（柏書房、二〇〇四）
杉下元明著『江戸漢詩　影響と変容の系譜』（ぺりかん社、二〇〇四）
中野三敏著『江戸文化再考』（笠間書院、二〇一二）

［江戸初期～中期］
堀勇雄著『林　羅山』（人物叢書、吉川弘文館、一九六四）
神田喜一郎著『日本における中国文学』Ⅰ（二玄社、一九六五）
福田蘇煙著『熊本人の漢詩』（書道玄泉会、一九八二）
平石直昭編・解説『徂徠集』（近世儒家文集集成第三巻、ぺりかん社、一九八五）
日野龍夫編・解説『南郭先生文集』（近世儒家文集集成第七巻、ぺりかん社、一九八五）
徳田武編・解説『蛻巌集』（近世儒家文集集成第五巻、ぺりかん社、一九八五）
三宅正彦編・解説『古学先生詩文集』（近世儒家文集集成第一巻、ぺりかん社、一九八五）
小島康敬編・解説『春台先生紫芝園稿（近世儒家文集集成第六巻、ぺりかん社、一九八六）
宇野茂彦著『林　羅山――その生涯と思想――』（教養講座シリーズ52、ぎょうせい、一九八七）
宇野茂彦著『林　羅山（附）林　鵝峰』（叢書日本の思想家2、明徳出版社、一九九二）
上野洋三注『石川丈山・元政』（江戸詩人選集第一巻、岩波書店、一九九一）
徳田武注『梁田蛻巌・秋山玉山』（江戸詩人選集第二巻、岩波書店、一九九二）
末木文美士・堀川貴司注『僧門』（江戸漢詩選第五巻、岩波書店、一九九六）

入谷仙介著『柏木如亭』（日本漢詩人選集第八巻、研文出版、一九九九）
浅山佳郎・厳明著『伊藤仁斎』（日本漢詩人選集4、研文出版　二〇〇〇）
田尻祐一郎著『荻生徂徠』（叢書・日本の思想家15、明徳出版社、二〇〇八）

［詩社の興隆・詩風の変革］

入谷仙介著『頼山陽・梁川星巌』（日本漢詩人選集第八巻、岩波書店、一九九〇）
黒川洋一注『菅茶山・六如』（江戸詩人選集第四巻、岩波書店、一九九〇）
揖斐高注『市河寛斎・大窪詩仏』（江戸詩人選集第五巻、岩波書店、一九九〇）
水田紀久注『葛子琴・中島棕隠』（江戸詩人選集第六巻、岩波書店、一九九三）
内山知也著『良寛詩　草堂集貫華』（春秋社、一九九四）
徳田武注『文人』（江戸詩人選集第一巻、岩波書店、一九九六）
一海知義・池澤一郎注『儒者』（江戸漢詩選第二巻、岩波書店、一九九六）
水田紀久・頼惟勤・直井文子校注『菅茶山　頼山陽詩集』（新日本古典文学大系66、岩波書店、一九九六）
谷川敏朗著『校注　良寛全詩集』（春秋社、一九九八）
井上慶隆著『良寛』（日本漢詩人選集11、研文出版、二〇〇二）
『文人の旅』創刊第二号〈特集　良寛　それぞれの夢〉（里文出版、二〇〇二）
村山吉廣ほか編『亀田鵬斎碑文並びに序跋訳注集成』（筑波大学日本美術史研究室〔守屋研究室〕、二〇一〇）

［文人と漢詩］

鈴木清節編纂『補訂　華山全集』（華山叢書出版会、一九四一）
藤川正数著『新観　横井也有』（研文社、一九九四）
尾形仂・山下一海校注『蕪村全集』第四巻（講談社、一九九四）

［文化・文政の詩人たち］

工藤豊彦著『広瀬淡窓 広瀬旭荘』（叢書日本の思想家35、明徳出版社、一九七八）

井上義巳著『広瀬淡窓』（人物叢書、吉川弘文館、一九八七）

徳田武注『野村篁園・館柳湾』（江戸詩人選集第七巻、岩波書店、一九九〇）

岡村繁注『広瀬淡窓 広瀬旭荘』（江戸詩人選集9、岩波書店、一九九一）

入谷仙介著『中島棕隠』（日本漢詩人選集第十四巻、研文出版、二〇〇二）

林田慎之助著『広瀬淡窓』（日本漢詩人選集15、岩波書店、二〇〇五）

［幕末の跫音］

入谷仙介著『頼山陽・梁川星巌』（日本漢詩人選集第八巻、岩波書店、一九九〇）

徳田武注『文人』（江戸詩人選集第一巻、岩波書店、一九九六）

大野修作著『広瀬旭荘』（日本漢詩人選集第十六巻、研文出版、一九九九）

林田慎之助著『広瀬淡窓』（日本漢詩人選集第十五巻、研文出版、二〇〇五）

山本和義・福島理子著『梁川星巌』（日本漢詩人選集第十七巻、研文出版、二〇〇八）

［粋と諧謔と——狂詩］

浜田義一郎著『太田南畝』（人物叢書、吉川弘文館、一九六三）

石川忠久「魯迅の旧詩」（『近代中国の思想と文学』、大安、一九六七）

青木正児著『支那文藝論藪』『支那文学藝術考』（『青木正児全集』第二巻、春秋社、一九七〇）

『魯迅全集』第五巻（人民文学出版社、一九八一）

『蕗谷虹児　愛の抒情画集』（『別冊 太陽』、平凡社、一九八五）

日野龍夫・高橋圭一編『太平楽府他　江戸狂詩の世界』（東洋文庫538、平凡社、一九九一）

中野三敏・日野龍夫・揖斐高校注『寝惚先生文集　狂歌才蔵集　四方のあか』（新日本古典文学大系84、岩波書店、一九九三）

秋山忠彌『江戸諷詠散歩　文人たちの小さな旅』（文春新書058、一九九九）

『魅惑のモダニスト　蕗谷虹児展』（ＮＨＫプラネット中部、二〇一一）
『孤愁の詩人・画家　蕗谷虹児展』（町田市民文学館ことばらんど、二〇一一）

［さかまく風雲――幕末］
神田喜一郎著『日本における中国文学』Ⅰ（二玄社、一九六五）
吉富梅窓監修・中原雅夫編『東行詩集』（東行庵、一九七三）
掘哲三郎編集『高杉晋作全集』上・下巻、新人物往来社、一九七四）
山田琢・石川梅次郎著『山田方谷・三島中洲』（叢書日本の思想家41、明徳出版社、一九七七）
山崎道夫・和田正俊著『吉田松陰・西郷南洲』（叢書日本の思想家48、明徳出版社、一九七九）
原田種成著『会沢正志斎・藤田東湖』（叢書日本の思想家36、明徳出版社、一九八一）
高畑常信・小尾郊一著『大塩中斎・佐久間象山』（叢書日本の思想家38、明徳出版社、一九八一）
揖斐高注『市河寛斎・大窪詩仏』（江戸詩人選集第五巻、岩波書店、一九九〇）
徳田武注『野村篁園・館柳湾』（江戸詩人選集第七巻、岩波書店、一九九〇）
水野実著「東行高杉晋作の漢詩考―『遊清五録』中の獄中詩について」（『防衛大学校紀要』第六十六輯　一九九三）
坂田新注『志士』（江戸漢詩選第四巻、岩波書店、一九九五）

［豊饒の時――明治］
田中惣五郎著『西郷隆盛』（人物叢書、吉川弘文館、一九五八）
『西郷隆盛全集』第四巻（大和書房、一九七八）
日野龍夫注『成島柳北・大沼枕山』（江戸詩人選集第十巻、岩波書店、一九九〇）
藤川正数著『森鴎外と漢詩』（有精堂出版、一九九一）
入谷仙介・揖斐高・大谷雅夫・山本芳明・宮崎修多・杉下元明校注『漢詩文集』（新日本古典文学大系　明治篇2、岩波書店、二〇〇四）
鷲野正明著「大沼枕山の房州への旅と『房山集』」（『國士館大学　漢学紀要』第九号、二〇〇七）
鷲野正明著「『房山集』にみる枕山の詩想と表現」（『國士館大学　漢学紀要』第十一号、二〇〇九）

日野俊彦著『森春濤の基礎的研究』（汲古書院、二〇一三）

[不朽の盛事――大正]

蝸牛会編『露伴全集』第三十二巻、岩波書店、一九五七）
木下彪謹解『大正天皇御製詩集』（明徳出版社、一九六〇）
中村宏著『夏目漱石の詩』（大東文化大学東洋研究所、一九七〇）
村山吉廣篇「漱石漢詩事典」（『別冊 国文学』第十四号〈夏目漱石必携Ⅱ〉、一九八二年五月所収）
佐古純一郎著『漱石詩集全釈』（二松学舎大学出版部 発売・明徳出版社、一九八三）
高木文雄著『漱石漢詩研究資料集』（名古屋大学出版会、一九八七）
藤川正数著『森鷗外と漢詩』（有精堂出版、一九九一）
陳生保著『森鷗外の漢詩』下巻（明治書院、一九九三年六月）
『漱石全集』第十八巻、岩波書店、一九九五
豊福健二著『風呂で読む 漱石の漢詩』（世界思想社、一九九六年六月）
『鷗外歴史文学集』第十二巻（岩波書店、二〇〇〇）
『鷗外歴史文学集』第十三巻（岩波書店、二〇〇一）
吉川幸次郎著『漱石詩注』（岩波書店、二〇〇二） ＊初出は一九六七。
加藤二郎著『漱石と漢詩―近代への視線』（翰林書房、二〇〇四）
古田島洋介著『大正天皇御製詩の基礎的研究』（明徳出版社、二〇〇五）
古井由吉著『漱石の漢詩を読む』（岩波書店、二〇〇八）
石川忠久著『漢詩人 大正天皇』（大修館書店、二〇〇九）
今野勉著『鷗外の恋人―百二十年後の真実』（ＮＨＫ出版、二〇一〇）
石川忠久編著『大正天皇 漢詩集』（大修館書店、二〇一四）
濱久雄著『与謝野鉄幹 漢詩全釈』（明治書院、二〇一五）

[新たな地平へ――昭和]
徳富蘇峰著『蘇峰自伝』(中央公論社、一九三五)
＊日本図書センターから〈人間の記録〉シリーズの一冊として再刊されている(一九九七)が、本文の第十九～二十一章、および各章末の漢詩がすべて省略されている。
相沢熙編『最近の蘇峰先生』(蘇峰会、一九四二)
一海知義著『河上肇詩注』(岩波書店、一九七七)
熊本教育振興会編『肥後の人物ものがたり』(熊本教育振興会、一九八八)
入谷仙介著『近代文学としての明治漢詩』(研文出版、一九八九)
蘇峰会編『生誕百三十年記念 徳富蘇峰』(蘇峰会、一九九三)
『荷風全集』第二十巻、岩波書店、一九九四)
一海知義著『漱石と河上肇』(藤原書店、一九九六年一二月)
瀬尾友信ほか編者『熊本県の歴史散歩』(山川出版社、二〇一〇)
杉原志啓・富岡幸一郎編『稀代のジャーナリスト 徳富蘇峰』(藤原書店、二〇一三)

[その他]
渡部博ほか編『現代新百科事典』全六巻・別巻一巻(学習研究社、一九六五～六)
近藤春雄著『日本漢文学大事典』(明治書院、一九八五)
上田正昭ほか監修『コンサイス日本人名事典』改訂版(三省堂、一九九〇)
大濱徹也・吉原健一郎編『江戸東京年表』(小学館、一九九三)
大曽根章介ほか編『日本古典文学大事典』(明治書院、一九九八)

日本漢詩関係年表

年代：12世紀｜13世紀｜14世紀

時代：鎌倉｜南北朝／室町

天皇：後鳥羽｜土御門｜順徳｜仲恭｜後堀河｜四条｜後嵯峨｜後深草｜亀山｜後宇多｜伏見｜後伏見｜後二条｜花園｜後醍醐（光厳｜光明）

事項

1192 源頼朝、鎌倉に幕府を開く。
1199 源頼朝、没。
1203 北条時政、執権となる。
1212 『方丈記』（鴨長明）成立。
1219 源実朝、没。
1221 承久の乱。
1224 親鸞、浄土真宗を開く。
1253 日蓮、日蓮宗を開く。
1281 元軍、来襲す（弘安の役）。
1333 北条氏滅び、鎌倉幕府滅亡。
1334 建武の中興（〜1336）。
1338 足利尊氏、室町幕府を開く。

人物・作品

1200 栄西、寿福寺を建つ（鎌倉五山の始め）。
1202 栄西、建仁寺を建つ（京都五山の始め）。
1223 道元、入宋（1227帰国）。
1253 道元、没。
1279 無学祖元、来朝。
1282 円覚寺建立。無学祖元、開山となる。
1286 無学祖元、没。
1307 雪村友梅、入元（1329帰国）。
1325 中巌円月、入元（1332帰国）。
1331 児島高徳、元弘の変に加わる。鉄庵道生、没。

中国王朝：金｜南宋｜モンゴル｜元

中国の事項

1200 朱熹、没。
1206 チンギス・ハン即位。
1224 『唐詩紀事』成立。
1234 金滅亡。
1250 『三体詩』成立。
1252 『礼部韻略』成立。
1260 フビライ即位。
1270 『朱子語類』成立。
1279 元、南宋を滅ぼす。
1297 『韻府群玉』（陰時夫）成立。
1324 『中原音韻』（周徳清）成立。

14世紀	15世紀	16世紀

時代	
南北朝	室町
戦国	室町
安土桃山	

南朝	後村上、長慶、後亀山
北朝	光明、崇光、後光厳、後円融、後小松
	称光、後花園、後土御門、御柏原、御奈良、正親町

1342 禅寺五山の制を定める。
1351 足利尊氏、南朝に降る。
1358 足利尊氏、没。
1368 足利義満、征夷大将軍となる。
1392 南北朝合一。
1394 足利義満、太政大臣となる。
1402 足利義満、明の国書を受ける。
1467 応仁の乱起こる(〜1477)。
1555 川中島の戦い(第二次)。
1560 桶狭間の戦い。
1568 織田信長、入京。
1573 室町幕府滅亡。
1582 本能寺の変。
1583 豊臣秀吉、大坂城を築く。
1585 豊臣秀吉、関白となる。

1346『済北集』(虎関師錬)成立。虎関師錬、没。
雪村友梅、没。
1351 夢窓疎石、没。
1364 別源円旨、没。
1368 絶海中津、入明(1378帰国)。
1375 中巌円月、没。
1388 義堂周信、没。龍湫周沢、没。
1392 細川頼之、没。
1405 絶海中津、没。
1409 愚中周及、没。
1447 一条兼良、関白となる。
1474 一休宗純、大徳寺住持となる。
1481『狂雲集』(一休宗純)成立。一条兼良、没。
1573 武田信玄、没。
1578 上杉謙信、没。

元	明

1368 元滅亡。明王朝成立。
1402〜1424 成祖永楽帝。
1402 方孝孺、没。
1427 瞿佑、没。
1516 李東陽、没。
1528 王陽明、没。
1529 李夢陽、没。
1560 唐順之、没。

16世紀	17世紀	18世紀
安土桃山	江戸	

天皇（将軍）

後陽成（1徳川家康）（2秀忠）／後水尾（3家光）／明正／後光明（4家嗣）／後西／霊元（5綱吉）／東山（6家宣）（7家継）（8吉宗）／中御門

政治・社会

1590 豊臣秀吉、天下を統一。
1592 朝鮮出兵（文禄の役）。
1600 関ヶ原の戦い。
1603 徳川家康、征夷大将軍となる。
1614 大坂冬の陣。
1615 大坂夏の陣。豊臣氏滅亡。
1616 徳川家康、没。
1635 参勤交代制成立。
1651 由井正雪の乱。
1657 明暦の大火。
1687 生類憐みの令発布。
1702 赤穂浪士の討ち入り。

日本漢詩関係

1597 足利義昭、没。
1598 豊臣秀吉、没。
1607 林羅山、将軍の侍講となる。直江版『文選』刊。
1619 藤原惺窩、没。直江兼続、没。
1627 『惺窩文集』（藤原惺窩）成立。
1630 林羅山、忍岡に学校を建てる。
1636 石川丈山、詩仙堂を創立。伊達政宗、没。
1648 藤樹書院開設。中江藤樹、没。
1657 林羅山、没。
1659 朱舜水、長崎に亡命。
1662 伊藤仁斎、古義堂を開く。
1668 釈元政、没。
1672 石川丈山、没。
1682 木下順庵、徳川綱吉の侍講となる。朱舜水、没。山崎闇斎、没。
1686 新井白石、木下順庵の門に入る。
1696 荻生徂徠、柳沢吉保に迎えられる。
1698 木下順庵、没。独菴玄光、没。
1701 安東省庵、没。
1705 伊藤仁斎、没。
1706 榊原篁洲、没。
1709 幕府、新井白石を登用。荻生徂徠、日本橋茅場町に居を移し、蘐園と称する。
1711 室鳩巣、幕府の侍講となる。

明	後金	清

中国

1610 袁宏道、没。
1616 後金建国。
1644 明滅亡。清王朝成立。
1662～1772 聖祖康熙帝。
1671 呉偉業、没。
1688 『唐賢三昧集』（王漁洋）刊。
1695 黄宗羲、没。
1705 『明詩綜』（朱彝尊）刊。
1706 『全唐詩』成立。
1709 朱彝尊、没。
1711 『佩文韻府』成立。

18世紀

江戸

中御門 ／ 桜町（9家重） ／ 桃園（10家治） ／ 後桜町 ／ 後桃園 ／ 光格（11家斉）

1716 享保の改革始まる。
1724 近松門左衛門、没。
1742 公事方御定書成立。
1758 宝暦事件。
1767 明和事件。
1772 田沼意次、老中となる。
1783 天明の大飢餓。
1787 寛政の改革始まる。

1716 新井白石、解任される。
1719 安藤東野、没。
1724 服部南郭校訂の『唐詩選』刊。『制度通』（伊藤東涯）成立。
1725 新井白石、没。
1728 荻生徂徠、没。
1732 『駿台雑話』（室鳩巣）刊。平野金華、没。
1734 室鳩巣、没。
1736 伊藤東涯、没。
1747 太宰春台、没。
1749 『東野遺稿』（安藤東野）刊。桂山彩巌、没。
1751 祇園南海、没。
1755 雨森芳洲、没。
1757 梁田蛻巌、没。高野蘭亭、没。
1758 石島筑波、没。
1759 服部南郭、没。
1763 秋山玉山、没。売茶翁、没。
1770 大潮元皓、没。
1781 湯浅常山、没。頼春水、広島藩の儒臣となる。
1782 『文藻行潦』（山本北山）刊。
1783 細井平洲、尾張藩の督学となる。『虚字解』『詩経助字法』（皆川淇園）刊。横井也有、没。与謝蕪村、没。
1784 『名疇』（皆川淇園）刊行。葛子琴、没。
1786 『日本詩紀』（〜1820 全52巻）（市河寛斎）刊『狂詩画譜』（銅脈先生）刊。
1787 『正学指掌』（尾藤二洲）刊。『葛原詩話』（前

清

1716 『康熙字典』成立。
1725 『古今図書集成』成立。
1735〜1795 高宗乾隆帝。
1738 『唐宋文醇』成立。
1740 『大清一統志』成立。
1746 『宋詩紀事』刊。
1750 『唐宋詩醇』成立。
1769 沈徳潜、没。
1783 『武英殿聚珍版全書』刊。

18世紀	19世紀

江戸

光格

1790 寛政異学の禁。

1797 昌平黌、幕府の直轄となる。

1800 伊能忠敬、蝦夷地を測量。

1808 間宮林蔵、樺太を探検。

編)』(六如)刊。伊形霊雨、没。

1788 柴野栗山、幕府の儒官となる。『全唐詩逸』(市河寛斎)刊。江村北海、没。

1789 市河寛斎、江戸に江湖詩社を開く。

1790 大窪詩仏、江湖詩社に入る。

1791 尾藤二洲、幕府の儒官となる。『実字解』(皆川淇園)刊。

1792 『淇園詩集』(皆川淇園)刊。龍草廬、没。

1796 古賀精里、幕府の儒官となる。『孝経楼漫録』(山本北山)刊。

1797 『水東竹枝詞』(菊池五山)刊。

1798 西山拙斎、没。

1799 『詩聖堂詩話』(大窪詩仏)刊。

1801 釈大典、没。細井平洲、没。六如、没。銅脈先生(畠中観斎)、没。

1803 『聯珠詩格訳注』(柏木如亭)刊。

1804 『全唐詩逸』(市河寛斎)刊。『葛原詩話後編』(六如)刊。

1805 佐藤一斎、林家の塾頭となる。

1806 広瀬淡窓、桂林荘を開く。『塡詞図譜』(田能村竹田)刊。

1807 『五山堂詩話』(菊池五山)刊。皆川淇園、没。柴野栗山、没。

1810 『詩聖堂詩集』(大窪詩仏)刊。

清

1788 『子不語』(袁枚)成立。

1791 『紅楼夢百二十回増補』(高鶚)刊。

1795 『新斉諧』成立。

1797 袁枚、没。

1798 『経籍籑詁』(阮元)成立。

1801 章学誠、没。

1802 張恵言、没。

1804 銭大昕、没。

1805 紀昀、没。

1808 『浮生六記』(沈復)成立。

19世紀	
江戸	
光格	仁孝

江戸

1811『談唐詩選』(市河寛斎)刊。頼山陽、京都に私塾を開く。

1812『黄葉夕陽村舎詩』(菅茶山)刊。『大学章句纂釈』(古賀精里)刊。山本北山、没。

1813『助字詳解』(皆川淇園)刊。この年?尾藤二洲、没。

1814『筆のすさび』(菅茶山)刊。

1815『今四家絶句』(市河寛斎・柏木如亭・大窪詩仏・菊池五山)刊。頼元鼎、没。

1816 頼春水、没。

1817『霍小玉伝』(田能村竹田評)刊。古賀精里、没。

1819 亀田鵬斎、泉岳寺の赤穂義士の碑文を選す。柏木如亭、没。

1820『海内才子詩』(柏木如亭編)刊。このころ『一話一言』(大田南畝)成立。『日本詩紀』(市河寛斎)刊。市河寛斎、没。

1821『仁説三書』(大田錦城)刊。『柳湾漁唱初集』(館柳湾)成立。『寛斎先生遺稿』刊。

1822『北遊詩草』(大窪詩仏)刊。

1823『黄葉夕陽村舎詩後編』(菅茶山)刊。『梧窓漫筆』『学庸解』(大田錦城)刊。寝惚先生(大田南畝)、没。

1824『中庸原解』(大田錦城)刊。『梧窓漫筆後編』(大田錦城)刊。『言志録』(佐藤一斎)刊。

清

1814『全唐文』成立。趙翼、没。

1815 段玉裁、没。

1816『売油郎』(芝叟)刊。『十三経注疏校勘記』(阮元)成立。崔述、没。

1822『四庫未収書目提要』(阮元)成立。

19世紀

江　戸

仁孝

(12家慶)

1825 異国船打払令。
1828 シーボルト事件。
1836 天保の大飢饉。
1837 大塩平八郎の乱。
1839 蛮社の獄。
1841 天保の改革始まる。

1825 大田錦城、没。

1826『新論』(会沢正志斎)成立。亀田鵬斎、没。

1827 頼山陽、『日本外史』を松平定信に献上。『大学原解』(大田錦城)刊。菅茶山、没。

1828『約言』(広瀬淡窓)刊。鈍狗斎愚仏(寺田貞義)、没。

1830『日本楽府』(頼山陽)刊。

1831 良寛、没。

1832『黄葉夕陽村舎詩遺稿』(菅茶山)刊。頼山陽、没。

1833 佐久間象山、佐藤一斎に入門。『春草堂詩鈔』(頼杏坪)刊。

1834 梁川星巌、江戸に玉池吟社を開く。頼杏坪、没。

1835『嚶鳴館遺草』(細井平洲)刊。田能村竹田、没。

1836『儒林評』(広瀬淡窓)刊。

1837『遠思楼詩鈔』(広瀬淡窓)刊。『房山集』(大沼枕山)刊。大窪詩仏、没。

1838『慎機論』(渡辺崋山)成立。藤田東湖、水戸藩の学校奉行となる。会沢正志斎、『弘道館記』を作る。

1839 佐藤一斎、昌平黌の学頭となる。

1840『詩藻行潦』(山本北山)刊。『星巌集』(梁川星巌)刊。

1841『析玄』(広瀬淡窓)刊。渡辺崋山、没。

清

1829『皇清経解』(阮元)刊。
1832『文史通義』(章学誠)刊。王念孫、没。
1834 王引之、没。
1840 アヘン戦争。
1841 龔自珍、没。

19世紀

江戸

仁孝

孝明

(13家定)

(14家茂)

1853 米のペリー、浦賀に来航。
1854 日米和親条約調印。
1858 安政の大獄始まる。
1860 桜田門外の変。
1862 坂下門外の変。和宮、家茂

1843 野村篁園、没。
1844 斎藤拙堂、伊勢津藩の有造館の督学となる。『鉄研余滴』(斎藤拙堂)刊。『回天詩史』(藤田東湖)成立。館柳湾、没。
1845 仁科白谷、没。
1846 『言志後録』(佐藤一斎)刊。
1848 『経世文編抄』(斎藤拙堂編)刊。『梅墩詩鈔』(広瀬旭荘)刊。
1849 『老子摘解』(広瀬淡窓)刊。
1850 安積艮斎、幕府の儒官となる。『孝経楼漫筆』(山本北山)刊。『言志晩録』(佐藤一斎)刊。
1851 吉田松陰、江戸に留学。篠崎小竹、没。
1852 『清六大家絶句抄』(梁川星巌)刊。
1853 菊池五山、没。
1854 『論語解』(広瀬淡窓)刊。『言志耋録』(佐藤一斎)刊。『新撰十二家絶句』(大槻磐渓編)刊。
1855 『迂言』(広瀬淡窓)刊。中島棕隠、没。藤田東湖、没。
1856 吉田松陰、松下村塾開塾。広瀬淡窓、没。
1859 『柳橋新誌』初編(成島柳北)成立。頼三樹三郎、没。佐藤一斎、没。橋本左内、没。吉田松陰、没。
1860 『小竹斎詩鈔』(篠崎小竹)刊。安積艮斎、没。斎藤監物、没。徳川斉昭、没。

清

1842 南京条約調印。
1845 『国朝学案小識』成立。
1850 太平天国の乱始まる。
1851 方東樹、没。
1856 アロー号事件。魏源、没。

19世紀

江戸

孝明
(15慶喜)

明治

明治

日本

に降嫁。寺田屋事件。生麦事件。

1863 長州藩、仏英米蘭と交戦。薩摩藩、英艦隊と交戦。

1864 池田屋事件。禁門の変。第一次長州戦争。

1866 薩長同盟。第二次長州戦争。

1867 薩土盟約。「ええじゃないか」運動起こる。大政奉還。坂本龍馬・中岡慎太郎、暗殺される。王政復古。

1868 戊辰戦争。五箇条の御誓文。江戸城開城。

1871 廃藩置県。

1873 征韓派破れ、西郷隆盛ら下野。

1877 西南戦争。

1881 国会開設の詔。自由党成立。

1882 立憲改進党成立。

日本漢詩

1863 森春濤、桑三軒吟社創立。広瀬旭荘、没。会沢正志斎、没。

1864 『近古史談』(大槻磐渓)刊。佐久間象山、没。

1865 斎藤拙堂、没。武田耕雲斎、没。武市半平太、没。

1866 藤井竹外、没。

1867 高杉晋作、没。坂本龍馬、没。

1870 『東湖随筆』刊。

1871 大沼枕山、下谷吟社創立。『柳橋新誌』二編(成島柳北)成立。鍋島直正、没。

1872 山内容堂、没。

1874 森春濤、茉莉吟社創立。

1876 前原一誠、没。

1877 木戸孝允、没。山田方谷、没。西郷隆盛、没。

1878 大久保利通、没。 大槻磐渓、没。

1883 『本朝虞初新誌』(菊池三渓)刊。

清

1866 『国朝先正事略』(李元度)刊。

1875 『書目答問』(張之洞)成立。

1876 黄遵憲、書記官として来日。

1879 『日本雑事詩』(黄遵憲)成立。

1883 『玉函山房輯佚書』成立。

19世紀	20世紀
明治	大正

明治

1885 内閣制度制定。
1889 大日本帝国憲法発布。
1890 民法(一部)・刑事訴訟法ほか公布。第一回帝国議会。
1894 東学党の乱。日清戦争。
1895 下関条約。露仏独の三国干渉。
1900 義和団事件により出兵。
1902 日英同盟。
1904 日露戦争。
1905 ポーツマス条約調印。
1908 戊申詔書。
1910 大逆事件。韓国併合。
1911 関税自主権確立。特別高等警察設置。
1912 憲政擁護連合大会。

大正

1913 憲政擁護運動激烈。日比谷暴動。
1914 第一次世界大戦参戦。
1915 中国に対する二十一ヶ条

1884 成島柳北、没。
1889 森春濤、没。
1891 大沼枕山、没。菊池三渓、没。
1892 『柳北遺稿』刊。
1893 『吉田松陰』(徳富蘇峰)刊。『枕山先生遺稿』刊。
1899 森槐南、『新詩綜』創刊。勝海舟、没。
1901 福沢諭吉、没。
1902 『東洋の理想』(岡倉天心)刊。
1904 広瀬武夫、没。
1908 榎本武揚、没。
1909 『東湖全集』刊。伊藤博文、没。
1911 森槐南、没。
1912 乃木希典、没。
1913 永井禾原、没。岡倉天心、没。
1914 『和漢名詩類選評釈』(簡野道明)刊。

清

1887 『日本国志』(黄遵憲)成立。
1894 陸心源、没。
1895 孫文、日本へ亡命。
1899 殷墟から甲骨文字発見。
1902 魯迅来日。
1905 黄遵憲、没。
1910 『人間詞話』(王国維)成立。
1911 辛亥革命。
1912 清滅亡。中華民国成立。

中華民国

1913 袁世凱、大総統就任。

20世紀

大正　昭和

日本

要求交渉。
1917 石井・ランシング協定締結。
1918 シベリア出兵。政友会内閣成立。
1919 パリ講和会議。三・一運動。普通選挙獲得運動起こる。
1920 国際連盟正式加入。経済恐慌起こる。
1921 原敬、暗殺される。
1923 関東大震災。
1925 普通選挙法・治安維持公布。
1927 山東出兵。
1928 張作霖爆死事件。
1929 世界恐慌。
1930 金解禁。ロンドン軍縮会議。
1931 満州事変起こる。金輪出再禁止。
1932 上海事変。満州国建国。五・一五事件。
1936 二・二六事件。
1937 蘆溝橋事件、日華事変始まる。

漢詩関係

1916 『田能村竹田全集』刊。夏目漱石、没。
1917 竹添井井、没。
1919 『漱石詩集』刊。三島中洲、没。
1922 大隈重信、没。山県有朋、没。森鷗外、没。
1923 大東文化学院設立。
1926 大正天皇崩御。
1928 土屋竹雨、芸文社を興し、『東華』発刊。
1935 与謝野鉄幹、没。

中華民国

1917 文学革命運動起こる。
1919 五・四運動。
1921 魯迅『阿Q正伝』発表。
1925 五・三〇事件。革命文学起こる。
1926 蒋介石、北伐開始。
1927 国共分離。王国維、没。
1930 中国左翼作家連盟結成。
1936 西安事件。魯迅、没。
1939 銭玄同、没。
1940 羅振玉、没。

20世紀

昭和

昭和

1938 国家総動員法成立。
1939 第二次世界大戦起こる。
1940 日独伊三国同盟締結。大政翼賛会創立。
1941 真珠湾攻撃、太平洋戦争始まる。
1943 ガダルカナル島敗退。大東亜会議開催。
1945 広島・長崎に原爆投下。ポツダム宣言受諾。
1946 日本国憲法公布。
1948 大韓民国・朝鮮民主主義人民共和国成立。
1950 朝鮮戦争起こる。
1951 サンフランシスコ講和会議、平和条約・日米安全保障条約調印。
1952 日華平和条約調印。
1953 緊縮政策開始。奄美諸島復帰。
1954 警察法・自衛隊法成立。
1956 日ソ共同宣言。国際連合加盟。神武景気。
1959 岩戸景気。

1938 『漢詩大講座』刊。
1943 『日本百人一詩』(土屋竹雨)刊。
1946 河上肇、没。
1947 幸田露伴、没。
1957 徳富蘇峰、没。
1958 土屋竹雨、没。
1959 永井荷風、没。

中華民国

1942 毛沢東、延安文芸座談会講話。
1945 国共内戦始まる。
1948 人民解放軍、北京に入る。

中華人民共和国

1949 中華人民共和国成立。
1956 漢字簡化方案公布。
1957 反右派闘争始まる。

あとがき

宇野　直人

本書は、平成二十三年（二〇一一）十月より同二十五年（二〇一三）三月までの一年半にわたって行われた、NHKラジオ第二放送の講座〈漢詩をよむ――日本の漢詩〉の録音を母体とし、これに加筆修正を施して成ったものです。このラジオ講座での漢詩の朗読は加賀美幸子《かがみさちこ》さん、プロデューサー兼ディレクターは高田斉治《たかだせいじ》氏でした。

紙幅の都合上、放送で取り上げた三一三首の作品すべてを収録することはかなわず、その八割ほどに相当する二五四首を収めましたが、これによって、鎌倉時代以降の日本漢詩の潮流はほぼ見わたすことができるでしょう。

〈例言〉にもしるしましたが、本書は個々の詩を時代順に並べて解説するにとどまらず、詩人の個性や作詩当時の境遇、社会背景にも触れ、それらを含めて検討しつつ、作品の魅力を解明しようとする方式を取っています。

一般に文学芸術の分野では、或る作品を作者やその周辺の事情から切り離し、自立したものとして研究・鑑賞する立場がありうることは確かです。しかし、私のこれまでの読書体験からすると、こと漢詩に関しては、作者個人の事情や社会背景と作品との密着度が、他に比べてずっと高いように思われるのです。

それは漢詩という形式が本来「比興諷諫」すなわち〝時世への嘆きや政治への憤りを、たとえを借りて遠回しに表明する〟精神に根ざすものだからでしょう。したがって、漢詩を読む者は、作品成立時に作者が置かれていた境遇・事情を知っているほうが、作品への理解がいっそう深まることになるのです。

もちろん、これは大筋でのことであり、漢詩の中にも、山水自然の美しさ、人情の機微、また自分の内面のみを見つめて作られたものは一定程度存在します。このことがまた、漢詩という形式の包容力と可能性の大きさを示していると申せましょう。

また、これも〈例言〉にしるしましたが、本書には蕗谷虹児記念館・元館長の蕗谷龍夫様の御快諾のもと、同画伯の名作を多く掲げさせていただきました。いずれも本書に収める漢詩の内容や時代背景とかかわりのある作品であり、両者をあわせて鑑賞することにより、漢詩の境地はますますひろがりを増し、それとともに、抒情画の力と奥深さとがいっそう実感される筈です。

私としては、少年少女や若い女性が多く登場する抒情画と漢詩とのコラボレーションが、今後、この両者——いずれもかけがえのない文化財——が新しい世代の人々にしっかり受けつがれてゆくための、何らかのヒントとなることを願わずにはいられません。

なお、巻末の［詩人小伝］は、冒頭にしるしたラジオ講座のテキスト作成の折、国士舘大学文学部准教授・松野敏之氏に起稿をお願いし、私が加筆を行ったものが基礎になっています。松野氏に、ここで改めて御礼を申し上げます。

最後になってしまいましたが、本書が成るに当たっては、明徳出版社編集長の佐久間保行氏にいつもながらの手あつい御高配をいただき、本文の組版ならびに装幀については同・編集部の高野麻紀子さんの、なみなみならぬ御尽力を忝くいたしました。あわせて心より御礼を申し上げます。

平成二十九年十二月二日

宇野　直人

昭和二十九年（一九五四）生まれ。早稲田大学大学院文学研究科博士後期課程単位取得退学。博士（文学）。現在は共立女子大学国際学部教授、中国古典学会専門委員、全日本漢詩連盟理事、日本漢詩文学会代表会員。主な著作に『中国古典詩歌の手法と言語 — 柳永を中心として』（研文出版、一九九一）、『柳永論稿 — 詞的源流与創新』（張海鴎・羊昭紅訳、上海古籍出版社、一九九八）、『漢詩の歴史』（東方書店、二〇〇五）、『漢詩に見る日本人の心』（NHK出版、二〇一五）、『漢詩名作集成』中華編（明徳出版社、二〇一五）など。また、共著に『李白 — 巨大なる野放図』（江原正士氏との共著、平凡社、二〇〇九）、『杜甫 — 偉大なる憂鬱』（江原正士氏との共著、平凡社、二〇〇九）、『漢詩を読む』全四冊（江原正士氏との共著、平凡社、二〇一〇〜一二）、『朱子絶句全訳注』（全十一冊、既刊五冊、汲古書院、一九九一〜）など。翻訳に「夏目漱石の漢詩」（鄭清茂著、『門』十八〜二十二号、二〇一一〜一三）、『漢詩名作集成』日本編（李寅生著、宇野直人・松野敏之監訳、明徳出版社、二〇一五）、注解に『中国古典文学』（アンドレ・レヴィ著、中野茂訳、宇野直人注解、明徳出版社、二〇一四）などがある。

ISBN 978-4-89619-850-8

日本の漢詩　鎌倉から昭和へ

平成二十九年十二月二十四日　初版印刷
平成二十九年十二月三十日　初版発行

著　者　宇野　直人
発行者　小林眞智子
印刷所　㈱　興　学　社
発行所　㈱　明徳出版社

〒162-0801 東京都新宿区山吹町三五三
（本社・東京都杉並区南荻窪一-二五-三）
電話　〇三—三二六六—〇四〇一
振替　〇〇一九〇-七-五八六三四

宇野直人 著

漢詩名作集成〈中華編〉

A五判並製 一一三〇頁 本体六、〇〇〇円＋税

中国の漢詩の流れにそって、『詩経』から近代の魯迅に至るまでの名作・佳篇を選出し、流麗な訳、丁寧な語釈・解説を施す。漢詩愛好家の座右の書となることは勿論、一般読者が漢詩を鑑賞する上での絶好の入門書。

李寅生 著　宇野直人 松野敏之 監訳

漢詩名作集成〈日本編〉

A五判並製 八五八頁 本体五、〇〇〇円＋税

日本の漢詩はいかに展開し、その特色はどんなものか。奈良時代から現代にいたるまで、日本人が詠んだ漢詩から、人口に膾炙した作ばかりでなく、独特の視点によって選出した四四〇首に、注釈の他、清新な感覚による解説を施す。

アンドレ・レヴィ 著
中野茂 訳／宇野直人注解

中国古典文学

B六判並製 二四六頁 本体二、五〇〇円＋税

李賀はランボーに、白楽天はヴィクトル・ユーゴに比せられると著者はいう。東西の文学に精通するフランスの碩学が、中国文学の大流をふまえつつも、鋭い視点で作者・作品を採り上げ、簡潔・明快に描いた中国文学史の白眉。